KB044071

뱀의 말을 할 수 있는 사나이

뱀의 말을
할 수 있는 사나이
Mees, kes teadis ussisõnu

안드루스 키비래흐크

서진석 옮김

황금가지

1

사람들은 이미 숲에서 종적을 감추었다. 요즘 들어 살아 있는 무언가를 만나기도 정말 힘들어졌다. 물론 딱정벌레는 예외다. 그 녀석들은 세상일에 관심이 없는 것 같다. 아무 일 없었던 듯 낮은 소리로 웅웅대며 무심하게 이리저리 움직일 뿐이다. 만약 누구라도 자기의 가는 길 앞에 나타났다 싶으면 아무렇지 않게 그 훼방꾼의 다리를 타고 올라가 물어 버리거나 피를 빨아 댈 것이고 그 사람이 다리에서 벌레들을 툭툭 쳐내 버리거나 납작하게 눌러 버리지 않으면 계속 다리 위를 종종종 걸어 다닐 것이다. 딱정벌레들에게 세상은 예전과 비교해서 달라진 것이 없지만 앞으로도 세상이 그렇게 변함없이 지속될지는 아무도 모른다. 딱정벌레들에게도 마지막 날을 알리는 종이 울릴 것이다. 물론 내가 죽기 전에 그 종소리를 들을지는 확실치 않다. 그날을 눈으로 볼 사람은 아무도 없으리라. 하지만 그 종소리는 언젠가는 울린다. 꼭 그러할 것이다.

나는 우물에 가서 물을 길으러 오는 일 이외에는 땅을 딛고 서서 밖에 나가는 일이 거의 없다. 나의 얼굴을 먼저 씻고 내 친구의 따뜻한 몸을 문질러 씻긴다. 그 친구를 씻겨 주는 일은 몇 번이나 우물에 왔다 갔다 해야 할 정도로 물이 많이 든다. 물을 길으러 나가는 길목에서 누군가를 만나 이야기를 할 수 있으리라는 기대는 진작부터 접었다. 염소나 멧돼지나 몇 번 만날까 숲속에서 숨 쉬는 생명을 보는 것은 어렵다. 동물들은 내 냄새만 맡고도 슬슬 겁을 내기 시작한다. 그리고 내가 뱀의 소리를 내면 그 자리에서 얼어붙은 듯 서서 바보 같은 눈으로 쳐다본다. 뱀의 말을 할 줄 아는 사람이 있다니 이런 말도 안 되는 일이 있나! 이 사실을 깨달은 동물들은 더 겁을 먹는다. 당장 고개를 들고 도망쳐 수풀 속에 숨든지, 이쪽으로 달려와 다리를 물어 버리든지, 아니면 앞에 서 있는 저주받을 희한한 존재로부터 최대한 멀리 달아나고 싶겠지만 그건 안 될 일이다. 그들에게 나는 그러지 말라고 말한다. 더 강하게 쉭쉭 소리를 내며 당장 내 곁으로 오라고 명령한다. 그 동물은 고뇌에 찬 듯 코를 킁킁거리다가 무언가에 질질 끌려오듯 내 앞에 다가와 선다. 그 녀석들에게 자비를 베풀어 놓아줄 수도 있으나 딱히 그래야 할 이유가 있는 것은 아니다. 이전부터 내려오는 풍습도 모르고 숲에서 여기저기 뛰어다니기만 하는 그 녀석들을 보니 마음속에서 공연히 열불이 치솟는다. 마치 그렇게 난잡한 삶이나 살라고 창세 전에 창조된 동물들인 듯 말이다. 그래서 세 번째로 쉭 소리를 내어 보았다. 이번엔 명령을 거역하는 것을 생각조차 못 할 정도로 뱀의 소리와 흡사했다. 그 짐승들은 마치 화살에 맞은 듯 미친 듯이 달려오더니 참을 수 없도록 팽팽한 긴장 때문에 배가 터져 내장들이 밖으로 쏟아져 나온다. 꼭 끼는 바지가 터져 버릴 때처럼 갈라진 배에서 내장들이 쏟아져 나와 풀밭을 뒹굴고 있다. 이런 역겨운 광경을 보니 내가 무슨 일을 한 것인가 고민하게 된다. 그래도 내 힘을 시험해 보고 싶다는 의지는 도무지 참을 수가 없었다. 그건 내 잘못이 아니다. 우리 조상들이 그들에게 알려 준 뱀의 말을 망각한 그 짐승들 탓이다.

한번은 그런 동물과는 정반대의 일이 일어난 적이 있었다. 내가 커다란 가죽 주머니에 우물물을 길어 담아 어깨에 지고 오는 길목에 커다란 엘크 한 마리가 서 있었다. 난 그 엘크를 놀래 줄 양으로 별 특별할 것 없는 뱀의 말을 아무거나 툭 던져 보았다. 갑자기 사람 입에서 뱀들이 하는 소리가 나오는 것을 본 엘크는 주저하지 않고 내 말을 따랐다. 엘크는 내 곁으로 와 머리를 숙이고 무릎을 꿇더니 모든 것을 포기한 듯 목을 내보였다. 먼 옛날 사람들이 하루하루 배를 채우는 것이 세상 걱정의 전부였을 때 엘크를 사냥하기 위해서 써먹었던 방식과 똑같은 것이었다. 내가 어릴 적 어머니는 자주 그런 식으로 동물을 잡아 겨울 양식으로 모아 두곤 했다. 어머니는 엄청난 엘크 떼 중에서 가장 쓸 만한 놈을 골라 뱀의 말로 자기 앞에 불러내어 별로 힘들이지 않고 숨통을 끊었다. 다 자란 엘크 한 마리만 있으면 우리 식구들이 겨우내 먹기에는 충분했다. 정말 우스운 것은 우리가 쓰던 기막힌 끼니 해결법을 모르고 바보같이 활만 쏘아 대는 마을 사냥꾼들이었다. 그들은 고작 엘크 한 마리를 쫓느라 몇 시간을 낭비했고 화살을 숲속으로 그렇게 쏘고도 번번이 허탕을 치고 돌아오곤 했다. 뱀의 말을 몇 마디만 하면 엘크가 알아서 내 앞으로 오는데 말이다! 지금이 바로 그런 때이다. 커다랗고 살집 좋은 엘크가 내 발치에 고개를 내밀고 죽이든 살리든 맘대로 하라고 기다리고 있었다. 나는 그 녀석쯤은 손가락만 까딱해도 당장 죽일 수 있었다. 그러나 그리하지 않았다.

그 대신 나는 어깨에서 가죽 주머니를 내려놓고 엘크가 마시도록 내버려 두었다. 엘크는 조용히 물을 핥아 마셨다. 보아하니 놈은 커다란 수컷이었다. 이 숲에 사는 보통 엘크들은 고대로부터 전해 오는 뱀의 말로 누군가 자기를 부르는 것을 듣게 되면 먼저 온몸을 다해 저항하면서 나무 꼭대기에 올라가려고 기를 쓴다. 왕이라도 되는 양 의기양양하게 사람 앞에 다가오다가도 마지막엔 어쩔 수 없이 바보처럼 꼬리를 내리고 머리를 조아린 채 다가온다. 어떻게 오건 자기를 죽여 달라고 하는데 내가 마다할 이유가 뭐가 있는가. 죽이는 일도 배워야 한다. 고대의 법칙과 풍습을 따르는 건 부끄러운 일이 아니다. 그건 당연히 우리가 배우고 계승해야 하는 것이다. 나는 엘크를 재미로 죽인 적은 없다. 그런 짓을 한다 해서 내가 무슨 재미를 보겠는가. 우리도 먹을 것이 필요할 때가 있고 그러면 어딘가에서 끼니를 때울 것을 찾아야 한다. 엘크뿐만이 아니라 모든 동물이 내 말을 알아듣고 복종할 줄 안다. 뱀의 말을 잊어버린 사람들은 미친 듯이 싸움만 하는 멧돼지나 염소처럼 야만적이다. 엘크 한 마리를 잡기 위해서 열댓 명이 한꺼번에 몰려다니는 마을 사람들이 그렇다. 그런 멍청한 바보짓을 하면서 총명하다고 자찬하다니.

그 엘크에게 물을 먹이고 머리를 만져 주니, 그 녀석도 이마를 들어 내 옷에 문질렀다. 이전의 세계가 완전히 자취를 감춘 것은 아니었다.

내가 살아 있는 동안 그리고 이 엘크가 살아 있는 동안에는 누군가는 뱀의 언어를 기억할 수 있을 것이다.

엘크가 가도록 내버려 두었다. 가서 오래 살렴. 그리고 오늘을 기억해 주렴.

마니발드의 장례식 이야기를 맨 먼저 해야 할 것 같다. 그때 난 여섯 살이었다. 마니발드란 사람은 숲이 아닌 바닷가에 살았기 때문에 내 눈으로 직접 본 적은 없다. 보텔레 삼촌이 나를 왜 그 장례식에 데려갔는지 나는 지금도 잘 모르겠다. 거긴 아이가 한 명도 없었다. 내 친구 패르텔도 없었고 히에도 없었다. 히에는 나보다 고작 한 살 어리니까 그때면 분명히 태어났을 것이다. 히에의 부모인 탐베트 아저씨와 말르 아줌마는 왜 딸을 데리고 오지 않았던 것일까? 특히 그들에겐 마니발드의 장례식은 오랜만에 보는 즐거운 광경이었다. 그들이 마니발드에 대해서 뭔가 불만이 있었다거나 그의 죽음을 고소해했다거나 하는 이유는 절대 아니었다. 탐베트는 마니발드를 정말 존경했다. 내 기억에 탐베트 아저씨는 화장에 쓸 장작더미를 정리하면서 마니발드 같은 남자가 세상에 나오기는 쉽지 않을 거라고 분명히 말했다. 남자들이 세상에 나오기가 쉽지 않을 거라는 탐베트의 말은 맞는 소리였다. 사실 난 우리 동네에서 나 말고 다른 남자를 본 적이 한 번도 없다. 나보다 몇 달 전에 패르텔이 태어났고 그 후로 1년 뒤에 탐베트 아저씨의 집에서 히에가 태어났으니 내가 정말 숲에서 태어난 마지막 남자인 셈이다. 히에는 남자가 아닌 여자애였다. 그 후로 우리 숲에는 오소리나 토끼 같은 것들만 태어났을 뿐이다.

탐베트는 지금 세상이 어떻게 돌아가는지는 전혀 파악도 하지 못하고 있을뿐더러 도무지 관심조차 없었다. 그는 이전에 살아오던 삶이 앞으로도 쭉 이어질 거라고 믿고 있었다. 그것은 그의 신념이기도 했다. 그는 매주 성스러운 숲 보리수 옆에 가서 경건한 마음으로 알록달록한 띠를 묶고 돌아올 정도로, 이전의 전통과 풍습을 철석같이 믿는 남자였다. 탐베트는 그렇게 정령들에게 제물을 바친다고 믿고 있었다. 위대한 현자 윌가스가 그의 가장 좋은 친구였다. 아마 아닐 수도 있다. 왜냐하면 탐베트는 그에 대해서 이야기할 때 단 한 번도 친구라는 말을 사용한 적이 없다. 만약 그를 정말 친구처럼 대한다면 아주 불경스러운 일일 것이다. 현자는 정말 위대하고 성스러웠으며, 친구처럼 가까이 지내는 게 아니라 경외하고 존경해야 하는 인물이었다.

당연한 일이지만 윌가스도 마니발드의 장례식에 참여했다. 그가 없이 의식이 치러질 리 만무했다. 그는 누군가를 화장할 때나 육신을 떠난 영혼을 저세상으로 이끄는 의식이 열릴라치면 으레 그 자리에 있었다. 노래 부르고 북을 울리고 버섯이나 갈대 줄기를 태우고, 그가 하는 일들은 오래 걸리기도 하지만 아주 지루했다. 사람을 화장하는 일은 종종 있었고 그건 윌가스가 꼭 해야 하는 일이었다. 탐베트가 화장터를 그냥 지나치지 못한다고 하는 말이 바로 그 이야기이다. 그는 의식이라면 어떤 것이든 다 좋아했다. 반드시 조상들이 하던 대로 해야 직성이 풀렸다.

그날은 엄청나게 지루했다. 전혀 모르는 사람 때문에 슬퍼할 이유는 없으니 여기저기 둘러보기만 했다. 처음엔 주름이 자글자글하고 수염이 난 시신의 얼굴을 보는 것이 신기했다. 죽은 사람을 한 번도 본 적이 없었기 때문에 사실은 겁이 나기도 했다. 그러나 그 현자라는 사람의 귀신 쫓는 의식이 너무 길어지는 바람에 나중엔 신이 나지도 겁이 나지도 않았다. 그저 난생처음 보는 바닷가에 뛰어 들어가서 놀고만 싶었다. 나는 숲에서만 살았으니까. 그런데 보텔레 삼촌은 내가 아무 곳에도 못 가도록 꼭 붙잡고 조금 있으면 장작더미에 불을 붙일 거라고 귀에 속삭였다. 그 말을 들은 나는 불을 댕기는 모습이 보고 싶어졌다. 특히나 사람을 태우는 것이 어떤 것일까 궁금하기도 했다. 사람을 태우면 어떻게 될까. 대체 뼈는 어떤 모양일까. 잠시 자리에 서 있어 보았으나 역시나 월가스는 그 뒤로도 의식을 멈추지 않았고 내 호기심은 반쯤 식어 버렸다. 화장하기 전에 시신의 가죽을 벗길 거라는 말을 삼촌이 해 주지 않았더라면 정말 더 이상 기다릴 마음이 안 났을 것이다. 나는 그저 집에 가고 싶기만 했다. 탐베트는 요란하게 소리 내어 하품하는 나를 성난 눈으로 쳐다보며 꾸중했다.

"이 녀석, 조용히 하지 못해? 여긴 장례식장이야, 현자님 말씀을 들어야지."

"얼른 가서 뛰어놀아라."

삼촌이 내 귀에 속삭였다. 나는 바다로 뛰어가서 옷을 입은 채로 파도에 텀벙텀벙 뛰어 들어가 진흙투성이가 될 때까지 물장난을 했다. 장작이 타오르는 것이 보여 화장장으로 부리나케 뛰어갔지만, 마니발드의 흔적은 이미 찾을 수 없었고 아주 거대한 화염만이 하늘에 닿을 듯 이글거리고 있었다.

"이런, 꼬락서니가 그게 뭐니."

삼촌이 옷소매로 내 얼굴을 닦아 주려고 하는 찰나에 우리는 탐베트의 화난 눈초리와 마주쳤다. 그가 보기에 나는 장례식에 와서는 안 되는 사고뭉치에 불과했다. 탐베트는 항상 규율을 철저히 지키는 사람이었다.

나는 탐베트가 어떻게 느끼든 뭐라고 하든 아무런 상관이 없었다. 아버지나 삼촌도 아니고 옆집 아저씨일 뿐이었으니까. 화를 내든 말든 전혀 신경 쓰지 않았다. 나는 삼촌 수염을 잡아당기고 물었다.

"마니발드가 누구예요? 왜 여기 바닷가에 살았어요? 왜 우리처럼 숲에 안 살았어요?"

"바닷가가 그 사람 집이었으니까. 그 아저씨는 정말 마음 좋고 현명한 사람이었다. 우리 가운데 나이도 제일 많았고. 그는 북녘 개구리를 직접 눈으로 본 사람이야." 삼촌이 대답했다.

"북녘 개구리가 뭔데요?" 내가 물었다.

"북녘 개구리는 거대한 구렁이야. 뱀의 왕보다 훨씬 크단다. 숲을 다 합쳐 놓은 것만큼 크고 하늘을 날 수도 있지. 날개도 엄청나게 크단다. 하늘로 솟아오르면 해도 달도 그 구름에 가려서 보이지 않아. 예전에는 자주 하늘로 솟아올라 배를 타고 우리 땅에 들어와 못살게 구는 적들을 먹어 치우곤 했어. 북녘 개구리가 그놈들을 다 먹어 치우면 우리는 그 나쁜 녀석들이 가지고 온 물건들을 챙기곤 했지. 그 덕분에 우린 부유했고 두려울 것이 없었다. 이 해안에 함부로 발을 들여놓은 이들 중에 살아서 나간 사람이 아무도 없었으니 다들 우리를 두려워할 수밖에. 우리가 부유한 것을 알면서도 북녘 개구리 때문에 함부로 하지 못했어. 그 녀석들이 우리를 농락하러 배를 새로 만들어 타고 온다 해도 그 북녘 개구리는 그놈들을 모두 잡아먹었다."

"나도 그 북녘 개구리를 보고 싶어요." 내가 말했다.

삼촌이 한숨을 쉬며 말했다. "아쉽게도 그 북녘 개구리는 더 이상 볼 수가 없다. 북녘 개구리는 깊이 잠들어서 그 아무도 그를 깨울 수 없어. 우리 같은 사람들이 이제는 너무 적어."

탐베트가 끼어들었다. "언젠가는 우리도 할 수 있을 거야. 그런 쓸데없는 이야기 좀 하지 말게, 보텔레. 부끄러운 줄을 알아야지. 언젠가 그 북녘 개구리가 다시 하늘로 솟아서 철갑인간들이랑 마을 사람들을 다 잡아먹어 버리는 날을 보게 될 거라고."

삼촌이 반박했다. "바보 같은 소리는 당신이 하고 있구먼. 북녘 개구리를 깨우기 위해서는 적어도 만 명의 사람들이 한데 모여야 한다는 걸 아는 사람이 그런 말을 하는 건가? 최소 만 명의 사람들이 모여 뱀의 소리로 외쳐야만 북녘 개구리가 비밀의 둥지에서 깨어나 하늘 위로 오를 수 있다니까. 그 만 명은 어디서 모으지? 몇십 명 모으기도 어려운 판국에."

"그래도 희망을 잃지는 맙시다. 마니발드를 한번 보란 말이오. 그는 살아 있을 때 북녘 개구리를 다시 볼 거라는 희망을 잃지 않고 매일매일 성심을 다해 자기 일을 묵묵히 했잖아. 눈앞에 배가 나타나면 마른 나무줄기를 태워서는 '북녘 개구리가 깨어날 시간이다.' 하고 사람들한테 외치곤 했지. 몇 년이나 그 일을 해 왔지만 이미 오래전부터 사람들은 그의 말을 듣지 않았고, 그래서 어찌 되었나, 거칠 것 없는 철갑인간들이 배에 타고 우리 땅에 들어오지 않았나. 그래도 마니발드는 단 한 번도 그 철갑인간을 몸소 대적하지 않았어. 잘 마른 나무줄기에 불을 붙인 후 기다리기만 했지. 예전 우리 조상들이 했던 것처럼 위대한 북녘 개구리가 잠에서 깨어나 다시 숲에 나타나 주기를 기다리면서 말이야." 탐베트가 말했다.

"북녘 개구리는 이제 더 이상 잠에서 깨지 않을 거야." 삼촌이 우울하게 말했다.

내가 말했다. "나 그거 보고 싶어요. 나도 북녘 개구리 보고 싶어요."

"넌 보지 못할 거야." 삼촌이 말했다.

"죽었어요?" 내가 물었다.

"아니. 그는 절대 죽지 않아. 그냥 자고 있을 뿐이야, 거기가 어딘지는 아무도 모른다." 삼촌이 말했다.

나는 실망한 눈으로 쳐다보았다. 정말 재미있는 이야기였지만 마지막은 내 기대와 다르게 정말 실망이었다. 직접 눈으로 확인할 수 없다면 신기한 이야기가 무슨 소용이란 말인가. 탐베트와 삼촌이 말싸움을 벌이고 있는 동안 나는 다시 바닷가로 나갔다. 나는 해변을 따라 걸었다. 아름다운 해변 모래밭에 뿌리 뽑힌 커다란 나무줄기들이 파도에 이리저리 떠밀려 다녔다. 마니발드를 화장할 때 태우고 남은 나무들이 떠내려온 게 틀림없었다. 말려서 봉화를 태우는 데 사용할 수도 있을 법한데 사람들은 그 나무에 관심을 두지 않았다. 나무줄기 옆에 한 남자가 누워 있는 것이 보였다. 메메였다. 그는 항상 바람에 실려 여기저기 굴러다니는 나뭇잎처럼 풀숲 밑에 누워 있기만 할 뿐 두 발로 걷는 모습을 한 번도 본 적이 없다. 항상 광대버섯을 질경질 경 씹고 있고 내게 무엇이든 먹어 보라고 권하지만 나는 그가 권하는 것을 받아먹으면 안 된다. 우리 엄마가 아주 싫어하기 때문이다.

메메는 그 나무줄기를 따라 옆으로 누워 있었으나 여느 때처럼 언제, 어디서 왔는지는 전혀 눈치챌 수가 없었다. 난 언젠가 저 사람이 두 발로 서 있는 것을 꼭 보고야 말 거라고 다짐했다. 아니면 그는 다른 짐승들처럼 네발로 다니는지도 모른다. 아니면 뱀처럼 바닥을 기어다닐 수도 있다. 메메에게 다가간 나는 그의 모습을 보고 사뭇 놀랐다. 그는 광대버섯을 씹고 있지 않았고 가죽 자루에서 무언가를 홀짝홀짝 마시고 있었다.

가죽 자루에서 나오는 향기가 무엇인지 맡아 보고 싶어 가까이 다가가니 마침 메메는 입 주변을 닦고 있었다.

"흠, 이건 포도주라는 거야. 광대버섯보다 훨씬 좋은 거지. 다른 나라에서는 누구나 다 칭송을 마다하지 않는 음료야. 버섯을 먹으면 목이 마르는데, 이것은 갈증을 없애 줄 뿐만 아니라 취하게도 만들어 주지. 이렇게 좋은 것이 세상에 또 어디 있다니. 앞으로도 계속 마실 것 같다. 너도 줄까?"

"아니요." 내가 말했다. 엄마나 나더러 포도주를 딱 집어서 못 마시게 한 것은 아니지만 메메가 주는 것은 광대버섯이라고 해도 먹을 수 없었다.

"그런 가죽 자루는 어디서 나요?" 나는 숲에 살면서 그런 물건을 한 번도 본 적이 없었다.

메메가 대답했다. "수도사들이랑 다른 사람들한테서 빼앗았지. 그냥 가서 머리만 빠개면 돼. 그럼 가죽 자루는 네 거야."

메메는 다시 그 음료를 마시고는 포도주 자랑을 늘어놓았다. "말로 표현할 수 없는 그런 맛이다. 이걸 보면 그 바보 같은 탐베트는 고래고래 소리를 지르고 앓는 소리를 하겠지만 이방인들의 물건들이 우리

것보다 더 나은 건 사실인데 어쩌겠니."

"탐베트 아저씨가 왜 소리 지르고 앓는 소리를 해요?" 내가 물었다.

메메가 손을 내저었다. "이방인들과 부대끼며 무슨 일을 하거나 그 사람들이 쓰던 물건을 만지는 것만으로도 기겁하거든. 내가 말해 주는데, 난 그 수도사들을 직접 건드린 적은 없어. 내 도끼가 그런 거지. 그런데도 그 사람은 그 난리를 친다. 그렇다고 해도 사람이 종일 광대버섯만 먹을 수는 없는 노릇이잖아. 머리는 뒀다 뭐 하니. 뭐라도 새로운 게 나오면 배워야 하는 거 아니니? 사람은 언제라도 배울 준비가 되어 있어야 해. 안 그러면 머리가 여기 있는 나무토막처럼 굳어 버린다니까. 어쩌면 우린 이미 그렇게 되었는지도 모른다. 힘만 세다고 좋을 건 하나도 없다. 부나비들처럼 제 몸이 타 버릴 줄은 꿈에도 모르고 온 힘을 다해 불 속으로 날아들겠지."

그 이야기는 내가 도무지 이해할 수가 없었다. 나는 삼촌에게 가려고 자리에서 일어났다.

"잠깐만 기다려라, 꼬마야. 너한테 주고 싶은 것이 하나 있단다." 메메가 내 발걸음을 막았다.

기껏해야 무슨 버섯 쪼가리나 포도주, 아니면 뭔가 그 비슷한 게 나올 게 뻔해서 나는 그 이야기를 듣자마자 머리를 세게 흔들었다.

"기다려 봐, 너한테 줄 게 있다니까."

"엄마가 안 된다고 했다니까요." 내가 단호하게 말했다.

"무슨 소리니. 내가 너한테 뭘 줄지도 모르면서. 자, 이거 가져가라. 나에겐 더 이상 쓸모가 없는 물건이다. 목에 걸고 다녀."

그는 내 앞에 작은 가죽가방을 건네주었다. 보기에는 작지만 꽤 무거웠다.

"이 안에 뭐가 있어요?" 내가 물었다.

"반지 하나가 들어 있지."

나는 가방을 열어 보았다. 정말로 그 안에는 반지가 있었다. 커다랗고 빨간 돌멩이가 붙은 은반지였다. 손가락에 끼어 보고자 하였으나 그 반지를 끼기에 내 손은 너무 작았다.

"가방에 넣어서 가지고 다니렴. 그리고 그 가방은 목에 걸고 다녀라." 메메가 가르쳐 주었다.

나는 그 반지를 다시 가방에 넣었다. 정말 이상한 가죽으로 된 가방이었다. 손바닥에 얹어 놓으면 바람에 날아갈 것처럼 얇았다. 이런 귀한 반지에는 이렇게 가볍고 훌륭한 둥지가 있어야 한다.

엄청난 선물을 받은 나는 기쁨에 겨워 말했다. "고맙습니다. 정말 멋진 반지네요."

메메가 웃었다.

"천만이다. 얘야. 그 물건이 진짜 예쁜 건지 끔찍한 건지는 잘 모르겠다만 언젠간 필요할 거다. 가방에 넣고 잘 보관해야 한다."

난 다시 장작더미 곁으로 뛰어갔다. 마니발드의 시신은 이제 다 타고 없었고 거기서 나온 재들이 불꽃을 반짝이고 있었다. 내가 그 반지를 보여 주자, 삼촌은 반지를 들어 꼼꼼히 잘 살펴보더니 입을 열었다.

"이거 정말 귀한 거로구나. 분명 다른 나라에서 만든 것일 텐데, 배를 타고 우리 해안에 들어온 철갑인간들이 놓고 간 것이 틀림없다. 맨처음 이 반지를 가지고 들어온 사람들도 북녘 개구리의 희생자가 된 것이 뻔하다. 그런데 메메는 이 반지를 도대체 왜 너에게 준 것일까?

차라리 네 누나 살메한테 주는 게 더 나았을 거 같은데, 너같이 숲에 사는 남자애가 그 장신구를 가지고 뭘 할 수 있겠어."

"나 이 반지 누나한테 절대 안 줄 거예요." 나는 기분이 상해서 외쳤다.

"그래, 주면 안 되고말고. 메메가 하는 일은 어떤 것도 의미가 없는 것은 없다. 뭔가 쓸모가 있으니까 너에게 주었을 거다. 무슨 의중이 있는지 지금은 나도 잘 모르겠다만 뭔가 생각한 것이 있으니까 그랬겠지. 언젠가 다 드러날 때가 올 것이다. 이제 집에 가자." 삼촌이 말했다.

"그래요, 가요." 나는 졸린 발걸음을 재촉했다. 삼촌은 나를 늑대의 등에 태우고 어둑어둑한 숲을 지나 집으로 갔다. 내 뒤로는 장작이 다 타들어 가고 있었다. 내가 처음 보았던 바다는 다시 돌아보지도 않고 발걸음을 옮겼다.

2

사실 나는 숲이 아닌 마을에서 태어났다. 마을에 가서 살자고 한 사람은 바로 우리 아버지다. 우린 모두 마을로 옮겼다. 사람들은 모두 마을로 옮겨 갔다. 우리 부모님은 거의 마지막까지 남은 사람들이었다. 작물을 키우는 데에도 관심이 없었고 빵도 잘 먹지 못하는 엄마는 마을 생활을 아주 싫어했다.

엄마는 언제나 이렇게 말하곤 했다. "그건 쓰레기야. 저 있잖니, 레메트, 난 이걸 좋아하는 사람들을 도무지 이해할 수가 없어. 그냥 남들에게 잘 보이려고 먹는 음식이야. 다른 마을 사람들을 따라 하면 뭐가 좋아 보이는 줄 알고 하는 거란 말이야. 하지만 잘 구운 엘크 고기는 좀 다르지. 우리 아들, 얼른 와서 먹거라. 누구 먹이려고 내가 이 고기를 이렇게 열심히 구웠겠니."

아버지 생각은 다른 것 같았다. 아버지는 새로운 시대의 사람이 되고 싶어 했고, 새로운 시대의 사람은 암울한 숲이 아닌 밝은 태양과 하늘 아래 마을에 사는 것이 옳았다. 가을이 오면 빵을 우걱우걱 먹고 외국에 온 사람들처럼 보이기 위해서 밀을 재배하고 여름 내내 시커먼 개미들처럼 일해야 했다. 다른 마을 사람들이 그러는 것처럼 집에 낫을 두고 살았고 가을이면 그 낫으로 언덕배기에 올라가 추수했다. 그리고 추수한 알갱이를 문질러 벗기자면 맷돌도 있어야 했다. 삼촌은 아버지가 숲속 삶을 얼마나 증오했는지, 그리고 말로 설명하기 어려울 정도로 재미있는 생활을 영위하고 훌륭한 도구들을 많이 가진 마을 사람들을 얼마나 부러워했는지 잘 말해 주었다.

아버지가 목소리를 높였다. "우리도 빨리 마을로 옮겨야 한다. 이러다가 좋은 세상 다 보내겠다. 생각이 제대로 박힌 사람들은 이제 숲 한가운데 살지 않고 파란 하늘 밑 마을에서 산단 말이다. 나도 우리보다 더 나은 세상 사람들처럼 밭을 갈고 씨를 뿌리면서 살고 싶다. 내가 부족한 게 대체 뭔데? 난 더 이상 거지같이 살고 싶지 않아. 철갑인간들이랑 수도사들을 보란 말이야. 우리보다 몇백 년은 앞서 있다는 게 바로 보이잖아! 그 사람들을 쫓아가려면 우린 그보다 더 노력해야 한다고."

그래서 아버지는 엄마도 마을로 데리고 갔다. 작은 집을 짓고 씨를 뿌리고 밭을 일구는 법을 배웠다. 낫과 맷돌도 생겼다. 아버지는 교회에 나가고 독일어를 공부하기 시작했다. 그러면 철갑인간들의 언어를 잘 이해해, 그들을 통해 더 놀랍고 현대적인 기구 만드는 법을 배우리라 기대한 것이다. 아버지는 빵을 먹고 나면 언제나 그 맛을 칭송했고 보리로 죽을 끓이는 방법을 터득했다. 아버지의 문명에 대한 호기심과 자랑은 끝이 없었다.

"그건 꼭 나뭇가지를 씹는 것 같네." 이런 엄마의 푸념은 아랑곳없이, 아버지는 자기도 얼굴을 찌푸리면서도 보리죽을 하루 세 번 먹었고 숲에 사는 사람들이 먹는 맛 좋은 음식들은 경멸했다.

아버지는 이렇게 말하곤 했다. "바보들처럼 이런 고깃덩어리 따위나 먹지 말고 훌륭하고 맛있는 유럽 사람들의 음식을 먹자꾸나. 배에 부담을 주는 기름진 음식 말고 이렇게 가볍고 부담이 덜 되는 음식 말이야. 이런 걸 왕의 만찬이라고 하는 거다."

내가 태어났을 때 아버지는 나한테 보리죽만 먹여야 한다고 우겼다. 왜냐하면 이 아이는 '최고의 인간'으로 자라야 했기 때문이다. 아버지는 나에게 작은 낫도 하나 가져다주었다. 내 다리가 좀 더 자라면 곧 아버지를 따라서 밭에 나갈 것이라 생각했기 때문이다.

"이 귀한 낫을 어린아이 손에 쥐여 주는 게 안 좋다고 생각하는 사람들이 있는데 난 그 생각에 반대야. 우리 아이는 이 새로운 도구들을 사용하는 데 익숙해져야 해. 네가 더 크면 그때는 낫 없이는 못 살 것이다. 너도 밀 베는 방법을 빨리 잘 배워 두는 게 좋을 거야." 아버지는 자랑스럽게 말했다.

이 이야기는 모두 우리 삼촌에게 들은 이야기이다. 나는 우리 아버지에 대한 기억이 없다. 엄마는 아버지 이야기를 하는 것을 별로 좋아하지 않았다. 그럴 때마다 의기소침해져서는 다른 화제로 돌리곤 했다. 엄마는 확실히 아버지의 죽음을 자기 탓으로 돌렸고, 실상도 그러했다. 엄마는 마을에 사는 것을 아주 지루해했다. 밭일에는 아무런 관심이 없었다. 아버지가 밭을 일구러 나갈 때마다 엄마는 숲을 여전히 자기 집처럼 드나들곤 했는데, 거기서 곰을 한 마리 만나게 되었다. 둘 사이에 무슨 일이 있었는지는 말 안 해도 아주 뻔한 이야기일 것이다. 커다란 몸집에 보드라운 피부, 약간은 멍청하고 털이 북실북실한 곰의 손길을 거부할 수 있는 여자는 그리 많지 않았다. 게다가 곰들은 인간 여자를 꾀어내는 데도 일가견이 있어서 여자들은 그들의 유혹에 금방 빠져들었다. 인간 여자에게 꽂힌 곰들은 어떤 짓을 해서라도 그 여인에게 다가가 달콤한 말을 속삭였다. 인간들 대부분이 숲에 살던 때는 곰과 사랑에 빠진 부인을 발견하고 화가 치민 남자들이 곰을 집에서 쫓아낸 것은 별 이야깃거리도 아니었다.

사람들이 밭에서 일을 시작하게 되자 곰들은 마을까지 찾아오기 시작했다. 곰은 정말 친절한 동물이었다. 나보다 다섯 살 많은 살메 누나는 곰이 항상 꿀을 가져다주었다고 말했다. 인류의 가장 좋은 친구인 뱀을 제외하면 모든 동물 중에 가장 영특한 곰들은 사람들의 언어도 이해할 수 있었다. 곰은 말을 길게 하는 법이 없었고 그나마 잘 알아먹지도 못했다. 그러나 사랑하는 사람과 이야기하는 데 무슨 말이 필요할까. 일상생활에서 쓰이는 의미를 표현하기엔 부족함이 없었다.

물론 지금은 많은 것이 변했다. 우물에서 물을 길어 오는 길에 곰들과 마주치면 사람의 인사말을 건네 보았다. 곰들은 그저 바보 같은 표정으로 우리를 보고는 풀숲으로 냉큼 들어가 버렸다. 그들이 수백 년 동안 살아오면서 터득한 문화는 사람들과 뱀들과의 소통이 줄어들면서 점차 퇴화하였고, 이제 곰들은 다른 짐승들과 별반 차이가 없게 되었다. 하긴 인간도 마찬가지다. 나 말고 누가 뱀의 말을 할 수 있단 말인가. 땅으로 가라앉고 있는 세상이 우물물 맛도 씁쓸하게 만드는 듯했다.

그런들 우리는 뭘 어쩌겠는가. 어쨌든 내가 어린 시절에는 곰들이 여전히 사람들과 소통이 가능했다. 우리는 곰들을 한 번도 인간의 친구라 생각한 적은 없었다. 곰들은 그저 우리보다 낮은 위치에 있는 동물일 뿐이었다. 결국은 그들의 꿀이 진득한 발을 닦아 주고 원시적이고 바보 같은 근성을 버릴 수 있도록 하는 것은 우리들 자신이었다. 곰들이 언제나 우리한테서 많은 것을 배운다는 차원에서 사람들은 곰들보다 우위에 있었다. 그런데도 인간 여자들은 곰의 감성과 매력에 금방 빠지곤 했다. 그런 이유로 혹시 저 뚱뚱하고 털이 북실북실한 귀여운 자루처럼 생긴 놈들이 자기의 부인과 놀아나지는 않을지, 남자들은 곰을 언제나 의심스러운 눈초리로 보았다. 그런데도 자신의 침대에서 곰의 털을 발견하기가 일쑤였다.

우리 아버지의 경우는 상황이 더 안 좋았다. 아버지가 침대에서 발견한 것은 곰의 털 정도가 아니라 완전체의 곰 한 마리였다. 그 자체만으로는 큰 문제가 되지 않았을지도 모른다. 아버지가 뱀의 말을 쓱쓱거렸다면 그 소리를 들은 꿀손은 귀를 축 내려뜨리고 당장 숲으로 몸을 피했을 것이다. 그런데 아버지는 뱀의 말을 잊어버린 지 한참 되었다. 우선 마을에서는 그 재능이 별로 요긴하지 않았고 그보단 낫과 맷돌을 쓰는 게 뱀의 말보다 훨씬 소용이 많았기 때문이다. 그래서 자기 침대에서 곰을 보게 된 아버지는 곰을 보자마자 독일어로 소리질렀고 그 알아듣지 못할 희한한 말을 접한 곰은 흥분한 나머지 아버지의 머리를 물어뜯었다.

곰은 피에 목마른 동물들은 아니기 때문에 일부러 피를 마시기 위해 물어뜯은 것은 아니었다. 예를 들어 피를 마시고 살았던 늑대의 경우에는 뱀의 말을 들으면 인간들에게 순종하였고, 사람들은 그래서 그 동물의 등에 타고 다니거나 젖을 짜 먹기도 했다. 늑대는 정말 위험한 가축이지만 숲에 사는 동물 중에 그렇게 맛있는 젖을 짤 수 있는 동물은 없었고 뱀의 말은 그 늑대들을 참새들처럼 사람들에게 고분고분하게 바꾸어 놓았다. 그래도 곰은 영리한 존재였다. 아버지를 죽인 곰은 금세 절망에 빠졌고 자신의 욕구 때문에 일을 저질렀다고 믿은 곰은 자기 잘못을 용서하지 못하고 자기 손으로 성기를 물어뜯었다. 성기가 잘려 나간 곰과 어머니는 함께 아버지의 시신을 화장했고 곰은 다시는 만나지 말자며 깊은 숲속으로 들어가 버렸다. 내가 앞에서 말한 대로 어머니는 아버지의 죽음이 줄곧 자신의 탓이라고 여겼고 곰에 대해 느꼈던 애정은 순식간에 식어 버렸다. 그러니 그 이별은 어머니에게도 적절한 해결 방안이었다. 어머니는 자신의 인생에 다시는 곰을 들여놓지 않았다. 곰을 보기만 하면 뱀의 말을 쉭쉭거렸고 점차 예전 삶의 방식을 되찾게 되었다. 별다른 이유도 없이 아무 때나 불쑥 화를 내는 어머니의 성질 때문에 자주 다투기도 했다. 나중에 적당한 때가 되면 이 이야기를 허심탄회하게 터놓을 기회가 있으려니 했다.

아버지가 돌아가시고 나니 엄마는 더 이상 마을에 남을 이유가 없었다. 그저 옷가지만 챙겨서 나와 누나의 손을 잡고 숲으로 다시 돌아왔다. 그곳에는 엄마 동생인 삼촌 보텔레가 여전히 살고 있었다. 삼촌은 나를 성심성의껏 보호해 주었다. 오두막을 짓는 것을 도와주었고 언제라도 신선한 젖을 먹을 수 있도록 어린 늑대도 선물해 주었다. 아버지가 돌아가신 후로 엄마는 항상 기분이 처져 있었으나 점차 기분이 나아지는 것 같았다. 그렇게 싫어했던 마을에 갈 일이 없어졌기 때문이다. 철갑인간을 흉내 내거나 낫을 이용할 일이 없어져서 엄마는 점차 기분이 좋아졌고 걱정할 일도 전혀 없었다. 집에서는 빵을 절대 먹지 않았고 엘크와 염소 고기만 산처럼 쌓여 갔다.

우리 식구가 다시 숲으로 돌아왔을 때 난 채 한 살도 되지 않았다. 그래서 나는 마을 생활이 어떠했는지 전혀 알지 못한다. 나는 숲에서만 자랐고 이곳이 나의 유일한 집이었다. 숲 한가운데 오두막이 있다는 것은 정말 좋은 일이었다. 그리고 삼촌이 사는 동굴은 우리 집에서 아주 가까웠다. 그 당시만 해도 숲에 사는 사람이 꽤 있었다. 돌아다니다 보면 다른 사람들도 종종 만났다. 오두막 앞에서 늑대 젖을 짜는 할머니들도 있었고 긴 수염을 기르고 쉰 목소리로 독사와 이야기하는 아저씨들도 있었다.

젊은 사람들은 얼마 없었고 그나마도 빠르게 줄어들었다. 사람이 살지 않는 버려진 집들을 자주 볼 수 있을 정도였다. 집에는 수풀이 우거지고 주인 없는 늑대들은 여기저기 돌아다녔다. 만나는 노인들은 하나같이 이제 모든 것이 사라져 버렸고 여생이 얼마 남지 않은 사람들밖에 없다고 했다. 아이가 태어나지 않는다는 것 때문에 사람들은 무척 슬퍼했다. 아이를 낳을 만한 젊은이들이 전부 마을로 옮겨 갔는데 어떻게 아이를 기대한다는 말인가. 나도 가끔 마을에 가 보곤 했는데 깊숙이 들어갈 용기가 나지 않아 언저리에서 쳐다보기만 했다. 그곳은 숲과는 모든 것이 달랐고 뭔가 아주 특별해 보였다. 숲보다 햇볕이 더 잘 들어서 그런지, 집들은 여기저기서 빛이 났다. 나무들 사이에 반쯤 묻혀 있는 듯한 우리 동네 오두막보다 훨씬 멋진 집들이 청명한 하늘 아래 줄지어 서 있었다. 게다가 집마다 아이들이 떼를 지어 깡충깡충 뛰어다니는 것이 보였다.

같이 놀 친구가 정말 없는 나는 그 애들이 무척 부러웠다. 누나는 내가 뭘 하며 노는지 관심이 거의 없었고 나보다 다섯 살이나 많아서인지 내가 모르는 뭔가를 하면서 분주하게 지냈다. 다행히 패르텔이 있어 항상 같이 놀 수 있었다. 탐베트 아저씨 집에 히에라는 애가 있긴 했지만, 너무 어렸고 아직 다 자라지 못한 다리로 집 주변을 뛰어다니면 으레 넘어져서 다시 일으켜 주어야 했다. 한마디로 우리와 같이 놀 만한 애가 아니었다. 무엇보다 히에의 아버지 탐베트와 부딪히는 것이 제일 싫었다. 내가 어리고 철이 없을 때도 탐베트가 나를 못마땅해한다는 것을 느낄 수 있었다. 나만 보면 성을 못 참고 불같이 소리를 질렀다. 내가 패르텔과 머루를 따다가, 잔디밭에서 느릿느릿 걷고 있는 히에를 보고 그저 좋은 마음으로 머루를 주었을 뿐인데도 집 안에 있던 탐베트는 밖에서 들릴 정도로 윽박질렀다.

"히에, 얼른 집으로 오지 못해! 마을 사람한테서 아무것도 받으면 안 돼!"

이미 한참 전에 마을을 떠난 우리 식구들을 전혀 포용하려 들지 않았고 나와 우리 누나를 계속 마을 아이들이라고 불렀다. 성스러운 숲에 가면 언제나 눈에 띌 정도로 분노의 눈초리로 쏘아보았고 우리 식구들이 성스러운 곳에 마을의 악취를 가져와 더럽힌다며 화를 냈다. 나는 현자라고 불리는 그 윌가스가 토끼를 죽여 피를 내는 광경이 너무 보기 역겨워 성스러운 숲에는 가고 싶지도 않았다. 고작 나무뿌리에 뿌리겠다고 내가 제일 좋아하는 토끼를 어떻게 그렇게 쉽게 죽일 수 있는지 난 도무지 이해가 되지 않았다. 윌가스의 얼굴은 겉으로 보기에는 그리 끔찍한 모습은 아니었다. 오히려 마음 좋은 할아버지의 모습이었고 아이들에게도 잘해 주었다. 가끔 우리 마을에 찾아와서는 세상에 사는 정령들이나 어린아이들이 경외하고 존경해야 할 신성한 것들의 이야기를 들려주었다. 우물에 몸을 씻으러 오기 전이나 우물에서 물을 긷고 난 후에는 항상 제물을 바쳐야 한다는 이야기였다. 만약 제물도 가져오지 않고 강에서 수영을 하면 물의 정령들이 물에 빠뜨려 죽게 한다고 했다.

"무슨 제물을 바쳐야 하는데요?" 내가 그렇게 묻자 현자 윌가스는 껄껄껄 웃으면서 살아 있는 개구리 한 마리를 잡아다가 머리를 잘라서 우물이나 강에 던지면 된다고 했다. 그러면 정령의 기분을 풀어 줄 수 있다고 했다.

"정령들은 왜 그렇게 나빠요? 왜 그렇게 피를 바라는 건데요?" 나는 겁에 질려 물었다. 죄 없는 개구리를 못살게 구는 것이 몹시도 끔찍했다.

"넌 대체 무슨 소리를 하는 거니? 정령들은 절대 나쁜 존재가 아니야. 정령들은 물과 강을 지켜 주는 분들이니 우리는 그분들 마음에 들도록 명령을 실행하며 살아야 해. 그게 이전부터 내려오던 전통이야." 윌가스는 내 질문에 불같이 화를 냈다.

그러더니 내 볼을 두드리며 무조건 성스러운 숲에 다녀오라 했다. "성스러운 숲에 가지 않으면 들개들이 네 몸을 조각조각 물어뜯을 거다." 그러고는 자리를 떠났다. 나는 이제 강에서 수영하면 안 되겠구나 하는 생각과 함께 공포에 사로잡혔다. 개구리를 반으로 자르는 게 너무 싫었다. 그 이후로는 강에 물놀이하러 가지도 않았고 내가 개구리를 제물로 바치지 않는 것에 화가 난 물의 정령들이 나를 벌주려고 강가에 나오면 언제라도 도망갈 태세를 갖추기 위해서 최대한 강기슭에서 멀리 가지 않고 가까운 곳에서 놀았다. 성스러운 숲에 갈 때면 몹시 불편했다. 눈을 부릅뜨고 윌가스가 숲을 지키고 있다는 들개들이 어디 있는지 살펴보았으나 우리 같은 '마을 사람'들이 현자의 의식을 정성을 다해 보지 않고 숲 여기저기를 돌아다니는 것에 몹시 화가 난 탐베트의 앙칼진 눈동자만 있을 뿐이었다.

내가 말한 대로 마을 생활은 정말 재미있어 보였기 때문에 우리를 '마을 사람'들로 보는 것 자체는 아무런 문제가 되지 않았다. 우린 왜 거기서 숲으로 다시 옮겨 온 것인지 또 돌아갈 수는 없는 것인지, 아니면 완전히 옮기진 않더라도 잠깐 구경하러 갈 수도 없는 것인지 엄마한테 묻곤 했다. 엄마는 단 한 번도 내 말에 동의를 표하지 않았고 도리어 숲에 사는 것이 얼마나 좋은지, 마을에서 살면 얼마나 귀찮은 일이 많은지 설명해 댔다.

"거기 사람들은 빵이랑 보리죽만 먹는단 말이야." 엄마는 내가 알아들을 것이라 예상하고 그런 말을 한 것 같았으나 사실 그런 음식들을 먹어 본 적이 없는 나는 엄마의 잔소리에 선뜻 동의할 수가 없었다. 오히려 이름만 들어 본 그 음식들이 내게 호기심을 불러일으켜 먹고 싶다는 생각만 더 간절해졌다. 그래서 나는 엄마한테 다시 물었다.

"나도 빵이랑 보리죽 먹고 싶어요!"

"얼마나 끔찍한지 네가 몰라서 그래. 여기 맛있는 고기들이 얼마나 많은데. 여기 와서 얼른 먹어 보렴. 내 말을 들어. 여기 음식들이 백배 나아."

나는 엄마 말을 믿을 수 없었다. 구운 고기는 매일 먹는 음식이었고 언제나 똑같고 신기할 것은 전혀 없는, 흔해 빠진 음식이었다.

"나도 빵이랑 보리죽 먹고 싶다니까요." 나는 더 고집을 피웠다.

"레메트, 좋은 말로 할 때 그 바보 같은 이야기 좀 그만해라. 넌 네가 말하면서도 그게 무슨 말인지 몰라. 넌 빵 같은 거 먹을 필요 없어. 아무리 먹고 싶다고 해도 한 입 먹으면 바로 뱉어 낼걸. 빵은 나무껍질처럼 말라비틀어져서 씹히지도 않아서 입 안에서 돌아다닌단 말이야. 자, 여기 부엉이 알이나 먹어 봐!"

내가 제일 좋아하는 부엉이 알을 보자마자 조르기를 그만두고 알이 텅 빌 때까지 쭉쭉 빨아 먹었다. 방에 들어온 누나는 그 맛있는 것을 왜 동생한테만 주느냐며 엄마한테 꽥 소리를 질렀다. 나도 부엉이 알 얼마나 좋아하는데!

"살메, 당연히 네 것도 있어. 네 알도 챙겨 왔다. 둘이 나누어 먹어." 엄마가 말했다.

부엉이 알을 품에 안은 누나는 내 옆에 앉아 누가 더 많이 먹나 내기라도 하듯 먹기 시작했다. 그제야 나는 빵이나 보리죽 생각을 잠시 잊을 수 있었다.

3

부엉이 알 몇 개로는 나의 호기심을 잠재울 수 없었다. 다음 날도 나는 마을 초입에 나와서 정신없이 마을을 바라보고 있었다. 내 옆에서 잠자코 있던 패르텔이 갑자기 말을 꺼내었다.

"이렇게 멀리서만 쳐다보고 있을 거야? 조금 더 가까이 가 보자."

조금 위험해 보이는 제안을 받은 나는 말은 하지 않았지만 상상하는 것만으로도 심장이 콩닥콩닥 뛰었다. 그러나 패르텔은 정작 자기가 말을 꺼내 놓은 것과는 달리 위험을 감수할 마음은 별로 없어 보였다. 마치 내가 당장이라도 고개를 내저으며 가지 말자고 말려 주기를 기다리는 눈치였다. 분명 자기가 말하고도 겁이 난 것이다. 그런데 나는 고개를 내젓기는커녕 이렇게 말했다.

"그래, 가 보자."

말은 그렇게 했지만, 앞이 보이지 않는 어두운 숲에 있는 호수로 한 발짝 더 다가가는 느낌이 들었다. 우리는 몇 발자국 걷지 못하고 두려운 마음에 그 자리에 서 버리고 말았다. 패르텔의 얼굴을 보니 백지장처럼 하얬다.

"정말 더 들어갈 거야?" 패르텔이 물었다.

"그러자."

우리는 발걸음을 멈추지 않았다. 사실 정말 두려웠다. 걷다 보니 마을 첫 번째 집 앞이었다. 다행히도 사람은 아무도 없었다. 얼마나 더 가야 하는가 하는 문제는 패르텔과 미처 합의하지 못했다. 집 근처까지만 가 볼 것인가. 온 김에 집 안도 들여다볼 것인가. 그러나 그건 정말 못 할 노릇이었다. 눈물이 왈칵 쏟아져 나올 정도로 겁이 났다. 아무 생각 없이 뒤돌아서 숲으로 돌아가고 싶었다. 그러나 친구도 옆에 있는데 겁쟁이처럼 보이고 싶지는 않았다. 숨을 거칠게 쉬는 걸로 보아 패르텔 역시 나와 같은 생각인 듯했다. 그런데도 우리는 뭔가 마법에라도 걸린 것처럼 한 발 한 발 앞으로 걸어 나가고 있었다.

그때 집 안에서 우리 나이 또래인 듯한 여자애가 한 명 걸어 나왔다. 우리는 그 자리에서 멈춰 섰다. 만약 그게 어른이었다면 꽁지 빠지게 숲으로 뛰어갔을 것이다. 그런데 우리 나이 또래 여자애 앞에서는 도망칠 이유가 없었다. 그리 위험해 보이지 않았고 그냥 마을에 사는 계집애일 뿐이었다. 그래도 혹시 모르니 가까이 가지는 않고 쳐다보기만 했다.

계집아이도 우리 쪽을 빤히 쳐다보고 있었다. 우리가 보기에 우리를 겁내는 것 같지는 않았다.

"너희 숲에서 왔어?" 계집애가 물었다.

우리는 고개를 끄덕였다.

"여기 살러 온 거야?"

"아니." 패르텔은 그리 대답했다. 나는 잠시 주춤하긴 했으나 전에 마을에 살았다가 숲으로 옮겨 온 거라고 으스대며 말했다.

"너는 왜 숲으로 다시 돌아간 건데? 다들 이 마을에서 살려고 하지 숲으로 돌아가는 사람은 한 명도 없어. 숲에서는 바보들만 살아." 계집애가 놀란 표정으로 말했다.

"바보는 너야." 내가 말했다.

"아니야, 네가 바보야. 다들 숲에는 바보들만 산다고 그래. 네가 입고 있는 옷을 좀 봐. 가죽옷이잖아. 정말 끔찍해. 짐승 같다고."

우리는 입은 옷을 계집애와 비교해 보았다. 정말 우리 옷은 늑대와 염소 가죽으로 만들어져 보기에도 정말 추레했고 계집애 옷에 비하면 자루처럼 보였으니 그 말은 인정할 수밖에 없었다. 우리 마을에서는 본 적 없는 길고 얇은 무언가로 만든 그 옷은 가죽옷과 비교할 만한 것이 아니었다. 정말 부드럽고 가벼워 보였으며 바람에 하늘거리기도 했다.

"그건 무슨 가죽이야?" 패르텔이 물었다.

"이건 가죽 아니야. 이건 천이야. 이건 짜는 거야." 계집아이가 대답했다.

우리는 그 말을 듣고도 무슨 말인지 알 수가 없었다. 계집애는 웃음이 터졌다.

"너희는 천을 짠다는 게 무슨 말인지 몰라? 베틀을 한 번도 본 적 없어? 물레도? 방으로 들어와 봐, 내가 보여 줄게." 계집아이가 외치듯 말했다.

그 제안은 몹시 겁이 나기도 하고 몹시 끌리기도 했다. 패르텔과 나는 서로를 쳐다보다가 이참에 갈 데까지 가 보자는 맘으로 고개를 끄덕였다. 사실 그 이상한 이름의 물건들을 한번 보고 싶었다. 계집애가 무슨 짓을 하든 우린 두 명이지 않은가. 그런데 혹시 저 방에 다른 사람들이 더 있기라도 하면…….

"저 방에 또 누가 있어?" 내가 물었다.

"아무도 없어. 오늘은 나만 집에 혼자 있어. 다른 사람들은 전부 건초 모으러 나갔어."

그 '건초 모은다는 일'이 어떤 건지도 역시 알 수 없었지만 난 어리숙하게 보이는 것이 싫어 이해하는 양 고개를 끄덕였다. 우리는 떨리는 가슴을 부여잡고 방으로 들어갔다.

그 방은 정말 신기한 물건들로 가득했다. 나무로 만든 것들로 가득했고 눈이 부실 정도로 알록달록했다. 우리는 나무로 머리를 맞은 것처럼 방으로 들어가지도 밖으로 나오지도 못하고 문턱에서 가만히 서 있었다. 마치 물 만난 고기처럼 신난 그 아이는 자기가 뭔가 중요한 사람이 된 양 우쭐댔다.

"자, 이게 베틀이야." 그 말과 함께 계집아이는 태어나서 한 번도 보지 못한 신기한 물건 하나를 매만졌다. "이걸로 옷을 짜는 거야. 나도 이거 할 줄 아는데. 한번 보여 줄까?"

우린 꿀 먹은 벙어리처럼 잠자코 있었다. 계집아이가 베틀이라는 기계 뒤에 앉아 무슨 이상한 막대기를 돌리니 덜컹거리는 소리를 내며 그 기계가 움직였다.

패르텔은 흥분한 듯 숨을 내쉬며 혼잣말했다.

"와. 진짜 멋지다."

계집애가 말을 이었다. "그럼 됐다. 베틀질 이제 재미없다." 그러더니 일어났다. "또 뭘 보여 줄까? 이거 봐. 이건 빵 구울 때 쓰는 나무 삽이야."

그 나무 삽 역시 도통 신기한 것이 아니었다.

"저건 뭐야?" 벽에는 나무 십자가가 하나 걸려 있는데 사람의 형상이 위에 박혀 있었다.

"저건 예수 그리스도야, 하느님이지." 누군가 대답했다. 계집애가 아닌 남자의 말이었다. 그 남자는 우당탕 소란을 피우며 밖으로 나가는 문을 살피는 우리 손을 강하게 붙잡았다.

그 목소리가 말했다. "도망가지 마라. 무서워할 필요도 없다. 너희들 숲에서 왔구나, 그렇지? 자, 진정하고, 아무도 너희한테 뭐라고 안 한다."

"우리 아버지셔. 대체 왜 우리를 겁내는 거야?" 계집아이가 말했다.

우리는 집에 들어온 사람을 의심의 눈초리로 쳐다보았다. 큰 키에 금발, 수염이 난 얼굴이 정말 근사해 보였다. 게다가 그가 입은 옷은 탐이 날 정도로 멋졌다. 계집애와 마찬가지로 밝은색 웃옷을 걸치고 있었고 바지는 가죽으로 되어 있었다. 목에는 벽에서 본 것과 똑같은 십자가 모양의 목걸이가 걸려 있었다.

"지금 숲에 사람들이 얼마나 살고 있니? 부모님들한테 바보짓 좀 그만하시라고 전해 드리렴. 제정신이 박힌 사람들은 이제 모두 숲에서 이사를 온단다. 이 시대에 그 어두운 공간에서 살다니, 지금의 지식이 전해 주는 문명의 이기를 거부하다니, 그런 바보 같을 데가. 다른 사람들은 으리으리한 성곽이랑 궁궐에 살고 있는데 동굴에서 비참하게 살고 있다니 생각만 해도 정말 가엾구나. 왜 우리 민족만 여전히 그렇게 살아야 하지? 우리도 다른 민족들처럼 똑같이 맛있는 것을 먹고 즐거운 생활을 해야 하지 않겠니? 꼭 엄마 아빠한테 전해 드리렴. 자기들 생각이야 안 한다 치더라도 아이들 장래를 위해 최소한의 관심은 보여야지. 독일어도 안 배우고 예수님도 안 믿으면 장차 너희의 인생이 어찌 되겠니?"

그 아저씨가 하는 말엔 아무런 대꾸도 할 수 없었지만 '성곽'이니 '궁전'이니 하는 이상한 말을 듣고 가슴이 콩닥콩닥 뛰었다. 그것들은 오늘 본 베틀이나 빵삽보다 더 훌륭한 물건임이 틀림없었다. 그것들도 내 눈으로 보고 싶었다. 집에 가거든 마을에서 놀게 해 달라고 꼭 이야기해야겠다고 생각했다. 그런 것들을 내 두 눈으로 직접 볼 수 있도록.

"너희는 이름이 뭐니?" 남자가 물었다.

우리는 이름을 중얼거리듯 말했다. 남자는 우리 어깨를 톡톡 두드렸다.

"패르텔과 레메트라…… 그건 이교도들의 이름이다. 마을로 이사를 오면 먼저 세례식부터 하고 성경에 나오는 이름을 받게 될 거야. 내 이름도 옛날엔 밤볼라였다. 그런데 이미 몇 년 동안 요하네스라는 이름을 쓰고 있지. 그리고 우리 딸 이름은 막달레나야, 이쁘지? 성경에 나오는 이름이 제일 멋지단다. 세련된 아이들은 이제 다 그런 이름을 써. 우리 에스토니아 사람들도 그래야 할 때가 왔다. 우리에서 나온 돼지처럼 나돌아 다니지 말고 다른 부족의 총명함을 배워야 한다."

요하네스는 다시 우리 어깨를 두드리더니 밖으로 데리고 나갔다.

"이제 집에 가서 부모님께 이야기하고 오너라. 반드시 다시 돌아와야 해. 에스토니아 사람 모두 어두운 숲에서 나와 하늘에서 햇살을 머금은 바람이 불어오는 이곳으로 와야 한다. 그 바람은 먼 곳에서 우리에게 지혜를 날라다 준단다. 우리 막달레나도 너희를 기다리고 있을 거야. 셋이서 같이 놀고 일요일마다 같이 교회에 가서 하느님께기도할 수 있으면 얼마나 좋겠니. 얘들아, 꼭 다시 만나자꾸나. 하느님이 너희 가는 길을 지켜 주실 거야."

패르텔은 뭔가 신경이 쓰이는 듯 소리를 내지 않으면서도 입을 다물지 못하고 있었다. 집을 향해 발걸음을 옮기다가 궁금한 것을 못 참고 물었다.

"아저씨, 손에 든 그 긴 장대는 뭐예요? 위에 뾰족한 게 많이 달려 있어요."

"이건 갈퀴야. 마을로 이사 오면 네 것도 생길 거다." 요하네스가 웃으면서 말했다.

패르텔은 아주 기분이 좋은지 얼굴 전체에 미소가 만개했다. 우리는 숲으로 뛰어갔다.

얼마 지나지 않아 우리는 각자의 집에 도달했다. 나는 뒤에서 쫓아오는 사람이라도 있는 것처럼 서둘러 오두막으로 뛰어들었다. 마을에서의 삶이 숲에 사는 것보다 훨씬 재미있다는 사실을 엄마에게 당장 말해 주어야겠다는 생각이 간절해졌다.

엄마는 집에 없었다. 살메도 밖에 나가고 없었다. 삼촌이 집 한구석에 앉아 말린 고기를 썹고 있었다.

"무슨 일 있니? 얼굴이 왜 이렇게 빨갛니?" 삼촌이 물었다.

"마을에 갔다 왔어요." 나는 그렇게 대답했다. 그리고 몹시 흥분된 나는 요하네스의 집에서 본 것들을 두서없이 이야기했다.

삼촌은 그 신기한 이야기들을 들으면서도 전혀 신기한 표정을 하지 않았다. 나는 할 수 없이 꼬챙이 달린 갈퀴를 벽에다 그려 보았다.

"그래, 나도 그거 본 적 있다. 그건 여기에선 하등의 쓸모가 없다."

정말 바보 같고 틀에 박힌 이야기였다. 소용이 없다고? 갈퀴처럼 그 럴듯한 물건들은 어딘가에 쓸모가 있으니까 발명해 낸 것 아니겠는 가! 막달레나와 요하네스처럼 집에서 직접 쓰는 사람도 있는데!

삼촌이 설명을 시작했다. "그 사람들에게는 정말 쓸모가 있을지도 모른다. 왜냐하면 짚을 긁어모을 수 있을 테니까. 키우는 동물들이 겨 울에 굶어 죽지 않으려면 짚단이 꼭 있어야 하거든. 엘크와 염소 들은 겨울에도 숲에서 먹을 것을 잘 찾으니까 죽지는 않아. 마을에 사는 동물들은 얼어 죽을까 봐 두려워서 밖으로 나올 줄을 몰라. 하나같 이 바보 같은 그놈의 동물들은 숲에 들어가면 바로 길을 잃을 테고 그러면 주인이 아무리 찾아도 찾을 길이 없어. 그 사람들은 짐승들을 모두 한데 모을 수 있는 뱀의 말을 할 줄 모르거든. 그래서 그 사람들 은 겨우내 그 동물들을 감옥 같은 데다 가둬 놓고 여름에 힘들게 모 은 짚단을 먹이는 거다. 그래서 마을 사람들은 그 우습게 생긴 갈퀴 가 필요한 거고, 우리는 밖에 날씨가 어떻든 아랑곳없이 사는 거고."

"그럼 베틀은요?" 나는 다시 변호하듯 말했다. 베틀은 정말 나에게 강렬한 인상을 남겼다. 거기에 달린 줄이며 바퀴며 다른 소리 나는 물건들은 너무 훌륭해서 말로 표현할 수조차 없었다.

삼촌은 웃기만 했다.

"그래, 애들한텐 그런 장난감 따위가 멋있을 수 있겠지. 그런데 우리 는 그런 베틀이 필요 없다. 왜냐하면 동물 가죽이 백배 더 따뜻하고 옷을 짜는 것보다 더 편하거든. 마을 사람들은 동물을 잡아서 가죽 을 벗기는 법을 모른다. 뱀의 말을 잊어버렸으니 삵이나 늑대 들은 사람과 마주치면 숲으로 도망가거나 아니면 인간을 덮쳐서 잡아먹어."

"그리고 거긴 사람 모양을 한 것이 달린 나무 십자가도 있었어요, 거기 마을 장로인 요하네스 아저씨는 그 형상이 예수 그리스도이고 하느님이라고 설명해 주었어요." 나는 심각하게 말했다. 정말 언젠가 삼촌도 마을에 가서 그 놀라운 물건들을 직접 보면 내 말뜻을 분명히 이해할 것이다.

그러나 삼촌은 그저 어깨를 들썩일 뿐이었다.

"어떤 사람은 정령을 믿고 성스러운 숲에 가기도 하고, 어떤 사람은 예수를 믿고 성당에 가기도 한다. 이건 그냥 유행일 뿐이야. 그 하느님을 믿는다고 뭔가 좋은 일이 생기는 것은 아니다. 그냥 보기 좋으라고 만들어 놓은 금붙이에 불과해. 목에 걸거나 갖고 놀자고 만든 거라고."

삼촌 말에 나는 기분이 상했다. 내가 본 기적 같은 일을 믿어 주지 않는다니. 이런 분위기에서 빵삽은 말도 꺼내지 못했다. 얘기해 봐야 우리는 빵을 먹지 않는다는 대답 외에 좋은 이야기가 나올 리 만무했다. 나는 말을 멈추고 삼촌을 성난 눈으로 보았다.

삼촌은 살짝 미소를 지었다.

"화내지는 말고. 너 같은 어린아이들이 마을 사람들이 사는 모습을 보면 머리가 띵할 정도로 충격을 받는 거 안다. 아이들뿐만이 아니라 어른들도 그래. 그래서 사람들이 죄다 마을로 살러 가는 거고. 마을에 사는 것이 정말 멋지네, 어쩌네 하는 사람들의 말만 듣고 혹하는 사람이 너 하나만은 아니다. 거기에 있는 나무 도구 때문에 도리어 정신이 나갈 지경이 될 거야. 사람들이 그런 것을 만드는 이유는 단 한 가지

임을 알아 두거라, 사람들이 다 뱀의 말을 잊어버려서 그런 거다."

"나도 뱀의 말 할 줄 모르는데요." 내가 못마땅한 목소리로 대답했다.

"네 말이 맞아. 아직 모르지. 하지만 곧 뱀의 말을 배우게 될 거다. 이제 다 큰 아이니까. 그런데 뱀의 말 배우기가 워낙 어렵다 보니 사람들이 그걸 고생해서 배우기보다는 낫이랑 갈퀴 같은 것만 생각하는 거란다. 그런 일들은 아무 생각도 하지 않고 몸만 쓰니 쉽게 느껴지거든. 그래도 넌 언제든 배울 수 있을 거야. 내가 가르쳐 줄게."

4

이전에는 아주 어린 아이들도 뱀의 말을 배우는 것이 아주 흔한 일이었다고 한다. 그 당시에도 뱀의 말을 잘 구사하는 사람이 있으면, 마찬가지로 한마디도 알아듣지 못하는 사람도 있었을 것이다. 그래도 일상생활을 하는 데 별 지장은 없었을 것이다. 그러나 태곳적 뱀의 왕이 우리의 조상들에게 가르쳐 준 그 뱀의 말을 대대손손 이어받은 사람이라면 모두 뱀의 말을 구사할 수 있었다.

내가 태어날 무렵에는 모든 것이 변해 있었다. 나이가 많은 사람들은 그래도 웬만큼 뱀의 말을 할 줄 알았지만 머리가 아주 명석하지는 않았던 모양이다. 젊은 세대 사람들은 그런 어려운 언어를 배우는 데 거의 관심이 없었다. 뱀의 말은 사람들 귀에는 단어들 사이의 미세한 차이가 거의 들리지 않고 조금이라도 잘못 발음하면 전체 문장의 의미가 바뀔 정도로 절대 쉽지 않았다. 게다가 원래부터 사람의 혀는 뱀의 말을 발음하는 데 적합하지 않았고 처음 배우는 사람들은 모든 것이 똑같이 쉭쉭대는 것처럼만 들렸다. 뱀의 언어를 배우기 위해서는 그에 맞게 혀를 연습시켜야 한다. 혀가 뱀처럼 빠르고 능수능란하게 움직이도록 매일 연습하는 것은 기본이다. 이리도 귀찮은 게 많으니 숲에 사는 사람들이 이런 고생스러운 뱀의 언어를 배우느니 훨씬 더 흥미로운 마을로 이사 가려 하는 게 이해 못 할 일은 아니었다.

사실 제대로 가르칠 만한 선생이 있는 것도 아니었다. 이미 몇 세기 전부터 사람들 사이에서 뱀의 말이 낯설어지기 시작했고 우리 할아버지 할머니도 뱀의 말을 완벽하게 구사한다기보다는 엘크나 사슴을 부른다든가 그들의 숨통을 끊기 전 하는 주문이라든가, 늑대들을 진정시킨다든가 옆을 지나가는 구렁이들과 쓸데없는 수다를 떨 때 필요한 표현 같은 아주 기본적으로 널리 쓰이는 단어만 구사할 뿐이었다.

아주 멋지고 힘 있는 단어들은 이미 이전부터 그 쓸모를 잃었다. 그런 힘 있는 단어들을 발음하기 위해서는, 그러니까 대충 알아듣기만을 위해서라도 몇천 명의 사람들이 동시에 모여 한꺼번에 해야 하는데 이젠 숲에서 그 많은 사람을 찾기 어렵게 된 지 오래다. 사람들에게 뱀의 말은 망각의 그림자 뒤에 숨어 버렸고 가장 쉬운 것조차 배우기를 꺼리게 되었다. 왜냐하면 조금 전 설명한 대로 아무리 들어도 기억에 남지 않기 때문이다. 쟁기를 끌거나 무거운 고기를 어깨에 메고 나르는 것보다 훨씬 힘들어 보였다.

뱀의 말을 전부 구사할 줄 아는 삼촌을 가진 나는 좀 특별한 경우였다. 두말할 것도 없이 이 숲에서 이런 경우는 내가 유일할 것이다. 삼촌 덕분에 뱀의 말 하나하나를 자세하게 배울 수 있었다. 그리고 삼촌은 몸을 아끼지 않는 선생님이었다. 뱀의 말 수업 시간만 되면 갑자기 호랑이처럼 무서운 선생님으로 돌변하는 삼촌을 보는 것도 나름대로 재미있었다. "그런 건 그냥 외워야 해." 어려운 말이 나오면 삼촌은 그렇게 짧게 말하고는 수십 번 연습하게 했다. 그러고 나면 꼭 낮에 누군가 내 혀를 비틀어 놓은 것처럼 밤이 되면 쑤시고 아팠다. 엄마가 구운 엘크 고기를 가져올 때면 고개를 내저어야 했다. 거의 매일 그렇게 고생하는 내 불쌍한 혀에 음식을 씹고 삼키는 부담을 더 안겨 주는 것 같은 느낌 때문이었다. 게다가 진짜로 내 혀가 몹시 아팠다. 상황을 이해하는 어머니는 삼촌에게 나를 더 이상 고생시키지 말고 제일 쉬운 것부터 가르치는 것이 어떠냐고 제안했지만 삼촌의 생각은 달랐다.

"린다, 안 된다. 나는 이 애가 사람인가 뱀인가 헷갈릴 정도로 뱀의 말을 가르칠 거다. 지금까지는 뱀의 말을 하는 사람이 나밖에 없지만 태곳적부터 전해 내려온 그 언어를 우리 후손들도 알아야 하지 않겠니. 레메트만은 절대 잊어버리게 해서는 안 된다. 레메트가 뱀의 말을 다른 누구에게 가르치게 될지 모르잖아. 예를 들어, 자기 아들에게 말이다. 그럼 뱀의 말은 명맥이 끊기는 일은 없을 거다."

"오빠 어떻게 아버지한테서 그 못된 고집과 성질머리만 물려받았어요!" 엄마는 그렇게 푹 한숨을 쉬더니 내 혀에 약을 발라 주었다.

"우리 할아버지 성격이 고약했어요?" 나는 약을 이 사이에 물고 웅얼거리며 물었다.

"끔찍했지. 물론 우리한테 그랬던 건 아니고, 우리는 정말 사랑해 주셨어. 적어도 내가 알기론 그래. 내가 어린 꼬마였을 때 돌아가셨으니 그 이후 진짜 세월이 많이 흘렀네." 엄마가 말했다.

"할아버지는 어떻게 돌아가셨는데요?" 나는 연이어 물었다. 나는 할아버지 이야기를 단 한 번도 들어 본 적이 없었다. 우리 아버지와 어머니가 난데없이 하늘에서 떨어졌을 리는 만무하고 분명 엄마에게도 부모님이 존재할 것이라는 결론만 내린 상태였다. 그런데 대체 왜 할아버지 할머니에 대해서는 아무도 이야기해 주지 않은 것일까?

"철갑인간들이 죽였지." 엄마가 말하자 삼촌이 말을 받았다.

"죽인 것은 아니야, 그냥 물에 빠뜨린 거지. 다리를 잘라 버린 후 바다에 내버렸어."

"그럼, 다른 할아버지는요? 할아버지는 두 명이어야 하잖아요." 내가 물었다.

삼촌이 말해 주었다. "철갑인간들이 다른 할아버지도 죽였다. 네가 태어나기 전에 엄청난 전투가 있었지. 우리 부족 남자들이 철갑인간들과 대적하겠다고 용맹하게 길을 떠났는데 팔다리가 찢겨 나가도록 당하고 말았다. 우리가 가진 검은 너무나 짧았고, 창은 너무 약했거든. 그런데 사실 그것은 별로 중요한 게 아니었어. 우리 무기는 단지 검과 창만은 아니었거든. 바로 우리에겐 북녘 개구리가 있었단다. 우리가 북녘 개구리를 깨울 수만 있었어도 그 철갑인간 따위는 바로 작살낼 수 있었을 텐데. 그때 우리는 수도 아주 적은 데다 이미 많은 수가 숲으로 살러 간 터라 도움을 청할 사람도 없었다. 그 사람들이 왔다 하더라도 뱀의 말을 다 잊어버렸으니 도움이 될 리가 만무했을 거다. 북녘 개구리는 수천 명이 함께 모여서 불러야 잠에서 깨어나거든. 그때 우리는 철갑인간들과 대적할 만한 다른 무기가 없었다. 대책 없이 전쟁에 나갔던 거지. 낯선 물건들은 행복도 성공도 가져다주지 않았어. 남자들은 전투 중에 다 죽고 너희 할머니 같은 여자들은 아빠 없이 아이들을 키우다가 슬픔에 잠겨 죽고."

엄마가 끼어들었다. "우리 아버지는 전쟁 중에 돌아가신 게 아니야. 우리 아버지한테는 그 누구도 가까이 가고 싶어 하지 않았어. 아버지 치아에 독이 있었거든".

"뭐라고요? 치아에 독이 있었다고요?"

삼촌이 거들었다. "뱀처럼 말이야. 우리 옛 조상들은 전부 이에 독이 있었어. 그런데 시간이 지나 뱀의 말을 잊어버리면서 독 있는 송곳니도 사라져 버렸지. 최근 100년 동안에는 그런 이가 난 사람을 만나는 게 정말 어려웠고 지금은 누가 그런 치아를 가졌는지 나도 모른다. 아무튼 우리 아버지 송곳니에는 독이 있었고 적들을 사정없이 물어 죽였지. 아버지 송곳니가 빛을 받아 빛날 때는 철갑인간들이 지레 겁을 먹고 걸음아 날 살려라 도망을 쳤으니까."

"그런데 할아버지는 어떻게 잡혔어요?"

엄마가 깊게 한숨을 쉬었다. "그놈들이 투석기를 가지고 왔어. 그리고 할아버지 쪽으로 돌들이 날아들었지. 일부러 할아버지한테만 집중적으로 돌을 날려서 할아버지는 옴짝달싹 못 하게 됐던 거야. 승리에 취한 철갑인간들은 할아버지를 꽁꽁 묶어서 두 다리를 자른 다음 바다에 던져 버렸어."

삼촌이 말했다. "철갑인간들이 할아버지를 죽을 정도로 미워하고 또 겁을 냈거든. 그는 정말 야생의 사람이었고 몸속에는 우리 조상들의 피가 흐르고 있었어. 우리 모두가 그의 모습을 이어받았다면 지금처럼 철갑인간들이 나타나서 우리 땅에 둥지를 트는 일은 없었을 거야. 당장 목을 자르고 뼈까지 오도독 씹어 먹었을걸. 그런데 안타깝게도 다른 인간들이 이 땅에 들어왔다. 독니도 없어지고 뱀 말도 잊어버리고 말았으니. 그래서 지금 사람들은 잠자코 밭을 갈고 낫으로 짚단이나 자르고 있잖니."

삼촌은 바닥에 침을 한 번 탁 뱉고 아주 불쾌한 표정으로 바닥을 보았다. 할아버지의 용맹함을 이제 볼 수 없는 것처럼 그 아들에게도 모든 것이 사라져 버린 모습이었다.

"우리 아버지가 파도에 휘말리면서도 얼마나 우렁차게 포효하셨는지 철갑인간들은 성으로 도망치고서도 창문까지 봉해 버릴 정도였다. 벌써 30년이나 지난 일이다." 그렇게 어머니는 할아버지에 대한 슬픈 이야기를 마쳤다.

"그 이유 때문이라도 넌 꼭 뱀의 말을 배워야 해. 네 가엾은 할아버지를 위해서라도 말이다. 송곳니는 달아 줄 수 없지만 네 혀를 유연하게 만들어 줄 순 있다. 얼른 입에 있는 거 뱉고 다시 시작하자." 삼촌이 말했다.

"오빠, 쟤 좀 잠깐만이라도 쉬라고 하면 안 될까?" 엄마가 말했다.

"괜찮아요. 이제 혀가 그렇게 끔찍하게 아프지 않아요. 더 배울 수 있어요." 나는 용감한 표정을 지으며 말했다.

뱀의 말을 배운다고 해서 마을에서 본 물레니, 베틀이나 갈퀴 같은 것들에 대한 인상들이 모두 사라졌다고 하면 거짓말이었을 것이다. 마을 장로였던 요하네스와 그의 딸 막달레나가 보여 준 신기한 물건은 언제나 마음에 품고 있었고 빵삽은 혼자서 몰래 만들어 보려고도 했다. 베틀 같은 경우에는 저세상에서 온 듯한 물건이라서 우리 같은 사람들은 함부로 만들지도 못하겠다 싶어 아예 생각도 안 했다. 빵삽도 내 예상과 달리 너무 구부러졌고 게다가 언제라도 부러질 것처럼 약해 보였다. 집에 가져와도 어디 쓸 만한 구석이 없을 것 같아 풀숲에 버려두고 와 버렸다.

패르텔과 만날 때면 우리는 당연하게도 그날의 기억을 함께 되새겼고 언제가 그 멋진 집을 보러 다시 한번 가기로 또 다짐했다. 마을 장로 요하네스 아저씨는 분명 다시 놀러 오라고 했다. 마을에 대한 나쁜 감정이 완전히 사라진 것은 아니었지만 엄마와 삼촌의 말을 듣자 마을 생활은 점점 먼 나라 이야기처럼 들렸다. 그래서 나는 두 번째 마을 방문을 아주 먼 미래로 미뤄 두었고 패르텔은 나 없이 혼자 갈 용기가 있는 놈도 아니었다. 나는 패르텔에게 삼촌한테서 뱀의 말을 같이 배우자고 이야기해 보았다. 패르텔은 코를 만지며 엄마에게서 이미 뱀의 말을 배우고 있지만 그 끔찍하도록 어려운 말을 일부러 시간을 더 내어 가면서 배울 의향은 없다고 했다. 그래서는 나는 삼촌에게 가르침을 받는 유일한 학생이 되었다.

첫 일주일은 정말 끔찍했다. 내 혀는 몇 번이나 버섯처럼 부어올랐지만 마침내 입의 근육도 내가 하는 그 고생스러운 일에 익숙해졌는지 곧 진짜 뱀이 말하는 것처럼 꽤 비슷하게 발음할 수 있게 되었다. 처음엔 나를 너무 사랑하는 삼촌의 말 잘 듣는 조카가 되기 위해 뱀의 말을 머리에 쑤셔 넣기 시작한 것이었지만 시간이 지나니 뱀의 말 배우는 것 자체가 아주 재미있어졌다. 웬만큼 뱀의 말을 하게 된 후로 뱀의 말을 쉭쉭거리면 하늘을 날아다니는 독수리도 내 앞에 내려와 앉고 부엉이들이 둥지에서 고개를 빼꼭 내밀고 암컷 늑대가 젖을 더 잘 짤 수 있도록 자리에 얼어붙은 듯 누워 사지를 뻗는 등 아주 놀라운 경험을 많이 하게 되었다.

지혜라는 것이 두뇌에 들어갈 자리가 없는 하찮은 벌레들만 뱀의 소리를 알아듣지 못했다. 뱀의 말은 모기, 쇠가죽파리에는 통하지 않았고 벌이 무는 것도 막을 수가 없었다. 뱀의 말을 전혀 알아먹지 못하는 사면발니들은 그저 신경 쓰이는 소리로 앵앵댈 뿐이었다. 뱀의 언어가 종적도 없이 사라진 지금도 우물에 갈 때마다 그들의 앵앵 소리를 듣는다. 그냥 벌레들의 소리만 남아 있다.

어리고 호기심 많은 나는 벌레들 따위엔 신경 쓰지 않았고 어쩌다 내 몸에 오르기라도 하면 터뜨려 죽여 버렸다. 사면발니들은 숲에 사는 곤충도 아니고 날아다니는 쓰레기 같은 놈들이었다. 나를 매혹시킨 것은 내가 뱀의 말을 함으로써 변화된 숲의 모습이었다. 이전에는 걸어 다니기만 했던 숲인데 이제는 숲과 이야기를 할 수 있게 되었다. 정말 이루 형언할 수 없는 기쁨을 느꼈다.

삼촌은 내가 공부하는 것에 만족해했다. 삼촌은 이제 내가 뱀의 말을 배울 만큼 배웠으니 집 안에 고기가 떨어지면 나가서 염소를 꾀어 내서 잡아 오면 된다고 말해 주었다. 내가 쉭쉭대면 내 말을 듣고 졸래졸래 뛰어오는 염소의 목을 엄마는 칼로 그었고 그걸 지켜보고 있노라면 만감이 교차했다. 난 그때 여덟 살짜리 꼬마였다.

내가 뱀의 말을 배워서 가장 쓸모 있었던 것은 바로 인츠와 친구가 되었다는 점이다.

삼촌은 그날 새로 배운 뱀의 말 단어를 연습하라는 숙제를 냈고 나는 혼자서 작은 우물 옆으로 가서 내가 하는 뱀의 말이 얼마나 먹히나 보려고 열심히 혀를 굴렸다. 놀랍게도 내 말에 대답하는 소리가 들렸다. 아주 크고 두려운 소리였다.

뱀 한 마리가 고슴도치에게 공격당하고 있었다. 나는 그 고슴도치에게 내가 할 줄 아는 뱀의 말을 동원하여 당장 그만두라고 말해 주었다. 어떤 동물이건 그 자리에서 얼어붙게 만드는 뱀의 단어를 완벽하게 발음했으나 고슴도치에게는 먹히지 않았다. 생각해 보니 그 뱀도 역시 내가 한 것과 똑같은 말을 고슴도치에게도 했을 텐데 참으로 바보 같은 일이 아닌가. 뱀의 말을 겨우겨우 배운 인간의 실력은 뱀에 비할 수 없다. 그 언어는 바로 뱀들이 우리에게 가르쳐 준 것이니까. 사람이 뱀에게 가르쳐 준 것이 아니니까.

그 작은 뱀은 나에게 도움을 청하고 있었다. 고슴도치들은 짐승들 가운데 가장 미련하고 그들의 종이 나타난 이래 수십만 년이 흘렀는데도 뱀의 말을 한마디도 배우지 못했다. 그런 이유로 나와 뱀이 하는 소리들은 고슴도치에게는 아무런 의미가 없었다. 여전히 고슴도치는 뱀을 공격하고 있었고 만약 내가 발로 툭툭 쳐서 고슴도치를 숲속으로 보내지 않았더라면 아마 뱀은 공격에 속수무책이었을 것이다.

깊은숨을 들이쉬며 작은 뱀이 말했다. "고맙다. 고슴도치들을 만나면 우리도 정말 어쩔 수 없다. 다른 동물들은 금방 죽게 할 수 있어도 모기나 파리처럼 바보 같은 고슴도치들은 소용이 없어."

나의 뱀 말 실력은 그리 좋지 않았지만 내가 알고 있는 단어들로 이 어린 뱀이 무엇을 말하는 것인지, 왜 고슴도치를 물지 못한 건지 대충 알아들을 수 있었다.

"내가 말했지만, 그래 봐야 소용이 없다니깐. 그 녀석들은 정말 바보 같아서 내 독은 듣지 않아. 계속 공격을 이어 갈 뿐이지. 진짜로 고맙다. 그건 그렇고 너 우리 말을 정말 잘한다. 너처럼 우리 말을 잘하는 사람은 진짜 오랜만에 본다. 우리 아버지가 그러는데 옛날엔 우리 말을 하는 사람이 아주 많았대. 요즘엔 사람들이 뱀의 말을 몰라서 염소 한 마리도 못 잡는다고 하더라고."

나는 조금 부끄러워졌다. 난 뱀 말을 배운 지 얼마 되지 않았다는 사실을 작은 뱀에게 말하지 못했다. 나는 삼촌이 잘 가르쳐 줘서 그렇다고 말한 후 내 이름도 알려 주었다.

뱀이 말했다. "나 네 삼촌 본 적 있어. 우리 아버지가 너희 삼촌 잘 알아. 우리 말을 정말 막힘 없이 하더라고. 레메트, 우리 집에 놀러 와도 돼. 지금 당장 가자. 부모님에게 네가 구해 준 일을 말씀드릴게. 내 이름은 네 혀로 발음하기가 조금 어려울 텐데. 그냥 인츠라고 불러."

나는 뱀의 왕이 어떻게 사는지 한 번도 본 적이 없으므로 당장 집으로 가겠노라고 말했다. 내 새 친구와 왕은 얼마나 대단한 권세를 누리고 사는 것일까. 뱀의 왕들은 보통 뱀들보다 몇 배는 더 크고 장성하면 금으로 만든 작은 왕관을 달고 다녔다. 인츠는 아직 그런 게 보이지는 않으나 지성과 묵직한 성격으로 보아 분명 왕자인 것이 분명했다. 뱀 세계에서 왕들은 보통 뱀들보다 훨씬 적었다. 마치 한 명의 여왕개미 밑에서 일개미들이 수만 마리나 바글대는 개미 나라에 비견할 만했다. 그 뱀의 왕들을 간혹 본 적은 있었으나 그들과 같이 이야기할 기회는 얻지 못했다. 뱀의 왕들은 나같이 어린아이에겐 관심을 보이지 않았다. 그러기엔 그들은 너무 기품 있고 위엄 있었다.

그래서 인츠가 나를 어떤 커다란 구멍으로 인도하여 그 안으로 들어가라고 말하자 정말 흥분이 되었다. 요하네스의 집에 들어갈 때처럼은 아니었지만 나는 잠시 주춤거렸다. 뱀들이 무슨 나쁜 짓을 하지 않을 것은 뻔했으나 그래도 다른 세상에 들어가는 것이 아닌가. 뱀들의 집으로 들어가는 길은 아주 어둡고 길었다. 내 옆에서 말을 걸어 주는 인츠 덕분에 나는 웬만큼 마음을 추스를 수 있었다.

마침내 우리는 넓은 동굴 안으로 들어섰다. 온통 뱀들이었다. 보통은 작은 뱀들이었지만 그중에 들장미 꽃잎처럼 생긴 금빛 왕관을 쓴 왕이 있었다. 거기 있는 뱀 가운데 가장 큰 뱀이 바로 인츠의 아버지였다. 인츠는 내가 뱀의 말을 완벽하게 하는 것은 아니지만 어떻게 자기의 목숨을 구해 주었는지 세세하게 설명했다. 커다란 뱀의 왕은 나를 가만히 살펴보더니 내 근처로 스르륵 움직여 왔다. 나는 공손히 인사한 후 삼촌이 가르쳐 준 인사말을 해 보았다.

뱀의 왕이 말했다. "사랑스러운 소년아. 네가 뱀의 말로 소통할 수 있는 마지막 인간인 것 같구나. 사람들은 이미 예전부터 우리의 말을 배우려 들지 않고 더 멋진 삶을 찾아 떠났다. 너의 삼촌이 후계자를 선택했다니 정말 기쁘구나. 너는 이 동굴에 언제라도 환영이다. 게다가 우리 자식을 살려 준 공은 더 크다. 고슴도치들은 우리에게 가장 큰 징벌 같은 존재다. 무식한 데다가 뭘 가르쳐도 배우려 들지를 않는 놈들이다."

누군가 뒤에서 말했다. "이제 사람들이 고슴도치처럼 살려 하니 큰일입니다. 그들도 조만간 똑같은 신세가 될 겁니다."

인츠가 거들었다. "이제 더 이상 놀랄 일도 아닙니다. 이제 그 사람들은 철갑인간들을 좋아하게 되었습니다. 그런데 그 사람들은 가시가 돋은 고슴도치 같지 않습니까? 사람들이 그 철갑인간들을 먹여 살리고 있으니 이제 조만간 사람들이 고슴도치들에게 젖을 바치며 숭배하는 날이 온다 해도 놀랄 일도 아닐 것입니다."

뱀들은 이 말에 만족스러워하며 웃었다.

우리 뒤에서 말했던 뱀이 다시 입을 열었다. "철갑인간들은 고슴도치 같지 않아요. 고슴도치들은 가시들을 절대도 벗지 않지만 철갑인간들은 벗어 두기도 한답니다. 고슴도치는 우리의 독이 먹히지 않아요. 며칠 전 철갑인간 한 명이 옷을 벗고 수영하러 오다가 내 몸을 밟아서 내 이빨로 찔러 주었어요. 그는 끔찍한 소리로 소리를 지르며 도망을 갔어요."

나는 뱀이 사람을 문다는 말은 들어 본 적이 없었다. 그 말에 나는 겁을 먹고 말았다. 그것은 알아차린 인츠는 내 곁에 와서 부드러운 목소리로 속삭였다.

"숲에 살면서 우리 말을 할 줄 아는 사람은 모두 우리의 친구야. 그런데 숲으로 살러 와서 우리 말을 이해 못 하는 사람들은 부끄러운 줄 알아야 해. 누구라도 사람이 우리 가까이 오면 예의를 갖추어 인사를 해. 그런데 우리 말에 대답이 없으면 우리 편이 아닌 것으로 이해할 수밖에 없지. 우리는 고슴도치나 새처럼 자비를 보이지 않아."

"아이에게 왜 그런 말을 하는 거야? 왜 쓸데없이 겁을 주려고 그러니. 우리가 하는 말은 저 아이와 아무런 상관이 없다. 우리 귀한 아이를 구해 주었으니 평생 고마워해야겠구나. 아무 때나 와서 얼마든지 있다 가렴. 오늘부터 너도 우리 아들이야." 다른 뱀 한 마리가 끼어들었다. 알고 보니 인츠 어머니였다.

인츠 아버지가 거들었다. "물론이고말고. 우리 아들. 너희 삼촌이 허락한다면 내가 너에게 직접 우리들 말을 가르쳐 주겠다. 이전에는 사람과 뱀이 친한 친구였거든. 적어도 우리는 조상들이 했던 대로 살 수 있겠구나. 앞으로 어찌 될지 한번 보자꾸나."

5

인츠와 나는 친구가 되었다. 나만큼은 아니지만 그래도 그럭저럭 뱀의 말을 할 줄 아는 패르텔도 소개해 주었다. 인츠와 간단한 이야기를 나누기에는 충분했고 더 복잡한 말을 할 때면 내가 가운데서 통역을 해 주면 되었다. 매일 뱀들과 이야기를 나누다 보니 패르텔의 뱀 말 실력 역시 나날이 향상되었고 혀가 얼얼해질 정도로 종일 혀를 놀리고 다녔다. 둘보다 셋이서 노는 것이 더 재미있는지라 우리는 인츠와 충분히 많은 시간을 함께했다.

탐베트의 딸 히에도 있긴 했다. 이미 걷다가 넘어지는 일은 없을 만큼 많이 자랐으니 이제 우리랑 같이 놀 만도 했다. 그러나 그럴 수 없었다. 히에 아버지 탐베트 때문이었다. 내가 마을에서 태어난 것 때문에 못마땅해하더니 마침내는 자기 딸과 노는 것조차 허락하지 않았다. 그게 아니더라도 히에는 항상 일이 많아서 놀 여유도 없었다.

탐베트는 이미 숲에는 사람들이 얼마 없고 그나마도 점점 줄어들고 있다는 눈에 보이는 뻔한 사실을 한사코 인정하려 들지 않았다. 그는 모든 사람이 북녘 개구리를 두려워하고 늑대를 타고 다니며 젖을 짜는 사람들이 가득하던 황금기에 대한 기억에만 빠져 있었다. 그래서 그는 늑대 수백 마리를 우리에 키우면서 젖을 짜고 훈련을 시켰다. 그 늑대를 타고 다니며 늑대 젖을 마실 사람들이 숲에는 이미 많이 사라졌다는 것은 잘 모르는 것 같았다. 늑대를 키우는 사람들도 크게 줄었고 동물들도 다 숲에 풀어 버렸다. 아이들, 손자들도 없는데 혼자서 힘들게 수십 마리 늑대를 키우는 것이 무슨 효용이 있겠는가. 젖을 짜는 데는 늑대 한 마리만 있어도 된다. 탐베트는 그런 사실을 알기는커녕 늑대들을 숲에 풀어놓는 것을 아주 불경스러운 일로 여기고 있었다.

그는 화가 치밀어 이렇게 말하곤 했다.

"우리 조상들은 늑대가 숲에서 맘대로 돌아다니는 것을 절대 용납하지 않았다. 우리 집 우리엔 젖을 짜고 타고 다닐 늑대들이 가득하니 얼마나 좋니."

그는 이제 사람들이 전쟁에 나갈 일이 없다는 사실을 아는지 모르는지 관심조차 두지 않았고 혼자 외롭게 사는 것은 사람들의 눈을 어둡게 하여 잘못된 길로 이끄는 바보 같은 짓이라고 여겼다. 그는 조만간 안개가 걷히고 다시 옛날로 돌아갈 날이 오리라 믿었다. 그래서 자기의 늑대를 기르는 데만 열심인 정도가 아니었다. 사람들에게 복종하며 살아야 하는 늑대들이 숲에서 어슬렁거리는 꼴을 보지 못하고 보이는 족족 잡아들여서 탐베트 집에는 하루가 다르게 늑대들이 늘어만 갔다. 그렇게 늑대들은 키우는 데 쓸데없이 시간과 힘을 낭비하는 아버지 때문에 히에는 우리와 같이 놀 시간이 없었다. 히에는 아직 어린아이인데도 늑대를 길들이고 사료를 던져 주는 일을 해야 했다. 우리 엄마는 그렇게 어린 아이가 고된 노동을 감내해야 하는 것을 아주 끔찍하게 여겨, 집에 오면 아이를 지나치게 고생시키는 탐베트와 부인 욕을 해 댔다.

"오늘 집에 오는 길에 탐베트 집을 지나오는데 그 불쌍한 것이 토끼를 잡고 있더라니까. 얼마나 보기가 안됐던지. 토끼들을 잔뜩 죽여서 마당 한구석에 쌓아 놨는데 탐베트가 뱀의 말로 꼬드긴 것 같았어. 히에는 그 토끼들 머리를 도끼로 쳐내고 있더라고. 아비라는 사람이 애한테 맞게 작은 걸 줘야지 자기 키만 한 도끼를 가지고 일을 하라고 시키는 게 말이 되니! 그 어린애가 도끼를 내려치는데 소리가 얼마나 쾅쾅 울리던지. 도끼질하면서 애가 울먹울먹하더라니까. 도끼질한 토끼들은 늑대한테 먹였어. 대체 그렇게 늑대를 많이 키워서 뭐에 쓰냐고. 자기들끼리 알아서 숲에 돌아다니면서 먹고살라고 그래. 이런 인정머리 없는 인간 같으니. 정말 이해가 안 돼! 자기 애를 왜 그렇게 고생을 시켜. 그 엄마라는 여자가 더 문제야. 그렇게 애를 노예처럼 부려 먹는데도 가만히 있기나 하고. 그렇게 애를 고생시키는 사람들이 어디 있어. 만약 너희 아빠가 너한테 그렇게 일을 시키면 다리를 분질러 버릴 거야……."

그러다 곰과의 저주받은 사랑 때문에 머리가 잘려 나간 아빠 생각에 가슴이 아파 잠시 할 말을 잃었다. 탐베트와 말르가 자기 딸에게 신경을 거의 쓰지 않는 것은 정말 사실이었다. 그들에게는 조상들의 생활로 돌아가는 것이 무엇보다 중요했다. 숲을 이미 떠난 사람들이 돌아와 다시 다른 세상이 된다는 것은 태양이 뜨지도 지지도 않고 하늘에 머물기를 바라는 것이나 다름없었다. 그 꿈을 이루기 위해서는 손톱 밑에서 피가 나도록 모든 것을 희생하여 일할 각오가 되었고 딸에게 일을 떠안기는 것쯤은 아무것도 아니었다.

히에는 종일 늑대를 치고 커다란 도끼로 토끼들 멱을 따는 것 말고도 또 다른 문제가 있었다. 히에는 늑대 젖을 좋아하지 않았고 탐베트는 그런 딸이 몹시도 아니꼬웠다. 우리에서 쪼그리고 앉아 늑대 젖을 넘치도록 짠들 마시지 않으면 무슨 소용이 있겠는가. 그렇게 식구들이 함께 먹자고 힘들게 짠 늑대 젖인데 딸년은 먹으려 들지를 않았다. 그런 순전히 실질적인 이유 말고도 에스토니아 사람이라면 응당 늑대 젖을 마셔야 한다고 확신하고 있었다. 왜냐하면 늑대 젖을 마신 조상들은 언제나 넘치는 정력으로 살았기 때문이다. 그러므로 늑대 젖을 안 마시게 놔두는 것은 범죄와도 같았다. 그것은 오래된 풍습을 어기는 일이었고 탐베트는 그것을 도저히 용납할 수 없었다.

오랜 풍습에 반대하는 장본인이 바로 자기 집 안에 있다는 것은 도무지 참을 수가 없었다. 어떻게 해서라도 바로잡아야 했다. 히에 입에 일부러 들어부어도 봤지만 히에는 먹지 못하고 토악질을 했고 탐베트는 성질을 못 이기고 성난 염소처럼 소리를 질러 댔다. 이것저것 다 해 보았지만 어떤 벌을 주어도 나아지는 게 없었고 딸애는 울면서 늑대 젖을 먹기 싫다고 사정했다. 탐베트는 사정하는 딸의 말을 들으려고 하지 않았고, 엄마는 크고 뭉툭한 손가락으로 식탁을 두들기며 말했다.

"아빠 말 들어!"

어쩔 수 없이 탐베트는 현자를 찾아갔다. 윌가스라면 뭔가 해법을 알고 있지 않을까 해서였다. 윌가스는 히에를 여기저기 살펴보고 무슨 약초 같은 것을 히에 옆에서 태워 보기도 했고, 무릎에 담비의 피를 바르고 살아 있는 꾀꼬리의 골을 빨아 먹으라고 시키기도 했다. 히에가 여전히 먹지 못하고 게워 내자 윌가스는 그 애에게 정령들이 씐 거라고 했다.

"그런데 걱정할 것은 없어요. 나는 정령들을 다스릴 힘이 있으니 다시 건강하게 만들어 주리다." 윌가스는 그렇게 약속했다.

히에는 매일 성스러운 숲에 가야 했고 매일 담비의 피는 종아리를 타고 물줄기처럼 흘러내렸다. 약초를 태운 고약한 냄새의 연기가 하늘로 피어올랐고 히에의 코 밑에는 항상 꾀꼬리의 골이 쑤셔 박혔다.

그래도 아무 소용이 없었다. 히에는 여전히 늑대 젖을 먹지 못했다. 꾀꼬리의 골이 식욕을 더 떨어뜨려 정상적인 음식조차 먹을 수 없었고 윌가스가 마법을 부린다며 사용한 고약한 냄새가 히에의 손가락에 배어 어떤 음식을 먹어도 속이 역겨웠다. 정령을 굴복시키겠다고 약속한 윌가스는 화가 치밀어 올랐고 더 끔찍한 방법을 새로 시도해 보기로 했다. 어두운 밤이 되자 윌가스는 히에와 단둘이 깊은 숲속 우물 옆으로 갔고, 히에 옆에 늑대 젖 자루를 내려놓고는 한밤중에 우물에서 정령들이 올라와 늑대 젖을 다 마실 때까지 목을 조를 것이라고 겁을 주었다. 히에는 젖을 마시지 않고 늪에 부어 버렸다. 물론 우물에서 정령 따위는 나타나지 않았다.

히에를 치료하는 일에 몹시 짜증이 난 윌가스는 이전에 한 아이의 몸에서 정령을 쫓아낸 적이 있다며 탐베트에게 히에는 10년 뒤에 늑대 젖을 마시게 될 것이라고 말했다. 물론 그때까지는 정령들의 저주

속에 살아야 했다. 윌가스는 내심 10년이 지나면 어떻게든 히에가 늑대 젖을 마시기 시작하거나 탐베트가 죽어 현자의 약속이 이루어졌는지 확인할 방법이 없을 것이라 기대했다. 10년이란 시간은 아주 길었고 그사이 무슨 일이 일어날지 아무도 몰랐다.

어쨌든 윌가스는 히에의 생명을 살린 셈이다. 만약 히에를 그런 식으로 계속 괴롭혔다면 그 아이에게 큰일이 일어날 수도 있었기 때문이다. 탐베트는 윌가스의 말을 듣고 정령의 저주 때문에 고통받고 있는 히에에게 더 이상 늑대 젖을 억지로 먹이지 않기로 했다. 그래도 조상들의 삶을 살기를 거부하는 히에를 사랑할 수는 없었다. 탐베트는 딸과 거의 이야기를 나누지 않았고 언제나 역겨운 눈으로 딸을 쳐다보았다.

보텔레 삼촌의 교육은 여전히 이어졌다. 단어를 공부할수록 연습이 더 힘들어졌고 시간도 더 많이 할애해야 했다. 삼촌과 나, 가끔은 인츠, 이렇게 셋이서 숲을 돌아다녔다. 인츠는 내 목에 올라와 끈처럼 감은 채 땅과 날씨 이야기를 했다. 보텔레 삼촌은 예전에는 여기가 어떤 모습이었는지 그리고 모든 것이 얼마나 속절없이 사라졌는지 등의 이야기를 들려주었다. 그리고 주인이 세상을 떠났거나 마을로 이사를 가 버려서 지금은 수풀이 우거진 집들을 보여 주며 옛날에는 그 집에 힘 좋은 노인이나 잔소리하기 좋아하는 할머니가 살았다는 이야기를 들려주었다. 100년 전만 해도 자신들 집이 텅텅 비고 벽이 무너지고 천장이 주저앉을 거라는 생각은 꿈에도 하지 못했을 것이다. 우리가 수풀을 헤치고 무너진 집들 사이로 조심스럽게 걸어 나가자 한때 떼를 지어 살고 있던 사람들이 남겨 놓은 흔적을 발견할 수 있었다. 살림할 때 사용하던 식기와 칼, 도끼 들이 멀쩡하게 남아 있기도 했고 동물 가죽과 금은보석이 가득한 상자들도 볼 수 있었다. 아주 옛날 범선을 타고 우리의 해변을 침범해 왔다가 북녘 개구리에게 속수무책으로 당했던 사람들이 남긴 것 같았다. 언젠가 북녘 개구리가 펼친 거대한 날개의 그늘에 있었을 장신구와 끈 들을 만져 보니 기분이 이상했다. 그의 입에서 뿜어져 나온 불의 열기가 여전히 남아 있는 것 같았다. 거기서 발견한 아무짝에도 쓸모없는 가죽, 식기, 보물 따위는 그 자리에 남겨 두기로 했다. 우리는 수백 년 동안 여러 세대를 거쳐 모아 둔 물건들이 충분히 있었기 때문이다. 우리는 이미 부패해 버린 폐허 위로 거미줄처럼 빽빽하게 자란 수풀을 밟고 돌아다녔다.

해변에는 여전히 사람들이 살고 있긴 했다. 대부분 나이 든 사람들이었고 집 앞에 앉아 우거진 나무들 사이로 비치는 햇볕을 쐬며 꾸벅꾸벅 졸고 있었다. 삼촌이 하는 질문에 그들은 친절히 대답해 주었다. 삼촌이 꼬마 시절 이곳의 삶이 어떠했는지 이야기해 주었다. 인츠가 그 자리에 함께 있는 것은 그들에게 큰 기쁨이었고 그들은 이가 다 빠진 입으로 능숙하게 뱀의 말을 하여 이전에 알고 지내던 뱀들의 안부를 물었다. 인츠는 아는 대로 다 말해 주었으나 사람처럼 수명이 길지 않기 때문에 대부분 다 죽었다고 말해 주었다.

노인들은 그 말에 수긍을 했다. "물론 그렇겠지. 이때쯤이면 다들 죽은 게 당연해. 하늘 아래 모든 것이 다 죽으니 우리도 곧 죽겠지. 이게 세상의 이치야."

나는 그곳에 있는 할아버지, 할머니 들에게 맨 먼저 북녘 개구리에 대해서 물어보았다. 나는 그 이야기가 정말 듣고 싶었다. 북녘 개구리를 내 눈으로 직접 보고 싶었으나 지금은 예전처럼 함께 뱀의 말로 외쳐서 북녘 개구리를 불러오는 것은 불가능하다는 것을 잘 알고 있었다. 보텔레 삼촌이 말한 대로 어딘가에서 깊은 잠에 빠져 있다는 것은 잘 알고 있었다. 그런데 그곳이 어디란 말인가. 삼촌도 북녘 개구리를 본 지가 오래되어 개구리가 어디에 있는지 정확히 말해 줄 수가 없었다. 노인들은 어린 시절부터 북녘 개구리가 하늘로 솟아오르는 것을 본 적이 있으며 몸에 뼈만 남은 듯 앙상한 노파는 북녘 개구리의 날개 그늘에서 전투를 벌인 것도 기억하고 있었다.

"그게 무슨 전투였더라. 북녘 개구리는 그 사람들을 다 죽이거나 산 채로 태워 버렸어. 그래도 살아남은 인간들은 토막을 내어서 한데 모아 놓았지. 그렇게 끝났어." 노파는 그렇게 중얼거리면서 해골 같은 끔찍한 미소를 보이며 웃었다. 아주 얇은 살갗 밑으로 턱뼈 하나가 비쳐 보였다.

"북녘 개구리는 어디에 살아요?" 내가 물었다.

"그게 지금 어디에 사느냐고? 땅 밑에. 그것 말고는 나도 아는 게 하나도 없어. 그건 열쇠를 가진 수호자만이 알 수 있어. 열쇠가 없으면 찾을 수가 없단다." 노파가 대답했다.

"수호자가 있어요? 그리고 열쇠는 또 뭐예요?" 내가 궁금함을 못 참고 말했다.

"열쇠만 있으면 북녘 개구리에게 데려다줄 거야. 물론 그건 나도 본 적이 없지. 정말 비밀스러운 일이거든. 내가 아는 건, 세상엔 그 수호자들은 북녘 개구리가 살고 있는 동굴로 갈 수 있어. 그런데 그 수호자가 누군지는 나도 몰라. 우리와 똑같은 사람들인 것은 맞는데 정확히 누군지는 전혀 알려진 바가 없어. 그건 비밀인 데다가 북녘 개구리를 찾아보겠다고 떠난 사람도 없지. 그는 우리의 힘과 능력의 원천이고 지금은 어딘가 깊은 곳에 잠들어 있지만 우리가 모두 함께 그를 부르면 다시 위로 솟아오를 거야. 그 이상은 알 필요가 없어. 그 정도면 충분해. 그게 다야."

우리가 떠나자마자 그 노파는 동굴 앞에서 다시 졸기 시작했고 우리는 삼촌에게 혹시 그 수호자나 열쇠에 대해서 아는 것이 있는지 물었다.

삼촌이 말했다. "들어 본 적은 있다. 그런데 그건 월가스가 해 대는 쓸데없는 소리랑 별반 차이가 없을 것 같다. 그 정령이랑 괴물들 이야기 말이야. 그것은 세상에서 겪게 되는 어려운 일에 온갖 핑계를 갖다 붙이려고 만든 옛날이야기 같은 거야. 사람들은 그게 바보 같은 이야기라는 걸 인정하고 싶지 않아. 북녘 개구리가 어디에서 하늘로 떠오르는지 그리고 어디로 사라지는지는 아무도 몰라. 그런 걸 사람들이 알 턱이 있나. 사람들은 이 세상 모든 것을 잘 안다고 착각하지. 북녘 개구리가 어디 있다느니, 그 비밀의 열쇠가 있다느니 맘껏 지어내라고 해. 그렇게 말하면 기분이 편해질지 모르지만 북녘 개구리가 어디에서 자고 있는지 아무도 몰라. 북녘 개구리가 어디에 있는지 알아내는 것도, 그 신비로운 열쇠로 그가 잠자는 동굴을 발견하는 것도 가능할지 모른다. 그런 동화 같은 이야기 덕분에 세상은 조금씩 편해지지만, 사람들은 사리를 잘 분별할 수 없게 되어 버리지."

"그 열쇠를 어디서 구할 수 있는지 아는 사람은 하나도 없는 거죠."

내가 말했다.

"그런데 그 어르신들에게 한 가지 빠뜨린 이야기가 있긴 하다. 하늘에 해가 제일 높이 뜨는 하짓날에 고사리가 꽃을 피우는데 그 꽃이 북녘 개구리에게 데려다주는 열쇠라는 것은 들은 적이 있다." 보텔레 삼촌이 말했다.

"정말 고사리가 꽃을 피워요?"

"고사리가 무슨 꽃을 피우겠니. 고사리는 절대 꽃을 피우지 않아. 열쇠 찾겠다고 하짓날 밤에 고사리꽃 찾으려 아무리 돌아다녀 봐라. 고사리꽃을 찾는 일은 절대 쉽지 않지만, 그래도 가끔은 일어나는 일이라고 하더구나. 그러나 아무리 애를 써도 북녘 개구리가 어디 있는지 찾는 것은 불가능하다는 사실을 인정하느니 그따위 전설을 믿는 게 더 마음 편할 거다. 사람들은 꼭 믿어야 할 걸 믿는 게 아니라 자기가 믿고 싶은 게 있으면 어떻게든 일말의 가능성이라도 만들어 믿는 경향이 있지."

나도 그 이야기를 믿으려 하지 않았기 때문에 삼촌 말은 어느 정도 맞는 말이었다. 나는 삼촌을 존경했고, 그가 하는 말은 무엇이든 다 믿었다. 그러나 북녘 개구리를 보고 싶다는 생각이 엄청나게 강했기 때문에 어떻게 해서든 꼭 찾고야 말겠다고, 삼촌은 제대로 알지도 못하면서 말만 그렇게 하는 거라고 믿었다. 그 열쇠는 분명히 있다고, 그걸 알면서도 저렇게 말하다니 삼촌은 정말 한심하다고. 곧 하짓날이 다가왔고 패르텔에게 내가 들은 말을 모두 들려주며 고사리꽃을 찾으러 가지 않겠느냐 물었다. 패르텔은 가고 싶다고 했지만 인츠는 못 가게 막았다.

"그런 바보 같은 말이 어디 있어. 고사리는 절대 꽃을 피우지 않아. 뱀들은 다 안다고." 인츠가 말했다.

"하짓날이잖아." 나는 무언가 잘 아는 것처럼 확신에 차서 이야기했다.

"하짓날이라고 해도 마찬가지야. 정말 웃음밖에 안 나온다. 넌 어떻게 그런 바보 같은 말을 믿니? 차라리 하짓날에 늑대들이 날아다니고 뱀에 다리가 난다고 믿는 게 낫겠다. 언제가 됐건 자연은 변하는 법이 없다고."

물론 나도 머리로는 인츠 말이 맞는다고 생각했지만 열쇠를 꼭 찾아 북녘 개구리 곁으로 가고 싶다는 마음은 더 간절해졌다.

"어쨌건 난 그 꽃을 찾으러 갈 거야. 북녘 개구리가 없다고 생각하는 거야?" 내가 강하게 말했다.

"북녘 개구리는 분명히 있어. 북녘 개구리는 우리 조상들이 땅바닥을 기어다니기 훨씬 전부터 있어 왔던 불멸의 존재야. 아버지가 말씀해 주신 거야. 지금 어디서 잠을 자는지는 나도 몰라. 우리 중에도 전혀 아는 뱀이 없고 뱀의 말 중에서 북녘 개구리를 깨울 수 있는 단어도 존재하지 않아."

"수호자도 있고 열쇠도 분명 있어." 내가 고집을 피우며 해골처럼 생겼던 노파에게서 들은 이야기를 들려주었다.

"그럴 수도 있겠지. 북녘 개구리를 정말 만난 사람이 있는지는 나도 아는 바가 없어. 우리 뱀들은 사람들이 아는 것보다 더 똑똑하지만, 사람들도 우리가 모르는 것을 찾아낸 적이 있기도 해. 확실히 말할 수 있는 건 그 고사리꽃은 열쇠가 아니야. 고사리꽃 같은 건 세상에 없고 바보들이나 믿는 거라고."

"그래도 갈 거야." 난 불같이 화를 내며 말했다.

인츠는 웃으며 잘해 보라는 인사를 던지고 집을 향해 기어갔다. 그래서 나는 패르텔과 함께 어서 하지가 오기를 기다렸다.

난 그날 아침까지 이어진 일들에 대해서는 굳이 말하지 않으려 한다. 생각만 하면 속이 상하기 때문이다.

우리가 거기에 간 유일한 아이들이었다는 것은 그나마 바보 같은 행동에 대한 핑곗거리가 되기는 했다. 나는 여기저기 돌아다니면서 길가에 보이는 모든 고사리를 들춰 보았다. 이 이상한 꽃은 눈에 잘 보이지 않을 만큼 작을 수도 있으니 눈을 가까이 들이밀고 자세히 들여다보았다. 그런데도 아무것도 없었다. 도무지 찾을 수가 없었다. 꽃을 피운 고사리는 단 한 개도 없었고, 다음 날 우리는 엄청나게 피곤해서 부러진 나뭇등걸에 몸을 기대고 누워 버렸다. 잠을 한숨도 못 자 몸을 움직이기조차 힘들었다.

바로 거기 메메가 있었다. 우리가 메메를 발견했다고 말하는 편이 더 정확할 것이다. 그는 쥐도 새도 모르게 내가 가는 길목에 자리를 잡고 누워 있다가 말을 걸 뿐이었다.

"얘들아, 포도주 마실래?"

우리는 마을에서 만든 그 금지된 음식에 대한 호기심이 강하게 일었다. 아무도 없는 곳에서 친구와 둘이 있다 보니 물속에라도 뛰어들 용기가 솟아나는 듯했고 집에서는 할 수 없는 일을 해 보는 것도 나쁘지 않을 것 같았다. 하지만 그날 아침 우리는 너무 피곤했고 지친 머리를 두드리며 앉아 고민했다.

"이렇게 이른 아침에 여기서 뭐 하고 있니? 너희 집에서 너무 멀리 나온 거 아니니?" 메메가 물었다.

"고사리꽃을 찾고 있었어요." 패르텔이 말하자 나는 삼촌과 인츠의 말이 맞을 수 있다는 생각이 들어 친구를 손가락으로 쿡쿡 찔렀다. 정말 고사리꽃은 동화에나 나오는 건지도 모른다. 우리는 쓸데없는 일로 숲을 돌아다니느라 시간을 허비했다는 사실을 인정할 수밖에 없었다.

내가 염려했던 대로 메메는 마시던 포도주에 목이 멜 정도로 킬킬거리며 웃었다.

"고사리꽃이라고!" 몇 차례 기침하고 나서 까마귀 같은 소리로 다시 웃기 시작했다. "파란 여우도 찾아보지 그랬니. 숲에서 그 동물을 본 사람이 있대."

"저희는 고사리꽃이 열쇠인 줄 알았어요." 패르텔이 말했다. 그 녀석은 내가 손가락으로 쿡쿡 찌르는 걸 아는지 모르는지 별로 신경을 쓰지 않았다. 아마 내가 피곤해서 집에 가자고 잡아당긴다고 생각하는 모양이었다. 그래서 나는 메메에게 사실을 털어놓을 수밖에 없었다.

메메는 더 이상 웃지 않고 마치 뭐가 맘에 안 드는 듯한 표정으로 알 수 없는 혼잣말을 할 뿐이었다.

"우린 그냥 찾아보고 싶었을 뿐이라고요. 바보 같았던 것은 저도 알아요. 그런 열쇠 따위는 세상이 없나 봐요." 나는 용서를 구하는 말투로 말했다.

"난 그렇게 말한 적 없다. 고사리꽃 따위는 없다." 메메에게서 예상하지 못한 답변이 들려왔다.

"그럼 열쇠는요?" 내가 물었다.

메메는 다시 술 취한 목소리로 말을 이었다. "열쇠에 대해 이야기하는 사람들이 있지. 그런데 그건 찾아봐야 의미가 없단다. 열쇠는 때가 되면 알아서 정의로운 사람들 손에 쥐어지게 돼 있다."

"그걸 어떻게 알아요?" 내가 물었다.

메메는 다시 웃다가 기침하다가 했다. "소경이었던 우리 할머니가 말해 주었지. 할머니는 무지개를 건너면 달까지 걸어갈 수 있다고 했고 진흙을 한 손 가득 떠서 먹으면 사람도 뻐꾸기가 된다고 했어. 앞도 안 보이고 정신이 오락가락하던 우리 할머니가 해 준 이야기야. 믿거나 말거나 너희들이 알아서 하렴. 나는 일단 진흙을 떠 먹진 않았어. 뻐꾸기가 되긴 싫거든. 뻐꾸기가 되면 포도주도 못 마시고 다른 새들의 둥지에 알을 낳잖아. 난 포도주는 꼭 마셔야 해. 자, 얘들아, 건배할까? 확실히 말해 두는데, 이 포도주 맛이 광대버섯보다 훨씬 좋단다. 그 외국 사람들은 정말 총명하긴 한가 보다. 너희들 다 마을로 이사 가거라. 그렇게 사는 게 맞는 거야. 자, 다시 한번 건배!"

우리는 그를 나뭇등걸 그늘에 혼자 버려두고 집으로 발걸음을 내디뎠다. 메메를 만나 나는 뭔가 새로운 방향을 찾은 것 같았다.

6

메메가 한 이야기들은 다 바보같이 들리긴 했지만 그래도 그가 들려준 말 중 몇 가지는 내 뇌리에 박혔다. 때가 되면 알아서 정의로운 사람에게 찾아온다고 했으니 그 열쇠를 찾을 필요는 없었다. 그거야 너무 당연하다. 아직 소년의 심장을 가진 나는 메메의 말을 올바르게 이해하고 그 안에 숨겨진 의미를 제대로 파악했다는 사실에 나 자신이 대견스럽기도 했다. 그 비밀스러운 열쇠는 숲이나 늪지대에서 찾을 수 있는 것이 아니었다. 월귤나무나 무슨 버섯처럼 아무나 숲에 들어가서 입에 넣을 수 있는 물건도 아니었다. 그것은 분명히 어딘가 잘 숨겨져 있어서 특별한 사람들 사이에서만 비밀처럼 오고 가는 것이 틀림없었다. 그 노파가 수호자에 대해서 말하지 않았던가. 분명 열쇠는 수호자들 사이에서만 주고받을 수 있는 게 분명하다. 그들은 분명 고대로부터 물려받은 것이다. 그게 가장 신빙성이 있어 보였다. 왜냐하면 그렇지 않고서는 그들이 그 보물 옆에서 항상 지키고 서 있을 리가 없으니까. 나라면 어떤 금은보화를 받아도 그렇게 못 할 것이다. 하지만 죽는 것은 또 다른 일이다. 누군가 세상을 떠나면 그 자리를 누군가 이어받을 것이다.

초조해진 나는 또다시 손톱을 물어뜯었다. 내 추측이 틀림없다는 확신이 들었다. 문득 몇 년 전에 무언가 예상치 못한 선물을 받았던 것이 생각났다. 바로 반지였다! 메메가 준 바로 그 반지가 북녘 개구리로 인도할 수 있는, 그렇게 찾아 헤매던 열쇠일 수도 있다는 사실을 믿기에는 미심쩍은 부분이 많았다. 그 반지가 내 곁에 올 때까지 여러 가지 이상한 일이 일어났다는 것을 부인하지는 않겠다. 메메는 그 반지를 왜 나에게 준 것일까? 남자들은 반지를 끼지 않는다. 우리 동네 여자들은 장신구를 그리 좋아하지 않지만 그래도 여자들에게 주는 것이 더 사리에 맞을 것이다. 사람 사는 집에는 싸건 비싸건 손가락에 꽂고 자랑할 물건이 있기 마련이다. 북녘 개구리가 나타나던 그 옛날 손에 넣은 보물은 어떤 관 같은 것에 담겨 강물 아래 숨겨져 있을지도 모른다. 그런데 이 반지는 가죽으로 만들어진 작은 주머니에 들어 있었다. 그런 반지들이 여러 개 더 있지만 그중 하나만 따로 꺼내어 보관된 것인지도 모른다. 무언가 비밀스러운 것이 이 반지에 깃들어 있을지도 모른다. 어린 나에게도 이것이 분명 열쇠와 관계가 있으리라는 확신이 생겼다.

그런데도 그 반지를 메메가 주었다는 생각이 들자 주저하게 되었다. 왜 메메가 가지고 있었을까. 대체 이게 어떤 보물인지 알고는 있었을까? 그렇다면 왜 자기가 가지고 있지 않고 내게 준 것일까. 대체 메메는 어떤 사람인 걸까. 내가 이전에 말한 것처럼 메메는 항상 누워서 포도주만 마시고 있었다. 이전에는 버섯을 따 먹기도 했다. 항상 어린애처럼 콧물을 흘리고 다녔고 눈은 초점도 없고 비듬은 언제 털었는지 머리털에 그득했다. 겉모습만 봐서는 전혀 믿을 만한 사람이 아니었다. 만약 그 반지를 보텔레 삼촌이나 월가스나 탐베트(물론 탐베트가 마을에서 태어난 나 같은 사람에게 뭐라도 줄 리가 만무하지만)가 주었다면, 이 반지에 뭔가 쓸모가 있을지 모른다는 생각을 해 보았을 것이다. 메메가 하는 일은 그저 사람들을 놀래 주는 게 다였다. 어디서 오래된 반지 하나를 주웠다가 대충 던져 주었을 것이다. 내가 이 반지를 끼고 다니면 사람들은 내 뒤에서 흉을 보겠지만 그래도 북녘 개구리에게 인도해 줄 수 있다면 아무런 문제가 없었다.

그래서 난 먼저 보텔레 삼촌에 가서 메메에 대해 물어보기로 했다.

"삼촌, 메메는 어떤 사람이에요?"

"왜 갑자기 메메에 대해서 알고 싶어졌니? 그 사람이 너한테 술 마시라고 그러든? 그거 절대 마시면 안 돼. 머리가 흐리멍덩해져." 보텔레 삼촌이 놀라 말했다.

"술 안 줬어요. 사실 먹으라고 하긴 했지만 먹진 않았어요. 버섯도 안 먹었고요. 그 아저씨 이야기 좀 해 줘요. 왜 항상 땅바닥에서 기어다녀요? 걷는 것을 한 번도 본 적이 없어요."

삼촌이 턱수염을 만지작거리며 대답해 줬다. "걸을 수 있고말고, 그런데 항상 한곳에만 누워 있어서 그래. 있잖아, 메메는 정말 희한한 사람이야. 옛날에는 강하고 위대한 군인이었지. 사실을 말하자면, 메메는 우리 아버지가 돌아가신 그 전투에서 지휘를 해야 했어. 그런데 그 전투에 참전하고 싶지 않았던 거야. 무기를 가진 철갑인간들과 맞서 싸우는 건 정말 바보 같은 짓이라고 생각했거든. 메메는 늑대를 잡아서 집으로 가져가서는 사방이 잘 보이는 벌판으로 가서 철갑인간들이 아무렇지 않게 숲 사람들을 토막 내는 것을 보고 있었어. 메메는 벌써 그러한 싸움이 정말 바보 같은 거라고 예상하고 사람들에게 가지 말라고 말했지만 듣는 사람이 없었지."

"왜요?"

"왜냐하면 철갑인간들이 우리보다 더 총명하다고 생각하는 사람들이 많았거든. 사람들은 내심 철로 만든 잔이랑 빛나는 검 들을 갖고 싶어서 철갑인간들과 맞서 싸우기 위해 전쟁에 나가곤 했어. 그러다 보니 숲 사람들에게 늑대를 타고 수풀에서 싸우는 것은 더 이상 먹히지 않는 구닥다리 방식이었던 거야. 메메가 조상들이 쓰던 무기를 가지고 전투에 임해야 한다고 말하자, 많은 사람들은 그것은 자살 행위나 다름없다고 만류했지. 숲 사람들도 발전된 무기를 보고 배워야 한다고 말했어. 철갑인간들은 수풀이 아닌 넓은 초원에서 늑대 없이 전투를 벌여도 전투에서 항상 승리를 거두고 있다고, 다른 사람들도 이미 그 사람들이 어떤 재주로 매번 이기고 있는지 다 알고 있을 거라고 말이야. 숲 사람들은 철갑인간들이 멀리서 배를 타고 우리 땅으로 들어온 거라고 믿기 시작했어. 우리는 유인원들처럼 그들과 싸움만 할 게 아니라 그들에게 배워야 한다고도 말했어. 우리 에스토니아의 이름을 부끄럽게 만들지 말고 철갑인간들한테 우리가 얼마나 잘 싸우는지 보여 주자고 말이야. 우리가 다른 민족에 비해 손톱만큼도 열악하지 않다는 것을 철갑인간들에게 보여 주자고 다짐했어. 그래서 숲 사람들은 늑대도 타지 않고 이전에 철갑인간들로부터 빼앗은 무기를 가지고 걸어서 전쟁터에 나갔어. 물론 크게 지고 말았지. 우리 아버지 빼곤 목숨을 부지한 사람이 없었고 적군 중에 살아남은 사람은 검이나 창이 아닌 그 전설의 무기인 아버지의 송곳니를 피하지 못했어. 그 송곳니는 요즘 사람들의 입에서 사라져 버렸지."

삼촌은 이 사이에 낀 고기 조각을 씹으며 말을 이었다.

"그러나 메메는 단신으로 철갑인간들과 싸우러 나갔어. 검과 창이 아니라 이전부터 전해 내려오는 뱀의 말로 동물들의 정신을 빼앗았어. 성난 동물들은 철갑인간들을 공격하기 시작했고 메메는 그저 명령만 내리면 충분했어. 메메는 군인들을 숲으로 유인해 와 길을 잃으면 공격하려고 매복하고 있었어. 늑대가 나무 사이에서 달려 나와 그 낯선 인간들을 깊은 숲으로 유인하면, 이미 낡았지만 길이 잘 든 도끼로 그 사람들을 토막 내어 죽였어. 이런 방식은 철갑인간들에게 상당히 낯설었지. 듣도 보도 못한 것이었지만 정말 강력했어. 철갑인간들은 숲에서는 죽음을 피할 수 없다고 믿어, 숲 근처에도 가려 하지 않았어. 하지만 말을 타고 행진하기 위해서는 어쩔 수 없이 숲을 지나쳐야 했지. 숲으로 들어간 사람은 있는데 나온 사람은 없었어. 만약 숲 사람들이 그 새로운 무기라는 것을 들고 전쟁터에 나가지 않고 메메가 한 것처럼 뱀의 말과 늑대를 사용하였더라면 얼마나 많은 이방인을 물리쳤을지 상상이 되니? 메메가 혼자서 열 명이 넘는 사람들을 처치할 동안 철갑인간들은 메메의 털끝 하나 건드리지 못했어.

중요한 건 메메가 미친 사람처럼 싸우며 번개같이 철갑인간들을 처치했는데도 사람들은 하나둘씩 마을로 이사 가기 시작했다는 거야. 메메는 여전히 이방인들로부터 숲을 지켰지만 시간이 지나니 그럴 이유가 없어졌어. 숲은 텅 비어 갔고 부족을 구하고 철갑인간들을 죽이는 것이 인생의 목적이었던 메메는 자신의 부족이 자진해서 바로 그 철갑인간들 틈에서 어슬렁거리다가 땅을 사고 태양을 등지고 선 채로 낫을 들어 작물을 베는 모습을 보게 되었어. 메메는 더 이상 싸울 이유가 없어졌지. 사람들이 더 이상 자기를 필요로 하지 않는다는 사실을 깨달았으니까. 메메는 철갑인간들이 자기 앞길을 일부러 가로막는 때가 아니면 더 이상 그들을 죽이는 법이 없었어. 그래서 버섯이나 뜯어 먹으면서 잠만 자는 거야."

"지금은 포도주도 마시던데요." 내가 말했다.

"그게 뭔 의미가 있니. 그 사람은 이제 예전처럼 돌아오지 않을 거야. 그 많은 사람을 죽였으니 이제 쉬고 싶겠지."

나는 삼촌에게 고맙다고 말하고 집을 향해 걸어갔다. 삼촌이 해 준 이야기는 충분히 재미있었고 반지에 대한 내 생각은 더 강해졌다. 삼촌 말대로라면, 한때 용맹했던 메메는 나에게 열쇠를 줄 만한 사람이다. 그가 반지를 갖지 않기로 한 것은 북녘 개구리 때문이 아니라 열쇠 자체에 흥미를 잃어서일 것이다. 여전히 이해하기 힘든 구석이 있었다. 대체 북녘 개구리에게 무슨 일이 있었던 것일까. 그는 무엇 때문에 그토록 피곤함을 이기지 못하는 걸까.

그런데 그건 내가 상관할 바가 아니었다. 나는 집으로 뛰어가서 반지를 찾아보았다. 주머니에서 꺼내어 손가락에 끼워 보았다.

이 반지를 끼면 뭔가 신비한 힘에 이끌릴 거라고, 그 반지의 신비로운 힘이 보여 주는 길을 따라 얼른 뛰어가면 북녘 개구리가 사는 동굴에 닿을 거라고 속으로 믿었으나, 그런 일은 일어나지 않았다. 손가락에 낀 반지는 반지일 뿐이었고 북녘 개구리를 찾는 것은 쉬운 일이 아닌 것 같았다.

어쨌든 나는 언제라도 찾아 떠날 준비가 되어 있었다. 혼자서 찾고 싶지는 않았다. 패르텔을 찾아가 보았으나 집에 없었다. 그러나 가는 길에 인츠를 만나 함께 가자고 이야기했다.

그 뱀은 기꺼이 같이 가겠다고 했다. 고사리꽃은 없다고 강하게 우겼던 인츠였지만 그 반지가 북녘 개구리 곁으로 이끈다는 것에는 충분히 가능하다고 동의했다.

"사람이 만든 거라면 반지건 무엇이건 나는 아는 게 하나도 없어. 이게 정말 반지라면 다시 한번 해 보자. 이거 어떻게 쓰는 건데?" 인츠가 말했다.

"나도 모르겠어. 앞으로 계속 걸어가다 보면 우리가 가야 할 곳으로 안내해 주지 않을까?" 내가 말했다.

우리는 다시 길을 떠났다. 항상 다니는 익숙한 길을 놔두고 완전히 다른 길로 가 보았다. 아무것도 보지 않고 걸으려고 눈을 감아 보기도 했지만 계속 이상한 덤불로 들어갔고 나뭇가지가 계속 내 얼굴을 때려 그렇게 숲을 헤매는 것은 너무 힘든 일이었다.

"눈을 뜨는 게 어때? 이 반지가 특별한 효험이 있다 하더라도 북녘 개구릴 찾는 건 장난이 아니야. 그러다가 피부 다 상할라." 인츠가 말했다.

뱀들에게 피부란 정말 중요했고 그들 나름대로 자랑스럽게 생각하는 것 중 하나였다. 만약에 작은 상처라도 생기면 그 고통은 참을 수 없을 정도였고 오래된 살갗이 벗겨지고 새살이 돋을 날을 기다리며 힘들게 버텨야 했다. 새살이 돋으면 또 그동안 겪었던 고생 때문에 민감해져 피부에 물방울이 떨어지거나 슬쩍 스치기만 해도 불같이 성을 내었다. 자기 몸에서 찢겨 나온 몇 점의 피부를 볼 때면 뱀들은 역겨움을 넘어 심지어 공포를 느꼈다. 뱀들이 밖으로 나가지 않는 길고 긴 겨울밤에는 뱀의 어머니들이 끔찍하게 벗겨진 살갗에 대해 이야기해 주곤 했다. 자기들 맘대로 돌아다니기까지 하는 그 살갗을 본 뱀은 슬슬 피하며 똬리를 틀었다. 그러나 아이들은 그 이야기를 듣고 겁을 내기는커녕 어머니에게 더 말해 달라고 조르기까지 했다.

"엄마, 더 이야기해 주세요. 그 살갗 이야기 더 없어요?"

그렇다고 한다. 인츠의 몸에는 마침 새로 매끈한 피부가 돋았고 자칫하면 몸을 더럽힐 수 있는 썩은 이파리를 피해 가며 늪지대를 요리

조리 잘도 기어다녔다. 떠들고 이야기하며 걷다 보니 어느덧 숲 가장
자리에 서 있었다. 그곳에는 더 이상 나무들이 없었고 한가운데 좁은
길이 구불구불하게 난 말끔하게 꾸며진 광장이 하나 있었다. 그 길을
수도사가 걷고 있었다.

내가 어렸을 때는 여자들이 입고 다니는 것과 비슷한 품이 넓은 드
레스 같은 것을 입고 다니는 수도사들이 철갑인간의 부인인 줄 알았
다. 철갑인간들은 왜 저리도 못생기고 볼품없는 부인을 거느리고 사
는지 정말 이해할 수가 없었다. 그리고 철갑인간들도 그리 멋있어 보
이지 않았다. 나이 어린 나로서는 그 사람들이 얼굴도 강철로 만들어
졌고 코와 입은 아예 없다고 생각했다. 시간이 흘러서야 얼굴에 철판
을 씌운다는 것과 그들도 우리와 똑같은 사람이라는 것을 깨닫게 되
었다. 어쩌다 한번은 수도사들이 오줌을 누는 것을 보게 되었는데, 나
는 번득이는 호기심으로 숨도 쉬지 않고 삼촌에게 달려가 말했다.

"삼촌, 저기서 수도사를 봤는데 부리가 달려 있었어요."

"당연하지, 남자들은 다 달려 있어." 삼촌이 말했다.

"수도사들도 남자였어요? 나는 철갑인간들의 부인인 줄 알았어요."

삼촌은 깔깔대며 웃더니 그 사람들은 확실히 남자라고 말해 주었
다. 처음에 난 그 사실을 믿지 못하고 나름대로 반론을 펴 보았다.

"그 사람들 몸에 젖이 달려 있던데요. 드레스 안에서 출렁이는 거
제가 직접 봤어요. 그 사람들 배 속에도 아이가 들어 있던데요. 남자
가 어떻게 임신을 해요."

"임신한 게 아니다. 그리고 젖도 없다. 살이 뒤룩뒤룩 쪄서 살이 출
렁출렁할 뿐이야." 삼촌이 설명해 주었다.

지금 앞으로 걸어가는 수도사 역시 뚱뚱했다. 수도사는 나를 보고 는 발걸음을 늦추었다. 내가 혼자인 것을 알고는 별다른 위험이 없다 고 생각한 모양이었다. 풀밭에 몸을 숨기고 있던 인츠는 그 수도사를 보지 못했다. 그때 그 수도사가 내 손가락에 끼워진 반지를 보게 되었 다. 그 반지를 한참 쳐다보더니 알아들을 수 없는 말로 이야기했다.

"무슨 말인지 모르겠어요." 나는 그렇게 말하고는 뱀의 말로도 이야 기해 보았지만 수도사는 알아듣지 못했다. 그는 내 곁에 와서 한쪽 눈 으로 내 반지를 가만히 쳐다보더니 주변을 둘러보며 사방에 아무것 도 없음을 깨닫고는 한 손으로 내 옷소매를 잡고 다른 손으로 손가락 에서 반지를 잡아 빼었다.

나는 그의 얼굴에 대고 뱀의 말을 해 보았지만 알아듣지 못하는 수도사에게는 아무런 쓸모가 없었다. 그는 마치 무자비하게 뱀들을 공격하는 고슴도치 같았다. 고슴도치는 너무 바보 같은 놈들이라 뱀 의 말도 먹히지 않았다. 수도사는 내 뒤통수를 한 대 치고 몇 발짝 뒤 로 걸어가더니 자기 손가락을 입에 넣었다. 분명 다른 사람들로부터 숨겨서 가져가고자 하는 것이었다.

내가 그 수도사를 물어 달라고 열심히 뱀의 말을 하고 있는데 인츠 는 이미 내 앞에 멀찌감치 나와 있었다. 수도사는 고통에 얼굴을 일 그러뜨리며 서 있던 그대로 옆으로 쓰러졌다. 구멍이 두 개 뚫린 다리 에서는 피가 철철 흘렀다.

인츠는 땅에 쓰러진 수도사의 몸에 기어올라 목을 물려고 했다. 수 도사는 소리를 지르고 손을 내저었지만 아무것도 도움이 되지 않았다. 이빨에 물린 곳이 빨갛게 솟아오르자 동맥에서 바로 피가 솟구쳤다.

"고마워. 인츠. 이제 저 반지 다시 가져다줘." 내가 말했다.

"저 사람 완전히 죽을 때까지 기다리자. 그러면 입에서 빼 줄게." 인츠가 말했다. 수도사가 도움을 애청하는 비명과 신음 소리가 몹시 신경이 쓰인 우리는 완전히 잠잠해질 때까지 숲에 들어가 있기로 했다. 소리가 멈추자 우린 밖으로 나왔다. 수도사는 숨이 끊겨 있었고 조심스럽게 다가가 입을 벌려 보았으나 실망스럽게도 그의 입은 텅 비어 있었다.

"삼켰나 보다." 인츠가 말했다.

난 분개하여 소리를 질렀다. "그럼 어떻게 꺼내? 이미 죽었으니 다시 토해 낼 수도 없는 거잖아. 썩어 문드러질 때까지 기다려야 해?"

"배를 째서 벌려야 해." 인츠가 말했다.

"나한테 그런 큰 칼이 있을 리가 없지. 조그만 칼밖에 없는데 그걸로는 종일 해도 배를 째지 못할 거야. 그리고 이렇게 뚱뚱하고 무거우니 집에 끌고 가기도 힘들걸. 여기 놔두고 갈 수도 없는데 그랬다간 어떤 짐승이 옆으로 지나가다가 동굴로 끌고 가거나 잡아먹을지도 모른다고. 그럼 어쩔 수 없이 반지를 잃어버리게 되는 건데. 인츠, 네가 이 사람 배 속에 들어갈 수는 없니? 이렇게 덩치가 크니까 분명 충분히 기어다닐 수 있을 거야. 그러면 안에서 반지를 꺼내서 갖다주면 되지." 내가 말했다.

"나 저기 들어가기 싫어. 저 안에 들어가면 분명 아주 더러울 거라고. 그러다 내 몸도 더럽혀지면 어떡해. 예쁜 새살 돋은 지도 얼마 안 되는데." 인츠가 말했다.

"인츠, 제발. 넌 내 친구잖아. 몸속에 들어갔다가 나와서 호수에서 씻으면 되지." 나는 사정했다.

인츠가 단호하게 거절했다. "안 돼. 난 절대 저 쓰레기 더미로 들어가지 않을 거야. 그런데 다른 방법을 알아. 무족도마뱀을 부르자."

무족도마뱀은 뱀처럼 생겼지만 뱀과는 거리가 멀었다. 다리 없이 기어다닐 뿐이었다. 그놈들은 스스로 뱀과 비슷한 종이라 우기는 멍청한 놈들인데, 뱀들은 동류로 쳐주지 않았다. 지금처럼 무슨 해결해야 할 일이 있을 때만 그 도마뱀들을 부를 뿐이었다. 인츠가 쉭쉭 소리를 내자 바로 기다란 도마뱀이 풀숲을 헤치고 기어 나와 인츠 앞에 공손하게 서서 쳐다보았다.

"저 수도사 몸속에 들어가서 반지 좀 꺼내 와." 인츠가 명령했다.

도마뱀은 고개를 끄덕이고 수도사 입속으로 기어 들어갔다. 잠시 후 시체의 목이 불룩해지더니 다시 줄어들었다. 분명 목을 통해서 기어드는 모양이었다.

한동안 아무 일도 일어나지 않았다. 인츠는 고개를 기울이고 말했다.

"난 도마뱀이 움직이는 소리 들리는데, 넌 안 들려?"

나는 당연히 안 들렸지만 그건 너무도 당연했다. 뱀들은 우리보다 훨씬 잘 듣기 때문이다. 인츠는 수도사의 배에 올라가서 자세히 귀를 기울였다.

"반지는 찾았는데 가지고 나오기가 힘들대. 너무 커서 입에 물 수가 없대. 아무래도 네 작은 칼이라도 써서 배에 구멍을 뚫어야겠다. 그럼 도마뱀이 그 구멍으로 반지를 건네줄 거야."

"구멍을 정확히 어디에 뚫어?" 내가 그 자리에서 얼른 일어나며 말했다. 인츠는 꼬리로 구멍을 뚫을 자리를 보여 주었다. 나는 구멍을 파기 시작했다. 맨 먼저 수도사의 뱃살을 덮고 있는 비곗덩어리를 잘라 내야 했기 때문에 생각처럼 쉽지는 않았다. 칼이 거의 살 사이로 모습을 감출 무렵 인츠가 외쳤다.

"도마뱀이 지금 네 칼이 보인대. 구멍을 더 넓게 벌려 봐."

내 귀에도 도마뱀의 날카로운 소리가 들렸다. 손을 몇 차례 돌려서 반지를 꺼낼 정도로 구멍을 충분히 넓혔다.

"이제 밀어 넣어." 인츠가 도마뱀에게 말했다.

구멍 밑에서 뭔가 꿈틀거리는 것이 보였고 잠시 후 수도사의 살갗 밑으로 금색으로 빛나는 반지가 모습을 드러냈다. 마침내 반지가 다시 빛을 보았다. 나는 손가락으로 잘 집어 들었다. 비계 때문에 끈적거리고 피도 묻어 있었지만 잔디에 대고 슥슥 문질러 닦은 후 반지를 손가락에 끼웠다.

"이제 나와도 된다. 이제 다 끝났어." 인츠가 도마뱀에게 말했다.

곧 도마뱀이 모습을 드러냈다. 도마뱀은 수도사의 입이 아닌 수도사의 옷 밑에서 기어 나왔다.

"왔던 길로 다시 돌아갈 수가 없었어." 도마뱀이 말했다.

"정말 고맙다. 다음번에는 우리 집에 한번 들러라. 우리 엄마가 엘크 고기를 구워 주실 거야." 내가 말했다.

"기꺼이 갈게." 도마뱀은 다시 온다고 약속하고 숲속으로 사라졌다.

"그 반지 꼬락서니 봤지? 끔찍하잖아. 저기로 기어 들어갔을 생각을 하면. 대체 내 가죽이 어떻게 되었겠느냐고. 똥은 씻어도 완전히 없어지지 않는다고." 인츠가 말했다.

"도마뱀은 색깔이 똥색이라서 뭐가 묻었는지 잘 보이지도 않더라."

내가 말했다.

배가 고파진 우리는 북녘 개구리를 찾는 탐험을 계속해야 할지 말아야 할지 고민이 되기 시작했다. 우선은 집에 가서 밥을 먹고 북녘 개구리를 찾는 여정은 다음으로 미루기로 했다.

"아무래도 그 반지는 아닌 것 같아. 그게 우리가 찾던 반지가 맞으면 그렇게 쉽게 배 속으로 들어갈 리가 없어. 설마 북녘 개구리가 사람 창자 안에 살겠어?" 집으로 발걸음을 옮기며 인츠가 말했다.

"이건 사고였다고." 나는 그렇게 우겨 보았지만 인츠는 모든 것이 의심쩍다는 듯 고개를 젓기만 했다.

7

우리는 그 후로도 몇 번이나 행운을 찾아 떠나 보았지만 아무런 소용이 없었다. 북녘 개구리는 어디에서도 찾을 수가 없었다. 그러다가 우리는 모든 것이 다 귀찮아진 나머지 북녘 개구리를 찾는 일을 그만두고 숲에서 산딸기나 따 먹기로 했다.

마침내 우리는 선물로 받은 이 반지가 우리가 찾는 열쇠는 아닌 것으로 결론을 내렸지만 어쨌든 이 반지를 사용하기 위해서는 많은 노력과 내가 알지 못하는 지식이 많이 필요한 것은 확실했다. 어느새 흥미를 잃어버린 반지는 다시 주머니에 넣어 두고 다른 일을 하면서 시간을 보냈다.

북녘 개구리를 찾아다니는 길에서 나는 인간과 비슷하게 생긴 유인원들이 사는 오두막집을 자주 지나치게 되었다. 그들은 사람들이 떼를 지어 숲을 누비고 다니기 훨씬 전부터 이곳에 살았던지라 나는 그 유인원들을 이전부터 알고 지냈다. 피르레와 랙은 우리보다 털이 더 많이 났을 뿐이지 사람들과 별반 차이가 없었다. 곁에서 보기에도 그 유인원들의 피부는 짐승 가죽과는 달랐고 발가벗고 다녔다. 그들 말로는 그렇게 다니는 것이 고대로부터 내려오는 전통이었다. 그들의 주장에 따르면, 인간이 타락의 길로 들어선 것은 마을로 이사를 하거나 빵을 먹어서가 아니라, 우리가 모르는 동물의 가죽을 입고 배에서 갈취한 철로 만든 물건을 사용하기 때문이었다. 그들의 살림살이에는 철로 만든 것은 일절 없었고 돌도끼만 사용했다. 그들은 천성적으로 사람들과 만나기를 꺼렸지만 피르레와 랙은 그렇게 살다 보니 삶 자체가 축제였고 건강에도 좋다 했다.

그들이 말했다. "이건 우리가 쓰는 돌도끼야. 이상한 철로 만든 거하곤 다르지. 그 돌도끼를 손으로 만지면 영험한 힘을 안겨 줄 거야. 손바닥에 얹고 문지르면 흥분도 가라앉혀. 옛날에는 전부 이런 도끼로만 일했어. 보기도 좋아서 질리지도 않았지."

이 유인원들의 사고방식은 탐베트보다는 훨씬 유연해서, 조상들의 방식만 성스러운 것이므로 이전 세대에서 내려오던 방식대로만 따라야 한다고 우기지 않았다. 그는 자기들의 방식을 남들에게 요구하는 법이 없었다. 다른 사람들이 그들과 같이 발가벗고 다니길 원치 않았고 허리띠에 칼이나 단추 달린 옷을 입고 다녀도 뭐라 하지 않았다. 만약 누군가가 빵 덩어리를 가지고 탐베트 근처에 나타난다면, 그는 당장 늑대를 풀어서 쫓아내거나 그들이 먹고 마시는 것들에 대해서 심한 욕을 해 댈 게 뻔했다. 피르레와 랙은 단 한 번도 다른 이들에 대해 나쁘게 이야기하는 법이 없었다. 모든 이들을 친구처럼 대하는 피르레와 랙은 항상 손님들에게 음식을 대접하려 했고, 설사 유인원들이 먹는 설익은 음식을 거절해도 기분 상해 하지 않았다. 그들은 누런 이를 드러낸 채 웃으며 말했다. "그거야 사람들이 아직 익숙해지지 않아서 그렇지. 이제 너는 익힌 음식만 먹지. 만약 네가 원하면 완전히 새까맣게 탈 정도로 음식을 구워 줄 수는 있다. 그런데 건강에는 안 좋을지도 몰라. 우리 유인원들은 음식을 반 정도만 익혀서 먹어. 그게 소화에 더 좋거든. 우리 말을 안 믿는구나. 이 애벌레들도 싫어? 우리 조상들로부터 전해 내려오는 조리법이라고. 이거 한 마리만 입에 넣어 봐, 입 안에서 사르르 녹을걸. 얼마나 맛있다고."

그들은 맛에 취한 듯 눈을 가늘게 뜨고 애벌래 가루가 묻은 입술을 혀로 깨끗이 핥았다. 그러면 일부러 보여 주려는 듯한 과장된 행동에 애벌레를 먹어 볼까 하는 생각이 싹 가셔 버렸다. 하지만 피르레와 랙은 별달리 신경 쓰지 않았다. 그들은 나를 위해 고기를 탈 정도로 구워 햇살 같은 미소를 지어 보이며 맛있게 먹으라고 건네주었다. 나더러 편히 식사하라고 하고는 서로의 머리카락을 뒤적여 전나무 껍질이나 개미, 거미 같은 것을 골라내어 맛있게 먹기 시작했다.

어렸을 적에는 보텔레 삼촌과 함께 그 유인원들 집에 가곤 했지만, 지금은 삼촌 없이 혼자 가거나 패르텔이 함께 갔다. 북녘 개구리를 찾아다니다 보니 나는 그 유인원들에 대해 더 잘 알게 되었다. 종일 북녘 개구리를 찾아 나선 여정이 너무 고되어 저녁에 집에 갈 만한 여력이 없을 때 그들 집에서 몇 차례 밤을 보내기도 했다. 엄마는 내가 다른 두려울 것이 없을 정도로 뱀의 말을 잘하니 별일이 일어나지 않으리라 믿었다. 그래서 내가 하룻밤 정도 집에 돌아오지 않아도 걱정하지 않았다. 가끔은 인츠의 둥지에 가서 자기도 했고 또 삼촌 집에서 머무르기도 했다. 최근에 그 유인원들 집에 자주 갔던 이유는 거기에 이[虱]가 있었기 때문이다.

바로 피르레와 랙이 키우는 곤충들이었다. 이[虱]는 그들이 제일 사랑하는 곤충이었다. 그들은 아이가 없었기 때문에 모든 정성과 사랑을 이[虱]들에게 쏟았다. 그들은 이[虱]를 위한 우리를 따로 만들었다. 이[虱]들은 그 수도 많지만 종류도 제각각이었다. 흔히 볼 수 있는 거무스름한 것도 있지만 개구리만큼 큰 것도 있고 특별한 먹이를 주고 잘 키우면 피르레와 랙이 품에 안고 털이 북실북실한 손으로 쓰다듬어 줄 만큼 커다랗게 자라기도 했다. 재미있는 것은 이[虱]들이 피르레와 랙이 하는 이야기를 알아듣는다는 것이었다. 이전에 말한 것처럼 벌레들은 뱀의 말을 알아듣지 못한다. 개미들도 원하는 만큼 충분히 소통이 가능하지만, 그들은 사람들을 그다지 신경 쓰지 않는다. 다른 시끄러운 동물들은 뱀 소리를 들으면 즉시 입을 닥치기에 조용하게 편안한 잠을 이룰 수 있지만 메뚜기는 아랑곳없이 시끄럽게 울어 댄다. 메뚜기들에게는 뱀의 말이 먹히지 않는다는 말이다.

애초부터 바보로 태어난 거미와 무당벌레 들은 뭘 해도 알아먹지를 못한다. 사실 이[虱]도 멍청하기 그지없는 곤충이라서 사람이 시키는 일을 제대로 하는 법이 없다. 피르레와 랙이 그 이[虱]들을 붙여 놓고 싸움을 시키는 늑대들처럼 영리하게 키웠다는 것은 정말 놀랍기 그지없는 일이었다.

이[虱]들은 주인들이 시키는 일을 모두 척척 해냈다. 시키면 가까이 오고 눕고 줄을 서고 다른 이[虱]의 등에 올라타기도 하고 새끼 여우처럼 자리에서 맴을 돌기도 했다. 그들에게 손을 내밀면 공손하게 발을 얹기도 했다. 하지만 오직 피르레와 랙의 말에만 복종할 뿐이었다. 내가 무언가 시키려고 하면 그 녀석들은 다리 하나 꿈적하지 않았다. 저 유인원들만큼 뱀의 말을 잘하는 나로서는 꽤나 실망이 되었다. 피르레와 랙에게 녀석들이 왜 내 말은 듣지 않느냐고 물으면 그 유인원들은 온화하게 웃으며 이렇게 말할 따름이었다.

"뱀의 말이 다 통하는 것은 아니야. 우리가 이[虱]들에게 어떻게 이야기하는지 잘 들어 봐. 우리는 우리 조상들의 방식대로 발음해. 우리 조상들은 동굴 속에 살고 불을 모르던 시절에도 벌레들을 다룰 줄 알았지. 그렇지 않았으면 나무 연기도 무서워하지 않고 우리 곁에서 앵앵대는 쇠파리와 모기 들을 어떻게 견뎠겠어? 그때 어떻게 발음했는지는 지금은 거의 잊었지. 우리도 만 년 전 사람들이 하던 대로 발음하지는 못해. 모든 벌레 가운데 이[虱]하고만 소통이 가능해. 오랜 시간 동안 동물의 털 속에 기생하며 살며 서로 잊지 않도록 가르쳐 준 덕분이지. 이제 흑파리들을 쫓는 것은 우리 능력 밖의 일이 됐어. 우리 조상들의 지식이 점차 사라지는 게 너무 슬프다."

나 역시 모기와 쇠파리 들을 뱀의 말로 내쫓을 수 있으면 얼마나 좋을까 하는 생각에 유인원들의 말에 적잖이 공감이 되었다. 그것들은 아주 끔찍한 곤충들이라서 물리면 아주 아팠다. 나는 나름대로 이[虱]들과 소통을 해 보려고 하였으나 마치 맨 이로 호두를 깨무는 것처럼 힘든 일이었다. 아무리 연습을 해도 피르레와 랙이 발음하는 대로 따라 할 수조차 없었다. 혀를 아주 가늘게 만들어야 했고 뱀의 말을 새로 배우는 것처럼 혀가 미끄러졌다.

피르레와 랙은 유인원들의 발음을 인간들이 배우는 것은 불가능하니 너무 힘쓰지 말라고 했다.

"네 아버지가 태어날 때부터 뱀의 이를 가지고 태어난 것처럼, 이것 역시 타고나야 하는 법이야. 네가 아무리 이를 갈고 독초들로 입을 헹궈도 네 송곳니에 독이 생기는 것은 아니야. 우리 언어도 마찬가지야. 너는 우리 같은 유인원이 아니잖아. 우리 같은 유인원들도 자신의 길을 버리고 다 떠나 버렸어. 너는 우리 같은 꼬리도 없고."

물론 나는 피르레와 랙처럼 꼬리를 달고 있지는 않았다. 그들의 엉덩이에는 작고 보드라운 주머니 같은 게 자라고 있었다. 나는 이[虱]들과 이야기하는 것을 포기했지만 피르레와 랙이 직접 기르지 않은 이[虱]들도 말을 알아들을지 궁금해졌다.

"아마 될걸." 피르레와 랙이 말했다. 조금 첨언을 하지만 그 유인원들은 언제나 함께 이야기를 했다. 문장을 하나씩 돌아가면서 말했기 때문에 정확히 어떤 유인원과 말하고 있는지 알아차리기가 아주 힘들었다. 둘은 언제나 나란히 함께 움직였으며 앉을 때도 서로 마주 보며 앉았다. 보지 않으면 믿기 힘들 정도였다. 그들이 정말 서로를 사랑해서 그러는 것인지, 아니면 본성 때문에 그렇게 붙어 있는 것인지, 나로서는 알 수가 없었다. 피르레와 랙 외에는 사람 닮은 유인원을 한 번도 본 적이 없기 때문이다. 그런 유인원은 정말 단 한 마리도 없었다. 아마도 인간을 닮은 유인원 중에서는 마지막으로 남은 녀석들인지도 모른다.

어쨌든 난 숲에서 만난 곰에게 털 속에 박혀 허송세월하는 이[虱] 한 마리를 달라고 부탁했다. 그러자 곰은 우리 누나의 친구 집으로 데려가 달라고 나를 꼬드겼다. 나는 이 곰 녀석이 우리 누나 친구와 만나기로 약속했다고는 믿을 수 없었다. 곰들은 여자만 보면 환장하는 녀석들이기 때문이다. 그 곰이 우리 누나 친구와 뭔가 비밀스러운 사랑 이야기를 나누었다 해도 그건 내 알 바가 아니었다. 우리 누나만 건드리지 않으면 되니까. 나는 곰 털에서 이[虱] 한 마리를 잡아다가 풀숲에 놓았다.

여자를 찾기 위한 사냥에 나선 곰들은 한자리에 앉아서 먹지도 않고 마시지도 않고 며칠이건 기다릴 수 있었다. 손을 조용히 배에 올려놓고 사랑에 빠진 바보 같은 얼굴을 하고 말이다. 여자애들에게는 이런 모습이 엄청나게 좋은 인상을 주는 모양이었다. "아, 저기 진짜 사랑스러운 곰이 있네." 여자들이 이렇게 조용히 속삭이면 좋은 인상을 만들기에 성공한 곰은 사냥을 멈추고 꿈에 그렸던 사랑을 찾아 어기적어기적 걸었다. 매화꽃 한 송이를 입에 물고 말이다. 민들레로 꽃모자를 만드는 재주가 있는 놈은 머리에 얹고 가기도 한다. 머리가 너무 커서 절반도 씌울 수 없지만 그런 목가적인 모습에 고개를 돌릴 여자는 아무도 없었다.

나는 곰에게서 받은 이[虱]들을 피르레와 랙에게 가지고 갔다. 유인원들은 잠시 그것들을 부드럽게 어루만져 주더니 털이 북실북실한 손가락에서 잠시 시간을 보내게 했다. 그리고 나서 하늘을 보고 누우라고 말하자 그것들은 발라당 누워서 다리를 바쁘게 움직였다.

피르레와 랙이 기분 좋은 듯 말했다. "거봐, 우리 말을 듣잖아. 말도 참 잘 듣네. 다른 애들한테 보내 줘야겠다. 이제 우리 안이 다 찼네."

이[虱]들이 새로운 친구에게 익숙해지는 데는 시간이 많이 필요하지 않았다. 이[虱]들은 한데 모이더니 다시 우리 깊숙이 들어갔다.

그날 저녁 피르레와 랙은 해야 할 일이 여전히 남아 있었다. 이미 몇 마리 이[虱]들을 잘 먹여서 개구리만큼 키웠지만 그것만으로는 부족했는지 이[虱]를 염소만큼 키우고 싶어 했다. 덩치가 큰 이[虱]들은 작은 것들로부터 떼어 내어 더 크게 키운 다음 그중에서도 더 크게 자란 것들을 분리했다. 이[虱]들은 아주 빨리 자라고 알도 많이 낳았기 때문에 그 작업은 그닥 오래 걸리지 않았다. 몇 달이 지나자 정말 염소만 한 이[虱]가 태어났다. 하지만 솔직한 내 심정은 듣도 보도 못한 괴물을 보는 것 같았다. 작은 이[虱]들은 정말 모래 알갱이 같아서 그리 끔찍하지 않았으나 커다란 이[虱]들은 정말 상상 이상으로 역겨운 놈들이었다. 피르레와 랙의 생각은 나와 다른 것 같았다. 그들은 그 괴물 같은 벌레들을 심지어 자랑스러워했다.

"옛날에는 모든 동물이 이 정도로 컸어. 세상에는 믿을 수 없을 만큼 큰 존재들이 있었어. 지금은 전부 멸종되었거나 어둠 속에서 영원한 잠에 빠져 밖으로 모습을 드러내지 않아. 몸집만큼 꿈도 따라가. 그들은 웬만해서는 잠에서 깨지 않아. 그런 거대한 것들을 누가 감히 깨울 수 있겠어. 그러니까 이 이[虱]들을 보고 있으면 얼마나 기쁜지 몰라. 아주 과거에서 내려온 거대한 존재를 내 품에 안을 수 있으니 말이야. 레메트, 자세히 한번 봐. 수만 년을 살아온 존재가 바로 네 앞에 있다고."

그 물건을 다시 들여다보았으나 역겹기는 마찬가지였다. 수만 년 전에 태어나지 않은 것이 정말 다행이라는 생각이 들 정도였다. 그러나 피르레와 랙에게 차마 그런 말을 할 수는 없었다. 이[虱]들이 참 예쁘다고 억지로 칭찬을 하고 이제는 집에 가 봐야 할 것 같다고 말했다. 마침 그 유인원들도 이[虱]를 산책시킬 때가 되었다. 그들은 동굴 밖으로 나가는 일이 거의 없었다. 그들이 사는 곳 옆에는 고대로부터 내려오는 덤불이 있었는데 다른 곳에는 이미 자취를 감추어 볼 수 없는 이상한 풀들이 자라고 있었다. 피르레와 랙은 그 풀들을 먹기도 했고 벌레들을 먹으려고 모아 두기도 했다. 실상은 피르레와 랙도 그 조그마한 덤불에서 자라는 것들이 무엇인지 잘 모르는 듯했다.

나는 인츠와 패르텔을 불러내었다. 목에 가죽끈을 매어 주고는 같이 피르레와 랙이 있는 숲으로 같이 가 보자고 했다. 그 벌레들은 정말 염소만큼 컸지만 어리석기 그지없었다. 그것들은 자기들을 알에서 갓 깨어난 새끼들로 아는 모양인지 좁은 구멍을 애써 지나가려고 용을 썼다. 우리가 아무리 말려도 계속 구멍을 찾아다녔고 심지어 그 녀석 몸집보다 열 배는 작은 구멍도 마다하지 않았다. 결과는 그 구멍에 몸통이 끼여 다리를 버둥거렸고 그때마다 우리가 있는 힘을 다해 밖으로 잡아끌어야 했다. 마침내 우리는 그 일이 너무 지겨워져서 들어갈 만한 구멍이 없는 탁 트인 곳으로 이[虱]를 데리고 나가기로 했다.

호수에 도달하자 이[虱]는 우리가 생각한 것보다 더 바보 같은 짓을 하기 시작했다. 녀석은 물 표면이 잔디밭과 다르다는 사실을 인식하지 못했다. 아무 생각 없이 물속으로 기어들었고 당연히 물에 빠져버렸다.

"저 모자란 게 헤엄은 칠 줄 아는 거야?" 패르텔이 소리를 질렀으나 이[虱]에 대해서 아무것도 모르는 나는 정말 아무 대답도 할 수 없었다. 이[虱]도 헤엄을 칠 수 있다는 사실을 깨닫게 되기까지는 그리 많은 시간이 걸리지 않았다. 이는 잠시 수면으로 떠올랐다가 다시 가라앉았지만 그 바보 같은 짐승은 배를 젓듯 호숫가와 반대 방향으로 헤엄쳐 가기만 했다.

인츠는 생각했다. '호수에서는 헤엄을 못 치는가 보다. 그 전에 힘이 빠져서 호수 바닥에 가라앉게 될 거야. 저런 쓸데없는 동물은 저기서 살든 죽든 아무도 신경 안 쓸 텐데.'

내가 말했다. "아무래도 내가 호수에 들어가서 저 이[虱]를 밖으로 끌어내야 할 것 같아. 저 이를 다시 집으로 데려가지 않으면 피르레와 랙이 정말 슬퍼할 거야. 나를 믿고 맡긴 거니까 내가 책임을 져야지."

호수에 들어가기 위해 내가 옷을 모두 벗자 누군가가 하늘을 찌를 듯 쩌렁쩌렁한 목소리로 말리고 나섰다.

바로 현자 월가스였다.

그가 화를 내며 말했다. "너 지금 무슨 짓을 하려는 게냐? 넌 이 호수가 얼마나 성스러운지 모르는 게냐? 여기엔 호수의 정령님이 살고 계시다. 호수의 물결이 언제나 잠잠하고 우리를 덮치지 않도록 해 달라고 초승달이 뜰 때마다 다람쥐 두 마리를 제물로 바친단 말이다. 그런 정령님의 심기를 심히 건드릴 수 있으니 거기서 수영을 하면 안 된다. 널 물밑으로 끌어당겨 다신 물 밖으로 나올 수 없게 하실 거다. 당장 옷을 입고 친구들이랑 썩 꺼져라. 정령님은 시끄러운 걸 아주 싫어하신다."

"정말 죄송하지만 전 저 동물을 밖으로 끌어내야 해요." 내가 말했다. 이[虱]를 뚫어지게 쳐다보던 윌가스의 얼굴이 송장처럼 하얗게 변했다.

"호수의 정령님이시다! 성스러운 호수의 정령님께서 모습을 드러내셨다. 무언가 하실 말씀이 있는 모양이다." 그는 그렇게 중얼거리다가 정강이가 부러진 것처럼 풀썩 무릎까지 꿇었다.

그러고는 눈을 있는 대로 크게 뜨고 물 위에서 헤엄치는 이[虱]를 바라보았다.

"이 녀석들아. 너희들이 저분을 화나게 했구나. 저분께서 너희들을 징벌하고자 오셨으니 나도 어쩔 수가 없다. 정령님은 언제나 제물을 원하신다." 윌가스는 갑자기 우리에게 소리를 냅다 지르더니 두 손을 하늘을 향해 뻗었다.

"저건 이[虱]예요, 정령이 아니라." 인츠가 경멸 조로 말했다. 뱀들은 고사리꽃만큼이나 정령들을 믿지 않았다. 뱀들은 이 숲에 있는 모든 구멍까지 전부 파악하고 있기에 여기에 누가 사는지 꿰뚫어 보듯 알고 있었다. 인간들이 성스러운 숲에 가는 것을 막지 않았지만 제물을 바치라고 종용하지도 않았다. 바보 같은 짓으로 여길 뿐이었다. 뱀은 그들의 삶과 직결된 것이 아니면 새로운 관습을 무작정 좇는 일이 없었다. 바보같이 사는 삶도 자신의 선택인 것이다.

그 현자가 뱀을 보고 배알이 꼬인 것은 말을 안 해도 알 것이다. 현자는 인츠를 못마땅한 표정으로 바라보다가 다시 호수 위에서 헤엄을 치는 이[虱] 쪽으로 눈을 돌렸다.

"뭐라고? 이[虱]? 이[虱]는 작은 동물이지 않으냐. 저건 분명 호수의 정령님이시다. 너희들은 왜 그걸 모르느냐. 저분을 더 이상 화나게 하지 마라!"

"저건 정말 이[虱]예요." 나는 그렇게 대답하고 나서 윌가스에게 피르레와 랙이 하는 일을 들려주었다. 유인원 이야기도 그 현자의 마음을 전혀 달래 주지 못했다. 왜냐하면 유인원들도 뱀들과 마찬가지로 정령들을 믿지 않고 성스러운 숲에도 전혀 가지 않는다는 것을 잘 알고 있었기 때문이다. 피르레와 랙은 내게 이렇게 말하곤 했다. "옛날에는 성스러운 숲 따위는 없었고 정령 같은 것도 존재하지 않았어. 전부 다 나중에 지어낸 이야기지. 온 숲에 우리처럼 사람을 닮은 유인원들이 모여 살고 있을 때 뭔가 우리가 모르는 완전히 다른 존재들에게 절을 하는 유인원들이 있었어. 그 존재가 무엇이었는지 어떻게 모셨는지 지금은 아무도 모르지."

어쨌든 윌가스는 지금 호수 위를 떠다니는 것이 호수의 정령이 아니라, 덩치만 커다랄 뿐 평범한 이[虱]라는 것을 믿고 싶어 하지 않았다. 그 벌레는 어찌저찌 호숫가 근처로 헤엄쳐 돌아왔고 맨땅에 발을 디뎠다. 물에 홀딱 젖은 이[虱]는 몸을 흔들더니 고개를 쳐들고 곧장 소나무 뿌리로 달려가 땅속으로 들어가려 했다.

내가 말했다. "보세요. 정령이 아니잖아요. 정령처럼 보였겠죠. 정령들이 저런 거대한 이[虱]처럼 생겼는 줄은 몰랐네요."

이제 윌가스는 이[虱]를 성난 눈으로 바라보았다.

그는 뭔가 인생이 걸린 신중한 결정을 내린 듯 몸을 돌려 내 어깨에 손을 올리고 말했다. "너 이 녀석, 잘 들어라, 네가 호수에 저 끔찍하게 생긴 괴물을 갖다 놓은 사실을 호수의 정령님이 아시게 될 거다.

이 호수를 더럽혔으니 정령님들의 분노를 잠재우기 위해서는 많은 제물을 갖다 바쳐야 한다. 너로 인해 호수의 정령님들이 분노하시게 되었으니 네가 꼭 나를 도와야겠다. 오늘 한밤중에 너희 집에 있는 늑대들을 모두 데리고 이곳으로 다시 오너라. 이건 다람쥐 피 정도로 해결될 문제가 아니다. 그럼 나는 정령님들이 우리에게 앙갚음하지 않도록 의식을 치러 주마."

내가 말했다. "아마 엄마가 늑대를 죽이지 못하게 하실걸요. 젖을 짜려고 키우는 늑대들이라고요."

"자기 아들이 죄를 저질렀으니 엄마라도 할 말이 없을 거다." 월가스가 강하게 말했다. 나이 지긋하고 친절한 아저씨의 모습은 온데간데없었다. 이글거리는 눈에 분노로 콧수염이 떨리는 현자의 모습은 마치 새끼를 잃은 멧돼지를 보는 듯했다. "너를 잘못 키운 네 어미 잘못이기도 하다. 만약 매주 성스러운 숲에 너를 데리고 와서 정령들을 어떻게 모셔야 할지 둘 다 알았다면 이런 일은 없었을 거다. 이전에는 자연의 위대함을 알았기에 매일 와서 경외를 표하곤 했다. 그들의 진정 어린 보살핌에 감사하는 기도를 올리기도 했지. 성스러운 호수에 이따위 짐승을 풀어놓는 건 당시로서는 아무리 머리가 나빠도 하지 않았을 행동이다. 네가 정령들을 진심으로 섬기지 않으면 너에게 화가 미칠 거다! 네가 그 경거망동으로 정령들을 계속 분노하게 한다면 나조차도 그 자연의 혼을 어떻게 다스릴 수 있을지 전혀 모르겠다. 유인원들과 뱀들도 우리와 친구일지는 모르겠지만, 엄연히 우리와는 다른 족속이다. 그러니까 개들을 친구로 두는 것보다 내 말을 듣는 것이 나을 거다."

월가스의 말을 들은 나는 적잖이 겁이 났지만 무엇보다 걱정이 앞섰다. 정말 우리 집의 늑대를 다 이곳으로 데려와야 하는 것일까? 그래서 정령들의 마음을 사기 위해 늑대들의 목을 잘라서 피를 바쳐야하는 것일까? 엄마한텐 뭐라고 말하지? 우리는 늑대들이 꼭 있어야하는데. 물론 숲을 떠난 사람들이 키우다가 버린 늑대들을 데려다가키우면 된다지만, 그렇게 야생에서 자란 늑대들은 젖도 잘 나오지 않는다. 지금 우리에 있는 늑대들도 길들이느라 얼마나 공을 들였는데. 어쨌든 그 늑대들을 호수로 끌고 와야 한다고 생각하니 마음이 아리고 가슴도 심하게 아팠다. 게다가 이[風]가 물속에 들어간 것은 내 잘못도 아니지 않은가. 월가스에게 아무리 설명하려고 해도 들으려 하지 않았다. 그저 정령들이 몹시 화가 나 있으니 늑대들의 피를 갖다바치지 않으면 끔찍한 일이 일어날 것이라는 이야기만 반복했다. 반드시 한밤중에 늑대들을 이끌고 이곳으로 와야 한다고 말했고, 옛날이었으면 늑대 가지곤 어림도 없었을 거라고 덧붙였다. 늑대들을 토막내서 호수에 버리는 것은 잘못이 아니란 말인가, 나 혼자 생각했다. 그렇다면 월가스 같은 능력 있는 현자들은 늑대 고기 정도로 분노를잠재울 정도로 정령들과 친한 것이 분명했다. 적어도 그렇게 노력은할 것이다.

그런 이야기들이 내 속을 더 들끓게 했다. 만약 그런 노력이 제대로통하지 않아 나더러 다른 제물을 계속 가져오라고 하면 어쩌지? 우리는 월가스가 거기에서 무슨 주문을 외우거나 말거나 내버려 두고는호수를 따라 조용히 걸었다.

마치 뭔가 심한 장난을 친 게 들통나서 엄마에게 혼나러 가는 아이처럼 머릿속에 안 좋은 생각만 가득했다. 어찌 되었건 나의 목을 옥죄는 것 같은 이 문제를 빨리 해결해야만 할 것 같았다. 이런 문제는 엄마에게 넘기는 게 낫겠지. 한밤중에 늑대를 이끌고 호숫가에 가야 할지 말지 엄마가 하라는 대로만 하면 된다.

나는 인츠와 패르텔에게 나 대신 이[虱]를 피르레와 랙이 있는 곳으로 데려다 달라고 부탁하고 얼른 집으로 뛰어갔다.

8

집에 가 보니 엄마가 행복에 겨워 빛나는 얼굴을 하고 나를 기다리고 있었다.

"레메트. 내가 오늘 너 주려고 뭘 가지고 왔는지 알아맞혀 봐." 비밀을 감춘 듯한 표정이더니 금세 못 참고 말해 버렸다. "부엉이 알 가지고 왔다. 네 거 두 개 그리고 살메 거 두 개."

나는 정말 알 수가 없었다. 부엉이 알은 내가 정말 좋아하는 음식이긴 하지만 엄마가 쉽게 손에 넣을 수 있는 물건은 아니었다. 엄마는 요즘 들어 살이 무척 쪘고 그 몸매를 고려해 볼 때 부엉이 둥지가 있는 나무 꼭대기에 올라가는 것은 정말로 어려운 일일 텐데 말이다. 사실을 말하자면 엄마의 그런 모습을 볼 때마다 정말 가슴이 조마조마했다. 엄마의 체중을 못 이기는 나뭇가지는 언제나 위태해 보였고 혹시라도 아래로 떨어지면 뼈가 부러질 것은 안 봐도 뻔했다. 보텔레 삼촌도 위험하니 나무에 기어 올라가서 부엉이 알을 꺼내 오는 짓을

그만하라고 말렸지만 엄마는 나무 꼭대기에 앉아 있는 것이 좋다고
했다.

"몸을 좀 움직이고 힘을 쓰는 건 건강에도 참 좋은 일이야." 엄마는
늘 그렇게 말했고 가끔 숲에서 돌아다니다 엄마의 비명 소리를 듣고
깜짝 놀라기도 했다. 주위를 살펴보면 그 소리는 나무 꼭대기에 앉아
있는 엄마가 외치는 소리였고, 그럴 때마다 엄마의 얼굴은 기쁨으로
가득 차 있었다. 엄마는 우리가 좋아할 만한 음식을 찾으면 놀랄 만
큼 생기가 돌았다.

엄마가 그런 위험을 감수하고 숲을 돌아다니며 찾아온 음식들은
정말 소중하기 그지없었다. 나는 엄마의 수고를 무엇으로도 갚지 못
한다는 사실이 참으로 부끄러웠다. 이런 판국에 우리가 키우는 늑대
를 전부 호숫가로 데려가 피의 제물로 바쳐야 한다는 말이나 해야 한
다니…… . 나는 들릴락 말락 한 소리로 부엉이 알이 생겨서 정말 기
분이 좋다고 말했지만 사실 얼른 받아먹지는 못했다. 나는 조용히 식
탁 밑으로 기어들어 호수에 이[虱]가 빠진 걸로 월가스가 늑대를 요
구한 일을 언제 이야기하는 게 좋을지 곰곰이 생각했다.

살메 누나는 부엉이 알을 맛있게 먹었다. 그러고도 더 먹고 싶은 눈
치를 보이며 혀로 입술을 닦았다. 은발이 빛나는 머리통 속에 아무런
걱정의 그림자도 없어 보이는 누나를 보고 있기가 부끄러웠다. 그런데
내 꼬락서니는 대체 뭐란 말인가. 엄마는 내가 이상한 표정으로 앉아
있는 것을 보더니 어디가 아프냐고 물었다.

"아니요. 그런데 한 가지 말씀드려야 할 게 있어요." 내가 말했다.

엄마가 말했다. "먼저 저 부엉이 알부터 먹어라. 그거 다 먹으면 엘

크 고기도 가져다줄게. 오늘 아무것도 안 먹었지? 오늘은 뭐 하고 놀 았니? 뱀이랑 같이 있었어?"

"엄마, 나 지금은 아무것도 먹기 싫어요. 오늘은 피르레와 랙 집에 갔어요." 내가 말했다.

누나가 내 말을 끊었다. "거긴 뭐 하러 갔니. 그 유인원들 정말 끔 찍해 보이더라. 대체 왜 맨날 발가벗고 다니는 거야, 보기 흉하게. 랙 은 가슴이 배꼽까지 늘어져서 무슨 털 난 떡갈나뭇잎처럼 달고 다니 잖아. 그리고 피르레는 물건이 얼마나 큰지 앉아 있을 때는 품에 안고 있다가 걸을 때면 땅에 끌고 다녀서 난 꼬리가 달린 줄 알았다니깐. 개미들도 그 안에 들어가더라."

"살메, 무슨 소리를 하는 거야. 넌 그런 건 어디서 본 거야." 엄마가 꾸짖듯이 말했다.

"그걸 어떻게 안 봐요. 다른 사람들 다 보라고 그러고 다니는데! 정 말 꼴 보기 싫으니까 이야기하는 거 아니에요. 멀리서 보기만 해도 화가 난다니까요. 엉덩이는 또 어떻고요. 거기는 털도 안 나요. 색깔도 보라색이라 무슨 자두 두 덩이가 있는 것 같잖아요." 살메는 엄마의 말이 답답하다는 투였다.

"그럴 땐 눈을 감아." 엄마가 딸이 못마땅한 눈치였다.

"제가 왜 눈을 감고 다녀요. 그 유인원들이나 부끄러운 줄 알고 뭐 라도 좀 둘러서 감추라고 그래요. 내가 눈을 감고 다닌다고 뭐가 바 뀌어요? 그놈들은 거기 있는 것만으로도 구역질이 난다고요. 다른 여 자애들은 피르레의 물건이랑 랙의 가슴만 생각해도 입맛이 떨어진다 고 할 정도라니까요."

"그러면 생각을 안 하면 되잖아. 난 그 유인원들 생각을 해 본 적이한 번도 없는데, 게다가 숲에서 벗어나는 일도 많이 없어서 한 번도본 적이 없구먼." 엄마는 몹시 짜증을 냈다.

살메는 콧방귀를 뀌었다. "정말 좋겠어요. 이러다가 레메트가 그놈들을 집에 데려와도 전혀 놀라지 않겠어요. 쟤는 저 아래서 유인원들하고 사는 애거든요. 레메트, 잘 들어, 너 언제든 피르레와 랙을 집에데려와 그 시뻘건 엉덩이를 들이밀게 했다간 이 집에서 자지도 먹지도 못할 줄 알아."

엄마가 살메를 진정시켰다. "레메트가 그 유인원들을 뭐 하러 불러.우리가 부른다고 걔들이 우리 집에 올 거 같으니. 그리고 레메트, 너는 거기서 뭘 한 거야. 거기 뭐 재미있는 거라도 있던?"

내가 말했다. "집에서 염소만 한 이[虱]를 키우고 있었어요. 나랑 인츠랑 패르텔이 산책을 시키러 갔어요."

나는 가슴속에 품고 있던, 오늘 일어난 끔찍한 일을 모두 털어놓을생각에 숨을 깊이 내쉬었다. 그러나 엄마와 살메는 내가 이야기를 꺼내도록 잠자코 있지 않았다. 엄마와 누나는 그 이후로도 염소만 한 이[虱]를 키워서 뭐에 쓰느냐는 둥, 사람한테 위험하지 않겠느냐는 둥,무서워서 숲에 어떻게 나가냐는 둥, 한동안 말싸움을 멈추지 않았다.

"그 이[虱]가 무슨 일을 하겠어. 소리 지르면서 나무 막대기를 던지면 겁을 먹고 알아서 도망갈걸." 엄마의 생각은 이러했다.

살메가 입술을 씰룩이며 말했다. "제가 뭘 알겠어요. 그런 것들은아무것도 겁나는 게 없어요. 유인원들이 뭘 알겠어요. 내가 당장 픔미에게 가서 이 벌레를 어떻게 하는 게 좋을지 이야기해 볼래요."

"믐미가 누구니?"

엄마의 목소리는 무언가를 포착한 듯 얼어붙었다. 이름만 들어도 어떤 동물을 말하는 것인지 충분히 감이 왔다.

"그냥 곰이에요." 누나는 아무런 신경도 쓰지 않고 무심히 말했다.

누나는 이미 넘지 말아야 할 선을 넘었음을 알아챘지만 한번 뱉은 말을 다시 주워 담을 수는 없었다.

"대체 그 곰을 어디서 만난 거니?" 엄마가 물었다. 나는 이제 이야기가 완전히 다른 방향으로 흘러갈 것이고 나를 괴롭히는 걱정거리를 털어놓을 틈이 없겠다 싶어 더 우울해졌다.

살메가 말했다. "그냥 숲에서 한번 만난 거예요. 우리는 정말 잘 몰라요, 몇 번 만났을 뿐이에요. 엄마, 신경 안 써도 돼요. 나도 엄마가 곰을 정말 싫어하는 건 아는데 믐미는 정말 마음이 따뜻한 곰이라고요. 그거 빼놓고는 우린 만나면 인사만 하는 사이란 말이에요."

"살메야. 넌 곰하고 만나기에는 너무 어려." 엄마는 그렇게 말하고는 난데없이 움막에 벼락이 떨어져 소중한 안식처와 살림살이가 온통 타 버리기라도 한 것처럼 바닥으로 주저앉았다.

"엄마한텐 무슨 말을 못 하겠어. 인사만 하는 사이라는 말 못 들었어요?" 누나가 말했다.

"그런 녀석하고는 인사를 해 봐야 소용없어."

"아주 친절하다는데 왜 그런 소릴 해요. 아는 사람한테 인사하는 게 당연하죠."

"그런 녀석이랑은 알고 지낼 필요 없다고 했지!"

"엄마!"

"살메야, 곰들은 생각이 그거 하나야."

"대체 무슨 생각을 하는데요?"

"너도 잘 알잖아. 난 네가 그 곰이랑 더 이상 만나지 않았으면 좋겠어. 곰들은 겉모습은 멋지고 힘 있어 보이지만 불행을 자초하는 일이라고."

살메는 화가 났는지 호흡이 거칠어졌다.

"엄마는 곰 때문에 고초를 겪었을지 몰라도 난 아니라고요! 우린 그런 사이 아니에요. 딸기랑 머루를 가져다줄 뿐이라고요."

엄마는 소리를 지르더니 울음이 터져 버렸다. "딸기랑 머루라고! 나한테도 똑같이 딸기랑 머루를 가져다주었어. 딸기하고 머루 따는 데는 선수인 놈들이란 말이야. 내가 그 생각을 왜 못 했을까. 말 잘 듣는 딸로 자라서 곰 따위는 만나지 않을 줄 알았는데. 봄날에 미꾸라지 기어 나오듯 너도 모르는 사이에 네 옆에 기어들어 있다니. 내가 어떻게 해야 좋니. 대체 널 어디에 숨겨야 그놈을 안 만날까. 곰은 나무 꼭대기에도 올라가고 땅에 구멍도 파고 들어가는 놈이란 말이다. 얼마나 끔찍한 놈들인지 네가 몰라서 그래."

엄마는 얼굴이 상기되었고, 누나 역시 자두처럼 얼굴이 빨개졌다. 둘은 서로를 쏘아보았다. 누나의 눈빛은 반항심으로 가득했고 엄마역시 얼굴이 절망으로 붉게 물들었다. 엄마 생각에는 당장이라도 곰이 집으로 들어와 살메를 낚아채어 다시는 볼 수 없게 될 것 같은 모양이었다. 한때 곰과 사랑에 빠졌던 엄마는 누구라도 곰과 만나게 되면 간이고 쓸개도 다 빼 주게 된다고 확신했다. 마침 둘 사이에 아무말 없이 고요한 시간이 흘렀다. 내가 호수에서 일어난 일을 이야기하는 데 이보다 더 좋은 기회는 없을 것이다.

엄마는 움직이지도 않고 곰과 사랑에 빠져 있는 누나를 보았을 때처럼 나를 빤히 쳐다보았고 내가 이야기를 마치자 충격에 빠진 얼굴로 말했다.

"뭐라고? 다시 한번 말해 봐라, 그게 대체 무슨 말이니."

나는 다시 이야기를 들려주었다. 누나와 나를 번갈아 보던 엄마는 이 중 누구 말이 더 말도 안 되는 일인지 금세 깨달았다. 내 문제가 더 시급했다. 이미 곧 밤이 깊어질 테지만 곰 믐미에 대해서는 지금 당장은 어떻게 할 방법이 없으니까. 그러나 내 말을 들은 엄마도 뭘 어떻게 해야 할지 모르는 눈치였다. 연이은 나쁜 소식에 엄마는 할 말을 잃을 듯 손은 허벅지에 얹고 눈은 초점을 잃은 채 그저 땅에 주저앉아 있었다.

누나 역시 내 말을 듣고는 화가 머리끝까지 났다.

누나가 소리를 질렀다. "넌 진짜 방법이 없는 애다. 그 가엾은 늑대들이 뭔 죄가 있다고. 맛있는 젖이나 주는 동물들인데. 너 때문에 이게 다 뭐야. 넌 부끄럽지도 않니?"

"엄마, 이제 우리 어떡해요?"

나는 누나가 하는 말은 신경도 쓰지 않고 세상 불행을 내가 다 가지고 태어난 듯 서글픈 목소리로 물었다. 물론 나도 부끄러웠고 속이 뒤집힐 정도로 화가 났다. 할 수만 있다면 어디 쥐구멍에라도 들어가서 웅크리고 앉아 있고 싶었지만 그건 불가능한 일이었다. 하지만 호숫가에서는 벌써 현자 윌가스가 기다리고 있을 테니 엄마가 뭐라도 나 대신 결정을 내려 주어야 했다. 내 머리로는 도무지 아무런 생각도 나지가 않았다.

"호수에 가요, 말아요?"

엄마는 힘없이 한숨을 쉬었다. 완전히 정신이 나가 있었다. "나도 모르겠다. 내 아까운 늑대들……."

"그 끔찍한 벌레는 왜 밖에 데리고 나간 거니. 이 바보야, 그럼 우린 어디서 늑대 젖을 가져다 먹냐고." 누나가 계속 소리를 질렀다.

"혹시 믐미가 가져다주지 않을까?" 내가 이렇게 중얼거리자 누나는 거의 폭발할 듯 화를 내며 엘크 고기를 내게 집어던졌다.

엄마는 다시 울기 시작했다. "얘들아, 그만 좀 해라. 말도 안 되는 일이 한꺼번에…… 난 정말 어떡해야 할지 모르겠다."

내가 다시 물었다. "이제 밤이 더 깊어질 거예요. 호수에 가야 해요? 뭐라고 말 좀 해 주세요."

난처해진 나는 엄마의 옷소매를 잡아당겼다.

"나도 모른다니까. 어떻게 이런 일이 다 있다니." 엄마가 말했다.

엄마는 소리를 죽이면서 울다가 눈물을 훔쳤다.

나도 울음이 터져 나왔다.

누나도 실망감과 분노 때문에 이미 울고 있었다.

마침 그때 삼촌이 들어왔다.

삼촌은 저녁이면 우리 집에 와서 식구들에게 안부를 묻는 것이 일상이었다. 삼촌이 들어오자마자 집 안에 뭐가 심상치 않은 일이 벌어지고 있음을 직감한 것은 말을 안 해도 알 수 있었다. 나는 문가에 어안이 벙벙하게 서 있는 삼촌에게 뛰어가 방으로 끌고 들어왔다. 그리고 코를 훌쩍이며 호숫가에서 있었던 일을 들려주었다. 나도 엄마도 이 사태에 대한 해결 방법을 제시할 수 없었기에, 우리는 영특하고 재주가 좋은 삼촌을 믿을 수밖에 없었다. 나는 사람 닮은 유인원, 이[虱], 윌가스, 호수의 정령에 대해서 모든 것을 이야기해 주었다. 누나는 내 이야기 중간중간에 욕을 툭툭 해 댔다. 분명 자기는 동생보다 더 성숙하고 생각이 깊어서 그런 문젯거리를 식구들에게 던져 주지 않을 거라고 말하려는 듯했다. 나는 누나의 생각 따위에 신경 쓸 겨를이 없었다. 삼촌에게 이 이야기를 들려주는 게 더 중요했다. 이야기를 다 마치고는 제발 어떻게든 나를 이 덫에서 벗어나게 해 달라는 눈빛으로 삼촌의 눈을 뚫어지게 쳐다보았다.

"뭐 이런 바보 같은 이야기가 다 있니." 삼촌이 말했다.

살메가 뽐내는 투로 끼어들었다. "나도 레메트가 진짜 바보 같다고 말하려던 참이에요. 넌 어떻게 그런 끔찍한 벌레를 성스러운 호수에 들여보낼 생각을 했니?"

삼촌이 대답했다. "호수는 호수일 뿐이야. 거기는 누구나 들어갈 수 있어. 아무리 그렇대도 늑대를 제물로 바치라는 게 말이 되니. 윌가스 그 사람은 정신이 나간 게 틀림없구나."

"그래도 현자님이신데." 엄마가 눈물을 삼키고 끼어들었다. 삼촌이 온 덕분에 꽤 진정이 된 모양이었다. 엄마는 코를 풀고 그 자리에서 일어나 고기를 자르기 시작했다.

엄마가 제안했다. "늑대 한 마리로 어떻게 안 되겠느냐고 해 볼까? 내 생각엔 늑대 한 마리도 호수에 사는 정령들의 분노를 풀어 주기에 충분할 거야. 늑대 한 마리에 피가 얼마나 많은데."

삼촌이 말했다. "정령은 무슨 망할 놈의 정령! 살면서 정령 같은 것을 한 번이라도 본 적 있어?"

엄마가 설명했다. "우리 풍습이잖아. 오래전부터 전해 내려온 풍습인 거 너도 알잖아. 정령들한테 항상 제물을 가져다 바쳤잖아. 안 그러면 그런 헌자가 왜 있겠어."

"난 도무지 이해할 수가 없더라. 사람들 사이를 이어 주는 전통이랑 풍습이 있어서 나쁠 건 없어. 성스러운 숲에 앉아서 월가스가 나무를 태우면서 노래를 부르는 것을 보는 것도 좋아. 그런데 멀쩡한 늑대들을 잡아 죽이라고? 그런 어리석은 짓이 또 어디 있어. 그 불쌍한 벌레보다 늑대 피가 호수를 더 더럽히겠다. 레메트, 나랑 같이 가자. 월가스랑 이야기 좀 해야겠어." 삼촌이 말했다.

"그래도 모르니까 한 마리만 가지고 가라." 엄마가 말했다.

삼촌이 반박했다. "한 마리도 안 돼. 우리 좀 가만 놔둬요. 먼저 좀 먹고 따지러 가자. 여기 부엉이 알도 있네."

"삼촌, 그거 드셔도 돼요."

나는 사랑에 빠진 눈으로 삼촌을 바라보았다. 몸속에 있던 돌덩어리가 빠져나간 듯 가슴이 한결 편안해졌다. 그런 바보 같은 일을 하겠다고 나섰다는 게 이젠 우스운 일처럼 느껴졌다. 우리의 영웅 삼촌에겐 그런 부엉이 알쯤은 얼마라도 줄 준비가 되어 있었다. 삼촌은 나를 보고 웃으며 말했다.

"난 한 개만 먹을게, 나머진 네가 먹어라. 이제 사람 얼굴로 돌아온 것을 보니 마음이 한결 놓이네. 내가 들어왔을 때 엄청나게 큰일이 일어난 줄 알았다니까."

"나도 우리 늑대들을 전부 제물로 바쳐야 한다는 말을 듣고 어찌나 놀랐던지……." 엄마가 말했다. 엄마는 다시 평소 얼굴로 돌아와서는 광에서 사슴 고기를 들고 나와 식탁에 올렸다. 삼촌은 이제 배가 다 찼다고 말하며 손을 내저었다.

"이제 다 됐구나. 이제 월가스한테서 가서 좀 따져 봐라. 얼마나 바보 같은 이야기를 하려나."

"알았어, 갈 거야." 삼촌이 말했다.

나는 부엉이 알을 챙겨 먹었다. 누나는 조금 전 일어난 소동 덕분에 음미 일이 엄마의 머릿속에서 지워져 걱정을 던 것처럼 보였다.

날이 완전히 어두워졌을 때 우리는 길을 떠났다. 삼촌과 함께 있으니 더 힘이 나는 듯했고 이제 월가스 정도는 아무것도 아닌 것처럼 느껴졌다. 삼촌이 옆에서 나를 지켜 주고 있는데 월가스인들 어쩌겠는가. 호수의 정령들에게 뭐라도 바치려거든 그 기다란 코나 잘라서 바칠 것이지.

어두운 호수에는 검은 물이 흐르고 있었다. 이상한 검은 어두움이 물을 뒤덮고 있는 것 같았고, 그걸 보면 피를 갈구하는 호수의 요정들이 살고 있다고 믿는 것도 당연할 일인 듯싶었다. 조금 겁이 나서 삼촌의 손을 잡고 싶었지만 어린애 같은 생각을 하는 내가 부끄러워졌다. 대신 나는 삼촌에게 최대한 가까이 붙어 섰고 삼촌 체취를 맡으니 한결 안심이 되었다.

삼촌이 외쳤다. "월가스! 월가스, 거기 있나?"

현자가 말하는 소리가 들렸다. "물론 있고말고. 그 꼬마랑 함께 왔구먼. 보텔레. 나 좀 도와주구려, 내가 늑대의 목을 칠 테니 다리를 좀 잡아 줄 텐가? 자네 조카가 저지른 일 때문에 이 성스러운 곳이 더럽혀진 이야기는 잘 들어서 알겠지?"

삼촌이 말했다. "들었고말고. 애석하게도 난 아무 다리도 잡아 줄 수가 없을 것 같은데, 일단 여긴 모기가 너무 많아서 살이 남아나질 못하겠구먼. 늑대는 안 가져왔지. 무슨 말인지 알지? 늑대들을 죽여 봐야 소용없는 일이라는 거. 그래 봐야 뭔 소용이 있다는 말이야!"

"늑대들을 안 데리고 왔다고! 대체 그게 무슨 소리지? 우리 호수의 정령님들에겐 꼭 그 피로 제사를 해야 한다고, 안 그러면 숲이 물에 잠겨." 이렇게 말하는 현자가 자루 속에 기다란 칼을 쥐고 있는 것이 보였다.

"그 정령이 어떻게 그런 일을 하지? 어떻게 저 조그만 호수에서 나온 물로 숲이 잠길 수 있다는 말이지?" 삼촌이 이글거리는 눈으로 윌가스를 쳐다보며 말했다.

윌가스가 성을 내며 소리 질렀다. "저 호수가 얼마나 큰지 모르나? 네 바보 같은 눈에 보이는 것은 정령님들이 살고 계신 궁전의 지붕이다! 그 아래는 그분이 다스리시는 물로 가득하다고. 우리가 그분의 분노를 가라앉혀 드리지 않으면 저 물 밖에 모습을 드러내실 거고 그러면 아무리 높은 나무라 해도 그 아래에 다 잠겨 버릴 것이다."

"넌 대체 그게 무슨 소리인 줄은 알고 지껄이는 게냐? 윌가스, 우리의 오랜 전통과 풍습에서처럼 호수나 강을 그저 고이거나 흐르는 물로만 보는 것이 아니라, 우리처럼 생명이 있는 존재로 본다는 건 잘 알겠다. 물밑에 정령 따위가 살고 있다는 것은 지어낸 이야기라는 것을 윌가스 당신도 잘 알고 있잖아. 그건 아름다운 동화일 뿐이라고."

윌가스가 떨리는 목소리로 물었다. "지어낸 이야기라고? 동화라고?

당신, 지금 무슨 이야기를 하는 거야?"

삼촌이 대답했다. "난 사실을 말할 뿐이야. 나무 안에도 정령이 살고 있고 숲에도 숲의 어머니가 살고 계신다고 생각한다면 이 숲이 정말 살기에 아름다운 곳이 될 수도 있겠지. 그걸 들으면 아이들이 나뭇가지를 함부로 자르지 않고 나무를 해치지도 않을 거고. 그런데 그 옛날이야기만을 믿고 벌레 한 마리가 호수에 들어갔다고 해서 늑대의 머리를 칼로 잘라 제물로 바친다는 게 말이 되는 소리라고 생각하나? 안에 들어가 헤엄도 못 치고 마시지도 못하면 호수는 대체 어디에 쓰나? 염소랑 사슴들도 모두 여기 와서 물을 마시고 사는데."

"염소랑 사슴들은 모두 숲의 어머니로부터 보호를 받고 있고 숲의 어머니는 호수의 정령과 계약을 하셨다."

"오호라, 또 저녁에 아이들에게 들려줄 만한 이야기를 하고 계시네. 그런 심각한 표정으로 그딴 소리를 하다니 정말 아이가 된 건 아닌가?" 삼촌이 말했다.

윌가스가 소리쳤다. "나는 현자이시다! 너야말로 저 성스러운 호수의 평화를 방해하고 오랜 전통에 무지한 네 조카와 똑같은 인간이다. 듣자 하니 조카에게 뱀의 말을 가르쳐 준다던데, 단지 그것뿐만 아니라 정령님이랑 성스러운 숲을 경외하는 법도 가르쳐 주지 그래. 물론 당신은 그에 대해서 아는 것이 하나도 없겠지. 성스러운 숲에 제물을 가지고 오는 것을 본 적이 거의 없으니 뭘 놀랄 일은 아니군그래. 당신은 그 뱀의 말만이 유일한 지식의 근본이라고 생각하지, 그런데 정령님들한테 그 뱀의 소리가 아무 소용이 없다는 사실은 잊고 있구나."

삼촌이 그 말에는 동의했다. "저 말은 맞다. 그래서 정령들이랑 한 번도 이야기를 해 보지 못한 게 바로 그 이유 때문인 것 같구나."

월가스는 숫제 경멸 조였다. "지금 농담이 하고 싶은가? 네가 얼마나 아이 같은 생각을 하고 있는지 알겠구나. 정령들하고는 여러 비법을 구사할 수 있는 현자들만 이야기를 할 수 있다. 내가 정령들과 인간들 사이를 연결하는 자이며, 내가 말만 하면 네가 가진 늑대들을 모두 바쳐야 할 것이다. 그러니 내 말을 듣는 것이 좋을 거다. 얼른 가서 늑대를 가져와라."

"생각 좀 해라. 월가스! 내가 그런 바보가 아닌 것은 누구보다 당신이 더 잘 알지 않나." 삼촌이 말했다.

"얼른 늑대들이나 이곳으로 데려와!" 현자가 쇳소리를 내며 말했다.

난 삼촌 때문에 겁이 났다. 월가스는 자루에 긴 칼을 숨기고 있고 정신이 나간 것처럼 보여 자칫하면 삼촌한테 해코지를 할 것 같았기 때문이다. 제물을 바치는 데만 온통 정신이 팔린 월가스는 피가 들끓어 오르는 듯 얼굴이 시뻘게졌다. 그렇다고 해도 삼촌에게는 전혀 위협이 되지 못했다.

삼촌이 말했다. "월가스, 이제 우리처럼 숲에 사는 종족은 얼마 되지도 않아. 우리가 마지막일 테고 또 우리 중에도 이 숲을 떠나 마을로 들어가는 사람들이 있을 거야. 우리 시대는 조만간 끝이 날 테고 정령들에 대해서 모두 잊게 될 거야. 그런데 그 얼마 남지 않은 시간을 신을 모독하는 소리나 지껄이면서 다 보낼 텐가? 내가 장담컨대 당신이 아마 마지막 현자일 거고 당신이 죽으면 이곳에 현자가 살았다는 이야기는 금방 잊힐 거야. 그럼, 사람들이 이곳에 와서 머루도 따고 수영도 하면서 마음의 평안을 얻고 그의 자손들이 당신이 성스럽다고 여기는 이곳에 와서 오줌을 누겠지."

월가스가 소리쳤다. "어떻게 감히 그런 소릴. 바로 당신 같은 인간들 때문에 숲속 삶이 이렇게 무정하게 변했다는 것을 모른단 말인가! 100년 전만 해도 성스러운 숲에 사람들이 가득 들어찰 만큼 많았고 모두 정령들과 숲의 어머니에게 제물을 바치느라 제단에 뜨거운 피가 흘러넘쳤다. 너처럼 현자의 말에 대들고 우습게 보는 사람은 전혀 본 적이 없다. 네 조카 녀석이 성스러운 것도 몰라보고 유인원들과만 놀러 다니는 게 전혀 이상하지 않구나. 조카가 너한테서 뭘 배우겠느냐. 너랑 똑같은 저 무지한 것들을 좇아서 마을에나 가지 그랬느냐. 네가 갈 곳이 바로 저기다."

"나는 마을로 들어갈 생각이 없어. 나는 숲이 좋고 여기가 내 집이야. 월가스 당신을 싫어할 뿐이지. 숲이 이렇게 넓으니 앞으로 서로 볼 일은 없으면 좋겠군." 삼촌은 말소리를 높이지 않고 아주 차분하게 말했다.

"네 녀석이 진정한 에스토니아인이라면 성스러운 숲에 오는 것은 지극히 당연하다. 네가 원하건 원하지 않건 우린 거기서 만나게 될 것이다." 월가스가 놀리듯 말했다.

"글쎄, 내가 앞으로 그 숲에 발을 다시 들여놓나 보라고. 거기엔 전혀 흥미가 없으니. 나를 에스토니아인으로 취급하고 싶지 않으면 맘대로 해. 나한텐 씨알도 안 먹히니까." 삼촌이 말했다.

"정령님들이 네놈을 용서치 않을 것이다." 월가스가 소리쳤다.

삼촌이 말했다. "그런 바보 같은 소리 좀 하지 말라니까. 당신이 말하면서도 그게 말이 안 된다는 거 파악이 안 되나. 만약 정말 파악이 안 되는 거라면 머리에 뭔가 문제가 있는 걸 거야. 잘 먹고 잘사시구려."

그러고는 몸을 돌려 집으로 향했다.

"늑대들을 데리러 가는 게냐?" 윌가스가 큰 소리로 외쳤다.

"끝난 얘기 또 하지 맙시다. 더 이상 당신이랑 이야기할 기운이 없어. 집에 가리다. 만약 오늘 꼭 늑대를 잡아서 제물로 바쳐야 한다면 숲에서 직접 잡든지 말든지 알아서 해. 주인한테 버려진 늑대들이 돌아다니고 있을 테니. 그럼, 사냥 즐겁게 잘하시구려."

"그래 봐야 소용없어! 저 녀석이 호수를 더럽혔으니 꼭 너희 집 늑대를 제물로 바쳐야 한다고. 네가 당장 늑대를 데려와." 윌가스가 말했다.

"안 가지고 올 겁니다. 집에나 가요, 윌가스. 차 마시고 속 좀 다스리시구려."

"네놈의 피를 들이켤 테다." 현자는 끔찍한 목소리로 소리를 지르더니 갑자기 삼촌을 향해 몸을 던졌다. 삼촌은 재빠르게 피했다. 다음 순간, 삼촌이 윌가스의 팔을 물어뜯어 피가 줄줄 흐르는 살덩어리를 풀밭에 퉤 뱉자, 윌가스 역시 개처럼 소리를 지르며 칼을 휘두르려 했다.

"당신이 원했던 게 바로 이거지?" 삼촌은 이렇게 속삭였다. 그 순간 온화하고 평온하던 삼촌은 간데없이 눈동자가 광인의 그것처럼 붉게 빛났고 얼굴은 분노로 활활 타올랐다. "우리 아버지처럼 독 송곳니가 없는 게 참으로 서럽구나. 그랬다면 당장 내일의 해가 떠오르는 것을 볼 수 없었을 텐데. 앞으로 조심하는 게 좋을 거야, 윌가스. 내 조카를 가만두지 않으면 당신을 조각 내 버릴 테니까."

윌가스는 아무 말 없이 풀밭에 누워만 있었다. 팔의 고통으로 신음 소리를 내면서 삼촌을 겁에 질린 눈으로 쳐다보았다.

잠시 정적이 흘렀다. 삼촌의 눈동자가 다시 제자리로 돌아왔다. 삼촌은 호수로 가서 현자의 피로 더럽혀진 손을 닦았다.

그러고는 윌가스에게 당부했다. "성스러운 숲에 가서 며칠 쉬다 와. 그다음에 다시 오면 이 호수는 이 자리에서 아무 일 없던 것처럼 물결치고 있을 테니. 이 호수는 한 번도 물이 범람한 적이 없어. 그러니까 정령들을 그렇게 두려워하지 마. 당신이 호수에서 무슨 짓을 해도 정령들은 발가락 하나 못 건드릴 테니까."

윌가스는 삼촌의 말에 가타부타 대꾸가 없었다. 우리는 윌가스를 그 자리에 놔두고 집을 향해 떠났다. 삼촌이 아무런 말도 안 하는 걸 보아하니 나 때문에 약간 화가 난 듯했다. 난 삼촌이 이성을 잃은 모습을 한 번도 본 적이 없었다. 삼촌 안에 살아 있는 늑대가 깨어난 느낌이었다. 그런데 삼촌은 전혀 아랑곳하지 않는 것 같았다. 나는 삼촌이 자랑스러웠다. 삼촌이 어떤 사람이건 난 좋았다. 현자는 삼촌에게 분노의 복수를 당하고 나무토막처럼 풀밭에 누워 버렸다.

나는 삼촌의 손을 세게 잡았다. 삼촌은 내 손바닥을 강하게 쥐었다. 한밤중 숲을 가로질러 집으로 가는 길에는 아무것도 거칠 것이 없었다.

9

그다음 날 아주 흥미로운 이야기를 듣게 되었다. 우리 친구 패르텔이 우리 집에 와서 전하기를, 윌가스가 그 집 부모님에게 보텔레 삼촌 때문에 온 숲이 물에 잠길 뻔했다고 말했다는 것이다. 장황하게 늘어 놓은 바에 따르면, 고집 세고 오만한 삼촌 때문에 늑대 피를 얻지 못 한 호수의 정령들이 엄청나게 분노하여, 검은 소 같은 모습으로 호수 에 나타나자 호수 물이 구름처럼 일어서며 어마어마한 모습을 드러냈 는데, 강인함과 놀라운 지력의 소유자인 윌가스가 무슨 신비의 단추 를 가지고 정령 근처에 가 늑대의 피 대신 족제비 수천 마리를 호수 에 던져 넣어 분노를 잠재웠고, 이에 정령들이 해를 끼치지 않기로 합 의하여 숲은 어마어마한 위험에서 벗어나게 되었다고 한다.

나는 패르텔에서 들은 말을 삼촌에게 들려주었다. 삼촌은 이 일로 윌가스가 얼마나 멍청하고 젠체하는 인간인지 확실하게 드러났다고 말했다.

"그따위 정령이나 믿고 심지어 있지도 않은 것을 두려워하다니 얼 마나 바보 같은 짓이냐. 그 검은 소랑 수천 마리 족제비 이야기는 전 부 헛소리다. 한밤중에 족제비들을 어디서 그리 많이 구하겠니. 아무 리 뱀의 말을 능수능란하게 구사한다 해도 그 많은 것을 한꺼번에 모 은다는 것은 불가능해. 왜 호수가 예전처럼 잠잠하게 남아 있는지를 설명해 주려고 그 이야기를 지어낸 거야. 그 덕분에 멸망을 피할 수 있었다고 으스대며 다닐 거다. 이건 정말 사기다. 난 앞으로 성스러운 숲엔 발을 디디지 않을 거야. 너도 거기 가 봐야 좋을 게 없어."

나도 삼촌과 생각이 같았다. 사실을 말하자면, 그날 밤 호숫가에서 다툼을 벌인 이후로 나는 윌가스가 조금 무서워졌다. 그런데 지금은 윌가스가 삼촌을 더 무서워할 수 있겠다는 생각도 들었다. 성스러운 숲에 가는 것을 피하는 것은 물론이거니와 이제는 월가스와 길에서 마주치는 것도 싫어졌다. 나는 인츠와 앉아서 이야기를 오래 나누었다. 인츠는 다른 뱀들과 마찬가지로 멀리서 그리고 뒤에서만 들어도 누가 오는지 금방 이야기해 주었다. 그래서 월가스를 피하는 것은 어렵지 않았다.

어느 날 나는 인츠, 그리고 패르텔와 함께 셋이 숲에서 놀고 있었다. 그때 인츠가 무언가를 듣고는 말했다.

"누가 오고 있어."

"월가스?" 나는 그렇게 묻고는 멀리 피하기 위해 다리에 힘을 주고 빨리 달릴 준비를 했다.

"아니야, 탐베트야."

그렇다고 해서 달라지는 것은 없었다. 탐베트나 현자나 모두 재주가 없기는 매한가지였다. 원래도 탐베트는 나를 싫어했고 그 사건 이후로는 일부러 더 내게 싫어하는 티를 내었다. 아마 그는 월가스와 오랜 시간 이야기를 했을 것이고 나와 삼촌에 대해서 좋은 이야기를 했을 리는 만무하다. 그 일이 있고 나서 며칠 후 만난 탐베트는 여전히 나를 괴물 대하듯 했다. 그때 나는 엄마와 같이 있었는데 우리를 보자마자 소스라치게 몸을 떨고 손을 내저으며 소리를 질렀다.

"이런 근본도 없는 인간들아! 마을에서 태어난 사람들은 다 너희같이 썩었을 줄 알았어."

"애한테 소리 지르지 마요!" 엄마가 큰 소리로 말했다.

엄마는 탐베트가 전혀 두렵지 않았고 한편으로는 그가 그 식구들에게 얼마나 못된 짓을 하는지 말하는 것을 몹시 즐겼다. 탐베트와 엄마가 젊었을 때 탐베트는 엄마의 환심을 사기 위해서 전나무에 올라가서 꿀이 가득한 벌집을 따서는 엄마 집으로 갔다. 그는 사람들에게 꿀을 가져가는 모습을 보여 주고 싶지 않아서 겉옷 안에 벌집을 넣었다. 엄마 집에 도착한 탐베트는 그 꿀을 자랑스럽게 내보이고 싶었으나 따뜻한 데 있던 꿀이 전부 녹아내려 배털에 다 붙어 버리고 아래로 뚝뚝 떨어졌다. 도저히 그 꿀을 주워 먹을 수는 없었다. 젊은 탐베트는 얼굴이 붉어졌고 남들에게 그 불행의 순간을 들키지 않도록 자리에서 일어나려던 찰나, 뱀의 이빨이 있던 우리 할아버지가 어쩔 줄 몰라 하는 그를 보며 소리쳤다.

"거기 뭘 숨기고 있는 게냐. 보여 줘."

탐베트가 아무 대꾸도 못 하고 버벅거리고 있자, 할아버지는 대뜸 그의 웃옷을 잡아 뜯었고, 그 바람에 꿀이 진득하게 묻은 바지와 성기가 그대로 드러났다. 엄마는 탐베트가 아랫도리에 잔뜩 묻은 꿀을 닦아 내려고 하는 꼴이 정말 미친 듯이 우스웠다고 했다. 사람들은 곰을 불러 탐베트 몸에 묻은 꿀을 빨아 먹도록 했다. 하지만 곰은 자기가 핥아야 할 아랫도리를 보더니 '남자네.' 하고는 그냥 가 버렸다. 엄마는 깔깔대고 웃으며 바닥에 주저앉느라 이야기보따리를 더 풀지 못했다. 내가 나중에 탐베트의 꿀 묻은 고추는 어떻게 되었느냐고 묻자 엄마는 크게 손을 한번 휘두르며 말했다.

"어떻게든 잘 닦아 냈겠지. 그 꿀을 여전히 묻히고 다닐 일은 없을 테고. 여태 한 번도 본 적은 없으니 잘 모르겠다."

엄마는 탐베트와의 그런 고약한 기억 때문에 서로를 못 잡아먹어 안달이 난 듯했다. 엄마는 탐베트가 나에게 소리를 지르는 꼴을 못

봤고, 그런 기미만 보여도 똑같이 응대했다.

"무슨 짓을 하는 거야. 얼른 가서 네 늑대들이나 신경 쓰시지. 이제 그 정도면 충분하지 않나? 아주 늑대 젖 속에서 헤엄을 치겠더구먼. 월가스에게 갖다 바치고 같이 목이나 따지 그래, 그러고 싶으면. 그리고 당신 식구들 때문에 맨날 노예처럼 일해야 하는 딸이나 고생시키지 좀 말아. 아직 작고 어린 애를 그렇게 부려 먹다니, 창피한 줄 알아야지."

"여기서 우리 딸 이야기는 왜 해." 탐베트가 소리 질렀다.

"그럼 당신도 우리 아들 좀 가만히 둬! 내 아들만 보면 맨날 마을에서 태어났네 어쩌네 하면서 괴롭히기나 하고. 그게 우리 아들 탓이야? 자기가 어디에서 태어날지 결정할 수 있는 것도 아니고. 태어난 곳이 중요한 거면 당신은 숲에서 태어났잖아. 그런데 왜 그렇게 성질이 고약해."

"내 성격이 고약하다고?"

"그리고 진짜 바보 같아."

"입 닥치지 못해? 늙은 곰이랑 붙어먹은 주제에." 탐베트가 소리쳤다. 그 말은 엄마가 가장 듣기 싫어하는 소리였고, 나 역시 누군가 엄마한테 그런 말을 하는 것을 들으면 맨땅에 곤두박질치는 기분이 들 정도였다. 둘의 감정은 더 악화되었다.

엄마는 숨을 멈추다가 누가 코를 밟고 지난 것처럼 입을 벌려 이상한 소리를 냈다. 이윽고 내 손을 잡고 말했다.

"가자, 레메트. 난 숲에 사는 게 이렇게 좋은데 정말 다른 사람들처럼 마을로 이사 가야겠다. 숲에는 저런 상종 못 할 인간들만 남아 있으니 말이다."

엄마는 탐베트 쪽으로 침을 뱉었다. 탐베트는 등을 꼿꼿이 펴고 긴 은발 속에 감추어진 머리통을 자랑스럽게 흔들었다. 그는 숲과 지금까지의 풍습을 수호하고 배반자들을 내쫓았다며 자랑스러워하는 것 같았다. 우리는 그 자리에서 말 그대로 도망쳐 나왔으며 나는 탐베트가 내 앞에 나타날 때마다 정말 언제라도 도망가고 싶었다. 그래서 탐베트를 볼 때마다 윌가스를 볼 때와 똑같은 감정이 솟아났다.

어쨌든 우리는 패르텔과 함께 숲으로 들어갔고 인츠는 우리 옆을 따라오고 있었다. 우리는 풀숲 속에서 탐베트가 지나가는 것을 보았다. 우리가 다시 나가려고 할 때 인츠가 다시 말했다.

"누군가 또 오고 있어!"

그것은 탐베트의 딸 히에였다. 분명 아빠와 어딘가 가고 있는 모양인데 탐베트는 딸이 잘 따라오는지는 신경 안 쓰고 그저 앞만 보고 향하고 있었다. 그래서 히에는 뒤처져 있었다. 우린 히에에게는 악감정이 없었기 때문에 나가서 알은체를 했다.

히에는 다른 아이들과 놀 수 있게 되어서 어지간히 기쁜 모양이었다. 히에는 아빠가 사라졌는지를 조심스럽게 살폈다. 탐베트는 더 이상 보이지 않았다. 다른 때 같았으면 아빠를 따라갔겠지만, 지금은 잠시만이라도 우리와 같이 있고 싶다는 유혹을 뿌리칠 수 없었다.

우리는 땅바닥에 앉아 이야기를 나누었다. 거의 패르텔과 인츠가 뱀의 말로 이야기를 나누었다. 우리 이야기를 듣는 히에는 행복하고 흥분된 표정으로 여기저기를 둘러보았다. 마침 번데기에서 갓 뚫고 나와 세상을 흥분된 눈으로 바라보는 한 마리 나비 같았다. 아직 너무 어려서 나비의 얼굴을 제대로 갖추지는 못했다. 히에는 그 존재 자체로 향기가 나는 것 같았지만 뭔가 이야기할 만한 거리는 별로 없었다. 나와 패르텔과 인츠 셋은 우리끼리 하는 농담이 무척 재미있었고 다음에 뭘 하고 놀지 계획을 세우기도 했지만, 히에는 대부분 무슨 말인지 몰라 별로 신경을 쓰지 않았다. 그 아무리 신기한 물건을 받고도 놀라는 대신 킬킬대며 웃는 그런 아이였다. 그것이 음식이라고 한다면 어디서 만든 음식인지 신경 쓰지도 않고 그저 좋아서 킥킥댔다. 히에는 매일 엄마 아빠가 떠들어 대는 늑대 이야기 말고 다른 목소리를 듣는 것이 그저 행복했다. 그 늑대 소리는 이제 더 이상 듣고 싶지도 않았다.

히에에 대해 궁금한 점이 많았던 우리는 잠시 이야기를 멈추고 히에에게 말을 시켜 보기로 했다.

"넌 뭐 재미있는 소식 없니?" 내가 물었다.

히에는 그 질문을 정말 심각하게 받아들인 모양이었다. 히에는 최근에 들은 소식을 정말 생각해 내려고 애쓰는지 잠시 눈가에 주름이 졌다. 그냥 봐도 히에는 뭔가를 부끄러워하고 있었다. 지금까지 우리만 이야기를 해서 히에도 말할 기회를 주고 싶었는데. 히에는 우리만큼 잘 지낸다는 것을 보여 주고 싶은 모양이었으나 딱히 새로운 이야깃거리를 생각해 내지 못했다. 히에의 삶은 말할 것이 없이 단조로웠기 때문이다. 히에는 그만 감정을 주체하지 못하고 얼굴이 하얘지면서 눈물을 글썽거렸다. 뭔가를 해내지 못할 때 울음이 터져 버리는 아이 같았다. 그러다 마침내 생각이 났는지 가느다란 소리로 외쳤다.

"나 오늘 밤 엄마랑 달빛 두들기기 하러 가."

그건 정말로 기대치 못한 소식이었다. 정말 그런 소식은 예상하지도 못했다. 히에는 다른 동무들과 이야기를 트는 좋은 방식을 찾았다는 듯 자랑스러워하며 행복하게 웃음 지었다.

달빛 두들기기는 오래전부터 내려온 풍습이었다. 1년에 한 번 여자들과 다 큰 계집애들이 참가하는데 실오라기 하나 걸치지 않고 한밤중에 숲에 모인다. 그 후 나무 높이 올라가 달빛 아래서 떡갈나무 잎으로 몸을 두드리는 행사였다. 그날은 꼭 보름달이 뜨는 날이어야 했고 달이 질 때까지 계속되었다. 이렇게 몸을 두드리는 것이 새로운 삶의 기운을 북돋아 준다고 믿었기 때문이다. 사실 그것은 어느 정도 신빙성이 있었다. 나이가 많아 나무에 오르지 못해서 봄을 두들기지 못할 정도로 늙은 여자들은 그리 오래 살지 못했기 때문이다.

남자들은 그 몸 두들기기 행사에 참여하지 않았고 심지어 보름달이 언제 뜨는지조차 알지 못했다. 여자들은 남자들에게 그 사실을 알리지 않고 남편들이 자는 사이 몰래 움막에서 빠져나왔다. 남자들이 일어나는 아침에 여자들은 얼굴이 발그레해질 정도로 기분이 좋아져 집 안에 들어와 있었다. 보름달이 언제 뜨는지는 여자들만 알았고 남자들은 전혀 알 수가 없었다.

다른 사내애들과 마찬가지로 나와 패르텔은 달빛이 비치는 여신을 보는 것이 꿈이었고 그리고 그 의식이 어떻게 진행되는지도 보고 싶어 했다. 하지만 그런 꿈은 한 번도 실현된 적이 없었다. 혹시나 알려 줄까 싶어 엄마를 빤히 쳐다보기도 했지만, 그래 봐야 아무런 소용이 없었다. 게다가 1년 내내 궁금증을 안고 사는 것도 쉽지 않았다. 달빛 두들기기는 봄, 여름, 가을, 겨울, 언제든 열릴 수 있기 때문이었다.

저녁에는 엄마가 밤중에 무엇을 할지 알아차리기가 힘들었고 엄마는 아침에 아무 일 없었다는 듯 밝은 얼굴로 나타나 사슴 고기를 구우면서 어제 동네 여자들과 함께 사우나를 하고 왔다고 자랑했다. 요즘에는 누나도 엄마와 같이 가는 것 같았는데 난 항상 깊게 잠이 들어서 어떻게 두들기는지 몰래 엿볼 기회가 없었다.

히에가 해 준 이야기는 당연히 나와 패르텔의 관심을 불러일으켰다. 오늘 드디어 오랫동안 꿈꾸던 일을 눈으로 볼 수 있게 된 것이다.

"확실한 거야?" 내가 히에에게 다시 물었다.

"맞아. 엄마가 오늘 아침에 그랬어." 계집애가 대답했다.

"넌 전에도 달빛 두들기기 가 본 적 있어?"

"아니." 히에는 누군가와 이렇게 오랫동안 대화했다는 사실만으로도 무척 흥분되는 표정이었다.

히에는 우리가 던지는 질문이라면 그게 수십 개라도 다 대답하고 그 어떤 비밀이라도 다 발설할 모양이었다. 겨울이 올 때까지도 우리 곁에 앉아 있을 기세였다. 그런데 숲속에서 히에 아버지가 외치는 소리가 들렸다.

"히에! 너 어디에 있니?" 탐베트가 불렀다.

"아버지가 부른다."

히에는 새된 소리로 말하더니 겁이 난 표정으로 서둘러 일어났다. 우린 히에 때문에 얼마나 가슴이 아팠는지 모른다. 그 악독한 탐베트랑 평생을 살아야 한다니. 앞으로 히에를 자주 보러 가야겠다는 생각이 들었다. 마치 거미줄에 걸려 힘없이 꿈틀거리는 벌레를 보는 것 같았다. 거기서 구해 주고 싶었으나 히에는 지금 거미줄에 걸린 것이 아니라 자기 집에서 갇혀 살고 있었다. 그 아이를 집에서 탈출시킬 방법이 있는 것도 아니고, 게다가 걔 아버지를 보면 두려운 생각이 먼저 들었다. 우리를 향해 멋쩍게 손을 흔들고 있는 히에에게 손을 흔들어 주고 우리는 다시 숲속으로 들어갔다. 탐베트가 긴 다리로 성큼성큼 걸어오고 있었다.

"너 대체 어디 있었니?" 탐베트가 물었다.

"아빠 걸음이 너무 빨라서 내가 쫓아갈 수 없었어요. 아빠 모습이 안 보여서 어디로 가야 할지 몰라서 여기서 기다리고 있었어요." 히에가 들릴락 말락 한 소리로 말했다.

"네가 어떻게 숲을 몰라. 너도 이제 요즘 아이들처럼 되어 가는 거야? 옛날엔 숲에서 길을 잃는 아이들이 한 명도 없었어." 탐베트가 윽박지르며 말했다.

히에는 더 이상 말을 잇지 못했다.

"얼른 따라와."

히에는 다시 아빠 뒤를 따랐다. 사실 히에는 아버지 옆에서 내내 뛰어야만 했다.

나와 패르텔이 옷 벗은 여자들을 보러 달빛 두들기기 의식에 가기로 계획한 건 너무도 당연한 일이었다. 인츠에게도 가 보자고 했지만 이미 그 의식을 많이 봐서 별 관심이 없다고 했다. 그 얘기를 듣고 우린 조금 놀랐다.

"넌 그 이야기를 왜 진작 안 한 거야?" 우리가 물었다.

"너희가 궁금해하는지 몰랐지. 별로 특별한 거 없어, 그냥 발가벗은 여자들이 나무 꼭대기에 앉아서 몸을 떡갈나무 잎으로 두들기는 거야. 나무 가까이 기어가 본 적이 있는데 별로 볼 생각이 안 나더라고." 인츠가 말했다.

"진작 말해서 같이 가든가, 언제 이 의식이 열리는지 말해 줄 수도 있었잖아."

"그때 우린 친구도 아니었어. 그리고 여자들이 정확히 언제 나무 위로 올라가는지는 나도 몰라. 나도 우연히 보았을 뿐이야. 뱀들은 숲에서 일어나는 일을 모두 보지만 심각하게 여기지는 않아. 그냥 몸 두들기는 건데 뭐 대단한 게 있다고 그래?"

"엄청 대단하지." 패르텔과 나는 입을 모아 말했다. 우리는 오랫동안 숨겨진 비밀에 바로 접근할 수 있다는 생각에 몹시 흥분하였다. 아마도 우리가 남자들 중에서 처음으로 나무 꼭대기에 올라 떡갈나무 잎으로 몸을 두드리는 여자를 보게 되는 것은 아닐까. 어쨌든 지금까지는 그것을 보았다고 자랑하는 남자를 단 한 번도 본 적이 없었다. 게다가 발가벗은 여자들을 그렇게 많이 볼 수 있다고 생각하니 몹시 긴장이 되었다. 우리도 이제 다 컸으니 이런 일쯤이야 충분히 볼 자격이 있지 않은가. 누나도 아마 친구들이랑 같이 올 것이다. 히에는 우리에게 그 비밀을 알려 주기 위해서 일부러 온 것은 아니었겠지만, 어쨌든 히에의 발가벗은 모습도 보게 될 것이다. 만약 히에가 우리와 시간을 좀 더 보낼 수 있었다면 더 화끈한 비밀을 폭로해 줄 수도 있었을 텐데 못내 아쉬웠다.

여자들이 몸을 두들기는 나무 밑에서 만나자고 나와 패르텔은 약속했다. 그 길은 동네 아줌마들과 누나들이 가는 길을 따라가면 나왔다.

어렵지는 않았다. 그날 나는 유독 착한 아이 역할을 잘 해냈다. 엄마는 내가 한밤중에 나쁜 짓을 할 거라는 생각은 꿈에도 못 했을 것이다. 엄마가 흡족해하도록 배를 채울 만큼 밥을 먹고 집 안 정리도 잘해 놓았다. 누나 역시 나와 똑같이 하고는 시간이 조금 지나자 사슴 가죽 이불 밑으로 들어가 누웠다. 어렸을 때는 엄마, 누나, 나 이렇게 셋이서 같이 자던 이불이다.

고요하고 어두운 시간이 꽤 흘렀다. 나는 졸음을 참지 못하고 잠들어 버리면 어떡하나 걱정이 되었지만 별문제는 되지 않았다. 나는 졸지도 않고 제비처럼 날렵하게 깨어 있었으나 한 가지 걱정이 있었다. 긴장되는 마음에 자리에서 일어나 방방 뛰고 싶었던 것이다. 하지만 그렇게 되면 다 들통날 수도 있었다. 엄마가 먼저 일어나 누나를 깨우는 소리가 날 때까지 꼼짝하지 않고 있어야 했다.

"얼른 가자."

엄마가 속삭였다.

엄마와 누나는 아무 소리도 내지 않고 몰래 문을 열고 나갔다. 나는 그 둘이 뭔가 잊어버리고 다시 올지도 몰라서 잠시 움직이지 않고 기다리고 있었다. 그러나 둘은 오지 않았고 나는 자리에서 일어나 그 뒤를 쫓았다. 아무 소리도 나지 않도록 친구 인츠처럼 풀밭을 기어 엄마와 누나를 따라갔다. 물론 둘은 눈치채지 못했다. 잠시 후 그들은 마침 달빛 두들기기를 하러 나선 누나 친구들을 만났고 넷이서 함께 길을 걸었다. 나는 까치발로 그 뒤를 밟았다.

마침내 우리는 넓은 공터에 도달했다. 옷을 벗은 여자들이 떡갈나무 잎을 모아 들고 나무에 오르려고 하는 것을 보니 여기가 그 장소인 모양이었다. 숲 어딘가에서 바스락 소리가 나더니 내 옆으로 패르텔이 살그머니 기어 나왔다.

"우리 엄마도 저 위에 있어." 패르텔은 그렇게 말하면서 손을 들어 그중 제일 높은 나무 꼭대기를 가리켰다. 그 위에 패르텔 엄마가 앉아 있었다. 달빛을 받아 하얗게 빛나는 몸을 떡갈나무 잎으로 천천히 두드렸다. 기분이 좋은 모양이었다.

참으로 마법 같은 순간이었다. 그러나 나는 패르텔 엄마보다는 누나 친구들에 더 관심이 갔다. 나는 달빛이 비치는 하늘을 배경으로 누구보다 높이 나무를 오르려 하는 누나 친구들을 눈으로 계속 따라갔다. 누나 친구들은 좋은 곳을 찾아 자리를 잡더니 소리를 지르면서 떡갈나무 잎으로 몸을 때리기 시작했다. 마치 금색 달빛을 온몸에 바르는 것 같았다. 이 놀라운 풍경 속에서 나와 패르텔은 발가벗은 여자들을 매혹된 듯 쳐다보았다. 히에도 엄마 옆에 앉아서 뼈가 앙상한 다리를 떡갈나무 잎으로 두들기고 있었으나 너무 마르고 아이 같은 몸이라 우리의 눈에는 그닥 들어오지 않았다. 누나 친구 중 한 명은 가슴이 보름달처럼 컸다. 그 누나 친구가 몸을 두들기자 가슴이 위아래로 흔들렸고 우리는 침을 삼켰다.

숲이 여자들로 가득 차 있던 수백 년 전에는 여자들이 달빛 아래서 몸을 두들기는 이 풍경이 어땠을지 상상이 갔다. 분명 나뭇가지들이 여자들의 무게를 받아 잔뜩 휘었을 것이다. 달빛 두들기기에 참여하는 사람들이 크게 줄어든 지금은 기껏해야 이삼십 명 정도밖에 안 되어 보였고 그중에는 노파들도 있어 별로 눈요기가 되지 않았다. 그러나 그들은 모두 떡갈나무 잎으로 몸을 철썩철썩 두들겼고 이파리들이 몸으로 떨어지는 박자에 맞추어 여자들의 어깨에서는 달빛이 먼지처럼 흩어지며 살아 있는 불꽃처럼 이글거렸다.

"진짜 멋지다."

패르텔은 손에 떡갈나무 잎 뭉치를 들고 커다란 원을 그리면서 풍성한 유방을 들썩이고 있는 한 무리 여자들에게 눈이 팔려 있었다.

누군가 우리 근처에서 한숨을 쉬고 있었다. 우리는 순간 화들짝 겁을 먹었다. 대체 누가 거기에 숨어 있는 거지? 몸을 돌려서 살펴보니 큰 곰 한 마리가 고개를 쳐들고 몸을 두드리는 여자들을 쳐다보며 행복한 표정으로 손톱을 씹고 있었다.

"넌 여기서 뭐 하는 거야?" 내가 화난 목소리로 물었다. 내 몸속에서 불현듯 사내의 습성이 튀어나왔는지 곰이 여자를 바라보는 모습을 보니 진정할 수가 없었다.

"그냥 보는 거야. 정말 멋지지 않니." 곰이 말했다.

"여자 곰들은 저런 거 안 해? 거긴 왜 안 가는데?" 내가 놀란 말투로 물었다.

"아니야. 곰들은 저런 거 안 해. 그리고 곰들은 저렇게 멋있지도 않아. 곰들은 등이 두꺼운 가죽으로 덮여 있어서 그걸 벗을 수는 없어. 그런데 저 여자들을 봐. 정말 아름답고 순수한 아름다움이 있잖아. 가죽을 벗은 곰 같잖아." 곰은 한숨을 쉬었다. 곰은 내가 자기에게 농담을 했다는 사실도 모르는 듯했다. 곰들은 생각하는 것도 단순하고 아무거나 잘 믿는 성격이어서 농담을 잘 알아채지 못했다.

"너나 가서 가죽 벗어라. 그 입 좀 닥쳐, 가서 염소나 가죽을 벗기든지. 똑같이 아름답고 순수할걸." 내가 화난 목소리로 말했다.

"나도 해 봤지. 그런데 안 그렇더라." 곰은 또 한숨을 쉬었다. 무슨 말을 해도 기분 상하는 법이 없는 다른 곰들과 별반 다를 바가 없었다. 곰은 나무 꼭대기를 쳐다보기 위해 다시 주둥이를 쳐들고 앞으로 뒤뚱뒤뚱 걸었다.

소곤소곤 이야기한다고 했는데 너무 오래 떠들었는지 누나가 나무에서 내려왔다. "너 어디 가니?" 엄마가 질문하는 소리를 듣고 주위를 둘러보았다. 발가벗은 누나가 나무에서 내려와 우리 곁 아주 가까이 와 있는 것을 보고 화들짝 놀랐다.

"무슨 소리를 들었어요. 여기 누가 있는 것 같아요." 누나는 무언가 수상쩍다는 표정을 하고 대답했다.

누나는 나무 사이를 뚫어져라 쳐다보았고 나와 패르텔은 풀숲 안으로 최대한 몸을 깊게 숨겼다. 더 이상 숨는 것은 불가능했다. 그랬다간 누나가 금방 알아차릴 것이다. 그렇게 숨어 있다고 해서 들키지 말라는 보장은 없었다. 이미 보름달은 숲을 온통 하얗게 밝혔다. 살메는 그 달빛을 보면서 앞으로 몇 발짝을 더 걸어왔다. 금방이라도 누나한테 들킬 것만 같았다. 마침 누나가 몇 발짝 더 걸어왔다.

목에서 식은땀이 흘렀다. 여자들만 참여할 수 있는 달빛 두들기기 의식을 몰래 쳐다본 아이들이 어떤 벌을 받을지 상상하고 있었다. 내가 이곳에 숨어 있었다는 것을 알게 되면 여자들은 분명 나한테 엄청나게 화를 낼 것이다. 게다가 엄마도 내게 엄한 벌을 내릴 것이 확실하다. 그것만으로 나의 부끄러움은 이만저만이 아닐 것이다.

나는 순간 두더지가 되어서 땅을 파고 들어가고 싶은 생각이 들었다. 그러나 사람은 당연히 그런 능력이 없었고 뱀의 말도 아무런 도움이 되지 못했다.

살메가 두 발짝 더 앞으로 걸었다. 한 발짝만 더 걸으면 분명 우리를 발견할 것이다. 그런데 누군가 부드러운 소리로 누나를 부르는 소리가 났다.

"살메."

정상적인 경우라면 그 소리를 들은 누나는 소리를 지르고 사람들 있는 쪽으로 뛰어가 도움을 청했을 것이다. 그런데 누나는 예상 밖의 모습을 보여 주었다. 누나 역시 부끄러운 목소리로 대답했던 것이다.

"너, 음미구나. 여기서 뭐 해. 여기 있으면 안 돼."

조금 전 본 곰이 수풀 밖으로 나왔다.

곰이 감탄하며 말했다. "살메, 너 오늘 너무 예쁘다! 여기 앉아 있는데 너에게서 눈을 뗄 수가 없었어. 저 나무 위에 있는 여자들이 전부 아름답지만 그래도 네가 제일 아름다워."

"음미, 사람을 그렇게 몰래 쳐다보면 못써."

누나는 그렇게 꾸짖으며 손으로 발가벗은 몸을 가리려 했다. 그러나 화는 조금도 내지 않았다. 나와 패르텔을 만났다면 분명히 다른 식으로 말했을 것이다. 나랑 이야기할 때는 항상 짜증 내고 다투기만 하는 누나가 이 이상한 곰과 부드러운 목소리로 이야기하는 것을 보니 정말 기분이 상했다. 그 곰이 진정한 친구라도 되냔 말이다. 털이 북실북실한 그 동물은 누나 곁에 오더니 아무것도 걸치지 않은 누나의 다리를 핥았다.

살메가 속삭였다. "하지 마. 엄마가 위에서 다 보신단 말이야. 나도 지금 가 봐야 해. 다음에 보자."

"나 여기서 내일 아침까지 기다리고 있을 거야. 네 몸을 더 감상하고 있어도 되지?" 곰이 말했다.

"이런 바보야." 누나는 부드럽게 말하여 곰의 이마를 살짝 때렸다. 그러더니 다시 똑같은 나무로 다가가 꼭대기에 올라갔다.

"누구니?" 엄마가 물었다.

"아무것도 아니에요." 누나가 대답했다. 누나는 다시 떡갈나무 잎 뭉치를 들고 두드리기를 시작했다. 그러나 지금은 조금 달랐다. 이번엔 달빛 아래서 몸을 두들기는 것이 아니라 풀숲에 몸을 숨긴 픔미를 향해 자기의 아름다운 몸매를 한껏 보여 주고 있었다.

"이제 가자." 나는 누나와 곰 모두에게 화가 나서 말했다.

10

나는 누나한테 너무 화가 나서 살메가 곰이랑 사귀고 있다고 당장이라도 일러바치고 싶었다. 하나 그랬다간 내가 어디서 누나랑 곰이 만나는 것을 보았냐며 추궁당할 텐데 여자들만 갈 수 있는 달빛 두들기기 의식에 갔다고는 말할 수 없으니 함부로 이를 수도 없었다. 그건 도저히 할 수 없는 일이다.

누나의 비밀을 알게 되었지만 발설하고 싶은 마음을 감출 수밖에 없었다. 누나에게조차 그날 밤 숲에 가서 전부 보았다는 사실이 알려지면 안 되었으니 그 사실에 대해서 타박을 하는 것도 불가능했다. 그렇게 하면 식구들의 얼굴을 보기가 어려울 수도 있다.

무엇보다 그날 누나와 곰이 함께 있는 것을 본 패르텔이 몹시 신경 쓰였다. 그 둘이 계속 만나느냐고 줄곧 물어보았기 때문이다. 녀석은 나를 놀리기 위한 것이 아니라 진짜 궁금해서 하는 말이었기 때문에 나의 심기를 더 건드렸다. 그날 살메와 곰이 만났다는 것만으로도 난 얼굴을 들고 다닐 수가 없었다. 마치 온 세상이 누나 대신 나한테 눈치를 주는 것 같았다. 곰과 누나가 만난다는 것은 우리 집에서는 특히 용납이 안 되는 일이었다. 나는 패르텔에게 그날 숲에서 본 것을 절대 아무에게도 이야기하지 말라고 신신당부했지만 그 녀석이 비밀을 지켜 줄지는 확신할 수가 없었다.

그렇게 하는 게 얼마나 힘든지 나도 잘 안다. 내 속을 돌아다니던 비밀이 혀끝까지 기어 나왔다. 어차피 언젠가는 다른 사람들도 그 비밀을 알게 될 게 뻔한데 계속 속에 감추고 있는 것이 능사일까. 문제는 곰과 살메에게만 있는 것이 아니었다. 우리는 거기서 정말 못 볼 꼴을 많이도 보았다. 나중에 누나 친구들을 만났을 때는 왠지 경쟁에서 이긴 것 같은 생각이 들면서도 또한 구역질이 날 만큼 역겹기도 했다. 그 누나는 나를 아직 어린아이처럼 다루었다. 내가 그 누나의 볼 곳 못 볼 곳을 다 보았다는 사실은 몰랐다. 대체 어찌 알겠는가. 하지만 내 연구 결과는 조용히 숨겨야 했고 누나의 친구들이 나를 쳐다볼 때마다 이상한 웃음을 지었다.

"너 왜 웃어?"

누나들은 성질을 부리며 말했지만 나는 한마디도 대답하지 않았다. 혀까지 차오르는 욕구를 억누르며 혹시라도 나도 모르게 누나들의 젖가슴과 엉덩이를 보았다는 말을 할까 봐 냉큼 뛰었다.

내가 맘 놓고 비밀을 털어놓을 수 있던 대상은 인츠였다. 그런데 인츠는 역시 내 얘기에 별 관심을 보이지 않았고 놀라지도 않았다. 뱀들에겐 사람이나 곰이나 그저 비슷한 존재들이었으므로 그 둘이 사귄다 해서 아무런 문제가 되지 않았다. 누나 친구들의 발가벗은 모습을 설명해 주어도 인츠는 그게 뭐가 재미있다는 건지 이해하지 못했다. 하긴 기다란 줄처럼 생긴 뱀 주제에 여자의 가슴이랑 음부의 쓸모에 대해서 뭘 알겠는가. 인츠는 내 말에 별 관심을 보이지 않고 듣더니 그런 풍경은 이전에도 많이 보던 거라 전혀 특별한 것이 없다고 했다.

나는 속으로 히에네 집에 더 자주 놀러 가리라 마음먹었다. 인츠로부터 집에 부모가 없다는 말을 듣고 몰래 집에 들어갔을 때 히에는 이번에도 토끼의 머리를 자르고 있었다. 히에는 엄청나게 힘들어 보였지만 우리를 보자마자 얼굴에 화색이 돌았다. 하지만 얼룩진 앞치마와 빨간 토끼 피가 묻은 발가락은 감추고 싶어 했다. 히에는 맨발을 도끼 뒤로 감추고 우리와 더 이야기하고 싶어 했지만, 우리 안에 있는 늑대들이 배고픔에 울부짖고 있었다.

"나 아무래도 일을 더 해야 할 것 같아. 안 그러면 늑대들이 계속 시끄럽게 울 거고 엄마 아빠가 듣고 당장 달려올 거야." 히에가 힘없이 속삭였다.

"그럼 엄마 아빠가 화내셔?" 내가 물었다.

"아니." 히에는 그렇게 대답했지만 얼굴을 보니 내 말이 맞는 모양이었다.

"우리 늑대 보러 가자." 인츠의 말에 우리는 안으로 들어섰다. 난 그렇게 많은 늑대가 한곳에 있는 것을 한 번도 본 적이 없었다. 정말 믿지 못할 풍경이었다. 늑대들은 족히 수백 마리는 되어 보였고 한 마리씩 우리에 갇혀 있었다. 내가 그 안에 들어서자 늑대들은 내가 그토록 원하던 토끼 고기라도 가지고 들어왔다고 생각했는지 내 쪽으로 주둥이를 향하고 입술을 핥았다. 내가 빈손으로 들어온 것을 확인하자, 늑대들은 다시 쉿소리를 내며 울부짖기 시작했고 몇 놈은 땅에 바짝 누워 뒹굴면서 지금 얼마나 밥을 먹고 싶은지 하소연하기도 했다.

"늑대들 오늘 아침부터 하나도 못 먹었어." 히에가 말했다.

인츠가 거들었다. "늑대들한테 밥 많이 주면 안 돼. 내 생각에 이제 충분히 먹었어, 저 늑대는 심하게 살이 쪘잖아. 문가에 있는 놈을 봐. 저 녀석은 곰처럼 살이 쪘어. 밥을 그렇게 많이 먹이면 안 돼."

"밥을 못 먹으면 우는 걸 어떡해." 히에가 불평했다.

"내가 조용히 시켜 줄게." 나는 그렇게 말하고는 조용히 뱀의 말을 해 보았다. 물론 내가 하는 뱀의 말을 늑대들이 울부짖는 소리와 견줄 수는 없었지만 웬만큼 먹혀들기는 했다. 시끄러운 늑대 소리를 찢고 나온 나의 뱀의 말을 듣지 못할 리 없었다. 동물들이 잠들게 하는 데 특효약이었다는 말이다. 늑대들은 울기를 멈추고 꾸벅꾸벅 졸았다. 그러더니 송곳니를 내보이며 턱을 모으고 옆으로 누웠다. 조금 후에 졸린 듯 눈을 감고 머리를 손으로 감싸고 아기처럼 잠이 들었다.

"너한테 뱀의 말 아무도 안 가르쳐 줬어?" 내가 히에한테 물었다.

"배운 적은 있는데 이건 아니야." 갑자기 잠에 빠진 늑대 떼를 신기한 눈으로 바라보던 히에가 물었다. "그런데 언제까지 저렇게 자?"

내가 대답했다. "저녁에는 일어날 거야. 아니면 우리가 깨울 때까지 안 일어날 거야. 내가 너한테 가르쳐 줄 테니까 내일 아침에 밥 먹이고 낮엔 또 재워. 그러면 시끄럽게 안 굴 거야. 가르쳐 줄까?"

히에는 기쁨에 사로잡힌 얼굴로 고개를 끄덕였다. 나는 적당한 단어를 골라 히에가 완전히 배울 때까지 몇 번이고 가르쳐 주었다. 우리는 시험을 해 보기로 했다. 나는 늑대들을 다시 깨웠다. 늑대들은 비몽사몽간에 다리에 힘을 주고 일어났고 정신이 들자마자 여느 때처럼 식욕이 다시 샘솟는 듯했다. 여전히 코앞에 먹을 것이 없다는 것을 깨닫자 목을 길게 빼고 울기 시작했다. 그 후 히에는 조금 전에 배운 단어를 발음해 보았다. 그러자 늑대들은 다시 자리에 눕더니 주둥이와 꼬리를 모으고 바로 잠이 들었다.

내가 말했다. "내가 뭐랬어, 아주 쉽지? 너희 엄마 아빠가 이 단어를 왜 안 가르쳐 주셨는지 이해가 안 된다."

인츠가 말했다. "아마 히에가 계속 늑대에게 밥을 주었으면 했겠지. 우리 엄마 말도 탐베트 아저씨는 사람보다 늑대를 더 사랑하는 것 같댔어."

이야기가 자꾸 자기 아버지 쪽으로 흘러가는 것을 들은 히에는 얼굴이 붉어졌다. 우리가 자기 부모님을 싫어하는 걸 잘 알고 있던 히에는 이 모든 것이 자신의 탓인 듯싶었다. 히에가 겁을 낸 것은 또 있었다. 우리와 탐베트의 관계가 더 악화되어 자기랑 놀고 싶은 마음도 없어질까 봐 걱정한 것이다. 히에도 아빠를 사랑할 리 만무했다. 아버지는 히에가 보기에도 끔찍한 괴물 같았고 인츠에 말에 동의할 수밖에 없었다.

"네 말이 맞아. 우리 아빠는 정말 나쁜 사람이야." 그렇게 말하는 히에도 몹시 부끄러워서 말을 더 잇지 못했다. 히에는 부모 때문에 그런 어려움을 겪으면서도 부모에 대해서 나쁜 말을 하는 법은 없었다. 히에는 엄마와 아빠 때문에 힘들어했고 남들에게 감출 수 없는 끔찍한 흉터처럼 부끄러웠다.

우리는 당연히도 이 모든 것이 히에의 잘못이 아니라 바보 같은 아버지를 둔 탓이라고 생각했고, 그런데도 히에의 집에 더 자주 놀러 갔다. 공교롭게 우리는 탐베트 아저씨에게 장난을 더 자주 칠 수 있게 되었다.

탐베트는 늑대들에게 더 많은 먹이를 먹이고 싶어 했지만, 그러거나 말거나 우리는 언제나 늑대들을 재웠다. 정확히 이야기하자면 단지 늑대들만 재운 것이 아니라 매일 커다란 도끼로 토끼들의 멱을 따야 하는 의무감과 부모들이 지어 놓은 거대한 늑대 우리로부터 히에를 구출해 낸 것이다. 우리는 매일 히에네 집에 놀러 갔고 히에의 부모는 왜 늑대들이 낮에는 밥도 안 먹고 졸기만 하는지 그 이유를 도무지 알지 못했다. 히에의 부모는 무슨 일이 일어나는지 보려고 늑대 우리 옆을 지키고 서 있었다. 그러나 뱀의 소리를 내는 데는 별로 시간이 들지 않아서 히에는 어떻게든 도망갈 틈을 벌 수 있었다. 히에는 엄마 아빠가 집에 있을 때마다 늑대들이 잠에 푹 빠지는 것 같다고 이야기했다.

그리하여 마침내 탐베트는 윌가스를 집으로 불렀다. 사실 다른 대안이 없었다. 히에는 늑대를 살펴보러 갔다. 아침에는 정신도 말짱하여 미친개들처럼 울어 대던 녀석들이 낮이 되면 강아지들처럼 잠에 빠지는 것을 희한하게 생각한 윌가스와 탐베트가 혹시 숲의 어머니와 나무의 정령들이 이와 무슨 연관이 있을까 싶어 집 뒤쪽 숲으로 나가면, 히에는 뱀의 말을 속삭였다. 남자들이 침울한 표정으로 늑대 우리에 돌아오면 늑대들은 어김없이 깊은 잠에 빠져 있었다.

윌가스가 말했다. "이건 분명 정령들이 한 일입니다. 의심할 여지가 없어요. 무슨 일이 있었는지 알겠어요. 탐베트, 여기 늑대들이 울부 짖는 소리가 분명 정령들의 잠을 방해하는 겁니다. 정령들은 다 낮에 주무시는데 저 하찮은 동물들이 울어 대면 분명히 화를 내실 게 뻔 합니다. 그래서 늑대들을 잠재우시는 거죠. 이제 정령들의 화를 더 이 상 돋우면 안 됩니다."

탐베트는 정령들 얘기만 나오면 할 말을 잃었다. 전해져 내려오는 풍습과 현자가 하는 말씀에 반기를 드는 것은 상상조차 할 수 없었 다. 한 가지 걱정이 되는 게 있다면 윌가스와 탐베트 모두 뱀의 말을 알고 있다는 사실이었다. 곧 사실을 파악하고 히에에게 다시는 뱀의 말을 사용해서 재우지 못하도록 할 것이 확실했다. 두 명 모두 뱀의 말을 할 수 있었지만, 동물들을 잠들게 하는 단어는 발음하기가 그리 쉽지 않았다. 그렇다 하더라도 이 단어는 인츠의 아버지인 뱀의 왕이 가르쳐 준 단어처럼 사람들이 많이 모르거나 듣기 어려운 것도 아니 었다. 윌가스와 탐베트도 분명히 알고 있는 단어였을 것이다. 그런데 웬일인지 늑대들이 그 단어 때문에 잠들어 있다는 생각은 하지 못하 고 있었다. 좀 이상했다.

나중에 알게 된 건데 그 둘은 마을로 옮겨 간 사람들을 그토록 증 오했지만 정작 완전히 숲에서만 지내는 것도 아니었다. 숲에서 사는 사람들이 점차 줄어드는 것에 실망하며 분노했던 그들은 비밀스러운 전통과 마법을 고수하는 것을 목숨처럼 여겼고 정령들의 세계에만 관심이 있을 뿐 뱀의 말에는 그닥 신경을 쓰지 않았다. 마을로 간 사람들은 우리 눈에도 아주 약해 빠진 인간들이었다. 어떤 수를 쓴다 해도 숲으로 돌아오지 않을 것이 뻔했다. 탐베트와 윌가스는 더 이상 해낼 재간이 없어 보였다. 윌가스와 탐베트는 아직 마법이 쓸모가 있다고 생각하고 있었으나 정작 뱀들은 그들이 믿는 마법 따위는 존재하지 않으니 제발 그 쓸데없는 일에 더 이상 신경을 쓰지 않기를 바랐다. 윌가스와 탐베트는 북녘 개구리에는 더 이상 관심이 없었다. 세상엔 그보다 더 위대한 것이 있다고 믿었고 항상 정령과 숲의 어머니에 대해서만 시끄럽게 떠들어 댔다. 오직 그들만이 전통의 가치를 실현할 수 있었다. 확실히 그 사람들은 마을 사람들처럼 세상의 본질에서 동떨어져 있었다. 윌가스와 탐베트만이 그 사실을 모르고 있었다.

탐베트와 말르가 늑대들이 낮에 맘껏 자게 놔두기로 결심한 이후 히에에게는 더없이 평화로운 날이 찾아왔다. 정령에 대한 믿음 역시 늑대들을 키우는 데는 쓸모가 있었다. 그러나 아침이 오면 정신이 없었다. 늑대들은 한밤중에도 깨어서 소란을 피웠다. 히에의 부모는 화가 난 정령들이 다시 평화를 앗아 가고 제물을 바치라고 할까 봐 걱정했다. 몇 번은 히에랑 짜고 늑대를 재우지 않기도 했다. 그때마다 우리는 풀숲에 숨어 히에의 엄마 아빠가 늑대 우리를 계속 뛰어다니며 숲의 정령들이 깨지 않도록 늑대들을 잠재울 방법을 찾아 고군분투하는 모습을 보며 즐거워했다. 그들은 뱀의 말을 사용해서 늑대들을 잠재울 생각은 하지 못했다. 여전히 윌가스가 이야기해 준 대로 무슨 정령들이 마법을 부려 주기만 기다렸다.

결국에는 그런 부모가 안쓰러워진 히에가 이럴 때 필요한 단어를 속삭이곤 했다.

"이제 됐네." 탐베트와 말르는 딸이 그랬다는 생각은 꿈에도 못 하고 하던 일을 계속 이어 나갔다. 히에의 부모는 늑대에게 먹이를 주는 일에만 딸을 부려 먹고 있는 줄로 알고 있었다. 다시 말하면 히에가 다른 어떤 일들로 고생하고 있는지는 까맣게 몰랐다. 그들은 딸에 대해서 신경을 많이 쓰고 있지도 않았다. 그렇다고 슬퍼할 히에가 아니었다. 히에는 우리와 더 많은 시간을 보냈으며 가끔은 종일 우리와 함께 있기도 했다. 예전이라면 불가능했을 일이다. 히에는 우리 집에 놀러 오기도 하고 뱀이 사는 곳에 가기도 했고 피르레와 랙이 키우는 이[風]를 보러 가기도 했다. 난 히에가 늑대를 재우는 법을 배우고 집 밖에서 나오는 것이 가능해진 이번 여름보다 더 행복한 모습을 보지 못했다.

나와 패르텔이 마을을 찾아가 장로 요하네스의 집에서 이상한 물건을 보고 마음을 뺏겼던 그날 이후로 다시는 마을 사람들 집에 가지 않았다. 그게 벌써 5년이 지났다. 처음에는 빵삽과 물레 들 따위에 대한 관심이 불타올랐지만 시간이 지나면서 점차 시들해졌다. 난 그것보다 더 재미있는 것들을 많이 배웠다. 삼촌에게 뱀의 말을 배우고 나니 숲에서 지내는 게 더 재미있어졌다. 가끔 빵삽과 물레 들을 떠올려 보기도 했으나 이전과 같은 마음은 들지 않았다. 난 더 성장했고 나무로 만든 그런 물건들은 아무런 쓸모가 없다는 사실을 깨달을 정도로 철이 들었다. 굳이 찾아본다면 숲에서도 어딘가에 쓸모가 있을 수는 있었다. 어쨌든 마을은 더 이상 내 관심을 끌지 못했다. 일부러 새로운 모험을 하겠다고 낯설고 험한 길을 찾아 나서기도 싫었고, 무엇보다 계속 나중으로 미루어도 아무런 문제 될 일이 없었다.

그 마을은 우리 입에 더 이상 오르내리지 않았고 어떻게 생겼는지도 까맣게 잊어버렸다. 숲에서 벌어지는 일만으로도 우리는 정신이 없었다. 인츠는 마을에 대해서 아는 것이 전혀 없었다. 게다가 마을 사람들은 아무도 뱀의 말을 구사하지 못했다. 뱀들은 그러한 인간들과 마주치는 것을 고슴도치를 보는 것만큼이나 끔찍이 싫어했다. 마을 사람들을 두려워해서가 아니었다. 뱀의 독을 견딜 수 있는 능력이 없는 마을 사람들보다는 자신들이 우위에 있다고 여겼다.

그런데 히에와 같이 다니다 보니 마을로 다시 한번 가 보고 싶다는 생각이 들었다. 우리는 히에를 숲 언저리로 데려가 우리가 알고 있던 것과 히에가 지금까지 모르고 있던 것들을 모두 보여 주었다. 흥분한 히에의 모습이 맘에 든 우리는 좀 더 놀래 주고자 했다. 숲 언저리에서 새로 보여 줄 만한 것은 더 이상 없는 듯했다. 불현듯 마을 장로와 그의 딸 막달레나가 떠올랐다.

"우리 가서 보자." 내 말에 패르텔은 고개를 끄덕였다. 그러나 히에는 겁을 먹고 머뭇거렸다. 아버지에게 마을에 대한 안 좋은 소리를 워낙 많이 들었기 때문이리라. 히에 아버지는 나와 우리 가족 일이 아니더라도, 무슨 일이건 좋게 말하는 법이 없는 사람이었다. 히에도 그 점을 잘 알고 있었다. 그렇지만 아버지 이야기는 둘째 치고라도 히에는 분명 마을에 간다는 말만 듣고도 겁을 먹고 있었다. 물론 상대가 이런 식으로 나오면 굳이 더 부추기고 싶어지는 법이다. 자진해서 위험에 뛰어드는 사내들보다 더 멋진 것은 없다. 우리는 히에에게 마을 따위는 두려워하지 않는 용기를 뽐내는 한편, 아무것도 아닌 일 가지고 쓸데없이 고민하고 있다고 말해 주고 싶었다.

히에가 이 사실을 몸소 깨닫게 되면 나는 포근하게 웃으며 이렇게 말해 줄 것이다.

"내가 두려워할 거 하나 없다고 했잖아. 너도 여기 와 보니까 좋지?"

우리는 히에가 소심하게 굴건 말건 떠밀다시피 해서 숲으로 데려갔다. 마을에 한 번도 가 본 적이 없는 인츠 역시 우리의 행군에 동참했다. 뱀들 역시 숲뿐만 아니라 숲 주변에서 어떤 일이 일어나는지 전부 알아야 하지 않겠는가.

우리는 마을이 한눈에 들어오는 곳에 들어섰다. 숲과 가장 가까운 요하네스와 막달레나의 집이 가장 잘 보였다. 히에는 거친 숨을 쉴 뿐 아무 말이 없었다. 나는 히에의 손을 잡았다. 땀으로 흥건했다. 히에는 정말로 겁을 내고 있었다. 단 한 번도 숲을 벗어난 적이 없었던 것이다. 해가 구름 뒤에 가려져 있긴 했지만 아직은 대낮이었고 탁 트인 마을 여기저기에는 군데군데 불이 밝혀져 있었다. 숲에서는 전혀 보지 못한 풍경이었다. 히에는 불안해 죽겠다는 표정으로 나를 보았다. 분명 나무들을 헤치고 다시 돌아가고 싶을 테지만 나는 그렇게 관대한 사람이 아니었다. 결국 히에는 부모님에게 그랬던 것처럼 내 말도 고분고분 듣는 것 외에는 다른 대안이 없었다.

우린 재빨리 나무줄기 밑으로 내려갔다. 아래에는 또 무엇이 있을지 궁금한 마음에 내 심장도 거세게 뛰었다. 아마 패르텔도 그럴 것이다. 한 번 와 본 적은 있지만 이미 까마득한 기억이었다. 지금은 나무 꼭대기에서 깊은 호수에라도 풍덩 뛰어들 용기가 있었다. 물속에 들어가도 두려워할 게 없다는 것을 잘 알기 때문이다. 단지 나무 위에서 내려다볼 때랑 물에 빠지면서 복부가 수면에 충돌할 때 기분이 끔찍하다는 거다.

모든 것은 우리가 마을에 처음 왔을 때와 똑같이 진행되었다. 문밖으로 막달레나가 걸어 나왔다. 이전과 달리 많이 성장해 있었다. 아름다운 막달레나의 모습을 본 우리는 순간 말문이 막혔다. 막달레나 역시 우리를 보고 섬찟 놀랐으나 우리의 미모를 보고 놀란 것은 아니었을 것이다. 가죽옷을 입은 사내아이 두 명이 깡마른 여자아이의 손을 잡고 억지로 끌고 나오고 있으니 누구라도 그 모습을 보면 의아해하며 놀라지 않을 사람이 없을 것이다. 마지막으로 보았을 때 우리는 어린아이였고 그 이후로 시간이 많이 흐르는 동안 막달레나는 숲에 사는 사람들에 대한 안 좋은 이야기를 많이 들은 모양이었다. 바로 아빠를 불렀으니 말이다.

"무슨 일이니." 방에서 소리가 나더니 마을 장로 요하네스가 문 사이로 슥 얼굴을 내밀었다. 겁을 내지는 않았지만 무슨 일이 일어났나 잠시 생각하다가 금방 얼굴에 웃음을 머금고 말했다. "너희는 누구니? 혹시 이전에 왔던 아이들 아니니? 와, 정말 많이 컸구나. 왜 겨우 지금 온 거야. 부모님이랑 같이 오라고 했잖아. 불쌍한 녀석들, 들짐승들이 따로 없네. 배고프지? 빵 먹을래?"

우리가 미처 뭐라 대답하기도 전에 요하네스는 방에서 빵 반 덩이를 가지고 나왔다.

"먹어 봐. 갓 구운 호밀빵이야." 그가 친절하게 말했다.

요하네스는 내 쪽으로 빵을 내밀었다. 숲 사람들은 질색하는 그 물건을 손으로 받아 들었다. 껍질은 바삭했지만 속은 부드러웠다. 히에는 조마조마한 얼굴로 날 빤히 쳐다보았다. 뭔가 말을 꺼내고 싶지만 용기가 안 나는 눈치였다. 빵을 들고 있는 것만으로도 큰일이 날 것 같아 겁이 났던 것이다. 매일 정령 타령을 하는 아버지 때문에 그럴 것이다. 이전에 이 빵을 자주 드신 어머니도 여전히 멀쩡하게 잘 살고 계시니 나는 겁낼 것은 전혀 없었다. 그런데 아마 맛은 고약할 것이다. 빵은 일단 나중에 먹기로 했다. 이쯤 되면 이 오빠가 이렇게 용감한 사람이라는 것을 히에도 잘 알게 되었을 것이다. 나는 히에에게 신기한 물건을 더 보여 주기로 했다.

"물레 있어요? 그리고 빵삽은요? 보고 싶은데." 나도 의기소침해져서 물었다.

요하네스는 웃었다.

"물레랑 빵삽은 항상 있단다. 얼른 들어오렴."

우리는 방 안으로 발걸음을 옮기고 있었지만, 히에는 나뭇잎처럼 오돌오돌 떨었다. 그런 히에가 안쓰러워져 나는 그 아이를 내 곁으로 잡아당겨 귀에 속삭여 주었다.

"겁낼 거 없어, 조금만 구경하고 다시 집에 가자."

그런데 그 순간 무슨 일이 생겼다. 막달레나가 소리를 쳤던 것이다.

"뱀이다!" 막달레나는 정신이 나간 사람처럼 소리를 질렀다. 손가락으로 인츠를 가리키며 아빠를 찾았다.

요하네스가 소리 질렀다. "겁내지 말아라. 당장 죽여 주마. 이리로 오기만 해라, 당장 대가리를 내리쳐 줄 테니."

나는 잠깐 뒤로 물러섰지만 요하네스는 인츠 쪽으로 막대기를 잡고 흔들었다. 뱀은 미끄러지듯이 움직여 높고 날카로운 소리를 냈다. 분명 이러다가 인츠가 사람을 물 것 같아 내가 가운데 서서 말했다.

"걔를 왜 때려요? 뱀이 무슨 잘못을 했다고 그래요." 나는 흥분해서 말까지 더듬었다.

"뱀은 우리 인간들에게 가장 해로운 적이다. 뱀은 사탄의 오른팔이고 주님을 믿는 자들인 우리는 꼭 물리쳐야 한다. 대체 어디로 기어가는 거야?" 요하네스가 소리쳤다.

"걔는 제 친구예요." 마치 나를 제물로 바치려 하는 사람들 앞에서 몸부림치듯 공포에 질려 말했다. 눈물까지 터져 나왔다.

"때리면 안 돼요."

요하네스가 말했다. "뱀은 사람과 친구가 될 수 없어. 넌 지금 잘못된 길로 가고 있다, 불쌍한 녀석. 네가 지금 무슨 이야기를 하고 있는지 아니? 넌 숲에 다시 돌아가면 안 되겠다. 여기 남거라. 안 그러면 사탄이 너의 영혼을 앗아 갈 거다. 너희들 모두 여기 남아서 세례받고 구원을 받아야겠다. 너희들은 얼른 내 방으로 들어가거라. 저 뱀은 내가……."

그는 막대기를 다시 쥐고 넋이 나간 눈빛으로 인츠를 찾아 돌아다녔다.

나는 겁이 났다. 언젠가 숲 사람들이 엘크 옆구리에 나무 꼬챙이를 꽂는 것을 눈앞에서 본 적이 있었다. 뱀의 말을 할 줄 모르는 마을 사람들은 엘크를 꼬여 내는 방법을 몰랐다. 고작 작은 막대기를 가지고 저 멀리 떨어져 있는 동물들을 사냥하려고 안간힘을 썼다. 그 막대기들이 엘크를 바로 죽이지는 못했지만 엄청나게 고통을 주었다. 그 가 없은 엘크는 시뻘게진 눈으로 숲을 가로질러 뛰었다. 삼촌은 그 엘크를 잡아 마음을 편하게 해 주는 뱀의 말을 들려주었고, 사람들은 목을 잘라 죽음의 고통에서 해방시켜 주었다. 요하네스를 보고 있자니 그 옛날 미친 듯이 도망치던 엘크가 떠올랐다. 그가 뭔지 모를 말을 중얼거리며 아무 잘못도 없는 인츠를 죽이려 하고 있었다. 옆구리에 무슨 날카로운 막대기로 찔린 것일까? 그는 완전히 미친 사람처럼 보였다. 난 두려움은커녕 어떤 감정도 느낄 수 없었다. 아무 생각 없이 그 자리에 서 있었다. 히에가 나를 팔뚝으로 툭툭 치지 않았더라면 아마 멍하니 요하네스가 하는 꼴을 보고만 있었을 것이다.

"빨리 도망가자. 빨리 도망가자고." 히에가 말했다.

그 말은 들은 나는 히에의 손을 잡고 뒤도 돌아보지 않고 숲을 향해 뛰었다. 패르텔 역시 얼굴이 하얗게 질린 채 옆에서 따라오고 있었고 앞에는 인츠가 기어가고 있었다. 등 뒤에서 요하네스가 뭐라고 지르는 소리를 들었지만 우리는 살기 위해 도망쳐야 한다는 생각뿐이었다.

11

동네로 돌아온 우리는 기둥 뒤에 숨어서 한동안 한마디도 않고 숨만 거세게 쉬었다. 우리 중 인츠만 유독 태연했고 양달에서 똬리만 틀고 앉아 있었다. "대체 그 아저씨한테 무슨 일이 생긴 거지?" 잠시 후 패르텔이 물었다.

우리는 아무런 대답도 할 수 없었다. 시간이 좀 지나 인츠가 말했다. "생기긴 뭘 생겨, 마을 사람들 다 똑같아. 우리 아버지도 그 사람들은 뱀만 보면 미친 듯이 죽이려 달려든다고 그랬어, 마치 고슴도치들처럼 말이야."

"마을 사람들이 뱀도 먹어?" 패르텔이 물었다.

"한번 먹어 보라고 그래. 레메트가 옆에서 안 말렸더라면 그 녀석한테 당장 이빨을 꽂아 버렸을 거야." 인츠가 속삭였다.

"네가 그 사람 몸에 이빨을 꽂기 전에 당장 등뼈가 두 동강 날걸." 내가 말했다. 사람이란 존재가 뱀에게 얼마나 위험한지 처음으로 생각해 보게 되었다.

난 뱀과 사람이 형제처럼 살았다는 생각만 했지, 사람이 뱀을 죽이려 들 수 있다는 것은 미처 몰랐다. 사람이 뱀을 공격한다는 것은 떡갈나무가 자작나무를 공격하는 것처럼 말도 안 되는 이야기였다. 뱀과 사람은 원래 영원히 평화롭게 살 운명이었다. 내가 오늘 본 대로, 만약 사람들이 나쁜 마음을 먹고 뱀을 해치려 한다면 그런 평화는 더 이상 없을 것이다. 지금 같은 인츠의 모습은 정말 처음 보았다. 내가 인츠의 마음을 풀어 줄 도리는 전혀 없었다. 인츠는 참으로 마음이 약했다. 뱀의 말을 이해하지 못하고 죽이려 드는 사람들에게서 독이 든 이빨을 숨기고 살았다. 두 동강 난 인츠의 몸이 눈앞에서 어른거렸다. 나는 눈을 다른 곳으로 돌렸다.

정신을 차려 보니 손에 여전히 빵 한 조각이 들려 있었다. 요하네스로부터 받은 이 선물을 당장 늪으로 가서 던져 버리고 싶었으나 내 분노를 담아 땅바닥에 휙 내던져 버렸다.

"이거 뭐야. 너 그 빵을 가지고 온 거야?" 패르텔이 물었다.

"나도 모르게 가지고 왔어." 내가 설명했다.

패르텔은 내게 조심스럽게 다가와 갈색 껍질에서 떨어져 나온 빵 부스러기를 손가락으로 문질러 보았다.

"맛을 한번 볼까?" 그가 말했다.

히에가 소리쳤다. "안 돼! 맛보지 마. 빵은 먹으면 안 되는 거야. 아빠가 분명 뭐라고 하실 거야. 엄마는 거기에 독이 있다고 그랬어."

"독은 확실히 없어, 내가 먹어 봤잖아. 아직 죽지 않았어." 그렇게 말하고 나니 사람들이 대부분 알고 있는 것이 항상 진실은 아니라는 사실을 깨달았다. 내가 재빠르게 덧붙였다. "빵을 먹는다고 죽는 것은 아니라는 뜻이야. 우리 엄마도 빵 맛을 본 적 있어. 엄마가 그러셨어. 빵 맛이 이상하긴 하지만 그래도 죽을 정도까지는 아니야. 저 마을 사람들은 매일 먹잖아."

인츠가 말했다. "그 사람들 이상한 거 못 봤어? 그 빵이 사람들 머리를 이상하게 만드나 보지."

패르텔이 말했다. "우리는 그만큼 안 먹었잖아. 조금만 먹었잖아. 얼마만큼 먹어야 사람들처럼 변하는지 알아보려면 좀 더 먹어 봐야 하지 않겠어?"

"오빠들, 제발 먹지 마! 오빠들이 그러니까 나 너무 무서워. 너무 위험해." 아직 눈에 두려움이 가득 찬 히에가 못마땅한 소리로 말했다.

히에가 그토록 무서워하니 다른 도리가 없었다. 우리는 빵 따위는 무서워하지 않는 용감한 이들이라는 사실을 보여 줄 수밖에 없었다.

내가 말했다. "우리 조금만 더 먹어 보자." 그래도 빵을 떼어 내려니 손이 조금 떨렸다. 금기를 깨는 기분이 과연 이런 것인가 보다. 쐐기

풀처럼 입 안을 홀랑 태우는 것은 아닐까? 패르텔도 빵 한 쪽을 받아 들었다. 우리는 빵을 손끝으로 집어 들고 서로를 바라보고만 있었다. 우린 숨을 깊이 들이쉰 다음 빵 조각을 입에 넣고 재빨리 우물거렸다. 입 안이 타는 것 같지는 않았다. 그런데 아무런 맛도 나지 않았다. 나무껍질처럼 말라비틀어지고 기괴한 맛이 났다. 어떻게 씹기는 하겠는데 목으로 넘기기는 정말 힘들었다.

히에는 겁에 질린 표정으로, 인츠는 메스껍다는 눈빛으로, 우리가 하는 양을 지켜보고 있었다.

"먹어 보니 어때?" 히에가 소리 죽여 물었다.

"문제없는데? 아무 일도 없잖아." 나는 으스대며 말했다.

"맞아. 먹을 만한데." 패르텔이 거들었다.

사실 나는 더 먹고 싶다는 마음은 전혀 들지 않았다. 그런데 아무래도 무리해서라도 빵 한 조각을 더 먹어야겠다는 생각이 들었다. 그래서 히에의 말을 무시하고 한 조각을 더 떼어서 천천히 씹었다.

무슨 근엄한 의식을 치러 낸 느낌이었다. 아무런 맛은 없었지만 이 범접할 수 없도록 비밀스러운 물건을 씹는다는 것만으로 왠지 상남자가 되는 기분이었다. 아무것도 모르는 꼬마였다면 이 물건을 당장 뱉어 버렸겠지만 나는 얼굴도 찌푸리지 않고 보란 듯이 마지막 부스러기까지 다 먹어 버렸다. 그 의식을 끝내고 우리는 더 이상 아이가 아니었다. 우리는 이제 어른이 되었다.

내면에 숨겨져 있던 힘을 발견한 우리는 남자다움을 더욱 뽐내기 위해 그 자리에 앉아 더 큰 빵 조각을 뜯어 우걱우걱 먹기 시작했다.

"너도 먹어 봐. 너도 한 조각만 입에 넣어 봐." 패르텔이 히에에게도 권했다.

"싫어." 히에는 한사코 거절했다.

나도 거들었다. "먹어 보라니까. 너도 이제 어린애가 아니잖아. 한 조각 먹어도 돼. 이거 한 조각 먹는다고 무슨 일이 생기겠니. 부모님은 절대 모르셔. 먹고 나서 우물에 가서 입 닦으면 빵 냄새도 전혀 나지 않을 거야."

"그래도 안 먹을래." 히에는 여전히 먹을 생각이 없었다. 그래도 그나마 조금 용기를 내어 손가락으로 조금 만져 보다가 꾹 눌러 보기까지 했다. 빵은 아주 부드러워서 히에의 손가락은 빵 껍질을 뚫고 속으로 완전히 들어가 버렸다. 히에는 놀라서 소리를 지르더니 손가락을 얼른 빼어 등 뒤에 감추었다.

우리는 웃음이 터져 나왔다.

내가 말했다. "소리는 왜 지르는데? 꼭 빵이 살아 있는 거라도 되는 것처럼 소리를 지르네. 빵 한 쪽 먹어 봐, 계집애처럼 굴지 말고."

히에는 고개를 저었다.

패르텔도 말했다. "바보같이 굴지 말라니깐. 이거 먹는다고 뭐 어떻게 안 돼."

나는 빵을 한 조각 떼어서 히에에게 건네주었다. "지금 먹어 봐."

인츠가 말렸다. "억지로 시키지 마. 네 똥이나 처먹어. 색깔이 꼭 엘크 똥 색이랑 똑같구먼. 그 똥도 좋다고 먹겠네? 왜 인간들은 하나같이 그런 걸 먹으려고 해? 그렇게 먹을 게 없으면 차라리 월귤나무 열매를 따 먹어."

내가 설명했다. "이거 똥으로 만든 거 아냐. 우리 엄마가 그러는데 무슨 곡식으로 빵을 만든댔어. 그 풀을 두드려다가 가루로 만드는 데 엄청난 힘이 들어간대. 우리 생각보다 훨씬 일이 많은 거야. 그걸 화덕에 구우면 이렇게 빵이 되는 거지."

"똥이든 풀이든 무슨 차이가 있어. 사람들도 염소처럼 풀을 먹는지는 몰랐네." 인츠가 대꾸했다.

"정말 이상한 일이군. 뭐 하나만 물어보자, 너는 먹어 보지도 않고 좋은지 안 좋은지 어떻게 알아?" 패르텔이 말했다.

"그래서 맛있었어?"

"뭐 그건 아니지만."

"그래도 먹잖아. 벌써 먹어 보지 않았어? 그럼 이제 다시 놔둬."

"히에도 먹어 봤으면 좋겠어. 히에, 조금만 먹어 봐. 정말 아무 문제없어. 바로 똥으로 나올 거라 배 속에서도 오래 남아 있지 않을 거야." 내가 말했다.

"확실한 거야?" 히에가 조심스럽게 말했다.

"물론이고말고, 얼른 먹어 봐, 작은 조각 하나만."

히에는 어쩔 수 없다는 눈으로 나를 바라보다가 눈을 질끈 감고 빵 조각을 입으로 집어넣었다. 숨을 멈추고 한참을 씹다가 얼굴을 찌푸렸다.

"그래, 어때? 아무렇지도 않았지? 잘 넘어갔잖아." 우리는 환호성을 질렀다.

"응, 넘어갔어." 히에가 말했다.

"더 먹어 봐."

히에는 재빨리 고개를 저었다. "싫어, 싫어. 이걸로 됐어. 더는 안 먹을 거야. 이미 배 속에서 이상한 냄새가 올라오는 것 같아. 오빠들은 안 그래?"

우리는 잠시 말을 멈추고 정말 배 속에서 아무런 일도 일어나지 않는지 기다려 보았다. 조금 이상하긴 했다. 우리는 빵이 배 속에서 뱀같이 기어다닐 거라고 생각했다. 정말 마음이 불편해졌다. 우리가 빵에 대해서 아는 게 있기나 했을까? 이놈이 배 속에서 소리를 치거나 부글부글하진 않았지만 그렇다고 해도 전혀 문제가 없다고 장담할 수는 없었다. 갑자기 이러다가 어디가 아파지는 것은 아닐까? 빵을 먹을 때 주의해야 할 것이 따로 있던 것은 아니었을까? 우리가 빵을 잘못 먹은 걸까? 사실 우린 갑자기 기분이 나빠졌다.

"나 가슴이 아픈 것 같아." 히에는 그렇게 말하곤 나무 뒤로 달려가 토악질하기 시작했다.

그것을 본 우리도 덩달아 속이 메스꺼워졌다. 히에가 그렇게 토하는 걸 보니 빵에 대한 의구심이 들기 시작했다. 엘크 고기를 먹고는 단 한 번도 그런 일을 겪은 적이 없었다. 나와 패르텔은 배 속에서 무슨 일을 벌일지도 모르는 빵을 배 속에 담고는 어쩔지 몰라 불안에 떨고 있는데, 시원하게 먹은 것을 토해 내는 히에가 부럽게 느껴졌다. 히에는 숨을 고르고 못마땅한 표정으로 나무 뒤에서 나왔다.

"나 집에 갈래." 히에는 이렇게 말하고는 집으로 향했다.

"나도 갈래." 나와 패르텔은 동시에 이렇게 말하고는 걱정스러운 마음으로 배에 손을 얹은 채 집 쪽으로 발걸음을 옮겼다. 악마의 음식인 빵이 우리의 어리석음 때문에 배 속에 들어와 온몸에 독을 퍼뜨리는 것 같았다.

144

별다른 나쁜 일은 생기지 않았다. 빵은 조용히 가만히 있었다. 그래도 나는 불안감을 떨칠 수 없었다. 내 배 속에 뭔가 알지 못할 물건이 남아 있는 느낌이 계속 들었다. 나는 집으로 들어가 방구석에 배를 아래로 하고 누웠다. 손끝에 빵 독이 묻은 것 같았다. 빵 독이 여기 남아 있는 것은 아닐까? 앞으로 이 손가락으로는 밥도 못 먹는 것은 아닐까?

항상 그랬듯이, 그날도 엄마는 기분이 좋았다.

"오늘도 밖에 열심히 사냥하러 나가서 염소 한 마리를 잡아 통째로 구워 놨다. 너무 잘 구워서 껍질은 바삭하고 속은 부드럽다니까. 아들, 어서 와서 먹자. 살메는 어디 갔니?" 엄마가 말했다.

누나는 식탁 뒤에 숨어 피곤한 눈으로 나를 쳐다보았다.

"엄마 때문에 살이 뒤룩뒤룩 찔 것 같아. 엄마는 맨날 먹을 걸 가지고 오잖아요. 저기 아직도 다 못 먹고 쌓인 고기 좀 보라고요. 난 더 먹기 싫으니까 있는 고기는 버리고 그만 좀 가져오라고 내가 옛날부터 말했잖아요." 누나는 뾰로통하게 말했다.

"오늘 가져온 건 나중에 먹어도 되잖니. 그럼 좀 더 쉬고 있으렴, 나 이거 오늘 종일 구운 거야." 엄마가 부드러운 목소리로 말했다.

"어떻게 그걸 다 한꺼번에 배 속에 넣어요. 완전히 돼지가 되겠어요." 살메가 탄식하며 말했다.

"무슨 농담을 그렇게 하니. 이거 조금 먹는다고 돼지가 되진 않아. 내가 지금 당장 먹으라고 했니? 나중에 먹으라고 했잖아." 엄마는 식탁을 쳤다.

"내일 먹을래요."

"왜 내일이야? 내일은 다른 거 해 줄게. 조금만 이따가 먹자."

"난 조금 이따가 잘 거라고요."

"그럼, 자기 전에 먹으면 되겠네. 레메트, 이리 와. 너 먼저 먹어라."

엄마는 내 접시에 염소 한 마리를 통째로 얹을 기세로 고기를 잔뜩 쌓아 주었다. 마치 커다란 새가 둥지에 앉아서 알을 낳는 듯한 모습이었다. 내 배 속의 빵 조각이 여전히 자리를 못 잡고 출렁대고 있었기에 아주 조심스럽게 일어났다. 마치 누군가 들어앉아서 손톱으로 득득 긁고 있는 것처럼 배 속에 난리가 났는데 목구멍으로 뭔가를 넘긴다는 게 고역이었다.

"엄마, 나 먹기 싫어요." 나는 걱정이 가득한 목소리로 말했다.

"지금 무슨 소리를 하는 거니?" 엄마는 놀란 표정이 되었다.

"얼른 먹어. 나 혼자 뚱뚱해지긴 싫어." 살메가 사악한 표정을 지으며 말했다.

엄마는 화를 억누르고 고기가 담긴 접시를 나에게 가까이 밀어 주었다. "너 살 안 쪄. 자, 이거 염소 한 마리 통째로 가져다가 뼈까지 깨끗하게 다 발라 먹어라. 얼마나 먹음직스럽니."

"엄마, 나 정말 먹기 싫다니까요." 난 이렇게 말했지만 엄마한테 미안한 마음이 들기도 했다. 악마 같은 빵 쪼가리가 내 배 속에서 제멋대로 자리를 잡고 나를 괴롭히고 있었다. 대체 이게 언제 내 몸에서 빠져나갈지 알 수가 없었다. 엄마가 구워 준 고기는 냄새만 맡아도 군침이 돌았다. 정말 먹고 싶은 마음은 굴뚝같았으나 그날은 먹을 엄두가 나지 않았다. 언제라도 울음을 터뜨리고 싶은 상황이었다. 이러다가 죽을지도 모르겠다는 생각이 들었다.

"엄마, 나 빵 먹었어요." 나는 배 속에서 울려 나오는 듯한 낮은 목소리로 이야기했다.

엄마는 나무로 머리를 얻어맞은 듯 가만히 지켜보았다.

"뭘 먹었다고?" 그가 물었다.

"빵을 먹었다고? 어떻게 그럴 수가 있어. 네가 마을 사람이야?" 누나가 소리를 지르더니 코를 찌푸렸다.

"엄마, 그 빵이 아직도 배에 있어요." 나는 기어드는 목소리로 말하며 도와달라는 듯한 눈길로 엄마를 쳐다보았다. 엄마라면 이 상황에서 나를 구해 주지 않을까?

엄마는 내가 한 이야기는 신경도 안 쓰는 듯 혼잣말을 했다. 목소리를 들으니 화가 난 모양이었다.

"빵을 먹었다니……. 그래, 난 저녁 맛있게 먹으라고 종일 염소를 구웠는데 너는 그 대신 빵을 먹었다고. 맛이 어떻든? 내가 너한테 맛난 고기를 주려고 얼마나 정성을 다했는데 너는 빵을 먹었다니. 너는 내가 해 준 음식이랑 정성껏 구운 염소보다 그깟 빵 쪼가리가 더 맛있던 거야?"

그리고 나선 식탁 옆에 앉아 울기 시작했다.

난 겁에 질려 말했다. "엄마, 무슨 소리예요. 빵은 진짜 맛이 하나도 없었어요. 끔찍했다고요."

"빵은 왜 먹었어? 너 나한테 대체 왜 그러는 건데." 엄마가 훌쩍였다.

"엄마, 맛만 본 거예요. 그냥 한번 맛만 보았을 뿐이라고요. 패르텔이랑 히에도 같이 먹었어요." 나는 용서를 구했다.

어떻게든 내 잘못을 다른 아이들에게 뒤집어씌우고 싶었으나 엄마는 도무지 들으려 하지 않았다.

"패르텔이랑 히에가 지옥에 가면 너도 따라갈래? 그런데 너는 왜 그 끔찍한 물건을 입에 넣었어? 집에 오면 엄마가 맛있게 고기 구워 주잖아." 엄마가 말했다.

"빵 역겨워. 아예 아무 맛이 안 나던데." 살메가 말했다.

"넌 어떻게 알지? 너 어디서 몰래 빵 먹고 다니는 거 아니야?" 엄마 는 살메를 무서운 눈초리로 쳐다보았다.

살메는 머리가 복잡해졌다.

"한번 먹어 봤어요, 친구랑. 한 조각 입에 넣어 보고 바로 뱉었어 요." 쫓기는 듯한 목소리였다.

엄마는 체념한 말투였다. "알겠다. 이제 내가 해 주는 음식도 맛이 없다는 말이로구나."

살메가 대꾸했다. "엄마, 무슨 말을 그렇게 해요! 엄마가 해 준 음식 항상 먹잖아요."

"그래도 내가 해 준 것보다 빵이 더 맛있다는 이야기잖아." 엄마는 뾰로통하게 말하곤 다시 주저앉아 울었다.

"맛없었다니까요. 어떤 맛인지 궁금해서 맛만 살짝 본 거예요. 내가 아이도 아니고 이제 빵 한 조각쯤은 맛볼 수 있잖아요. 레메트야말로 아직 어린아이니까 빵을 먹고 싶다는 생각조차 하면 안 되는데 이건 정말 못된 짓이에요. 정말……."

엄마가 말했다. "됐다. 너도 똑같이 먹으면 안 돼. 너희들은 빵을 먹 었다지만 그래도 아빠같이 되어서는 안 된다. 이 빵이 너희 아빠한테 불행을 초래했으니 난 내 자식들도 그런 건 안 먹었으면 좋겠어."

엄마는 자리에 앉아 눈물을 닦고 여전히 겁에 질린 눈으로 우리를 바라보았다.

"조그맣고 사랑스러웠던 애들이 이제 빵이나 먹고 다니고. 얘들아, 제발 그러지 말아라." 엄마가 중얼거렸다.

"엄마도 옛날에 빵 먹었잖아요." 살메가 대들었다.

엄마가 한숨을 쉬었다. "그래, 먹었다. 나도 아주 조금만 먹었어, 조금도 입맛에 맞지 않았거든. 너희들은 이제 그 망할 것은 생각조차 하면 안 된다. 내가 젊을 때 해 봐서 알아. 너희들 영리한 애들이잖아."

"엄마, 다시는 빵 안 먹을게요. 빵 진짜 맛없었어요. 엄마가 만들어 주신 게 훨씬 맛있어요." 나는 마음에서 우러난 약속을 했다.

"엄마, 슬퍼하지 말아요. 엄마 봐요, 오늘 나 염소 고기 정말 많이 먹었잖아요. 엄마는 고기 굽는 실력이 정말 최고라니까요." 살메도 말했다.

엄마는 눈물을 흘리며 웃었다. "맛있다니 참 다행이구나. 너무 신경 쓰지 마. 너희들이 앞으로 빵만 먹게 될까 봐 걱정돼서 그랬어. 빵을 먹기 시작하면 마을로 이사 가려고 들 거란 말이야. 보렴, 네 친구 린다도 어제 마을로 이사 갔잖니. 마침 오늘 린다 집을 지나오는데 문도 활짝 열려 있고 늑대 두 마리만 문가에서 서성거리고 있지 않겠니. 불쌍한 것들, 주인이 놔두고 갔으니 가엾어서 어쩌나."

"린다가 마을로 이사 간다고 했을 때 농담한다고 생각했어요. 마을로 절대 안 간다고 그랬는데." 살메가 말했다.

"다들 그렇게 말만 하고 마침내는 다 가잖아. 이사 간 사람이 한둘이니. 우리도 한 번 가 봤다가 다시 돌아온 거잖아. 마을 사람들 사는 방식이 맘에 안 들어서. 얘들아, 명심해라, 난 숲에서 단 한 발짝도 안 나갈 거다. 여기서 죽을 거다." 엄마는 한숨을 쉬었다.

"엄마, 가기는 어딜 가요. 우린 엄마랑 여기서 계속 살 거예요." 살메가 소리 질렀다.

"그래도 너희가 빵 맛을 다시 들이게 되면⋯⋯." 엄마가 슬픈 목소리로 말하는데 살메가 이제 그만하라고 소리쳤다.

그때 나는 배 속에서 얼른 집 뒤로 달려가 속을 비워야겠다는 강한 충동을 느꼈다. 배를 끌어안고 입맞춤이라도 하고 싶을 만큼 기분 좋은 느낌이었다. 마침내 나는 그 끔찍한 빵을 완전히 소화시켰던 것이다. 얼른 일어나서 집 뒤로 달려갔다. 똥을 누면서 그런 쾌감을 느껴 본 적은 한 번도 없었다. 시간이 조금 지나니 완전히 똥에서 자유로워졌다.

누군가 근처에서 기침을 하면서 내 쪽을 향해 낮은 소리로 불렀다. 일어나 바지를 입고 살펴보니 수풀에 몸을 감추고 나를 쳐다보는 메메의 얼굴이 보였다. 오늘은 모습이 더 꾀죄죄했고 한쪽 귀에는 거미줄까지 쳐져 있었다. 손에는 메메의 팔다리가 된 듯한 포도주 자루를 들고 있었다.

"꼬마야. 포도주 좀 마셔 볼래?" 그가 뱀처럼 날카로운 소리로 말했다.

나는 정중히 사양했지만 이 말을 하지 않고는 못 참을 거 같았다

"저 오늘 빵 먹었어요. 마을 사람들이 먹는 거 더는 안 먹을래요."

"빵은 쓰레기 같은 거지. 그런데 포도주는 다른 거야. 이걸 마시면 기분이 노곤해지면서 네가 살았는지 죽었는지도 모를 만큼 잠에 빠

지게 된다. 세상모르고 자게 될 거다." 메메가 말했다.

나는 아무리 봐도 그 포도주라는 물건에서 좋은 구석을 하나도 찾아볼 수 없었다. 그런데 메메를 보는 순간 마니발드의 반지가 생각났다.

"메메, 얼마 전에 저한테 선물로 주었던 반지 생각나요? 그거 뭐에 쓰는 물건이에요?" 내가 물었다.

"그 반지? 그 반지를 손가락에 끼고 숲을 돌아다녀 보렴. 반지가 쓸모 있는 곳이 있을 테다. 그래도 힘이 남으면 나무 꼭대기라도 올라가서 찾아봐라. 생각보다 세상이 아름다워 보일걸." 그러고는 다시 술을 들어 마셨다.

나는 곧바로 다시 물었다. "이 반지로 뭐 다른 거 할 수는 없어요?"

"뭘 하고 싶은 건데? 그 반지 하나로 할 수 있는 것이 뭐가 있겠니. 먹을 거라도 구할래? 먹을 거 구하는 데는 빵이나 돌만큼도 쓸모가 없다." 메메는 황당하다는 투였다.

"이 반지를 왜 저한테 준 거예요?" 나는 정말 궁금했다.

메메가 시체처럼 황망하게 들리는 웃음을 지으며 내게 말했다.

"내가 그 반지를 왜 주었느냐고? 내 몸이랑 같이 썩을 텐데 아깝잖아. 그렇게 멋있는데."

그러고는 다시 포도주를 마셨다. 이번엔 어설프게 마신 바람에 포도주가 얼굴 전체에 흘러내렸다. 마치 입에서 피가 흐르는 것 같았다.

나는 메메에게서 등을 돌리고 집으로 향했다. 집에서는 엄마의 기분을 풀어 주려고 했는지 누나가 다시 고기를 먹고 있었다.

내가 식탁에 앉으며 말했다. "저도 고기 먹고 싶어요. 진짜 배고파요."

난 스스로 더 건강하고 강해졌다고 느꼈다. 빵은 내 얼굴에 난 못

생긴 여드름이 빠져나가듯 사라졌으니 있는 대로 염소 고기로 배를 채우기로 마음먹었다.

12

다음 날 히에와 패르텔을 만났다. 히에는 얼굴이 푸석푸석했고 지난 밤 내내 토했다고 불평을 늘어놓았다.

"손가락 한 마디 정도 먹었는데 토할 것이나 있어?" 나는 놀라서 말했다.

히에가 짜증을 냈다. "속에서 난리가 났어. 배 속에서 빵이 무슨 마술이라도 부릴까 봐 얼마나 겁이 났는데. 속이 이상하면 바로 숲으로 뛰어갔어. 하도 토해서 목이 다 아프네."

그에 반해 패르텔은 아무 일도 없었다고 당당하게 말했다.

친구가 말했다. "난 너희들이 왜 그런 경험을 했는지 도무지 이해가 안 돼. 난 그 빵 더 먹을 수 있어. 난 눈썹 하나 움직이지 않고 단숨에 세 덩어리는 먹을 수 있어. 오늘 마을에 또 안 갈래? 거기서 빵 구해서 또 먹자."

난 패르텔의 말에 마음이 동하지 않았다. "난 싫어. 그때 충분히 많이 먹었잖아, 아무 맛도 안 났는데 뭐 하러 먹어."

난 어제 빵을 먹고 어머니에게 어떤 변이 닥쳤는지 그리고 빵을 먹고 얼마나 똥을 쌌는지 굳이 말하고 싶지는 않았다. 그 빵이 나한테는 아무것도 아니라는 듯한 표정을 지으며 앞으론 어떤 대가를 치르더라도 그 쓰레기 같은 음식을 다신 입에 넣지 않으리라 결심했다.

아무런 문제 없이 그 끔찍한 빵을 완전히 소화한 패르텔을 부러운 눈으로 쳐다보았다. 패르텔은 요즘 들어 나보다 머리통 하나만큼 키가 더 커 있었고 내가 그 옆에 서면 벌레처럼 보일 만큼 덩치도 더 커져 있었다. 나는 막대기처럼 비쩍 마른 데다가 머리는 회색이었고 그에 반해 패르텔의 머리카락은 붉어 보일 정도로 갈색을 띠었고 얼굴도 더 붉었다.

고작 빵 조금 먹은 것 갖고 엄청난 힘을 얻은 듯 으스대는 패르텔을 보니 부아가 치밀었다. 어제 빵을 좀 먹은 것 때문에 여전히 게워 내고 있는 히에를 보면서 웃던 녀석은 나를 보고는 교활한 웃음을 지으며 물었다.

"너도 어제 빵 먹고 탈 났니? 난 아무 일도 없었는데."

난 잠시 아무 말 없이 잠자코 있다가 결국 못 참고 파리들이나 그런 똥 같은 음식을 먹을 뿐이지 나는 안 먹는다고 대꾸했다. 그런 쓰레기를 처먹은 파리들에게 내가 절이라도 해야겠느냐고 말했다. 화가 난 패르텔은 나더러 자기를 파리에 비교하는 못된 놈이라면서 당장 집에 가겠다고 했다. 빵은 외지 사람들뿐만 아니라 다른 사람들도 다 먹는 것이고 우리는 바보 같은 인간들이라고 쏘아붙였다. 패르텔은 화가 나서 떠났고 나도 그 녀석을 보며 뒤에서 욕을 마구 해 댔다. 우리는 그렇게 사이에 금이 갈 만큼 싸웠지만 다음 날 아무 일 없었다는 듯이 만나서 즐겁게 놀았다. 패르텔이 어제 화를 낸 건 사실이지만 더 이상 신경이 쓰이지 않았다.

처음에는 히에와 둘이 있었는데 잠시 후에 인츠도 우리 옆으로 기

어 왔다. 우리는 피르레와 랙을 보러 가기로 의견을 모았다. 그들은 커
다란 이[虱]를 아직까지 키우고 있었고 그 녀석은 새랑도 거친 싸움
을 하곤 했다. 그 새들은 이[虱]의 크기에도 아랑곳없이 숲에 널린 하
찮은 벌레처럼 여기며 부리 사이에 끼고 둥지로 데려가려 했다. 하지
만 아무리 해 봐야 헛수고였다. 작은 벌레는 잡아먹지 않는 독수리들
도 그 이[虱]를 잡아먹으려고 시도했지만 어쩔 도리가 없긴 마찬가지
였다. 이제는 그 어떤 새도 그 이[虱]에게 해를 가할 수 없을 정도로
거대하게 자라 있었던 것이다. 검은 새, 제비, 알락딱새 같은 새들도
멋모르고 그 커다란 이를 잡으려 했지만 아무 소용이 없었고 심지어
그 벌레가 발길질만 몇 번 해도 거기에 얻어맞고 나가떨어지곤 했다.

　이[虱]는 그사이에 아주 영리해져 있었다. 피르레와 랙이 잘 길들인
그 이[虱]는 줄곧 살던 구멍으로는 다시 들어가려 하지 않았다. 비늘
난 물고기처럼 물 위에서 잘 헤엄쳤고, 피르레와 랙이 신호하면 그 자
리에 발딱 서거나 배를 보이며 바짝 눕기도 했다. 그 이[虱]는 사람이
가까이 오는 것도 금방 알아차렸다. 다른 이들처럼 사람들 몸 위에 타
고 올라가 알을 낳기 위한 것은 아니었다. 사람의 모습만 보이면 고양
이처럼 다리 사이에서 몸을 비비면서 애교를 부렸다.

　왜 그런지는 모르겠지만 히에를 무척 마음에 들어 했다. 히에가 오
는 소리만 들려도 당장 나와서 품에 안겼다. 이[虱]는 꼬마 히에의 어
깨만큼 컸다. 어찌나 세게 몸을 비비는지 번번이 히에가 나가떨어졌
다. 그럴 때마다 피르레와 랙이 불러 등을 때려 주고 호되게 혼을 냈
는데, 그러면 이[虱]는 히에가 어루만지며 '아, 착하다'를 해 줄 때까지
땅바닥에 가만히 누워만 있었다.

154

유인원들은 그 이[虱]가 히에의 말을 알아듣는 것을 신기하게 여겼다. 히에는 이[虱]와 이야기하기 위해서 보통 사람들은 쓰지 않고 유인원들만 발음할 수 있는 뱀의 말을 사용했기 때문이다. 그러나 히에가 부를 때마다 이[虱]가 쪼르르 따라와 히에의 다리 사이를 신나게 맴도는 것을 보면 그게 더 다행인 것 같았다. 이[虱]는 히에를 등에 태우고는 천천히 위풍당당하게 걸었다. 몸을 흔들다가 위에 앉은 히에가 혹시 떨어질까 봐 다리를 조심스럽게 움직였다. 작고 마른 여자애가 크고 이상한 벌레를 타고 다니다니, 정말 이상한 풍경이 아닐 수 없었다. 피르레와 랙은 예전에는 동물들과 벌레들이 전부 덩치가 컸고 그때는 이런 풍경을 자주 볼 수 있었다고 했다. 얼굴이 하얀 히에는 동굴 앞에서 유인원 두 마리가 다른 숲에서는 이미 없어져 버린 나무들과 풀숲 사이에서 돌아다니는 모습을 보았다. 아주 먼 옛날에서 찾아온 비밀스러운 손님처럼 보였다. 나는 윌가스가 자주 이야기해 주던 신비로운 정령의 모습이 저렇지 않았을까 하는 상상을 해 보게 되었다. 만약 정령이 정말로 존재한다면 지금 저 이[虱] 위에 올라탄 히에와 비슷할 거라 생각했다.

히에도 역시 그 이[虱]의 등을 두들겨 주고 사랑스럽게 감싸 안아 주기도 했다. 나는 그 끔찍하고 징그럽게 생긴 그 이[虱]한테 손을 대고 싶은 생각은 추호도 없었다. 특히 나와 친한 척하며 다가올 때는 역겨움을 참을 수 없었다. 그러나 히에는 생각이 달랐다.

히에가 말했다. "얘가 얼마나 예쁜 앤데. 눈, 귀, 코는 대체 어디에 달려 있는 걸까. 혹시 아예 없는 것은 아닐까? 어머, 불쌍해라. 오빠가 눈이랑 귀랑 코가 없이 산다고 생각해 봐. 저 애를 볼 때마다 안쓰러워서 안아 주고 만져 주고 싶어…… 저렇게 가여운데!"

내가 말했다. "내 생각엔 쟤도 눈이랑 귀랑 다른 것들을 다 가지고 있는데 우리가 못 찾는 거 같아. 사람이나 다른 동물과는 다른 곳에 달려 있어서 그렇지, 필요한 것이 어디에 있는지는 다 찾아다닐 거야."

잘 모르겠다는 듯 머리를 흔들던 히에는 덜떨어지고 아무짝에도 쓸모없지만 마냥 예쁘기만 한 동물을 대하듯 이[虱]를 어루만졌다.

신난 듯 우리 곁으로 온 이[虱]는 히에에게 하던 것처럼 내 다리 옆에서 애교를 부렸지만, 인츠는 겁이 나는지 다가가지 않았다. 히에는 진심으로 좋아하는지 곁으로 다가가 히에가 올라탈 수 있도록 머리를 숙였다. 히에는 이[虱]를 안아 주고 입을 맞춘 다음 등에 올라타 자랑스럽게 피르레와 랙 옆으로 갔다. 유인원들은 무슨 식물이라도 키우는 것처럼 바위를 정성스럽게 어루만지고 있었다.

"뭐 하고 있어요?"

나는 이렇게 묻고는 유인원들의 옆에 앉았다.

"안 보이니?"

피르레의 손에는 어떤 식물을 짜낸 즙이 흐르고 있었다. 피르레가 그것을 걸쭉한 액체와 섞자 금세 빨간색으로 변했다.

랙이 설명했다. "저 이[虱]를 동굴 벽에 그리려고. 기억에 남기려고. 저 녀석이 세상에서 사라지면 그땐 그림을 보면서 떠올려야지."

우리는 유인원들과 함께 이전 세대들의 유인원들이 자신의 인생에 대한 그림을 그려 넣었던 동굴 안으로 꽤 깊게 들어갔다. 동굴 벽에는 바닥부터 천정까지 수천 개는 될 법한 그림들이 오밀조밀 빼곡하게 들어차 있었다. 유인원뿐만 아니라 이전에 멸종한 동물들도 그려져 있었다.

"이건 우리의 역사란다." 피르레와 랙은 자랑스럽게 말했다.

피르레는 텅 빈 공간을 찾아 이[風]를 그리기 위해 자리를 잡았다. "우리에게 일어난 모든 일이 여기 다 그려져 있어. 저기 보면 최초의 인류가 세상에 나올 때 모습도 있다. 처음엔 너희도 우리와 똑같이 실 한오라기 안 걸치고 다녔어. 그런데 이젠 아니지." 그러더니 다른 그림을 가리켰다. "여기 보면 가죽옷을 등에 걸치고 있지."

"여기 북녘 개구리 그림도 있어요?"

"당연히 있지. 한두 군데가 아니야." 피르레는 거대한 도마뱀과 비슷한 생명체를 가리켰다. 아주 작은 사람들 위를 날고 있는 그것의 턱에는 사람들의 다리가 대롱대롱 매달려 있었다.

"이 그림은 정말 오래된 거야. 그때 이후로 아무도 북녘 개구리를 본 사람이 없어." 히에가 존경의 눈길로 그림을 응시했다.

피르레와 랙이 웃으며 말했다. "우리 귀여운 레메트, 북녘 개구리가 우리 눈앞에서 사라진 게 언제인지……. 이건 얼마 전에 그린 그림이야. 저 그림들은 우리 기억에서 사라진 옛 시절의 이야기를 들려주고 있지. 여기 있는 그림들은 그렇게 오래된 건 아니다. 진짜 오래된 그림들은 아마 이 벽 뒤에 있을 거야."

유인원들은 깊은 곳에 있는 돌무더기들을 가리켰다.

"옛날엔 이 동굴이 훨씬 더 컸어. 그런데 몇십만 년 전 지진이 나면서 동굴이 돌 밑에 깔려 버렸지. 오랜 그림은 다 저기에 있어. 선조들이 세지도 못할 만큼 오랜 시간 동안 그린 그림들이 엄청나게 많아. 그 그림은 아무도 볼 수 없고 그래서 그때 무슨 일이 있었는지도 몰

라. 그림이 없다면 아무것도 기억을 못 하는데 말이지. 적어도 이 커다란 이[虱]는 잘 그려졌으니 우리 후손들은 이 그림을 보면서 우리 시대를 알아줄 수 있겠지. 그렇게 기억에 남는 거야."

피르레는 직접 그린 그림을 자랑스럽게 쳐다보았다. 그 벽에는 거대한 풍뎅이 한 마리가 빨간색으로 그려져 있었는데 아마 그 이[虱]인 것 같았다. 어찌 보면 거미나 파리처럼 보이기도 했다. 유인원들의 그림 실력은 그다지 좋지 않았다. 하긴 이[虱]는 그리기가 까다로운 짐승이긴 하다.

"봐라, 여기 너도 있다." 히에가 애완동물에게 부드럽게 말했다. 이[虱]는 히에가 가리키는 쪽을 뚫어지게 쳐다보았다. 그림에는 별로 관심이 없던 것 같다. 사실 그 그림을 전혀 쳐다보지 않았을 수도 있다. 우린 그 이[虱]가 눈이 있는지 없는지도 확실히 모르기 때문이다.

우리는 피르레와 랙의 집에서 저녁을 꼬박 보냈다. 불 가에 앉아 유인원들이 부르는 이상한 노래를 들었다. 그 노래는 인간들이 발음하는 소리나 노랫말은 없고 괴성을 지르거나 혀를 울리거나 낮은 소리로 중얼중얼하는 게 전부여서 여자나 계집아이 들이 부르는 인간의 노래와는 전혀 달랐으나 모든 것이 함께 어우러지면 들을 만했다. 우리도 같이 노래를 불러 보려고 해 보았으나 잘되지 않았다. 지금도 뭔가 할 일이 딱히 없을 때는 유인원들이 불렀던 그 원시의 노래를 떠올리며 혼자서 흥얼거리곤 한다. 세상에서 나만 알고 있는 그 노래를 말이다. 유인원들의 노래는 요즘 사람들이 부르고 있는 노래보다 훨씬 마음에 들었다. 요즘 시골에 사는 여자들이 서로 돌아가면서 부르는 노래를 듣고 있으면 왠지 머리가 아팠다. 그 노래는 또 어찌나 긴지 가만히 놔두면 그 여자들은 영영 노래만 부를 것 같았다. 유인원들의 노래는 그렇게 길지 않았다. 유인원들의 노래는 귀가 멀 정도로 크게 소리를 지르면서 끝나거나 아니면 잠잠한 콧소리와 함께 끝났고, 뭔지 모를 힘이 있었다. 지금은 그들의 노래를 떠올리면 무척 마음이 편해졌고 피르레와 랙이 동굴에서 노래를 불러 주던 그 행복한 시간이 다시 기억 속에 떠올랐다.

지금 그 동굴은 지진이 한 번 지나간 후 바위로 막혀 버렸다. 피르레가 그린 그 그림은 이제 아무도 볼 수 없게 되어 버렸으니 숲에 살던 다른 존재들의 삶 역시 그 바위 뒤로 자취를 감췄다. 그 정체가 사라지지 않고 영원히 우리 곁에 남을 존재들이 얼마나 될까.

우리는 유인원들에게 작별 인사를 하고 집으로 돌아섰다. 인츠는 자기 둥지로 기어들었고 히에도 자기 집 쪽으로 깡충깡충 뛰어갔다. 이렇게 늦게 집에 들어가 본 적이 없던 히에는 분명 엄마 아빠한테 혼쭐이 날까 봐 겁먹고 있었지만 다행히 집에는 아무도 없었다. 요즘 들어 히에의 부모는 윌가스가 성스러운 숲에서 벌이고 있는 의식을 자주 보러 다녔고 보름달이 찬란하게 뜨는 날이면 동네 사람들은 뭔가 새로운 동물들을 하나씩 제물로 바쳐 가며 정령들이 좋아할지를 점치곤 했는데 그날은 여우를 바치는 날이었다. 그래서 동네 사람들은 그곳에 많이 모여 있었다.

난 우리 집 쪽으로 털레털레 걸어가고 있었다. 그때 누군가가 내 이름을 불렀다. 패르텔이었다.

그 녀석은 이런 늦은 시간에 돌아다니는 법이 없었다. 그러니 꼭 지금 당장 하고 싶은 뭔가 특별하고 신나는 놀잇감을 찾은 것이 틀림없다는 생각이 들었다. 패르텔이 무슨 말을 꺼낼지, 대체 어떤 모험에 나를 불러들일지 기대되었다. 아침에 싸운 것은 싹 잊어버린 모양이었다.

그 녀석을 가까이에서 보니 뭔가 장난을 치러 숲에 들어온 것은 아니었다. 패르텔은 뭔가 걱정에 빠져 내 어깨를 잡더니 말했다.

"너 어디 있었어? 한참 찾았잖아."

"무슨 일인데? 뭐 안 좋은 일이라도 있어?" 내가 물었다.

"나도 모르겠어. 무슨 일인가 하면…… 너에게 해 주고 싶은 이야기가 무엇이었는가 하면…… 아버지가 오늘 그러시는데…… 우리 마을로 이사 간대……."

마치 올 것이 왔다는 듯 별로 놀랍지도 않았다. 나는 고사리가 피어 있는 수풀에 털썩 주저앉아 친구가 한 이야기를 다시 한번 곱씹어 보았다. 패르텔은 그 옆에 앉아 내가 어떻게 나올지 눈치를 보았다. 자기는 지금 늪에 빠져 있으니 날 좀 구해 달라고 눈으로 애원하고 있었다. 그러나 지금 패르텔이 빠진 늪에서 내가 건져 줄 방법은 하나도 없었다.

"왜?" 내가 할 수 있는 말은 그것밖에 없었다.

패르텔이 대답했다. "우리 아빠가 사람들이 다 마을로 이사 가는데 우리만 여기 남아 사는 게 바보 같대. 아빠도 안 갔으면 좋겠는데 방법이 없대. 불어오는 바람을 피할 수는 없다고. 다른 사람들도 다들 마을로 옮겨 가는데 그러면 우리도 따라가는 게 맞지 않느냐고……."

우리는 한동안 말이 없었다.

"너도 가고 싶어?" 마침내 내가 물었다.

패르텔은 고개를 들썩였다.

기어드는 목소리로 말했다. "나도 안 갔으면 좋겠지. 그런데 내가 뭘 하겠어. 엄마 아빠가 다 가시면 나도 따라가야지. 여기 혼자 남을 순 없잖아."

패르텔은 내 곁으로 슬쩍 다가왔다.

"너도 같이 안 갈래? 내일 당장 가자는 게 아니라, 언젠가는 가야 하지 않겠난 말이야. 시간이 좀 지나서. 우리가 같이 살면 좋겠지?" 뭔가 기대하는 눈치였다.

"난 마을에서 태어났잖아. 엄마는 숲에 들어온 후 다시는 마을로 돌아가지 않겠다고 그랬어. 그리고 나도 가기 싫어. 너도 사람들이 인츠에게 한 일을 다 봤잖아. 거긴 멍청이들만 살아." 내가 말했다.

"그래, 맞아, 인츠한테 너무 심하더라. 그런데 그거 있잖아…… 나도 여기서 사는 거 좋아. 그런데 나도 어떻게 할 도리가 없어. 같이 가는 것 외에는 방법이 없다고."

"나도 알아." 내가 조용히 말했다.

패르텔은 세상의 걱정을 다 짊어진 사람처럼 내 옆에 붙어 앉았다. 친구가 안쓰러워 보였다.

내가 말했다. "방법이 없지. 마을이래 봐야 여기 숲 가장자리로 나가면 금방이니 그리 멀지 않잖아. 내가 너 보러 마을에 가든지, 아니면 네가 가끔 숲에 와서 나랑 놀아 주면 되지. 앞으로도 자주 보게 될 거야."

"그럼, 당연하지. 꼭 숲에 놀러 올게." 패르텔이 말했다.

"아니면 내가 히에랑 인츠 데리고 마을로 놀러 가도 되고. 넌 인츠

내쫓지 않을 거지?" 내가 말했다.

"내가 그 정도로 바보는 아니다. 숲에 살 때랑 변함없을 거야."

"그래도 빵은 먹게 될걸. 그게 나쁘다는 건 아니고. 넌 그때 보니까 빵 잘 먹더라." 내가 말했다.

"빵 먹는 건 문제없어. 먹으나 안 먹으나 아무런 차이도 없던걸. 그런데 맛은 진짜 없더라. 설마 마을에 간다고 고기가 없기야 하겠어?"

"그럼, 그렇게 끔찍하지만은 않을 거야." 난 입으론 그렇게 말하면서도 속으로는 이런 생각을 하고 있었다. '이건 끔찍해. 정말 끔찍해. 이보다 더 끔찍할 수는 없어. 나랑 제일 친한 친구가 마을로 이사를 간다니. 어떻게 이런 일이 있을 수 있지? 혹시 말만 저러는 것일 수도 있지 않을까. 이전처럼 숲에 남아서 살 수도 있지 않을까?'

"그래, 마을에 사는 것도 숲에 사는 거랑 별반 차이 없을 거야." 패르텔은 혼자 중얼거렸다. 말은 그렇게 하지만 속으로는 나와 똑같은 생각을 하는 것이 분명했다. 패르텔이 가야겠다며 엉덩이를 털고 일어날 때까지 우리는 그렇게 세상의 불행을 다 짊어진 사람들처럼 뚱하게 앉아 있었다.

패르텔은 찬바람을 맞아서 목소리가 나지 않는지 들릴락 말락 한 소리로 말했다. "아무 일 없을 거야. 난 이제 집에 갈래. 너한테 이 말 해 주려고 잠깐 나온 거야. 너 찾으러 숲을 다 돌아다녔다. 진작에 집에 돌아갔어야 해. 내일 아침에 마을로 떠나니까 얼른 가서 이사 준비해야 해."

"늑대들 벌써 풀어놨어?" 내가 물었다.

"내일 풀어놓을 거야." 패르텔이 일어서며 코를 찡그리더니 망설이

162

다가 덧붙였다. "다음에 또 보자. 우리 이사하는 거 보고 싶으면 아침에 와도 돼."

"그래, 아침에 갈게." 내가 말했다.

"그래, 아침에 보자." 친구는 그렇게 말하고 숲을 가로질러 오두막 쪽으로 길을 나섰다. 아마 그 집에서 자는 마지막 밤이 될 것이다. 정말 놀랍고 믿기 힘든 일이었다. 집으로 돌아온 나는 공처럼 몸을 웅크린 채 잠을 이루지 못했다. 그러다 새벽에 겨우 잠이 들어 죽은 듯 잠만 잤다. 엄마는 나를 깨우지 않았다. 내가 배가 터지도록 밥을 먹는 것과 세상 모르게 자는 것은 우리 엄마가 무척 좋아하는 일이었다. 내가 눈을 떴을 때는 이미 아침이었다. 패르텔은 벌써 떠나고 없을 것이다. 그런데 한편으로는 내가 패르텔을 보러 가지 않은 게 다행이었다. 한참을 침대에 누워서 천장만 바라보았다.

인츠가 나를 찾으러 쉭쉭대며 집으로 들어왔다.

"무슨 일이야? 어디 아파?" 인츠가 물었다.

"아니, 말짱한데." 나는 그렇게 대답하고는 자리에서 일어나 인츠와 함께 밖으로 나갔다. 어제와 다른 것은 하나도 없었다. 온 숲이 텅 비어 이끼 위를 걷는 기분이었다.

13

패르텔 식구들 이후로도 사람들은 계속 마을로 떠나갔다. 마치 봄이면 으레 찾아오는 일인 양 사람들은 하나둘씩 줄지어 숲을 떠났다.

마을로 옮길까 말까 고민하던 사람들도 패르텔 식구들이 떠나는 것을 보고 마음을 굳힌 모양이었다. 다음 날 누나 친구의 가족도 마을로 떠났다. 그 후에도 사람들은 떠나고 또 떠났다. 원래도 사람이 많이 살지 않던 숲이지만 급기야 몇 주 후에는 아예 정말 우리 식구 외에는 남은 사람이 없을 정도가 되었다. 히에의 엄마, 아빠. 월가스, 메메, 그리고 유인원 피르레와 랙, 그리고 매일 아침 여전히 살아서 돌아다니는 것이 신기할 정도로 나이 든 할망구들이 전부였다.

나는 한동안 두려움과 복잡함이 섞인 마음을 추스르지 못하고 숲을 돌아다녔다. 마치 온 숲이 눈앞에서 형태를 잃어 가는 듯한 생각마저 들었다. 이전엔 관심조차 가지지 못했던 폭풍우에 쓰러진 나무들, 바람에 꺾여 버린 나뭇가지들, 말라 버린 풀들이 눈에 들어왔다. 왠지 그 식물들이 마을로 이사 간 사람들 때문에 말라 가고 죽어 가는지도 모른다는 생각마저 들었다. 나에게조차 이 숲이 낯설게 느껴져서, 다른 사람들처럼 나도 마을로 떠나는 것이 더 나은 선택은 아닐까 하는 생각마저 들었다. 어쩌면 이 숲에는 우리를 뺀 다른 사람들은 모두 진작 감지하고 도망을 치게 만든 망조가 있는지도 모른다. 난데없이 바람이 불어 나무 꼭대기가 세차게 흔들릴 때면 벌써 그 망조가 벌써 모습을 드러내는 것은 아닌지 가슴이 철렁했다. 정작 무엇에 겁을 느끼고 있는지도 모르면서. 사람들이 떠난 숲에는 휭한 공허함만이 들어앉았고 이전에는 아늑하던 곳엔 뭔가 낯설고 불편한 기운만 깃들었다.

보텔레 삼촌은 요즘 들어 우리 집에 자주 들러 자기도 그렇게 떠난 사람을 많이 보았다며 위로해 주었다. 그 사람들은 썰물과 밀물처럼 숲과 마을 사이를 오가며 그곳이 자기 집인 양 몇 년 동안 번갈아 가면서 살다가 마침내 약속이나 한 듯 다시 숲으로 우르르 돌아온다 했다. 그 후에는 사람들이 마을로 건너가는 것은 꿈도 꾸지 않는 평화로운 시절이 도래했다가 어느 날 또 다른 식구가 마음을 고쳐먹고 다시 마을로 옮겨 가면 또 다른 사람들이 그 뒤를 따라 우르르 따라가기 일쑤였다. 마을로 건너가는 사람들은 꼭 가을철이 되면 따뜻한 남쪽 나라를 찾아가는 철새들 같았다. 날씨가 선선해지자마자 곧장 숲으로 찾아오는 사람도 있었지만, 땅이 첫눈으로 덮일 때쯤 찾아오는 이들도 있었다.

"지금 마을로 간 사람들 눈 오면 다시 돌아올 거다. 그런데 그 사람들이 마을에 더 있겠다고 하면 그건 우리도 어쩔 수 없는 거다." 삼촌은 말했다.

"그럼 우리는요." 내가 물었다.

"우리는 까마귀랑 뻐꾸기 같은 사람들이지." 삼촌이 웃으며 말했다.

"우린 여기서 겨울을 날 거다. 적어도 너희 엄마랑 나는 그렇다. 너랑 누나는 아직 어리니까 어머니랑 남아야 하는 것은 당연하고. 마을로 갈지 말지는 나중에 너희들의 더 커서 결정해도 된단다. 가겠다고 해도 나무랄 사람은 한 명도 없어. 그럼 숲에는 짐승들이랑 뱀들만 남게 되겠지."

"전 안 갈 거예요." 나는 확신에 차서 말했다.

"나중 일을 누가 알겠니. 나도 이 숲에서의 삶이 이전처럼 계속 이어졌으면 좋겠구나. 레메트, 그런데 생각해 봐라. 그럼 네 삶이 얼마나 지루해지겠니? 나랑 엄마는 언젠가는 죽을 거고, 그럼 너랑 누나랑 둘만 남게 돼. 외롭다는 게 어떤 건지 너는 모르지?" 삼촌이 말했다.

"인츠랑 다른 뱀들이 있는걸요." 내가 말했다.

삼촌도 그 말에는 동의했다. "히에도 있을 거고. 그래, 뱀들은 어디 안 가지. 살아 있는 한 계속 보게 될 거다. 그런데 너나 엄마나 나나 어떤 대가를 치르더라도 숲에서만 살라고는 이야기하지 않으련다. 너희의 결정을 항상 존중해 줄 거야. 살다 보면 모든 것이 끝나는 날이 와. 어떤 나무 위에 부엉이들이 둥지를 만들다가도 시간이 지나면 텅 비는 때가 오지. 새들은 다시 그곳을 찾지 않아. 인생이란 바로 그런 거야. 적어도 넌 뱀의 말은 잘하니까 내가 죽더라도 절대 잊을 일은 없을 거다. 그게 중요한 거야. 앞으로 누군가에게 그 뱀의 말을 전수해 줄 사람이 생길 거다."

삼촌의 이야기를 들은 나는 가슴이 큰 돌에 눌린 듯 무거워졌다. 내 인생에는 확실한 것이 하나도 없고 심지어 컴컴해 보였다. 마을로 이사 가기는 정말 싫었다. 내가 어른이 되면 사람들 모두 숲을 떠나서 없을 거라고 상상하니 벌써 목이 메었다. 삼촌은 내가 무슨 생각을 하는지 알아차린 듯 내 등을 두들겨 주고 웃으며 말했다.

"그렇다고 너무 앞서가지는 마. 지금은 일단 네 엄마가 맛나게 해 주는 염소 고기나 먹으러 가자꾸나. 내일은 오늘보다 더 좋은 날이 될 거고 앞으로 몇 년간은 계속 좋은 날이 이어질 거야. 걱정을 하기 시작하면 한도 끝도 없다. 나쁜 기운은 비와 같은 거야. 우리 몸이 온통 흠뻑 젖을 정도로 내리다가도 햇볕이 나면 언제 그랬냐는 듯 따뜻한 날이 이어진다. 비가 좀 내리면 어떠니. 잠깐 비를 피해 있으면 되지. 멀리서 보면 아주 끔찍해 보여도 막상 뚜껑을 열어 보면 아닌 경우가

참 많다. 우선 밥부터 먹으러 가자."

삼촌 말대로 우린 밥을 먹으러 갔다. 삼촌이 우리 집에 매일 와서 밥을 먹으니 엄마는 입이 귀에 걸렸다. 삼촌은 언제나 허기진 채로 집에 왔고 엄마는 삼촌에게 엘크 고기와 염소 고기를 배가 터지도록 먹여 주었다.

"보텔레, 너 진짜 된 사람이다. 어쩜 그렇게 밥을 맛있게 먹니. 우리 레메트도 너 반만 닮았으면 좋았을걸. 이것저것 해 줘 봐야 부스러기만 주워 먹고 만다니깐." 엄마는 삼촌을 칭찬했다.

"엄마, 나 오늘 엘크를 반 마리나 먹었는걸요." 내가 우겼다.

엄마는 놀란 목소리로 말했다. "너처럼 한창 클 나이에 반 마리는 턱도 없다. 엘크 반 마리라니! 한 접시 다 먹으렴. 이거 남겨서 누구 주려고 그래? 이거 반 마리를 더 먹든지 아니면 다른 고기라도 집어 먹으렴."

"엄마, 엘크 한 마리를 어떻게 다 먹어요!"

"배가 고프면 그 한 마리를 왜 다 못 먹어. 너희 삼촌 먹는 것 좀 봐라."

"음, 정말 맛있다. 난 다리 한 개 더 먹어야겠다." 삼촌은 입맛을 다셨다.

"먹어, 먹어. 두 개 먹어. 레메트, 너도 얼른 먹어. 맛이라도 한번 봐라."

나는 한숨을 쉬고 잘 익은 염소 다리 하나를 집었다. 조금 전까지만 해도 정말 입맛이 없었지만 식구들과 함께 염소 다리를 씹고 있으니 걱정이 줄어드는 것 같았다. 숲은 언제나 변함없이 그대로일 것이고 매일 아침 이슬이 맺히는 잔디 위로는 사람들이 발자취가 끊이지 않을 것이다.

난 몇 주간 패르텔을 보지 못했다. 이사 가자마자 당장 놀러 오기로 약속했는데도 말이다. 나는 인내심을 갖고 기다렸지만 왜 약속을 지키지 않는지 그놈의 심보를 이해할 수가 없었다. 대체 마을에서 뭘하는 것일까. 나는 그 녀석이 당연히 마을에 가자마자 숲의 냄새를 못 참고 당장 내게 달려와서 와서 마을에서 겪고 있는 고민거리를 시시콜콜히 털어놓을 것이라고 기대했다. 나는 패르텔에게 진작부터 그 신호를 보내고 있었다. 내가 마을에 갈 수는 없지만 그 녀석은 내가 사는 곳을 알고 있으니 원하면 아무 때라도 올 수 있지 않은가. 혹시라도 패르텔을 볼 수 있을까 하는 기대로 숲 언저리에 서서 두근거리는 마음으로 마을을 뚫어지게 쳐다보았다. 그러나 그 녀석은 없었다. 이미 몇 번 봐서 알고 있는 막달레나와 얼마 전 마을로 이사 간 누나 친구들 같은 마을 사람들만 보일 뿐이었다. 누나들은 모두 마을 사람들 옷을 입고 있었고 어떤 누나는 곡괭이도 들고 있었다. 그렇다고 해서 그 사람들이 부럽거나 한 것은 아니었다. 심지어 굉장히 낯설고 역겨워 보이기까지 했다. 나는 우리 누나가 곡괭이를 어깨에 메고 다니는 모습이 어떨지 상상해 보았다. 차라리 곰이랑 뽀뽀를 하는 편이 덜 역겨울지 모르겠다.

이제 나랑 같이 놀 애는 인츠밖에 없었다. 히에는 요즘 집에서 도통 나오지 못했다. 사람들이 너나 할 것 없이 숲을 등지고 나가는 것이 히에 아빠에게 충격을 주었는지 식구들과 오두막에 갇혀 꼼짝도 하지 않았다. 밖으로 나가면 다른 마을 사람들처럼 이름 모를 병에 걸려 자신의 의지와는 상관없이 마을로 이사 가게 될지도 모른다고 생각한 모양이다. 히에도 집에 붙잡혀 있으니 이전처럼 친구들과 노는 길이 완전히 막혀 버렸다. 나는 창문가에 앉아 우울하게 밖을 바라보는 히에에게 손을 흔들어 주었다. 그걸 본 히에는 다른 방으로 자리를 슬며시 옮겨 식구들이 아무도 알아채지 못하도록 조심스럽게 나에게 손을 흔들어 주었다.

집 밖으로 나올 수 있는 사람은 탐베트뿐이었다. 세상이 어떻게 변하거나 말거나 상관없이 이전처럼 거침없이 숲을 돌아다니고 있는 야생 늑대들을 잡으러 다녔다. 키우는 늑대 수는 더 불어났지만 새로 온 늑대들은 히에에게 배운 뱀의 말 때문에 낮엔 잠만 자고 먹이는 먹지 않도록 길들어졌다. 정말 어쩌다 길에서 마주치게 되면 탐베트는 나를 쏘아보며 이렇게 말했다.

"네가 여기서 뭐 할 게 있다고 돌아다녀. 너도 다른 사람들처럼 마을에나 가 버리란 말이다!"

나는 아무런 대답도 하지 않고 바로 집으로 돌아왔다.

무엇보다 히에가 나랑 놀러 밖으로 나오지 못하는 것이 못내 아쉬웠다. 패르텔은 떠났고 히에는 집에 갇혀 있고 난 완전히 혼자가 된 것 같았다. 곁에 남은 유일한 친구인 인츠가 나 들으라고 일부러 마을로 간 사람들을 바보라고 놀리고 비웃어 주었지만 그래도 기분은 별로 나아지지 않았다. 겉으로 보기에 우리는 말이 잘 통하는 것처럼 보였지만 사실 뱀들이 사람들을 완전히 이해할 수는 없었다.

뱀들은 우리를 조금이라도 신경을 써 주지 않으면 금세 칭얼대는 어린 동생들 대하듯 굳이 알 필요 없는 비밀스러운 이야기를 시시콜

콜하게 전해 주었다. 자존감이 강한 뱀들은 각자 살겠다고 숲을 떠난 사람들을 전혀 불쌍하게 보지 않았고 심지어 진흙 구렁텅이에 빠져 버린 못 먹는 고깃덩이를 대하듯 했다. 이미 떠나가 버린 사람들을 다시 불러 모을 수는 없다. 뱀들은 사람이 필요하지 않았다. 사람이 없더라도 뱀들의 삶은 이전처럼 흘러가니까.

나는 인츠와 같은 생각을 하고 있었으나 속으로는 말을 아끼고 있었고 마냥 대놓고 같이 웃을 수도 없었다. 떠나기 전날 마을에 가는 것 때문에 굉장히 슬퍼하던 패르텔이 생각나 마을로 떠난 사람들을 싸잡고 비웃고 싶은 마음이 없었다. 그러나 한 가지 내가 예상조차 못 했던 사실은 패르텔이 단 한 번도 놀러 오지 않았다는 것이다.

나는 혼자서만 발이 닳도록 다녔고 심지어 패르텔을 보기 전까지는 절대 집에 가지 않으리라 다짐하고 종일 동안 기다린 적도 있었다. 마을 사람들이 패르텔을 죽이거나 한 게 아니라면 진작에 날 보러 왔어야 했다. 그래도 인츠는 나와 함께 있어 주었다. 그 녀석은 패르텔에게 전혀 관심이 없었을지도 모른다. 날씨가 포근하던 그 여름 인츠는 으레 양지에 나와 앉아 똬리를 틀고 꾸벅꾸벅 졸았다.

어느 날 마침내 내 기다림이 끝을 보았다. 패르텔을 본 것이다. 어떤 집 뒤에서 나온 패르텔은 손에 낫을 들고 어디론가 서둘러 가고 있었다. 나는 오랜 친구를 향해서 귀에 속속 꽂히는 뱀 단어 하나를 쉭쉭거려 봤다. 뱀의 말을 모르는 사람은 당연히 들리지 않는 말이었다. 패르텔은 잠시 주춤하더니 뒤돌아서 나를 보았다.

실망스럽게도 친구는 나를 보고도 곧장 뛰어오지 않았다. 내가 하는 말에 대답하지 않았고 그 자리에서 계속 머뭇거리고만 있었다. 뭔가 어울리지 않게 행복한 표정을 어색하게 짓고 있었다. 그것은 패르텔이 집 뒤에서 나올 때부터 티가 났다. 패르텔은 잠깐 그 자리에서 당황스러워하더니 낫을 등 뒤로 감추고 내 쪽으로 조금 걸어왔다. 얼굴에서는 억지로 짜낸 것 같은 미소가 번졌다.

"안녕. 너 왔네." 친구가 말했다.

"마을에서 얼마나 잘살고 있나 보러 왔지." 나는 비웃는듯한 말투로 대답했다.

패르텔의 행동거지가 이전과 다르게 너무 어색해서 하지 말라고 말리고 싶을 정도였다. 나는 우리가 만나면 서로 끌어안고 그동안 무슨 일이 있었는지 다정하게 이야기를 할 거라고 생각했다. 그런데 우린 멀찌감치 떨어져 서로 처음 보는 사람인 양 바라보았고 패르텔은 상당히 어색한 미소를 짓고 있었다. 마을 사람들이 입는 옷 뒤로 숨긴 낫에 신경이 쓰이는 눈치였다. 나는 친구를 곤경에 빠뜨리고 싶지 않았다.

"등 뒤에 그거는 뭐야? 뭐라도 자르려고?"

"이건 낫이야. 지금 밭에 나가려던 중이야. 일이 너무 많아서 너에게 놀러 갈 수가 없었어. 지금은 추수철이거든." 친구는 겸연쩍게 대답했다.

"그런 쓰레기들을 잘라서 뭐 하는데?" 난 계속 꼬투리를 잡았다. 그렇게 그리워했던 친구와의 만남이 순식간에 무너지는 것 같아 몹시 화가 나고 절망스러웠다. 지금 당장 울음을 터뜨리든가, 그래도 친구인데 평생 패르텔에게 마음을 쓰고 살든가 둘 중 하나를 선택해야 한다는 생각이 들었다. 난 두 번째를 선택했다.

"곡식을 모아서 빵을 만들지." 패르텔은 그렇게 중얼거렸다. 그리고 나의 눈을 피하며 엉뚱한 곳을 바라보았다.

"저 풀떼기를? 너희는 먹을 게 그거밖에 없냐?" 내가 콧방귀를 뀌며 말했다.

"그래도 빵은 좋은 음식이야." 패르텔이 말했다. 정말 당장 나를 두고 들판으로 뛰어가 새로운 장난감을 가지고 곡식을 베고 싶다는 생각에 조바심이 나 있는 것 같았다. 그러나 그 녀석은 오랜 친구인 나를 혼자 두고 뛰어가지는 못했다. 패르텔은 그 자리에 서서 예의 바르게도 우리 엄마와 누나의 안부를 물었다. 원래는 우리 엄마와 누나의 안부를 궁금해하는 녀석이 아니었다. 나는 그 녀석을 똑바로 보며 사정없이 말을 던졌다.

"너 마을에 얼마나 있었다고 어떻게 그렇게 변하냐. 대체 너한테 무슨 일이 생긴 거야. 너 언젠가 나한테 와서 마을로 이사 가기 싫다고 했던 거 기억 안 나? 그런데 지금은 무슨 추수니 뭐니 하는 것 때문에 나한테 놀러 오지도 못했다고 그러잖아. 너는 숲에서 나고 자란 애야. 넌 뱀의 말도 할 줄 알잖아."

패르텔은 갑자기 화를 내며 말했다. "넌 아무것도 모르면서 그런 소리 하지 마. 넌 왜 네 이야기만 해. 숲을 떠나는 거 정말 싫었던 거 맞아. 그땐 마을에서 사는 게 어떤 건지 몰랐으니까. 그런데 지금은 잘 알아. 그리고 부끄러울 거 하나도 없어. 솔직하게 말해서 여긴 정말 좋아. 사람들도 많고, 같이 놀 애들도 많다고. 같이 놀면 얼마나 좋은 줄 아니? 난 이제 낫도 잘 써서 추수하는 게 얼마나 재미있어졌는데. 곧 탈곡하는 법이랑 가루로 만드는 법도 배우게 될걸. 여기 사는 건 정말 좋아. 뱀의 말 따위는 필요 없어. 여기서는 뱀의 말을 하거나 말거나 아무런 의미가 없으니까."

지금까지 똬리를 틀고 가만히 앉아 있던 인츠가 끼어들었다. "거참 좋은 소식이네. 세상에는 벌레들만 뱀의 말을 모르고 살아. 대체 그게 사는 거야?"

패르텔은 인츠를 보고 잠시 머뭇거리더니 겁에 질린 듯 가만히 쳐다보았다.

"그 막대기로 때리려고? 너랑 자주 노는 그 아이들이 너더러 뱀을 보는 족족 죽이라고 하던?" 내가 물었다.

"아니." 패르텔은 또 잠시 머뭇거리다 약간 거만하게 말했다. "어쨌건 여기선 뱀들은 아무도 좋아하지 않아. 저것들은 하느님의 적이니까."

"그 하느님이라는 사람은 대체 뭐야?" 내가 물었다.

"그분은 가장 힘이 센 정령이셔. 우리 인간도 창조하셨지. 세상의 모든 것들을 창조하셨고 그분의 창조는 앞으로도 이어질 거야. 그분은 모든 걸 하실 수 있어. 그분을 따르면 누구나 뜻을 이루게 도와주셔. 하지만 거역하는 사람은 지옥으로 떨어지지." 패르텔이 말했다.

"누가 그런 얘길 해 준 거야? 그건 윌가스가 줄곧 떠드는 정신 나간 소리하고 똑같잖아." 내가 말했다.

"이건 마을 장로 요하네스 아저씨가 들려주신 거야. 그리고 내 이름은 이제 패르텔이 아니야. 세례를 받고 페트루스란 새 이름을 받았어. 하느님은 패르텔이란 사람을 몰라. 하느님 세상의 모든 페트루스들을 사랑하셔서 내가 원하는 건 모두 다 주신다고." 패르텔이 말했다.

"그런 바보 같은 말이 어디 있어. 넌 어떻게 그런 말을 믿어? 세상에 정령 따위는 없어!" 내가 따졌다.

"정령은 아닐지도 몰라. 어쨌든 그분은 하느님이야. 요하네스 장로님이 한참 동안 이야기해 주셨어. 정말 재미있는 이야기였어, 심지어 십자가에 못 박히기까지 했는데 다시 살아나셨지." 패르텔이 말했다.

"죽었다가 살아나는 사람이 어디에 있냐. 그런 일은 한 번도 일어난 적이 없어." 인츠가 말했다.

"그런데 요하네스 장로님은 그렇게 이야기했다니깐! 그분이 죽었다가 살아나신 것은 온 세상이 알고 있고 그걸 믿지 않는 사람들은 하나같이 바보들이야." 패르텔이었다가 페트루스가 된 내 친구가 인츠를 증오하는 눈빛으로 째려보았다.

"사람이 죽었다가 살아날 수 없다는 것은 뱀들에겐 상식이야. 난 뱀들을 믿어." 내가 말했다.

친구는 지지 않겠다는 듯이 나를 쳐다보았다. "뱀들은 글도 못 읽어. 넌 세상에서 너랑 저 뱀들 따위가 제일 똑똑하다고 생각하지. 그런데 이건 다 요하네스 아저씨가 들려준 거라고. 너는 평생을 숲속에서만 살아왔지만 그분은 바다 건너편 아무도 가 보지 못한 곳도 다녀오셨어. 그곳엔 엄청 많은 사람들이 살아. 모두 하느님을 믿고 또 그분의 부활도 알아. 전부 곡식을 베어서 빵을 만들어 먹고 숲에서 사는 사람도 없고 더더군다나 뱀이랑 이야기하지도 않아. 너 정말 어떻게 된 거 아니니? 요하네스 아저씨는 숲에서 살면서 뱀과 이야기하는 사람은 모두 얼간이 취급 해."

"너도 숲에서 살았잖아." 내가 말했다.

"더 이상은 안 살지. 너도 봐, 다들 숲에서 살다가 마을로 이사 왔다고, 전부 다!"

"이 멍청이가." 난 화가 나서 조용히 말했다.

나는 패르텔과 싸우지 않았다. 아니, 싸우고 싶지 않았다. 난 모든 것이 이전처럼 돌아가길 원했다. 패르텔은 여전히 내게 페르투스가 아닌 패르텔이었다. 그러나 마을 사람들 옷을 입고 낫을 손에 쥔 내 친구는 더 이상 패르텔이 아니었고 심각한 얼굴로 하느님과 추수 이야기를 하고 있었다. 그리고 패르텔의 등 뒤로는 숲에는 살아 본 적 없고 빵만 우적우적 씹어 대는 수천 명의 세상 사람들이 나를 비웃고 있었다. 내가 할 줄 아는 것은 뱀의 말밖에 없었다. 난 페트루스에게 등을 돌리고 나무 사이를 뛰었다.

쉬지 않고 냅다 달렸다. 숲을 지나 언제나처럼 나뭇가지를 손으로 헤치고 풀숲 밑을 기었다. 피르레와 랙이 있는 동굴을 지났다. 그곳에서는 거대한 이[虱] 한 마리가 누구를 기다리는 듯 종종걸음을 걷고 있었다. 분명 히에가 보고 싶은 것이겠지만 안타깝게도 그 계집애는 집에서 나오지도 친구를 만나지도 못했다. 피르레와 랙은 동굴 안에서 내가 지나가는 것을 다 보고 있었지만 난 그 유구한 역사 끝에 최후로 남은 유인원들 곁에 가지 않았다. 그들은 부끄러운 줄도 모르고 가죽옷을 입지 않고 발가벗고 다녔다. 마을 사람들 옷을 입은 패르텔과 비교해 보자면 난 여전히 유인원과 다를 바가 없었다. 나는 이 세상에 분한 마음이 들어 미친 듯이 뛰었다.

나는 종일 숲을 돌아다녔다. 예전에 한 번도 가 본 적 없는 곳에도 가 보았다. 많은 동물이 내 눈에 띄었다. 사슴, 염소, 엘크 들이 나를 보더니 가만히 서서 눈을 커다랗게 뜨고 생각에 잠긴 듯 바라보았다.

곰은 나를 보고 어색하게 인사를 하려고 했고 늑대들은 어슬렁어슬렁 돌아다니고 있었다. 사람은 단 한 명도 만나지 못했다. 해가 질 때쯤 되자 나는 죽을 만큼 피곤해졌다. 숲에는 나무들도 더 듬성듬성해졌다. 숲의 가장자리에 이르기까지 계속 걸었다. 거기에는 신비한 마을이 펼쳐져 있었다. 넓은 광장에 사람들이 모여 있었다. 거기서 불을 지피고 몸을 흔들며 춤을 추고 있었다. 그들은 웃으며 즐겁게 소리를 질렀다. 사람들이 참으로 많았다.

이제 사람들은 정말 숲을 버리고 마을에만 살고 있었다.

"그래서 어떡할 건데?"

소리가 나는 곳을 향해 고개를 숙였다. 인츠가 계속 나와 같이 다닌 모양이었다. 피곤함이 뭔 줄을 모르는 인츠는 아무 일 없다는 듯이 똬리를 튼 채로 나를 다정하게 바라보았다.

"사람들이 좀 많으면 어때. 거기서 떼를 지어 와자지껄 살라고 해. 개미들이나 그렇게 살지, 쓰레기 같은 것들. 그 개미들이 조그만 다리로 땅에서 어디로 다니는지 알 게 뭐야. 그것들은 같이 모여 살아야 해. 안 그러면 언제 죽을지 몰라. 저 사람들은 우리 말도 모르잖아. 신경 쓰지 마."

난 너무 피곤해져 뭐든지 더 쳐다볼 기분이 나지 않았다. 이끼에 누워 눈을 감았다.

"나 오늘은 집에 갈 힘이 없어. 여기서 잘래." 내가 말했다.

"여기 밤에 추울 텐데. 벌써 가을인걸. 여기서 조금만 더 가면 우리가 사는 동굴이 있어. 거기 가면 뭐든지 다 있어. 우리 친척들이 온 숲을 뒤져서 다 채워 놨지. 나랑 같이 가자, 거기라면 따뜻할 거야. 잠자기에 딱 좋을걸." 인츠가 말했다.

"그래, 고맙다." 인츠에게 말했다.

인츠는 내 앞에서 기었고 나는 다리가 아팠지만 무거운 몸을 이끌고 인츠 뒤를 따라갔다. 인츠는 항상 활력에 넘쳤고 다리가 없어서 피곤함을 모르는 것 같았다. 인츠는 나를 땅에 쓰러진 나무 곁으로 데리고 갔다. 그 밑에는 좁은 길이 있었는데 누가 봐도 뱀의 둥지로 들어가는 문이었다.

난 그 안에 기어들었다. 그 아래 동굴에서는 다른 뱀들이 나를 호기심 어린 눈으로 쳐다보고 있었다. 집에서 꽤 멀리 떨어진 곳이라 그 중에 낯이 익은 뱀은 단 한 마리도 없었다. 나는 그들을 보며 뱀의 말을 쉭쉭거리며 인사했고 등을 땅에 대고 길게 누웠다. 뱀들이 자리를 비워 주어 포근한 잠자리가 생겼다.

나는 잠이 들었다. 뱀으로 다시 태어난 기분이었다. 참으로 행복한 기분이었다.

14

그날 이후로 난 패르텔을 만나지 않았다. 숲 언저리에 가서 마을을 몰래 살펴보거나 친구를 기다리지도 않았다. 이젠 패르텔을 다시 본다 해도 월가스나 탐베트를 길에서 마주칠 때처럼 당장 풀숲으로 뛰어들어 몸을 피할 것 같았다. 그 녀석은 더 이상 패르텔이 아니라 페트루스였다. 별로 보고 싶은 마음도 없었다. 오랫동안 혈육처럼 가깝게 지내던 사람이 낯설고 이해 못 할 존재로 변하는 것처럼 끔찍한 일은 없었다.

난 인츠가 살아 있는 개구리나 쥐를 통째로 삼키는 모습을 자주 보았다. 작은 동물은 인츠의 가죽 밑에 실루엣을 남기며 천천히 사라졌지만 완전히 뱀의 몸속에 들어갈 때까지도 정신은 또렷이 살아 있는 듯했다. 패르텔은 뱀이 개구리를 삼키듯 페트루스라고 하는 마을 아이의 몸속으로 빨려 들어간 건지 모른다. 페트루스의 몸에서 패르텔의 코와 귀가 여전히 꼼지락대고 있으나 소화는 이미 시작되었고 조만간 마지막 흔적까지 모두 사라지고 말 것이다. 차라리 패르텔이 어디에서 죽기라도 했더라면 더 나았을지도 모르겠다. 그럼 슬프게 울어 주기라도 할 텐데. 내가 보기에도 패르텔은 전통을 거스르는 민망한 차림으로 돌아다니고 있었다. 패르텔은 나와 같은 공간에 존재하고 있을 뿐 더 이상 친구가 아니었다. 누군가 내가 아끼는 바지를 뺏어다가 그 안에 똥을 싸지른 기분이라고나 할까? 바지는 돌려받았지만 그 옷을 더 이상 입을 수는 없다. 이전에 맡아 보지 못한 더러운 냄새가 코를 찌르고 있기 때문이다.

패르텔도 나를 보러 숲에 오지 않았기 때문에 그 녀석을 피하려 풀숲으로 도망갈 일은 생기지 않았다. 패르텔도 아마 나에게 그런 비슷한 생각을 품고 있을 것이다. 내가 숲의 생명체들과 이야기를 나눌 수 있도록 뱀의 말을 열심히 배웠던 것처럼, 패르텔도 새로운 세계에 들어간 후 그곳 규율을 열심히 익혔을 것이다. 나는 언제나처럼 예전 방식을 고수하고 있지만 패르텔은 새로운 삶에 빨리 녹아들고 싶었을 것이다. 그래서 패르텔에게도 나를 만난다는 것은 꽤 힘든 일이었다.

사람은 누구나 친구와 오래 헤어지고 나면 다시 만나 익숙해지는 데 많은 시간과 노력이 필요하다. 그렇지만 나를 부끄러워하는 것은 다른 이야기다. 나는 그 후로도 줄곧 숲 그늘 속에서 살았다. 마을이 인간에게 주는 즐거움은 여전히 이해하지 못했다. 그에 대해서 이야기해 볼 기회는 없었지만 그 마을에는 패르텔과 같은 음식을 먹고 같은 일을 하며 이야기가 통할 아이들이 아주 많았다. 내 눈에는 패르텔이 들고 다니는 그 낫이란 물건이 그저 하찮은 물건처럼 보였지만, 마을 사람들과 어울려 살다 보면 이 오래된 친구는 친숙한 농사 기구보다 못한 존재일지도 모른다.

만약 내가 부모님과 같이 마을에 가서 정착하고 패르텔이 나 대신 숲에 남았다면 상황이 좀 달려졌을까. 나도 잘 모르겠다. 그랬더라도 나는 숲 생활을 포기하지 않고 여전히 뱀들의 좋은 친구로서 매일 패르텔과 놀기 위해 찾아왔을 거라고 자랑스럽게 말할 수 있다. 패르텔과는 달리 뱀의 말도 까먹지 않았을 것이다. 몇 년이 지나 친구를 다시 만나게 되었을 때 난 패르텔과 뱀의 말로 이야기해 보자고 차마 말하지 못했다. 친구는 뱀의 말이 머릿속에서 완전히 사라진 것이 분명했지만 마을에서는 뱀의 말을 할 필요가 없으니 그 말을 잊었다고 뭐라 할 사람은 하나도 없었다.

그래도 빵을 먹다 보니 치아가 반이나 사라졌다. 마을 사람들이 깨끗한 물 대신 마시는, 빵으로 만든 음료를 마시면서 혀도 예전과 다르게 변해 있었다. 누구라도 그 상황에 처하면 어쩔 수 없이 변화를 겪겠지만, 그래도 나는 패르텔과 아주 조금은 다를 것이다. 나라면 패르텔처럼 변하지 않았을 거라고 정말 쉽게 생각하지만 사실 그것은 거짓말이다. 아마도 마을이 나를 입으로 빨아들이고 거대한 뱀이나 한 번 본 적도 없는 북녘 개구리처럼 나를 삼켜 버릴 것이다. 그리고 아주 천천히 소화를 시킬 것이다. 그러나 나를 지켜 줄 수 있는 소중한 북녘 개구리는 사라졌고 어디에서 잠을 자고 있는지 아는 사람도 없으니 나는 마을에 복종하며 섬기며 살고 있을 것이다.

난 패르텔은 그만 잊기로 했다. 그저 페트루스라는 이름의 마을 소년이 마을 사람들과 함께 낫으로 호밀을 베고 그네를 타는 쓸데없는 짓이나 하면서 살고 있다고 치부하기로 했다. 나는 그래서 인츠나 히에랑 자주 만나 놀았다. 히에는 이전에는 집에서 한 발자국도 나올 수 없었지만 탐베트와 말르가 집을 비우는 일이 잦아지면서 이따금 만나서 이야기하는 것은 가능했다. 나는 삼촌과 함께 여기저기 돌아다니면서 숲에서 외롭게 사는 남자들을 만나기도 했다. 그러나 그 사람들은 가을이 되자 약속이라도 한 듯 하나같이 세상을 등졌고 안 그래도 비어 있던 마을은 더 횡해졌다. 윌가스는 그 사람들 시신을 모아 화장했지만 우리는 장례식에 가지 않았다. 그 호수 사건 이후로 우리 식구들은 윌가스와 만나지 않았기 때문이다. 윌가스는 장작 옆에서 그렇게 저주를 내리고 귀신을 쫓아냈다. 그의 옆을 지켜 주는 유일한 사람은 탐베트였다. 그는 고대 숨결을 간직한 의식을 전혀 이해하지 못하면서도 내내 잠자코 있으면서 조용히 울기만 했다.

정말 정신없는 가을이었다. 아마 내 유년 시절에서 가장 정신없는 가을이었을 것이다. 그 뒤로도 나는 더 슬픈 시간을 보내야 했고 더 끔찍한 사건을 겪긴 했지만 그 당시 어린 내 심장은 이런 불행들을 견딜 만큼 충분히 단련되어 있지 않았다. 뱀들은 이렇게 말하곤 한다.

누구나 시간이 지나면 웬만한 감각에 무덤덤해질 만큼 두껍고 질긴 가죽이 자라나기 마련이라고. 그러나 그렇게 되기까지 수없는 연단을 몸소 감내해야 한다. 그렇게 단련되지 못한 유년 시절의 나는 할 수 있는 일이 아무것도 없었다. 사방이 바위로 가로막힌 듯 시간은 답답하게 흘러갔다.

숲의 생명이 다한 것도 아닌데 나는 그저 집에 웅크리고 앉아 더 많은 시간을 보냈다. 집은 변한 게 없었다. 엄마는 언제나처럼 아궁이 앞에 앉아서 엘크나 염소 고기를 엄청나게 쌓아 놓고 굽기만 했다. 나와 누나가 밖에 돌아다니다가 저녁이 되어서야 겨우 집에 들어오는 것이 아니라 종일 아무 데도 안 나가고 집에 앉아 고기만 먹고 있으니 무척 흡족한 눈치였다. 난 평생을 제대로 먹지 못했던 사람처럼 항상 허겁지겁 먹었고 그렇게 살이 오르는 나를 엄마는 항상 뿌듯하게 바라보았다. 누나가 토실토실하게 살찐 것도 엄마에겐 큰 기쁨이었다. 그것은 엄마의 요리 실력은 녹슬지 않았고 엄마가 구운 엘크 넓적다리는 여전히 맛있다는 뜻이니까.

이번 가을에는 살메 누나가 집에 있는 시간이 더 늘었다. 이전엔 해가 질 때쯤 밖에 나갔다가 완전히 밤이 깊어지면 돌아오곤 했다. 누나는 해가 지는 풍경을 보고 왔다고 했다. 가을이 돼서 해가 지는 시간도 이른데 차라리 그 시간에 달이 뜨는 걸 보러 간다고 하면 모를까 누가 봐도 뻔한 거짓말이었다. 그러나 막상 가을이 깊어지자 바깥출입을 끊고 꼼짝없이 집 안에만 틀어박혀 있었다. 보아하니 곰들이 겨울잠에 들어간 탓인 듯했다.

사실은 우리도 겨울이 되면 긴 잠에 들곤 했다. 가을이 겨울로 가는 길목에 접어들어 숲이 눈으로 덮이기 시작하면 우리는 오두막에 고기를 쌓아 놓고 어쩌다 한 번씩만 나와 앉아 밥을 먹었다. 그러기 위해서는 창문과 지붕을 잘 막아야 했다. 뱀, 사람, 곰 같은 숲에 사는 정신이 제대로 박힌 짐승들은 제각기 겨울을 나는 방법을 익혀 두고 있었다. 보잘것없는 작은 짐승들도 겨울잠에 들어갔다. 겨울에는 숲속을 돌아다니거나 눈을 헤집고 다닐 이유가 없었다. 낮조차 어두컴컴한 겨울에는 차라리 힘을 비축하고 몸을 쉬게 하는 것이 나았다. 우리에서 키우는 늑대들은 스스로 먹이를 해결하도록 숲에 풀어 두었다. 늑대들은 염소나 엘크를 공격하거나 이곳 생활에 익숙지 않아 겨울잠 자는 법을 모르거나 영문 모르고 숲을 느릿느릿 서성거리는 사람들을 잡아먹으며 자유로운 겨울 생활을 즐겼다. 뱀의 말을 하지 못하는 그 사람들을 잡아먹는 건 늑대들에게는 식은 죽 먹기나 다름 없었다.

우리가 여느 겨울처럼 겨울잠을 자려고 준비하고 있던 참에 인츠가 우리 방에 찾아와 말했다.

"아버지께서 혹시 이번 겨울에 우리와 같이 겨울잠을 잘 사람이 없는지 궁금해하셔서. 너희 식구들이 온다면 정말 좋을 것 같은데."

기대하지 못했던 말이었다. 뱀들은 땅 밑에 있는 거대한 동굴에서만 겨울잠을 잔다. 뱀들 틈바구니에서 겨울을 보낸 사람이 있다는 얘기는 들어 보지 못했다. 그런데 아마 숲에 사람들이 워낙 줄다 보니 되도록 많은 사람과 시간을 함께하고 싶은 모양이었다. 게다가 우리 외에는 숲에 돌아다니는 사람도 없었다. 윌가스와 탐베트는 뱀들이 정령을 숭배하지 않는다는 이유로 그 근처엔 얼씬도 하지 않았다. 아무리 뱀들이라도 월가스가 귀신을 쫓는다며 시끄럽게 지껄이는 주문 소리는 도무지 참지 못할 터였다.

마침 삼촌이 그날 저녁에 우리 집에 찾아왔고 삼촌 역시 우리와 같이 겨울잠을 자겠다고 말했다.

"나도 기꺼이 가련다. 그렇다면야 우리 집에 크나큰 영광이지."

삼촌은 며칠 지나 우리가 뱀들과 지낼 곳으로 옮겨 왔다. 하늘에서는 그해 첫눈이 내렸다. 겨울잠에 들어갈 때였다. 엄마는 엘크 고기를 잔뜩 짊어지고 가고 싶어 했으나 우리를 동굴로 데려다주려 찾아온 뱀들은 굳이 그럴 필요가 없다고 했다.

"우리 동굴에도 겨우내 먹을 것은 많아. 그 고기는 봄이 오면 먹을 수 있게 남겨 두도록 하지. 그런 고깃덩이는 끌고 가 봐야 아무 소용 없어."

아주 흥분되는 일이었다. 뱀들과는 거의 맨날 같이 살다시피 하지만 겨울을 지내는 동굴은 아직 한 번도 가 보지 못했기 때문이다. 인츠와 같이 아기처럼 실컷 자고 일어나 무슨 꿈을 꾸었는지 수다를 떨다가 그리고 또 무엇에도 방해받지 않고 다시 잠에 빠져 겨울을 보낼 수 있다니, 정말 굉장했다. 하지만 불쌍하게도 히에는 겨우내 숲에 있어야 했다. 겨우내 부모가 시키는 일만 해야 하는 것이다. 그러나 설사 내가 히에를 찾아가 본들 같이 뱀들의 동굴에서 겨울을 보내자고 설득할 방법은 없었다.

엄마, 누나, 나 그리고 삼촌은 두 마리 뱀의 안내를 받으며 숲에서 빠져나왔다. 경사가 살짝 높은 오솔길을 따라 한참을 올라가 크고 따뜻한 방에 당도했다. 그 방은 칠흑같이 어두웠지만 왠지 아늑하고 포근한 느낌이 드는 곳이었다. 눈은 금방 어둠에 적응했고 그곳에 모인 어마어마한 수의 뱀이 금세 눈에 들어왔다. 뱀들은 기분이 좋은지 똬리를 틀고 있었고 방 한가운데에는 어마어마하게 큰 하얀 돌 하나가 놓여 있었다.

아마도 그 돌 덕에 어둠 속에서도 잘 보이는 듯했다. 아주 하얗기보다는 희뿌연 색을 띠고 있었지만 새벽 햇살을 받은 것처럼 투명해 보이기까지 했다.

"저 돌은 뭐야?" 꼬리를 흔들며 나에게 인사를 하러 다가오는 인츠에게 물었다.

"먹는 돌이야. 겨울엔 저거를 빨면 배가 불러. 언제부터 저기 있었는지는 모르겠지만 크기가 전혀 줄어들지 않고 그대로야. 한번 맛을 봐. 혀를 가져다 대기만 해도 무슨 말인지 알 거야." 인츠가 대답했다.

난 한번 돌에 혀를 대고 핥아 보았다. 몇 번 핥지도 않았는데 갑자기 배가 엄청 불렀다. 엘크 한 마리를 다 먹은 기분이었다.

인츠가 말했다. "이제 며칠 동안 밥 먹고 싶다는 생각이 안 들걸. 우린 겨울에 이렇게 살아. 한 번 핥고 며칠 견디고 또 한 번 핥고 며칠 견디고. 아주 조용하고 따뜻해서 잠이 금방 올 거야."

우리는 들어가 자리를 잡았다. 온몸에 힘이 빠지는 느낌이 들며 다리가 축 처졌다. 강아지처럼 몇 번 뒤척거리다가 금방 잠에 빠졌다.

정말 즐거운 기억만 가득한 겨울이었다. 자는 동안 꿈은 끊이지 않고 계속 내 머릿속을 돌아다녔고 오랜 동면으로 약해진 몸에 영양을 보충하고자 비몽사몽간에 하얀 돌덩이를 찾아 더듬더듬 가다가 발이 걸려 넘어지기도 했다. 포근한 어둠 속에서 수백 마리 뱀들이 조용히 코를 골며 자고 있었고 그 안에서 엄마, 누나, 삼촌이 아주 평안하게 잠들어 있었다. 마을로 이사 간 패르텔이나 다른 사람들 생각은 머릿속 어딘가로 숨어 버린 듯했다. 이사 가겠다는 마음을 먹자마자 우리 같은 건 바로 잊어버리고 숲으로 떠나 버린 그 사람들 말이다. 그 사람들에 비하면 여기서 꿀잠을 자는 우리는 얼마나 행복한가.

꿈속에서 난 헤엄을 치고 있었다. 물속을 흘러 다니고 있었고 팔을 뻗어 물결치는 수면을 만져 보려 했지만 이끼처럼 부드럽게 변하여 사르륵 손가락 사이로 흘러 나갔다. 세상은 꿈으로 가득 차 있었다. 세상의 모든 틈바구니와 구멍을 그 꿈이 채우고 있었다. 따뜻하면서도 또 시원했다. 공기 중에 이는 바람처럼 아늑하고 또 싱그럽게 내 위를 흘렀다. 난생처음 뱀들과 겨울을 나면서 나는 최고의 수면을 맛보았다. 그 후로는 단 한 번도 그와 같은 수면의 쾌감을 느낀 적이 없었다. 행복한 꿈에 빠져 살았던 그 겨울은 살면서 다시 접하기 힘든 성스러운 경험이었다.

그곳엔 시간 감각이 존재하지 않았다. 얼마쯤 잤는지만 대충 파악할 정도였다. 그러던 어느 날 나는 갑자기 완전히 잠에서 깨고 말았다. 내가 배가 고파서 깼다고 생각하고 버릇처럼 네발로 기어가 돌을 핥고는 다시 잠을 청하려 했다. 그런데 이상하게도 잠이 오지 않았다. 달콤한 순간은 지나갔고 누군가 던진 돌로 호수에 물결이 출렁이듯이 머릿속에 갑자기 여러 가지 생각이 솟아올랐다. 처음엔 다리가, 나중엔 코가 가려워졌고 더 이상 가만히 누워 있기 힘들 것 같아 재빨리 몸을 털고 자리에서 일어났다.

뱀들은 내 옆에서 서로 몸을 포갠 채 자고 있었고 엄마와 누나가 그보다 약간 떨어진 곳에서 곤히 자고 있었다. 그런데 삼촌은 자지 않고 깨어 있었다. 그동안 수염이 덥수룩하게 자란 삼촌은 그 자리에서 가만히 앉아 나를 바라보면서 말했다.

"잘 잤니? 이제 일어날 시간이야." 삼촌이 말했다.

"벌써 봄이에요?" 나는 믿을 수 없다는 표정으로 물었다. 겨우 어제 이 동굴에 들어온 것 같은데 말이다.

"이렇게 껌껌한데 누가 알겠니. 한번 나가서 볼까? 밖에 날씨가 좋을 것 같구나." 삼촌이 대답했다.

"아직 다들 자는데요?" 내가 말했다.

"자라고 놔두자. 그럼 우리가 제일 처음으로 봄을 맞는 사람들이 되겠네." 삼촌이 말했다.

우린 밖으로 기어 나갔지만 얼굴에 들이치는 빛이 너무 눈부셔 다시 동굴로 들어와 버렸다. 나무 꼭대기에 걸린 해가 빛나고 있었다. 정말 오랜만에 보는 햇빛이었다. 우리는 한참 동안 눈을 감고 있다가 나무줄기 사이로 주변을 빼꼼 보았다.

봄은 정말 우리 곁에 와 있었다. 여기저기 녹지 않은 눈이 남아 있기는 했지만 숲에는 올해 들어 처음 피어난 꽃들의 향기와 갓 내린 봄비의 싱그러운 기운이 가득했다. 우리는 공기를 가슴 깊은 곳까지 들이마셨고 여태 남아 있는 늦겨울의 눈을 손으로 집어 몸에 문질러 댔다. 오랜 시간을 땅속에서 보내고 마침내 밖으로 나온 기분은 바로 이런 것이다. 몸은 깊은 곳까지 말끔하게 깨어난 듯 앞으로 몇 년 동안은 줄지도 않을 것 같았다. 내 숨통에 가득 담은 봄의 향기는 온몸을 더 개운하게 만들었다.

"우리 조금 더 걸어 보자. 다리를 오래 안 썼더니 산송장이 된 기분이다." 삼촌이 말했다.

나는 뒤로 돌아 몇 달이나 되는 겨울을 뱀들과 같이 보낸 동굴을 쳐다보았다. 기분이 묘했다. 이곳저곳에서 나무들이 눈의 무게를 이기지 못해 반으로 찢겨 있었고 풀숲에서는 늑대들이 겨울에 자유롭게 돌아다니며 먹다 남긴 토끼, 멋들어진 엘크 뼈와 아기자기한 염소 뼈들이 나뒹굴고 다녔다. 숲은 익숙한 모습 그대로였지만 조금씩 변해 있었다. 그 숲은 마치 머리를 땋고 있는 계집애의 모습을 머릿속에 그려 볼 때처럼 가슴을 두근거리게 했다. 숲은 방금 탈피한 뱀 같았다. 땅에 양탄자처럼 두껍게 쌓인 눈은 갓 내린 봄비를 맞아 어린아이처럼 얼굴이 발그레해졌다.

"가서 뭐 좀 먹을까? 겨우내 설탕바위만 빨아 먹었잖니. 지금은 뭔가 음식다운 것이 먹고 싶구나. 차가운 엘크 넓적다리 어떠냐? 나는 먹고 싶은데." 삼촌이 말했다.

나도 바로 먹겠다고 말했다. 겨우내 설탕바위로 배를 충분히 채웠지만, 지금까지 잘 보관되어 있을 고깃덩이를 입으로 뜯을 생각을 하니 군침이 돌기 시작했다.

나는 삼촌을 따라 집으로 갔다. 삼촌의 오두막 아래 깊은 곳에는 먹을 것을 보관하는 지하실이 만들어져 있었는데 가을에 잡아 놓은 엘크 고기들이 수북이 쌓여 있었다. 삼촌이 문을 열어 우리는 구멍을 따라 안으로 내려갔다.

"우리 그냥 여기서 먹자꾸나. 쓸데없이 식탁보 깔지 말고 남자답게 먹도록 하자. 자, 이 뼈를 받아라. 나는 이걸 먹을게." 삼촌이 말했다.

나는 허벅지 살을 이로 물어 살덩어리 하나를 뜯었다. 그 고기는 내 입에 남아 있는 설탕바위의 냄새를 지워 냈고 그것은 마치 나의 겨울이 끝나고 새로운 봄이 시작했다는 신호 같았다. 모든 것이 이전으로 다시 돌아왔다. 난 잠에서 깨어 고기를 먹고 있고, 무한한 가능성으로 가득한 길고 긴 한 해가 눈앞에 펼쳐져 있었다. 그 순간 나는 인생의 만족감이 무엇인지 깨달았다. 삼촌이 옆에 있고 엘크 고기가 널려 있고 뱀의 말도 상당히 익혔으니 내가 원하는 것은 모두 갖춘 셈이었다. 더 힘을 얻고 새로게 태어난 기분이었다.

바로 그 순간 삼촌이 기침을 하기 시작했다. 완전히 발라내지 못한 뼈가 목에 걸린 것이었다. 삼촌은 가슴을 세게 두들겼고 얼굴이 시뻘게졌다. 마치 얼굴의 가죽이 벗겨져 속살이 밖으로 드러난 것 같았다. 삼촌은 곧 질식할 지경이 되었고 기침은 더 거칠어졌다. 삼촌은 억지로 손가락을 목구멍에 넣어 끄집어내려 했다.

그제야 나는 삼촌의 목에 씹지 못하고 넘긴 고깃덩어리나 작은 뼛조각이 박혀 있다는 사실을 깨달았다. 얼른 삼촌을 도우려고 달려가 가슴을 사정없이 때렸지만 삼촌은 입에서 더 끔찍한 소리만 뱉어 내다가 다시 쿵 쓰러졌다. 눈은 빠져나올 정도로 커져 있었고 입은 크게 벌어져 있었다.

그리고는 아무런 소리도 내지 않았다. 죽은 것이었다.

난 처음엔 그 사실을 알아차리지 못했다. 알아차리고 싶지 않았다고 말하는 편이 더 정확할 것이다. 삼촌을 두들겨 보고 옆으로 눕혀 보고 강하게 때려 보았다. 턱을 벌리고 손을 넣어 여기저기 헤집어 보았다. 혹시라도 목에 걸린 고깃덩어리를 밖으로 빼낼 수 있지 않을까 하는 생각에서였다.

삼촌을 구해야 한다, 어떻게든 다시 일으켜야 한다, 이 끔찍한 꿈에서 깨어나 삼촌이 두 다리로 다시 일어나 침을 탁 뱉고 아무 일 없던 것처럼 이야기할 수 있기를 간절히 원했다.

삼촌의 목구멍 안에는 살찐 혀 외에는 아무것도 없었다. 그래서 신선한 공기를 좀 쐬면 좋아질까 싶어서 지하실 밖으로 끌고 나가려 했다. 이미 죽은 것 같긴 하지만 혹시라도 삼촌이 얼마 남지 않은 목숨을 다시 돌릴 수 있을지도 몰랐다. 삼촌의 시신을 밖으로 꺼내려고 작은 사다리를 세웠다.

삼촌은 덩치도 큰 데다가 무거웠고 나는 마르고 약했다. 삼촌을 지하실 밖으로 꺼내기는 너무 힘이 들었다. 하지만 난 최선을 다했다. 얼굴을 잔뜩 찡그리고 있는 힘껏 당겨 보았지만 바보처럼 울지는 않았다. 제정신이 박힌 사람이라면 이런 상황에서 울음을 터뜨리는 것은 당연히 말도 안 되는 일이다. 절망에 빠져 허우적거릴 사치를 부릴 여유 따윈 없었다. 신선한 공기가 있는 밖으로 무조건 끌어내야 했다. 거기에 가면 뱀들도 있고 엄마도 있으니까. 내가 그 누구보다 아끼는 삼촌을 도와줄 수 있는 이가 분명히 있을 테니까.

"조금만 더." 이렇게 혼잣말을 하며 삼촌을 계속 위로 밀어 올린 결과 사다리의 절반 정도는 끌어 올릴 수 있었다. 끙 하고 힘을 줄 때마다 혀끝이 입 밖으로 튀어나왔다. 힘겨운 일을 하거나 심하게 놀랐을 때처럼 땀이 줄줄 흘러 머리카락이 이마에 붙어 버렸다. 사다리를 더 밟고 올라가 한 손으로 삼촌을 끌어안고 다른 한 손으로 지하실 천장 문을 잡고 밀었다. 하지만 다시금 삼촌의 시신을 끌어안고 바닥으로 떨어져 버리고 말았다. 문이 쾅 하고 닫히면서 빛도 다시 자취를 감추어 버렸다. 불꽃 같은 뜨거운 고통이 나를 휘감아 얼굴을 찌푸렸다. 팔이 부러진 것이다.

너무도 끔찍한 고통이었다. 나는 어두컴컴한 지하실에서 코를 훌쩍이고 울면서 한참 동안 누워 있었다. 도와달라고 소리를 지르고 목이 쉴 정도로 고함을 쳤다. 나중엔 아무리 해도 목에 바늘이 박힌 것처럼 아프기만 할 뿐 소리가 나오지 않았다. 한참을 울던 나는 그렇게 울어 봐야 도와줄 사람이 없다는 것을 깨달았다. 우리 말고 겨울잠에서 깬 이들은 아무도 없었고 다른 뱀들이랑 엄마랑 누나는 여태 깊은 잠에 빠져 있었기 때문이다. 뱀들과 식구들이 잠에서 깨서 우리를 찾으러 오려면 아직 한참을 더 기다려야 했다.

부러진 팔이 너무 아파서 일어날 엄두도 내지 않았다. 그러다가 탈진과 절망 속에서 잠이 들었다. 다시 잠에서 깨어났지만, 지금이 밤인지 낮인지 며칠이나 자다가 깬 것인지도 알 수 없었다.

팔은 여전히 아팠고 이렇게 오래 누워 있다가는 안 되겠다 싶어 조용히 무릎을 모으고 일어나 아픈 팔을 감싸 안고 조심스럽게 몸을 일으켜 세웠다. 통증이 아주 심했지만 그래도 어쩔 수 없었다. 무릎으로 벽까지 엉금엉금 기어갔다. 몸을 틀다가 나도 모르게 방바닥에 놓인 것을 툭 건드리고 말았다. 삼촌 몸에 손이 닿았다는 것을 알아차리곤 소스라치게 놀랐다. 그제야 삼촌이 죽었다는 사실을 부정할 수 없다는 것을 깨달았다. 이런 어둠 속에서 죽은 사람과 함께 있어야 한다니, 이보다 더 끔찍한 일은 없었다. 내가 누구보다 아끼던 삼촌은 어느새 두려움을 불러일으키는 존재로 변했다. 얼굴이 빨개지고 눈은 커진 채 이가 보이도록 입을 크게 벌리고 거칠게 숨을 쉬며 죽어 가던 삼촌의 모습이 자꾸만 머릿속을 맴돌았다. 지금 여기 어딘가에서 삼촌 시체가 입을 벌리고 유리처럼 빛나는 눈으로 내 쪽을 보고 있다 생각하니 소름이 돋았다. 무릎에 뭔가 닿은 것 같아 화들짝 놀라며 몸을 뒤로 뺐다. 그리고 다시 부러진 팔이 아파서 소리를 질렀다.

그때 지하실 바닥에 커다란 엘크 고기 덩어리가 있던 것이 생각났다. 옆에 뭐가 있는지 주변을 파악해 보기 위해서 있는 힘을 다해 멀쩡한 팔을 뻗어 보았다. 겁은 났지만 이런 어둠 속에서 오직 손의 감촉에 의지해서 조심스럽게 주변을 더듬거려 보았다 혹시라도 내 손가락이 삼촌의 입 안에라도 들어가지는 않을지 조마조마했다. 다행히 엘크 고기에 손이 닿았다. 나는 고기로 있는 대로 배를 채웠다. 적어도 굶어 죽지는 않을 것 같아 조금은 마음이 편해졌다.

배가 고프진 않았지만 엘크 고기 옆을 떠나지 않고 앉아 있었다. 이미 숨이 꺼진 삼촌은 벌레들이 먹기 좋아할 고깃덩어리가 되어 있을 것이다. 몸이 다 썩은 끔찍한 괴물로 변하여 칠흑 같은 어둠 속에서 나를 쳐다보고 있을 삼촌을 마주하기가 힘들었다. 한편으로는 언제나 부드럽게 미소 지으며 나에게 뱀의 말을 가르쳐 주던 삼촌이 어딘가 다른 곳에서 살아 있을 것 같았지만, 눈을 감지 못하고 죽은 삼촌의 모습이 몹시 두렵기도 했다. 살아 있을 때 삼촌의 모습이 무척 그리웠다. 하지만 삼촌은 엄연히 죽었고 다시는 만날 수 없을 거라 생각하니 다시 눈물이 차올랐다. 물결치듯 밀려오는 슬픔에 가뜩이나 아픈 내 팔이 더 아팠다. 그 통증은 절망감마저 더해져 더 강해졌고 삼촌의 죽음에 대한 생각이 이제는 파도가 되어 몰려들었다. 엘크 고기 옆에 쭈그리고 앉아 한참을 울다가 삼촌의 시체가 손에 닿으면 움찔움찔 놀랐다.

마침내 나는 다시 잠에 빠졌다. 잠에서 깨어나 다시 소리를 질러 보려고 했지만 목이 잔뜩 쉬어 제대로 소리를 내지 못했다. 부러진 팔의 고통이 조금 덜해진 것 같아 내 힘으로 지하실을 빠져나가기로 마음먹었다. 시체를 밟고 넘어질 각오를 하고 잠시 안을 돌아다녔다. 잠시 머뭇거리긴 했으나 힘을 다해 일어나 앞으로 걸어 나갔다. 죽은 보텔레 삼촌이 누운 곳을 어찌어찌 잘 피해서 사다리가 있는 곳에 도달했다. 사다리 맨 아래 발판에 발을 올리는 데까지 별 힘을 들이지 않고 성공할 수 있었다. 한 팔을 뻗어서 굳게 닫힌 천장 문을 들어 보려고 했으나 그렇게 해서는 문을 열 수 있을 것 같지 않았다. 문짝은 두 팔로 밀어도 버거울 만큼 아주 무거웠다. 다른 한 팔은 조금만 움직여도 통증이 이만저만이 아니었고 목 놓아 울기도 해 봤지만 그래 봐야 소용없는 일이었다. 다시 사다리에서 내려오다가 어둠 속에서 발을 헛디뎌 바닥을 굴렀다. 부러진 팔에 다시 상처가 가해지면서 찾아온 더 끔찍한 통증에 정신을 잃고 말았다.

다시 정신을 차렸다. 시간이 얼마나 지난 것일까. 난 무릎으로 기어갈 힘도 없을 만큼 약해져 있었다. 엘크 고기가 있던 곳으로 천천히 다시 기어갔다. 그러다가 다시 실수로 삼촌의 몸을 끌어안았다.

여전히 팔에서 기어다니는 듯한 통증이 몹시 신경에 거슬렸다. 이제 거기서 빠져나오고 싶어도 그럴 힘이 없었다. 어찌 되었건 고개를 잘못 돌려서 삼촌이랑 얼굴을 마주치는 일은 피하고 싶었다.

삼촌 쪽에서 이상한 냄새가 났다. 아주 역한 냄새였다. 그것 빼곤 다른 시체들이 으레 그렇듯 아주 조용하고 단정하게 누워 있었다. 더이상 겁나지 않았다. 팔을 뻗어 냄새나는 시신을 만져 보았다. 삼촌의 어깨에 팔이 닿은 듯했다. 이곳에 손과 팔이 있는 것으로 보아 조금만 더 올라가면 얼굴이 있을 것 같았지만 얼굴은 만지고 싶지 않았다. 나는 삼촌을 그 자리에서 쉬게 놔두고 계속 앞으로 기었다. 손에 고기를 먹다가 죽은 삼촌이 아닌 엘크 고기가 만져졌다.

그러고도 며칠 동안 거의 고깃덩이 근처에서만 있었다. 삼촌은 냄새가 더 심해졌다. 그 악취 때문에 온몸이 마비되는 것 같았다. 삼촌의 몸뚱이는 이제 겁이 나지 않았지만 참을 수 없는 흉측한 몰골로 변화되었다. 그는 이 어둠 속 어딘가에 누워서 조카가 마셔야 할 공기를 훼손하며 천천히 썩어 가고 있었다. 뱀의 말을 가르쳐 주시던 삼촌 때문에 어느새 나도 썩어 가고 있었다.

난 계속 어둠 속에서 꼼짝하지 않고 앉아 있었다. 시간이 어떻게 흘러가는지도 몰랐다. 고통과 절망과 시체 썩는 냄새 때문에 정신을 놓을 지경이었다. 그리고 머릿속에는 이상한 생각들과 환영들이 나타났다가 사라졌다. 지친 나의 뇌에서 뱀들의 굴에서 나와 오랜만에 밖으로 나왔을 때 보았던 그 햇살 가득한 발가벗은 숲이 여기 어딘가에 썩고 있는 삼촌과 갑자기 하나로 합쳐졌다. 또 쌓인 눈에 깔려 주저앉은 나무들과 부패한 시체의 뼈들이 하나하나 스멀스멀 모이더니 다시 고약한 시체 썩는 냄새로 가득 찼다.

삼촌이 북녘 개구리로 변한 모습이 떠올랐다. 거대한 날개를 단 뱀이 되어 있었다. 북녘 개구리도 졸면서 썩어 가고 있었다. 그 모습이 바로 내 눈에 보였다. 바로 내 옆에 앉아 있었다. 나는 횡설수설하면서 손을 들어 내 옆에 들어앉은 어둠을 어루만져 주었다. 마치 내 상상 속 개구리를 달래 주기라도 하는 것처럼.

"괜찮아. 다 잘될 거야."

내 팔이 북녘 개구리 몸에 달린 커다란 비늘을 스쳐 지나갔다. 그비늘 역시 만지면 툭툭 부러질 정도로 썩어 있었다. 북녘 개구리가 뱀의 말을 내뱉자 그의 입에서 썩은 공기가 섞여 나왔다. 그래도 난 그말을 알아듣고 응답했다. 지하실에서조차 뱀의 말을 중얼거리고 있던 것이다. 공기는 더 탁해졌다. 엘크 고기를 씹을 때도 그 역한 죽음의 냄새 때문에 엘크를 씹고 있는 것인지 삼촌의 부패한 몸을 씹고 있는 것인지 헷갈릴 정도였다. 그러나 그런 끔찍한 생각에도 난 그저 무덤덤했다. 그만큼 약해져 있었다.

그 와중에 살아남을 수 있었던 것은 혼자 중얼거린 뱀의 소리 덕분이었다. 그렇게 좋아하던 엘크 고기가 목에 걸려 지금 땅바닥에서 썩어 가는 삼촌이 가르쳐 준 그 뱀의 말이 날 살린 것이다. 죽어 버린 북녘 개구리는 머릿속에서 지워 내고 비쩍 마른 입술을 당겨서 내가 아는 온갖 종류의 뱀의 말을 내뱉었다. 아주 고요하고 들릴락 말락 했지만 뱀의 소리가 내가 아무리 큰 소리를 질러도 빠져나가지 않던 땅을 통해 스며들어 내 귀에 들려왔다.

동면에서 갓 깨어난 뱀들이 그 소리를 들은 것이다. 인츠의 아버지인 뱀의 왕이 지하실 문을 타고 내게로 내려왔다. 그들은 나를 밖으로 데리고 나가 엄마에게 데려다주었다. 엄마는 내가 다시 걷게 될 때까지 오랜 시간 보살펴 주었다.

나의 왼팔은 두 동강 난 그대로 평생 휜 채 남아 있었다. 그리고 썩어 들어가는 삼촌의 냄새도 콧구멍에서 절대 사라지지 않았다. 아주 가끔씩은 사라지는 듯했다. 한동안 냄새가 잠잠해지는가 싶다가도 순식간에 다시 뇌리에 떠올라 배 속까지 파고들었다. 이미 세상을 등진 삼촌이 나에게 준 마지막 선물이었다. 내게 뱀의 말을 가르쳐 주고 또 내 옆에서 썩어 문드러진 바로 그분 말이다.

15

그 일 이후로 숲은 이전의 모습을 완전히 벗어 버렸다. 나무들은 내가 바로 알아볼 수 없을 정도로 옛날과 다르게 변해 있었다. 모든 것이 낯설었다. 나무껍질이 거칠어졌다거나 훌쩍 자란 나무 꼭대기가 왕관처럼 벌어져 이리저리 흔들린다든가 그런 걸 말하는 게 아니다. 그런 건 나무들에게 지독히도 당연한 일들이니까. 여느 때처럼 움직이는 나무들의 모습이 어딘가 더 무질서해졌다는 점이다. 세상이 어찌 돌아가건 상관없이 나무들은 자라고 또 새로운 곳에서 새로운 나무들이 뿌리를 내리기도 한다. 잎들이 덥수룩하게 자란 숲은 아무렇게나 헝클어진 것 같다. 숲은 더 이상 집이 아니다. 자신을 위해서 숨을 쉬며 자기의 리듬을 좇아 살아가고 있는 존재다. 사람들은 주인의 꽁무니만 보고 따라다니는 하인들처럼 아무것도 모르고 제 발로 걸어 숲을 떠나 마을로 가는 것처럼 보이지만, 이렇게 제 맘대로 구는 숲도 사람들이 등을 돌리게 하는 데 책임이 있다.

세상은 우리가 생각하는 것과 다르다. 숲은 이제 알을 낳을 곳을 찾아 날아드는 장성한 새들이나 들짐승들처럼 무심하게 우리 곁으로 다가온다. 사람들은 우리에서 늑대를 풀어놓듯 아무렇지 않게 집을 비우고, 언젠가는 썩어질 것들로 가득한 그늘진 숲을 뒤로하고 과감히 길을 떠난다.

우물에 물을 길으러 다니며 나는 확실히 깨닫는다. 숲은 나에게서 달아나 스스로 붕괴한다. 나에게 배반당한 듯한 충격에 정신을 놓고 있다가 다시 내 앞에 나타난다. 나뭇가지와 나뭇잎을 흔든다. 사람들이 이전에 만들어 놓은 길들을 가시로 덮는다. 그러면 난 물을 길으러 우물에 가지 않는다.

이따금 숲에 머루를 따러 마을 사람들이 찾아오기도 한다. 숲 자체는 그들을 해칠 것이 아무것도 없다. 사람들은 숲을 제대로 알지도 못하면서 겁을 내기만 한다. 늑대인간, 도깨비, 귀신 따위를 생각해 내어 숲에 대한 공포를 일부러 키워 나간다. 게다가 바보처럼 정령 같은 것들을 믿으며 두려워한다. 현자 월가스가 지금 이 사람들을 본다면 기뻐서 펄쩍 뛸 것이다. 벌써 수많은 사람이 그의 제자가 되었다.

왜 사람들은 정령은 믿으면서 뱀의 언어를 잊는 것은 염려하지 않을까. 바보 같은 사람이 현명한 사람보다 더 무서운 법이다. 멍청함은 나무뿌리처럼 강하다. 사람이 지나다니는 길 바로 그 아래 땅속에 뿌리를 내린다. 숲은 번성하고 사람들은 대대손손 아이를 낳는다. 하지만 나는 뱀의 말을 할 줄 아는 마지막 사람이다.

마지막 사람…… 모든 것이 익숙한 집에서 엄마가 구운 사슴 고기를 먹고 있을 때마다 엄마는 나를 이렇게 부르곤 했다. 삼촌이 돌아가시고 7년이 지났다. 키는 더 커졌지만 체격은 기름 빠진 고기처럼 말랐다. 머리카락은 갈색이었으나 웬일인지 붉은 수염이 자랐다. 커다란 쟁반에 고기를 가지고 들어오던 엄마가 무슨 일이 있는지 식탁 맞은 편에 앉으며 걱정 섞인 한숨을 푹 쉬었다.

"엄마, 왜 그래요?"

그 한숨은 제발 무슨 일인지 물어봐 달라는 신호이기도 했다. 난 어머니를 잘 안다. 엄마는 다시 한번 한숨을 쉬었다.

"넌 우리 식구 중 맨 마지막 남자로구나." 엄마는 그렇게 대화를 시작했다. 그것은 엄마랑 대화를 시작하면 으레 나오는 말이었다. 워낙 흔한 일이라 엄마가 무슨 말을 꺼내려고 하는지도 잘 알았다. 숲은 옛날과는 달리 아무 일 없이 무척이나 고요했고 모든 게 순조로웠다.

우리는 늑대의 털 속을 돌아다니는 벼룩들처럼 하루하루 틀에 박힌 생활을 하며 살고 있었다. 그런 틀에 박힌 일과는 고기를 먹을 때도 드러났다. 항상 처음엔 뱃살, 등, 꼬리, 이 순서로 먹는 것이 규칙처럼 되어 버렸다. 다른 부위를 먼저 먹는 것은 식구들이 놀랄 만큼 특별한 일이었다.

엄마가 말했다. "네가 우리 집에서 유일한 남자잖니. 그러니까 네가 믐미랑 이야기 좀 해 봐, 누나가 그 곰 때문에 걱정이 많은 것 같더라."

믐미는 5년 전부터 누나랑 같이 살고 있는 크고 뚱뚱한 곰이다. 말하자면 우리 매형인 셈이다. 나는 누나가 그 매형의 집으로 가던 날을 똑똑히 기억한다. 어머니는 그때 그 일을 생각하면 걱정스럽기도 하지만 한편으로는 부끄러움을 감추지 못한다. 엄마는 젊은 시절 기억 때문에 곰과 눈을 제대로 맞추지도 못했다. 그 곰이 누나 곁에서 맴돌고 있다는 것은 우리도 익히 알고 있었다. 엄마는 누나가 그 털북숭이 짐승과 만나지 못하게 하려고 여러 가지 방법을 강구했다. 아무리 그래도 처녀가 덩치 크고 부드럽고 사랑스러운 데다가 발에서 꿀냄새까지 풍기는 곰을 마다할 수는 없었다. 살메가 곰과 만나겠다고 하면 언제나 엄마와 대판 싸움이 일었다. 그런 와중에도 어느 날 살메는 옷에 곰의 털이 잔뜩 묻히고 집에 돌아왔다.

엄마가 울면서 말했다. "너 그 곰 녀석이랑 여전히 만나는구나. 그러면 안 된다고 내가 몇 번을 이야기하니. 세상 짐승 중에 곰처럼 몹쓸 것은 없을 거야. 아주 나쁜 짐승이라고."

누나가 따졌다. "엄마, 음미는 절대 나쁜 곰이 아니에요. 그 반대라고요. 상상도 못 할 만큼 가슴이 따뜻한 곰이에요. 엄마가 만났던 곰은 나빴는지 몰라도 그 곰 때문에 다른 곰들을 다 똑같이 취급할 수는 없는 거예요."

그 '엄마가 만났던 곰' 운운하는 소리를 들은 엄마는 기분이 심하게 나빠졌다. 엄마는 얼굴이 붉으락푸르락해지며 또 다른 잔소리를 이어 나갔다. 곰과 만난다는 게 얼마나 큰 불행을 초래하는 일인지 살메에게 말해 주려 했으나 먹혀들질 않았다. 잠시 머뭇거리던 엄마는 곰이란 당최 속을 알 수 없는 존재들이라 몇 년이 지나야 본색이 드러난다고 했다.

누나가 성질에 북받쳐 말했다. "몇 년 뒤에 본색을 드러낸다고요? 엄마는 곰과 살면 죽을 게 뻔하다고 너무 당연하게 생각하니까 그렇게 다그치는 거잖아요. 난 음미를 사랑한다고요!"

"말하는 것 좀 보렴, 네가 어떻게 나에게 그런 말을 할 수 있니. 그런 식으로 이야기하지 마. 그게 엄마한테 할 소리야. 너랑 곰이랑 못 만나게 하려고 평생 그리 애를 썼는데 왜 세상은 내 생각과 반대로만 돌아가는 거니." 엄마가 짜증 섞인 투로 말했다.

"엄마, 곰이 아니면 누구랑 같이 살아요? 한번 이야기나 해 보세요. 이 숲에 레메트가 아니면 젊은 남자가 있기는 해요? 레메트랑 둘이서 평생 살아요? 그 늙은이 월가스한테 시집가요? 저 털 복슬복슬하고 귀여운 곰하고 그 못생기고 주름진 월가스 중에서 엄마라면 누굴 고르겠어요?" 살메가 물었다.

엄마는 그 말에 별다른 대답을 하지 못한 채 걷잡을 수 없이 울기만 했고, 그 이후로 누나와 곰의 만남은 계속 이어졌다. 그러다 어느 날은 마침내 픔미 집에 들어가서 같이 살림을 차리기로 했다. 아무도 모르게 곰의 아내가 된 것이다.

"내가 매일 집에 가는 것이 싫대요. 그게 가슴이 너무 아파서 밤늦도록 잠을 못 이루고 달만 본대요, 큰 소리로 내 이름을 부르며 운대요." 살메가 말했다.

"네가 그 곰이랑 살림을 차리면 그땐 내 마음이 찢어지게 아플 거다. 그 곰 새끼가 내 딸을 뺏어 가 버렸어!" 엄마가 소리쳤다.

살메가 황당한 듯 말했다. "그게 무슨 소리예요. 사는 곳이 얼마나 멀다고, 자주 보러 오면 되잖아요. 아니면 엄마나 레메트랑 같이 우리 집에 올 수도 있고. 엄마야말로 픔미를 그런 식으로 몰고 가면 픔미의 마음이 얼마나 아프겠어요. 픔미는 한참 전부터 엄마와 만나게 해 달라고 졸랐다고요."

"난 곰 동굴에는 절대 안 가! 내 눈에 흙이 들어가기 전에는 절대 안 가." 엄마는 흠칫 놀란 듯 손을 들어 휘저었다. 그 곰이 파리의 모습을 하고 나타나 엄마 위를 날아다니는 모양이었다.

"그럼, 정말 내가 뭐라 할 말이 없네요." 살메는 엄마에게 눈을 흘기고는 밖으로 나갔다.

엄마의 분노는 한나절을 넘기지 못했다. 엄마는 커다란 엘크 고기 두 덩이를 구워 힘들게 등에 지고는 믐미가 사는 동굴로 갔다. 우리를 마중 나온 곰은 머리를 어찌 두어야 할지 몰라 하더니 예의를 갖추고 주저앉아 엄마의 발을 핥았다.

"살메 어머니 오셨군요. 어머니를 숲에서 여러 번 뵈었는데 워낙 아름답고 출중하신 분이시라 함부로 다가가서 말을 걸지는 못했습니다." 곰이 낮은 목소리로 말했다.

마음속 깊은 곳에 숨겨 두고 있던 옛날 곰과의 사랑이 다시 돌아와 물줄기처럼 흘렀다. 엄마는 한참을 울다가 믐미를 안고 귀 뒤에 살짝 입맞춤을 해 주었다. 엄마는 곰에게 엘크 고기 두 덩이를 안겨 주었다. 믐미는 배고팠는지 그걸 받자마자 마지막 뼈 하나까지 깨끗하게 발라 먹었다. 그리고 공손히 인사까지 해 보였다. 엄마는 완전히 곰에게 넘어가고 말았다. 집으로 돌아오는 길에 엄마는 줄곧 나에게 믐미처럼 훌륭하고 멋진 곰은 본 적이 없다면서 이제 마음을 한결 놓았다고 말했다.

"저 정도 곰이면 우리 살메를 존중하고 지켜 줄 수 있을 거야. 사실 곰들은 사람들이 항상 좋아했어. 그런데 내가 알았던 그 곰은……." 엄마는 마음을 굳힌 듯 단호하게 말했다.

내가 듣는 데서 우리 아버지의 머리를 먹어 버린 장본인인 곰에 대해서 마냥 칭찬만 늘어놓는 건 아니라고 생각했는지 말을 더 이상 잇지는 못했다. 하지만 엄마는 잘못 생각하고 있었다. 난 그 잘 알지 못하는 곰에게 아무런 악감정이 없었다. 아버지는 아무런 기억이 없고 뭔가 떠올릴라치면 인츠를 죽이려 들었던 마을 장로 요하네스 얼굴만 떠올랐다. 우리와 같은 피가 흐르는 마을 사람들보다는 엄마가 사랑했다는 그 잘 알지도 못하는 곰이 훨씬 가깝고 친숙했다.

엄마는 맨날 살메 누나네 집에 갔다. 고기를 가져다주고 동굴을 청소해 주었다. 믐미는 그 보답으로 숲에서 꽃을 꺾어 주거나 나무에서 딴 벌꿀이 가득 든 벌집을 가져다주었다. 살메는 곰을 옆에 두고 사는 것이 무척 행복했다. 누나는 북실북실한 남편 등에 개구리처럼 찰싹 붙어서 숲을 돌아다녔다.

물론 탐베트는 그 꼴을 달가워하지 않았다. 그가 평생 한 일이라곤 늑대를 키우는 것과 우리 식구들을 꼴사납다는 듯 쳐다보는 것이 전부였다. 누나와 믐미의 결혼은 우리 식구들을 미워할 만한 또 다른 빌미를 마련해 주었다. 탐베트는 곰이 인간보다 저급한 존재라고 생각했다. 미련한 곰은 성스러운 숲에 가는 법도 없고 숲에서 병신 같은 삶이나 사는 것이 당연한 일이겠지만 그런 곰들을 매력적으로 존재라고 믿고 있는 사람들은 더 꼴사나웠다. 곰과 같이 사는 인간이 있다는 것이 문제였다. 예전에는 흔하다고 할 정도는 아니지만 전혀 볼 수 없는 풍경도 아니었다. 돌아가신 삼촌의 말을 빌리면, 이전에는 남자들이 북녘 개구리의 날개 아래 전투에 임하며 낯선 곳에서 적들의 목을 베고 있을 때 부인만 집에 혼자 남겨진 집 근처에서 곰들이 서성거리고 있다가 외로운 여자들의 마음을 사로잡곤 했다. 물론 탐베트는 모든 것이 영광으로 가득 찼던 그 시절에 그러한 일이 있었다는 사실을 인정하려 들지 않았을 것이다. 그에게 과거의 시간이란 누구도 함부로 범접할 수 없는 시간이었다. 그러나 그것은 누군가 싸질러 놓은 죄 때문에 빛이 바래 버렸고 그것은 타락한 우리 식구들 때문이었다.

탐베트가 곰의 본성에 대해서 이러쿵저러쿵하는 것도 완전히 틀린 말은 아니었다. 딱히 부정할 논리도 없었다. 곰들은 정말로 그러한 존재들이었다. 엄마가 저녁마다 한숨을 쉬고 나를 식구 가운데 유일한 남자라고 치켜세우는 데는 다 이유가 있었다. 살메와 살림을 차린 지 얼마 되지 않아 믐미는 새로운 여자를 찾아 돌아다니기 시작했다. 숲에 곰이 건드릴 만한 여자라곤 히에밖에 없으므로 이번에는 머리에 화관을 뒤집어쓰고 우울한 표정을 지으며 그 애 곁을 맴돌았다. 하지만 히에는 신경도 쓰지 않았다. 히에가 그럴 수밖에 없는 이유는, 곰이 얼마나 방종한 동물인지에 대해 집에서 숱하게 들었기 때문이다. 탐베트와 말르에게는 나 역시 곰처럼 미운털이 박혀 있었겠지만 그렇다고 히에가 나를 만나지 못할 이유는 되지 않았다.

히에는 이제 열일곱 살이다. 여전히 예쁜 것은 둘째 치고 얼굴도 창백한 데다가 삐쩍 마르고 눈도 아래로 처져 있어 흡사 뼈만 있는 꼭두각시를 보는 것 같았다. 곰들은 여자라면 무조건 다 눈독을 들이기 때문에 히에의 외모에는 아랑곳없이 꾀어내려고 했다. 곰들은 여자들의 향기에 끌리는 편이었다. 그러나 히에는 믐미가 얼굴을 보일 때마다 멀리 도망쳤다. 숲에는 히에 말고는 젊은 여자가 없었으므로 곰은 새로운 여자를 찾기 위해 마을 근처까지 가곤 했다.

하지만 수확은 하나도 건지지 못했다. 마을 처녀들은 곰이 숲 가장

자리에 모습을 보일 때마다 미친 듯이 소리를 지르며 곡괭이와 도끼를 집어 던지고 소리 지르며 집으로 뛰어 들어갔고, 혹시 그 못된 곰이 아직도 숲에 숨어 있을까 봐 문과 창문을 서둘러 걸어 잠갔다. 곰은 여자들의 그런 행동에 이골이 나 있었다. 그 아가씨들에게 다가가 사랑의 노래를 불러 주고 싶을 뿐 해칠 의도는 전혀 없었는데. 그런데 마을 여자들은 그 수가 아주 많아서 향기도 진하게 섞여 무척이나 혼란스러웠다. 믐미는 매일 숲 언저리에 나와 앉아 기다렸으나 아무런 진전이 없었다. 오히려 아가씨들은 더 겁을 냈고 그러면 그럴수록 곰은 더 흥분이 되었다. 마을 여자들은 곰을 품에 안을 바에 죽음을 선택할 것이 뻔했다. 그러나 살메는 질투를 잘 참아 내고 있었다. 살메는 믐미가 숲에서 혀를 널름거리며 마을을 바라보는 꼬락서니가 맘에 안 들었다. 그래서 나는 마을의 '유일한 남자'로서 숲에 들어가 슬픔에 빠진 믐미를 찾아 다시 집으로 데리고 오는 임무를 맡았다.

언제나처럼 엄마는 나에게 이런 부탁을 했다.

"믐미는 항상 숲에 가서 죽치고 있고 살메는 도무지 집에 들어올 줄을 모르는구나. 곰은 천성이 그런 동물이라고 내가 몇 번을 이야기했니. 곰들은 여자라면 가릴 것 없이 사족을 못 쓴다니깐. 백날을 그렇게 바라보고 있어 봐라, 그렇다고 여자들이 눈이나 깜빡할 것 같아?" 엄마는 불평이 이만저만이 아니었다.

이제 엄마는 살메와 믐미가 다툴 때마다 자주 믐미 편을 들었다. 엄마가 강조하는 것은 자기는 '곰을 잘 알고' 또 살메도 곰에 대해서 '배울 줄 알아야 한다'라는 것이었다. 그 이야기를 들으면 누나는 언제나 화를 내며 소리 질렀다.

"대체 엄마는 내 엄마예요, 믐미 엄마예요?"

"당연히 너지, 우리 딸내미." 엄마는 당당하게 말했다.

"그런데 왜 믐미 편을 드는 건데요."

"내가 곰을 잘 알아서 그런 거라니까." 엄마는 으레 그런 말로 시작해서 또 한참 동안 잔소리를 늘어놓았다.

난 믐미를 집으로 데려오는 것에 큰 불만은 없었다. 하지만 집안의 '유일한 남자'로서 엄마와 누나 그리고 곰까지 책임져야 했다. 그러다 보니 엄마는 나를 잠자코 내버려 두지를 않았다. 내가 엄마에게 이제 피곤하니 자야겠다고 말을 꺼내도 엄마는 개의치 않고 자기가 하고 싶은 말만 해 댔다.

"네 누나잖니."

"네가 어렸을 때 누나가 널 얼마나 챙겨 줬는데."

"이제 식구라곤 우리밖에 안 남았는데 서로 잘 도와줘야지."

"우리가 남처럼 지내서야 되겠니."

항상 이런 식이었다.

그래도 그나마 조용할 때가 있었으니 바로 식사 시간이었다. 식사 시간마저 그렇게 다그치면 난 언제나 이렇게 말했다.

"갈게요 간다고요, 우선 밥 좀 먹고요."

엄마에게 식사는 성스러운 행위여서 밥을 먹을 때는 나를 닦달하지 않았다. 나는 일부러 천천히 씹어 먹었다. 누나도 맘만 먹으면 언제건 곰을 집 안으로 다시 데리고 들어올 수 있다고 엄마한테 수백 번 말했다. 믐미는 우리가 하는 말에 별달리 반항하는 법이 없었다. 숲에서 죽치고 있다가도 언제건 우리가 이름을 부르면 다리를 펴고 일어나 동굴을 향해 고개를 돌리고 애석한 듯 한숨을 쉬며 걸음을 옮기곤 했다.

우리가 그렇게 설득해도 엄마는 다시 네가 우리 집 가장이 아니냐는 둥 우리 식구 중에 남자가 또 어디 있냐는 둥 장황한 이야기를 늘어놓았다. 나는 식사를 마치고는 물을 마시고 자리에서 일어났다.

"엄마, 저 나가요!" 내가 말했다.

"그래, 참 착하기도 하지. 누나한테 좋은 일 좀 해 줘. 믐미한테 쓸데없이 화내지 말고. 그렇게 굴면 안 된다고만 얘기하고 잘 달래 주고 와라." 엄마가 대답했다.

"나 믐미한테 한 번도 화낸 적 없는데요."

나는 그렇게 말하고 밖으로 나갔다. 이미 저녁이 돼서 숲은 어둠에 점령당했지만 눈을 감고도 길을 찾을 수 있을 정도였다. 믐미는 내가 집에 올 때마다 여러 차례 맞부딪혔던 곳에 있었다. 믐미는 항상 그 자리에 앉아 마을 쪽을 바라보며 고독한 한숨을 내쉬고 있었다.

곰은 나를 보자마자 내가 온 이유를 알아차리고 자리에서 일어났으나 난 믐미에게 한마디도 하지 않고 그냥 옆에 서서 마을을 같이 바라보았다.

사람들은 불을 지피고 있었다. 커다란 장작불이 마을 입구에서 타오르고 있었고 그 주변으로는 남자아이, 여자아이, 젊은이 들이 섞여서 뛰어다니고 있었다. 패르텔은 싸우고 헤어진 것을 마지막으로 한 번도 본 적이 없었다. 전부 하나같이 살이 토실토실하게 찌고 얼굴이 불그스레 상기되어 있어 패르텔이 그 안에 있다 하더라도 다 똑같이 보이는 사람들 중에서 찾아내기는 쉬울 것 같지 않았다. 그러나 모두 하나같이 정신이 나간 것처럼 보여 내 마음에 드는 인간이 하나도 없었다. 그래도 여자아이들은 참 예뻤다. 히에나 우리 누나와 견주어 보아도 훨씬 예뻤다. 내가 봐도 예쁘니 믐미가 저렇고 정신을 놓고 바라보는 것도 전혀 이상하지 않았다.

"여자들이 저렇게 많네." 믐미는 황홀경에 빠진 듯 말했다. 내게로 고개를 돌리곤 이젠 남자 대 남자로 나를 바라보았다. "너도 저 여자들 맘에 들지, 그렇지?"

"들고말고." 왠지 마음에도 없는 말을 하고 말았다.

난 숲에서 최대한 멀리 떨어져 있어야 했다. 괜히 나 때문에 공연한 문제가 생길까 두려웠고 무엇보다 괜히 쓸데없는 데 마음을 뺏길까 봐 걱정이 되기도 했다. 하지만 여자아이들은 정말 예뻤다. 그건 부인할 수 없었다.

우린 잠시 잠자코 앉아 있다가 다시 마을 사람들을 쳐다보았다.

남자들이 아가씨들에게 춤을 청했다. 아가씨들은 거절하지 않고 남자들의 허리를 감싼 채 모닥불 주변을 돌며 춤을 추었다. 나는 무언가가 굉장히 잘못되었음을 느끼고 얼른 일어나 곰에게 말했다.

"이제 됐으니 그만 가자. 누나가 걱정한단 말이야. 대체 여긴 왜 맨날 이렇게 오는데?"

믐미가 순순히 대답했다. "어쩔 수가 없어. 나도 모르게 다리가 저절로 이쪽으로 옮겨져. 네 누나도 정말 좋은 여자지, 근데 난 새 여자를 갖고 싶어."

"그런데 우리 누나가 뭐가 어때서. 우리 누나도 충분히 젊지 않아?" 내가 물었다.

"살메는 작년에 따 놓은 꿀 같아. 그건 말이지, 그러니까 말이야. 그 건……." 곰은 말을 제대로 끝마치질 못했다. 왠지 서글프게 들리는 말이었다.

"너도 진짜 얼굴에 철판을 깔았구나. 네가 어떻게 우리 누나한테 그 렇게 말할 수 있어? 네 꼬락서니를 봐, 온몸에 꿀을 덕지덕지 묻히고 다니는 놈이 누구한테 꿀이래. 얼른 집에 가서 거기서 나올 생각 마. 이렇게 매일 너 찾아서 돌아다니는 거 정말 지겹다." 내가 말했다.

"너도 여기서 나랑 같이 예쁜 여자들 보면 되잖아. 왜, 싫어?"

믐미는 차갑고 시커먼 코를 쳐들어 나에게 사타구니를 가리키며 음탕한 표정으로 물었다. 너무 황당한 말이라 뭐라 대꾸할 줄을 몰랐 다. 믐미는 다시 마을을 향해 코를 벌렁거려 여자들의 향기를 맡은 후 숲을 향해 몸을 돌렸다. 나는 믐미를 따라가지 않았다. 남의 집 부 부싸움에 굳이 내가 낄 필요는 없지 않은가.

16

내가 간간이 여자애들에 대해서 품고 있던 생각은 전부 사실이다. 숲에 남은 여자라고는 히에 빼고는 아무도 없었기 때문이다. 엄마는 내가 히에와 결혼할 것이라 굳게 믿었다. 내 기분 같은 것은 한 치의 고려도 없이 말이다. 그러면서도 나를 아무것도 모르는 어린애로 취 급했다. 내가 비록 여자를 사귄 경험은 없어도, 여자가 어떤 존재이고 여자와 가정을 이루는 게 어떤 의미인지 정도는 아는데 말이다. 우리 누나는 최고의 미모를 갖추고 있다고 말할 수는 없지만 풍만한 몸매는 봐 줄 만했다. 패르텔과 여자들을 훔쳐보러 갔던 그날 보았던 누나 친구들이 기억났다. 그들은 실 한 오라기 걸치지 않고 몸을 두들기고 있었다. 그중에는 정말 미모가 출중한 사람도 있었다. 지금은 다들 마을로 이사 갔다. 마을이 무슨 바다를 일곱 번 지나야 갈 수 있는 먼 곳도 아니고 숲이랑 딱 붙어 있으니 내가 가끔 마을 입구에 누나 친구들을 보러 가는 것을 가지고 뭐랄 사람은 아무도 없었다.

그렇다. 마을 아가씨들을 훔쳐보러 다닌다는 점에서 픔미나 나나 다른 점은 하나도 없었다. 나는 마을 여자애들이 풀을 베거나 낫으로 추수하거나 이젠 숨길 이야기도 아니지만 호수에서 목욕하는 모습도 보았다. 심지어 어떤 여자애가 몇 시에 밖으로 나오는지조차 파악할 수 있게 되었다. 히에는 발가벗은 마을 여자애들과 비교하면 정말 보잘것없었다. 히에는 여전히 귀엽고 훌륭한 아이고 이야기도 잘 통하지만 그 애를 안아 보고 싶다는 생각은 전혀 들지 않았다. 손을 대고 싶을 만큼 매력적인 데가 전혀 없었다. 히에는 다른 차원의 아이였다. 정말 어떤 여자애들은 꽃처럼 아름다워 꺾어 간직하고 싶을 정도였다. 그 꽃들이 품은 가지각색의 색깔들뿐만 아니라 품고 있는 향기도 멀리까지 전해졌다. 내가 어렸을 적에는 이른 봄 머위꽃이 노랗게 피어나면 꺾어서 엄마에게 드리려고 집으로 가져오곤 했다. 집으로 가져와 봤자 얼마 안 가 시들어 버리는 머위는 꽃이라고 볼 수도 없었지만, 그 노란 꽃은 꽃이 피기 전 초봄의 황량한 들판보다는 훨씬 나았다. 금매화, 데이지, 양귀비 같은 꽃들은 말할 것도 없었다. 어린 시절 나는 그 꽃을 보기면 하면 그냥 지나치지 못했다. 어딘가 정신없이 가는 길에서도 그 예쁜 점박이 꽃이 보이면 꺾어서 가지고 가고 싶다는 생각이 간절해져서 발걸음을 돌리곤 했다.

어떤 느낌도 불러일으키지 못하는 식물도 있다. 숲에 지천으로 깔린 갈대와 버섯 따위 같은 것이 그렇다. 그것은 꺾어 봐야 아무짝에도 쓸모가 없다. 그런 널브러진 풀들을 한 움큼 쥐고 집에 들어가는 것은 생각만 해도 우스웠다. 바보가 아닌 이상 그런 풀떼기를 누가 방으로 가지고 들어가겠는가. 하지만 그런 식물들이 자연에 있는 것은 참으로 다행스러운 일이긴 하다. 잘 보이지는 않지만 숲을 지탱해 주는 토양에 빡빡하게 들어차서 꽃들의 아름다움을 더 도드라지게 해준다. 히에는 그런 종류의 식물 같았다. 이제 히에는 숲에서 언제라도 만날 수 있지만 꺾고 싶지도 집으로 가져가고 싶지도 않았다. 난 마을에서 자라는 여자애들한테만 관심이 쏠렸다. 호숫가에 피는 장미처럼 발가벗고 수영하는 모습은 특히 더 그랬다. 난 일부러 호숫가에서 오줌을 누는 척하면서 몇 번이나 지켜보았다. 히에가 수영을 하는 모습은 본 적이 없지만 수영하러 어디에 가는지는 잘 알았다. 히에가 마침 수영하러 가는 길에 마주친 적이 있었기 때문이다. 나는 히에가 벗은 모습이 궁금하지 않아 일부러 따라가지는 않았다. 인사를 몇 마디 나눈 후 히에는 수영하러 간다고 했고 나는 알았다며 잠자코 고개를 끄덕이고 각자 다른 길로 헤어졌다.

그러니 엄마가 나중에 나와 히에와 같이 살림을 차리게 되면 둘이서 어떻게 집 공간을 나눠야 할지 늘어놓는 실없는 소리를 듣는 것이 엄청난 고역이었다. 엄마는 자기는 집을 새로 지어 따로 나가 살고 우리에겐 지금 사는 집을 선물해 주는 것으로 집 문제를 마무리 짓고

자 했다.

성질을 죽이고 목소리를 가다듬어 우리는 아직 결혼하지 않았다고 타이르곤 했지만 엄마는 항상 어깨만 들썩였다.

"세상일은 아무도 모른다. 지금은 몰라도 언젠가는 결혼하게 되지 않겠니? 언젠가는 신부를 맞아들일 텐데, 히에 말고 누가 또 있니? 이 숲에 여자애들은 히에 빼고 하나도 없어."

그래도 엄마는 내가 아직 집안의 '유일한 남자'이긴 하지만 여전히 어린아이라고 생각해서 결혼을 서두르라고 재촉하지는 않았다. 그래서 아직은 엄마가 해 주는 음식을 잘 받아먹는 착한 아들이 되는 것만으로 내 몫을 다할 수 있었다. 하지만 시간이 지날수록 엄마는 히에도 자기가 해 주는 밥을 같이 먹었으면 좋겠다는 생각이 강해졌다.

"가끔씩 히에가 우리 집에 와서 밥을 같이 먹어 주면 좋으련만."

엄마는 아궁이에 바람을 불다 말고 웃으며 나에게 말했다. 엄마는 왠지 우리가 이미 잘 어울리는 단짝이라고 생각했지만 난 이 허접한 집안 살림을 보여 주기 싫어서 신부건 누구건 집에 부르고 싶지 않았다. 엄마는 살림을 차리러 오라는 것도 아니고 점심 먹으라고 부르는데 문제가 될 게 뭐냐며 히에를 집에 데리고 오라고 꼬드겼다. 엄마 생각에는 어차피 결혼할 사이라면 하루라도 일찍 친해지는 것이 좋지 않겠느냐는 꼼수였다.

"걱정하지 마. 정말 내 친딸처럼 대해 줄 테니까."

그리고 나서 엄마는 정말 나와 히에가 식탁에 오붓이 앉아 고기를 먹는 모습이 눈에 선한 듯 자랑스러운 표정으로 나를 쳐다보았다. 그런 말을 들을 때마다 당장 식욕이 달아나 버렸지만 별다른 말은 하지 않았다. 히에 아버지가 마을에서 태어난 녀석이랑 딸이 결혼하도록 순순히 놔두지 않을 거라 생각하면 또 안심이 되었다.

탐베트는 그 결혼을 승낙하지 않을 것이다. 탐베트가 우리 집안에 가지고 있는 악감정은 정말 강했다. 이제 나는 어렸을 때처럼 그를 볼 때마다 수풀로 숨거나 하지 않았다. 내가 탐베트만큼 키도 자랐는데 왜 그런 우스운 일을 하겠는가. 그러나 여전히 만나도 알은체는 하지 않았다.

숲은 아주 이상한 분위기만 감돌고 있었다. 그나마 얼마 남지 않은 사람들도 만나기만 하면 으르렁거렸다. 탐베트와 말르는 자기들이 하늘로 솟은 매라도 되는 양 우쭐댔고, 우리 집 옆을 지날 때면 고개를 돌리지도 않고 눈살만 찌푸린 채 지나가 버렸다.

현자 윌가스는 여전히 살아 있었다. 늙고 비쩍 마른 그는 우리를 보기만 하면 주저리주저리 말이 많았으나 끝에는 항상 퇴마를 하거나 제물로 바칠 동물을 모아 오라는 얘기로 종결되었다. 아무도 없는 신성한 숲에 너무 오래 죽치고 앉아 있어서 정신이 나간 모양이었다. 그는 어디서건 정령들을 볼 수 있다고 했다. 정령들은 나무 옆에서 웅크리고 있거나 나무줄기에 자리를 잡고 있으며 우리는 그 정령들을 위한 제물을 바쳐야 한다고 했다. 윌가스는 작은 동물들에게 생명의 위협 그 자체였고, 그가 지나가는 곳은 언제나 핏자국이 선했다.

그는 뱀의 말로 다람쥐와 토끼와 족제비를 꼬드겨 잡은 후 목을 두 번 비틀었다. 그러고는 떡갈나무까지 무릎으로 기어가서는 뿌리에 피를 뿌렸다. 의식을 마치고 다리를 절며 집에 돌아간 후에라도 무지막지한 정령들이 다시 눈앞에서 나타나 이 잔혹한 피의 의식을 요구하면 그런 짓은 언제라도 다시 펼쳐졌다. 여우와 담비는 꼬리를 끌면서 이곳에 나타나 제물로 바쳐진 동물 사체를 파먹었다. 그 녀석들이 고기를 먹어 치우지 않으면 썩는 냄새 때문에 숲을 돌아다닐 수가 없을 것이다.

월가스는 여전히 우리 식구만 보면 성스러운 숲으로 발걸음을 끊었으니 장차 숲의 개들로부터 저주를 당할 것이라며 소리를 지르고 욕을 했다. 난 평생을 숲에 살았지만 숲의 개라는 동물은 아직 한 번도 본 적이 없었다. 그래서 난 월가스가 뭐라고 겁을 주든 눈 한번 깜짝이지 않았다. 월가스가 무슨 일을 벌이건 간에 그의 꼬락서니는 언제나 역겹고 신경이 쓰였다. 사실 저 노인네가 빨리 죽어 버렸으면 좋겠다고 생각하는 것이 나만은 아니었다. 그 노인네는 언제 죽어도 전혀 이상할 게 없어 보였다. 몸은 뼈만 남은 듯 앙상했고 흰 턱수염은 배꼽까지 자라 잎사귀처럼 펄럭이고 있었으며 한 번도 빗지 않은 머리카락은 온 방향으로 뻗쳐 있었다. 아무것도 먹지 않았으나 오직 그 잘난 오기 하나로 목숨을 부지하며 살았다. 절대 부러지지 않을 튼튼한 지팡이로 몸을 지탱하고 다니는 그는 죽을 기미조차 전혀 보이지 않았다.

언제나 우리 식구들에게 불만을 품고 차갑게 대하는 탐베트와 말르, 그리고 항상 우리에게 저주의 말을 퍼붓는 월가스, 그들 외에 메메 아저씨도 우리와 같이 숲에서 살고 있었다. 언뜻 썩어 가는 쓰레기처럼 보였으나 여전히 살아 있었다. 메메가 입은 옷에는 이끼가 자랐고 얼굴을 덮은 수염에는 죽은 벌레들과 나뭇잎들이 들러붙어 썩어 가고 있었다. 그 흙 속에는 거미줄 같은 눈썹과 두 개의 눈동자와 살찌고 뚱뚱한 입술이 반짝이고 있었다. 메메는 마침 그때도 포도주 자루를 입술에 대고 홀짝거리려던 참이었다. 그 술을 어디서 난 건지 도무지 이해할 수가 없었다. 행색을 보면 엉덩이 끝에서 자라나는 뿌리에 겨우 몸을 지탱하고 있는 것 같지만 그래도 저 부패해 가는 인간은 분명히 자리에서 일어나 사람들을 죽일 능력이 있는 것이 틀림없었다. 그렇지 않으면 어떻게 수도사들이랑 철갑인간들로부터 저 포도주를 뺏어 왔겠는가.

메메는 다른 사람들하고는 그닥 교류가 없었다. 언젠가 한번은 내가 히에랑 같이 있는 것을 보고는 알아듣지도 못할 욕지거리를 퍼부어 어쩔 수 없이 그를 피해 멀리 돌아가야 했다. 또 한번은 월가스가 메메를 무슨 숲의 어머니이자 이끼의 정령으로 알고 제물을 가져다 바치려는 것을 보았다. 그러나 메메는 좋아하기는커녕 침을 뱉어 월가스의 눈에 정확히 맞혔고 월가스는 메메에게 코라도 물린 것처럼 부리나케 도망쳤다.

유인원 부부 피르레와 랙도 여전히 살고 있었다. 차이가 있다면 이제 동굴에서 머물지 않고 나무 꼭대기로 거처를 옮겼다는 것이다. 보아하니 전통을 잇고자 하는 강한 의지 때문에 그쪽에서 살기 시작한 듯했다. 그들 생각에 동굴에서 거주하는 것은 지나치게 호사로운 생활이었을 것이다. 되도록 조상들의 삶에 가까이 가고 싶었던 것이다. 그들은 오직 조상들만이 세상의 진실을 알고 있다고 생각했다. 앞으로 펼쳐질 미래는 그저 바닥 깊은 줄 모르고 빠져 들어가는 늪처럼 여겨졌다. 그들에게 마을 사람들은 이미 그 늪에 머리까지 잠긴 셈이었다. 난 그 늪에서 가슴까지 잠겨 있다가 사태를 알아차리고 겨우 헤엄쳐 나온 셈이었고. 그런 차원에서 그 둘에게 나무 꼭대기처럼 좋은 보금자리는 없었다.

피르레와 랙은 자신들의 삶이 무엇보다 건강한 삶이며 조상들로부터 전해 내려온 삶의 방식을 따라야지만 안식과 평화가 깃든다고 믿었다. 난 그 유인원들이 왜 대체 쓸데없이 그 불편한 곳에 오르려 드는 건지 이해가 되지 않았다. 피르레가 느릿느릿 가문비나무에 오를라치면 밖으로 훤히 드러나는 궁둥이가 가시에 찔려 남아나지 않았다. 그럴 때마다 피르레는 가여울 만큼 인상을 찌푸렸다. 피르레와 랙은 자기들이 좋아서 그런 전통의 유산을 이어 나가는 삶을 선택했지만 그래도 엄연히 살아 있는 유인원들이었다. 그러니 낯선 나무 꼭대기에 사는 것이 힘들 수밖에 없었다. 무엇보다 그 둘은 이미 나이가 들었다. 털은 세어 있었고 나무 꼭대기에서 균형을 맞추며 서 있는 것 역시 보통 어려운 게 아니었다. 자신들의 신념 때문에 하루하루 더 큰 고통과 마주해야 하는 것이다.

나는 피르레와 랙을 자주 보러 갔다. 거기 말고 딱히 갈 만한 곳이 있는 것도 아니었고, 이해할 수 없는 짓거리들 몇 개만 빼놓고 보면 나무랄 데 하나 없는 착한 존재들이었다. 그들이 키우던 이[虱]도 여전히 살아 있었다. 몸집을 불리다 보니 수명도 같이 길어진 것이었다. 크기뿐만 아니라 세상에서 아마 제일 오래 산 이[虱]일 것이다. 이 이[虱]도 피르레와 랙을 따라서 나무 꼭대기로 올라가 살았다. 나뭇가지에 앉은 이[虱]는 커다랗고 하얀 부엉이처럼 보였다. 멀리서 히에가 다가오는 것이 보이면 잽싸게 줄기를 타고 내려와 쓰다듬어 달라고 다리를 내밀었다.

히에는 이미 이[虱]의 등에 올라타기에는 몸집이 너무 커져 버렸지만, 그것을 이해하지 못하는 그 짐승은 등을 보이며 계속 졸라 댔다. 대신에 히에가 이[虱]를 잘 어루만지고 도닥거려 준 다음 발 하나를 붙잡고 정답게 걸어 주면 나머지 다리들을 움직이며 행복하게 폴짝폴짝 뒤를 따라왔다.

내가 피르레와 랙에게 간 그날도 평생을 나무 위에서 살았던 조상들의 삶이 가진 의미가 어떤 것이며 나무 위에서 보는 풍경이 어떠한지 이미 몇 번이나 들은 이야기를 다시 들려주었다. 나무 위에 앉은 그들의 몸이 이리저리 흔들리는 때도 있었다. 나무 꼭대기가 그들의 몸무게를 이기지 못하고 순식간에 주저앉을 수도 있는 노릇이고, 그러면 언제라도 땅에 떨어져 목숨을 잃을 수 있었다. 정말로 한번은 랙이 땅으로 떨어질 뻔한 적도 있었다. 다행히도 나뭇가지가 무성하게 우거진 나무에 가슴이 걸려 목숨을 건질 수 있었다. 그러고 나서도 그렇게 나뭇가지가 무성한 나무 위에 살았던 조상들이 얼마나 현명했느냐는 이야기를 또 늘어놓았지만, 나로서는 조상들이 뭐가 현명하다는 건지 이해할 수가 없었다.

피르레와 랙은 더 이상 나무 꼭대기에서 아래로 내려오지 않았다. 이[虱]도 나무 위에서 키웠다. 딸기나 월귤 같은 것들을 챙기러 땅으로 내려가야 할 때는 이[虱]를 아래로 내려보냈다.

나무 아래 앉아 피르레와 랙과 이야기를 듣고 있는데 무언가 내 등을 타고 올라오는 것이 느껴졌다. 인츠였다. 인츠는 아주 크고 건장한 뱀의 왕으로 성장했고 이마에는 작은 왕관도 쓰고 있었다 인츠는 내 어깨에 머리를 내려놓고 뭔가 할 얘기가 있다고 말했다.

나는 유인원들과 작별 인사를 하고 인츠가 자주 햇볕을 쬐곤 하던 나뭇등걸로 갔다. 왠지 조금 살이 찐 것처럼 보였다. 아마도 인츠가 밥을 먹은 지가 얼마 되지 않아 미처 소화를 다 못 시킨 모양이라 생각했다. 인츠는 나뭇등걸에 몸을 꼬고 앉아 조금 부끄러운 표정으로 나를 똑바로 바라보며 말했다.

"레메트, 너에게 전할 소식이 있는데, 나 곧 아이를 갖게 돼."

그건 정말로 놀라운 소식이었다. 난 인츠에게 각시가 있을 거라는 생각은 단 한 번도 해 본 적이 없었다. 물론 가끔 인츠가 다른 뱀들과 함께 있는 것을 보긴 했지만 어느 것이 수컷이고 암컷인지 구분할 수가 없었고 게다가 인츠가 다른 뱀과 연애를 하고 있다는 것도 전혀 알아차리지 못했다. 인츠가 나한테 각시를 소개해 주지 않았다는 사실에 기가 막히고 약간 화도 나서 말했다.

"축하한다. 그런데 이거 정말 예상치 못한 소식인걸. 그런데 넌 왜 나한테 각시를 한 번도 안 보여 줬어?"

"각시? 무슨 각시?" 인츠가 놀란 눈으로 나에게 말했다.

"각시가 있어야 아이도 낳고 아빠가 되지." 내가 말했다.

"내가 무슨 아빠가 돼, 난 이제 엄마라고! 난 곧 아이를 낳을 거야. 레메트, 넌 내가 수컷이라고 생각한 거야? 난 암컷 뱀이라고." 인츠가 대답했다.

표정만 봐서는 내가 자기를 뱀이 아니라 승냥이라고 부르기라도 한 듯했다. 인츠는 여전히 놀란 눈으로 나를 바라보았다.

"난 네가 아는 줄 알았어. 레메트, 우리가 알고 지낸 지가 언젠데 나를 수컷으로 여긴 거야? 내가 어떻게 수컷처럼 생겼어. 날 좀 자세히 봐. 누가 봐도 암컷 뱀 아니니?"

인츠가 말한 대로 주의 깊게 쳐다보았으나 뱀과 이야기한다는 것 외에는 아무런 생각도 들지 않았다. 이 뱀이 수컷인지 암컷인지 알 방법은 전혀 없었다.

"난 너 보자마자 수컷인지 금방 알았는데." 인츠가 뾰로통해져서 말했다.

"나는 누가 봐도 남자지. 난 수염이 자라지만 여자들은 안 자라. 인츠, 난 정말 도무지 알 수가 없었어. 네 성별에 대해서 따로 이야기한 적은 없지만 그래도 난 네 이름만 듣고 그렇게 생각했는데."

"그게 어때서?"

"인츠는 남자 이름이잖아."

"그건 나도 몰랐네. 그 단어가 듣기 좋아서 내 이름으로 붙인 거였어. 네가 그렇게 바보 같은 줄 몰랐네."

"나도 너만큼 놀랐어. 난 네가 암컷일 줄은 꿈에도 몰랐다고."

그리고 약간의 정적이 흘렀다.

인츠가 정적을 뚫고 말했다. "그렇다고 해도 바뀌는 것은 아무것도 없어. 지금이라도 내가 암컷인 거 알았으면 됐지. 어쨌든 난 곧 엄마가 돼. 며칠 안으로 아이들을 낳으러 가야 해. 넌 내 친구니까 특별히 이야기해 주고 싶었던 거야. 네가 우리 뱀들의 성별을 구분하지 못한다고 해도 말이지."

"정말 미안해. 그런데 너도 상상하겠지만 난 정말 어떻게 된 노릇인지 하나도 모르겠어. 어쨌든 우리는 여전히 친구로 남을 거고 네가 엄마가 된다니 정말 기뻐. 아빠는 누구야?" 내가 대답했다.

인츠가 대수롭지 않다는 듯 말했다. "우연히 만난 뱀 한 마리 있어. 어쩌다 한 번 만났는데 마침 둘이 다 발정기였거든. 그래서 이렇게 된 거야. 그 이후로는 그 뱀을 한 번도 본 적이 없고 만나고 싶지도 않아. 정말 바보 같은 놈이었거든. 어디서 잘 기어다니고 있겠지."

나는 다시 놀라 말했다. "어떻게 그럴 수가 있어? 아빠는 아이를 키우고 싶지 않은 거야? 둘이 결혼은 안 한 거야?"

"넌 참 생각이 화려하구나. 우리 세상엔 그런 건 없어." 인츠가 쏘아붙였다.

"너희 아버지 어머니도 지금까지 같이 사시잖아." 내가 말했다.

인츠가 설명해 주었다. "흠, 그건 좀 예외적인 경우지. 우리 부모님은 나를 낳기 전부터도 친구 사이였어. 짝짓기는 정말 쉬워. 발정기가 왔을 때 좋은 상대를 만나 짝짓기하면 다야. 만약에 바로 아이를 갖지 못하면 계속 다른 수컷을 만나서 짝짓기하면 돼. 사람들은 어떻게 해?"

"나도 몰라. 인간들은 사랑이 없으면 안 돼." 나는 얼굴이 붉어져서 말했다.

"진짜로? 그러니까 너희들 수가 그렇게 적은 거야. 우리는 번식하는 게 목적이거든." 인츠가 놀라서 말했다.

난 어깨를 들썩였다. 대체 그 사랑이라는 것이 인간들에게 어떠한 쓸모를 가져다주는 건지 이해할 수 없었다. 나도 히에를 숲에서 자주 만나지만 인츠가 말해 준 그 '발정기'라는 것을 한 번도 느껴 본 적은 없었다. 그래서 우리 둘 사이에선 아무 일도 일어나지 않았다. 마을 사람들은 조금 다를지도 모르겠다. 거긴 사람도 많고 남자 여자가 항상 붙어 다니고 남자들이 여자를 쓰다듬고 입을 맞추는 모습을 몇 차례 우연히 보긴 했다. 그게 바로 발정기라는 것인가? 숲 가장자리에서 짝짓기할 상대를 찾는 아리따운 마을 아가씨를 만나 같이 사랑을 속삭이는 상상을 잠들기 전에 해 본 적은 있다. 바로 그런 때를 발정기라고 하는 건가? 왠지 그랬던 것 같기도 하다.

인츠가 물었다. "무슨 생각 해? 넌 내가 하는 이야기를 하나도 듣지 않고 있잖아. 나 이제 둥지에서 애 낳느라 힘들어서 너랑 당분간 못 만날 거라고 한 거 못 들었지. 나 이제 살이 너무 쪄서 기어다니기 힘들어. 일주일쯤 지나서 와 봐. 그땐 아이들이 태어나 있을 거야. 그리 오래 걸리지 않을 거야."

인츠는 천천히 둥지로 기어갔고 나도 집으로 갔다. 집에서 엄마에게 인츠가 사실은 암컷이었고 새끼를 배었다고 말했다. 엄마도 역시 놀라서 소리쳤다.

엄마는 무척 기쁜 모양이었다. "어머나, 세상에. 정말 잘됐다. 인츠 보러 갈 때 나도 같이 가자꾸나. 아기 뱀들은 올망졸망 새끼 달팽이들처럼 정말 귀엽거든. 나도 손자가 보고 싶구나! 레메트, 너도 더 기다릴 게 뭐 있니. 너도 아직 젊은 데다가 지금까지 같이 놀았던 친한 동무 인츠도 아이를 낳는다는데. 빨리 히에를 집 안에 들이자꾸나. 너희도 귀여운 아이 하나 있으면 정말 좋지 않겠니?"

"엄마, 제발 그만 좀 하세요!" 나는 한숨을 폭 쉬면서 말했다. 하지만 엄마는 저녁 내내 예쁜 아이들 타령만 해 댔다. 아이가 생길 사람은 내가 아니라 인츠라는 사실을 완전히 잊은 것 같았다. 참다못한 내가 엄마에게 아이를 밴 것은 인츠라는 사실을 인식시켜 주면 이렇게 말했다.

"당연히, 그건 인츠인 거 누가 모르니. 내 말은 너도 조촐하게 가정을 꾸밀 수 있는데 너무 늦어질 필요가 뭐가 있느냐는 거지."

"엄마, 난 인츠하고는 다르게 암컷이 아니라고요, 그리고 제가 만약 가정을 꾸린다면 조촐하게 시작하고 싶지는 않아요."

엄마는 끝까지 듣지도 않고 손을 내저어 내 말을 막았다.

"너는 당연히 안 되지, 난 히에 이야기야. 히에 이야기하는 거라고."

그러고 나서는 우리가 결혼하고 나면 침대를 어디에 두어야 할지, 자기는 어디로 이사를 가면 좋을지 하는 이야기를 멈추지 않았다.

난 흥분을 감추지 못하는 엄마를 보며 인츠가 애를 밴 사실을 말할 것을 바로 후회했다. 엄마가 하는 행동을 보면 난 당장이라도 결혼식을 올리고 아이를 낳을 거라고 확신하는 것 같았다. 엄마는 집 안 살림살이를 다 뒤져서는 염소 가죽을 꺼내 와 옷을 만들기 시작했다. 난 엄마에게 아이는 우리 집이 아닌 인츠의 둥지에서 태어나며 인츠의 아이들은 손이 없어서 소매도 필요 없는데 왜 그런 옷을 만드느냐며 따졌다. 엄마는 내가 하는 말엔 주의도 기울이지 않았다.

엄마는 화난 목소리로 물었다. "넌 내가 바보인 줄 아니? 난 지금 인츠 애들한테 주려고 옷을 만드는 게 아니라 우리 손자들에게 주려고 만드는 거라고."

"엄마, 우리 집엔 아이가 없잖아요." 내가 소리쳤다.

엄마는 무슨 마법이라도 부리듯 손을 저었다. 마치 내게 "너는 당장 결혼할 거고 조만간 애들에게 둘러싸이게 될 거야."라고 말하는 듯했다. 그러고는 얼굴에 웃음을 띤 채 옷 만드는 일을 이어 나갔다.

일주일이 지나 우리는 인츠를 보러 갔다. 뱀이 왕이었던 인츠 아버지는 동굴 입구에서 만족스러운 얼굴로 우리를 맞았다.

"잘 왔구나. 진작부터 너를 기다리고 있었다. 애들이 길쭉길쭉 뻗은 게 참 예쁘지?" 그가 말했다.

엄마는 갑자기 울음을 터뜨렸다. 고개를 숙여 동굴로 들어가니 인츠가 누워 있고 바닥에는 나방처럼 귀엽게 생긴 아기 뱀 세 마리가 둥글게 모여 꿈틀꿈틀 움직이고 있었다.

"어머나, 귀여워라." 엄마가 사랑스러운 목소리로 부르자 아기 뱀들은 엄마 품으로 기어들어 자리를 잡았다.

나는 인츠를 사랑스럽게 어루만지며 축하해 주었다. 그러자 인츠는 둘로 갈라진 혀를 뻗어 내 몸을 핥고 언제나처럼 머리를 내 무릎에 얹었다.

"이분은 레메트 삼촌이야. 삼촌한테 인사해야지." 인츠가 아이들에게 말했다.

"안녕하세요." 작은 뱀들이 속삭였다.

엄마가 말했다. "정말 작고 귀엽구나. 인츠, 넌 정말 행복하겠다. 저 있잖아. 우리 레메트도 곧 아이가 생길 거야. 벌써 집에 아이를 맞을 준비를 하고 있단다."

"정말요? 진짜야?" 인츠는 놀라움을 감추지 못하고 나를 쳐다보았다.

나는 인츠에게 조용히 속삭였다. "아니야. 혼자서 지어내신 거야."

"그래도 언젠가는 정말 그렇게 되겠지. 넌 한 번도 발정기가 온 적이 없어? 인간들은 그런 걸 사랑이라고 부른댔나?" 인츠가 말했다.

"그런 게 아니야."

나는 그렇게 말하고는 자리에서 일어섰다. 엄마는 인츠 아버지에게 나랑 히에는 어느 방에서 잘 것이고 엄마는 어디로 집을 옮길 것이며 아이들을 주려고 옷을 얼마나 만들었는지 하는 얘기를 구구절절 늘어놓았다. 그 이야기를 듣다 보니 화가 치밀었다. 난 오줌을 누고 싶다고 말하고 동굴에서 밖으로 나왔다. 그러나 오줌을 누러 가지는 않고 바닥에 철퍼덕 앉아 실망한 눈으로 멍하니 앞만 바라보았다.

"오빠!"

누가 나를 부르는 소리가 들렸다. 내가 생각했던 대로 히에였다. 그런데 마침 그 순간에는 걔 얼굴을 보고 싶지가 않았다. 난 정말 발정기가 아니었기 때문이다.

"저리 가!" 나는 귀찮다는 듯 말했다.

"무슨 일 났어? 나도 인츠 아기들 보러 왔단 말이야." 히에가 말했다. 히에는 걱정스러운 눈빛으로 다가와 내 옆에 앉았다.

그건 있을 수 없는 일이다. 난 어떤 값을 치러서라도 히에가 저 동굴에 들어가는 것은 막아야 했다. 히에가 저 안에 들어가면 어머니가 당장 히에를 끌어안고 인츠 아버지에게 이렇게 말할 것이다. "여기 우리 며느리 왔네요. 곧 아이를 낳을 거예요."

나는 자리를 박차고 일어나며 말했다.

"너 지금 인츠한테 가면 안 돼. 인츠가 지금 몸이 안 좋아. 아이 낳고 아직 몸조리가 안 끝났어."

"진짜야?" 히에는 살짝 놀라는가 싶더니 동굴로 들어가려고 했다. 나는 히에를 붙잡고 말했다.

"지금 그 안에 들어가면 안 된다고. 내 말 들어." 내가 다시 말했다.

히에는 눈을 크게 뜨고 나를 바라보았다. 느낌이 이상했다. 이전에는 히에를 이렇게 가까이에서 끌어안아 본 적이 없었다. 히에는 바로 내 앞에 있었다. 너무 가까워서 어색했다. 난 당장이라도 히에를 놓아 주고 싶었지만 그랬다간 바로 인츠한테 갈지도 모를 일이었다. 그래서 난 히에를 더 붙잡아 두어야 했다. 우리는 모두 잠자코 말이 없이 서 있었고 나는 내색은 안 했지만 기분이 아주 이상했다. 뭘 해야 할지 감을 잡을 수가 없었다.

마침내 난 히에의 손을 놓고 멀치감찌 떨어져 섰다. 히에는 그 자리에서 움직이지 않았다. 눈을 아래로 내리고 아무 말 없이 서 있었다.

"안 갈 거지? 그렇지?" 내가 말했다.

"그래, 안 갈게." 히에가 속삭였다.

우린 여전히 한참을 서 있었다. 난 입술을 씹으며 눈길을 제대로 두지도 못했다. 히에는 움직임이 없었다.

"집에 갈 거야?" 나는 어색한 목소리로 물었다.

"그럼, 당연하지. 그럼 나중에 봐, 오빠." 히에가 뭔가 안심이 된 듯한 목소리로 얼른 대답했다.

"그래, 잘 가."

히에는 마치 누구에게서 도망치듯 거의 뛰다시피 집을 향해 걸었다.

나는 갑자기 멍청이가 된 듯이 아무 말 못 하고 인츠의 동굴 입구에 잠자코 서 있었다.

17

히에와의 관계가 이전 같지 않았다. 난생처음으로 서로를 끌어안았던 당시의 상황을 떠올리면 내가 무슨 말을 하려는 것인지 잘 알 수 있을 것이다. 내가 집에 가라는 둥 마음에도 없는 소리를 해서 히에는 기분이 꽤 상했을 수도 있지만 내 팔에 안겼을 때는 그 어색함에도 불구하고 겉으로 보기에 느낌이 나쁘지 않았다. 정말 여우처럼 깡마르기만 한 히에가 왠지 더 유순하고 부드러워진 느낌이었다. 나는 그날 잠을 제대로 이루지 못했다. 어딘가 모르게 속이 불편하고 화도 났다. 히에와 있었던 일이 자꾸 신경 쓰였고 해가 뜨면 당장 히에를 찾아가 뱀 동굴 앞에서 아무 일도 없었던 것처럼 능청 떨며 이야기해 보리라 결심했다. 내가 했던 못된 말들도, 예상치 못하게 벌어진 그 사건도 히에가 까맣게 잊어 주면 좋으련만. 난 히에와 여전히 친구 사이로 남고 싶었다. 뱀 동굴에서 인츠의 아기들을 보고 내 혼인에 대한 희망이 더 커져 버린 엄마가 이야기하는, 그러니까 엄마 머릿속에만 존재하는, 히에가 각시 따위로 변하는 일은 상상조차 하고 싶지 않았다. 어제 있었던 일은 몹시 신경 쓰이지만 그래도 과감히 털고 영원히 잊어버리는 것이다.

다음 날 난 히에를 찾으러 돌아다녔다. 집에는 없었다. 혹시나 해서 창문을 통해 집 안을 들여다보았으나 다행히도 집 안에는 아무도 없었다. 숲을 샅샅이 뒤져 보고 혹시 히에가 좋아하는 이[虱]를 보려고 오지 않았나 해서 피르레와 랙에게도 가 보았지만 그날 아침엔 히에를 보지 못했다고 했다. 계속 걷다가 숲 가장자리에 이르렀을 때 누군가 소리를 질렀다.

그건 여자아이 소리였고 히에가 소리를 지른 것이라 생각했다. 그러나 소리를 지른 사람은 다름 아닌 마을 아가씨였다. 자세히 보니 내가 패르텔과 함께 두 번 만났던 막달레나였다.

난 나무 뒤에 숨어서 막달레나가 뭘 하고 있는지 지켜보았다. 거기서 왜 울고 있는지 궁금했지만 가까이 가 보고 싶지는 않았다. 그런데 영 울음을 그치지 않아 나는 머뭇거리며 숲에서 나와 막달레나 쪽으로 발걸음을 내디뎠다.

"왜 그리 우는 거야? 무슨 일이야?" 내가 물었다.

"너 누구니?" 막달레나는 소리를 지르고는 내가 가까이 다가오지 못하도록 가느다란 나뭇가지로 만든 바구니를 앞으로 들었다.

내가 말했다. "나 레메트야. 너희 집에 간 적 있잖아. 기억 안 나니? 나한테 여러 가지 물건도 보여 줬는데, 내 친구 뱀을 때려죽이려고 했잖아."

막달레나는 뭔가 기억이 나는 것 같아 보였으나 여전히 진정하지 못했다. 바구니를 계속 내 쪽으로 흔들어 대어 그때까지 따 모았던 딸기들이 여기저기 흩어져 날아갔다.

막달레나가 말했다. "그런 사악한 것은 당연히 때려서 죽였어야지. 난 뱀이 정말 싫어. 한번 봐, 뱀들이 어떤 놈들인지! 조금 전에 한 마리가 날 물었어. 내 다리 꼬락서니가 어떤지 지금 보이지? 난 곧 죽을 거라고."

정말 다리가 부어올라 벽돌처럼 딱딱하게 굳어 있었다. 일어나 보려 했지만 다리를 들 때마다 신음하며 주저앉는 것을 보니 다리가 무척 아픈 모양이었다.

"난 이제 죽을 거야. 죽을 거라고. 이제 독이 퍼지는 게 느껴져. 저 뱀이 나를 죽였어. 역겹고 사악한 짐승 같으니라고. 아빠, 나 좀 살려 줘요. 아빠, 나 죽어요." 막달레나는 울고 있었다.

"그렇게 소리 지르지 마." 내가 말했다.

난 뱀 이빨에 물린 인간이 밖에 몸을 드러낸 아기 새처럼 그렇게 나약하고 절망적으로 보일 줄은 몰랐다. 물론 인츠가 수도사를 죽이는 모습을 내 눈으로 똑똑히 보긴 했다. 그런데 수도사와 철갑인간은 내 생각에 우리와 같은 인간이 아닌 무언가 다른 종이었다. 그들은 사람 말도 뱀 말도 알아듣지를 못했으며 아무도 이해 못 할 소리로 껄껄대기만 했다. 그들은 딱정벌레처럼 나약해서 내가 손끝으로 때려 잡을 수도 있었다. 그러나 막달레나는 엄연히 사람이고 지금 뱀에게 물려 고통스러워하고 있다. 참으로 부끄럽고 망신살 뻗치는 일이 아닐 수 없다. 왜 아직도 뱀의 말을 배우지 못한 것일까. 간단한 말만 할 수 있어도 뱀들에게 자기는 쥐나 개구리가 아니라 여자 사람이라는 것을 어렵지 않게 알려 줄 수 있었을 텐데 말이다. 뱀의 말을 배우지 못한 이 여자아이는 땅에 누워서 고통에 몸부림치고 있었고 정강이에는 빨간 이빨 자국이 두 개나 있었다. 저 아이가 인간들의 좋은 친구인 뱀들과 소통하기를 거부하며 하등한 동물의 삶을 살겠다고 자기의지로 순순히 결정한 탓이었다.

"제발 나 좀 살려 줘. 아빠. 나 좀 살려 줘요!" 막달레나는 계속 외쳤다.

"너 뱀의 말 할 줄 모르니?" 나는 무슨 대답이 나올 줄 알면서 놀리듯이 말했다.

"당연히 할 줄 모르지. 세상에 그런 말은 없어. 악마들이나 그런 걸 알아듣지." 막달레나는 짜증을 냈다.

난 악마가 뭔지는 몰랐지만 목소리를 듣자 하니 분명히 마을에 사는 누구인 것 같았다. 난 막달레나 옆에 앉았다.

"지금은 너희 아빠가 아니라 누가 와도 어쩔 수가 없어. 몸에서 뱀 독을 빼내려면 널 물었던 그 똑같은 뱀을 찾아와야 해. 그 뱀이 네 다리에서 독을 뽑아 주면 아무 일 없이 해결될 거야. 별거 아니야. 내가 지금 당장 불러올게." 내가 말했다.

막달레나는 믿을 수 없다는 눈으로 나를 쳐다보았다. 난 어릴 때 삼촌에게 배운 쉬운 단어 하나를 내뱉었다. 시간이 흘러서 작은 뱀 한 마리가 내 옆으로 기어 왔다. 그 뱀은 왕가에 속한 놈이 아닌 평범한 뱀이었다. 나와 같이 겨울잠을 잤던 뱀 중 하나였다. 막달레나는 저 조그만 뱀이 자기를 홀라당 삼킬 거라고 생각했는지 엄청난 두려움으로 정신이 오락가락했다. 나는 막달레나를 붙들고 내가 옆에 있는 한 이 뱀은 다시 물지 않을 테니 걱정하지 말라고 단단히 일렀다. 막달레나는 그 자리에 똬리를 틀고 앉아 있는 뱀을 빤히 쳐다보며 내가 뭐라도 이야기를 해 주기만을 기다렸다. 난 그 뱀에게 예의 바르게 인사하고 막달레나의 다리에서 독을 뽑아 달라고 공손히 부탁했다.

"넌 막달레나는 왜 문 거야? 저거 봐, 사람이잖아." 내가 물었다.

"그런데 우리 말을 모르는걸. 게다가 쟤는 날 바구니로 때리려고 했어. 난 저 애한테 대체 왜 그러는 거냐고, 왜 멀쩡한 정신으로 나한테 달려드는 거냐고 물었는데 아무 대답이 없잖아. 그러니 물 수밖에 없지. 다음번엔 조심하라고 전해 줘."

뱀의 대답에 나는 한숨이 나왔다.

"저기 있잖아. 사람들은 하나같이 다 바보 같아. 한 번 용서해 줄수 없겠니. 지능이 떨어져서 뱀의 말을 배울 수가 없어. 물어 봐야 소용없으니 다음번에 사람을 보게 되면 그냥 멀리 떨어져 있기만 해." 난 사과하는 마음을 담아 말했다.

"나도 물고 싶지 않아. 그런데 저 바보 같은 것이 일부러 화를 돋우는 걸 어떡해. 잘 알았고 이제 분노를 삼키도록 하지. 다리를 밖으로 빼 보라고 해. 그러면 내가 피를 빨기 더 수월할 거야." 뱀이 말했다.

우리 대화를 멍하게 듣고만 있던 막달레나에게 뱀이 한 말을 전해주었다. "다리를 이쪽으로 빼 보래. 그리고 다음에는 쓸데없이 바구니로 못살게 굴지 말라고도 좀 전해 달래. 우리가 대체 너희들에게 무슨 짓을 한다고……."

"뱀들은 정말 징그러워."

막달레나가 훌쩍거리면서 말했지만 시키는 대로 뱀에게 물린 다리를 고분고분 내주고는 눈을 찡긋 감았다. 뱀은 상처 쪽으로 코를 대고 빨기 시작했다. 붓기가 줄어들고 벽돌처럼 붉게 부어올랐던 정강이가 다시 원래대로 매끈해지는 게 눈에 보였다. 뱀은 고개를 들고 입을 핥았다.

"이렇게 하고 나면 혀가 가려워. 이제 됐어. 독은 이제 한 방울도 없이 다 빠져나갔어." 뱀이 말했다.

내가 고맙다는 인사를 하자 그 작은 뱀은 긴 꼬리를 끌며 풀숲 속으로 사라져 버렸다. 막달레나는 일어나 뱀에 물린 다리에 힘을 주어

보았고 얼굴에 놀란 표정이 역력했다. 정말 말끔히 다 나았다. 독이 다 없어진 것이다.

막달레나는 내 쪽으로 고개를 숙이더니 갑자기 내 볼에 입을 맞췄다. "고마워. 네가 내 목숨을 살려 줬구나. 넌 영웅이야. 넌 마법사야, 좋은 마법사. 나랑 같이 아빠한테 가자. 아빠한테 네가 한 일을 다 이야기해 주고 싶어." 그렇게 말하곤 나를 세게 끌어안았다.

그런데 지금 상황에서는 그 말을 듣지 않는 것이 확실히 좋을 듯했다. 막달레나의 아버지와 만날 기분이 아니었기 때문이다. 그러나 걔가 입 맞춰 준 볼에는 살짝 식은땀이 났고 내 손을 붙들고 있는 막달레나의 말에 토를 달 용기가 나지 않았다. 어제는 히에를 품에 안았는데 오늘은 막달레나가 날 어루만지고 있다니. 여자를 안는 것은 똑같지만 느낌은 사뭇 달랐다. 히에와는 너무 갑자기 일어난 일이라 어색하기만 했으나 막달레나에게 안긴 느낌은 굉장히 좋았다. 막달레나는 이제 울지도 불평하지도 않았다. 도리어 행복감으로 밝게 빛나는 얼굴은 심지어 예뻐 보이기도 했다. 막달레나의 표정은 함부로 묘사할 수가 없을 것 같았다. 히에와는 비교할 수도 없고 몸도 우리 누나보다 훨씬 예쁘고 풍만했다. 내가 알고 있는 여자들 가운데 제일 예쁘다고 말하면 될 듯했다. 인츠가 해 준 말마따나 마침 그 순간에 발정기가 온 것인지도 몰랐다.

막달레나가 자기 집으로 가자는데 어찌 마다하겠는가. 난 그 애의 집으로 가고 말았다.

못 본 사이에 머리카락이 많이 센 요하네스는 나를 보고도 별로 놀라는 표정이 없었다.

"삼위일체 하느님이 모든 걸 주관하신다."라고 말하고는 내 얼굴 앞에 이상한 행동을 했다. 나중에 알고 보니 성호를 긋는 행동이었고 당시에는 그걸 몰랐기에 내가 모르는 이상한 마법을 부리는 거라고 생각했다. 요하네스는 내게 손을 내밀며 말했다.

"이제 내 말을 세 번이나 어기고 숲으로 돌아가는 일은 없겠지. 하느님을 믿는 사람들은 무지한 야수들과 사탄이 지배하는 저 땅에 들어가면 안 된다. 자, 와서 우리 함께 식사하자꾸나. 우리 아들."

"아버지. 오늘 저에게 무슨 일이 있었는지 들으시면 놀라서 쓰러지실 거예요." 막달레나가 우리 말을 가로막고 끼어들었다. 막달레나는 방에 들어가기도 전에 요하네스에게 뱀에 물리는 바람에 다리가 부어 죽는 줄 알았다는 이야기를 들려주었다. 내가 나타나 그 뱀을 다시 불러서 다리를 고쳐 준 일도 이야기했다.

"아빠, 놀랍지 않아요?" 막달레나는 흥분하여 큰 소리로 말했고, 나는 그 부녀가 시답지 않은 이야기 때문에 흥분해 있는 것을 보니 가슴이 답답했다. 그래도 열성을 다해 이야기를 전하는 막달레나를 보니 금세 다시 행복해졌고 커다란 흥분으로 빛나는 두 눈이 아주 아름다워 보였다.

요하네스는 아무런 말도 없이 그저 손을 가슴에 매단 십자가에 가져다 대고 고개를 숙였다.

막달레나가 초조하게 말했다. "아빠, 뭐라고 말 좀 해 봐요. 저한텐 정말 이상한 일이었어요. 무슨 악마가 한 짓 같으세요? 무슨 마법이라도 부렸다고 생각하시는 거죠? 물론 뱀에게 독을 빨라고 다리를 내

준 것 때문에 화가 나시는 거예요? 그런데 안 그랬으면 전 죽었을 거예요. 내가 얼마나 아팠는지 모르잖아요. 아빠, 뭐라고 말 좀 해 봐요. 왜 아무런 말이 없으신 건데요." 막달레나는 낯빛이 하얘지더니 당황스러운 눈빛으로 나를 쳐다보았다.

기도를 마친 마을 장로 요하네스는 막달레나의 눈을 똑바로 보았다. "기도하고 있었다. 걱정하지 마라, 애야. 넌 하느님 앞에서 불경을 저지른 것이 하나도 없다. 물론 뱀은 사탄이 손으로 빚은 저주받을 동물이지만 주님이 그 몹쓸 것들보다 더 위대하시잖니. 하느님께서 선을 이루고자 작정만 하신다면 세상의 모든 악한 존재들을 몰아 버리시는 것은 일도 아니다. 오늘 사탄이 너를 해치기 위해 뱀을 보냈는데도 하느님이 무한한 사랑으로 저 아이를 네 곁에 보내 목숨을 구하게 하신 것이야. 하느님은 뱀으로 하여금 자신의 독을 다시 빨게 하셨으니 아마 지금쯤 죽었을 것이다. 그러니 우리는 하느님을 칭송하고 찬양해야 한단다."

내가 말했다. "뱀들은 자기 독을 마신다고 절대 죽지 않아요. 막달레나를 문 것은 실수였어요. 그래서 제가 상처를 깨끗하게 치료해 달라고 부탁한 거고요. 뱀의 말만 할 수 있으면 그까짓 일은 아무것도 아니라고요."

막달레나가 말했다. "너 말고 뱀의 말 하는 사람은 아무도 없지? 네가 뱀의 말을 한다는 것 자체가 정말 기적 같다."

내가 조용히 말했다. "원하면 누구라도 배울 수 있어. 마법같이 어려운 게 아니거든. 옛날에는 모든 사람이 뱀의 말을 할 수 있어서 뱀에 물리는 일도 없었대."

나는 갑자기 슬퍼졌다. 이런 순간이 오면 으레 내가 일주일 내내 지하실에서 맡았던 삼촌 시체 썩는 냄새가 코를 간지럽혔다. 그 냄새는 나를 가만히 남겨 두지 않았다. 삼촌을 화장하던 날의 냄새는 연기가 되어 하늘로 뻗고 하늘빛과 섞여 바람과 함께 날아다녔다. 그 냄새가 비처럼 얼굴에 방울방울 떨어지고 나서야 알아차릴 수 있었다. 그런 느낌은 내가 슬플 때면 찾아왔다. 손발이 멀쩡하고 입을 벌려 말을 할 줄 아는 사람들이면 응당 할 수 있을 것이라고 믿었던 그 뱀의 말을 하는 것이 이렇게 놀라운 일이라는 것을 깨달은 지금이 바로 그 슬픈 순간이었다. 순식간에 나와 관계가 전혀 없는 낯설고 이상한 사람들 사이에 혼자 남겨진 것 같은 공포를 느꼈다. 외롭게 버려진 나는 유일한 진정한 친구였던 삼촌이 시체가 되어 썩어 가던 지하실에 있던 당시가 떠올랐다. 맑은 공기를 마시고 싶었지만 어딜 둘러봐도 온통 썩어 가는 악취뿐이었다. 요하네스에 이끌려 들어간 집 안에서도 악취가 났다.

막달레나가 부산하게 식탁을 차리고 있는 동안 요하네스는 내 곁에 앉아 어깨에 손을 올렸다.

"뱀의 말을 할 줄 아는 것은 네가 잘나서가 아니다. 하느님께서 너에게 그런 은사를 주시지 않으셨다면 절대 가능하지 않았을 일이다. 하느님은 죄 없는 아이들은 그냥 내버려 두시지 않는단다. 오늘 막달레나를 보았으니 알았겠지. 하느님께서 네게 뱀의 말을 듣는 은사를 허락하셨으니 네가 숲에서 나와 막달레나를 구할 수 있었던 거다."

내가 말했다. "전 그런 하느님 따위가 뭔지도 모르고 알고 싶지도 않아요. 뱀의 말은 우리 삼촌이 가르쳐 주신 거예요. 누구나 다 배울 수 있어요. 마을 사람들이 모두 잊어버려서 모르는 거예요.”

요하네스가 계속 말을 이었다. “우리가 무언가를 잊는 것도 다 그분의 뜻이다. 하느님은 우리가 원수인 뱀과 이야기하는 것을 원치 않으신다. 그런 존재들과 뭐 하려고 이야기를 한단 말이냐. 내가 온 세상을 다니면서 여러 사람과 이야기해 보았지만 뱀과 이야기하는 사람은 본 적도 들은 적도 없다. 왜 너는 일부러 그런 미천한 동물들의 말을 들으려 하는 거지? 그 불쌍한 뱀들이 우리에게 할 말이 뭐가 있겠느냐. 우리보다 월등한 사람들의 말을 들어야 한다. 외국인들을 보렴. 돌을 가져다가 성과 수도원도 짓고 바늘도 뚫고 들어가지 못할 쇠비늘을 입힌 거대하고 빠른 배도 짓지 않느냐. 그래서 그 뱀들이 너에게 뭔가 지혜로운 가르침이라도 주더냐? 그 외국인들은 모두 하느님의 은총으로 그런 재주를 가지게 된 것이다. 하느님은 그들을 먼저 빛으로 이끄시고 지혜롭게 창조하셔서 우리가 그들의 가르침을 듣도록 허락하신 것이란다.”

내가 말했다. “아저씨가 뱀의 말을 하지 못하면 그 돌이랑 철이 무슨 의미가 있나요. 내 친구 뱀이 어떤 수도사 한 명을 물어 죽이는 걸봤어요. 아무 말도 못 하고 단번에 땅으로 고꾸라지더군요.”

요하네스가 소리쳤다. “오오, 주님…… 대체 그런 몹쓸 짓을 왜 한거냐. 그 저주받을 뱀 같으니! 그때 보지 않았느냐, 사탄의 종들이 어찌 우리 거룩한 형제들의 발을……. 그 수도사는 두말할 것도 없이 지금 천국에서 영원한 삶을 누리고 있을 것이다.”

“뱀뿐만이 아니라 여우랑 늑대도 사람을 잡아먹잖아요. 사람이 뱀의 말을 하지 못하면 개구리보다도 비참한 거예요. 뱀의 말을 한마디도 모르는 그런 바보들처럼 살아가는 게 좋으신가요? 그건 사람도 아니에요, 벌레지."

난 순간 벌레 앞에서 벌레 흉을 본 것 같아 후회했지만 뱉은 말을 주워 담을 수는 없었다. 뱀의 말을 전혀 모르기는 둘 다 마찬가지였기 때문이다. 그러나 요하네스는 화를 내기는커녕 오히려 웃었다.

"얘야, 너 숲에서 도대체 얼마나 오래 살았던 거니. 넌 하느님의 이름으로 세상을 지배하는 저 외국인들이 전부 너보다 못한 바보들이라고 말하고 싶은 거로구나. 그럼 우리 교황께서도 뱀의 말을 못 하시니 바보 같은 존재겠네. 그렇게 말하고 싶었던 거 아니야? 그랬다간 죄를 짓는다. 내가 너한테 그런 걸 물어보는 것조차 큰 죄다. 난 그것 때문에 분명히 고초를 겪을 것이다." 엄청나게 젠체하는 목소리가 거슬렸다.

"그 교황이라는 사람은 또 누구예요?" 내가 물었다.

"교황은 땅에 있는 하느님의 대사이시다. 그는 로마 성시(聖市)에 살고 계시고 백성들을 모두 사랑하시는 분이다. 나는 그의 곁에도 서 보았고 그의 발에도 입맞춤을 해 보았다. 그땐 내가 아직 어렸을 때였지. 철갑인간들은 숲에서만 평생 자란 어린 나를 데려가 세상의 멋진 것들을 전부 보게 해 주었다. 기독교인들이 얼마나 총명하고 강한지도 보게 해 주었다. 금은보화가 온 천지에서 빛났고 바위로 지은 성당과 높은 탑은 나무가 가지를 아무리 뻗어도 그 꼭대기 근처에도 가지 않을 것이다. 외국인들의 성스럽게 섬기는 그 하느님이야말로 가장 위대하고, 그의 인생을 좇고자 하는 사람은 그의 곁에 머물면서 온 세상의 비웃음을 받을 천박한 미신들은 모두 잊어버려야 한다. 여행을 마치고 집에 돌아와 보니 다른 민족들은 다 강성해져 잘들 살고 있는데 우리만 이렇게 미련한 아이처럼 살고 있어서 정말 부끄러웠다. 우리도 서둘러 그들의 뒤를 따라 다른 세상에서는 이미 오래전부터 일상이 되어 버린 그들의 고급 문명을 배워야 한다. 다행스럽게도 더 많은 형제들과 기사들이 우리를 찾아주었으니 이전에도 그랬던 것처럼 우리가 한 걸음씩 깨어난 민족으로 거듭날 수 있도록 도와줄 것이다. 저들은 우리에게 길을 잘 보여 주고 있다. 그러니 날 믿어라. 우리도 그들보다 모자랄 것이 없다는 것을 잘 보여 주자꾸나." 조용히 말하는 그의 얼굴은 꿀이라도 빨아 먹은 것처럼 환히 빛났다.

"그렇다고 뱀의 말을 잊을 필요는 없잖아요." 내가 말했다.

요하네스는 등을 구부리고는 나를 한참 동안 빤히 지켜보았다. "꼬마야, 내가 지금 해 주는 이야기를 잘 들으려무나. 세상에 뱀의 말이란 것은 사실 없단다." 그가 속삭였다.

나는 너무 황당해서 웃음도 나오지 않았다. 그저 저 마을 장로라는 작자가 어떤 쓸데없는 짓거리를 하는지 보자 하는 심정으로 그의 눈을 가만히 보았다.

그가 다시 말했다. "그래, 뱀의 말 따위는 없다. 만약 있다면 왜 성당에서 그 뱀의 말을 물리치려고 하지 않겠느냐. 하느님께서 교황님을 이 땅에 자신의 대사로 세우셨다면 그에게 이 땅의 모든 권세도 주셨지 않겠느냐? 교황님은 권세가 무한하셔서 말씀하시는 모든 것이 다 하느님의 말씀으로 된 것이다. 교황님께서 원하시면 강줄기를 반대로 흐르게 하실 수 있다. 만약 뱀이 존재한다면 교황님뿐만 아니라 모든 성인들께서도 할 수 있었겠지. 그런데 할 수 없다는 것은 하느님이 뱀들에게 말할 수 있는 능력을 부여해 주시지 않았기 때문이야. 뱀들과는 이야기를 하면 안 되고 죽이거나 내쫓아야 해. 성인들은 누구나 말 한마디로 뱀들을 다시 지옥 밑바닥으로 떨어지게 할 능력을 지니고 계신단다. 정말 그렇다. 하느님께서 하늘에서 보고 계시다가 다른 뱀을 불러서 막달레나의 상처를 치료하게 해 주신 거다."

"그건 대체 무슨 소리예요? 지금 아저씨랑 말하는 것처럼 저는 뱀하고도 이야기를 해요." 내가 말했다.

요하네스의 표정이 엄숙하게 굳었다. "그럴 리가 없다. 뱀은 말을 못 해. 너한테만 그게 보인 것뿐이다. 악마가 지배하여 네 눈을 속이는 숲에서 당장 나와, 세상에 존재하는 것과 아닌 것을 구별할 지혜를 갖추거라. 마을에 와서 세례를 받고 성당에 다니면 뱀의 말을 하는 것이 왜 죄인 줄 금방 알게 될 것이다."

"그래도 바뀌는 것은 아무것도 없어요. 나는 마을 사람들이 말하는 대로 그냥 바보로 살아야겠네요! 나는 그 뱀의 말을 할 줄 아니까요. 한번 들어나 보시죠." 나는 자리에서 일어났다.

나는 오랜 시간 동안 쉭쉭거리며 요하네스와 뱀의 말로 이야기해 보려 하였으나 그는 나를 똑바로 보며 고집스럽게 같은 말을 반복할 뿐이었다.

"혀로 바람만 내보내는 거지 아무런 의미도 없는 거다. 그 바보 같은 짓은 잊어버려라. 우리 민족은 하나같이 아이처럼 살고 있다고 말할 때부터 내가 다 알아봤다. 이제 어른이 될 때도 되지 않았니. 다른 이들처럼 살 때란 말이다. 뱀의 말 따위는 없다!"

내가 화를 내며 말했다. "뱀의 말은 분명 존재해요, 만약 모든 사람이 예전처럼 뱀의 말을 한다면 이 땅에 외국인은 한 명도 없을 거예요. 북녘 개구리가 모두를 집어삼켜 바닷가에는 그놈들 뼛조각만 떠다닐 거고요."

"또다시 유치한 생각을 하는구나. 북녘 개구리는 또 뭐냐. 그 누구라도 우리 위대한 기사들과 검이 물리치지 못할 존재는 없다." 요하네스가 말했다.

난 몹시 화가 났다. 요하네스는 계속 말도 안 되는 이야기를 지껄이고 있지만 난 그를 설득할 방법을 도무지 찾을 수가 없었다. 언젠가 턱을 양쪽으로 움직여 기사들을 검과 함께 먹어 치웠던 그 북녘 개구리를 데려올 방법도 없었다. 북녘 개구리가 잠들어 있는 동굴의 열쇠를 아직 발견하지 못했고, 찾아낸다 하더라도 깨울 방법이 없었다. 게다가 요하네스의 집에는 뱀을 부를 수가 없어서 내 말이 진심임을 증명할 방도가 없었다. 그랬다가는 더 안 좋은 결과를 초래하게 될 것이다. 그리고 만에 하나 내가 뱀을 데려와 대화를 한다고 해도 요하네스 귀에는 의미 없는 바람 소리만 들릴 것이 뻔했다. 평생 살면서 다른 이들의 집은 들여다보지도 못하는 달팽이들처럼 완전히 다른 세상에서 살고 있었다. 자기 집에 신과 로마 교황이 임하신다고 믿는 사람에게 뱀의 말이나 북녘 개구리 이야기는 씨알도 먹히지 않았다.

난 동물 사체 썩는 냄새가 나는 것 같아 얼른 자리를 뜨고 싶었다. 그러나 막달레나가 다가오더니 내 어깨에 손을 얹고 같이 식사를 하자고 했다. 그 사람들이 뭘 먹을지는 뻔했다. 하지만 정신을 차려 보니 막달레나의 초대에 이기지 못하고 어느새 들어가 식탁에 앉아 있었다.

18

내 예감은 틀리지 않았다. 식탁에는 커다란 빵 덩어리가 놓여 있고 끈적거리고 빛나는 것들이 가득 담긴 크고 작은 그릇들이 그 주변을 에워싸고 있었다. 그 음식들을 보자마자 역겨웠지만 막달레나가 내 옆에 앉자 시체 썩는 냄새 사이로 그 애 머리카락의 향기가 파고들어 내 콧구멍을 타고 목으로 흘러들었다. 나는 막달레나의 향기를 입으로 느끼는 기분이었다. 난 막달레나를 위해서 이 한 몸 희생하여 식탁에 놓인 역겨운 물건들을 전부 먹고 소화해 주리라 마음먹었다.

요하네스는 식탁 끝에 앉아 손으로 성호를 그리더니 눈을 감고 뭔가 중얼거렸다. 막달레나도 그 모습을 따라 했다. 난 이것이 우리 동네 현자 월가스가 동물을 도끼로 죽여 제물로 바치기 전에 하는 쓸데없는 주문과 똑같은 것이라 생각했다. 그들은 잠시 중얼거리더니 고개를 들고 한 손으로는 빵을 잡고 다른 한 손으로는 칼을 들어 대충 잘라 냈다.

내게 빵 조각 하나를 건네면서 말했다. "자, 이건 우리 귀한 손님 거다. 빵은 믿는 자들이 꼭 먹어야 하는 음식이다. 그만큼 신성한 거지. 빵은 우리가 살아온 것보다도 역사가 오래된 것이다."

난 메슥거리는 걸 숨기고 빵 조각을 집어 들었다. 그리고 숨을 들이마시고 입으로 깨물어 옆에서 한 조각을 뜯어냈다. 그 빵도 내가 기억하던 것만큼 맛이 끔찍했다. 입 안에서 맴돌고 이에 자꾸 끼었다.

"이거 발라 먹으면 더 맛있어." 막달레나는 고름처럼 보이는 이상한 노란 기름 덩이를 내게 건네주었다. 정말 먹는 데 내 인생을 걸어야 할 것 같은 고약한 모습이었다.

"먹어 봐. 정말 맛있어." 칼끝으로 지방 덩어리를 발라 한 입 물고는 마치 딸기라도 먹은 것처럼 행복한 표정을 지었다. 마음을 굳게 먹고 그 빵 조각을 들어 그 기름 덩어리를 발라 먹었다. 생각한 것만큼은 아니지만 그래도 역겨운 건 사실이었다.

"고기는 전혀 안 드세요?" 내가 물었다.

요하네스가 커다란 빵 조각을 맛있게 씹으며 말했다. "명절에는 먹는다. 그땐 돼지고기랑 양고기도 식탁에 오른다."

"왜 매일 먹지 않고 명절에만 먹어요?"

"우린 그렇게 부유하지 않아. 우리 민족은 가난하거든. 매일 고기를 먹을 수 있는 것은 성에 사는 기사님들뿐이다. 우리가 벌써 그렇게 낭비를 시작하면 곳간에 곡식이 한 톨도 남지 않을 거다." 요하네스가 설명했다.

"고기는 숲에 천지인데요. 엘크, 염소, 토끼. 그런 것들은 왜 안 먹어요?"

내 말에 요하네스가 목소리를 높였다.

"그런 것을 어디서 잡으란 말이냐. 날쌘 말과 바다 건너에서 만든 날카로운 창을 든 기사님들이야 가능하겠지. 우리 같은 사람들에겐 염소 한 마리 잡는 것도 큰일이다. 토끼들은 영악해서 덫에도 잘 안 걸린단 말이다."

내 머릿속에 다시 어두움이 찾아들었다. 여기 뱀의 말을 배우기를 거부하고 그들의 존재마저 강하게 부인하는 사람이 앉아 있다. 그는 자신의 결정을 자랑스러워한다. 올바른 길을 가고 있다고 믿으며 나도 그들의 길로 이끌고 싶어 한다. 스스로 집게를 자르고 바다 밑에서 돌아다니는 게를 보는 거 같았다. 우리 엄마는 요하네스보다 나이가 많고 뚱뚱하지만 힘들이지 않고 매일 엘크를 잡아 집으로 들여왔다. 어머니가 잡아 오는 족족 다 먹는 것은 아니었으나 우리는 그런 식으로 잘 먹고 살았다. 그 교황인지 뭔지를 보았다는 이 사람은 토끼 한 마리 잡을 능력이 없었고 심지어 그 미련한 토끼들이 영악하다고 알고 있었다! 고작 염소를 잡는 데 말과 창이 웬 말이며 그 한 마리 잡으려고 많은 시간을 허비해야 한다니. 염소쯤은 순식간에 사람 말에 순종하게 만들어 주는 뱀의 말을 왜 믿지 않는다는 걸까. 나는 또 한 번 내가 다른 세상에 살고 있다는 느낌이 강하게 들었다.

"여기 죽도 좀 먹어 봐." 막달레나는 나무 숟가락을 건넸다. 요하네스와 막달레나는 식탁 한가운데 놓인 끈적해 보이는 생소한 것을 맛있게 먹고 있었다.

"그건 뭐야?" 난 이렇게 묻고는 그릇에 든 그 음식을 못 미더운 표정으로 삼켰다.

요하네스가 대답했다. "밀죽이다. 아주 걸쭉하고 맛있다. 이걸 먹으면 일할 힘이 생긴다."

"이런 건 어디서 나요? 로마에 있다는 교황도 이런 걸 먹어요?"

역시 뭐 이런 걸 다 먹냐는 투로 물었다. 우리 엄마라면 손님들에게 이런 음식들을 대접하지 않을 것이다. 분명 이런 음식은 두말하지 않고 버리거나 아니면 다른 동물들이 먹지 않도록 땅에 묻었을 것이다.

요하네스는 고개를 흔들었다. 또다시 내가 뭔가를 잘못했다는 투였다. "로마의 교황님 말이냐? 교황님은 하느님이 이 땅에 내리신 당

240

신의 대사이신데 어찌 우리 같은 사람들과 비교할 수 있겠니. 우리는 단순한 농부일 뿐이고 그는 성스러운 아버지시다! 분명 교황님의 식탁은 고작 우리가 먹는 밀죽과는 비교도 안 되게 기름지고 화려할 것이다. 시종들이 각종 새와 동물의 고기를 가지고 올 것이고 세상 각지에서 보낸 희귀한 과일들이 그 옆을 장식할 것이다. 우리가 어찌 감히 그런 삶을 꿈꾸겠느냐. 사람이라면 각자의 위치와 지위를 잘 파악해야 한다. 우린 보잘것없고 가난한 민족일 뿐이다."

"고기는 저도 매일 먹는데요." 내가 말해 주었다.

요하네스는 단호하게 말했다. "오해하지 말고 듣거라, 얘야, 그러니까 네가 여태 숲에서 사는 거다. 고기는 늑대들도 먹는다. 그렇다고 우리가 늑대처럼 살아야 하니? 우리가 빛을 향해 나아가고 하느님을 열성을 다해 섬기면 주님께서는 우리를 긍휼히 여기시어 매일 먹을 빵을 채워 주신단다."

"전 그 말을 도통 이해하지 못하겠어요. 내가 늑대일지는 몰라도 적어도 사람같이는 먹고 산단 말이에요. 내가 만약 마을에 살면 풀떼기로 만든 희멀건 죽이나 먹고 살겠네요."

나는 그렇게 말하고 빵 조각을 내던졌다. 밀죽을 먹은 후 속이 더 뒤집혀서 더 이상 빵을 먹을 수가 없었다.

요하네스와 막달레나는 잠시 아무 말 없이 나를 이상하다는 눈길로 바라보았다.

요하네스가 천천히 그리고 조심스럽게 말했다.

"그렇게 말하는 거 아니다. 얘야, 진심으로 말해 주렴. 혹시 사람의 영혼을 해칠 만한 중한 죄를 지은 적은 없니? 늑대인간으로 변하거나 하진 않니?"

"늑대인간이 뭔데요?" 무슨 말을 하려는 건지 궁금했다.

요하네스가 대답했다. "몹쓸 주문에 걸려 늑대로 변하는 사람을 말하지. 경건한 수도사님들께서 당신들의 고향에도 그런 재주를 부리는 용서받지 못할 사람이 있으니 어디서든 늑대인간을 볼 수 있다고 하시더라. 너 혹시 그런 재주를 부리는 것은 아니니? 그거 아주 무서운 죄다."

나는 진절머리가 났다. "그런 게 어떻게 가능해요. 사람은 사람이고 늑대는 늑대죠. 늑대는 젖을 짜고 타고 다니기 위한 동물이에요. 세상에 누가 늑대가 되고 싶어 하겠어요. 사람들이 젖을 짜고 등에 타고 돌아다닐 텐데, 뭐가 좋다고요. 그 수도사들이야말로 골이 빈 사람들이네요."

"그분들은 배운 것도 많고 총명하시다. 네가 그런 재주를 연마하지 않는다고 하니 네 말을 믿어 주겠다. 넌 눈이 진실해 보이니 기독교인이 되면 아주 좋겠구나."

"그건 힘들 거예요." 나는 그렇게 말을 던지고 식탁에서 일어났다.

요하네스가 막달레나에게 고개를 끄덕였다.

"네가 데리고 나가서 마을 구경을 좀 시켜 주거라. 난 저 아이가 다시는 숲으로 돌아가지 않았으면 좋겠다. 젊음을 숲에서 허비하면 쓰나."

"수도원 보고 오자. 거기 가면 수도사들이 노래를 불러. 마을 젊은 이들이 많이 가서 그 노래를 듣고 와." 막달레나가 말했다.

"그래 다녀오렴. 수도사들의 성스러운 찬양을 들으면 영혼이 맑아진단다. 어서 가렴, 난 좀 더 할 일이 있으니. 사람들은 얼굴에서 땀이

나도록 일해서 빵값을 벌어야 한다." 요하네스가 말했다.

어느 정도 맞는 말이었다. 평생 일만 하는 개미나 요하네스나 모두 뱀의 말을 못 하기는 마찬가지였고 숲에서는 그런 존재들이 가장 하찮은 무리 중 하나로 손꼽혔다. 난 막달레나와 이 자리를 얼른 피하고 싶었고 쓸데없는 말싸움거리를 만들고 싶지 않아 마을 장로에게 그런 이야기는 꺼내지 않았다. 우리는 나란히 걸어갔다. 내 어깨나 손가락 끝이 막달레나에게 닿을 때면 뭔가가 내 마음을 스치고 지나갔다. 손끝이 모르는 척 막달레나 몸에 계속 닿을 수 있도록 팔을 앞뒤로 흔들고 싶었다. 그러나 막달레나가 주제넘은 짓을 한다고 생각할까 봐 막달레나에게 손이 닿지 않도록 조심하며 막대기처럼 몸을 움츠리고 걸었다. 예전엔 안 그랬는데 몇 년이 지나 막달레나를 만나니 이렇게 부끄러워지는 건 무슨 이유일까. 이렇게 부끄러움을 많이 타는 사람들은 이미 전부 죽어서 사라졌는지 한 명도 보지 못한 것 같다. 마치 해가 지기 전까지 길게 늘어지다가 마침내 사라지는 그림자 같았다. 나는 이미 사라져 버렸다. 이미 죽었는지도 모른다.

막달레나와 걸으면서 그 애를 만져 보고 싶은 마음과 놀라게 하고 장난을 치고 싶은 마음 사이에서 갈등하고 있었다. 막달레나는 전혀 다른 쪽으로 정신이 팔려 있었다. 갑자기 자리에 서서 나를 나무 뒤로 끌고 가더니 무언가 안달 난 표정으로 속삭였다.

"너 늑대인간으로 안 변한다는 거 아빠한테 거짓말한 거지. 사실 너 어떻게 하는지 아는 거지? 그렇지?"

"몰라. 그런 건 불가능해. 세상에 다른 존재로 몸을 바꿀 수 있는 사람은 없어. 뱀도 껍질을 벗긴 하지만 그런다고 뱀이 도마뱀이나 구렁이가 되지는 않아. 늑대로 변한 사람은 아무도 없어. 어떻게 그런 바보 같은 말을 믿을 수 있지?"

"난 믿어. 수도사들도 그렇게 이야기한다잖아. 레메트, 네가 나한테 이야기해 주고 싶지 않은 거 나도 알아. 아빠도 그게 죄라고 했잖아. 그런데 난 그렇게 생각 안 해. 정말 멋있는 일이잖아. 나도 늑대로 변하는 재주 부리는 거 배우고 싶어!" 막달레나가 그렇게 말하니 내가 말을 잘못 꺼냈나 싶어 갑자기 당황스러워졌다.

난 어깨를 들썩이는 것 이외에는 할 수 있는 게 없었다.

"어떻게 하는 건지 말해 봐." 막달레나는 지치지 않고 말했다.

"나 진짜 모른다니까." 이렇게 예쁜 아이가 요구하면 난 뭐든지 원하는 대로 해 줄 수 있었다. 그러나 늑대로 변하는 것은 누구라도 할 수 없는 일 아닌가. 그런데 그때 좋은 생각이 떠올랐다.

"내가 뱀의 말 가르쳐 줄게." 내가 말했다.

"그거 배우면 늑대로 변할 수 있어?" 막달레나는 무슨 새로운 사실이라도 깨달은 듯 확신해 차서 말했다.

"아니야, 안 돼. 그런데 그거 배우면 모든 동물들이랑 이야기를 할 수 있어. 뱀의 말을 할 줄 아는 동물들과 이야기하는 거지. 알아듣지 못하는 애들도 있는데, 그래도 뱀의 말을 들으면 순순히 따라오게 돼 있어. 그럼 음식 구하러 힘들게 여기저기 다니지 않아도 돼. 뱀의 말로 부르면 엘크가 알아서 찾아오거든. 그때 잡으면 돼. 아주 쉬워."

"어떻게 해야 하는데?" 막달레나가 물었다. 그러나 늑대로 변하는 재주를 배우는 것만큼 흥미가 당기지는 않는지 목소리에 힘이 들어가 있지 않았다.

나는 가장 쉬운 단어 하나를 들려주었다. 막달레나는 따라 해 보려고 했지만, 이상한 소리만 들릴 뿐 전혀 뱀의 말 같지 않았다.

"괜찮아. 처음엔 다 어려워. 나도 처음에 얼마나 혀를 꼬았는지 아파 죽는 줄 알았어. 다시 한번 해 봐. 내가 어떻게 말하는지 듣고 따라 해 봐."

내 혀가 어떻게 떨리는지를 막달레나가 잘 파악할 수 있도록 천천히 그리고 조심스럽게 발음했다. 막달레나가 얼마나 열심히 따라 하는지 얼굴이 붉게 변하고 이 사이에서 침방울도 튀었다. 그래도 뱀의 말은 아니었다.

"에이, 그것도 아니야." 내가 한숨을 쉬었다.

"나 너랑 똑같이 했는데." 막달레나가 분한 듯 말했다.

"아냐. 똑같이 안 했어." 나는 막달레나가 기분 상하지 않도록 최대한 조심해서 말했다. 난 막달레나가 뱀의 말을 잘 배울 수 있기를 바랐다. 숲에서 내가 알고 있는 가장 멋진 곳으로 막달레나를 데려가 공부를 시키고 둘이서 나무 아래에 앉아 뱀의 말을 흉내 내는 상상을 해 보았다. 그럼 나무 아래에서 무언가 새로운 것이 싹틀지도 모른다. 그런 우리 앞에 펼쳐진 그 아름다운 미래를 무슨 수를 써서라도 꼭 지키고 싶었다. 그래서 막달레나에게 계속 뱀의 말을 연습시켰다.

"네가 한 것도 내가 아까 한 거랑 똑같은데." 내가 발음한 뱀의 말을 듣더니 막달레나가 말했다.

나는 놀라서 말했다. "그럴 리가 없는데. 차이를 못 느끼겠어? 심지어 비슷하지도 않은데. 다시 한번 들어 봐."

나는 처음에 발음한 단어를 다시 들려준 다음 막달레나의 발음도 흉내 내어 보았다.

"내가 듣기엔 다 똑같은 소리 같아. 나도 너랑 똑같이 했는데." 막달레나는 조금 퉁명스럽게 대답했다.

막달레나는 다시 한번 따라 해 봤지만 여전히 아무 의미도 없는 소리였다. 만약에 뱀이 그 소리를 들었더라면 뱀이 쥐를 입에 물고 삼키려다 난 소리라고 할 것이다.

난 물론 막달레나에게 그런 식으로 쥐 따위에 빗대어 말하지는 않았다. 문제는 혀에 있었다. 왜 발음이 안 되는지 내가 더 잘 볼 수 있도록 내미는 막달레나의 예쁜 분홍빛 혀를 보는 것은 정말 기분 좋은 일이었다. 그러나 빵을 씹고 풀떼기나 삼키는 데 쓰느라 굳어진 혀는 도통 움직일 줄을 몰랐다. 내가 수영하고 있을 때 피르레와 랙이 내 엉덩이를 안쓰럽게 쳐다봤던 게 기억났다. 내가 꼬리가 없다는 사실이 안쓰러웠던 것이다. 내 엉덩이에서 꼬리가 사라진 것처럼 막달레나 혀에서 근육이 다 사라져 버린 것이다. 그렇다면 뱀의 말을 하는 것은 불가능한 셈이다. 막달레나 혀는 아주 깊게 자라 거의 목을 가득 채운 데다가 너무 약했다. 사람들이 변하는 데는 그리 많은 시간이 들지 않는다. 할아버지와는 달리 나는 독 송곳니가 없고 막달레나 역시 혀가 이상하게 변했다. 아마도 막달레나에게는 뱀의 말이 바다에 치는 파도와 마찬가지로 어떻게 말하든 상관없는 다 똑같은 소리에 불과할 것이다.

난 어쩔 수 없이 포기해야 했다. 막달레나는 뱀의 말을 배울 조건이 안 갖추어져 있었다. 평생을 마을에서 물레질이나 하며 살 운명이었다. 아마 그런 인생을 사는 것을 원했는지도 모른다. 막달레나는 엄청난 보물을 잃어버린 셈이지만 그래도 내가 할 수 있는 것은 아무것도 없었다.

"너한테 뱀의 말 못 가르쳐 주겠다. 너는 뱀의 말을 한마디도 못 하겠다. 혀가 안 구부러져." 나는 곤란해하며 말했다.

막달레나는 내 말에 전혀 신경 쓰지 않는 듯했다.

"상관없어. 난 뱀들이랑 이야기하고 싶지 않아. 나 뱀 무서워해. 저 있잖아, 다른 거 물어보고 싶은 게 있는데, 너 정령 본 적 있어?"

"무슨 정령?" 나는 윌가스 생각이 나 억지로 대답했다.

막달레나가 속삭였다. "숲에 정령들이 산대. 아빠는 외국에도 많이 다니고 세상의 신기한 것들을 다 봤을 정도로 똑똑한데도 정령들이 있다고 믿으셔. 아빠는 외국 사람들을 많이 알아서 그 사람들이랑 얘기도 해. 그 사람들도 숲에 가면 땅속에 사는 꼬마 도깨비들이랑 정령이랑 유령들이 산다고 그랬어. 다들 사탄의 종이기 때문에 숲에 가는 게 안 좋댔어. 너무 깊이 들어가면 유령과 정령 들이 길을 잃게 해서 자기들의 성으로 데려간댔어. 넌 분명 봤을 거야."

이런 바보 같은 소리가 다 있나. 그들은 뱀의 말은 없다고 부정한다. 숲에서 누릴 만한 온갖 좋은 것들은 그들에게 다 부질없고 낯설다. 그런데 현자 윌가스가 전설이나 들으며 지어낸 그 정령 따위의 이야기들이 마을에 들어와 사실처럼 회자되고 있다니! 난 정말 할 말이 없었다. 내가 더 이상 할 말이 뭐가 있겠는가. 사람이 늑대가 될 수 없다고 말해도 믿지 않는데 내가 정령이 없다고 확실히 말해 봤자 여전히 뭔가 숨기는 게 있다고 믿지 않겠는가. 윌가스와 탐베트가 지겹게 떠들어 대는 그 뚱딴지같은 소리를 내 입으로 다시 이야기하자니 짜증 났다. 나는 잘 모르겠다는 식으로 어깨를 들썩였다.

"음, 나도 그렇게 많이 보지는 못했어." 내가 속삭였다.

"그래? 어떻게 생겼는데?"

"저기 있잖아, 막달레나, 우리 무슨 노래 들으러 간다고 하지 않았니?"

막달레나가 맞받아쳤다. "나한테 이야기하기 싫으니까 그러는 거지. 나도 다 알아, 너 그러면 안 돼. 정령들이 너한테 비밀 털어놓지 말라고 그런 거지? 그래도 네가 본 것은 확실하네. 그럼 나, 친구들한테 숲에서 정령들이랑 유령 본 사람 안다고 말해도 되지? 아마 다들 놀랄걸?"

그러더니 막달레나는 내 손을 잡고 길을 따라 뛰어갔다. 그때 손에서 느껴진 따뜻한 손바닥의 느낌 때문에 내 손이 땀으로 흥건해지는 것은 아닌가 걱정이 되었다. 우리는 집 몇 채를 지나 몇 년 전 인츠가 수도사 한 명을 죽였던 그곳에 도착했다. 그 근처에 수도원이 있었다. 막달레나는 나를 수도원 벽으로 데리고 가더니 앉으라고 손짓했다.

"저 안엔 안 들어가는 거야?" 내가 물었다.

"당연히 안 되지. 저긴 수도사들이 사는 곳이라고, 여자들은 절대 못 들어가. 그리고 너도 안 돼. 넌 기사도 아니고 수도사도 아니고 평범한 애잖아. 외국인들이 우리처럼 시골에서 나고 자란 사람은 안으로 들여보내 주지 않아."

"너희 아빠도 갔다며. 교황 옆에도 갔다며……." 내가 물었다.

"아빠는 좀 예외지. 그러니까 사람들에게서 아빠가 존경받는 거야. 마을 사람들 중에서 가장 존경받는 분이지. 외국 사람들 말을 배워서 그 사람들이랑 이야기를 하기도 하고 나한테도 가르쳐 주었어. 그런데 내가 진짜 바라는 게 뭔 줄 알아? 기사가 저 성안으로 나를 데리고 가는 거야. 그 안에서 사람들이 어떻게 살고 있는지 보고 싶거든. 얼마나 멋있고 늠름하고 위엄 있을까. 갑옷도 얼마나 멋질지. 철갑모자에는 깃털이 달려 있겠지? 난 꿈이 언젠가 한 번은 이루어진다고 들었어. 언젠가는 나 같은 시골 아이들도 성안에 들어가 볼 날이 올 거야. 물론 그런 행운이 자주 일어나지는 않을 거야. 그걸 경험할 사람도 많지 않을 거고. 나한테도 그 꿈을 이룰 날이 왔으면 좋겠다. 꼭 이루어질 거야. 꿈이 이루어지지 않는다면 삶이 무슨 의미가 있어!"

수도원 성벽 뒤에서 노래가 길게 흘러나왔다. 막달레나는 벽 쪽으로 고개를 숙이고 눈을 감았다.

"천사들이 부르는 노래 같아. 정말 노래 잘 부르지 않니. 난 저 노래를 들으면 황홀해서 미칠 것 같아." 막달레나가 속삭였다.

난 수도사들이 부르는 저 노래에 대해 뭐라 할 말이 없었다. 내가 듣기에는 속이 아픈 사람이 배를 부여잡고 앓는 소리 같기도 했고 노래를 잠자코 듣고 있으려니 잠도 솔솔 쏟아졌다. 그 노래가 내 귓가에서 울릴 때는 온몸의 힘이 빠져나가는 느낌이었다. 옆에서 막달레나의 향기가 났다. 그 애의 머리를 내 어깨에 얹고 잠에 빠지고 싶었다. 당연히 그럴 수는 없었지만 난 꺼져 가는 정신을 부여잡고 눈을 똑바로 떴다. 그러나 누가 나를 동굴 밑에서 잡아당기는지 졸고 말았고 그때 파리 몇 마리도 입에 날아들었다. 파리를 뱉고 나니까 잠이 또다시 스르르 몰려왔다. 막달레나를 슬며시 쳐다보았다.

막달레나는 수도사의 노래를 따라 흥얼거렸다. 긴 옷으로 다리를 감싸고 그 위에 팔로 턱을 괴었다. 막달레나는 정말 예쁘고 사랑스러위 보였다. 수도사들의 노래는 나를 어딘가 모르는 곳으로 데려가는 것 같았다. 나는 막달레나에 온 정신을 집중하고 옆으로 슬며시 다가가 앉았다. 긴장으로 목이 뻐근해지고 심장도 가쁘게 뛰었다. 그러나 마침내 나는 원하던 자리를 잡고 막달레나와 나란히 앉았다. 아무것도 걸치지 않은 여자아이의 다리에 손을 가져가 복숭아뼈를 만져 보았다. 그때 갑자기 많은 피가 머리에 몰리면서 눈앞이 캄캄해졌다. 다시 막달레나의 다리를 쓰다듬었다. 그때 수도원 구석에서 와자지껄 소리가 들리더니 마을 애들이 나타났다. 그중에는 몇 년간 보지 못했던 내 오랜 친구 패르텔도 있었다.

19

애들은 모두 세 명이었다. 다른 두 애는 패르텔보다 (심지어 나보다도) 머리 하나가 작은 정도였고 어깨는 넓어서 네모나게 보였다. 그 애들은 매일 매일 소가 끄는 쟁기에 몸을 기대어 일을 다니기 때문이었다. 게다가 잘 못 먹어서 키도 자라지 못했다. 당연한 이야기이지만 맨 빵과 밀죽은 하루를 꼬박 일해야 하는 아이들에겐 턱없이 부족했다. 그리고 농사를 짓는 사람이 키가 크면 좋지 않은 점이 많았다. 낫으로 곡식도 베어야 하고 종일 몸을 기울이고 있어야 한다. 척추가 큰 사람은 그 고통을 견디지 못한다. 그러나 자신들이 고집스럽게 선택한 것이니 마을 생활에 적응하는 것은 당연한 것이다.

버섯같이 올망졸망한 친구들에 비하면 패르텔은 탑처럼 보일 만큼 키가 컸지만 어깨너비는 다른 아이들을 따라가지 못했다. 그 달 밝던 밤 달빛 두드리기를 하는 여자들을 같이 보러 갔던 나의 가장 친한 친구의 모습은 온데간데없고 신경질 많고 힘쓰기 좋아하는 사람으로 변해 있었다. 그래도 나는 친구를 금방 알아보았다. 그리고 친구도 나를 금방 알아보았다.

패르텔은 나를 쳐다보며 말했다.

"와, 이게 누구야. 너도 이제 마을에 살러 온 거야? 난 네가 안 올 줄 알았어."

"난 아무 데도 안 가고 숲에서 그냥 살아. 막달레나가 가자고 해서 음악 들으러 온 거야. 패르텔, 넌 잘 있었어?" 내가 받아쳤다.

패르텔은 얼굴을 찌푸렸다.

"난 그 이름 잊어버리고 산 지 오래야. 그런데 넌 아직도 기억하고 있네. 지난번에 마지막으로 만났을 때 내 이름 말해 줬잖아."

"그래, 페트루스. 그래, 나도 기억한다고."

"그래, 맞아. 여기는 내 친구, 야콥이랑 안드레아스야. 그리고 얘는 레메트, 숲에서 살아." 패르텔이자 페트루스인 사람이 말했다.

두 애는 나를 뻔하게 쳐다보더니 손을 내밀었다. 마을 사람들은 왜 이렇게 서로 몸을 만지는 걸까. 알래야 알 수 없는 풍습이었다. 내가 정말 좋아하는 여자들의 몸을 만지는 것과는 다른 이야기였다. 살메 누나는 곰의 부드러운 털을 만지면 기분이 아주 좋다고 했다. 난 한 번도 해 본 적이 없지만 곰의 빽빽한 털을 만지면 확실히 아주 포근하고 손바닥도 간질간질할 것 같다. 뱀의 피부도 비단처럼 부드러워 어루만지면 기분이 좋다. 아이들 손은 거칠고 더럽고 뭔가 묻어 끈적해 보였으며 손톱 밑으로는 빵가루가 끼어 있었다. 그런 손을 만지면 우물가에 가서 찬물로 몇 시간 손을 헹궈야 할지도 모른다. 난 그래도 속내를 내보이지 않고 마을 사람들이 하는 법을 따라 꼬마들의 손을 잡았다. 그 아이들의 손을 이상하리만치 크고 거칠었다. 유인원들의 발을 보는 것 같았다.

안드레아스라는 애가 말했다. "숲에는 사람이 더 이상 안 사는 줄 알았어. 넌 뭐가 잘났다고 마을로 진작에 이사를 안 왔어? 어디 아팠니?"

난 숲에는 여전히 사람들이 살고 있고 처음에 호밀빵을 먹고 배를 앓은 것 빼고는 한 번도 아파 본 적도 없다고 말하고 싶었으나 처음 만나자마자 그런 이야기를 해서 굳이 싸움을 거는 것은 좋지 않을 것 같아 아무 말도 하지 않았다. 그냥 어깨를 들썩이며 중얼거렸다. 그때 무슨 말을 중얼거렸는지는 나도 기억이 나지 않는다.

"괜찮아. 아예 안 오는 것보다는 늦게라도 오는 게 낫지. 농사짓는 곳이랑 네가 갈 밭도 다 봤지?" 야콥이 젠체하며 근엄하게 말했다.

"아니." 내가 말했다. 이런 때는 솔직하게 답을 하는 것이 더 나을 것이다.

막달레나가 아니었다면 나는 야콥이 감 놔라 대추 놔라 하는 소리를 계속 듣고 있어야 했을 것이다.

"얘들아, 조용히 좀 해. 수도사들이 노래 부르고 있잖아. 같이 들어 보자." 막달레나가 말했다.

패르텔과 그 똘마니들은 잠시 자리에 앉아 잠자코 음악을 들었다.

"꼭 술 마신 것처럼 머리가 돈다. 레메트, 넌 아직 저 노래 들어 본 적 없지?" 패르텔이 마침내 입을 열었다.

안드레아스가 말했다. "평생을 숲에서만 살았는데 저런 노래를 어떻게 들어 봤겠어. 수도사들이 노래를 부르러 숲에 가지는 않잖아. 굳이 우리 마을 근처에 수도원을 지은 걸 보면 모르겠니. 저런 합창을 제대로 부르려면 외국에 가서 배워 와야 해."

"뭐라고?" 내가 물었다.

안드레스가 다시 말했다. "합창 말이야, 저런 음악을 합창이라고 해. 지금 세상 사람들이 다 부르고 있어. 너도 좋지, 그렇지?"

"그렇지." 난 아니라고 하면 싸움으로 끝날 것만 같고 그렇다고 하는 것도 별로 좋은 일은 아닌 것 같아 고심하다가 덧붙였다. "그런데 무슨 말인지는 하나도 모르겠는데."

패르텔이 말했다. "당연하지, 저건 라틴어니까. 합창은 어디서나 라틴어로만 해. 이건 세상이 함께 부르는 노래야."

"얘들아, 너희는 조용히 할 줄을 모르니?" 막달레나가 화가 났는지 찬바람이 이는 소리로 말했다. 그러고는 자리에서 일어나 우리에게서 몇 발짝 떨어져 앉았다. 거기에서 자리를 잡고 수도원 벽에 귀를 가져다 대고는 노래를 더 잘 듣기 위해서 눈을 감았다.

안드레아스가 속삭이며 말했다. "우리도 합창 부르는 거 배우고 싶다. 여자들이 수도사들이 노래 부르는 거 얼마나 좋아하는데. 그래서 여자들이 엄청나게 따르지."

패르텔이 말했다. "이젠 우리도 그러려니 하고 살아. 우리 중엔 카스트라토를 할 만한 사람이 없는 것 같지?"

"그게 뭐야?"

"카스트라토야말로 세상에서 노래를 가장 잘 부르는 사람이지. 목소리도 꾀꼬리처럼 맑고 아름다워. 불알을 잘라 내서 그래."

"아, 얼마나 아팠을까." 그 고통이 내게도 전해지는 듯했다. 그처럼 괴상한 이야기는 들어 본 적이 없었다.

안드레아스가 불같이 소리를 질렀다.

"그러니까 사람들이 딱 보고 네가 숲에서 왔다는 것을 금방 안단 말이야. 아프다니. 그게 무슨 말이야. 지금 세상 사람들 절반은 불알을 잘라. 마을 장로님 요하네스 아저씨가 그러시는데 교황이 사는 로마에는 남자들 절반이 불알 없이 다니고 그래서 노래도 엄청나게 잘한대. 지금은 그게 유행이야. 요하네스 아저씨도 사실 어떤 신부님이 하라고 해서 불알을 자르고 싶어 하셨는데 로마를 떠나야 해서 못 했다고 하시더라고. 그런데 우리 동네에선 아무도 하지 않아. 여긴 아직 시골이잖아."

난 요하네스가 불알을 자르지 않았다는 사실이 얼마나 감사한지 몰랐다. 그랬다면 막달레나도 세상에 안 나왔을 거고 그 대신 꾀꼬리 같은 소리로 노래를 잘 부르는 노인네만 있었을 것이다. 상상만 해도 소름이 돋았다. 그러나 패르텔과 아이들은 몹시 슬퍼 보였다. 그 애들은 앉아서 수도사들의 노래를 들으며 사타구니를 긁고 있었다. 그 모습을 보니 이 아이들은 어쨌거나 여전히 애들이란 생각이 들었다.

"혹시 불알이 있어도 노래는 부를 수 있지 않을까?" 내가 툭 던지듯 말했다.

야콥이 말했다. "그런 노래하고는 달라. 합창단이 되려면 카스트라토가 적어도 몇 명은 있어야 해. 강가나 모닥불 가에서 소리나 지를 순 있겠지. 그런데 그렇게 노래해서는 아무도 안 들어. 진정한 합창단은 수도원에서만 볼 수 있어."

"그럼 수도원에 가서 수도사가 되면 되겠네."

애들은 고개를 흔들었다.

패르텔이 말했다. "넌 정말 아는 게 하나도 없구나. 우리 같은 사람들은 수도원에서 안 받아 줘. 전부 합창단에서 노래를 부르면 건초는 누가 베고 밭은 누가 가니? 사람들마다 할 일이 나뉘어 있는 거야. 무슨 말인지 알겠어?"

야콥이 덧붙였다. "우리는 풀 베고 밭을 가는 거에 불만 없어. 쟁기로 밭 가는 것도 꽤 재미있어. 너 쟁기질 해 봤어?"

"아니." 난 솔직하게 답했다.

세 친구가 모두 웃었다.

안드레아스가 말했다. "넌 진짜 세상을 모르는구나. 쟁기 좋은 줄을 모르다니. 그걸로 밭도 갈고…… 음, 아무튼 정말 멋져. 쟁기질도 좋지만 합창단에서 노래도 하고 싶어. 왜냐하면 여자들을 맘대로 주무를 수 있으니까. 저거 봐, 막달레나도 저 합창단에 완전히 정신이 팔려 있잖아. 난 아침에 밭을 갈고 저녁에 합창단에서 노래하고 그다음에 여자들 끼고 놀며 살고 싶어."

"수도사들 머리 모양이 진짜 멋있지 않냐? 여자애들은 그런 머리 모양을 좋아하는데 그렇다고 우리도 똑같이 하고 다니면 안 돼. 수도사들이 뭐라고 할걸. 농사짓는 사람들은 수도사들이 하는 대로 따라 하면 안 돼." 패르텔은 꿈꾸는 듯이 말했다.

"너희는 그 사람들이 하라는 대로 해?"

야콥이 놀라 말했다. "그럼? 그 사람들은 바다 건너와서 세상이 어떻게 흘러가는지 우리보다 훨씬 잘 알아. 우리가 그분들의 말을 따라야지, 우리가 주인이 되려고 하면 안 돼. 우리처럼 숲에서 나온 지도 얼마 안 되는 사람들이 그분들에게 뭘 가르칠 수 있겠어."

"뱀의 말을 가르쳐 주면 되지." 내가 말했다.

세 사람은 내 말을 듣고 기분이 나빴는지 얼굴을 찌푸렸다.

"넌 그거 할 줄 알아?" 안드레아스가 말했다.

"물론 할 줄 알지. 패르텔, 그러니까 페트루스도 옛날엔 할 줄 알았어. 할 수 있었지, 그렇지, 페트루스?" 내가 말했다.

페트루스가 얼굴을 찡그리더니 머뭇거리며 말했다.

"기억 안 나. 어릴 때 별짓을 다 하고 놀더니, 이제는 대체 웬 엉뚱한 이야기를 지어내는 거냐. 그건 옛날이라고, 지금은 아무런 기억도 안 나."

"기억이 왜 안 나. 뱀의 말이 세상에 없다고 우기진 않겠지? 난 네가 뱀의 말 하는 것도 내 귀로 똑똑히 들었어." 나는 짜증이 났다.

패르텔은 순순히 말했다. "뭔가 말은 해 봤겠지. 지금은 단 한 마디도 기억 안 나. 그리고 배우고 싶지도 않고. 내가 뱀도 아닌데 뱀의 말 배워서 뭐에 써먹어. 난 사람이라 마을에 살아서 사람 말을 해."

안드레아스가 말했다. "그럴 바에야 라틴어를 배우지 그러니? 그럼 노래도 멋들어지게 부르고 여자란 여자는 다 품에 안을 수 있어." 녀석은 보아하니 그 외에는 아무 생각도 없는 녀석이었다.

"독일어도 정말 중요해. 기사들이 독일어를 하거든. 독일어를 잘 배워 두면 기사들이 데려다가 시종을 삼을지 누가 알아." 야콥이 말했다.

"넌 시종이 되고 싶어?" 나는 무덤덤하게 물었다.

야콥이 말했다. "당연하지. 그럼 얼마나 멋있겠냐. 성에 살면서 독일 사람들이랑 먼 나라 여행도 하고. 시종 되기가 얼마나 어려운데, 다들 하고 싶어서 난리거든. 그리고 기사들이 우리 같은 시골뜨기들을 시종으로 받는 일은 정말 드물지. 우리 사람들은 멍청하고 독일 기사단한테 망신만 줘서 대부분 먼 나라에서 데려다 써."

"요하네스 장로님도 대주교님 시종을 들었던 적이 있대." 패르텔은 그렇게 말하고는 나를 바라보며 다시 황홀한 눈빛으로 덧붙였다. "대주교님은 수도사들이랑 거의 동급인데 돈도 많고 더 존경을 받지. 요하네스 아저씨가 어렸을 때 교황님한테도 갔다지, 아마. 그래서 요하네스 아저씨는 대주교 성에서 살고 같은 식탁에서 밥도 같이 먹었대. 그 먼 나라에서는 존경받는 남자들이 여자, 남자 가릴 것 없이 침대에 같이 데리고 자는 게 풍습이었대."

"뭐라고?" 충격을 받는 나는 말했다.

"와, 숲에서 사는 거 완전 티 내는구나. 입 좀 닥치고 그런 바보 같은 얼굴로 쳐다보지 좀 말래? 그런 것들은 이제 아무것도 아니야. 너처럼 숲에서 사는 사람들이나 듣고 놀라겠지. 요하네스 아저씨가 그러는데, 로마에서 남자랑 같이 자는 것은 하느님 앞에서 좋은 일이랬어. 나도 내 동생이랑 한번 해 보려고 했는데 뭐 아무것도 없더라고. 땀만 나고 바지만 찢어졌어. 기사나 수도사들 밑에서 따로 배워야 하는 모양이지. 안 그러면 무릎만 까져." 안드레아스가 비꼬며 말했다.

"기사나 수도사가 시골뜨기들이랑 자는 것은 진짜 가물에 콩 나듯해. 어차피 우리도 똑같은 사람들인데, 왜 알아주지를 않는 거지." 야콥이 한숨을 쉬었다.

나는 숲에서는 그런 이야기를 단 한 번도 들어 본 적이 없다고 말했다. 수컷 여우가 흥분하면 다른 수컷 여우와 붙어먹는 일은 있다고 했다. 그 얘기를 들은 아이들은 화를 냈다.

"넌 우리가 수컷 여우라는 거야? 그런 얼간이 같은 동물들이 숲에서 뭘 하는지 우리가 알 게 뭐야. 난 지금 세상에서 벌어지는 일을 이야기하는 거라고. 넌 세상이 어떻게 돌아가는지 도무지 모르는구나. 말이 안 통해." 안드레아스가 몹시 화를 내며 말했다.

"할 줄 아는 거라곤 뱀의 말밖에 없고. 뱀들이 지금 로마에서 어떤 일이 벌어지고 있는지 알기는 하니?" 야콥은 웃으며 말했다.

패르텔도 끼어들었다. "으스대지 마, 너. 진작에 숲을 떠나 마을에 왔으면 눈이랑 귀도 더 밝아지고 많이 듣고 배워서 다른 사람들처럼 정상적으로 살았을 거 아니야. 넌 앞으로 어디서 살 건데? 사람이면 집도 짓고 밭도 일구고 필요한 도구도 만들어 써야 해. 너한테 돌도끼를 빌려줄게, 나 두 개나 있어."

나는 마을로 살러 올 뜻도 없고 그런 돌도끼 따위는 엉덩이에나 쑤셔 넣으라고 말하고 싶었다. 하지만 마침 노래가 끝났고 막달레나는 환상에서 깨어난 듯 손으로 눈을 비비고는 우리 곁으로 왔다.

"너희 진짜 이상하다. 너희 그렇게 계속 다툴 거면 뭐 하러 음악은 들으러 왔어? 오늘은 유별나게 더 좋았던 것 같아, 특히 카스트라토는 얼마나 노래를 잘하던지 심장이 멈추는 줄 알았다니깐. 난 그 노랫소리가 너무 좋아." 막달레나가 말했다.

"내가 뭐랬어, 여자들은 수도사들 노래에 다 녹아난다 그랬지. 나도 노래할 줄 알아. 우리 볏짚 지고 갈 때 내가 노래 부르는 거 못 들었어? 그때 라틴어로 불렀는데." 안드레아스가 중얼거렸다.

"네 주제를 알아야지. 넌 수도사도 아니면서. 난 농부들이 모닥불 옆에서 노래 부르는 것 가지고는 뭐라 하지 않겠어. 그런데 그렇게 떠드는 것은 음악이 아니야. 합창이야말로 진정한 음악이지." 막달레나가 말했다.

야콥이 한숨을 쉬었다. "맞아. 어쩌겠어. 우리도 다 숲에서 나온 사람들인걸. 우리 목소리는 기껏해야 동물들이 오줌 누는 소리 같을 거야. 분명 우리 중에서도 위대한 합창대원과 카스트라토가 나와서 온 세상을 다니면서 이름을 떨치게 될 거야. 그러기 위해서는 우리도 불알을 깔 수 있을 정도의 수준으로 올라가야 해. 우리는 완전히 시골 사람들이야, 다른 데서는 다 그러고 사는데 왜 우리만⋯⋯ 너희 아버지는 맨날 기사들이랑 진짜 중요한 사람들이랑 같이 다니는데, 언제 우리 불알을 잘라 준다는 얘기 없어?"

"아니, 우리 아빠 그런 이야기 한 번도 한 적 없는데. 나 이제 집에 가야 해. 할 일이 많거든." 막달레나가 말했다.

세 아이도 고개를 끄덕였다. "우리도 마찬가지야. 음악 듣느라 시간을 엄청 써 버렸네. 우리도 다시 일하러 가야 해. 열심히 일해야 빵이 나오지."

난 다른 아이들처럼 급하게 서두를 일이 없었다. 집에 가면 엄청나게 큰 엘크 고기가 나를 기다리고 있을 테지만 별로 배가 고프지 않았다. 그리고 난 막달레나와 헤어질 마음이 없었다. 갑자기 나는 막달레나와 사랑에 빠졌고, 그 사랑은 막달레나 목에 둘려 있던 얇은 천처럼 나와 막달레나를 한데 묶고 말았다. 난 그것을 풀고 싶은 마음이 없었다.

"나 너랑 같이 갈래." 내가 말했다.

"그래, 장로님한테 가면 어떻게 새로운 삶을 시작할지 잘 알려 주실 거야." 패르텔은 내 말을 잘못 알아듣고 엉뚱한 말을 건넸다.

우리 다섯은 마을을 향해 서둘러 움직였다.

내가 막달레나 집에 도달했을 때 마침 요하네스는 손에 작은 칼을 들고 밖으로 나오는 중이었다.

"아빠, 여기서 뭐 하세요?" 막달레나가 말했다.

"미라가 몸이 안 좋다. 도무지 일어날 생각을 안 하는구나." 요하네스가 걱정스레 말했다.

"소가 어디 아파?" 패르텔이 물었다.

막달레나가 말했다. "응. 벌써 4주째나 앓고 있어. 아무것도 먹으려고 하질 않고 조용히 울기만 해. 보고 있으면 너무 안쓰러워. 아빠가 한번 치료해 봤는데 도무지 듣질 않아."

요하네스가 말했다. "어쩌겠니, 나는 최선을 다한 거다. 기사들의 말을 오랫동안 돌보던 마구간지기가 알려 준 방식이다. 진짜 독일 사람이었지. 이런 방식으로 수컷 말도 여럿 고쳤다더라. 집에서 대충 배운 게 아니라 외국에서 직접 배워 온 기술이라지."

"저도 좀 봐도 돼요?" 이렇게 묻는 야콥에게 요하네스는 흔쾌히 허락해 주었다.

"그래, 이리들 오렴, 꼬마들아. 잘 배워 두면 언젠가 쓸모가 있을 거다. 살날이 많으니 앞으로 배울 것도 많겠지."

우리는 같이 외양간으로 갔다. 미라라는 이름의 그 소는 밥을 먹지 못해 흉측한 몰골로 땅바닥에 누워 있었다. 내가 보기에도 저 소는 살날이 그리 많이 남지 않았다. 이미 수명이 다 된 소였다. 사람이나 동물이나 영원히 사는 것은 없다. 요하네스는 그 소를 어떻게 하면 살릴 수 있을지 치료법을 이야기했지만, 나는 차라리 그 소의 멱을 따서 죽을 날을 앞당겨 주기를 바랐다. 분명 요하네스는 그럴 생각이 없는 모양이었다. 요하네스는 그 독일 마구간지기가 알려 준 그 치료법을 맹신하고 있었고 그대로 하면 죽은 사람도 살릴 거라 믿고 있는 듯했다. 요하네스는 소에게 가서 꼬리 밑에 감춰진 상처를 도려냈다. 소는 고통을 참지 못하고 소리 질렀다.

"아하." 몹시 흥분한 요하네스는 다시 칼을 들어 귀를 잘랐다.

"지금 뭐 하시는 거예요?" 안드레아스가 경탄의 눈으로 바라보았다.

"소 몸에다가 구멍을 뚫은 거다. 그걸 타고 병이 밖으로 나올 거야. 잘 기억하렴, 얘들아. 구멍은 꼬리 밑이랑 가슴이랑 귀에 뚫어야 한다." 요하네스는 이렇게 설명하고 가슴에 작은 구멍을 뚫었다. 피가 솟구쳐 흘렀고 소는 고통에 찬 신음을 내보냈다.

패르텔, 야쿱, 안드레아스는 배운 것을 잘 기억하려는 모양인지 요하네스로부터 들은 말을 중얼거렸다. 가엾은 동물이 고통당하는 것을 가만 볼 수가 없었으나 내가 함부로 끼어들 일이 아니었다. 마을 사람들이 자신들의 가축을 가지고 뭘 하든 내가 알 바는 아니었다. 확실한 것은 숲에서는 늑대들도 저렇게 잔혹하게 죽이지 않았다. 그런데 그게 전부가 아니었다. 그 독일 마구간지기는 그것 말고도 말도 안 되는 기술을 여러 가지 알려 준 것 같았다.

요하네스는 이상하게 반짝이는 무언가가 든 그릇을 하나 들고 나왔다.

그가 말했다. "이것은 물개 비계다. 이걸 소에게 먹여야 한다."

소가 그런 것을 먹을 리는 만무했다. 그 소는 죽음이 임박한 상황에서도 힘이 장난이 아니었다. 요하네스가 그 비계를 소 입으로 가지고 가자 턱을 악물고 고개를 옆으로 젖혔다. 요하네스는 한숨을 쉬었다.

약간 기분이 상한 투였다. "이번 모자란 짐승 같으니. 다 저 좋으라고 하는 일인 것을……. 이걸 먹어야 저 구멍을 타고 몸 밖으로 병이 나온단 말이다. 얘들아, 와서 좀 도와다오. 비계를 목구멍에 집어넣게 이 칼로 턱을 좀 벌리고 있어라."

남자 넷이 소에게 있는 힘껏 달려들었다. 단지 막달레나만이 그 도륙의 현장에 참여하지 않았다. 막달레나 역시 그것이 소에게 도움이 될 것으로 생각했는지, 멀리 떨어져 남자들이 하는 일을 잠자코 지켜보기만 했다. 난 저 소가 그대로 죽을 수 있기를, 그렇게라도 해서 이 참혹한 현장에서 벗어날 수 있기를 진심으로 바랐다. 보기에도 겨우 겨우 숨만 쉬고 있는 상태였다.

그런데도 남자 넷이 소에게 비계를 먹이는 일은 여전히 고된 일이었다. 어찌어찌 패르텔이 칼을 소 이빨 사이에 넣고 벌어진 턱을 꼭 잡았다. 그리고 야콥과 안드레아스는 소가 발버둥 치지 않도록 옆으로 비스듬하게 앉았다. 마을 장로 요하네스가 물개 비계를 소 목구멍 깊이 집어넣었다. 다른 손으로는 거무튀튀한 혀를 잡아 뺐다. 소는 숨을 쉴 수 없는지 고통스러운 소리를 냈다. 목에 막대기를 억지로 집어넣었으니 숨을 쉬지 못하는 것은 너무 당연한 일이다. 요하네스는 물개

기름이 잘 들어갔는지 확신이 들 때까지 막대기를 입 안에서 휘저었다. 불쌍한 소는 죽지도 못했다. 독일 마구간지기는 요하네스에게 못된 짓거리를 많이 가르쳐 준 게 틀림없었다.

요하네스가 힘주어 말했다. "이제 저 비계가 병을 밖으로 빼내 줄 거지만 그래도 사람이 도와주면 더 효과가 좋다. 안으로 밀어 넣어 주는 약 말고 또 밖으로 빼 주는 것도 있다. 바로 증기가 그 역할을 하지. 막달레나, 이때 쓰려고 집에 물을 끓여 둔 게 있다. 가서 얼른 가지고 오너라. 벌써 비계가 효과를 보이기 시작했다. 병을 밖으로 내쫓고 있잖니."

요하네스는 이미 피가 콸콸 나오고 있는 상처를 가리키며 만족스럽게 말했다. 소 등을 누르고 있던 안드레아스와 야콥은 온통 피범벅이 되었다. 피투성이가 된 옷을 의심스러운 눈초리로 쳐다보았다.

"그런데 우리한테 병이 옮는 거 아니에요?" 안드레아스가 말했다.

"걱정하지 마라. 안 옮는다. 이제 능력이 다 없어져서 제대로 구실을 못 한다. 이제 상처에다가 뜨거운 김을 쐬면 병은 단번에 낫는다." 요하네스가 말했다.

소는 그 고통을 이기지 못할 것이 뻔했다. 막달레나가 김이 나는 솥을 가지고 들어오자 요하네스는 거기에 갈대 줄기 같은 것은 넣었다.

그가 말했다. "내가 지금 이 뜨거운 물에 무슨 풀을 집어넣는지 잘 보고 있으렴. 이건 정말 복잡한 기술이니까 하나라도 잊어버리면 안 된다. 순서대로 넣는 것도 아주 중요하다. 여기다가 우선 백리향을 넣고 그다음엔 톱풀, 마지막으로는 애기똥풀을 넣는다. 그 마구간지기가 이걸 맨 마지막에 넣어야 한다고 했다. 이건 확실히 잘 듣는다. 세상 사람들이 전부 이걸 쓰고 있다고 하니까. 이제 소 엉덩이를 조금 올려라. 이 솥을 꼬리 밑에 놔둬야겠다."

패르텔과 야콥은 각목을 들어 소의 엉덩이를 들어 올렸다. 소는 지금 멍하니 숨만 거칠게 쉬고 있었다. 요하네스가 그 뜨거운 솥을 꼬리 밑에 놔두자 신음만 뱉다가 끝내 죽어 버렸다.

그걸 알아차린 것은 나뿐이었다. 요하네스는 그 사실을 알아차리지 못했는지 계속 치료하겠다고 나섰다.

"이제 거의 다 나았다." 요하네스는 만족스러운 표정으로 이렇게 말하고 이미 꽃처럼 시들어 버린 소 옆에서 작업을 계속 이어 나갔다. "그리고 가슴에 난 구멍으로는 연기를 불어 넣자. 그러면 병이 그 구멍으로 마구 빠져나올 거다. 무슨 듣도 보도 못한 중병에 걸렸는가 보다."

요하네스는 이미 죽어 버린 소를 여기저기 들춰 보다가 뭔가를 보고 소를 툭툭 건드려 보았다. 시간이 조금 지난 후 뭐가 크게 잘못되었음을 깨달았다.

"미라! 미라, 대체 왜 그러니." 요하네스는 그렇게 고함을 치고 이미 뒤집힌 눈을 손가락으로 벌렸다.

"죽었어요." 내가 말했다.

"무슨 소리니!" 놀란 요하네스는 솥에서 손을 뗐다. 모든 것을 잃어버린 듯한 표정을 짓고 눈동자를 조용히 들어 하늘을 바라보는 걸 보니 실망이 큰 모양이었다. "그래, 네 말이 맞는구나. 이게 무슨 일이람. 하느님께서 분명 다른 계획을 가지고 계신 게지."

"정말 말 잘 듣는 소였는데. 너무 슬프다." 막달레나도 한숨을 쉬었다.

요하네스가 말했다. "우리가 더 이상 할 수 있는 일이 없다. 노력은 사람들이 하지만 실행하시는 것은 하느님이다. 우리는 그저 최선을 다할 뿐이고 마지막 결정은 하느님께서 하신다."

그 말은 정작 실수는 자기가 하면서 정령 탓을 하는 윌가스를 떠올리게 했다. 그런 사람들을 여기서 보게 되다니 너무도 이상했다. 다른 것이 전혀 없었다. 무슨 괴물 같은 것을 만들어 놓고 거기에 모든 탓을 돌렸다. 난 요하네스에게 그 독일 마구간지기가 그 망할 방법으로 말이라도 한 필 살린 적이 있느냐고 물었다.

요하네스가 놀란 목소리로 대답했다. "당연하지. 그런 말은 왜 묻니. 그런 재주를 그 사람들이 일부러 지어내기라도 했단 말이냐. 그 독일인은 로마에서 온 프랑크인들에게서 배운 것이다."

다시 로마 이야기가 나오니 대주교가 떠올랐다. 사람들을 자기 침대로 끌어모은다는 그 대주교 말이다. 나는 요하네스를 역겨운 표정으로 쳐다보았다. 요하네스는 그것을 전혀 파악하지 못하고 좀 더 부산스럽게 굴었다. 패르텔, 안드레아스, 야콥과 함께 내가 모르는 일에 대해서 이야기했다. 그사이 나는 막달레나가 자리를 비운 것을 알아차리고는 그 애를 찾아 나섰다.

막달레나는 대문 문지방에 있었다. 언덕 능선을 따라 말을 타고 오고 있는 철갑인간 한 명에게서 눈을 떼지 못하고 있었다.

"정말 멋지지 않니! 저 철갑옷 좀 봐. 철갑모자도. 말도 멋지고 안장도 아주 가벼워 보이지 않니?" 막달레나가 나에게 속삭였다.

기껏해야 자기들이 쓰려고 만든 것일 텐데 그걸 보고 반한 막달레나를 이해할 수가 없었다. 난 저 사람들을 부러워할 이유가 전혀 없었다. 오히려 막달레나가 나에게 더 이상 신경을 쓰지 않는 것이 슬퍼졌

다. 막달레나는 철갑인간을 더 가까이서 보기 위해서 대문 밖으로 나
갔고 마침내 내 눈앞에서 사라졌다. 막달레나가 다시 돌아오자 나는
집으로 가겠다고 말했다.

"집에 간다고? 어디로? 숲으로?" 막달레나가 물었다.

"당연하지. 숲에서 살고 있으니깐." 내가 대답했다.

난 막달레나가 요하네스나 패르텔이 그러했듯 숲으로 가지 말라고
강하게 말릴 거라 생각했지만 도리어 고개를 끄덕이고는 나에게 속
삭여 주었다.

"그럼, 잘 가. 늑대인간으로 변할 줄 알고 정령을 만나 본 애랑 친구
가 되어서 정말 다행이다. 정말 놀라워. 나중에 그런 마법 또 가르쳐
줘. 죄짓는 거라지만 난 괜찮아. 그렇게 해 줄 거지, 레메트?"

"난 뱀의 말밖에 할 줄 아는 게 없어." 내가 중얼거렸다.

"아냐, 넌 그거 말고도 하는 게 많잖아. 너 나한테 말해 주고 싶지
않은 거 나도 다 알아. 자, 어서 가. 네가 오기를 기다리고 있을게. 넌
내 생명의 은인이니까. 정말 고마워, 내 귀여운 늑대인간!" 막달레나가
대답했다.

막달레나는 내 볼에 뽀뽀해 주고 집을 향해 잽싸게 뛰어갔다. 난
어둑어둑해지는 숲속 집을 향해 털레털레 걸어갔다.

20

어둠 속을 걷고 있는데 나무 사이에서 뭔가 부드러운 것이 발에 밟혔

다. 그 부드러운 것은 아프다며 신음 소리를 내고 냄새까지 나는 걸로 보아 땅바닥에서 꿈틀거리며 돌아다니는 메메의 배를 밟은 것이었다.

"정말 죄송해요. 너무 어두워서 그만." 내가 말했다.

메메는 업신여기는 투로 말했다. "어둡지, 그럼, 어둡고말고, 마을에 갔다 오면 눈이 제구실을 못 해. 마을에 다녀오면 여러 가지 생각 때문에 침울해지지. 이 바보 같은 녀석아, 내가 마침 포도주를 마시고 있는데 배를 밟으면 어떡하니."

메메는 얼굴에 튄 포도주를 훔치고 손을 핥았다. 알고 보니 나한테도 포도주가 튀어 있었다.

"아깝네요. 그래도 이렇게 길 한가운데 누워 있을 필요는 없잖아요. 수풀에 가서 편하게 주무시면 되지." 내가 말했다.

"숲에 길이 어디 있니. 동물들만 숲으로 다니고 사람들은 여기 더 이상 살지 않으니 숲이라고 부를 게 어디 있어. 이 텅 빈 숲에는 이제 바보들만 남아서 나름대로 잘살고 있는 게으름뱅이들의 생활을 방해하잖니. 여기는 뭐 하러 왔어? 마을에 갔으면 거기서 눌러앉고 싶다는 생각은 들지 않았니? 거기는 뭐 찾으러 간 거야? 나처럼 배를 밟아 줄 사람이 거긴 아무도 없었던 게야?"

"거긴 나뭇잎처럼 땅바닥을 기어다니는 사람들이 없다고요." 나도 화가 나서 말했다.

메메가 껄껄 웃었다. "난 나뭇잎과 비슷한 게 아니라 나뭇잎 그 자체야. 뭐 썩는 냄새 안 나니?"

"나요." 내가 말했다. 내 옷에 남아 있던 막달레나의 향기는 숲을 헤매다 보니 금세 날아가 버리고 손가락에선 썩는 냄새가 났다.

"놀랄 일도 아니구나. 꼬락서니를 한번 보렴."

메메는 다시 웃었다.

"난 지금 썩어 가고 있다. 나뿐만이 아니라 너도 마찬가지야. 너도 네가 썩어가는 냄새를 맡게 될 거다. 우린 모두 썩어 흙으로 돌아간 다. 네 삼촌은 이미 세상을 떴고 그다음엔 내가 죽을 테고 그다음엔 네 차례가 올 거다. 우리는 작년에 돋은 나뭇잎과 비슷하단다. 봄이 되 면 눈 밑에서 녹아 색이 바래고 진흙처럼 풀어질 거야. 우린 아직도 작 년의 시간에서 살고 있고 우리의 운명은 천천히 티끌로 변해 갈 거야. 나무 꼭대기에서는 새로운 삶이 시작되고 싱그럽고 파란 꽃봉오리들 이 피어나겠지. 넌 아직 젊으니 이 숲에서 할 일이 앞으로도 끝도 없 이 펼쳐질 거라 믿고 싶겠지만 사실 너도 나처럼 썩어 가는 중이다. 너 냄새가 나. 한번 맡아 봐. 잘 맡아 봐. 지금 네 속이 썩어 가고 있어."

메메가 기침을 시작하자 나도 기침이 나왔다. 등에서는 식은땀도 났 다. 메메는 내가 오래전부터 두려워하던 일들을 끄집어낸 것이었다. 나 를 짓누르는 부패에 대한 집착은 이제 내가 버틸 수 있는 능력을 넘어 섰고 그것은 보텔레 삼촌으로부터 병처럼 옮은 것이었다. 요하네스 집 에서 만났던 그 썩은 냄새는 바로 나 자신에게서 나는 냄새였다.

그것은 밖으로 나타나지 않았고 썩은 상처에서 풍기는 것도 아니었 다. 내 배 속도 아니었고 가슴에 감추어진 종양 때문도 아니었고 나 말고는 그 냄새를 아무도 못 맡는 것이 분명했다. 자기 자신만이 머릿 속에 감춰진 생각을 읽을 수 있는 것처럼 나만이 그 냄새를 느낄 수 있었다.

내 입에서 냄새를 풍기는 것은 바로 뱀의 말이었다. 새롭게 열리는 세상에서 조용하고 무미건조하게 썩어 가는 나의 지식은 아무짝에도 쓸모없고 부질없었다. 갑자기 비참해진 나의 미래가 눈앞에 펼쳐졌다. 난 숲에서 혼자 살고 친구라고는 뱀밖에 없다. 숲 밖에서는 철갑인간들이 달리고, 수도사들이 노래를 부르고, 수천 명의 마을 사람들이 함께 낫을 들고 풀을 베러 가고 있다. 난 정말 이미 작년에 나무 꼭대기에서 떨어진 나뭇잎이었다. 지나간 화려한 여름을 보기에는 너무 늦게 돋았다. 새로 오는 여름은 더 푸르고 생기 넘치는 나뭇잎들과 걸음을 함께할 것이고, 그 잎사귀들은 나무 하나를 덮고도 남을 정도로 많다. 지나간 여름은 뇌리에서 잊혔고 마지막 남긴 발자국마저 하늘로 사라져 정체를 감추었다. 난 깊게 숨을 쉬었다. 이것은 의심할 여지 없이 썩는 냄새였다.

난 무엇을 하며 살아야 할까. 마을에 가서 다른 사람들과 똑같이 밭을 갈고 빵을 먹으며 살아야 할까? 난 그곳에서 살기 싫었다. 스스로도 마을 사람들과 견줄 수 없을 만큼 우월하고 강하다고 생각했다. 난 정말 그랬다. 난 숲을 사랑했고 뱀의 말을 사랑했고 직접 눈으로 보지는 못했을지만 북녘 개구리가 잠들어 있는 이 땅을 사랑했다. 그래도 내가 할 수 있는 일이 없기는 마찬가지였다. 지금에야 그 느낌이 더 강렬해졌다. 마을에서 하루를 보내 봤지만 그곳 생활도, 징징거리는 것 같은 수도사들의 노래도 별로였다. 소를 괴롭히는 짓은 누가 보아도 칭찬받을 일이 아니었다. 그래도 마을 생활에 관심이 전혀 없는 것은 아니었다. 난 많은 사람과 만나 이야기를 하고 다투기도 하면서 새로운 경험을 많이 쌓았다. 숲에서 사는 건 단조로웠다. 어렸을 때는 이 거대한 숲에서 노는 것이 마냥 좋았다. 하지만 어른이 되어서도 이 숲이 그렇게 좋기만 할까? 난 여기서 평생을 보내야 할까?

　숲에서 사는 사람들 중에서 나름대로 삶의 재밋거리를 발견해 평생을 보내는 사람은 그나마 쓸모없는 늑대 군단을 키우며 사는 탐베트와 말르 외에는 거의 없을 것이다. 윌가스는 매일 숲에 가서 호들갑을 떨었고 자기가 지어낸 정령들 따위에 바쳐야 한다며 항상 제물을 찾으러 다녔다. 유인원들은 이[虱]를 열심히 키웠고 오래전 이야기를 벽화에 그려 넣으려 노력했다. 엄마는 종일 요리만 했고 누나는 뮴미를 감시하며 살았다. 그럼 히에는? 히에 역시 나와 마찬가지로 종일 숲에서만 지냈으며 이전보다 더 외로운 생활을 하고 있었다.

　물론 인츠를 비롯한 다른 뱀들도 내 곁에 있지만 뱀은 뱀일 뿐이고 게다가 인츠는 아이들도 생겼다. 갑자기 숲에 대한 불안감이 생겼다. 마을 사람들은 조금 바보 같을지 몰라도 자신들의 삶을 충실히 살고 있었다. 그곳에는 내가 그토록 원하는 막달레나가 살고 있었다. 코끝에서 맴도는 시체 썩는 냄새를 지우기 위해서라도 그곳에 남아야 했을지도 모른다. 하지만 그것 역시 용납할 수 없었다. 생각만 해도 끔찍했다. 난 이 숲에서 할 수 있는 게 더 이상 없었다. 이 숲이 내 집이긴 했지만 내 미래가 흘러갈 방향은 이미 정해져 있었다. 마을은 나에게 낯선 곳이었다. 그들의 삶 속에서도 내가 할 수 있는 일은 별로 없었다. 난 푸른 잎사귀가 될 수 없었다. 난 작년에 돋은 잎사귀였다.

　출구가 없는 나의 삶에 대한 깨달음은 고뇌를 던져 주었다. 난 숲에서 살고 싶었다. 막달레나랑 같이 살고 싶었고, 내 옆에 다른 사람들이 있기를 바랐고, 그들이 바보 같지만은 않기를 바랐고, 뱀의 말을 할 수 있기를 바랐고, 내 삶에 뭔가 의미가 생기기를 바랐다. 썩어 가는 것은 원치 않았다. 그러나 그러한 소망들은 내 삶과 어울리지 않았고 나는 그런 것들을 누릴 상황도 아니었다. 만약 우리 엄마가 마을에서 계속 살았더라면, 만약 엄마가 곰과 눈이 맞아 몸을 섞지 않았더라면, 만약 그 곰이 우리 아빠의 머리를 물어뜯지 않았더라면, 아마도 난 지금 다른 삶을 살고 있을지도 모른다. 그랬다면 난 마을에서 컸을 거고, 혀는 빵을 먹기에 적당한 만큼 두꺼웠을 것이고, 뱀의 말은 단 한 마디도 모를 것이다. 평범한 마을 사람이 되어 있을 것이고, 내 인생은 단순하고 명백했을 것이다. 엄마와 곰 때문에 난 다시 숲으로 돌아왔다. 그리고 지금 이 자리에 서 있다. 시간 여행을 했고 그 문이 완전히 닫히기 전에 다시 현재로 돌아왔다. 더 이상은 숲을 떠날 수 없다. 바로 뱀의 말이 나를 숲과 연결해 주고 있는 것이다.

침울해진 마음으로 집으로 향했고 거기에는 가장 소중한 가족인 엄마, 누나 그리고 믐미가 나를 기다리고 있었다. 언제나 우리 가족의 일부인 것 같은 사슴 고기도 식탁에 놓여 있었고 믐미는 긴 다리 하나를 들어 우걱우걱 씹고 있었다. 집에 들어가기 전에는 믐미가 그동안 벌인 나쁜 짓들과 일탈 때문에 집 안이 시끌벅적할 줄 알았다. 그래서 난 집 안의 유일한 남자로서 나름대로 입장을 정리해야 했다. 그것도 난 싫었다. 너무 피곤했고 시커먼 절망이 아가리를 벌리고 있어 바보 같은 곰과 말다툼을 할 마음도 없었다. 나중에 알고 보니 누나와 믐미의 복잡한 애정 관계는 아무런 문제도 없었다. 그러나 집 안 분위기는 생각보다 더 안 좋았다.

내가 집에 들어가자, 엄마는 얼굴이 하얗게 질려 내게 달려들면서 소리쳤다.

"너 어떻게 좀 해 보렴. 걔 네 신부잖아."

오늘 저녁, 특히 막달레나와 만나고 뽀뽀를 받은 이후로 난 히에와의 관계에 전혀 신경을 쓰지 않았다. 엄마가 유독 흥분을 한 것으로 보아 무슨 문제인지는 모르겠으나 웃어넘길 만한 것은 아닌 듯했다. 뭔가 아주 안 좋은 일이 일어난 것이 틀림없었다.

"히에한테 무슨 일이 났어요?" 내가 물었다.

누나가 눈물이 글썽글썽해진 눈으로 말했다. "히에를 제물로 바친대. 오늘 종일 어디에 있었던 거니. 너를 얼마나 찾아다녔는데. 심지어 뮴미가 전나무 꼭대기까지 올라가 살펴봤는데도 전혀 보이질 않는 거야. 어디 있었던 거야?"

"지금 그게 중요한 게 아니잖아. 그 애를 제물로 바친다는 게 무슨 소리야. 누가 무엇 때문에 히에를 제물로 바친다는 거야?" 내가 말했다.

"윌가스 그 미친 인간 아니겠니. 그놈 말고 누가 있겠어. 정령들한테 온갖 제물을 갖다 바쳐도 나아진 게 하나 없는 건 전혀 모른다니? 그런데 이번엔 젊은 여자를 바치라고? 정신 나간 영감 같으니라고. 대체 왜 그러고 사는 거니? 고기는 원하는 만큼 실컷 먹을 수 있지 배도 곯지 않고 사는데 뭐가 더 부족한 거야. 윌가스는 맨날 뭐가 부족한가 보지. 지금 숲에 히에 말고는 처녀가 없으니까 당연히 걔를 고른 것 아니겠어? 살메 너는 신랑이 있으니 얼마나 좋으냐. 저 사랑스러운 뮴미를 만나서 같이 살고 있는 게 얼마나 다행스러운 일인지 모르겠다." 엄마가 대답했다.

"말씀 고맙습니다, 장모님." 씹고 있던 뼈를 두 동강 내면서 뮴미가 낮은 목소리로 말했다.

"히에 부모는 뭐라고 말해요? 어떻게 자기 딸한테 그럴 수가 있어요?" 나는 심한 충격을 받고 말했다.

엄마는 울기 시작했다. "그 사람들은 바보 천치들이야. 이제 정상적으로 생각할 능력이 없는 사람들이라고. 윌가스 농간에 당한 거야. 가장의 머리가 돌아 버렸는데 다른 식구들은 안 봐도 뻔하지. 오늘 윌가스를 만났는데 마른 장작을 모으면서 축 늘어지는 소리로 노래를 부르고 있더라. 뭐 좋은 일이 있냐고 물었더니 오늘 숲이 구원을 얻는데. 젊은 피가 세상의 더러움을 씻어 내고 제물을 태우는 연기가 이전 세상으로 다시 돌아가게 해 준다나. 모아 놓은 장작을 보여 주면서 성스러운 숲에서 젊은 처녀 한 명을 태워 제물로 바친다고 하는 거야. 나도 딸이 있는 엄마로서 듣고 있자니 끔찍했어. 내가 무슨 정신 나간 소리를 하느냐고 누구를 제물로 바친다는 이야기냐고 물었지. 그랬더니 그게 히에라네. 히에의 피를 정령들을 위해서 뿌리고 시신은 태워 버린다지 뭐니. 정령들이 오직 처녀의 피만이 이 세상을 이전으로 되돌릴 수 있다고 말했대. 윌가스가 헛소리를 하는 게 아니었어. 완전히 미친 사람 같았고 눈은 미친개처럼 이글거렸지. 얼른 허리를 펴고 탐베트와 말르에게 뛰어갔어. 내가 이렇게 나이를 먹고 살은 쪘어도 이 정신 나간 짓거리를 보니 심장이 입 밖으로 튀어나올 것 같더라.

마침 탐베트와 말르가 집 앞에 있길래 뛰어가서 큰일이 났다고 했어. 윌가스 그 늙은이가 정신이 나가서 이 집 딸을 제물로 바치려고 그래요! 세상에, 그 아버지라는 인간이 자기도 알고 있다고 말할 줄 누가 알았겠어. 얼굴은 재처럼 희끄무레한데 뭔가 단단히 마음먹은 것 같았어. 말르도 마찬가지로 얼굴이 인간 표정이 아닌 데다가, 눈은 어찌나 섬뜩하던지. 송장처럼 눈도 풀려서 멍하니 보고만 있더라. 그걸 아는 사람들이 왜 아무것도 안 하고 있느냐고, 당장 가서 그 미친 노인네를 죽을 때까지 패서 어디다 묶어 놔야 하는 게 아니냐고 소리를 질렀는데도, 탐베트는 손을 저으면서 딸을 제물로 바쳐야 한대. 숲을 이전처럼 돌려놓기 위해서라면 딸보다 더한 거라도 바칠 수 있다고 하는 거야. 그 사람들 입에서 나오는 소리는 인간의 소리가 아니었어. 듣기가 얼마나 끔찍했는지 몰라. 말하는 송장을 보는 느낌이었지. 대체 월가스가 그 집 식구들에게 무슨 짓을 한 거야. 하나밖에 없는 외동딸인데 정말 토끼처럼 멱을 따게 놔둘 거냐고 물었어. 말르는 그 말을 들었는데 울지도 않고 입술만 깨물데. 그리고 둘 다 아무 말 없이 먼 곳만 보고 있는 거야. 내가 다시 냅다 소리를 질렀어. 히에는 레메트에게 시집을 올 거라고. 그런데 탐베트가 오히려 그 말을 듣고 더 역정을 내는 거야. 나한테 얼굴을 디밀고 마을에서 태어난 변절자랑 혼인을 시키느니 차라리 정령들에게 제물로 바쳐서 숲을 이롭게 하는 게 낫다고 으르렁대더라. 대체 히에가 뭘 바라고 살겠느냐며 내 얼굴에 대고 소리를 질렀지. 너한테 딸을 주느니, 그래서 조상들 뼈를 밟고 들어선 망할 마을에 들어가게 놔두느니, 자기 손으로 죽이는 게 낫다고, 적어도 사람들 앞길을 열어 주니 영광스럽게 죽을 수 있을 거라고. 그 인간이랑은 더 이상 말이 통할 것 같지 않았어. 완전히 정신이 나가 있었어. 난 울면서 집으로 돌아왔지. 그런데 너는 아무리 찾아도 없고 벌써 저녁이 다 돼서 시간은 없고……. 그놈들이 히에를 죽일 거야. 네 색시를 죽인다고, 레메트. 어떻게 하면 좋을지 말 좀 해 봐라!"

난 정말 뭘 해야 좋을지 아무 생각이 나지 않았다. 가서 히에를 구해야 한다는 생각뿐이었다. 나와 혼인을 한 것은 아니었지만 그래도 예쁘고 귀여운 아이였고 그렇게 끔찍한 최후를 맞아야 할 이유는 없었다. 히에의 부모는 미친 소리에 정신이 팔려 딸을 제물로 바치려 한다. 이건 도저히 있을 수가 없는 일이다! 이제까지 마을에 갔다가 숲으로 다시 돌아온 사람은 없었다. 이곳은 누가 지어낸 정령 이야기가 너무 많았기 때문이다. 만약 정령들이 정말 존재한다 하더라도 세상에 아무 죄도 없는 어린 여자애의 죽음으로 대가가 치러지길 바라지는 않을 것이다.

히에는 나의 친구였다. 같이 놀았고 같이 자랐다. 우리는 언제나 마음이 통했다. 부모가 없거나 있더라도 부모로부터 사랑받지 못하는 것은 아이들에겐 큰 불행이 아닐 수 없다. 그들은 언제나 우리를 못살게 굴고 해를 가했다. 그렇지만 이렇게 끝내 딸을 죽이게 될 것이라고는 꿈도 꾸지 못했다. 탐베트와 윌가스는 내 가슴에 감춰진 분노에 불을 지를 만큼 추악했다. 지금 같은 상황에서는 손을 가슴에 넣어서 심장을 밖으로 뽑아내거나 머리를 나무에 처박거나 토막을 내서 멀리 던져 버리고 싶은 심정이었다. 적과 마주쳤을 때 맞서기보다는 숲속으로 내달려서 숨어 버리는 부끄러움 많고 소심한 아이였던 나는 나 자신도 몰랐던 분노가 마음속에 차오르는 것을 느꼈다. 지금은 그들과 전쟁을 벌이고 싶었다. 전에 보텔레 삼촌이 호숫가에서 마치 독이 오른 뱀처럼 윌가스에게 했던 일이 떠올랐다. 나는 할아버지에게 있었다는 독니가 있었으면 좋겠다고 생각했다. 그랬더라면 탐베트와 윌가스에게 당장 가서 목을 물어 버렸을 것이다. 저 흉악한 인간들을 당장이라도 죽이고 싶었다. 우리 식구들도 내가 심상치 않은 것을 눈 치챘는지 뭄미는 털이 곤두섰고 엄마와 누나는 내가 들으라고 크게 소리를 질렀다.

"왜 그러니. 화난 거야? 네 얼굴이 진짜…… 이상해." 엄마가 물었다.

나는 숨을 깊이 들이쉬고 말했다. "난 괜찮아요. 지금 당장 히에 집 에 가서 그애를 데려올게요."

엄마와 누나는 나를 향해 뭐라 소리를 질렀다. 분명 조심하라는 말 이었겠으나 내 귀엔 들리지 않았다. 이상한 분노의 감정이 계속 내 안 에서 부글부글 끓어올랐다. 내 몸 어딘가에서 솟아오르는 그 느낌은 전에는 있는지도 몰랐던 비밀의 동굴이라도 발견한 느낌이었다. 한참 동안 말라 있던 이끼가 벼락을 맞아 타닥타닥 타올랐다. 난 어둑해지 는 밤하늘을 향해 뱀의 말을 길게 질러 보았다. 뱀들이 희생양들 목 에 이빨을 박을 때 외치는 소리였다. 나는 탐베트의 오두막을 향해 뛰었다.

이미 어둡고 고요해져 있었다. 잠시 문 뒤에서 분위기를 살피고 안 으로 들어갔다. 집은 비어 있었다. 식구들은 없었다. 어딘가로 나간 게 틀림없었다. 히에를 구하려면 무조건 서둘러야 했다.

난 탐베트의 외양간으로 먼저 달려갔다. 옆에서 자고 있던 늑대들 이 나를 보더니 다리에 힘을 주고 일어나 울어 대기 시작했다. 내가 뱀의 말을 하자 늑대들은 다시 잠잠해져 고개를 사뿐히 내려놓았다. 난 그중 한 마리를 낚아채어 미친놈들이 굿판을 벌이는 성스러운 숲 으로 서둘러 달렸다.

예상대로 사람들은 그곳에서 장작을 지피고 있었다. 손을 하늘을 향해 뻗은 윌가스가 불빛을 받아 빛났다. 히에는 바로 그 자리에 작은 나비처럼 웅크리고 앉아 있었고 탐베트와 말르는 약간 멀리 떨어져 돌처럼 굳은 채로 서 있었다.

나는 늑대 등에 올라타 숲으로 뛰어들었다. 그곳에 동물이 들어가는 것은 신성모독 같은 것이었다. 나는 윌가스와 탐베트가 미처 알아차리기도 전에 히에를 낚아채어 늑대에 태우고 어떻게든 최대한 빨리 뛰라는 뜻의 뱀의 말을 외쳤다.

늑대는 바람처럼 뛰었고 뒤에서 탐베트가 나를 향해 저주를 퍼붓는 소리와 윌가스가 오싹해질 정도로 소리를 지르는 것이 들렸다. 시간이 조금 지나자 그 고함 소리는 잦아들었다. 그 망할 성스러운 숲을 벗어났다. 비까지 내리기 시작하여 우리는 금세 홀딱 젖고 말았다. 히에는 정신이 오락가락해서, 늑대의 목덜미에 간신히 매달려 있다가 아래로 미끄러져 떨어졌다. 이제는 늑대에게 집에 데려다 달라는 말을 건넸다. 늑대 한 마리에 사람이 두 명 올라타는 것은 아주 부담스러운 일이었다. 바로 그때 다른 늑대들이 내 등 뒤에서 으르렁거리는 소리가 들렸다.

탐베트가 기르는 늑대들이었다. 그중 한 마리에 탐베트와 윌가스가 같이 앉아 내 쪽으로 다가오고 있었다. 두 명을 등에 싣고 달려야 했던 우리 늑대는 기력이 소진되어 뒤에서 따라오던 늑대들에게 금방 따라잡히고 말았다. 게다가 우리의 발자국을 따라오던 늑대들은 등에 아무도 태우지 않아 날렵하게 뛸 수 있었다. 우리는 금방이라도 잡힐 것 같았다. 나는 고개를 뒤쪽으로 돌려 점점 거세지는 빗줄기 속으로 늑대들이 잠들게 하는 뱀의 말을 뱉어 냈다.

그러나 그 늑대들은 잠에 빠지지 않았다. 늑대들의 울음소리는 더 가까워졌고 월가스가 지르는 소리가 귓가에 들렸다.

"어디 해 봐라, 이 뱀의 제자 같은 녀석아. 이 늑대들은 네 소리가 안 들린다. 전부 밀랍으로 귀를 막아 놔서 네가 아무리 해 봐야 소용 없을 것이다."

동물의 귀를 밀랍으로 막아 두는 것은 동물을 괴롭히는 것을 넘어서 매우 위험한 짓이다. 왜냐하면 밀랍 덩어리를 밖으로 다시 꺼내는 것은 불가능하며 나중에라도 뱀의 말을 통해서 늑대를 통솔하는 것도 불가능해지기 때문이다. 이제 그 동물들은 자신들이 숲의 주인이라고 생각해, 하고 싶은 대로만 하며 살 것이다. 그러나 나를 대적하려는 어두운 증오와 히에의 목을 칼로 긋고야 말겠다는 그 누구도 꺾을 수 없는 열망에 휩싸인 월가스의 눈에는 그런 것들이 들어오지 않았다. 내 늑대는 조만간 쓰러질 기미가 보였고 이리되면 우리는 끝장이었다.

바로 그때 울창한 수풀에서 다른 늑대 한 마리가 튀어나왔다. 그 늑대는 바로 우리 옆까지 따라왔고 고개를 돌려 보니 그 늑대 위에는 히에의 엄마 말르가 앉아 있었다.

"왼쪽으로 가거라! 거기가 바다로 가는 길이야. 거기 가면 바위들이 많이 있는데 가장 큰 바위 뒤에 뗏목 하나를 숨겨 놨어. 그걸 타고 멀리 도망가거라!" 말르는 내 쪽으로는 눈길도 안 주고 오직 정신을 잃은 채 내 팔에 안겨 있는 히에만 쳐다보면서 말했다.

그러고 나서 히에의 어머니는 늑대 머리를 숲으로 돌려 사라져 버렸다. 나는 말르에게 감사의 말을 전할 겨를도 없었다. 말르는 마침

내 어머니로서 해야 할 도리대로 우리를 도와준 것이었다. 한 번도 자신의 딸을 살갑게 대해 준 적은 없으나 딸의 생명이 위험해지는 것은 참을 수 없었던 것이다. 아마 남편이 벌이고 있는 미친 짓을 대놓고 반대할 용기는 없었을 것이다. 그래서 지금 나를 통해서 딸을 구할 수 있도록 힘을 쓴 것이다.

늑대 머리를 왼편으로 돌리니 금세 바다가 보였다.

상당히 친숙한 곳이었다. 수년 전 해변지기 마니발드의 시신을 화장한 곳이다. 거기에 가니 정말 커다란 바위가 하나 있었고 뒤로는 늑대들의 거친 숨소리와 윌가스의 미친 듯한 고함이 들려왔다. 만약 말르가 거짓말을 했다거나 실수를 했다면 우리가 잡히는 것은 시간문제였다. 늑대는 온 힘을 다하여 백사장을 건너 바위로 곧장 달렸다.

거기엔 정말 뗏목이 있었다. 난 그곳에 히에를 내려놓고 젖 먹던 힘을 다해 뗏목을 바다로 밀었다. 뗏목은 모래에 깊게 빠져 있어서 좀처럼 움직이지 않았다. 나는 이번이 아니면 안 된다면 각오로 입술을 깨물고 모든 힘을 끌어모았다. 그래서 마침내 배를 띄울 수 있었다. 얼마 지나지 않아 우린 바다로 나왔고 바닥에는 노도 있었다. 탐베트와 윌가스의 늑대 떼들이 바닷가에 모습을 드러낼 무렵 우리는 이미 먼 바다의 찰랑거리는 물결 위에 있었다.

늑대들 귀가 밀랍으로 막히지만 않았다면 물에 뛰어들어 우리가 탄 배까지 헤엄쳐 왔을 것이다. 하지만 지금은 어떤 명령도 들을 수가 없으니 물을 싫어하는 본성에 따라 얌전히 있을 뿐이었다. 윌가스와 탐베트는 물속으로 텀벙텀벙 뛰어들었다. 그러나 노쇠한 윌가스는 바닷물에 들어가자마자 바닥에 놓인 돌을 밟아 미끄러져 팔다리를 쭉

뺀고 말았다. 탐베트는 한참 물속을 텀벙텀벙 걷다가 물이 턱까지 차오르자 헤엄을 치기 시작했다. 분노에 떠밀려 멀리까지 나간다고 나갔으나 다 헛수고였다. 뗏목은 늙은이의 걸음보다 훨씬 빨랐고 마침내 어두움이 수평선을 덮을 때쯤 되자 탐베트의 머리는 점처럼 작아져 보였다. 그러나 탐베트는 여기까지도 들릴 정도로 큰 소리로 외쳤다.

"내가 너희들 있는 곳으로 반드시 간다! 지옥 끝까지라도 가서 너희들 꼭 찾아내고 만다. 너희들은 이곳으로 반드시 돌아오게 될 거다! 내가 너희를 반드시 잡는다!"

21

히에는 작은 밤처럼 몸을 웅크린 채 뗏목 바닥에서 곤히 자고 있었다. 혹시나 도망치다가 잘못되어 다치기라도 한 것은 아닌지 걱정이 되어 가까이 다가가 보았다. 하지만 입가에는 살짝 미소가 번져 있고 숨을 깊고 편안하게 쉬고 있는 것을 보니 아무런 문제도 없는 듯했다.

우리는 잔잔한 바다를 천천히 떠다녔다. 비도 그친 지가 한참이 되었다. 처음엔 열심히 노를 저었지만 어디로 갈지 방향을 잡지 못하니 별 의미가 없어 그만두었다. 해가 떠올라 우리가 어디 있는지 파악할 때까지 기다리기로 했다.

어젯밤에 본 이해할 수 없는 사악한 행동들과 지금까지 경험해 본 적 없는 잔혹한 느낌은 이제 가물가물해졌다. 난 평범하고 조심스럽고 소심한 이전의 레메트로 돌아왔다. 어제 일은 다시 생각해도 소름

끼칠 만큼 끔찍했다. 전쟁에 나가면서 하늘을 향해 결의를 다지던 군인의 심정이 이와 비슷했을까? 그 힘과 분노는 어디서 나온 것일까? 어쨌건 지금은 다 사라졌고 엄마가 나를 기다리며 걱정하실 생각을 하니 힘이 빠졌다. 이 일에 괜히 끼어든 것은 아닐까 후회도 되었다.

동이 텄다. 마치 누군가 거울처럼 맑은 물 위에 촛농을 떨어뜨린 듯, 태양이 자신의 빛줄기를 바다 위에 넓게 드리우며 떠오르자, 히에도 잠에서 깨어났다. 눈을 뜬 히에는 나에게 눈길을 한 번 던지고 나서 주변을 둘러보았다. 히에의 눈동자에서 놀라움이나 두려움 따위는 보이지 않았다. 내가 윌가스의 칼날 앞에서 히에를 구해 내어 늑대에 태운 순간부터 히에는 정신이 나가 있었다. 히에가 마지막으로 기억하는 것은 아마 밤이 깃든 성스러운 숲에서 하늘을 향해 손을 뻗고 이상한 소리를 지르고 있는 윌가스의 모습일 것이다. 정신을 차려 보니 나와 함께 웬 뗏목에 누워 있는 것이다. 히에는 그걸 별로 이상하게 보지 않는 모양이었다. 자리에서 일어나 제자리에서 한 바퀴 돌았다.

"그래서 오빠가 내 목숨을 살려 준 거야? 오빠가 그럴 줄 알았어." 히에가 말했다.

"네가 그걸 어떻게 알아? 조금만 늦었으면 완전히 끝날 뻔했어. 분명히 네 아빠랑 윌가스 손에 붙잡혔을 거야." 내가 말했다.

내가 늑대를 빼낸 이야기와 윌가스가 늑대들 귀에 밀랍을 박아 놓은 이야기 등, 어제 일을 히에에게 빠르게 설명해 주었다. 히에는 내가 무슨 재미있고 무서운 이야기를 들려준 것처럼 방긋방긋 웃었다. 히에를 구출할 때 어머니가 해 준 역할을 전해 주자 분위기가 무거워졌다.

"불쌍한 엄마." 말은 그렇게 했지만 곧 다시 웃음 터져 나왔다. "그리고 아빠도 참 불쌍하지." 히에는 킥킥대며 웃었다. "아빠는 분명 우리 때문에 엄청나게 화가 나 있을 거야. 숲에선 모든 것이 완벽하고 훌륭했는데, 조금만 지나면 숲이 이전처럼 돌아갈 수 있었는데, 우리가 다 망쳐 버린 거잖아. 이전의 삶은 다시 돌아오지 않을 거야. 얼마나 실망이 클까."

웃음이 정말 샘물처럼 터져 나왔다. 난 히에의 그런 모습을 한 번도 본 적이 없었다. 눈은 빛났고 볼에는 장난기 어린 평온함이 번졌고 웃음을 참기 위해서 하얀 윗니로 입술을 깨무는 모습은 귀여운 새끼 쥐를 보는 것 같았다. 그날 히에는 내가 알던 것과 완전히 다른 사람으로 변했다. 평온한 바다 위에 해가 뜨자마자 쏟아지는 햇살을 받아 반짝이는 히에의 모습은 이상하리만치 아름다웠다. 히에는 숲에서 도망쳐 나온 것을 지금까지 자신을 압박하고 가둬 두었던 보이지 않는 올무에서 해방된 것처럼 느낄지도 모른다. 이제 막 번데기를 벗고 나온 것이다. 히에는 다시 웃으며 손을 뻗어 나에게 물을 뿌렸고 나는 놀란 눈으로 멍하니 바라보았다.

히에가 물었다. "왜 그렇게 쳐다봐? 내 목숨은 구해 주었지만 숲이 옛날로 돌아갈 수 있는 길을 막아 버렸으니…… 이제 어떻게 되는 거야? 뭘 해야 하는 거지?"

무릎에 머리를 얹고 나를 바라보며 웃는 모습이 약간은 교활해 보였다. 귀엽고 발그레한 얼굴과 눈에서 반짝이는 장난기가 나를 매혹시켰다. 히에는 미칠 정도로 예뻤다. 그 순간 어머니가 말한 것이 정말 사실이라는 생각이 들며, 히에를 신부로 들여도 괜찮겠다는 믿음이 생겼다.

　바로 그 전날 막달레나와 사랑에 빠졌을 때도 나는 똑같은 생각을 했다. 그러나 그 마음은 어디로 사라지지 않았다. 둘이 서로 다를 뿐, 생각할 때마다 기분이 좋아지는 것은 똑같았다. 풍성하게 드리운 기다란 은빛 머리의 막달레나는 이전에 본 어떤 여자보다 아름다웠다. 이 순간 뗏목 바닥에 누워 있는 히에는 이전엔 마르고 남자 같기만 했다. 지금 나를 바라보는 특별하고 맑은 눈빛에선 매력이 솟아났다.

　긴 잠에서 깨어난 히에는 그사이 다시 태어났다고 할 만했다. 그렇게 새롭게 태어난 히에가 사라지고 다시 이전의 나약하고 겁 많던 아이로 돌아갈까 봐 걱정이 될 정도였다. 그리고 새롭게 나타난 걱정거리는 이제 어디로 가서 자리를 잡아야 바다 위에서의 행복이 오래 지속될까 하는 것이었다. 히에가 이전에 살던 익숙한 곳으로 가는 것은 있을 수 없었다. 집으로 돌아가는 것은 말도 안 된다. 집으로 가면 바다에 도착하자마자 월가스와 탐베트가 당장 내 목을 뜯어 먹도록 교육받은 늑대들이 뱀의 말을 알아듣지 못하도록 귀에 밀랍이 박힌 채 우리가 오길 호시탐탐 기다리고 있을 것이다. 어딘가 다른 길을 찾아야 했다.

　"우리 저기로 가자. 저기 좀 멀어 보이는데 갈 수 있겠어?" 히에는 수평선에서 어렴풋이 보이는 어둑어둑한 땅을 손가락을 가리켰다. 무슨 섬이 있는 것 같았다.

　"가다 못 가면 쉬었다 가면 되지. 급할 거 없잖아. 그런데 저 섬에 가서 뭘 할지를 고민해야지." 내가 대답했다.

　"여기서는 뭘 할 건데? 남은 인생을 여기서 지내고 싶어?"

히에가 이렇게 묻더니 다시 웃음을 머금으며 말했다.

"여기 있는 것도 나쁘진 않겠다. 여긴 씻기도 편하고 수영하러 멀리 갈 필요도 없고. 하지만 먹을 거 구하기가 어렵고 날씨도 추워지면 견디기 힘들어질 거야. 그렇겠지?"

인정할 수밖에 없는 사실이었다. 히에의 단호한 말투에 나도 어쩔 수가 없었다. "맞아. 여기서 겨울을 지내는 건 말도 안 돼. 적어도 눈이 오기 전에는 저 섬에 도착해야 하는데. 겨울이 오면 바다가 얼어서 더 앞으로 나가는 것도 불가능해."

히에도 동의했다. "그래, 여기서 두어 달 지내는 거야 모르겠지만 그보다 오래 바다에 머무는 것은 좋지 않아. 두어 달 후에는 꼭 출발해야 해."

"그때까진 뭔가 좋은 방도가 떠오르겠지. 우선 오늘 하루를 어떻게 잘 보낼 수 있을지 고민해 보자." 나는 아무렇지 않은 척 말했다.

히에가 말했다. "아침이 되니까 풍경이 너무 예쁘다. 우리 같이 수영하는 게 어때?"

"수영……?"

나는 아직 말도 다 마치지 못했는데, 히에는 늑대 가죽 옷을 머리 위로 잡아당겨 벗더니 발가벗고 물속으로 뛰어들었다. 나는 히에를 놀란 눈으로 바라보았다.

히에는 뗏목 주변으로 헤엄치더니 나를 불렀다.

"오빠도 들어와. 물이 아주 따뜻해."

나는 히에가 보는 앞에서 옷을 벗기가 싫었지만 못 할 이유도 없었다. 웃옷과 바지를 벗은 다음 뗏목을 가운데 두고 반대편으로 물에 뛰어들었다.

처음엔 물이 아주 찼다. 그러나 빠르게 몇 바퀴를 돌고 나니 금세 따뜻해졌다. 물에 젖고 상기된 히에의 얼굴이 가까이 다가왔다. 우리 는 한동안 서로를 옆에 두고 수영했다. 발가벗고 헤엄을 치는 우리를 바닷물은 잘 덮어 주었고 나는 이 관능적인 히에를 신부로 삼고 막달 레나는 가끔 얼굴이나 보러 가기로 마음먹었다.

나는 용기를 내어 히에에게 아주 가까이 다가가 코에 입을 맞추었 다. 히에는 웃더니 내게 다시 입을 맞추어 주었다. 난 너무 흥분된 나 머지 히에를 품에 안고 싶어 물밑으로 헤엄쳐 들어갔다. 물을 뿜으며 밖으로 나왔을 때 히에는 이미 뗏목 근처에서 나를 보며 웃고 있었다.

"물고기도 아니면서. 얼른 올라와서 말려." 히에가 소리쳤다.

히에는 뗏목 위로 올라갔다. 물에 젖은 채로 실오라기 하나 걸치지 않고 앉았다. 물에서 나오니 더 아름다워 보였다. 정말 뱀처럼 허물을 벗은 히에는 부모와 늑대들과 그 시절에 겪어야 하는 온갖 걱정들로 부터 자유로웠다. 히에는 주체할 수 없이 아름답고 매력적이었다. 거절 할 수 없는 매력에 매료된 나는 뗏목 위로 얼른 올라가 히에 곁으로 기어갔다.

내가 입을 맞추자 히에는 내게 속삭였다. "우리 여기서 겨울까지 보 낼 거야? 너무 늦으면 우리 얼어 죽을 거야."

"나도 알아. 겨울이 오기 전에 떠나면 돼." 내가 중얼거리듯 말했다.

우린 계획했던 것보다 빨리 저녁에 길을 나섰다. 우리는 바다 한가 운데서 헤엄을 치고 키스를 하고 사랑을 나누고 다시 헤엄을 치고 뗏목 위에 올라와 서로를 품에 안고 이야기를 나누었다. 히에랑 이토록 많은 이야기를 나눈 적이 없었다. 보통 히에는 조용한 아이였다. 나와 패르텔과 놀 때는 우리만 이야기하고 새로운 놀잇거리를 찾아냈고 히에는 우리가 뭐를 제안하건 두말없이 고개를 끄덕이며 눈을 동그랗게 뜨고 바라보는 게 다였다. 히에는 우리 곁을 따라다니는 작은 새 같았다. 히에가 제일 원하는 것은 단지 우리 곁에 있는 거였다. 논다는 게 세상에서 제일 중요한 일인 듯 우리가 하는 일을 하나라도 놓칠세라 눈길도 옮기지 않았다. 혹시라도 우리와 같이 놀다가 실수라도 할라치면 집으로 쪼르르 달려갔다. 하지만 집에 가면 아빠가 있었다. 탐베트는 언제나 영광스러웠던 과거만 생각하며 다녔고 아이가 하는 말은 물거품보다 하찮이 여겼다. 히에는 집에서는 되도록 가만히 있는 편이 좋았다. 아빠 눈에라도 잘못 뜨이는 날에는 히에가 늑대 젖을 안 먹는 것을 트집 잡곤 했으므로 티 나지 않게 발끝으로 살금살금 걸어야 했다. 지금 뗏목 위에 나와 함께 하게 될 때까지 히에는 언제 어디서나 그런 삶을 살았다. 이 순간 히에는 내 팔 위에서 태초의 상태로 행복하게 누워 나와 이야기를 나누고 있다. 도움이라곤 기대할 수 없는 엄마 옆에서 지내는 대신, 여우굴에서 나와 세상을 보는 새로운 눈을 얻은 새끼 여우 같았다. 입맞춤하지 않으면 내내 웃으며 수다를 떨었다. 나도 그 아이의 목소리를 듣고 있으면 히에의 온기가 내 몸에 전해졌다. 내 생애 가장 아름다운 하루였다. 우리는 사람들과 동물들로부터도 해방되어 완전히 둘만 있게 되었다. 하늘에는 구름 한 점 없어서 청명한 태양이 우리 몸을 따뜻하게 해 주었다.

하지만 저녁 어스름이 깔리자 무척 배가 고파졌고, 이 작은 뗏목

말고 다른 쉴 곳을 찾는 게 낫겠다는 생각이 들었다. 그 무엇도 예상
할 수 없는 바다 위에서는 난데없이 폭풍우가 몰아칠 수도 있고, 뗏
목에서 잠을 자는 것도 그리 편안하지 않았다. 결국 난 바지와 웃옷
을 걸치고 다시 노를 손에 들었다. 머지않아 우리는 섬에 닿았다.

"여기 사람이 살고 있을까? 안 살았으면 좋겠다. 오빠랑 단둘이서만
사는 게 제일 좋을 것 같아." 히에가 말했다.

"나도 그래." 내가 대답했다.

지금 우리가 어디에 있는지도 모른 채 걱정하고 계실 엄마는 별로
생각나지 않았다. 어쨌든 나더러 색시를 구하라고 먼저 말한 것도 엄
마다. 그때만 해도 우리가 이렇게 될지는 몰랐다. 히에는 목숨을 구했
고 나의 신부가 되었다. 그 작던 아이들이 훌쩍 자라서 세상을 마주
할 준비가 되었다는 사실을 엄마는 믿지 못할 것이다. 엄마가 나보다
더 지혜로웠다는 사실은 나도 인정할 수밖에 없었다. 나는 하룻밤 사
이에 움막을 지을 자신이 없어 동굴을 찾으러 히에의 손을 잡고 섬을
돌아다녔다. 커다란 토끼 한 마리가 우리 앞으로 뛰어들어 왔다. 나
는 뱀의 말로 그 토끼를 꾀어내어 죽였다.

잠시 후 우리는 밤을 지새울 곳을 찾아냈다. 나는 불을 지피고 히
에는 그 옆에서 토끼를 구웠다. 난 또 동굴에 들어가 최대한 살 만한
곳으로 꾸몄다. 삶이란 엄청난 속도로 흘러간다. 아침에 나는 히에와
사랑에 빠졌고 지금은 내 신부가 된 히에가 같이 먹을 첫 끼를 요리
하고 있다. 난 남편이자 가장이 되었고 지금까지 이 섬에 사는 사람을
전혀 보지 못했다는 사실로 볼 때 이 섬을 다스리는 군주가 되었는지
도 모른다. 난 이 섬에 우리 둘만 살고 있다고 확신했다.

그런데 사실은 그렇지 않았다. 내가 나뭇가지를 한 짐 지고 동굴로 오던 길이었다. 발밑에 무언가를 밟았고 무릎을 굽혀 무엇인지 가만히 살펴보았다. 거의 어두워졌는데 나를 바라보는 두 눈동자는 빛나고 있었고 거친 목소리가 들려왔다.

"네 아버지가 누구냐? 네 아버지가 누구냐고."

난 순간 말을 더듬었다. "우리 아버지는…… 옛날에 돌아가셨는데요."

이끼에서 자란 버섯처럼 얼굴을 뒤덮은 회색 머리카락 사이로 뭉툭하게 튀어나온 코가 보였다.

그 목소리가 물었다. "혹시 아버지 이름이 보텔레 아니니? 말해 봐라, 네 아버지 이름이 보텔레 아니었니?"

"아니에요. 저 지금 너무 아파요. 그분은 우리 삼촌이고 마찬가지로 돌아가셨어요." 나는 날카로운 쇳조각 위에 앉아 있는 것처럼 아파서 신음 소리를 냈다. 아마 늑대에게 정강이를 물리면 그럼 느낌이 날 것이다.

털보 영감이 눈을 반짝이며 말했다. "아, 네가 그 조카구나. 그럼 네가 린다의 아들이구나!"

그게 우리 어머니의 이름이라고 말했다. 그 낯선 사람이 내 뺨에 입을 맞추고 귀를 잡고 흔들었다.

"그래, 내가 그럴 줄 알았다. 체취는 거짓말을 안 하지. 내 피는 어딜 가도 냄새가 난다니깐. 내 손자야, 넌 이름이 뭐니."

나는 약간 충격을 받고 말했다. "손자요? 제 이름은 레메트인데요, 그렇다면 아저씨는……."

"네 할아버지다!" 그 털 많은 할아버지는 그렇게 말하고 나를 강하게 끌어안았다. "린다랑 보텔레 모두 내 아들딸이다. 그런데 보텔레가 죽었다니. 참으로 안타깝구나. 정말 사랑하는 아들인데. 무슨 일이 있었던 거니. 어디 전투에라도 나갔다가 죽은 거니?"

난 이 상황이 너무 믿기지 않아서 대답할 정신도 없었다. 내 할아버지라니. 삼촌이 전에 이야기해 줬던 바로 그 할아버지인가? 사람들한테 다리가 잘려 바다에 빠져 죽음을 맞았다는, 말로만 들었던 독니가 있다는 할아버지가 바로 이 사람이란 말인가? 그런데 바다에 빠져 죽지 않고 여전히 살아 있었다. 이 사람은 정말 다리가 없었다. 무릎 아래로는 허벅지가 땅에 끌려다니지 않도록 천을 끈으로 묶어 놓았다. 그 늙은이는 내 시선을 알아차리고 말했다.

"다리는 그 사람들이 잘라 버렸다. 하지만 문제는 없다. 나중에 가서 그놈들 멱을 따 주면 되니까. 마침 내가 도움이 필요한 때였는데 잘 왔다. 그런 이야기는 나중에 하자. 저기 토끼를 잡고 있는 저 아가씨는 네 색시니? 옆에 아무도 없을 때 물어 버리자 했는데 큰일 날 뻔했네. 피 냄새를 여전히 느끼겠더구나. 넌 여기서 뭐 하니, 레메트. 전쟁에 나가는 길이니?"

난 할아버지에게 그동안의 이야기를 짧게 들려주었다. 할아버지는 모든 이야기를 귀 기울여 들었다. 할아버지 얼굴은 수풀처럼 수염이 덥수룩했고 그 수풀 속에는 아주 크고 하얀 눈동자가 빛났다. 그 눈동자는 말 그대로 어둠 속에서 빛이 났다. 상체를 지탱하는 커다랗고 뼈가 드러나는 팔은 독수리의 발톱 같았다. 팔을 땅속에 파묻고 나를 눈도 깜박이지 않고 쳐다볼 때는 마치 부엉이처럼 보였다. 할아버지는 우리 이야기의 결말을 좋아하지 않았다. 불만족스러운 표정으로 고개를 내저었다.

무거운 어조로 말했다. "남자라면 도망을 치는 게 아니다. 나라면 당장 늑대 새끼들한테 달려가서 쥐새끼들처럼 찢어 죽였을 텐데. 그 현자라는 인간은 이로 물어 독을 주입해 죽였을 거고, 탐베트는 사타구니부터 시작해서 턱 아래까지 뱃살을 벗겨 버렸을 텐데. 손자야, 입 벌려 봐라."

나는 고분고분 입을 벌렸다. 입 안을 들여다보던 할아버지는 실망한 듯 한숨을 쉬었다.

"너에게 독니가 없구나. 안타깝구나. 왜 이게 후손들에게 없는지 모르겠구나. 아들도 없고 딸도 없고. 손자들 세대에서는 다시 날 줄 알았는데 여전히 마찬가지구나. 이렇다면 늑대들이랑 싸움을 벌이는 게 몹시 힘들지. 그래도 시도는 해 봐야 한다. 진정한 남자는 도망치는 게 아니다. 난 이제 걸을 수도 없는 늙은이다. 그렇다고 동굴에서 평생을 갇혀 살 순 없다. 어느 놈이건 우리를 못 살게 굴려오는 놈들은 다 허벅지를 물어뜯을 테다. 여기는 내 섬이니 내가 지킨다."

"할아버지는 이곳에 어떻게 오신 거예요? 삼촌 말로는 사람들이 할아버지를 바다로 던졌다고 하던데요." 내가 물었다.

"물개들이 데려다주었다. 그 녀석들은 뱀의 말을 잘 알아듣거든. 물개들이 데려다준 이곳에 살 곳을 만들었단다. 몇 년 내내 별의별 일들이 다 일어났다. 10년 전쯤엔 기사들이 범선에 물건들을 가득 싣고 왔고, 그다음엔 여기다가 뭔가 지으려는 속셈으로 수도사들이 몸종들을 데리고 온 적도 있다. 내가 그 사람들이 다시는 입을 열지 못하게 해 주었지. 뱀처럼 풀밭을 기어서 내 독니를 동맥에 꽂고는 목을 찢어 버렸단다. 난 그놈들 껍질을 벗겨서 뼈와 살이 분리될 때까지 끓였다. 해골로는 심심해서 포도주잔을 만들어 버렸지. 저녁이 되면 할 수 있는 게 아무것도 없거든. 그래서 심심풀이로 뼈나 깎고 있는 거란다." 할아버지가 대답했다.

"사람은 뭐 하러 끓여요? 혹시 사람 고기 먹는 건 아니죠?" 난 약간 역겨운 목소리로 물었다.

"안 먹는다. 여기도 토끼하고 염소 많다. 사람 뼈는 따로 쓸 데가 있다. 난 그것들로 내 날개를 만들고 있거든. 날개 만드는 데 사람 뼈처럼 좋은 게 없다. 송곳으로 구멍을 뚫고 골수를 뽑아내서 뼈가 가벼워지면 맞추기가 쉬워진다. 그런데 뼈가 많이 필요하다. 남자 한 명이 날 만한 튼튼한 날개를 만들려면 적어도 사람이 100명은 필요하다. 난 여기 섬에서 죽고 싶진 않아. 저 철갑인간들이랑 해결해야 할 일이 아주 많다. 하늘에서 벼락처럼 그놈들 앞에 나타나서 뇌를 뽑아 버릴 거다. 내 다리를 잘라다가 바다에 버린 그놈들을! 그런 애들 장난감 같은 것으로 나를 농락하려 들다니. 이제 물러서는 일은 없을 것이다!"

할아버지는 입을 크게 벌리고 포효하듯 말했다. 입을 어찌나 크게 벌렸는지 크기는 많이 줄었지만 여전히 독을 숨긴 검은 이도 보였다. 나는 할아버지를 동경의 눈길로 쳐다보았다. 지금 내 앞에는 진정한 우리의 조상이 앉아 있다. 거칠고 힘이 넘치는 할아버지는 북녘 개구리를 축소해 놓은 것 같아서, 어마어마한 힘으로 바다의 물결을 흔들고, 적들의 귀를 멀게 만들었다. 비록 다리는 잘렸지만 날개를 달고 하늘로 날아오를 준비를 하고 있었다. 언제나 내 곁에 있었던 것처럼 느껴지지만, 내가 태어나기 훨씬 전에 이 섬에 들어와서 단 한 번도 희망을 잃지 않고 줄곧 복수의 칼날을 갈아 왔던 것이다. 여전히 할아버지는 아무리 휘어도 다시 꼿꼿하게 서는 나뭇가지처럼 늠름하고 올곧아 보였다.

모두 죽은 줄로만 알던 우리 할아버지가 나타나면 어떤 일이 벌어질까? 온 마을 여자들이 겁에 질려 도망가 버릴지도 모른다. 성스럽다는 숲으로 가 탐베트와 윌가스 앞에 나타나 그들이 그토록 두려워하는 정령들의 목소리를 흉내 낼 것이다. 그뿐만이 아니라 오히려 들판을 지나 큰길로 나가서 말을 타고 지나가는 기사들을 물리치고 수도사들의 코를 이로 물어뜯어 버릴 것이다. 마을 장로 요하네스는 물론이거니와 철갑인간들의 친구들과 몸종들 역시 화를 피하지 못할 것이다. 물론 마을 사람들과 기사 역시 반격을 시도할 수는 있으나 광기 넘치는 할아버지의 강한 날개로 마을 몇 개는 금세 파괴될 것이다. 그는 위험한 존재였고 전설로만 내려오는 강력한 분이었다. 할아버지 옆에 있으니 내가 히에를 구해서 나오던 그날 밤 눈을 멀게 할 정도로 나를 사로잡았던 감정이 다시 솟아나는 것 같았다. 지금이라도 그들과 싸워서 죽이고 싶다는 마음이었다. 할아버지는 겉으로 보기에서 광기로 가득 찬 사람이었다. 숯처럼 뜨겁게 달구어진 할아버지 몸의 열기가 또다시 내게 전해지는 느낌이었다.

"내가 머리뼈로 만든 잔 보여 줄까?" 할아버지가 물었다.

그 순간 히에가 나를 불렀다. 토끼를 다 구워졌으나 먹으러 오라는 것이었다.

할아버지가 뭔가 눈치를 챈 것처럼 말했다. "네 신부가 부르잖니. 얼

292

른 가서 토끼 먹이나 따자. 머리뼈는 저기 계속 있을 테니 이따가 와서 보자꾸나. 살아서 어딜 돌아다니지도 않을 거고."

할아버지는 독니를 다시 보여 주면서 웃었다.

나는 걸어서, 할아버지는 털 난 뱀처럼 눈을 부라리며 기어서 모닥불 곁으로 모였을 때는 이미 해가 져 있었다. 그날은 참으로 이상한 날이었다. 아침에는 부인이 생기고, 저녁에는 할아버지가 생겼다. 할아버지는 아직 뜨끈한 토끼 한 마리를 집어서 반으로 뚝 잘랐다.

22

처음 보는 털 많은 노인이 풀밭 한가운데 뱀처럼 몸을 꼬고 앉아 있는 것을 본 히에는 당연히 화들짝 놀랐다. 나는 히에에게 어떻게 된 일인지 얼른 설명해 주었다.

"정말 잘 익었네. 다른 건 어떤지 모르겠다만 고기는 정말 잘 굽는구나." 할아버지는 한쪽을 씹어 뼈를 발라내면서 말했다.

토끼 반쪽이 눈 깜작할 사이에 할아버지 배 속으로 사라졌다.

"너희는 왜 안 먹니. 뭘 기다리는 게야. 토끼는 뜨거울 때가 제일 맛있어. 식으면 토끼풀을 먹는 건지 토끼를 먹는 건지 헷갈릴 정도로 맛이 없어진다."

우린 남은 부분을 둘로 쪼개어 입 안으로 넣었다. 할아버지는 불꽃 같은 눈으로 우릴 바라보았다.

할아버지가 말했다. "살아 있는 사람들을 또 보게 되니 정말 좋구

나. 오가는 사람들은 많지만 보자마자 다가가서 목을 쳐 버리니 산 사람을 보려야 볼 수가 없거든. 목숨이 끊긴 놈들을 삶을 때나 겨우 얼굴을 본단다. 살이 뼈에서 분리되고 나면 얼굴이 모두 사라지지. 살 덩이들이 죽처럼 변해 버리거든."

히에는 코를 찡그리며 이제 더 구울 토끼가 없어서 요리를 할 수가 없다는 신호를 보냈다. 히에의 마음을 알아차린 할아버지는 맛있게 먹었다는 뜻으로 손가락을 핥았다.

"얘야, 너무 뭐라고 하지 말아라. 뼈가 약해지면 자꾸 고기가 당기는 법이란다. 그리고 내가 있어 침략자들이 이곳을 함부로 하지 못했어. 철갑인간들이 단 한 번도 이곳에 제대로 발을 붙인 적이 없어. 얘들아, 요즘 숲에서 살기는 좀 어떠냐. 내 딸은 어떻게 지내니. 형제나 자매는 없니?" 할아버지가 말했다.

나는 할아버지에게 엄마는 잘 지내고 계시고 누나가 한 명 있는데 곰이랑 같이 산다고 했다.

"왜 곰이랑 사니? 숲에는 이제 남자들이 없다니?" 할아버지가 노해서 물었다.

"없어요. 전부 다 마을로 이사 갔어요." 내가 대답했다.

"그럼 할 수 없구나. 마을 뜨내기들하고 사느니 곰이 낫지. 그렇다고 해도 곰들이 미련한 게 어디 가지는 않는다. 나도 곰 친구가 꽤 있었지. 그 녀석들에게 장난을 치는 게 정말 재미있었어. 곰들은 사람들이 말하는 것을 곧이곧대로 믿는단다. 내가 한번 그 녀석들한테 토끼 똥을 먹인 적이 있는데 여기 커다란 갈색 딸기가 있으니 와서 먹으라 했더니 잘 먹더라고. 한 바구니를 통째로 가져다줘도 잘 먹고 나중에 맛있다고 배까지 두드려요. 얼마나 바보 같은지 웃음만 나오더라니까.
아마 네 누이는 행복하게 잘 살 거다. 먹을 거 준비할 필요는 없을걸.
토끼를 한 마리 잡아다가 둥지를 만들어서 새처럼 앉혀 놓으렴. 그리
고 나중에 아무거나 동그란 거 주면서 토끼가 방금 낳은 알이라고 해
봐라. 좋다고 먹을 게다."

할아버지는 당신이 했던 아주 간단하지만 잔혹한 장난들을 이야기
하는 게 그렇게 좋았는지 한참을 꺽꺽거리면서 웃었다.

"내가 섬에서만 살고 있으니 정말 안타깝구나. 갈 수만 있다면 네
누나랑 산다는 그 곰을 한번 만나 보고 싶구나. 정말 가서 장난을 한
번 쳐 보고 싶다. 날개를 다는 대로 얼른 날아가서 알 낳은 토끼 장
난을 쳐 보고 싶구나." 할아버지는 정말 보고 싶은 표정이었다.

"그 날개 만드는 것은 언제쯤 끝나요? 사람 뼈가 얼마나 더 필요한
거예요?" 내가 물었다.

"이제 거의 다 끝났다. 서너 사람만 더 있으면 된다. 몇 달만 있으면
완성될 거야. 그런데 만드는 데 걸리는 시간보다 더 중요한 문제가 있
다. 이 날개가 하늘로 솟아오르기 위해서는 바람이 많이 필요하단다."

나는 믿기지 않아 물었다. "바람요? 바람이야 계속 부는 거잖아요."

"불기야 하지, 그런데 그걸로는 안 돼. 내가 원하는 방향으로 불어야
해. 그래서 바람자루가 필요하단다. 네가 가서 좀 가지고 오려무나."

"그걸 어디에서 가지고 와요?" 내가 물었다.

"사레마에 가서 가지고 오면 된다. 거기 가면 뵈이가스라고 하는 바
람을 다스리는 바람장이 친구가 있지. 내가 보냈다고 하면 바람자루
를 한 개 줄 거다."

나는 조심스럽게 말했다. "그 바람장이 아저씨가 여전히 살아 있을까요? 그분을 언제 마지막으로 보셨어요?"

"본 지는 오래됐지. 그런데 섬사람들은 그리 쉽게 안 죽는다. 바람장이들은 특히 더 목숨이 끈질기지. 200살 사는 것은 기본이다. 천천히 자기 몸속에서 바람을 빼내거든. 내장을 전부 울려 가며 자루에 바람을 집어넣으니 배 속 병이나 쓰레기들이 입이나 똥구멍으로 밖으로 터져 나오거든. 거대한 소나무가 땅으로 주저앉고 반으로 쪼개질 정도로 바람이 세단다. 만약 너도 그렇게 바람을 불 줄 알면 배 속이 깨끗해지고 누가 도끼로 내려치지 않는 한 앞으로 50년은 더 편하게 살거다. 그 늙은이가 죽었는지 아닌지는 걱정할 필요 없다. 우리보다 훨씬 오래 살아서 분명히 지금도 바람을 키우고 있을 테니까."

할아버지는 이 바람자루가 무척 필요하기 때문에 당장 내일 아침에 길을 떠나겠다고 했다.

할아버지는 신이 나서 말했다. "가더라도 이건 알아 두렴. 아마 내일이면 철갑인간들이 한 배 가득 실려서 올 거다. 그럼 저녁까지는 필요한 뼈가 다 구해질 거야. 그 바람자루 따위가 없어서 섬에 남겠다는 말은 어리석은 일이지. 여기서 그 오랜 시간을 허송세월했다는 것이 부끄러워 죽겠다. 난 매일 철갑인간이 똥을 거품처럼 지리도록 무찔러 버리는 꿈을 꾼다. 정말 다시 전장에 나가고 싶단다. 너도 나와 같이 가야 해. 그 악한 마음을 품은 녀석들이 나를 보지 못하도록 전나무 밑에 숨어 있다가 그놈들 머리로 채찍을 휘두를 수 있도록 네가 발길질해서 잘 보이는 곳으로 유인해 데리고 나오거라."

할아버지가 흥분해서 하는 이야기는 내 마음에 불을 붙였고 그 계획도 아주 훌륭해 보였다. 몸으로 뒹굴면서 하는 전투에 대해서는 생각해 본 적이 없었다. 독니를 가진 할아버지와 같이 앉아 있노라니 가슴속에 잠들어 있던 전투에 대한 욕구가 불타올랐고, 당장 전투가 시작될 듯 온몸의 근육이 팽팽해졌다.

할아버지는 순식간에 피에 굶주린 사냥개에서 너그럽고 인자한 할아버지로 변했다.

"이제 좀 자야겠다. 내일은 먼 길을 가야 하니 오늘 푹 쉬거라. 난 동굴 앞을 지키고 있어야 한다. 안 그러면 여우 같은 것이 와서 뼈를 다 쏠아 버릴지도 모른다. 상상도 하기 싫다. 뼈 하나하나가 다 소중하잖니. 너희들은 여기 누워 자거라. 아침에 내가 와서 깨워 줄게. 그리고 내일 아침 식사는 내가 준비하마. 오늘 이렇게 극진한 대접을 받았으니 내일은 내가 대접해야지. 내일 밥 먹으러 우리 집에 오너라."

풀밭을 가로질러 기어가는 할아버지는 싸움을 하다 꼬리가 잘려 나간 거대한 도마뱀 같았다.

"너희 할아버지 연세가 정확히 얼마나 되셔?" 히에가 물었다.

내가 말했다. "90살은 되셨을걸. 나도 잘 몰라, 삼촌이랑 엄마도 할아버지를 보신 지가 아주 오래됐으니까."

"그럼 나이가 정말 많으시겠는데. 조금 무섭게 생기시긴 했는데 그래도 뭔가 새로운 기운을 전해 주시는 거 같아. 맨날 옛날에 어쨌고 저쨌고 타령만 하는 우리 엄마 아빠하고는 완전히 달라. 우리 엄마 아빠는 너희 할아버지에 비하면 그냥 곰팡이야. 할아버지는 정말 겨울이 와도 시들지 않는 풀 같아."

우리는 서로를 안고 잠을 청해 봤지만 난데없이 눈앞에 찾아온 할

297

아버지에 대해서 생각하느라 오랫동안 잠을 이루지 못했다. 어떤 면에서는 삼촌과 비슷한 점이 있는 것도 같아도 훨씬 더 거칠었다. 그들은 모두 같은 나무 한 그루에서 나왔다. 삼촌이 매끈하고 강하지만 비바람은 이기지 못하는 나무줄기라면 할아버지는 땅 밑 깊은 곳에서 솟아난, 곰이 와도 두 동강 낼 재간이 없는 강하고 튼실한 뿌리 같았다. 난 바람에 쉽게 흔들리고 언제라도 부서질 수 있는 나무 꼭대기에서 자라는 나뭇가지였다. 가지가 너무 가늘어서 작은 새 한 마리조차 앉을 수 없었다. 내가 있는 곳으로는 아무도 오지 않는다. 파랗고 텅 빈 하늘뿐이다.

그러나 시간이 지나자 모두 하찮다는 생각이 들었다. 히에는 내 팔에 머리를 대고 쌔근쌔근 잠이 들었고 약간 뾰족하게 튀어나온 귀는 작은 쥐처럼 보였다. 나는 히에의 뺨에 코를 비비고 바로 잠이 들었다.

할아버지는 칼날처럼 날카로운 뱀 소리로 우리를 깨웠다. 얼른 일어나 앉은 우리 곁에 할아버지도 자리를 잡았다. 대낮에 보니 털로 뒤덮인 얼굴은 주름이 더 자글자글해서 눈만 겨우 빛나고 있었다.

"와서 밥들 먹자. 엘크 한 마리를 다 구웠다. 먹고 싶은 대로 다 먹고 남은 건 사레마 갈 때 챙겨 가거라." 할아버지가 말했다.

할아버지는 나무와 돌을 골고루 사용해 지은 이상한 집에서 살았다. 보통 사람들 무릎 높이의 돌을 굴리는 게 얼마나 고생스러웠을지는 굳이 들어 보지 않아도 알 만했다. 할아버지가 돌을 들어 옮길 수는 없었을 것이다. 마치 개미처럼 몸으로 밀어 굴려서 가져왔을 것이다. 저 나무줄기를 굴려 왔다는 것만으로도 할아버지의 힘이 얼마나 대단한지 충분히 알 수 있었다. 난 궁금증을 참지 못하고 어떻게 이런 일이 가능한지 물어보았다. 할아버지는 집이 튼튼하지 않으면 전투에 임할 수 없다는, 무슨 말인지 이해할 수 없는 소리를 했다.

"살찐 철갑인간들이랑 시종들이 가득 실려 오는 배들이 이 섬에 언제쯤 들어올지 보이지 않아. 보자마자 당장 가서 죽여야 하는데. 사람들에게 포위당할 때를 대비해서 몰래 들어가 숨을 요새 하나쯤 있으면 편할 텐데 말이다. 저 돌들 사이에는 난데없이 공격을 받으면 숨을 수 있는 좁은 통로가 여기저기 있는데 저 바위와 나무 틈에 숨어 있으면 아무도 날 못 찾는다." 할아버지가 설명했다.

난 다시 물었다. "그런데 어떻게 그런 게 가능해요? 할아버지는 다리도 없고 혼자 계시는데 보기만 해도 무거워 보이는 저것들을 혼자서 어떻게 굴려 오신 거예요?"

할아버지는 콧방귀를 뀌었다. "에이, 그거야 뭐. 말할 필요도 없다. 진정한 사나이라면 이런 돌과 나무쯤이야 식은 죽 먹기다. 이리 오너라. 엘크 고기를 한 조각 잘라 줄 테니, 떠나기 전에 해골잔을 먼저 보여 주마."

난 엄청나게 큰 엘크가 구워지고 있는 불가로 갔다. 그 근처에는 해골이 산처럼 쌓여 있었다. 모두 반들반들 광채가 났고 틈이 너무 벌어진 곳은 보석과 금을 사용해 채워 넣은 듯했다. 비참한 종말을 맞은 철갑인간들이 가져온 보물함에서 챙긴 것이 틀림없었다. 무자비한 할아버지의 독니에 물리기 전까지 그 사람들은 막연히 아름답고 안전한 섬에 들어왔다고 생각했을 것이다.

할아버지는 해골 세 개를 들어 우물물을 채우고 말했다. "이처럼 맛있고 깨끗한 물은 보기 드물단다. 꾸물거리지 말고 와서 마셔 보렴. 히에야. 네가 든 해골은 어떤 유명한 수도사 거였다. 레메트, 네 것은 철갑인간 우두머리의 해골이지. 같이 건배하자꾸나."

우리는 뼈로 만든 잔을 살짝 부딪히고 물맛을 살짝 보았다. 이런 이상한 잔으로 마시자니 아주 마음 편한 것만은 아니었다. 히에는 그 뼈로 만든 잔을 입술에 대면서 손이 살짝 떨렸고 물에서 시체 썩는 맛이 날까 봐 겁을 냈다. 그러나 할아버지 말씀대로 물은 아주 맑고 맛있었다. 사실 할아버지는 정말 이치에 맞도록 행동하는 분이었다. 할아버지는 뭘 하려고 해골로 잔을 만드시는 것일까. 팔아서 돈을 벌어 보는 것은 어떨까. 해골잔으로 마셔 보니 물맛이 기가 막혔다. 잔을 비우고 다시 채웠다.

할아버지가 고개를 끄덕였다. "정말 맛있지? 난 해골잔을 만드는 게 정말 좋다. 사실 나한테 그렇게 많이 있을 필요는 없다. 하나만 있으면 되니까. 난 그냥 조각을 하는 게 좋다. 잔마다 특색이 있지. 어떤 것은 길쭉하고 어떤 것은 딸기처럼 둥그렇지 않니. 어떤 건 옆에 혹이 난 것도 있다. 어떤 건 또 엄청나게 작고. 이걸 한번 보렴. 심지어 웃고 있잖니, 쥐 해골이라 해도 믿겠다. 이건 남자 목부터 잘라 낸 건데 다 자란 어른의 머리다. 이렇게 머리가 작다니 바보가 따로 없겠지."

"재미있네요." 나는 이렇게 말하고 몇 모금 마시면 없어질 만한 작은 잔을 손바닥 위에서 돌렸다.

할아버지가 궁금하다는 투로 말했다. "너희 집에는 그런 잔이 없니? 없구나. 뫼이가스한테서 다녀오면 그땐 너에게 주마. 원하는 만큼 가져가라, 내가 주는 결혼선물이다."

히에와 나는 서로를 보며 멋쩍게 웃었다.

히에가 말했다. "우리가 집에 가도 좋을지 모르겠어요. 저를 제물로 바치려고 했고 아마 지금도 저를 계속 찾고 있을 거예요."

할아버지가 말했다. "도끼로 머리를 찍어 버려라. 그러면 조용해질 거다. 나는 단 한 번도 사람을 두려워해 본 적이 없다. 내가 가고 싶은 곳은 어디나 갔어. 이제 곧 다시 다닐 수 있겠지. 내 말은 날아다닐 거라고, 바람자루만 생기면. 너희들 이제 배부르니? 이제 가는 게 낫겠다. 나도 조바심이 좀 나는구나. 일찍 출발할수록 더 빨리 돌아올 수 있지 않겠니?"

할아버지는 밥을 먹어야 힘이 난다며 뗏목 가득 고기를 실으라고 했다. 친척들이랑 친구들을 어질어질할 때까지 먹이는 엄마의 성격은 할아버지에게서 물려받은 것이 틀림없었다. 해골잔도 몇 개 챙겼다. 할아버지가 바람장이에게 주는 선물이었다. 우리는 뗏목에 앉아 할아버지가 섬이 있다고 알려 준 방향으로 뱃머리를 틀었다.

사레마로 가는 여정은 우리의 첫 항해보다 더 오래 걸렸다. 그보다 빨리 갈 수도 있었지만 굳이 서두르지 않았다. 할아버지가 바람을 무척 기다리긴 하지만 바다에서 시간을 하루 이틀 지체한다고 섬에서 혼자 수십 년을 지낸 할아버지에게 큰 의미가 있지는 않을 것 같았다. 우리는 노를 내려놓은 채 수영하고 서로 감싸 안았으며 그러다가 차가워진 엘크 고기를 먹었다. 그 상황에서 제대로 인식하지 못했지만 그것은 우리의 신혼여행과 다름없었다. 우리는 함께할 수 있어서 너무 좋았고 물 위에서 떠다니는 게 무엇인지 호기심 가득한 눈으로 보고 있는 물개를 제외하고는 아무도 우리 사이에 끼어들지 않아서 너무 좋았다. 그것 말고도 크고 작은 물고기들이 물 위에 첨벙첨벙 뛰어오르거나 거뭇거뭇한 등을 내보이며 물속으로 지나가는 것이 뚜렷이 보였다. 그 물고기들을 잡을 수도 있었지만 뗏목 위에서 구울 수가 없어 그만두었다. 생선 말고도 우린 엘크 고기가 충분하게 있어서 별걱정이 없었다. 해가 솟아오르는 쪽으로 방향을 유지하고 사레마에 도착할 때까지 그저 바다에 배를 맡겼다. 저녁이 다 되었는데도 아직 육지에 닿지 않았다. 대신 우리는 바다 깊은 곳으로 가라앉는 물개들과 바다 위 잔물결을 몸으로 느끼며 배에서 밤을 보냈다. 이른 아침에 일어나자마자 우리는 어디쯤 왔는지 알아보고 싶어졌다. 지평선에 무언가 검은 것이 어른거렸다. 바닷가에 도착한 것 같았다. 노를 물속에 넣고 앞으로 저어 봤으나 웬일인지 배가 움직이지 않았다.

"우리 물풀에 걸린 것 같아." 히에가 말했다.

물속을 들여다보니 처음 보는 회색빛 물풀들이 뗏목을 둘러싸고 있었다. 마치 바다 밑에서 거대한 수염이 자라는 것 같았다. 난 뗏목을 끌어내기 위해서 힘을 주어 보았으나 이 이상한 수염은 갈대 줄기만큼 굵고 어디로 뻗치는지 모를 만큼 길었다.

"나 이런 거 처음 봐. 우리 삼촌도 이렇게 바다에서 수염이 자랄 수 있단 말은 해 주신 적이 없는데. 무슨 물고기 등에 걸린 것 같아." 내가 말했다.

"이거 물고기 등 아니야. 수염에 걸린 거라고. 네 뒤를 봐. 우리 분명이 물고기 수염 위에 있는데 우릴 별로 신경 쓰지 않는 모양이야." 히에가 말했다.

고개를 돌리자 이전에 보지 못했던 풍경이 펼쳐졌다. 뗏목과 멀지 않은 곳에서 상상조차 할 수 없는 거대한 괴물이 파도를 만들고 있었다. 분명 물고기였지만 크기는 산만 했다. 바닷물 전체가 수염으로 가득한 것으로 보아 나이가 많은 녀석임이 틀림없었다. 녀석의 비늘은 조개껍데기와 바다에서 난 쓰레기들이 갑옷같이 둘려 있었고 거대한 지느러미는 엄청난 크기의 박쥐 날개처럼 유연하게 펄럭였다. 늙고 노쇠한 눈은 슬프지만 그래도 호기심 많은 표정으로 바라보고 있었다. 우리 역시 똑바로 바라보자 그 물고기는 거대한 입을 벌려 쉭쉭 뱀의 말을 했다. 그중에는 내가 모르는 단어도 꽤 있었다. 아마 이 물고기 말고는 기억하는 사람이 없는 고대의 단어인 것 같았다.

"어이, 인간들. 다들 어디로 가는 게요?"

"사레마로 가요!" 내가 대답했다.

물고기는 입으로 파고드는 수염을 바람을 불어 내보냈다.

물고기가 말했다. "거의 다 왔구려. 오후쯤에는 도달할 거요. 그런데 이런 작은 뗏목을 타고 오는 사람들을 워낙 오랜만에 보다 보니 내가 잘 가르쳐 주고 있는지 모르겠구려. 내가 마지막으로 떠올랐을 때 군함 세 대가 지나가고 있었는데 배 한 척마다 약 40명 정도가 실려 있는 것 같았소. 예전만 해도 사람들이 그것보다 훨씬 많았는데 지금은 우스워서 못 봐 줄 정도더군. 그런데 꼬맹이 배랑 두 사람이라니. 세상이 그런 걸 어쩌겠소. 당신네들은 아마 나를 제일 마지막으로 보도록 선택된 사람들인 거 같구려. 나도 당신들이 내 생에 마지막으로 보는 인간들이 될 테고."

"왜요?" 히에가 물었다.

"오늘이 숨을 쉬러 물 밖으로 나오는 마지막 날이라 그렇소. 100년 전에 한번 떠올랐는데 그 후에는 별로 나오고 싶은 생각이 들지 않더라고. 나이가 너무 들었기 때문이지. 오늘 마침 내 안락한 동굴을 벗어나 밖으로 나가 볼까 오래 고민을 하다가 이참에 마지막으로 딱 한 번만 더 나가 보자 마음을 먹었지. 내 수염이 너무 길게 자랐소. 그 수염을 달고 물 밖으로 나오는 게 여간 만만한 게 아니오. 그런데 아직 밖으로 못 나올 정도로 자라지는 않았더군. 바다가 텅 비어 버렸소. 배를 타고 여기저기 다니던 사람들은 다 어떻게 되었답니까? 무슨 역병이라도 돈답니까?"

나는 물고기에게 이제 사람들이 다 마을로 떠나고 밀을 재배하며 우리 조상들이 그랬듯 배를 타고 해적질을 하러 다니지도 않는다고 설명할 수는 없었다. 만약 철갑인간들의 배가 다녔더라면 왔다 갔다 하는 사람들이 적지 않았을 텐데 이상했다. 나는 물고기에게 철갑인간들을 본 적이 없는지 물었다.

물고기가 놀라 말했다. "철갑인간? 난 그런 사람들을 본 적이 없소. 이렇게 마지막으로 물 밖으로 나온 김에 볼 수 있으면 좋았으련만. 오늘은 이곳으로 지나가지 않소? 곧 물밑 동굴로 내려가야 해서 시간이 많이 없는데, 오늘 볼 수 있을까 모르겠소. 어떻게 생긴 사람들인가요?"

"사람들이랑 똑같이 생겼는데 살이 철로 되어 있어요."

물고기는 내 말을 듣고 기가 막힌다는 듯 물거품을 내뿜었다.

물고기가 중얼거렸다. "듣도 보도 못한 사람들이군. 세상은 계속 변하니까. 물 밖으로 나오는 법이 거의 없으니 그사이에 배들이 많이들 왔다 갔다 했겠지. 거의 100년에 한 번씩 바람을 쐬러 물 밖으로 나왔던 것 같은데 그때마다 항상 마지막으로 딱 한 번만 보고 오리라 마음먹었던 것 같소. 그땐 바다가 군함들로 가득했고 하늘에는 북녘 개구리가 날아다녔지요."

"북녘 개구리를 봤어요?" 내가 소리쳤다.

"당연하지요, 한두 번이 아니라오. 본 것만이 아니라 내 등에 앉아 잠시 쉬기까지 했소. 아주 거대하고 힘이 강했지만, 그때 난 지금보다 더 힘도 좋아서 북녘 개구리를 별문제 없이 들어 올릴 수 있었지. 지금은 그 정도의 무게를 버티지 못할 것이오. 그런데 이런 이야기를 해 봐야 무슨 소용이 있겠소. 눈앞에 나타나지 않은 게 얼마나 되었는지 모르겠구려. 대체 어디로 간 것일까요?"

"어딘가에서 자고 있어요. 거기가 어딘지는 아무도 몰라요." 내가 말했다.

물고기는 내 대답이 마음에 든 모양이었다.

"그 말이 맞네요. 자고 있거나 쉬는 것이겠지요. 나도 이제 곧 쉬어야 할 것 같소. 바다 밑으로 내려가서 밖으로는 나오지 않고 동굴에서 편하게 자리 잡고 있으렵니다. 수염이 내 머리 위까지 덮이면 그땐 편안히 잠들 수 있겠지. 아주 긴 잠이 될 거요, 정말 너무나도 좋은 휴식이 될 것이오."

물고기는 노쇠한 눈을 감고 조금씩 지느러미를 펄럭이기 시작했다.

다시 눈을 뜨고 말했다. "이제 가야겠네요. 철갑인간들을 보지 못해서 아쉽지만 그래도 뭐 어쩌겠소. 바다 밑에 누워 지내면서 정말 많은 것을 보았지. 사실을 말하면 그 철갑인간 따위에는 별로 관심이 생기지 않소. 그 인간들을 보지 않는다고 내가 잃을 것이 무엇이 있겠소. 아무것도 없지. 혹시 그 사람들을 만나게 되면 거대 물고기 아흐테네우미온이 영원히 바다 밑으로 내려갔다고 전해 주시오. 나도 그 사람들을 못 보고 그 사람들도 나를 못 보니 이보다 아쉬운 일이 없겠구려."

꼬리를 흔들면서 눈을 깜박이는 것을 보니 물고기가 일부러 장난을 치는 듯했다.

"그 철갑인간이라는 사람들이 자기들이 만든 배를 타고 바다를 오갈 때 바다 밑에 내가 수염을 뒤집어쓰고 잠들어 있다는 것은 생각지도 못할 거요."

물고기도 그 사실이 재미있는지 킥킥대며 웃었다.

"아마 그 사람들은 바다 밑에는 잔챙이 물고기들이랑 해파리들이나 돌아다니고 물 표면은 쓰레기들만 있다고 생각할 거요. 그런데 내가 있다는 사실은 꿈에도 모르겠지요. 가엾은 바보들이 아닐 수 없군요."

물고기는 다시 입 안으로 몰려드는 수염을 입 밖으로 뱉어 냈다.

"잘들 가시오, 나도 이제 가오. 아마 당신네들이 내가 만나는 마지막 사람이자 나를 보는 마지막 사람일 거요. 아흐테네우미온이 어디에 있고 어디에 살고 있는지 잘들 기억하고 계시구려. 다른 사람들은 절대 모를 테니. 당신네들이 이 땅에 사는 이들 중 가장 현명하오. 나를 보는 마지막 인간들이여, 부디 행복하게 사시오."

그 후 물고기는 물 아래로 내려갔다. 하마터면 뗏목이 뒤집힐 정도의 강한 파도가 일었다. 물고기의 거대한 수염이 우리 주변에 길게 물자국을 남겼다. 배가 수염에 휘말려 물고기가 사는 바다 깊은 곳으로 가라앉을 것 같았다. 그렇게 되면 정작 아흐테네우미온의 품속에서 뼈만 남긴 채 사멸해 모든 지식도 같이 사라질 것 같았다. 다행스럽게도 우리의 걱정은 기우였다. 수염은 주인을 따라 바다 깊은 곳으로 사라졌고 바다는 잠잠해졌으며 우리는 다시 둘만 남았다.

"세상에서 둘밖에 없는 현명한 인간들은 이제 좀 앉아야겠다. 우리가 저 거대한 물고기를 본 마지막 두 사람이라니." 히에가 말했다.

"난 저 물고기가 하는 말 좀 식상하던데, 나는 어딜 가나 다 마지막이래. 집에 가면 마지막 남자. 숲에 가도 마지막 남자. 여기서도 저 물고기를 본 마지막 사람. 대체 왜 난 항상 이렇게 마지막인 거지?" 내가 대답했다.

"오빠는 나한테 처음이야." 히에는 이렇게 말하고 내게 키스해 주었다. 잠시 후 우리는 다시 옷을 입고 항해를 이어 나갔다.

사실 히에에게도 내가 마지막이었다. 그때까지도 난 그 사실을 미처 깨닫지 못하고 있었다.

23

사레마에 도착했을 때 나는 무척 피곤했다. 그리고 섬에 도착해 생각해 보니 할아버지는 그 바람장이 뫼이가스를 어떻게 해야 만날 수 있는지를 전혀 알려 주지 않았었다. 여기서도 뱀의 말이 쓸모가 있을지도 몰랐다. 뱀의 말 몇 마디를 입술로 내보내자 노간주나무 사이에서 뚱뚱한 뱀 한 마리가 고개를 들고 기어 나왔다.

내가 예의를 갖추어 가장 기초적인 문장을 만들어 말하자 그 뱀이 말했다.

"세상에 이럴 수가, 정말 놀라 자빠지겠네. 너희들이 바닷가로 들어오는 것은 봤는데 뱀의 말을 할 수 있을 거라는 생각은 꿈에도 못 했어. 요즘엔 아주 보기 드문 일이잖아. 이 섬에 사람들이 오긴 하지만 같이 이야기하는 것은 불가능해. 굼벵이들같이 말이 없거나 알아듣지 못할 말로 주절주절해 대니, 원. 너희가 뱀의 말 하는 거 보고 진짜 소스라치게 놀랐어. 여기 말고 다른 곳에서도 우리 뱀의 말을 익히는 사람들이 있다니."

"네가 말하는 다른 곳이 어디인지는 모르겠다만 난 아무 데서나 볼 수 있는 그저 그런 보통 사람이야. 난 뫼이가스라는 바람장이를 찾고 있어. 혹시 그 사람이 사는 곳이 어딘지 알아?" 내가 대답했다.

"알고말고. 나를 따라와. 내가 바람장이 집에 데려다주지." 뱀이 말했다.

뫼이가스가 사는 곳은 그리 멀지 않았다. 그의 오두막은 바닷가에 있었고 노간주나무 밑에 자리를 잘 잡고 있었다. 뱀은 우리에게 인사하고는 가던 길로 돌아갔다.

나는 문을 두드렸다. 문틈으로 웬 수도사 한 명이 고개를 내밀고 나를 쳐다보았다. 여기서 수도사를 만나게 될 줄이야. 그는 말벌집이라도 건드린 것처럼 슬금슬금 몇 발짝 뒤로 물러났다.

"저, 그쪽이 바람장이 뫼이가스인가요?" 나처럼 수도사를 보고 놀란 히에가 내 손을 잡고 물었다.

"아가씨, 아닙니다. 그분이 미천한 저의 아버지가 되시죠."

수도사는 입술을 비틀어 짠 듯 높고 째지는 목소리로 대답했다. 보기에는 젊어 보였으나 머리카락과 눈썹이 없어 머리 자체가 거대한 새알처럼 보였다. 수도사 뒤에서 뭔가 바스락거리는 소리가 들리는가 싶더니 길고 빨간 수염을 수백 갈래로 딴 키 작은 노인이 오두막에서 나왔다. 드디어 뫼이가스가 나타났다고 생각하는 순간, 수도사가 자기 아버지라며 소개해 주었다.

"저분이 제가 존경하는 아버지예요. 아버지. 저 사람들이 아버지를 뵈러 왔대요." 그러더니 빨간 수염 노인의 어깨에 손을 올렸다.

"그래, 딱 보니 알겠다. 뭣 때문에 왔는가?" 뫼이가스가 중얼거렸다.

우리가 뫼이가스의 질문에 대답할 겨를도 없이 수도사가 또 물었다. "기독교 신자들인가요? 예수 그리스도를 좋아하시는지요."

뫼이가스가 호통쳤다. "뢱스, 닥치지 못하겠니! 너 때문에 내가 부끄러워 살 수가 없구나."

"아버지, 제 이름은 이제 뢱스가 아니라고 지난번에 말씀드렸잖아요. 기독교인들 세계에서는 아무도 그런 이름을 사용하지 않아요. 제이름은 타니엘이에요, 제가 몇 번을 말씀드려요, 아버지. 수도원의 사는 은혜 충만한 다른 형제들은 저를 타니엘 형제라고 부른답니다." 뢱스는 말 한마디 한마디를 할 때마다 어떤 초월적인 기분에 사로잡힌 듯 자랑스러운 표정이 되었다.

나도 패르텔이었다가 페트루스가 된 내 친구가 떠올랐다. 친구를 잃는 것도 서러운데 친아들을 잃는 것은 얼마나 더 서러울까 하는 생각에 그 노인에게 연민이 생겼다.

뫼이가스는 내 마음을 읽었는지 세상을 잃은 사람처럼 쳐다보더니 대신 사과라도 하듯 말했다.

"우리 아들은 미쳤다고 생각들 하시게. 너무 일찍 엄마를 여의어서 그렇다네. 나 혼자서는 제대로 키울 수가 없었어. 입에도 담기 싫은 말이지만. 수도사가 된다 한들 내가 하나밖에 없는 아들을 버릴 수는 없지 않은가."

"아녜요, 아버지, 절 아주 잘 키우신 거예요. 나에게 이렇게 사랑을 많이 베풀어 주신 은혜를 정말 죽을 때까지 감사하며 살 거예요." 수도사가 속삭였다.

"넌 네가 지금 뭔 소리를 지껄이는지도 몰라. 넌 불알도 없잖니." 뫼이가스는 한숨을 쉬었다.

"우리 수도원 사람 중에 불알이 있는 사람은 단 한 명도 없어요. 이게 유행이라고요. 그 덕분에 우리가 더 맑은 소리로 주님을 찬양할 수 있는 거라고요. 아버지도 와서 들어 보라는데 왜 오질 않으세요? 제가 다른 수도사들하고 노래를 부르는 것을 보시면 저를 자랑스러워하게 될걸요." 타니엘 수도사가 말했다.

"난 내 눈에 흙이 들어가기 전에는 그 꼬락서니를 듣지도 보지도 않을 거다. 아주 눈깔을 대가리에서 뽑아내고 싶을 정도로 수치스럽다."

"아빠는 왜 항상 그렇게 이야기하세요. 온 세상 사람들이 다 그렇게 살고 있는데 부끄러울 게 뭐가 있어요. 우리 합창을 좋아하는 사람들이 얼마나 많은 줄 아세요? 여자들은 우리 합창을 듣기만 하면 울고 남자들도 눈물을 감추지 못해요. 우리 목소리가 그렇게 아름답다니까요."

"자꾸 내 성질 건드릴래!" 뫼이가스는 그렇게 말하고 우리 쪽을 보았다. "다들 미안하구나, 이런 꼴불견을 보여 주어서는 안 되는데. 그런데 이 누추한 곳은 무슨 일로 오셨는가. 이야기를 해 보시구려. 뢱스, 넌 우리 이야기하는 데 방해하지 말고 조용히 있어라."

난 뢰이가스에게 무엇을 찾고 있는지, 누가 우리를 보냈는지 이야기했다. 뢰이가스의 눈에 눈물이 번졌다.

"아, 튈프 어르신이 아직도 살아 있단 말이냐. 사막 한가운데 떨어져도 살아남을 사람이니 여전히 목숨이 붙어 있다는 게 놀랍지는 않은데, 이제는 하늘을 날 생각까지 하게 되었다고. 그럴 만도 하다. 그럴 만도 해." 뢰이가스가 숨을 몰아쉬었다.

수도사가 끼어들었다. "사람은 날 수 없어요. 천사들만 하늘을 날 수 있죠. 예수님께서는 물 위를 걸으셨고요."

뢰이가스가 소리를 질렀다. "뢱스, 우리 말하는 데 끼어들지 말라고 그랬지. 아예 말을 하지 말거라. 입을 열 때마다 얼간이 같은 소리만 튀어나오니. 이런 멋진 젊은이들 앞에서 왜 망신을 주는 거니. 너는 이 친구들의 발뒤꿈치만이라도 따라가 볼 생각은 없니? 봐라, 얼마나 멋지게 자랐는지. 할아버지를 그렇게 존경해서 철갑인간인지 수도사 형제들인지랑 싸울 준비를 하고 있다지 않니. 저 젊은 친구들을 좀 보라고. 이름이 레메트랬나? 쟤는 밑에 불알이 있을 거다. 그렇지?"

"네. 있어요." 내가 얼른 대답했다.

"뢱스, 저 말 좀 들어 봐라. 오리나무 이파리처럼 바람 부는 대로 저리 갔다 이리 갔다 하지 말고. 이 넓은 세상을 좀 보고 모두 네 살결로 만지고 느껴 보란 말이다!"

"아버지, 또 말씀드려서 죄송하지만 제 이름은 뢱스가 아니라고요." 그 수도사는 눈을 반쯤 감고 천천히 이야기를 시작했다. 하지만 뢰이가스는 이를 참지 못하고 닥치라고 소리쳤다.

"대체 왜 네가 뢰스가 아니라고 이야기를 하는 건데. 나한테 넌 언제나 뢰스이고 너를 타니엘인지 뭔지로 부를 생각은 추호도 없다. 넌 정말 입 다물고 가만히 있어라. 나는 바람자루를 좀 찾으러 다녀와야겠으니. 젊은 손님들도 잠시만 앉아서 기다리시오. 우리 아들이 뭔 소릴 지껄이더라도 신경 쓰지 말고. 애가 정신이 좀 나갔다오. 우리 가문에 먹칠하는 놈이지. 나처럼 아들 복 없는 사람이 또 있을까."

이런 말을 남기고 뫼이가스는 오두막으로 사라졌다. 수도사 타니엘은 햇볕 잘 드는 양달에 자리를 잡고 앉아 다정하게 고개를 끄덕이며 말했다. "아버지가 연세가 좀 많아서 젊은 사람들이 하는 이야기를 잘 알아듣지 못하십니다. 그렇게 세월을 보내신 걸 어쩌겠어요. 당신들 사는 곳 사람들도 예수님에 대해서 아나요? 내가 그분을 사랑하는 마음은 정말로 크답니다. 내 침대 위에 그분 그림도 있어요."

"난 예수가 누군지 몰라요." 내가 말했다.

수도사는 갈매기처럼 날카로운 소리를 지르며 말했다.

"예수님이 누군지 모른다고요?" 그 후 수도사는 애써 아주 자애로운 표정을 지으며 모든 것을 용납한다는 듯이 손을 모으고 나를 쳐다보며 물었다. "세례는 받았나요?"

"아니요." 내가 대답했다.

"정말요? 요즘 젊은 사람들은 모두 세례를 받았다고 생각했어요. 세례는 손으로 물을 모아다가 머리에 뿌리는 건데 정말 멋있어요. 세례를 받지 않으면 수도원에 들어갈 수 없어요." 수도사가 말했다.

"난 수도원에 갈 마음이 없어요." 이제 수도사가 하는 말이 아주 지겨워졌다. 수도사의 이야기를 들으니 내가 막달레나와 수도사들의 노래를 들으러 갔다가 사랑에 빠졌던 일이 생각났다. 히에와 함께 앉아 있는 지금 그런 이야기를 회상하는 게 썩 즐겁지는 않았다. 저 수도사가 난데없이 전에 내가 그 수도원 뒷벽에서 은발의 예쁜 아가씨랑 함께 있는 것을 봤다는 말을 지껄일까 봐 조마조마했다. 히에가 그 얘기를 들으면 뭐라 말할까. 내가 간 곳은 다른 수도원이었고 게다가 거기선 노래를 부르는 사람들도 달랐기 때문에 그런 일이 생기는 것은 불가능했지만 그래도 기분은 영 나빴다. 내가 알지도 못하고 알고 싶지도 않은 예수라는 사람처럼 새로운 풍습과 이상한 취미로 으스대기 좋아하는 그들은 보기만 해도 짜증이 났다. 난 저 수도사가 침대 위에 가지고 있다는 그 사람 그림에도 관심이 없었다. 그러므로 내가 한 말은 충동적으로 나온 게 아니라 마음속에 담겨 있던 감정이 쏟아져 나온 것이었다.

수도사는 여전히 침착했다. 같은 말을 반복하면서 무언가 더 가르칠 게 있다는 듯 손가락을 처들었다. "새로운 지식에 눈을 감는 것은 멍청한 일이에요. 당신이 예수에 대해 모른다면 하루하루를 사는 게 불가능해요. 다른 사람들을 만나도 같이 할 이야기가 없을 겁니다. 아직 젊은 것 같은데 앞으로 살아 나갈 힘을 더 얻어야 하지 않겠어요. 만약 내 노래가 듣기 싫으면 수도원에 오지 않아도 됩니다. 불알을 자르는 것도 꼭 할 필요는 없어요. 예수님도 모르고 세례도 받지 않으면 기사들의 시종도 되지 못할 거예요."

"내가 왜 시종이 되어야 하는데요?" 내가 물었다. 왜 요즘 애들은 그런 바보 같은 생각에 공감하며 살고 있는지 모르겠다. 고작 시종이

나 되는 것이 희망이라니.

수도사가 물었다. "당신은 인생에서 바라는 게 뭔가요? 다른 농사꾼들처럼 밭 갈고 씨나 뿌리면서 살고 싶은 건가요? 물론 그것도 아주 가치 있는 일이긴 하지요. 아담도 땀 흘려 밭 갈고 씨 뿌리며 땅을 일구었으니까요. 그렇지만 영적인 능력을 은사(恩賜)로 받지 못한 이는 계속 그렇게 땅을 파먹고 살아야 합니다."

"그 아담이란 사람은 또 누구예요?" 이번엔 히에가 물었다.

수도사가 설명했다. "우리의 첫 조상이죠. 하느님께서 흙으로 지으셨어요. 그 전에 세상은 텅 비어 있었는데 하느님께서 엿새 동안 모든 걸 창조하신 후 모든 것이 그분이 하신 그대로 변함없이 여전히 이어져 내려오고 있답니다."

내가 말했다. "그런 바보 같은 말이 어디 있어요. 유인원들이 자기들 역사를 수천 년 동안 동굴에 그려 놓은 그림을 본 적이 있는데 아담이니 하느님이니 하는 건 없던데요. 그리고 변함없이 이어져 온다는 건 무슨 소리예요. 종적도 없이 사라진 것들이 얼마나 많은데요. 북녘 개구리 같은 것을 봐도 그래요. 그리고 아흐테네우미온 같은 거대 물고기는요? 오늘 아침에 생애 마지막으로 수면 위로 떠올랐다가 이제 영원히 심해에 가라앉을 거라고 말했어요. 뱀의 말은 또 어떻고요. 뱀의 말은 할 줄 알아요, 뢰스?"

"뱀의 말은 사탄이 지배하는 거예요. 사람은 뱀의 말을 하면 안 돼요. 그 뱀은 사탄이 창조했고 인류의 첫 여인 이브를 유혹하기 위해서 말하는 능력까지 부여받았어요. 전부 다 사탄의 계략입니다." 수도사가 말하면서 짜증을 내는 것은 이번이 처음이었다.

내가 말했다. "보아하니 어리석은 건 뢰스 당신이네요. 당신들이나 하느님인지 철갑인간인지 교황인지 하는 작자들 시중을 들지, 뱀의 말은 누구 좋자고 배우는 게 아닙니다. 그 말은 창조한 사람도 없고 숲에 사람이건 유인원이건 아무도 살지 않던 옛날부터 존재했어요. 나는 정말 모든 걸 확실히 보고 말하는 거라고요. 내가 뱀의 말을 할 줄 아니까요. 뱀들이 그 말을 들으면 정말 땅을 구르며 웃겠네요, 수도원에서 무슨 옛날이야기를 하나 배운 것 같은데 지금 세상에 그런 옛날이야기는 그것 말고도 아주 많아요. 이전 게 없어지면 다음 것을 계속 만들어 낸다고요."

이전보다 약간은 불안이 섞인 투로 수도사가 입을 열었다. "형제님, 학교에도 다닌 적이 없는 사람과는 이야기할 마음이 없습니다. 세상은 형제님이 생각하는 것보다 더 영리하게 발전하고 있답니다. 다른 젊은이들처럼 살려고 하지 않는 게 참 안타까울 뿐입니다. 심지어 형제님이 뱀의 말을 할 줄 알고 그게 사탄의 영역이 아니라 치더라도 그 능력이 세상에서 무슨 쓸모가 있답니까. 그걸로 누구랑 이야기하려고요? 요즘 젊은 사람들은 온통 예수에 대해서만 관심이 쏠려 있고 그에 대해서만 이야기해요. 그게 바로 요즘 사람들이 사는 법이라고요."

"난 그런 데 관심 없어요." 내가 말했다.

"참으로 안됐네요." 수도사가 웃으며 말했다.

우리는 얼마 동안 말이 없었다. 수도사는 양지바른 곳에 앉아 졸고 있는 것처럼 보였다. 그러다 갑자기 수도사가 높은 소리로 노래를 부르기 시작해서 히에와 나는 화들짝 놀랐다.

그러자 오두막에서 바람장이 뫼이가스가 급하게 나와 소리 질렀다.
"얼른 그만두지 못해! 나 좀 부끄럽게 만들지 말라고 했니, 안 했니."

수도사는 귀찮다는 듯이 대답했다. "이건 예수님의 사랑과 자비를 세상에 알리기 위해 부르는 합창곡이에요. 노래 부르는 게 무슨 죄가 있어요. 이렇게 아름다운 노래로 아버지가 부끄러워질 건 뭐가 있고 요. 지금 이 합창은 파도처럼 다른 세상으로 퍼져 나가고 있고 사람 들은 모든 잔치 자리마다 합창을 부르게 될 거예요."

"우리 집에선 절대 안 돼. 절대로! 세상 사람들이 밖에서야 어떻게 하고 돌아다니는지는 모르겠다만 우리 집에서는 내 말을 따라야 해." 뫼이가스가 소리를 질렀다.

그러고는 나와 히에에게 따라 들어오라는 손짓을 했다.

"지금은 바람자루가 완성된 게 하나도 없네. 그래도 문제 될 것 없 지. 곧 적당한 바람을 채워서 넣으면 되니까. 그럼 할아버지가 날아다 니시기에는 충분할 거네. 우리 집에도 한번 놀러 오시라고 해 주게나." 뫼이가스가 말했다.

"네. 그러라고 해요. 아버지 친구를 한번 뵙고 인사도 드리고 기도 도 해 드리고 싶네요." 수도사가 말했다.

"그럼 오시지 않는 게 좋겠구나. 뵐프는 성질이 불같아서 기분이 틀 어지면 앞뒤 안 가리고 때려눕히거든." 뫼이가스가 말했다.

"그럼, 저는 순교자로 죽을 수 있으니 영광이겠네요. 난 바로 천국 으로 올라가서 예수님 오른팔에 안기게 되겠고요. 순교하는 것은 영 광스러운 일이 아닐 수 없어요. 그 행적이 모든 책에 기록되고 성당마 다 그 형상이 걸리게 돼요. 아버지, 한번 생각해 보세요. 내가 순교자가 된다고요!"

뫼이가스가 소리 질렀다. "순교자가 되는 게 그리 쉬운 일인 줄은 몰랐구나. 입 닥치지 않으면 내가 지금 당장 그렇게 만들어 주마. 젊은이들은 나랑 같이 방으로 들어가세. 내 아들 녀석 때문에 정말 돌아 버리겠구려."

나는 그 바람장이와 함께 오두막에 들어갔다. 벽에는 크고 작은 각양각색의 희한한 줄들이 매듭으로 묶여 있었다. 뫼이가스는 그 산처럼 쌓인 줄 사이에서 엉켜 있는 줄들을 찾아 꺼내었다.

뫼이가스가 설명했다. "이게 바람줄이라네. 줄 하나마다 바람 하나가 달려 있지. 배를 타고 멀리 나가서 잡아 온 놈이야. 재빠르고 미끄러워서 잡는 게 보통 어려운 게 아니라네. 덫으로 확실히 낚으려면 엄청난 재주가 필요해. 그다음엔 필요한 만큼 바람을 잡아서 벽에 걸어 놓으면 된다네. 생선이 아니니까 썩지도 않아. 몇백 년 동안 걸어 놓아도 상관이 없지. 그렇게 오랜 시간 동안 보관을 해 놓는다 하더라도 언제라도 바로 어제 잡아 놓은 바람처럼 신선하게 사용할 수 있다네. 우리 조부께서 오래전에 잡아 놓은 바람이 하나 있는데 그렇게 강하고 강력한 것은 요즘엔 어디서도 찾아볼 수가 없어. 여기 있는 게 내가 맨 처음 잡은 바람인데 내가 아주 어렸을 때였지. 무더운 여름날 땀이나 식혀 줄 정도의 산들바람이야. 여기 있네. 지금이야 저런 바람쯤 잡는 거야 식은 죽 먹기지만 그때는 힘깨나 썼거든. 줄 열 가닥에 모아서 당겼는데 줄이 그만 엉켜 버리고 만 거야. 그래도 그걸 잡아서 벽에 걸어 놓고 나니 기분이 얼마나 좋던지. 거대한 소용돌이라도 한 마리 낚은 줄 알았다니까. 아직 나한테 몇 마리 있긴 한데 이걸 할아버지게 드릴 수는 없네. 이건 날기에 별로 좋지 않거든. 전쟁 때 사용하는 바람이라서. 이걸 풀어놓으면 나쁜 놈들 배는 모두 가라앉고 마을은 쑥대밭이 되어 버려. 그리고 나면 온 마을이 불로 잿더미가 되지. 여긴 온갖 종류의 바람들이 다 있다네. 겨울 눈바람. 비구름을 날라 주는 여름 바람, 여기 있는 가을바람을 맞으면 기분이 아주 싱그러워져. 이건 배가 항해할 수 있도록 도와주는 순풍이고 이건 적들의 길을 가로막는 역풍이고. 전부 다 있지. 난 이제 나이가 너무 많아서 바람을 낚기가 너무 힘들다네. 특히 커다란 바람을 낚는 건 어림도 없다고 봐야지. 그리고 내가 죽으면 누가 쓰게 될지도 모르는데 열심히 낚아 본들 무슨 소용이 있겠나. 우리 아들을 내 뒤를 이어 바람장이를 만들어 보려고 했는데 저 멍청한 놈은 수도사가 됐으니. 내 바람 잡는 기술엔 전혀 관심을 보이지 않아. 뵐프 어르신에게 내가 모은 바람을 기꺼이 선사해 드리지. 바람을 다루고 사용할 줄 아는 유일한 분이니까. 내가 바람 열 마리를 따로 빼놓았으니 이 정도면 아주 충분할 걸세."

"이렇게 줄로 실어서 가져가면 돼요?" 내가 물었다.

"아니, 그러면 안 돼. 바람은 살아 있는 짐승들처럼 머리가 명민해. 나랑 있을 때는 바람장이랑 있어서 꼼수를 부려도 소용없는 것을 아니까 가만히 있는 걸세. 그런데 평범한 사람이 줄 끝을 잡고 있다는 것을 알게 되면 줄을 풀고 밖으로 나오려고 안간힘을 쓸 거야. 내가 이렇게 자루 끝을 잡으면 아무 데도 안 도망갈 테니 섬까지 무사하게 갈 수 있을 거야." 뫼이가스가 말했다.

바람장이는 책상 밑에서 커다란 자루 하나를 꺼냈다. 가죽 몇 장을 기워 만든 그 자루는 주둥이가 줄로 묶여 있었다. 뫼이가스는 바람을 붙들어 쥐고 있는 매듭 하나를 집어 조심스럽게 풀었다. 그러자 방에 있는 공기가 움직이면서 히에의 머리카락이 강한 바람을 맞은 듯 헝클어졌다. 뫼이가스는 그 바람을 자루에 쑤셔 넣었다. 뫼이가스는 남은 매듭들도 풀어 자루가 빵빵해질 때까지 불어 넣었다. 귀를 자루에 가져다 대니 자루 안에서 폭풍우가 몰아치는 것처럼 성난 바람 소리가 울렸다.

뫼이가스가 말했다. "그래, 이제 다 됐네. 이제 구멍을 살짝 열고 원하는 만큼 바람을 꺼내 쓰면 된다네. 뵐프가 충분히 쓰고도 남을 거야. 어떻게 하는지 잘 아는 사람이니까. 그 친구는 정말 멋진 사람이지. 어릴 때부터 생각이 얼마나 깊었는지 모른다네. 보라고, 나는 하나 있는 아들로 제대로 간수 못 해서 눈 뜨고는 볼 수 없을 만큼 정신이 나가게 만들었잖아. 이런 지금 밖에서 또 소란을 피우고 있군. 노래를 또 부르고 있어. 내가 분명히 조용히 하지 않으면 귀를 뽑아 버릴 거라고 했는데도 말을 듣지 않아. 들어들 보라고. 저게 노래인가, 세상에."

밖에서는 정말 말도 못 할 소음이 이어지고 있었다. 수도사의 날카로운 목소리에 누군가의 욕지거리가 섞여 있었다. 서둘러 밖으로 나가 보니 수도사가 엄청나게 작고 뚱뚱한 사람이 분노하여 휘두르는 막대기에 맞서 싸우고 있었다. 그는 이렇게 고함을 치고 있었다

"그 꽥 소리 제발 좀 집어치우지 못해? 가만히 있지 않으면 내가 당장 늑대를 풀어놓을 테다. 뢱스 대체 왜 그래? 어디가 아픈 게냐?"

수도사는 추운 겨울날 햇볕을 향해 손을 주무르듯 양손을 천천히

만지며 조용히 말했다. "저 어르신, 잠자코 좀 하시면 안 되나요? 젊은 사람들이 이 노래를 얼마나 좋아하는데요. 어르신도 나름대로 좋아하는 게 있겠지만 세상은 계속 변하고 있고 어르신이 좋아하지 않는다 해도 그리스도를 믿는 젊은이들한테는 더없는 기쁨을 주는 것도 있어요."

"그 그리스도라는 사람이 너희들한테 노래를 그따위로 부르라고 가르쳐 주더냐?" 땅딸막한 이웃이 소리쳤다.

수도사가 말했다. "물론이죠. 그분은 저뿐만이 아니라 모든 젊은이들의 우상과도 같은 분입니다. 천국의 천사나 로마의 대주교들이 이런 노래를 부릅니다. 그리스도를 믿는 세상 사람들은 모두 이 노래를 부르는데 우리는 왜 그렇게 못 하는 거죠?"

뫼이가스가 합세했다. "우리 집은 그리스도 믿는 세상 사람들과는 상관이 없다. 회르부, 신경 쓰게 해서 정말 미안하네. 낮잠 시간이었을 텐데."

키가 작은 회르부가 말했다. "당연하지, 낮잠을 자려던 참이었네. 딱 기분 좋게 잠들려던 순간에 자네 아들 녀석이 돌덩이가 똥구멍에 처박힌 사람처럼 돼지 멱 따는 소리를 내기 시작했어. 자기가 좋아서 선택한 길이면 계속 수도원에 남아 살라고 하지 그래. 엄한 사람들 방해하며 다니지 말고."

"그래도 내 피가 섞인 아들인데 어찌……."

"아들은 무슨 아들! 난 우리 딸내미한테도 혹시라도 수녀가 될 양이라면 우리 집엔 절대 얼굴도 비치지 말라고 단단히 일러 뒀어. 수녀고 뭐고 다 잡년들이지."

수도사가 만류했다. "딸한테 공연히 몹쓸 말씀을 하셨네요. 요한나는 나도 자주 만나는데 볼 때마다 성품이 정말 좋은 수녀가 된 것 같아요. 그런 아이를 왜 이런 험한 곳에 살게 하려는 거예요. 요즘 젊은 여자애들한텐 그리스도의 신부가 되는 것 말고는 인생을 바꿀 길이 없어요."

"우리 딸은 시집을 갔어야 했어! 그 그리스도의 신부라는 여자들은 저 수도원 안에도 50명이 넘어. 정말 역겨워." 회르부가 소리 질렀다.

수도사가 걱정된다는 투로 한숨을 쉬었다. "정말 잘못 알고 계시네요. 그리스도의 신부가 되는 거랑 육체적인 사랑은 전혀 다른 거예요. 진정한 수녀들은 종일 수행할 뿐 남자들과는 일절 자리를 함께하지 않아요."

"너도 간다며. 네가 네 입으로 자주 만난다고 하지 않았니?"

"전 수도사잖아요. 요즘 젊은이들이 사는 방식을 전혀 모르는군요."

뫼이가스가 거들었다. "나도 모르겠고 알고 싶지도 않다. 다른 젊은이들이 다 그렇다는 투로 이야기하지 말아라. 보렴, 레메트도 아주 젊은데 너희가 사는 방식하고는 아주 다르잖니."

수도사가 불만 섞인 목소리로 말했다. "저 녀석은 숲에서만 살아서 교육도 제대로 못 받아서 무식하다고요. 아버지는 아직도 새로운 가치를 받아들이고 공부하는 것보다 영혼이 어둠에 갇힌 채 지나간 시간이나 붙들고 사는 게 더 좋은 거예요?"

"공부하는 게 그리 좋다는 네 녀석은 왜 바람 잡는 기술을 배우려 들지 않았던 건데? 이전부터 내려오던 이 기술이 나와 함께 무덤으로 들어가게 될 줄이야. 사람이 제대로 인간 구실을 하면서 살아야지."

뫼이가스가 침울하게 말했다.

"아녜요, 아버지. 그 일에는 미래가 없어요. 우리가 기도할 때마다 하느님께서 우리에게 불어 보내 주는 바람이면 충분하니 바람을 더 잡을 필요가 없어요, 바람만 불게 해 주는 것 말고 필요한 곳에 폭풍우와 비바람도 몰아치게 해 주시죠."

뫼이가스가 한숨을 쉬었다. "안타깝게도 세상일이 네 말 같지는 않단다. 너하고는 도무지 말이 안 통하겠구나. 넌 이제 수도원에서 하는 말들만 믿을 뿐 네 아비 말은 전혀 듣지 않는구나."

"그래도 할 수 없습니다, 아버지. 수도원 사람들은 라틴어로 적힌 책을 읽어요. 바다 건너편 현자들이 그 진리를 책으로 적을 때 우리 조상들은 숲에서 여우 꽁무니나 따라다니고 있었겠죠." 수도사는 자신의 허접한 삶의 조건에서 이렇게 높은 지식 수준에 올랐다는 것에 즐거움을 느끼는 듯 웃으며 말했다. 고귀한 사람이 된 양 우리 모두를 골고루 번갈아 보더니 한숨을 쉬며 자리에서 일어났다.

"아직 진리를 파악하지 못한 이 무지한 인간들. 특히 우리 아버지를 위해서 기도드립니다." 그는 이렇게 말하고는 나와 히에를 다시 보더니 덧붙였다. "젊은이들이라면 누구나 예수 그리스도에 대해서 알아야 할 텐데……. 내가 있는 곳으로 찾아오게 되면 모든 수도원 형제들이 두 팔 벌려 맞아 줄 것입니다. 자매들은 내가 수녀원으로 안내를 해 드리리다."

나는 대답하지 않았다. 수도사는 끄덕이더니 손가락으로 공중에 십자가를 그리고는 자기도취에 빠져 어딘가로 길을 나섰다.

회르부는 온몸의 불만을 가득 모아 침을 탁 뱉었다.

"뢰이가스, 이런 말 해서 미안하네만 당신 아들은 정말 개똥보다도 고약하군."

뢰이가스가 슬프게 한숨을 쉬며 말했다. "맞네. 어릴 때는 정말 똑똑했는데. 새로운 바람이 불면 사람도 변하게 한다는데, 그 바람은 나도 잡을 방도가 없네그려. 너무 빨리 지나가."

회르부는 조금은 누그러진 목소리로 말했다. "그렇지 않아. 내 딸도 어릴 땐 꼭 꾀꼬리 같았어. 그런데 그 합창인지 뭔지를 듣는다고 다니더니. 말려도 보고 때려도 보았는데 가지 말라는 곳은 그토록 찾아가더니 이젠 꺼내 올 방법이 없네. 그 수녀는 왜 그리 되고 싶었던 거지? 아니면 우리가 이제 정말 나이가 들어 세상이 어떻게 변하는지 파악을 못 하고 사는 걸까? "

"그런 누가 알겠어." 뢰이가스가 대답했다.

이따금 나를 찾아와 괴롭히는 그 시체 썩는 냄새가 다시 내 코를 간지럽혔다. 내 콧속에 스며드는 이 역겨운 냄새를 없앨 수만 있다면 바람자루에 있는 바람을 온통 내 코에 불어 넣고 싶은 심정이었다. 그러나 이 바람이 없으면 할아버지가 날 방법이 없다. 뢰이가스와 회르부와 작별 인사를 하고 뗏목에 올랐다.

할아버지가 있는 섬으로 가는 길에 철갑인간들의 범선이 지나가는 것이 보였다.

히에가 말했다. "아흐테네우미온이 바다 위로 조금만 늦게 올라왔더라면 지금 저 범선들을 보았을 거 아니야. 저 철갑인간들도 그 물고기를 보았을 거고. 지금 있는 그 자리에 그 거대한 물고기가 수염을 친친 감고 잠들어 있을 거라는 생각은 꿈에도 못 할 거 아냐. 우리밖에는 몰라, 정말 멋지지 않아?"

난 그 순간 물고기 이야기처럼 다른 이들은 알지 못하는 일들을 혼자서만 너무 많이 알고 있는 것은 아닌가 하는 생각을 했다. 반대로 다른 이들은 다 알지만 나만 모르는 것들도 적지 않을 거란 생각 역시 강하게 들었다. 그에 대해서는 히에에게 한마디도 하지 않았다.

24

할아버지가 사는 섬에 당도하니 해변에 낯선 뗏목 하나가 보였다. 정확하게 말해서 나에게는 낯선 것이었지만 히에는 금방 알아본 듯했다. 히에는 인상을 찡그리며 내 옷소매를 붙들고는 아무 말 없이 바다 쪽으로 나를 잡아당겼다.

"왜 그래?" 내가 물었다.

"우리 다시 사레마로 돌아가든 어쩌든 여기서 빨리 도망가자. 제발 오빠. 지금 당장!" 히에는 여러 가지 감정이 섞인 복잡한 표정으로 나를 쳐다보며 말했다.

"저 배가 누구 건데?" 난 이렇게 물었지만 대답이 어떻게 나올지는 예상할 수 있었다.

히에가 기어드는 목소리로 대답했다. "우리 아빠 거지, 누구 거야. 딱 보면 모르겠어? 이건 우리 식구들이 타고 다니는 배란 말이야! 분명 우릴 쫓아서 여기까지 온 거야. 그렇게 우리를 죽이고 싶은 거야? 정말 미쳤어. 레메트 오빠. 얼른 가자. 할 수 있는 한 가장 멀리 가자.

제발."

탐베트가 여기 있다는 사실만으로도 속이 쓰렸던 것은 사실이다. 이 미치광이 늙은이는 자기가 생각하는 세상을 구하는 방식은 이제 아무런 쓸모도 없다는 사실을 전혀 인정하려 들지 않았다. 한때의 우둔함은 이제 뿔처럼 머리에 박혀 버렸다. 만약 탐베트가 난데없이 수풀 속에서 튀어나와 히에를 납치해 가기라도 하려 한다면 내가 히에를 보호할 수 있을지 나도 확신할 수 없었다. 탐베트는 아주 기골이 장대한 사람이었다. 그에 비하면 나는 떡갈나무 옆에 솟은 잡초에 불과했다. 제물로 바쳐지려 한 성스러운 숲에서 히에를 구해 오던 날 느꼈던 분노와 용기에 다시 한번 불을 지피고 싶었지만 조상들로부터 물려받은 불꽃은 오늘따라 쉽사리 불붙지 않았다. 바닷가 숲 어딘가에서 탐베트가 숨어 우리를 지켜보고 있을 거라 생각하니 겁이 났다. 히에 말처럼 다시 뗏목에 올라타 아무도 없는 곳으로 도망치는 것도 나쁘지 않을 것 같다는 느낌이었다. 어느새 히에는 뗏목에 올라앉아 울면서 나를 부르고 있었다.

"얼른 와. 거기서 뭐 하는 거야. 아빠가 우릴 보기 전에 얼른 떠나야 해. 바다에서도 우린 절대 도망 못 가. 아빠는 정말 빠르다고. 내가 잘 알아."

내 생각에도 히에 말대로 해야 할 것 같았다. 그러나 뫼이가스가 준 바람자루가 내 발목을 잡았다. 어떻게든 할아버지에게 가져다주어야 했다. 우선 지금은 도망가서 며칠 숨어 있다가 아무도 모르게 이 섬에 다시 돌아오면 탐베트는 이미 사라지고 할아버지에게 바람자루를 건네드릴 수 있을지도 몰랐다. 그러나 그렇게 줄행랑치는 것은 스스로를 병약한 겁쟁이라고 낙인찍는 것과 같았다. 정작 할아버지는 독니를 달고 세상을 정복할 준비가 되어 있는데 말이다. 할아버지 생각을 하자 좋은 방법이 하나 떠올랐다. 할아버지와 함께라면 탐베트에게 본때를 보여 줄 수 있을지도 모른다. 게다가 할아버지가 지어 놓은 난공불락의 요새도 있지 않은가. 탐베트에게 걸리지만 않는다면 우린 문제 없이 그 요새에 갈 수 있을 것이다. 어찌 보면 히에 말대로 바다로 도망치는 것이랑 별반 차이가 없다는 생각도 들었다. 그러나 아무래도 섬에 남아 할아버지와 함께 탐베트와 맞서 싸우는 것이 더 옳은 방법일 것이다. 히에는 이제 내 신부가 되었으니 제물이 되는 일은 없을 거라는 확신을 주어야 했다. 우리는 여기에 남고 탐베트는 숲으로 돌아가는 게 순리다. 더 이상 탐베트의 삶에 관여하지 않을 테니 제발 탐베트도 우리를 가만히 놔둬 주었으면 좋겠다.

"오빠, 왜 안 와." 히에가 뗏목에서 물었다. 아무 소리 없이 슬픈 눈으로 나를 바라보는 것으로 보아 울고 소리 지를 힘이 소진된 모양이었다. 이제 아까처럼 마냥 두렵지만은 않았다. 탐베트는 여전히 모습을 나타내지 않았고 히에는 힘없이 내가 어떻게든 빨리 결정을 내려 주길 기다리고 있었다.

"난 도망 안 갈래. 우선 할아버지를 찾아보자. 이 바람자루를 전해 드리고 간 김에 너희 아버지랑 이야기를 좀 해 보시라고 할게." 내가 말했다.

"우리 아빠가 누구 말을 들을 것 같아?" 히에가 말했다.

"할아버지 말이라면 누구라도 들어야 할걸." 히에가 용기를 낼 수 있도록 힘을 북돋워 주고 싶었다.

"너도 빨리 따라와, 얼른 할아버지한테 가자. 그러면 너희 아버지도 어쩌지 못할 거야."

히에는 아무것도 따지지 않고 한숨만 쉬고 있다가 난데없이 내게 강하게 입을 맞추고 내 옆에 섰다.

우리는 수풀 속으로 들어갔다. 어디선가 바스락거리는 소리가 나면 탐베트가 등 뒤에 나타나 우리를 낚아채 토끼들처럼 자기 뗏목으로 질질 끌고 갈 것만 같았다. 그러나 그런 일은 일어나지 않았다. 히에의 아버지는 만나지 않고 땀을 뻘뻘 흘리며 할아버지 집에 도착했다.

할아버지는 풀밭에 앉아 큰 솥에 무언가를 끓이고 있었다.

"할아버지! 우리 다시 돌아왔어요." 나는 할아버지를 부르며 부리나케 달려갔다.

"그래, 알고 있었다. 저 아래 숲에서 누구한테라도 쫓기듯 살금살금 기어 오고 있더구나. 바람자루는 받았니?" 할아버지가 말했다.

"받았어요. 그런데……." 나는 이렇게 대답하며 할아버지에게 뫼이가스의 자루를 건넸다. 할아버지가 갑자기 괴성을 지르며 끼어드는 바람에 하고 싶은 말을 미처 다 끝내지 못했다.

"아, 그래, 바람자루가 드디어 내 품에 들어왔구나. 이제 뼈를 좀 더 모아서 꿰맞추기만 하면 철갑인간들이랑 수도사들은 이제 내 손아귀에서 죽을 줄 알아라. 내가 불꽃처럼 날아가서 다 납작하게 만들어 줄 테니."

"할아버지, 우리 아빠가 이 섬에 있어요. 우리를 쫓고 있다고 말씀드렸잖아요. 지금 여기까지 왔어요." 히에가 말했다.

"그래, 안타깝게도 여기서 참으로 비극적인 종말을 맞았지."

할아버지는 이렇게 말하고 솥에서 엄청나게 큰 머리뼈 하나를 꺼냈다.

"이때까지 내가 가지고 있던 중 가장 큰 술잔이 나오겠는걸. 히에 너에게 네 아버지 머리뼈로 만든 술잔을 선물로 주고 싶다만 여자들이 그런 술잔을 가지고 뭐에다 쓰겠니? 여자들은 술을 한꺼번에 많이 마시지 않잖아." 할아버지는 자랑스러운 투였다.

우린 할 말을 잃었다. 그토록 두려워해서 사레마로 다시 돌아가고 싶어 했던 바로 그 히에의 아버지 탐베트가 이 솥에서 염소처럼 조각나 끓고 있었다. 탐베트의 머리뼈는 엄청나게 컸다. 두껍기는 또 얼마나 두꺼운지 새로운 생각이 그 머릿속에 들어가는 게 보통 일이 아닐 것 같았고, 그나마 그 단단한 머리뼈를 뚫고 들어간 마음은 올무에 갇힌 새처럼 영원히 옴짝달싹 못 할 듯했다.

지금 자기를 낳아 준 친아버지의 머리뼈가 끓으며 술잔이 되어 갈 준비를 하고 있는데 그것을 보는 히에의 표정이 어떨지 궁금해 얼굴을 쳐다보았다. 히에의 얼굴에서 특별한 점은 보이지 않았다. 머리뼈를 가만히 보면서 입술을 깨물다가 얼굴을 무릎 사이에 묻었다.

"히에, 우는 거야?" 내가 조용히 물었다.

히에는 고개를 들지 않고 말했다. "안 울어. 내가 왜 울어? 난 죽이려 들 정도로 잔인한 사람이었는데. 그냥 좀 지쳐서 그래. 해안에서 아빠 뗏목을 봤을 때 죽을 정도로 무서웠어. 나를 집으로 데리고 가면 정령들한테 제물로는 바쳐지지 않을지라도 사랑 따위 없는 암울한 예전의 생활로 다시 돌아가는 것은 아닌가 두려웠어. 세상에 영원히 변치 않는 것은 없구나. 이제 아빠는 어디 가고 저 빈 술잔만 남았으니. 모든 것이 만족스럽게 끝난 것 같다. 심지어 졸려. 할아버지, 저 잠깐만 자고 와도 화내지 않으실 거죠?"

"내가 화를 왜 내니, 얘야. 얼른 가서 실컷 쉬다가 오려무나. 우리가 그동안 둘이서 저녁 식사 준비를 끝내 놓고 있으마." 할아버지가 대답했다.

히에는 일어나 우리 쪽을 향해 한번 웃어 주고는 할아버지 동굴 안으로 사라졌다. 할아버지는 커다란 뼛조각이 된 히에 아빠의 몸뚱이를 저으면서 따뜻한 눈길을 보내 주었다.

할아버지의 칭찬이 이어졌다. "정말 훌륭한 애로구나. 이건 다 난데없이 벌어진 일이 아니다. 뼈는 정말로 더 필요한데 이런 상태로 찾으러 다닐 수도 없고. 어차피 히에 아빠가 너희들을 쫓아올 것이 뻔하니 해변에서 잠자코 기다리고 있으면 될 것 같더구나. 그 파리목숨 같은 철갑인간보다는 그나마 더 말이 통하는 인간이 아니더냐. 내가 히에 아버지에게 뱀의 말로 조심하지 않으면 물어 버리겠다고 으름장을 놓았거든. 그래야 그 사람도 살 궁리할 시간을 벌 테니까. 그런데도 표정을 보니 전혀 알아듣지 못한 것 같더군. 인상을 찌푸리고 풀을 헤치고 섬 안으로 걸어 들어오더라고. 그러니 난들 어쩌겠어. 옆에서 기다리고 있다가 때가 왔다 싶을 때 그놈 오른쪽 다리를 냉큼 물어 버렸지. 그 녀석은 소리를 지르면서 옆으로 쓰러졌고 그 틈을 타서 목을 물어뜯었어. 그러니 완전히 숨이 끊겼어. 가죽을 벗기고 뼈를 살이랑 내장으로부터 골라내고 하얗게 될 때까지 끓이는 중이야. 그래야 뼈끼리 맞부딪히면 적당히 달그락달그락 소리가 나거든. 히에 아버지는 허벅지 뼈가 정말 훌륭하더라. 그런 뼈를 항상 찾고 있었어. 철갑인간들 뼈는 그렇지 않아. 그리고 항상 말 등에만 앉아 있어서 뼈도 금방 부서져."

할아버지는 손에 들려 있던 탐베트의 해골을 돌려 보았다.

"그중에서도 이 해골이 가장 맘에 들어. 아무리 봐도 물리지 않아. 이건 내 승리의 잔으로 써야겠어. 전쟁에서 죽인 적들의 피를 여기에 담아서 마실 거야. 예전의 자유를 돌려받기를 기원하며 한 잔 들이켜는 거지." 할아버지가 말했다.

여기에 오지 않았다면 지금처럼 뼈로만 남는 운명은 피할 수 있지 않았을까. 난 씁쓸하게 웃으며 생각했다. 탐베트는 과거의 영화가 다시 찾아오길 언제나 고대하고 있었고 그를 위해 하나밖에 없는 혈육을 제물로 바치는 데에도 거리낌이 없었다. 지금 그의 뼈는 전사인 할아버지가 철갑인간들 위를 날며 호령할 날개의 부품이 되었고 거대한 해골은 승리를 기념하는 피의 잔이 될 것이다. 자신의 의지에 눈이 먼 탐베트는 히에를 정령들에게 제물로 가져다 바치고 싶어 했다. 그러나 그의 결심은 오히려 자기 자신을 제물로 바치는 결과로 이어지고 말았다. 자기의 딸을 죽이는 것보다 더 큰 희생을 초래한 셈이다. 그의 머리뼈는 최후의 에스토니아 군대가 전쟁에 지니고 갈 운명이었다. 독니를 가진 우리 할아버지가 그 군대의 유일한 병사가 될 테지만 누구도 당할 자가 없을 것이다.

탐베트는 숲속 생활이 꾸준히 이어지기를 바랐고, 그 결과 현존하는 전설의 에스토니아인이 호시탐탐 노리는 섬으로 자신도 모르게 발을 디뎠다. 그는 여기서 뼈만 남는 것보단 더 행복한 결말을 맞을 수도 있었지만, 그러기에는 시간의 흐름에 지나치게 몸을 맡겨 버렸다. 뱀의 말을 잊어버린 것이다. 탐베트는 이미 뱀의 말에 그닥 신경을 기울이지 않았을 수도 있다. 할아버지의 경고를 하찮게 생각했던 것이다. 그는 자신의 운명이 기댈 곳은 뱀의 말이 아니라 정령들이라고 믿었다. 보나 마나 윌가스 때문일 것이다. 어차피 예전의 영광스러운 시간이 돌아온다고 해도 탐베트는 그것을 누릴 자격이 없다. 그는 목숨을 잃었고, 머리뼈는 술잔이 되려 하고 있다.

"이리 오렴, 내가 만든 날개를 보여 주마."

그렇게 말하고 할아버지는 덤불 뒤쪽으로 기어갔다. 그 뒤를 따라가니 커다란 흰 매듭이 두 개 보였다. 그건 크고 작은 뼈들을 정성스럽게 엮어 묶은 것이었다. 그 매듭은 속이 훤히 보일 정도로 얇았다. 이런 날개를 빚는 일은 보나 마나 아주 큰 일이었을 것이다. 할아버지는 그 오랜 시간을 허송세월한 것이 아니었다. 할아버지 말로는 아직 뼈가 몇 개 부족하다지만 내가 보기엔 충분히 완벽했다.

할아버지가 손가락으로 가리키며 말했다. "여기랑 여기랑 여기. 여기저기 더 손을 보아야 해. 안 그러면 죽은 까마귀처럼 하늘에서 떨어지게 되지. 그런데 예수인지 뭔지 전하겠다고 철갑인간들이 몇 명 더 올 거야. 그럼 곧 끝난다."

그러고는 사랑스럽게 자기의 작품을 어루만졌다.

할아버지가 중얼거렸다. "내가 하늘로 떠오를 수 있게 되면 말이다. 여기서 족제비처럼 갇혀 지내야 했던 그 세월에 대한 복수를 단단히 해 줄 테다."

할아버지는 고개를 들어 하늘에 솟아오르는 달을 바라보았다. 목구멍 깊은 곳에서 울려 나오는 할아버지의 거친 목소리를 들으니 등

골이 차가워졌다.

"저 이제 가서 잘래요." 내가 할아버지에게 말했다. 하지만 할아버지는 내 말을 듣지 않고 있었다.

"오빠 왔구나." 내가 할아버지의 동굴로 들어가자 히에가 나를 보고 말했다.

"아직 안 자?" 히에 옆에 자리를 잡으면서 물었다.

"아니, 벌써 자다 깼지. 우리 이제 어떡해? 집에 갈까? 이제 가도 될 것 같은데." 히에가 대답했다.

난 아직 거기까지 생각해 본 적이 없었지만 히에 말을 들으니 수긍이 갔다. 이제 정말 집으로 갈 시간이 왔다! 할아버지가 모든 문젯거리를 독니로 몇 번 물어 해결한 것이다. 이렇게 간단하게 끝날 줄이야. 탐베트와 독대하여 서로 떨어져 살 테니 우리를 좀 가만히 놔두라고 설득해야겠다고 궁리한 일이 아주 우습게 느껴졌다. 멍청하기가 짝이 없었다. 히에 아버지를 죽이는 것은 일도 아니었고 그렇게 쉽게 모든 것이 끝이 났다.

이 섬을 지배하는 할아버지는 여전히 과거 속에 살고 계셨다. 할아버지는 모두 나무들에게 힘의 원천인 수액을 공급하는 뿌리였다. 우리는 그에 비하면 나약하기 그지없는 나무 꼭대기 가지였다. 우리가 아무리 세상에서 지껄여 봐야 숲과 산을 울리며 듣는 사람들의 소름을 돋게 할 할아버지의 함성에 비하면 아무 쓸모가 없었다. 할아버지에게는 이미 우리 안에서는 사라진 북녘 개구리의 힘과 능력이 살아 있었다. 이러한 힘에 다시 불을 붙일 수 있을까? 히에 옆에 누워 있노라니 내가 히에를 윌가스의 칼로부터 구해 낸 그날 밤 느꼈던 그 감정이 다시 끓어올랐다. 난 다시 숲으로 돌아가 집을 짓고 인생이 다할 때까지 히에와 같이 살 것이다. 나는 원하면 언제든 늑대를 풀어서 철갑인간과 수도사, 마을 사람 들을 박살 낼 힘을 가진 뱀의 말을 구사할 것이다. 이 세상 사람들이 다 망각한 뱀의 말의 힘을 다시 한번 느낄 수 있었다. 나는 뱀을 풀어 사람들 목숨을 빼앗을 수 있었고 아니면 독을 다시 뽑아내어 되살릴 수도 있었다. 나도 할아버지처럼 원하는 것은 무엇이듯 거침없이 할 수 있었다. 독니가 없는 것은 사실이지만 그게 없이도 난 충분히 잘 해낼 수 있을 것이다.

다시 숲으로 돌아간다. 난 히에를 끌어안고 웃으며 귀에 속삭여 주었다.

"내일 당장 집으로 돌아가서 같이 살자."

히에는 코로 내 턱을 문질렀다.

"정말 잘됐네. 그래도 윌가스 때문에 걱정이야. 아직 숲에 있을 거고 날 제물로 삼으려고 안달이 나 있을 텐데. 아빠가 없긴 하지만 그래도……." 히에가 말했다.

"윌가스도 곧 처리하지 뭐. 나한테 얼굴을 보이기만 해 봐, 당장 머리를 잘라 버릴 테니. 그놈 뼈다귀를 끓여다가 할아버지한테 보낼 거야. 나이가 들고 엉덩이가 땅에 닿을 만치 키도 작지만 날개를 만들기엔 충분하겠지. 그놈의 덜떨어진 해골은 이미 다 썩어 문드러져서 술잔으로 써먹지는 못하겠지만." 내가 말했다.

"레메트, 오빠 왜 그래? 그렇게 말하는 거 처음 봐." 히에가 겁을 내며 말했다.

"오늘 할아버지가 나한테 물려주신 게 있어." 나는 히에를 꼭 끌어 안고 같이 바닥을 굴렀다. 가죽옷이 벗겨지고 말았다.

"오빠, 뭐 하는 거야. 오빠 미쳤어." 히에가 소리쳤다.

"히에야, 사랑해." 나는 그렇게 말하고 히에 배꼽에 입을 맞추었다.

"그래, 좋아. 그래도 여전히 미친 것 같아. 곧 다시 정신이 돌아오겠 지, 뭐." 히에가 말했다.

"아마 안 돌아올걸. 오늘에야 앞으로 어떻게 살아야 할지 깨달았으 니까." 내가 대답했다.

25

다음 날 아침 우리는 길을 떠났다. 할아버지는 바닷가까지 배웅해 주 면서 나머지 뼈를 구해서 날개가 완성되면 금방 따라오겠다고 했다.

"엄마랑 누나한테 안부 전해 다오. 본 지가 너무 오래되어서 정말 보고 싶구나." 할아버지가 말했다.

"저희와 함께 집에 가셔서 마을도 둘러보시고 그다음에 섬으로 돌 아오셔도 되잖아요." 히에가 말했으나 할아버지는 고개를 저었다.

"무슨 소릴 하는 게냐. 그럴 시간이 어디 있니. 날개를 완성하는 게 급선무다. 자고로 여자들은 전쟁에 나간 남자들을 기다리는 법이다."

할아버지는 우리의 여정을 위해 구운 토끼 몇 마리와 함께 해골로 만든 술잔도 몇 개 쥐여 주셨다.

"잘 나누어 갖도록 하여라. 엄마, 누나 그리고 네 것도 챙겼다. 언젠가 내가 날개를 달고 너희 집에 갈 때 더 가져다줄 테니 걱정 말거라."
할아버지가 말했다.

우리 뗏목이 파도 위에 자리를 잡고 바다로 나아가자 할아버지가
손을 흔들며 외쳤다.

"애야, 너 혼자서 싸우려 들면 안 된다. 꼭 나를 기다리고 있어야 한
다. 턱이 위아래로 움직이듯이 너는 아래에서 사람들을 몰아오고 나
는 위에서 그놈들을 끝장낼 거다. 잘 가거라!"

이윽고 우리 눈에서 사라졌다. 나는 집을 향해 열심히 노를 저었
다. 바닷물은 언제나 그랬듯 고요했다. 할아버지와의 조우는 나를 먼
미래와 만나게 해 준 듯했다. 그것은 시간도 멈추고 바람도 불지 않
은 신비의 바다였다. 내가 미친 늑대 떼를 피해 이 뗏목을 타고 바다
로 나온 모든 순간이 모두 꿈인 듯했다. 독니가 있는 할아버지, 거대
한 물고기, 바람매듭 그리고 난데없이 찾아온 사랑, 이런 것들이 전부
꿈은 아닐까? 지금까지 알던 조용하고 부끄럼 많던 아이는 어디 가고
다른 사람이 되어 버린 히에 역시 꿈은 아닐까?

어쨌든 그 꿈은 아직 끝나지 않았다. 여전히 뗏목 위에서 언제나처
럼 눈을 반짝이며 앉아 있는 히에의 모습이 너무 사랑스러워 그만 노
를 손에서 놓고 껴안아 주고 말았다.

"혹시 내가 꿈을 꾸는 것은 아니지? 그렇다면 이 잠에서 깨고 싶지
않은걸." 내가 말했다.

"이런 잠꾸러기." 히에는 이렇게 말하고 나를 끌어당겼으나 날카로
운 해골이 우리 옆구리에 걸려 아픈 소리를 내며 옆으로 주저앉고 말
았다.

"우리 사랑을 방해하는 해골이 너무 많아." 이렇게 말하며 히에는 나에게 해골의 눈구멍 자국 두 개가 깊게 박힌 엉덩이를 보여 주었다.

"네 엉덩이를 들여다보고 있었어." 내가 말했다.

"무슨 철갑인간이 음탕하게 날 쳐다보고 있다고 해도 신경 안 써. 이제 벌로 물고기들이나 죽을 때까지 보고 살아라." 히에는 이렇게 말하고 그 범죄의 원흉인 해골을 바다로 던졌다.

뗏목은 해골로 가득 차서 똑바로 눕기에는 공간이 충분치 않았다. 그래서 우리는 앞으로 노를 저어 갈 수밖에 없었다.

내가 해변에서 맨 처음 맞닥뜨린 것은 이[虱]였다. 이[虱]는 다리를 열심히 움직이며 물가에서 초조하게 왔다 갔다 하고 있었다.

"저 이[虱]가 왜 여기 있지? 피르레와 랙 옆에서 떠나는 법이 없는 애인데. 피르레와 랙은 나무 위에 있어야 하잖아. 무슨 일이 났나?" 히에가 물었다.

나무들 사이에서 피르레와 랙이 모습을 드러내며 인사하는 것을 보니 그 애는 주인들 손에서 도망 나온 것이 아니었다. 커다란 나무 꼭대기에 앉은 채로 지내는 피르레와 랙은 가끔 땅에 내려오면 두 발로 서는 데 문제가 생겨 손바닥을 땅에 짚어야 중심이 잡히는 모양이었다. 둘이 나무에서 내려온 모습은 본 지 워낙 오래되다 보니 무슨 일이 일어난 건 아닌지 걱정되었다.

"무슨 일 났어?" 나는 발걸음을 재촉하며 물었다.

"저 위에서 너희가 오는 모습을 보았지. 그동안 이[虱]가 많이 불안해했어. 그래서 너희를 마중을 나온 거야. 이렇게 건강하게 살아 있는 것을 보니 정말 반갑다." 피르레가 말했다.

랙도 덧붙였다. "우리가 얼마나 걱정했는지 몰라. 저기 나무 위에 있으면 숲에 무슨 일이 일어나는지 다 볼 수 있어. 너희들이 늑대들 따돌리는 거랑 뗏목 타고 탈출하는 것도 다 봤지. 그러고 나니 어찌나 마음이 놓이던지. 그런데 다음 날 탐베트가 다시 배를 타고 너희 뒤를 따라가는 거야. 그걸 보니 다시 얼마나 걱정이 되던지. 아무리 높은 나무에 올라가도 바다 너머에 무슨 일이 있는지 알아낼 방법이 없어. 오늘 아침 피르레가 너희가 뗏목을 타고 오는 것을 보고 나서 반가운 마음에 서둘러 아래로 내려온 거야."

"오랜만에 내려오니 땅이 미끄러워서 걷기가 힘드네. 나무 꼭대기에서만 산 조상님들은 우리보다 훨씬 명석하셨어. 모든 질병과 문제의 근원은 땅에서 나와." 피르레가 말했다.

그들은 한숨을 쉬며 주저앉아 발목을 어루만졌다.

우리가 해안가로 배를 밀어 올리자마자 이[虱]가 히에 옆으로 달려들어 미친 듯이 뛰었다. 나는 뗏목에서 해골 두 개를 집어다가 유인원들에게 건네주었다.

"우리 할아버지가 만드신 거야. 선물로 줄게." 내가 말했다.

할아버지 실력에 감탄하며 유인원들이 말했다. "정말 잘 만들었다. 기막힌 작품이야. 지금 이런 술잔을 만드는 사람은 아무도 없어. 해골은 쓸데없다고 생각해서 버린단 말이야. 그런데 우리는 이거 받을 수 없어. 알잖아, 우리는 나름대로 전통의 원리와 원칙이 있어서 그런 걸 저버리고 싶지 않거든."

"정말 기막힌 작품이라며." 내가 따졌다.

"실력은 기가 막히지. 이 재료를 한번 봐. 뼈가 우아하게 잘 휘어져 있잖아. 하지만 요즘 사람들 해골이고 무슨 수도사나 철갑인간의 뼈로 보여. 이런 재료로 만든 물건은 우린 집으로 안 가져가. 어울리지 않아." 피르레가 웃으면서 말했다.

나는 유인원들이랑 더 말다툼하고 싶지 않았다. 그래 봐야 설득이 더 어려워질 뿐이었다. 마침 그때 윌가스가 소리를 지르며 해변으로 뛰어왔다.

"네 이놈들 잡았다. 탐베트가 너희들을 잡아다 당장 데리고 들어올 줄 알았지. 정령님들은 희생 제물을 절대 놓치는 법이 없으시다."

보아하니 윌가스 역시 이[虱]만큼이나 우리를 못 견디게 기다린 모양이었다. 이[虱]는 얼른 히에 다리 사이에 몸을 들이밀었다. 윌가스의 모습은 보기만 해도 비위가 상했다. 살가죽은 너덜너덜해서 뼈에 겨우 붙어 있다시피 하고, 머리에 얼마 남지 않은 회색 머리카락은 바람에 나풀거렸다. 눈동자는 깊은 동굴 속에 들어앉은 것 같아 멀리서 보면 유령이 펄럭펄럭 뛰어다니는 것처럼 보였다.

윌가스 머리통은 술잔으로 만들기 딱 좋아 보였다. 머리를 잘라 내기만 해도 당장에 술잔으로 쓸 수 있을 만했다. 난 피르레와 랙에게 주고자 했던 해골 술잔을 손에 들어 보여 주며 윌가스에게 말했다.

"그렇게 따르던 탐베트는 고작 이런 술잔 따위가 되어 버렸는데 어쩌면 좋을까요. 하나 가질래요? 그런데 당신 머리통도 따서 하나 만들 계획이라 군이 선물로 드릴 필요는 없을 것 같군요."

난 이렇게 말하고 얼른 윌가스에게 달려가 칼을 휘둘렀다. 내 안에서 영혼의 분노가 다시 불타올랐다. 당장 윌가스의 목을 그었고 그

잘린 목에서 핏줄기가 콸콸 솟구쳐 나오는 동안 그토록 고대했던 그 순간을 즐기고 또 즐겼다. 하지만 난 이런 일에는 여전히 경험이 없는 초보자였다. 내가 칼로 잘라 낸 것은 현자의 목이 아니라 오른쪽 귀와 볼살이었다. 월가스 얼굴에는 피가 비처럼 흘렀고 모래 바닥에는 회색 털이 다발처럼 붙은 오른쪽 귀가 볼살 조각을 단 채로 혼자 굴러다니고 있었다.

비명을 내지르며 멀리 도망가려는 월가스를 보니 내가 마지막까지 목숨을 끊어 놓지 못한 것이 실망스러워 다시 칼을 휘둘렀다.

"이건 범죄야!"

이렇게 외치며 숲속으로 뛰어가는 월가스의 머리는 껍질을 벗겨 놓은 토끼 같았고 내 몸에도 그 피가 튀었다.

"네 녀석이 현자에 대항하다니. 정령들이 너를 용서치 않을 것이다. 성스러운 숲의 늑대들이 네놈 목숨을 앗아 갈 것이다. 자비란 없는 놈들이다. 늑대들이 꼭 복수할 것이야, 이놈들아!"

내가 다시 소리쳤다. "나도 이 숲에서 평생을 살았는데 그런 늑대 따위는 본 적이 없어. 그 늑대들은 당신 머릿속에나 있겠지. 어디에 있는지는 모르겠지만 어디든 당장이라도 가서 몸을 쪼개 놓고 싶은데 안됐네. 피가 마르지 않는다면 발이 닿는 대로 빨리 집으로 돌아가는 게 좋을 거요. 내가 어디서건 당신 모습을 다시 보게 된다면 당장 때려죽여서 토막을 내 놓을 테니까. 난 이제 내 집에서 히에와 결혼해서 살 거니 당신 같은 쓰레기 인간들은 그 성스러운 숲에서 평생을 썩는 게 현명한 삶일지 모르지."

월가스는 나무 사이에서 여전히 성스러운 숲의 늑대가 어쩌니, 정령들이 어쩌니 하는 이야기들을 늘어놓았지만 난 더 이상 그런 이야기들을 들어 주고 싶지 않았다. 난 뗏목에 놓아둔 토끼 고기와 해골 술잔을 챙겨서 히에게 말했다.

"집에 가자, 이제."

"그래, 자기야. 나 월가스 귀 가지고 가도 되지? 양지바른 곳에서 개구리처럼 잘 말려 줄에 매달아 목에 걸고 다니면 좋을 것 같아. 오빠 신부가 그런 거 차고 다니면 이상할까?"

"안 이상해. 그걸 볼 때마다 오늘 있었던 일을 떠올리면서 어떻게 해야 사람 목을 정확히 자를 수 있을지 곱씹어 볼 것 같아. 저 자식 심장도 말려서 마가목 열매를 넣어 달고 다니면 달가닥거리는 소리가 자장가처럼 들릴 거야."

우리는 이렇게 이야기를 주고받은 후 다시 깊게 입맞춤을 했다.

피르레가 놀란 눈으로 말했다. "너희들 마지막으로 본 게 아주 오래 전은 아니구나. 너희를 몇 년은 못 본 느낌인데. 그런데 시간이 거꾸로 흐르고 있었네. 너희 조상들을 토막 내고 물에 빠진 그 마지막 한 명까지 놓치지 않고 잘근잘근 씹어 먹던 북녘 개구리가 하늘을 훨훨 날던 그 전설의 시대를 네가 다시 가져다준 것 같아."

우리는 또다시 한꺼번에 웃음을 터뜨렸다.

히에가 말했다. "아닌 게 아니라 그 북녘 개구리가 다시 날개를 펴는 날이 올 것 같아."

피르레와 랙은 굳은 의지가 담긴 듯한 표정으로 고개를 끄덕이며 말했다. "그날이 당장 온다고 해도 놀라지 않겠어. 그 시간은 영원히 사라진 게 아니야. 우리는 그 곁에 더 가까이 다가가고 있는 거고. 이런 게 바로 우리 조상들이 꿈꾸며 동굴 벽에 그려 왔던 세상이야. 너희들도 보았지. 정말 오래된 그림들은 지진 때문에 저 안에 감춰져 다신 밖으로 나오지 못할 테지만."

나와 히에는 그런 예전의 삶을 희망하지 않았다. 그저 현재의 시간이면 충분했다. 이제는 제대로 걷지 못해 사지를 절뚝거리고 있는 유인원들에게 손을 흔들어 인사하고 우리는 집을 향해 길을 나섰다. 그동안 히에의 다리에 달라붙어 있던 이[虱]는 행복하게 모래밭을 뒹굴며 윌가스의 잘려 나간 볼살을 핥았다.

엄마는 문을 열자마자 기쁨의 비명을 질렀다.

"기다린 보람이 있구나, 내 아들 레메트! 히에 너도 왔네. 정말 건강하게 잘 돌아왔구나. 어머, 너무 좋다. 내가 너희들을 얼마나 기다렸다고. 얼른 와서 앉아, 내가 마침 염소 고기를 불에 올려놨어."

우리는 집에 들어와 자리를 잡았다. 누나는 나를 보더니 꼭 껴안으며 눈물을 흘렸다. 뒤에 누워 있던 믐미도 일어나 손을 흔들었다.

"믐미한테 무슨 일이 생긴 거야? 왜 가죽을 덮고 앉아 있는데?" 내가 물었다.

"다쳤어. 네가 길을 떠나고 우리가 얼마나 고생했는지, 넌 상상도 못 할걸." 누나가 대답했다.

엄마가 말했다. "살메야, 레메트와 히에도 없는 사이 산전수전을 그렇게 많이 겪었으니 사람이 같은 사람들에게 얼마나 못된 짓을 할 수 있을지 충분히 상상하고도 남을 거다. 물론 그놈들이 우리 믐미에게 엄청나게 끔찍한 일을 하긴 했지. 너희들이 성스러운 숲에서 도망을 쳤을 때 탐베트랑 윌가스가 우리 집에 왔어. 너희들이 뗏목을 타고 어디로 도망친 거냐고 묻더라고. 그놈들 얼굴에 코를 들이밀고 있는 대로 욕을 해 줬어. 이 살인자들아, 이 벼룩만도 못한 인간들아. 너희처럼 흉물스러운 것들은 우리 집 안에 발을 들여서는 안 된다. 그리고 히에야, 너희 아버지한테 그렇게 소리를 지르면 안 되는 거였는데. 그래도 그 사람이 한 짓이 있으니."

"괜찮아요. 아빤 이제 이 세상 사람이 아니에요." 히에가 대답했다.

엄마가 놀라 물었다. "죽었어? 어떻게 그렇게 된 거야? 얼른 말해 다오, 아니다. 믐미한테 있었던 일을 내가 먼저 말해 줄게. 말한 대로 욕을 있는 대로 퍼부어 주었거든. 막대기처럼 서서 서로 멀뚱멀뚱 쳐다보고 있더라고. 광대버섯을 먹었는지 메메의 술을 훔쳐 먹었는지 나무 막대기가 머리에 처박혔는지 서로를 이상한 눈으로만 쳐다보고 있었어. 아주 분통 터지는 일이 있는 사람들처럼."

"엄마한테 '쭈그렁 노인네야, 입 닥쳐.' 하면서 어떻게든 너희들을 잡아다가 정령들에게 제물로 바칠 거라고 겁을 줬어." 살메가 끼어들었다.

"그 사람들이 나한테 쭈그렁 노인네라고 했던 이야기는 왜 해? 그 얘기는 애들한테 왜 하는 거야?" 엄마가 화를 냈다.

"난 그 사람들이 한 말 그대로 이야기한 거라고요."

"그 잡것들이 정말 그런 말을 하긴 했지. 난 아직 노인네 아니라고. 그래서 내가 윌가스에게 그랬지. '이 양반아, 정작 당신은 막대기 같은 다리에 얹힌 살가죽이 꼭 송장이 걷는 것처럼 보이는 거 알아? 그런 주제에 남한테 노인네니 어쩌니 그런 말을 해? 탐베트, 당신도 언제까지 그렇게 팔팔할 것 같아?' 그런데 그 사람이 죽었다고? 이제 쭈그렁 노인네라는 욕 들을 일이 없겠네!"

살메가 끼어들었다. "엄마, 그게 중요한 게 아니잖아요. 그래서 그 인간들이 밖을 나서려는데……."

엄마가 말을 이어받았다. "그래. 맞는다. 내가 마저 이야기할게. 그러고 나서도 한참 동안 그 자리에서 서서 너희들 어디에 갔는지 당장 말하라며 윽박지르더라고. 네가 히에랑 어디 갈 거라곤 말을 안 했고, 다시 히에를 집으로 데려와 결혼할 거라고 말했지. 탐베트가 그 얘길 듣더니 얼굴이 붉으락푸르락해지더라. 그래도 난 전혀 겁이 안 났어. 도리어 난 우리 애가 옳은 일을 한 거라고 자랑스럽게 말했지. 우리 아들이 히에를 데리고 온대도 그 집으로 돌려보내는 짓은 절대 하지 않을 거라고, 자기 딸을 죽이려는 살인자들이 호시탐탐 노리는 집에서 누가 살려고 하겠냐고 했지. 내가 또 뭐랬는지 아니. '내가 히에랑 레메트가 어딜 갔는지 안다고 해도 내가 입이나 뻥긋할 것 같아? 지금 당장 떠나는 게 좋을 거야. 조만간 우리 사위가 올 텐데 댁들이 여기 있는 거 보면 당장 찍어 죽일지 몰라.'"

"그런데 그때 믐미가 온 거야." 마침 구운 염소를 식탁으로 가지고 오던 누나가 한숨을 쉬었다.

"그래서 그 사람들한테 이제 사위가 왔으니 당장 도망가라고 으름장을 놓았지. 그런데 세상에나, 탐베트가 믐미를 반짝 들더니만 아궁이로 내던져 버리는 거야. 그래서 엉덩이를 홀랑 태워 먹었어, 믐미. 일어나서 히에랑 레메트에게 다친 곳 좀 보여 줘."

"이제 괜찮아졌어요." 믐미는 이렇게 중얼거리고 옆으로 돌아누워 털이 검게 그을린 엉덩이를 보여 주었다.

엄마가 한숨을 쉬었다. "어찌 사람들이 그럴 수가 있니. 가엾은 것 같으니. 사람이 아무리 사악해도 그렇지 어떻게 살아 있는 것을 불에 던져. 정말 당장 등에 칼을 꽂고 싶었는데 그럴 시간이 없었어. 날 도와주겠다고 믐미가 고함을 치고 일어났는데, 그사이에 그 불한당들은 사라졌어. 그 후에는 그놈들을 본 적이 없지. 우리가 얼마나 고초를 겪었는지 상상하면 끔찍하지 않니? 숲에 사람도 얼마 안 남았는데 그중에서도 반은 정신이 나간 사람들이야."

"믐미, 식탁에 와서 앉을 수 있겠어?" 살메는 남편에게 말을 건네면서 부드럽게 곰의 미리를 쓰다듬었다.

"식탁까지야 충분히 갈 수 있지. 그런데 앉기는 어려울 것 같아, 난 대충 누워 있을 테니 나 빼고 식사들 해요." 믐미가 위풍당당하게 말했다.

"그런 말이 어디 있어. 먹지 않으면 상처가 안 나아. 외롭지 않게 우리가 식탁이랑 고기랑 네 옆으로 옮겨다 줄게. 얘들아, 얼른 식탁 들어서 침대 옆에 놓자, 오늘은 다 같이 저기서 먹자." 엄마가 단호하게 말했다.

식탁을 제대로 옮기는 데는 시간이 꽤 들었다. 우리는 아픈 믐미에게 고깃덩어리를 건네주고 편하게 먹을 수 있도록 자리를 잡아 주었다. 그리고 우리 역시 식탁에 자리를 잡자마자 엄마가 눈을 동그랗게 뜨고 나를 쳐다보았다.

"너희는 이야기 안 할 거니. 기다리고 있잖니. 그동안 어디서 뭘 하며 지냈고 윌가스는 어떻게 피한 건지 이야기 좀 해 봐."

"너희 아버지는 어떻게 된 거니?" 살메가 덧붙였다.

"언니 할아버지가 죽었어요." 히에가 대답했다.

"할아버지? 나는 할아버지가 없어." 누나가 말했다.

나는 해골잔 하나를 꺼내 어머니에게 내밀었다.

"아, 할아버지가 엄마한테 주시는 거예요. 엄마가 보고 싶다는 말 전해 달라셨고 곧 우리 집에도 오신대요." 내가 말했다.

"아버지가…… 아버지는 돌아가셨어, 사람들이 바다에 던졌는데." 엄마는 이렇게 속삭이며 약간 넋이 나간 눈으로 나를 쳐다보았다.

"아녜요, 아직 살아 계세요. 물론 다리는 잘려 나가서 없지만 지금 날개를 만들고 계세요. 다 완성되면 날개를 달고 우리 마을로 날아오신댔어요." 히에가 말했다.

엄마는 뼈로 만든 술잔을 찬찬히 바라보았다.

"내가 어렸을 때도 집에 이런 게 있었어. 그때도 아빠가 만들어 준 잔으로 따뜻한 젖을 마셨어. 그렇게 예쁜 잔은 아직도 본 적이 없어." 엄마가 중얼거렸다.

엄마는 술잔에 입을 맞추고 뺨에 비비더니 조용히 울기 시작했다.

엄마가 눈물 섞인 목소리로 말했다. "이게 나한테 어떤 의미가 있는 물건인지 너희들은 상상도 못 할 거다. 내가 살아 있는 동안 아버지를 다시 찾게 되다니. 오래전에 돌아가신 줄로만 알았는데. 그런데 다시 집에 오신다고? 다시 어린 시절로 돌아간 것 같구나. 내가 정말 꼬마였던 시절로…… 이건 정말 기적이 아닐 수 없구나. 주책없이 질질 짠다고 뭐라 하지들 말아라, 정말 눈물이 멈추지를 않네……."

엄마는 눈물을 떨구며 술잔에 다시 입을 맞추었다.

"보텔레가 이 모습을 보지 못하고 세상을 뜬 게 아쉽구나. 항상 아버지를 자랑스러워했거든. 오빠니까 나보다 더 잘 기억하겠지. 얘들아, 살다 보니 별일을 다 겪는구나."

"엄마, 할아버지는 아직 집으로 안 오셨다고요. 지금 엄마가 만지는 잔은 할아버지가 만드신 잔일 뿐이라고요. 오실 때까지는 시간이 더 있어야 해요." 내가 말했다.

엄마가 훌쩍이며 말했다. "아니다, 아니야. 이 잔은 예전이나 지금이나 똑같이 값진 거야. 어린 시절을 떠올려 주잖아. 하나도 빠짐없이 다 이야기해 봐. 할아버지 어디서 만났니. 어디에 사시니?"

나와 히에는 그동안 겪은 모험에 대해서 자세한 이야기를 털어놓았다. 엄마는 집중해서 듣다가도 우리가 먹기를 게을리하면 어서 먹으라고 재촉했다. 우리가 다시 먹음직스럽게 한 입 베어 물면 이야기를 계속해 보라고 다시 재촉했고 그래서 우리는 막상 제대로 씹지도 못하고 억지로 삼키고 이야기를 계속해야 했다. 름미와 한 침대에 앉은 누나는 곰이 깨끗하게 발라 먹은 뼈를 다시 새것으로 바꿔 주며 머리를 쓰다듬어 주었다. 엉덩이는 그을렸지만 식욕은 여전히 좋았다.

모르는 사이에 저녁이 되었다. 이야기도 충분히 주고받았다. 나는 해골 술잔을 식탁에 가득 늘어놓았고 엄마는 술잔에서 눈을 뗄 줄 몰랐다. 심지어 가슴에 품고 사랑스럽게 어루만지기도 했다.

"우리 아버지는 정말 실력이 대단하셔. 할아버지가 돌아오시면 이 기술을 너에게 전수해 주실 거야. 그럼 얼마나 좋을까." 엄마는 다시 한숨을 쉬었다.

"어제 너희들은 어쩔 생각이니." 누나가 물었다.

"우리는 결혼할 거예요." 나는 히에의 허리를 팔로 감고 말했다.

"세상에, 듣던 중 반가운 소리네. 할아버지가 너희 결혼식 전엔 오셔야 할 텐데 말이야." 엄마가 웃었다.

"뭐 하러 그때까지 기다려요." 내가 말했다.

내 마음속 무언가가 할아버지가 오시기까지 기다리지 말고 당장 식을 올려야 한다고 말을 걸어왔다. 남자는 언제라도 전쟁에 나갈 수 있으니 여자는 언제라도 기다릴 줄 알아야 한다고 말씀하신 기억이 났다. 할아버지와 같이 전투에 임하는 데는 불만이 없었다. 그 전에 나는 며칠만이라도 아무 걱정 없이 가족들과 시간을 보내고 싶었다.

"되는대로 당장이라도 결혼할래요." 내가 말했다.

침대에 누운 뮴미도 고개를 끄덕였다.

"나도 신부가 그렇게 예쁘면 당장 결혼식을 올리겠구먼." 뮴미가 히에를 사랑에 빠진 듯한 눈으로 바라보며 말했다.

"이제 엉덩이가 많이 나았나 보지?" 누나는 짜증 난다는 투로 팔뚝으로 곰을 아프게 툭 쳤다.

"아프잖아." 곰은 신음 소리를 내더니 아주 말 잘 듣는 착한 곰으로 다시 돌아와 호박색 눈동자를 들어 누나를 바라보았다.

26

그날 밤 우리는 오두막에서 같이 밤을 지새웠고, 다음 날 아침 엄마를 보러 가자는 히에의 말에 밖으로 나왔다. 사실 우리 목숨을 살려 준 말르에게는 정작 고맙다는 인사를 아직까지 하지 못했다. 그리고 탐베트가 죽었다는 소식도 전해 주어야 했다. 엄마는 우리를 배불리 먹이고는 숲에서 어슬렁거리는 늑대를 조심하라고 당부했다.

엄마가 설명했다. "탐베트하고 윌가스가 귀를 밀랍으로 막아 놓은 그 늑대들 말이야. 그래서 아무 소리도 못 듣고 이빨을 드러내고 돌아다니기만 한단 말이야. 언제 나타나서 물어 버릴지 몰라. 뱀의 소리를 질러 볼 수는 있겠지만 귀가 들리지 않을 테니 집으로 달아나는 게 상책이다. 아무리 바보들이래도 그렇지, 늑대 귀에 밀랍을 발라 두는 사람들이 어디에 있다니. 조만간 늑대들이 누구 하나 잡아먹지 않을까 싶다. 만약 그 늑대들을 보게 되면 당장 나무 위로 올라가거라."

정말로 히에 집을 향해 몇 걸음 걷지도 않았는데 늑대가 보였다. 노란 눈동자의 늑대가 풀숲에서 우리를 지켜보고 있었는데, 우리를 그냥 쳐다보고 있는 것인지 아니면 공격할 태세를 갖추고 있는 것인지 감을 잡을 수가 없었다. 경계 태세를 갖추고 동물들이 말을 고분고분 잘 듣게 하는 뱀의 말을 해 보았으나 전혀 통하지 않았고 오히려 우리 쪽으로 스멀스멀 기어 오기만 했다. 탐베트와 윌가스가 우리를 잡으려고 풀어놓은 귀가 들리지 않을 만큼 학대당한 놈들 중 하나가 틀림없었다. 그 늑대는 우리를 알아보고 귀가 밀랍으로 영원히 막혀 버리기 전 마지막으로 머릿속으로 전달된 그 명령을 수행하고자 하는 것인지도 몰랐다. 난 칼집에서 칼을 꺼내어 언제라도 늑대의 공격을 막을 만반의 준비를 갖추었다.

"오빠 어머니가 말씀하신 것처럼 나무 위로 올라가는 것은 어때?" 히에가 제안했다.

"우리 할아버지라면 늑대의 공격을 피해서 나무 위로 올라가시겠니?" 내가 물었다.

"오빠 할아버지라면 분명히 안 피하시지. 아마 반대로 늑대가 할아버지를 보면 목숨 부지하겠다고 나무 위로 올라갈 거야. 그런데 오빠가 할아버지는 아니잖아. 정말 늑대들 처리할 수 있어?"

"할 수 있고말고."

나는 사실대로 대답했다. 늑대와 싸워 본 적은 없지만 왠지 그런 확신이 들었다. 할아버지가 사는 섬으로 다녀온 이후로 내 마음속에 새로운 문이 열린 듯했다. 자신감과 함께 누군가와 겨뤄 보고 싶다는 달콤한 유혹이 솟구쳤다. 적들을 토막 내어 그 피를 마시고 싶었다. 난 늑대가 곁으로 오기만을 기다렸다. 그리고 마침내 녀석이 내 쪽으로 다가오자 기쁨의 환호성을 지르며 늑대를 향해 몸을 뻗었다. 내 위로 날아오는 늑대를 목구멍부터 꼬리까지 칼로 그어 버렸다. 늑대의 내장이 쏟아져 나오려 해서 얼굴에 묻지 않도록 얼른 몸을 피했다.

"어머, 너무 멋있다." 히에는 손뼉을 치며 말하다가 다시 걱정스러운 표정으로 말했다. "그런데 저기 두 마리가 더 오고 있어."

정말로 피에 굶주린 늑대들이 땅에 몸을 바짝 붙인 자세로 가까이 다가오고 있었다. 히에도 뱀의 말을 해 보았지만 귀에 밀랍이 박힌 늑대들의 귀에 들릴 리가 없으니 신경 쓰지도 않았다. 난 할아버지가 그날 밤 달을 보며 전쟁의 복수를 다짐할 때처럼 늑대의 얼굴을 마주하고 으르렁거리며 늑대들의 공격에 대비했다.

그러나 나는 늑대 한 마리도 상대하지 못했다. 어디선가 낯익은 뱀의 소리가 들리자 늑대들이 으르렁거리면서 공중으로 날뛰더니 땅에 떨어져 경련을 일으키며 천천히 죽어 갔다. 뱀의 왕 두 마리가 높게 자란 풀을 헤치고 밖으로 나왔다. 그 뱀들이 늑대의 목을 물어 버린 것이었다. 난 그 뱀들을 금방 알아볼 수 있었다. 인츠가 아버지와 함께 있었다. 뒤이어 작은 새끼 뱀들이 줄지어 나왔다.

아버지가 말했다. "안녕. 레메트. 다시 보게 되어 정말 반갑구나."

"나도 그날 밤 너랑 같이 가고 싶었는데. 그 미친 늑대는 말할 것도 없고 탐베트랑 윌가스도 당장 물어 죽이려고 했어. 뱀의 말을 하고 말고가 눈에 들어오지 않더라고, 그놈들은 더 이상 우리 형제도 아니야. 그런데 아이들을 두고 나설 수가 없었어. 우리 애들도 지금은 무는 법을 잘 배웠어. 오늘도 늑대 한 마리를 죽이고 오는 길이야."

인츠 아버지가 따졌다. "말은 바로 하자꾸나. 그 아이들이 혼자서 늑대를 죽인 것은 아니지. 무턱대고 자식들 칭찬을 하는 걸 보니 너도 다른 엄마들과 다르지 않구나. 내가 먼저 늑대의 엉덩이를 물어서 속수무책으로 있는 것을 이 꼬맹이들이 가서 끝장을 낸 셈이지. 그래도 아주 훌륭하게 일을 처리한 건 사실이다."

새끼 뱀들은 할아버지의 말을 듣고는 자랑스럽게 고개를 끄덕였다.

인츠가 물었다. "지금 어디 가는 중이니? 우리랑 같이 가지 않을래? 내가 기어가면서 귀에 밀랍 박힌 늑대들은 없는지 살펴보다가 나타나면 끝장을 내 줄게. 뱀의 말을 못 하는 동물들은 다 죽어야 해. 아주 위험한 데다가 앞뒤 분간을 못 하거든. 우리 아버지랑 나랑 벌써 여섯 마리를 처치했고 다른 뱀들도 숲을 돌아다니면서 살펴보고 있어. 그런데 워낙 떼를 지어 돌아다녀서. 우리 같이 늑대들 사냥하러 가자. 우리 본 지도 오래됐잖니, 친구야."

"인츠, 지금은 안 되겠는데. 다음번에 가자. 지금은 히에 어머니를 만나러 가야 해. 우리 결혼하거든." 내가 말했다.

"멋지다. 이제 너도 발정기가 오는구나. 난 새로 봄이 오기를 기다리고 있어. 그럼 다시 짝짓기를 할 수 있거든. 너희들은 발정기가 언제쯤 끝나니?" 인츠가 말했다.

"영원히 안 끝나. 매년 똑같을 거야." 나는 히에를 쓰다듬으며 말했다.

"으흠, 어떤 면에서 인간들이 우리보다 더 완벽한 것 같아." 인츠가 부러운 듯 콧소리를 냈다.

노익장 뱀 왕이 말했다. "매일매일 짝짓기 생각만 하는 것은 아무래도 조금 심한 것 같다. 어찌 되었건 정말 축하한다. 괜찮으면 저녁에 우리 동굴에 좀 들러서 어디서 무엇을 보았는지 이야기해 다오."

우리는 반드시 가겠다고 약속했다. 뱀들은 계속 늑대 사냥을 이어갔고 우리는 머지않아 히에의 집에 도달했다. 도착해 보니 늑대 우리 문짝이 바람에 들썩들썩하고 있었다. 한때는 수백 마리 늑대로 바글바글했던 늑대 우리가 지금은 완전히 비어 있었다. 늑대들이 모두 떠나 버린 것이었다.

"월가스가 저 늑대들의 귀를 전부 밀랍으로 막아 버린 거야? 뱀들이 엄청나게 고생하겠는걸." 히에는 믿기지 않는 듯 외쳤다.

"다들 그렇진 않을 거야."

누군가 말했다. 히에의 엄마 말르가 문가에 서서 촉촉한 눈으로 우리를 바라보고 있었다.

"대략 서른 마리만 귀에 밀랍을 넣었어. 나머지 늑대들은 내가 직접 풀어 줬다. 탐베트랑 월가스가 우리 귀한 딸을 쫓아 버린 다음엔 늑대들이라면 꼴 보기가 싫어져서 기르고 싶은 마음에 싹 없어졌어. 이렇게 살아 있다니. 정령들이 너를 보호해 준 것이 틀림없어."

말르는 히에에게 다가와 정말 사랑하는 마음으로 안아 주었지만 왠지 어색해 보였다. 말르는 딸을 자주 안아 주지 않은 모양이었다. 엄마한테 안기는 게 어색하기는 히에도 마찬가지였다. 같이 엄마를 안아 주긴 했지만 여러 가지 생각으로 머리가 복잡한 듯했다. 말르는 딸을 금방 놓아주었고 히에도 엄마를 떠밀다시피 하며 뒤로 물러났다.

말르가 자책하며 말했다. "그래, 내가 널 더 자주 안아 줬어야 하는데. 너희 아버지가 너무 엄해서 그런 걸 좋아하지 않았지. 자기도 남을 안아 주는 것을 싫어했지만 남들이 하는 것도 꼴 보기 싫어했어."

"엄마, 아버지 돌아가셨어요." 히에가 말했다.

말르의 대답은 예상 밖이었다.

"알고 있다. 네 아버지가 너를 잡으러 떠나던 날 난 왠지 다시는 탐베트를 보지 못할 것 같다는 생각이 들었다. 그래서 늑대들을 다 풀어 줬지. 탐베트가 다시 돌아오지 못할 거라는 생각이 없었다면 내가 감히 그런 생각이나 했겠니? 말할 것도 없지. 늑대를 키우는 일에 미쳐 있던 사람인데." 말르가 울음 섞인 웃음을 터뜨리며 덧붙였다. "게다가 넌 늑대 젖도 절대 안 마셨잖아."

"내 입맛엔 정말 끔찍했거든요. 그런데 엄마 아빠가 억지로 내 입에 부으면서 먹이려고 했잖아요." 히에가 말했다.

말르가 머뭇거리며 말했다. "그랬지, 나도 마찬가지로 너한테 좋은 엄마가 아니었어. 아빠는 너를 강인한 에스토니아 사람으로 키우고자 하셨거든."

"그런데 왜 나를 죽이려고 들었어요?" 히에가 소리쳤다.

"윌가스가 시킨 거다." 그렇게 말하는 말르는 가슴에 큰 바윗덩어리가 얹힌 표정이었고, 나는 그 모습을 보고 있자니 참으로 안쓰러웠다. "아버지도 그것 때문에 많이 힘들어했다. 제물을 바치는 것 말고는 다른 방법이 없는 줄 알았어. 정령들이 시키면 무엇이든 군말이 없이 해야 한다고 생각했지. 정령들이 원하는 것은 모두 피할 수 없는 진실이잖니."

"그런데 우리 멀쩡히 살아서 왔잖아요. 우리 다 살았어요. 제물로 바쳐지지도 않았고요. 정령들이 원한다고 다 이루어지는 것은 아니었다고요." 히에가 말했다.

"그때 정령들이 원했던 건 누군가를 죽이는 게 아니었던 거야. 윌가스가 잘못 판단한 거지. 정령들은 숲과 거기에 사는 모든 것들을 지켜 주는 존재이지, 순결한 아이 제물을 원하는 사악한 존재들이 아니셔. 정령들이 너희들을 살리려고 내가 너희들을 얼른 따라가서 뗏목으로 이끌 수 있도록 힘을 불어넣어 주신 거야. 정령님들이 너희들을 살리셨어."

말르는 갑자기 고개를 끄덕였다. 그사이에 갑자기 더 늙고 움츠러든 말르를 보니 차마 대놓고 웃으면서 세상에 정령 따위는 없고 우리를 구한 건 정령들이 아닌 완벽하게 정의할 수 없는 말르의 순수한 마음이었다고 말할 수 없었다. 모든 것은 윌가스가 지어낸 이야기였다. 그 정령들 이야기가 말르의 남편을 완전 다른 사람으로 만들어 버렸다. 말르는 여전히 사람과 엄마의 본성을 간직하고 있었다. 나는 그런 말르에게 그 이야기를 하지 못했다. 우리를 단순하지만 진중한 눈빛으로 바라보는 말르를 보고 있자니 마음이 짠해졌다. 그런 믿음을 가지고 살도록 놔두는 것 외에는 별다른 방법이 없었다. 난 그 둘의 손에 번갈아 입을 맞추고 말했다.

"어머니, 저 히에랑 결혼하려고요."

"듣던 중 반가운 소리로구나."

말르는 어색하게 웃으며 손가락 끝으로 내 머리를 어루만졌다. 항상 탐베트가 하던 이야기를 여전히 잊지 못하고 나에게 약간은 두려움을 가지고 있는 것이 확실했다. 난 호수에서 이[風]를 헤엄치게 한 이후로 정령들의 뜻을 거스르는 주인공이 되어 있었다. 하룻밤 사이에 모든 것이 변했지만 난 상관없었다. 내가 결혼하는 것은 그 누구도 아닌 히에였고 히에의 어머니가 나에 대해서 어떻게 생각하건 상관없었다.

"내가 가서 윌가스하고 이야기해 보는 게 좋을 것 같아."

나와 히에가 뭐 하러 쓸데없이 윌가스를 만나러 가느냐는 눈치를 주었지만 말르는 조심스럽게 물었다. "물론 결혼식에 윌가스를 부르는 건 안 되겠지?"

"싫어요. 우리 근처로 오려고 하지 않을 거예요. 어제 한쪽 귀랑 뺨을 잘라 버리고 나서 우리 앞에 다시 나타나면 목을 베어 버리겠다고 했어요." 내가 말했다.

말르는 겁에 질린 눈초리로 나를 보며 침을 삼키더니 히에에게 도움을 요청하는 눈빛을 보냈다.

"그럼 성스러운 숲에서 결혼을 안 할 거란 말이니?"

"어디든 상관없는데 그 숲은 아니에요. 엄마, 난 거기서 죽을 뻔했다고요. 난 거기에 절대 가지 않을 거고, 내가 받고 싶은 결혼 선물은 레메트가 그 숲을 다 뭉개고 불살라 버리는 거예요." 히에가 대답했다.

"얘야, 그런 말 하면 안 된다. 우리 조상들도 수천 년간 그곳에 제물을 바치지 않았니. 거긴 나무 하나하나에 더 정령들이 살고 계셔. 그 성스러운 나무들을 어떻게 베어 버릴 수가 있니." 말르가 당부했다.

"성스러운 나무는 하나도 없어요. 성스러운 나무들은 불을 지피거나 고기를 구워 먹는 데나 쓸모가 있어요. 그래서 우린 큰 모닥불을 붙이고 결혼식을 할 거예요. 거기 있는 망할 나무들을 다 잘라 불을 지펴서 엘크 고기도 굽고 그 불 주변을 돌면서 춤도 출 거예요. 레메트, 난 그것 말고 다른 식으로는 절대 결혼식을 올리고 싶지 않아." 히에가 말했다.

"좋은 생각이다. 오늘 당장 숲을 베러 갈 테니 이참에 윌가스도 목을 쳐 버리면 좋겠다." 내가 말했다.

"얘들아, 제발." 말르가 신음하듯 말했다.

그러고는 우리가 죽기라도 할까 봐 걱정되는지 두려운 눈으로 바라보았다.

히에가 말했다. "엄마, 바보 같은 말은 그걸로 충분해요. 아빠는 어차피 죽었고 윌가스는 피를 흘리다가 죽었을 테고 아무 의미 없는 나무 쪼가리 갖고 이러쿵저러쿵해 봐야 아무 소용 없어요. 이제 숲에 사는 사람도 별로 없으니 우리만이라도 정직하고 순수하게 살면 되죠. 엄마, 꾸며 주고 절할 나무는 숲에 널렸으니까 정령을 믿고 싶으면 믿으라고요. 하지만 나는 결혼식 때 날 토끼처럼 죽여서 제물로 바치려 했던 그 끔찍한 숲이 활활 타서 재로 변하는 모습을 보고 싶어요. 난 거기에 있는 나무들이 너무 싫어요. 무슨 말인지 알겠죠, 엄마."

"얘야, 듣기만 해도 너무 끔찍하구나. 너는 지금 불행을 자초하는 거야. 정령님들이 네 말을 들으시기라도 한다면…… 정령들은 분명 들으신다. 세상의 모든 말을 다 들으셔." 말르는 온몸을 떨고 있었다.

"정령들은 아무것도 듣지 못해요. 히에 어머니. 진정하세요. 나무 몇 그루 동강 낸다고 그렇게 흥분하실 필요는 없잖아요. 우리는 멋진 불을 피우고 결혼하고 싶을 뿐이라고요. 노릇노릇하게 잘 구운 고기를 먹으면 기분도 좋잖아요." 내가 말했다.

"너희 때문에 걱정이 돼서 그래. 뭔가 끔찍한 일이 일어날 것만 같아. 성스러운 숲을…… 제발 베어 버리지 말아라, 애들아." 말르가 대답했다.

"난 그 혐오스러운 숲을 보지 않고 살고 싶어요. 만약 레메트가 하지 않으면 내가 직접 도끼를 들고 아빠가 어린 나를 토끼처럼 질질 끌고 가서 머리를 자르려 했던 그 숲의 나무들을 직접 베어 버릴 거예요." 히에가 말했다.

"그럴 필요 없어. 내가 갈 거야, 너를 위해서 기꺼이 가 줄게." 내가 말했다.

성스러운 숲의 나무를 베는 것은 예상과는 달리 그렇게 어렵지 않았다. 오래된 라임나무들은 속이 완전히 썩어 있었다. 커다란 것들도 죽은 나무와 별반 차이가 없어 구멍 하나만 뚫으면 속절없이 부러져 버렸다. 줄기는 곳곳이 부드럽게 변해 있어서 진흙에 도끼질을 하는 느낌이었다. 쓰러지지 않고 버티고 있는 것이 놀라울 정도였다. 땅으로 길게 쓰러진 나무들은 수백 개의 조각으로 부서졌다. 나무 속에 하얀 알을 낳아 놓은 딱정벌레들은 부드러운 똥이 수북이 쌓여 있던 안락한 둥지가 왜 갑자기 무너져 내렸는지 알지 못하고 부산하게 돌아다니기만 했다.

"저것들이 정령인가 보다." 다리를 분주하게 움직이며 새로 둥지 지을 곳을 찾아 수풀로 들어가는 지네와 딱정벌레 들을 가리키며 내가 말했다.

"벌레들이 구멍을 너무 많이 뚫어 놓고 쏠아 놓아서 땔감으로 쓰기는 안 좋겠는데. 이 나무들로만 불을 지피면 엘크 고기가 거의 안 익을 거야. 다른 데 가서 마른 나무들을 가지고 와야겠어. 이 라임나무들은 연기만 날 거야."

성스러운 나무들에게서 건진 물건들을 커다랗게 쌓고 다른 숲에서 쉽게 구한 마른 가지들을 가져와 불을 붙이자 활활 잘 타올랐다. 전혀 성스러워 보이지 않았다. 성스러운 나무를 자르고 있으면 윌가스가 자신의 터전을 지키려 당장 나타날 것이고, 그러면 내가 칼을 휘둘러 그의 마지막 숨통을 끊어 놓을 수 있으리라 기대했다. 이번에는 반드시 죽일 것이다. 현자는 모습을 드러내지 않았다. 어딘가에서 잘려 나간 볼 때문에 고통스러워하며 상처를 치료하고 있을 것이다. 아니면 정령들이 나타나 치료를 해 주길 기다리고 있거나, 풀숲에서 기어 나와 우리를 몰래 지켜보고 있을 것이다. 어쩌면 분노한 딱정벌레들처럼 다른 살 곳을 찾아 돌아다니고 있는지도 모른다. 어쨌든 우리 일에 방해가 되지는 않았다.

저녁이 될 무렵 성스러운 나무들은 모두 잘려 나갔고 이제 불붙이는 일만 남았다. 엘크를 굳이 오늘 잡아야 할 필요는 없으니 그날은 히에와 그냥 쉬기로 했다. 아침에 이야기했던 대로 인츠에게 가 보려고 일어서는데, 갑자기 메메가 눈에 띄었다. 메메는 여느 때처럼 소리 소문 없이 나타났고 나무에 몸을 기댄 채 자루를 입에 대고 무언가 홀짝거리고 있었다. 내가 메메를 알아보고 알은체를 하자 내게 손을 천천히 흔들어 주었다.

내가 물었다. "어떻게 아저씨는 항상 아무도 모르게 돌아다닐 수가 있죠? 오늘은 여기 내일은 저기, 이렇게 다니시는데 한 번도 걷는 것 을 본 적이 없어요. 대체 무슨 재주를 부리시는 거예요."

메메가 낄낄대며 웃었다.

"넌 뱀의 말도 잘하고 젊은 애들치고는 꽤 영리하지만 그래도 세상 의 모든 것을 알 수는 없는 거란다. 이 늙은이가 어떻게 네 귀에 들리 지 못할 정도로 여기저기 조용히 돌아다닐 수 있는지 한번 맞혀 보 렴." 비꼬는 듯한 말투였다.

"전 그런 수수께끼 같은 거 안 좋아해요. 아무래도 상관없어요. 어 쨌든 저 내일 결혼해요. 결혼식에 꼭 오세요." 내가 말했다.

"그래서 왔잖니. 숲에서 열리는 마지막 결혼식일 텐데 꼭 와서 봐야 지. 이건 누군가 죽기 전에 마지막으로 이를 닦는 것과 비슷한 상황이 지. 어차피 태워 없어질 거 이를 닦는 게 그게 뭔 소용이 있다니. 이 제 모닥불을 지펴 줄 사람도 없어질 텐데." 메메가 대답했다.

메메는 숨을 쉬기가 힘든지 캑캑거리며 웃다가 가래를 가슴팍에 뱉고 말았다.

난 다시 화가 치밀어서 짜증을 부렸다. "또 마지막이라네. 숲에서 열리는 마지막 결혼식이라뇨, 저한텐 첫 번째 결혼이고 저랑 히에 모 두에게 아주 중요한 건데. 우린 몸을 던져서 죽으려고 모닥불을 지피는 게 아니라고요. 지금 가래를 계속 뱉는 걸 보니 아저씨는 몸도 쇠약해졌고 죽음이 눈앞에 와 있는 것 같네요. 그래도 결혼을 하게 되면 그런 것쯤은 신경도 안 쓰일걸요. 아저씨는 결혼하고 싶어도 할 수가 없는 거 아니에요?"

"아이고, 어찌 그리 심한 말을. 우리 도련님은 세상을 다 가진 느낌이시겠구먼." 메메는 다시 웃으면서 자루에 있는 것을 홀짝 마셨다.

"아저씨가 돌아가시면 제가 직접 장작불을 피워서 제 손으로 직접 화장해 드릴게요. 약속해요." 난 얼른 대화를 마무리하고 싶어서 이렇게 둘러댔다.

"아니. 그게 아니야." 메메는 뭔가 경고를 하려는 것처럼 손을 들었다. 손톱이 나이 든 소나무 뿌리처럼 길고 단단하게 자라 있었다. "나 화장하겠다고 장작불을 피우지는 말아 다오. 난 여기 누워서 그대로 썩고 싶구나. 너도 보다시피 벌써 죽을 준비를 시작했으니 굳이 도와주겠다고 나설 필요 없다. 화장은 군인이나 용감한 이들을 위해서나 해 주는 거지. 도토리처럼 땅에 떨어져서 아무도 모르게 썩어 가는 사람들도 있게 마련이다."

나는 대화가 약간 귀찮아졌다. "그래요, 그럼 도토리가 되시든가요. 아무래도 상관없어요. 전 내일 결혼한다고요. 아저씨처럼 죽어서 썩는 문제에 대해서는 생각해 본 적이 없어요. 그건 아저씨 문제죠. 내일 오시면 그 이야기는 입에 안 올려 주시면 좋겠어요. 인생을 어떻게 끝낼지 고민하고 싶으면 혼자서 조용히 하세요. 결혼식은 즐거운 자리가 되어야 하잖아요."

"포도주도 주니?" 메메가 물었다.

"그건 기사들이나 마시는 거잖아요. 숲에서 그런 걸 마시는 건 풍습에 어긋나요." 내가 대답했다.

메메가 큰 소리로 말했다. "얘야, 그런 바보 같은 소리가 어디 있니. 네가 내 앞에서 풍습을 이야기하는 거니? 보아하니 오늘 성스러운 숲의 나무들을 전부 베었더구나. 그 숲 때문에 볼 꼴 못 볼 꼴 많이 보았겠지. 이 몹쓸 장소는 진작에 없어졌어야 했어. 너는 과거의 예언자인 양 굴면 안 된다. 이제 모든 것이 곧 끝나니 어떤 상황에서건 할 말은 해야겠구나. 손님들에게 어떤 걸 대접하려고 그러니?"

"엘크 고기를 구울 거예요." 히에가 대답했다.

"프후, 먹는 거 말하는 게 아니다. 난 항상 목이 마르잖아, 뭘 마실 수 있는가 하는 거지. 다른 동물들처럼 고기를 먹고 고작 우물물로 입을 헹구라는 거냐? 포도주를 구해 봐라. 기분이 정말 좋아질 거다. 파리버섯이나 씹을 생각은 아닌 거지? 내가 전부 다 해 봤어. 날 믿어라. 포도주가 최고다. 마을에서 구할 수 있는 것 중 유일하게 맘에 드는 것이 포도주다. 빵은 갖고 오지 마라. 토끼가 풀을 뜯을 때 어떤 기분인지 알게 될 거다. 사람들은 어떻게 포도주 같은 걸 생각해 냈는지. 내 말이 무슨 말인지 알겠지?"

나와 히에는 서로 마주 보았다. 생각해 보니 안 할 이유도 없을 듯했다. 며칠 사이에 모든 것이 뒤집혀 버렸다. 난 성스러운 숲을 전부 베어 버렸고 윌가스의 얼굴을 반이나 잘라 버렸다. 영원한 것은 없다. 그러니 숲의 풍습쯤 하나 더 바꾸는 것도 문제는 아니지 않을까? 포도주를 마시면 안 되는 이유가 무엇인가. 이제 사람이 살지 않는 숲에서 이런 이야기를 나누어 본 적은 없었다. 마을 사람들처럼 낫을 들고 들판에서 풀을 베거나 수도원 벽에서 불알 없는 수도사들이 부르는 노래 따위나 들으면서 살 생각은 전혀 없었다. 또 그렇다고 낡아 빠진 전통을 뼈를 물고 으르렁거리는 개처럼 고수할 생각도 없었다. 나는 히에와 우리다운 방식으로 살고 싶었다. 자유롭고 우리가 원하는 일을 맘껏 하며 즐거운 인생을 살고 싶었다.

"그 포도주는 맛이 어때요?" 내가 메메에게 물었다.

"한번 마셔 봐."

난 자루를 들어 한 모금 마셔 보았다. 과연 포도주는 맛이 좋았고 목구멍을 간질이는 느낌이 아주 좋았다. 빵이나 엘크와는 확실히 다른 맛이었다. 그 이상하기 짝이 없는 마을 사람들이 이런 것들을 만들어 냈다는 게 몹시 신기했다. 다시 한 모금을 마셨다.

"이제 맛이 느껴지니? 마시면 효과가 바로 온다고 하지 않았니." 메메가 낄낄 웃었다.

"이런 건 어디서 구해요?" 포도주 자루를 건네주며 물었다.

메메가 설명했다. "큰길가로 가다 보면 기사와 수도사 들이 지나다니는 길이 나올 거야. 모두 다 그 자루를 가지고 다닌다. 그 사람들을 때려눕히면 그때는 네 것이 되는 거야. 많이 빼앗으면 통 하나가 가득차게 되겠지."

누군가를 죽이고 싶다는 생각이 다시 가슴속 깊은 곳에서 스멀스멀 올라왔고 심장이 두근거렸다. 기사들의 머리가 흙먼지 속에서 굴러다니는 모습이 벌써 눈앞에 그려졌다.

메메에게 말해 주었다. "포도주가 있는 것이 좋겠네요. 숲에서 처음 열리는 결혼식이에요. 무슨 말인지 아시겠죠, 마지막이 아니라 처음 열리는 결혼식이란 걸요. 이전부터 먹어 온 엘크 고기를 물 건너온 포도주와 함께 마시는 최초의 결혼식이요."

"그래, 말 잘했다. 사람들에도 그렇게 이야기해 주렴. 처음이건 마지막이건 그건 아무런 차이가 없는 거지만." 메메가 대답했다.

27

우리는 뱀들과 함께 밤을 보내고 일어나 역할 분담을 하며 결혼 준비를 시작했다. 히에가 엘크를 잡아 오면 그 요리는 엄마에게 믿고 맡기기로 했다. 그것 말고는 다르게 할 도리가 없었다. 엄마한테 그 일을 맡기지 않았더라면 그 실망감이 이루 말할 수 없었을 것이다. 엄마는 고기 굽는 것을 다른 이들 손에 맡기려 들지 않았고 혹시라도 나나 누나가 도와주기라도 할라치면 자기를 못 믿는 거냐며 울음을 터뜨렸다.

"내가 만든 요리가 결혼식에 어울리지 않는 게로구나." 엄마가 훌쩍이며 말했다.

"아녜요, 엄마. 우리가 엄마 음식을 얼마나 좋아하는데요." 우리는 엄마 편을 들어주었다.

"너희들, 이 아궁이 근처에서 뭐 하는 거니. 저 토끼들은 내가 구울 거야."

"엄마가 피곤한 줄 알았죠. 맨날 엄마 혼자서 요리하잖아요, 이젠 우리도 좀 도와드릴게요."

"그래, 내 요리가 맛이 없다는 말이구나."

우리가 아무리 설명해도 엄마는 다시 울기 시작했다. 어쩔 수 없이 엄마를 도와주는 것을 포기할 수밖에 없었다. 사실 결혼식 음식은 엄마가 준비하는 것이 맞는다.

엘크는 히에가 잡을 거라고 말하자 엄마는 고개를 끄덕이며 그러면 자기는 염소 두 마리와 토끼 몇십 마리를 잡아 오겠다고 말했다.

"엄마, 엘크 한 마리면 충분해요." 우리가 말했다.

엄마가 놀라서 말했다. "너희 지금 농담하니? 결혼식이잖니. 엘크 한 마리로는 부족해. 너희들이 우기건 말건 염소랑 토끼 고기는 꼭 있어야 해."

어떻게든 엄마를 설득해야 했다. "엄마, 그렇게 많이 준비할 필요 없다니까요, 정말요. 먹을 사람도 없는데 그렇게 많이 준비해서 뭐에 써요."

엄마는 고집을 꺾지 않았다. "먹지 않더라도 식탁은 항상 풍성히 차려져 있어야 해. 하긴 내 음식이 맛이 없다고 한다면 전부 뭔 소용이 있겠느냐마는." 엄마의 눈가가 다시 촉촉해졌다.

우리는 바로 꼬리를 내리고 엄마 말을 따랐다. "엄마, 아니라니까요. 아주 맛있어요. 엄마가 원하는 만큼 고기를 구워 주세요. 염소랑 토끼랑 다요. 엄마 하고 싶은 대로 다 하세요."

그제야 엄마는 마음이 좀 누그러들었다. 손을 문질러 닦고 나서는 고기 껍질을 벗기고 토막을 냈다.

내가 포도주를 구하러 길을 나서자 인츠가 내 옆을 따랐다.

"바람을 좀 쐬고 싶어. 애들하고 집에만 있으려니 좀이 쑤셔 죽겠어." 인츠가 말했다.

"그럼 애들은 어디 있어?" 내가 물었다.

"애들도 같이 오지, 당연히. 그 애들도 뭔가 재미있는 볼거리가 필요해. 한 번도 본 적 없는 철갑인간이랑 수도사를 보러 간다니까 아주 신났어. 며칠 전에 애들한테 내가 너와 힘을 합쳐 수도사의 목숨을 끊어 놓은 이야기랑 도마뱀이 배 속에서 반지를 꺼낸 이야기를 다 들려줬어. 아이들이 아주 좋아하더라. 그거 아직 기억하지?"

"그걸 어떻게 잊을 수 있어. 그래, 같이 가자, 혹시 알아, 네 독니가 필요할지?" 내가 말했다.

우리는 큰길가를 걸어갔다. 수도사들과 철갑인간들이 말을 타고 지나다니는 길에 숨어 동태를 지켜보았다. 꼬마 뱀들이 꼬리에 꼬리를 물고 재잘거리며 월귤나무 사이에서 나타났다.

마침내 철갑을 두른 철갑인간이 모습을 드러냈다.

"저 사람이면 돼?" 인츠가 물었다.

"포도주 자루가 안 보이는데? 어쨌든 가서 죽이자." 나는 요즘 들어 깨닫기 시작한 즐거움을 되새기며 가까이 다가오는 철갑인간을 바라보았다.

철갑인간이 우리 곁으로 다가오자 나는 뱀의 말을 길게 외쳤다. 말은 바로 알아듣고 겁에 질려 뒷발질하기 시작했다. 철갑인간은 안장에서 미끄러져 땅으로 떨어져 바닥이 그대로 누워 버렸다. 나는 엄청난 쾌감을 느끼며 그 곁에 다가가 칼로 머리를 잘랐다.

"그래, 바로 이거야! 북녘 개구리가 살았을 때는 바로 이랬어." 내가 말했다.

내가 기사의 머리를 발로 세게 툭 치니 달그락 소리를 내며 수풀로 굴러떨어졌다.

"멋지다! 대체 그건 어디에서 배운 거야?" 인츠가 내가 한 일을 칭찬해 줬고 아이들은 기분 좋은 소리를 내며 철갑인간 시체의 냄새를 맡으러 몰려들었다.

"혼자 익혔어. 할아버지에게서 물려받은 거지." 내가 말했다.

난 여전히 흥분을 잠재우지 못하고 숨을 거칠게 쉬었다. 만약 누군가가 길가에서 숨어 있지 말고 당장 결혼식으로 가라고 하더라도 난 그 말을 듣지 않을 것이다. 전쟁 중에는 여자들이 집에서 남자들을 기다려야 한다는 그 말은 너무나도 적절했다. 난 어떤 상황에서도 이 전쟁을 그만둘 생각은 전혀 없었다. 난 적의 머리가 달그락거리며 길을 따라 굴러갈 때 느끼던 그 흥분을 다시 한번 즐겨 보고 싶었다. 더구나 아직 포도주도 손에 넣지 못했다.

난 철갑인간의 몸을 나무 사이에 숨기고는 그 옆에 누워 다음 희생자를 기다렸다.

잠시 후 나보다 청력이 뛰어난 인츠가 말했다. "온다. 그런데 말을 타고 오는 게 아니라 수레를 밀고 오고 있어."

인츠의 말대로였다. 정말로 이상한 광경이었다. 수도사 두 명이 황소 두 마리가 끄는 수레에 커다란 포도주 통 두 개를 싣고 길을 따라 걸어오고 있었다.

"지금 저 사람들이 내가 결혼식에서 마실 포도주를 싣고 오고 있어. 이제 저기서 한 발자국도 더 못 움직이게 될 것이다." 인츠에게 말했다.

인츠는 둥글게 똬리를 틀었다.

"이제 나가도 될 것 같은데. 네 행동이 아주 재빠르니까 굳이 우리가 끼어들지 않고도 잘할 수 있을 거 같아. 애들아, 삼촌에게 길을 터주자. 곧 수도사가 나타날 거야." 인츠가 말했다.

"그럼 머리가 없어지고 난 다음일 거 아니에요." 꼬마 뱀 한 마리가 말했다.

"그게 무슨 상관이야. 이리들 가까이 오렴."

지난번에 본 것처럼 수도사 둘 다 머리가 반들반들했다. 멍하니 앞을 보고 가던 소들은 뱀 소리를 듣자마자 눈알이 빠질 정도로 눈을 크게 뜨고 펄쩍펄쩍 뛰면서 수레를 매단 채 숲으로 내달려 버렸다. 수도사들은 소리를 지르며 포도주 통과 함께 숲속으로 굴러들었고 나는 얼른 가서 내가 원하는 일을 마저 끝냈다.

"이제 다 됐네. 애들아, 이제 집에 밥 먹으러 가자." 인츠가 하품하면서 말했다.

저녁이 되자 결혼식은 당장 시작해도 될 만큼 준비가 끝나 있었다. 성스러운 숲에서 모아 둔 장작불이 이글거렸고 그 위에는 엄청나게 많은 고기들이 구워지고 있었다. 메메는 할아버지가 만들어 준 해골 술잔을 손에 들고 포도주 통 사이에 누워 있었다. 메메는 이미 완전히 취해 있었지만 아랑곳하지 않고 여전히 술통에서 술을 따라 마셨다.

"엄마도 한번 마셔 보세요." 난 엄마에게 포도주를 권했다.

엄마는 주저했다. "난 그거 못 마시겠다. 태어나서 한 번도 그런 물건을 입에 넣어 본 적이 없어. 레메트, 너도 안 마시는 게 좋겠다. 너를 보니 꼭 네 아빠가 생각난다. 네 아빠도 마을 음식을 좋아했거든. 대체 그런 게 뭐가 맛있다는 건지 이해를 할 수가 없었는데, 너도 지금 그렇잖니."

"엄마, 마을 사람들 포도주 안 마셔요. 그 사람들은 포도주가 뭔지도 모르고 살아요. 죽이랑 빵이나 먹으며 살라고 길들어진걸요. 포도주는 철갑인간이랑 수도사들이 마시는 거예요." 내가 말했다.

엄마는 손을 내저으며 말했다. "그럼, 더 안 되지. 난 그거 절대 손도 안 댈 거다. 아들아, 토끼나 먹어라. 보렴, 다리가 아주 맛있게 잘 구워지지 않았니?"

내가 대답했다. "먹을 거예요. 대신에 엄마도 포도주 맛 좀 보세요. 딱 한 방울만요."

"왜 자꾸만 마시라고 하니." 엄마는 한숨을 쉬고는 눈을 감고 잔을 들어 한 방울을 떨어뜨려 맛을 보았다. 그리고 입맛을 다시며 코를 훌쩍였다.

"죽처럼 끔찍하진 않지만 그렇다고 맛이 썩 좋은 것도 아니네. 둘 다 사람이 먹지 못할 맛인 건 똑같다. 우물물이랑 늑대 젖이 뭐가 어때서 그러니." 엄마가 말했다.

"나도 한번 먹어 보자." 믐미가 끼어들었다.

처음에는 화상 입은 엉덩이가 아플까 봐 엄마와 누나는 믐미를 결혼식에 부르지 않기로 했다. 살메도 집에 남아서 믐미를 돌봐 주는 것이 낫겠다는 생각이었다.

"믐미는 지금 걸을 수가 없어. 누워 있어야 한다고. 정말 아쉬워. 저 갈색 털 좀 봐. 내가 저 털 때문에 믐미한테 폭 빠진 건데. 전부 다 타서 흉측하게 변했잖아." 살메는 슬픈 얼굴로 말했다.

"저기만 그을린 거잖아. 털은 다시 자란단 말이야." 내가 그을린 곳을 가리키며 말했다.

나는 히에와 함께 믐미가 누워 있는 침대로 가서 다정하게 고개를
끄덕여 주었다.

히에가 말했다. "믐미, 네가 오지 못하니 안됐다. 너한테도 염소 한
마리가 가져다줄게."

"내가 왜 못 가는데? 나도 결혼식에 가고 싶어." 믐미가 놀란 표정
으로 말하면서 자리에서 일어나려고 했다.

"자기야, 안 돼. 안 간다고 큰일이 나는 것도 아니잖아. 심심하지 않
게 내가 옆에 있어 줄게." 살메가 힘주어 말했다.

"아니야, 살메. 그건 별로 좋은 생각이 아닌 것 같아. 네 동생이 결
혼하는데 어떻게 집에만 있을 수 있어. 당연히 가야지, 나도 갈 거야."
믐미는 뭔가 결심한 듯 말하며 자리에서 일어났다.

"안 된다니까. 돌아다니면 다시 도져."

"물론 다시 도지겠지. 나 좀 부축해 주면 할 수 있을 것 같아." 곰은
고개를 끄덕이고 다리를 절뚝이며 앞으로 몇 발자국 나아갔다.

"정말이야?"

"정말이고말고, 내 말 들어, 직접 결혼식장에 가서 그 자리에서 음
식을 먹으면 되는데 뭐 하러 나한테 가져다주느냐고."

믐미는 한 걸음 걸을 때마다 으르렁대는 듯한 신음 소리를 내며 어
기적어기적 걸어 활활 타오르는 모닥불 곁으로 왔다. 만족스러운 표
정으로 나무 아래 앉아 고기를 입으로 밀어 넣었다. 난 믐미에게 포
도주가 가득 담긴 해골잔을 내밀었다. 믐미는 단숨에 포도주를 목구
멍에 들이붓고 긴 분홍색 혀로 코를 닦았다.

"맛있다. 한 잔 더 줘 봐." 곰은 칭찬을 아끼지 않았다.

새로 한 잔을 다 마시고 살짝 딸꾹질을 하며 내게 뭔가 교활한 눈 웃음을 짓더니 재빨리 살메 등 뒤로 뛰어갔다. 그러고는 손으로 살메의 눈을 가리고 말했다. "누구게."

결혼식에 온 사람들 중에서 곰 손을 가진 사람은 믐미밖에 없으니 누군지 알아맞히는 것은 일도 아니었다.

살메가 소리쳤다. "믐미! 왜 자꾸 그렇게 돌아다녀, 상처 덧나면 어쩌려고. 마침 너한테 엘크 뼈를 가져다주려던 참인데."

믐미가 당당하게 말했다. "난 이제 더 못 먹겠어. 다친 곳은 이제 아무런 문제도 없어. 혀로 핥으면 괜찮아져. 곰 혀에는 약이 아홉 가지나 있는 거 모르지? 기다려 봐. 내가 보여 줄게."

곰은 입에서 혀를 길게 쭉 빼 살메의 얼굴을 핥았다.

살메가 간지러워서 킥킥댔다. "믐미, 뭐 하는 거야. 다른 사람들이 본단 말이야."

"너한테서 꿀맛이 난다. 우리 가서 춤출까?"

"네 엉덩이는 어쩌고. 너 계속 절뚝거리잖아."

"그건 아침 이야기고 지금은 저녁이잖아. 아침엔 절뚝거렸지만 지금은 공중제비도 돌 수 있어. 곰이라면 당연히 그래야지."

믐미는 자랑스럽게 말하고는 정말 물구나무를 서고자 했으나 옆으로 넘어져 네발을 하늘로 뻗은 채 눕고 말았다. 그래도 얼굴은 웃고 있었다.

"믐미, 너 왜 그래, 대체 왜 그러는 거야." 살메가 간곡하게 말했다.

"우리 춤추자."

곰은 그렇게 말하고 나서 다시 일어나 아무 일 없다는 듯이 양발을 번갈아 들어 올리고 어깨를 들썩이고 몸을 배배 꼬면서 춤을 추었다. 곰들이 부르는 이상하기 짝이 없는 노래를 흥얼거리는 모습이 정말 흥에 겨운 것 같았다.

"엄마, 믐미 좀 봐요. 부끄러워 죽겠어요." 살메가 속삭였다.

"뭐가 부끄러워. 정말 너무 기쁘구나. 결혼식에는 이런 분위기도 있어야 해. 가서 신랑이랑 춤이나 추지 그러니."

엄마는 웃으며 믐미의 노래에 박자를 맞추며 손뼉을 쳤다.

"싫어요, 안 가요."

살메는 가지 않고 가만히 앉아 뒤뚱거리며 춤을 추고 있는 남편을 매섭게 노려보았다.

히에 어머니 말르도 결혼식장에 있었다. 다른 사람들에게서 약간 떨어져서 이글거리는 라임나무 장작과 춤에 빠져 있는 곰을 멍한 눈으로 바라보고 있었다.

"엄마, 와서 좀 드세요!" 히에가 엄마를 불렀다.

"안 먹을래. 성스러운 나무들로 구운 고기들이라 내 목구멍에서 넘어가지 않을 것 같네. 그리고 외지 사람들이 먹는 이 이상한 술도 이 자리에는 안 맞는 것 같고. 나이도 많고 살 만큼 살아서 그런가, 이런 것들이 나한테는 상당히 거슬린다. 미안하다, 딸아. 나도 인생의 원칙이라는 게 있단다." 말르에게는 탐베트와 함께 딸을 엄격하게 키웠던 매서운 어머니의 모습이 남아 있었다.

히에가 대꾸했다. "무슨 나무로 고기를 굽건 그게 무슨 상관이에요. 어떻게 굽건 육즙만 제대로 흐르면 되죠. 술도 우리 입맛에 맞으면 굳이 꺼릴 필요가 없잖아요. 엄마, 난 원칙이 너무 많아서 제대로 숨도 쉴 수 없는 집 안에서 살았어요. 난 그 원칙이라는 게 너무 싫어요. 편하게 사는 게 좋다고요. 그저 행복한 인생을 살고 싶어요."

그러고는 내 목을 잡아 입을 맞추고는 곰이 춤을 추고 있는 곳으로 이끌었다.

"우리도 춤추자." 히에가 졸랐다.

나는 히에를 밀어낸 다음, 붉게 이글거리는 장작불을 등 뒤에 두고 두 팔을 든 채로 빙글빙글 돌면서 춤을 추었다. 그런데 바로 그 순간 커다란 늑대가 우리를 향해 돌진해 오더니 히에의 목을 물었다.

나는 내가 늑대에 물린 것처럼 비명을 질렀다. 인츠와 다른 뱀들이 목청이 찢어져라 나를 부르는 소리가 들렸다. 늑대에게 칼을 휘둘렀으나 죽이지는 못하고 등 쪽에 깊은 상처만 입혔다. 늑대는 히에를 내던지고 고통에 몸부림치더니 내 쪽으로 방향을 돌렸다. 늑대는 미친 듯이 딸을 향해 뛰어가는 말르의 턱을 물어뜯어 버렸고, 말르의 입에서는 피가 솟구쳤다. 난 늑대에게 다시 한번 칼을 겨누었으나 이번에도 죽이지 못하고 또다시 깊은 상처를 내는 데 그쳤다. 늑대 등에 붉은 십자 모양의 상처가 깊게 파였다. 윰미가 괴성을 지르며 달려들어 커다란 손을 휘두르자 늑대는 등이 꺾여 죽어 버리고 말았다.

이 모든 것이 순식간에 이루어졌다.

히에에게 달려가 끌어안았다. 의식을 잃은 히에는 목이 꺾여 있었고 상처에서는 피가 철철 흘렀다.

내가 소리쳤다. "인츠! 어떻게 좀 해 봐. 피 좀 그만 나게 해 줘. 피 멈추게 할 수 있는 말은 없니?"

어느새 옆으로 기어 온 뱀의 왕이 조용히 말했다. "그런 말은 없어.

강물처럼 흐르는 피는 그 누구도 못 멈춘다. 히에를 살릴 방법이 없구나. 이끼들을 보렴. 벌써 피로 흥건하다. 이미 목숨이 거의 다 빠져나갔고 조금 있으면 피가 전부 없어지게 될 거다. 레메트, 정말 안됐구나."

인츠는 내 발밑을 기어다니며 창백해진 히에의 뺨을 코로 어루만졌다. 그날 나는 뱀이 우는 것을 처음 보았다.

옆에는 히에 어머니가 누워 있었다. 그저 입은 옷으로 알아볼 수 있을 뿐이었다. 얼굴이 늑대의 이빨에 반이나 물어뜯겨 있었다. 여전히 숨이 붙어 있던 말르가 입을 열고 중얼거렸다.

"성스러운 나무를 태워서 그래. 이렇게 될 줄 알았어, 이런 불행이 찾아올 줄…… 정령들이 용서하지 않을 거야."

"입 다물어요. 바보예요? 말 좀 그만하라고요." 나는 주체를 못 하고 소리 질렀다.

"정령들이…… 정령들이…… 정령들이 복수한 거야." 한때는 사람의 얼굴이었던 핏덩이가 말했다.

내가 소리 질렀다. "아주머니 남편은 죽어서도 우리를 괴롭히는군요. 탐베트가 늑대들을 미치게 만든 거라고요. 늑대 탓이 아니에요. 탐베트 때문에 뱀의 말이 먹히지가 않잖아요."

말르는 더 이상 말이 없었다. 목숨이 다한 것이다.

나는 격분한 나머지 이성을 잃고 시체에 발길질을 했다. 그러고는 히에를 안고 하늘을 향해 목 놓아 소리쳤다. 히에를 흔들어 보았으나 부러진 목이 부자연스럽게 한쪽으로 덜렁거리고 깊이 파인 상처가 입을 벌릴 뿐이었다. 난 히에에게 입을 맞추었다. 히에에게 아직 의식이 있다면 고통에 소리를 지를 정도로 세게 힘주어 눌렀다. 히에를 살릴 수만 있다면 무엇이든 해야 했다. 얼마나 세게 눌렀는지 늑골이 부러진 것 같았다. 그래도 개의치 않았다. 나는 정신이 완전히 나가 있었고 음미가 와서 온 힘을 다해 나를 옆으로 밀쳐내고서야 히에를 편안하게 내버려 둘 수 있게 되었다.

히에는 이미 살아 있는 몸이 아니었다. 이미 죽어 버렸다.

"너무 끔찍해, 세상에 어찌 이럴 수가. 세상에 이런 끔찍할 데가."

쓰러진 히에와 말르 옆에서 엄마는 감정을 추스르지 못하고 울고 있었다.

분노가 타올랐다. 다시 콧속으로 익숙한 부패의 냄새가 기어들어 속이 메슥거렸다. 포도주 통에 몸을 기대어 구토했다. 아직 소화되지 못한 고기 조각들이 붉은 포도주에 섞여 이끼 위로 쏟아져 나왔다.

난 히에가 죽은 이후 벌어진 일들을 매 순간 또렷이 기억하고 있다.

속에 있는 것을 다 게워 낸 후 이글거리는 장작불 주변을 몇 바퀴 정도 돌았다. 아무것도 생각하지 않고 그저 숨 쉬는 데만 집중했다. 그렇게라도 하지 않으면 숨을 내쉬고 들이마시는 일조차 잊어버릴 것 같았다. 그 누구도 나랑 이야기하려 들지 않았고 멈춰 세우려 하지도 않았다.

나는 죽은 늑대를 잡아서 아래쪽 다리와 뒤쪽 꼬리를 잘라 냈다. 평소 늘 하는 일인 양 심드렁하게 칼을 휘두르는 내가 이상할 정도였다. 다리와 꼬리를 자르고 나서는 모두 그 자리에 놔두고 칼을 버려둔 채 숲으로 걸어 들어갔다.

어디로 가는지도 모르고 그저 걷기만 했다. 부엉이가 낮게 울었고 염소와 토끼 들이 길을 넘어 뛰어다녔다. 가시에 찔리는지도 모르고 길가 울창한 숲의 가지들을 모두 부러뜨렸다. 아무 생각도 들지 않았다. 그저 나무 꼭대기에 올라 높은 곳에서 땅을 내려다보고만 싶었다. 거기에 올라가면 어두워진 숲에서 어디론가 향해 가는 왜소한 사람이 보일 것만 같았다.

그때 다시 머릿속에 뭔가가 스쳐 지나갔다. 히에였다. 그제야 히에의 소식을 접한 사람처럼 왔던 길을 되돌아갔다.

장작불은 여전히 타닥거리고 있었고 결혼식에 왔던 손님은 이미 모두 돌아가고 없었다. 히에의 몸은 엄마 옆으로 옮겨져 있었고 그 옆에는 이[虱]가 쪼그리고 앉아 있었다.

히에의 어깨에 자리를 잡은 이[虱]를 보니 문득 한 가지 끔찍한 생각이 스쳐 지나갔다. 이[虱]가 상처에서 피를 빨아 먹고 있는 건가?

"거기서 뭐 하는 거야?" 나는 이[虱]를 히에에게서 떼어 놓을 양으로 얼른 뛰어갔다.

"그래 봐야 소용없어. 이미 죽었다고." 인츠가 말했다.

난 그 커다란 벌레를 조심스럽게 만져 보았다. 인츠의 말은 사실이었다. 이[虱]는 이미 딱딱히 굳어 있었고 가느다란 다리를 위로 뻗은 채 죽어 있었다.

인츠가 내 발밑으로 기어 오며 말했다. "네가 자리를 비우자마자 바로 왔어. 오더니만 히에의 몸에 머리를 일부러 부딪히고 죽고 말았어."

언제 왔는지 피르레가 나타나 말했다.

"나무 위에서 히에가 공격당하는 걸 봤거든. 우리도 바로 내려왔는데 이[虱]가 앞장서서 달려갔어. 히에를 정말 좋아했거든. 이제 히에 옆에서 영원히 잠들 수 있겠네."

유인원들은 거대한 나무 그늘에 앉아 있었다. 나무에서 내려와 두 발로 걸으려다 쥐가 나 버린 발가락을 주무르고 있었다.

28

나는 몇 달을 시달렸다. 다시는 이전의 생활로 돌아갈 수 없을 것만 같았다. 열이 나면 나는 대로 아무 생각 없이 아무 기억도 없이 밖을 돌아다녔다. 그래도 좋았다. 맘대로 드러누워 잠을 잤다. 슬프고 두려운 꿈을 꿔도 언제 그랬냐는 듯 연기처럼 사라지고 다시 새로운 꿈이 시작되었다. 눈을 감고 이름도 형태도 없이 떠돌아다니는 귀신을 보는 것이 좋았다. 그것들은 나에게 잠에서 깨지 말라고 경고하는 듯 흐려진 내 머릿속을 돌아다녔다. 어머니가 고깃국을 내 입에 떨구고 있다고 느꼈을 때도 정신을 차려야겠다는 생각은 전혀 들지 않았다. 몸은 멀쩡했지만 머릿속에서 나는 바닥까지 늘어진 나뭇가지 그늘에 숨어 있었다. 내심 식구들이 집에 돌아오라고 불러 주기를 바라면서도 밖으로 나오지 않고, 엄마 말에 대거리하며 바닥에 주저앉은 통제 불능의 아이나 다름없었다. 숲속 나뭇가지 밑이 더 좋았다. 반쯤 정신이 나간 상태였지만 집에 들어가면 오직 염려와 불안감만 도사리고 있을 것 같았고 차라리 꿈속이 더 자유롭고 행복했다. 구름 반대편에 닿아 육지의 모든 것과 연을 끊은 새처럼 존재하지도 않는 공간을 떠돌고 있었다.

이 숨바꼭질은 쉽게 끝나지 않았고 차라리 이런 꿈을 꿀 수 있다면 이런 아픔쯤은 영원히 지속되어도 상관없을 것 같았다. 내가 아무리 용을 써도 사람들은 내가 있는 곳을 알아차렸다. 누군가의 거센손이 나를 나무 그늘 밑에서 끌어당겼다. 이것이 장난이기를, 그래서여전히 나의 형체가 감추어질 수 있기를 기대하며 눈을 억지로 감았으나 세상의 소리와 색채들이 내 몸을 사정없이 찔러 댔다. 난 서서히눈을 떠서 천장을 바라보았고 마침내 고개를 돌리면 불 가에서 큰솥에 무언가를 끓이며 분주한 엄마의 모습이 보였다. 그리고 식탁 끝에서 와그작와그작 엘크 뼈를 씹고 있는 곰과 누나의 모습도 눈에 들어왔다. 나는 그런 모습이 보기 싫어서 다시 잠이 들려고 해 보았으나 고열은 이미 소가죽이 미끄러져 내려가듯 떨어진 다음이었다. 그러고 나니 마치 발가벗은 것처럼 춥고 기분이 나빴다. 난 종일 엄마와살메의 이야기 소리를 들었다. 음미가 하는 짓을 흉보다가 아무리 수발을 들어도 나아질 기미가 안 보이는 내 몸 상태에 대해서도 이야기했다. 나도 이제 꿈에서 깰 방법을 찾아야 했다. 몇 달 동안 나를 지켜 주고 즐겁게 해 주던 무의식 상태를 대신할 것은 이제 없었다. 난검고 깊은 호수와 같은 심연의 꿈속에 영원히 잠기기를 바랐으나 제정신으로 돌아와 꾸는 꿈은 기껏해야 머리 하나 넣을 만한 물웅덩이에 지나지 않았다.

어찌 되었건 아침은 찾아왔다. 엄마는 집 안을 청소하고 음식을 만들기 시작했다. 곧 살메와 음미도 집에 들어섰다. 그러면 식구들은 언제나처럼 내가 있는 침대 옆에 모여들어 겉으로 내색하지는 않지만몹시 걱정되는 표정으로 나를 똑바로 쳐다보며 건강은 어떤지 사랑스러운 목소리로 물어보곤 했다. 나는 아무런 대답을 하지 않았다. 말할 힘이 없어서가 아니었다. 내가 오랜 시간의 고생 끝에 말을 꺼내면 식구들이 기쁨에 도취될 것이 겁이 났기 때문이다. 내가 겁냈던 것은 식구들이 환희에 빠져 손뼉을 치고 건강해진 나를 축복해 주면, 당장 일어나 식구들을 물어 버릴지 모른다는 것이었다. 정말 충분히 가능할 일이었다. 그래서 식구들이 나를 보러 왔을 때는 그저 눈을 감고 말 잘 듣는 아이처럼 고분고분 따뜻한 수프를 마셨고 슬픔에 잠긴 식구들이 내는 한숨 소리를 들었다. 어머니가 내 머리를 쓰다듬는 것도 몹시 신경 쓰였다. 모두 오두막에서 나가서 날 좀 가만히 놔두어 주었으면 하는 생각뿐이었다. 그리고 어머니가 머리를 만져 주니 울고 싶은 생각이 간절해졌다. 앓고 있을 때가 더 좋았다. 꿈속에서는 눈물도 없고 분노도 없고 고통도 없고 모든 것이 고요했으며 삶과 죽음 사이에서 헤매어도 아무런 상관이 없었다.

끝내 나는 매일, 하루 종일 나를 휘감고 있는 이 속삭임을 더 이상 참을 수가 없을 것이라 확신했다. 여기에서 탈출하기 위한 유일한 방법은 두 다리로 얼른 서는 것뿐이었다. 그래야 나를 귀찮게 하는 이들을 피해 오두막을 나와 숲에서 저녁까지 나 혼자 시간을 보낼 수 있을 테니까. 이제 충분히 건강해졌다고 생각했다. 그렇게 마음먹었음에도 침대에서 뛰쳐나오기까지는 여전히 기쁨과 두려움이 공존했다. 결국 며칠을 더 누워 있어야 했다.

어느 날 아침 난 재빨리 덮고 있던 소가죽을 걷어차 내고 침대에 앉아 엄마를 불렀다.

"엄마. 제 말 들려요? 저 이게 괜찮아졌어요. 그런데 나한테 한마디도 하지 마요. 옷 챙겨 입고 밥 먹고 밖으로 나갈 거예요. 나보고 소리 지르는 것도 싫고 우는 것도 싫어요. 좀 조용히 있고 싶어요. 알아들었죠, 엄마? 아무 말도 하지 마세요."

엄마는 말없이 고개만 끄덕이며 눈을 크게 뜨고 날 쳐다보았다. 손으로 입을 막고 있었지만 눈은 반짝거렸다. 목소리는 자기 맘대로 할 수 있지만 눈물은 안 되는 모양이었다. 그런 엄마의 모습이 몹시 신경 쓰였다. 나는 어떻게든 옷을 빨리 입고 밖으로 나가고 싶은 생각뿐이었다. 그러나 그런 나의 심정과는 달리 옷 입는 것도 쉽지 않았다. 나는 여전히 기력이 쇠해 있어 제대로 움직이기도 힘이 들었다. 엄마가 울고 있다는 생각이 들자 마음속에서 더 거센 폭풍이 몰아쳤다. 차갑게 식어 버린 염소 고기를 한 조각 쥐어 들고 문밖으로 뛰쳐나갔다.

내 눈에 똑바로 내리꽂히는 태양을 손으로 가리고 쓰러질 듯 말 듯 걸어 깊은 숲으로 들어가 나무들 사이로 뛰어들었다. 아무도 지나다니는 이가 없는, 대충 몸을 던져 해가 질 때까지 있을 만한 곳을 찾았다. 내 발로 밖으로 나왔다는 사실이 무척이나 자랑스러웠다. 음미 배 속에 벌레가 있다는 둥 하는 소리는 듣고 싶지도 않았다. 설사 있다 하더라도 뭘 어떻게 하란 말인가. 예전이나 지금이나 아무런 변화가 없는 이 숲에서 배 속에 든 벌레는 사람이건 동물이건 정말 끔찍한 일이 아닐 수 없었다. 그러나 이런 이야기는 나를 미치게 했다.

혼자 있을 만한 곳을 찾는 것은 그리 쉽지 않았다. 여기저기서 새와 토끼 들이 튀어나와서 정말 성가셨다. 숲 끝에 도달할 때까지 정처 없이 걷기만 했다. 나는 거기서 마을 여자들을 보았다.

그중에 막달레나는 없는 것이 확실했다. 아마 나는 거기서 돌아 나와야 했을지 모른다. 마을 여자들은 참새나 토끼보다 더 성가실 게 말을 안 해도 뻔했고, 혼자 있을 곳을 찾는 남자에게는 말할 것 없이 불편했다. 그러나 나는 그 자리를 뜨지 않고 수풀 사이에 배를 깔고 누워서 마을 여자들을 지켜보았다.

여자들은 양 몇 마리를 몰고 와서 숲 언저리 초원에서 풀을 먹이려 하고 있었다.

"늑대들이 몰려오면 어떡해?" 여자 중 한 명이 물었다.

다른 여자가 대답했다. "약 가지고 왔잖아. 요하네스 원로님이 일러 주신 거 기억 안 나? 교회에 갈 때마다 챙기는 이 허리띠를 가져다가 여기 우리 주변으로 원을 그리면 된다고. 늑대들이 이 원 안에 들어오지 않도록 예수님이 지켜 주신다잖아."

"너한테 그 허리띠가 있어?" 처음에 말을 건 여자가 다시 물었다.

"물론이지. 집을 나서기 전부터 챙기려고 맘먹고 있었지."

두 번째 여자아이가 젠체하며 말했다. 그리고 옷에서 점이 박힌 긴 띠를 꺼내서 양들이 풀을 뜯고 있는 주변으로 보이지 않는 원을 그렸다. 첫 번째 여자는 친구가 하는 일을 주의 깊게 지켜보았다.

그 여자애가 말했다. "다음번에 나도 허리띠 가져와야겠다. 늑대들이 못 오게 막는 게 이렇게 쉬운 거라니. 예수님은 못 하시는 게 없다니까."

양들을 지켜 준다는 그 원을 그리고 나서 다시 허리띠를 둘러 묶으며 두 번째 여자아이가 고개를 끄덕였다. "그럼, 이건 바다 건너 사는 사람들이 알려 준 거래. 그 사람들 기술을 제대로 알아 두면 더 편하게 살 수 있을 것 같아."

양들이 늑대들로부터 공격당할 일은 없을 것이라 확신한 여자아이들을 양들을 버려두고 어딘가로 사라졌다.

너무 당연하게도 바로 옆에서 늑대 한 마리가 도사리고 있었다. 사고가 있던 그날 밤 이후로 처음 마주하는 늑대였으나 이상하게도 전혀 이상한 마음이 들지 않았다. 늑대를 죽이고 싶은 마음이 들지 않았고 나의 분노를 그 늑대에게 대신 풀고 싶은 생각도 없었다. 사실을 말하자면 분노보다는 어떻게 되든 상관이 없다는 생각뿐이었다. 저 늑대가 기껏해야 뭘 할 수 있을까. 나를 공격할까? 늑대한테 날 죽이든 말든 알아서 하라고 내버려 둘지도 모르겠다.

그러나 늑대의 관심은 내가 아닌 양들에게 쏠려 있었다. 누구나 예상하듯 늑대는 여자아이가 허리띠를 가지고 원을 만들었다는 사실은 모르고 있었다. 늑대는 자리에서 뛰어올라 양 한 마리를 낚아채어 땅에 눕히더니 나무 사이로 질질 끌고 갔다.

양들은 잠시 걱정스레 우는가 싶더니 다시 풀을 뜯기 시작했다. 그때 늑대 한 마리가 다시 나타나 다른 양 한 마리를 채어 갔다. 나는 그 풍경을 더 이상 보고 싶지 않았다. 보나 마나 여자아이들이 다시 돌아오면 모든 일이 마무리될 게 틀림없었기 때문이다. 아니면 여자애들이 다시 돌아오는 대로 예수의 허리띠와 함께 늑대들에게 잡아먹힐지도 모르는 일이었다.

그러나 막상 두고 볼 수만은 없었다. 그 광경을 차마 볼 수가 없었다. 어떻게든 막아야 했다. 늑대가 양을 잡아먹거나 말거나 상관없었지만 여자애들 가운데 한 명이 늑대 턱 사이에서 씹히는 모습은 상상만 해도 분노가 치밀어 올랐다. 그런 일이 일어나서는 안 된다. 저 여자아이들을 지켜야만 한다. 그래서 나는 그 자리에 남아 늑대들이 나머지 양들을 잡아 죽일 때까지 가만히 보고 있었다.

시간이 꽤 지나 여자아이들이 다시 나타났다. 그러나 이번엔 혼자가 아니라 요하네스, 막달레나와 함께였다.

나는 최대한 땅에 바짝 붙어 누웠다. 그날 집에 가던 날 막달레나에 사랑에 빠진 이후로 처음 보는 것이었다. 나는 엄연히 다른 사람으로 변해 있었다. 그날 이후로 나는 히에 구출 작전을 벌이고 할아버지를 만나는 등 인생의 새로운 장을 열었다. 당시의 삶은 할아버지의 다리처럼 내 옆에서 완전히 잘려 나갔다.

우리 곁으로 즉시 날아오신다던 할아버지는 지금 어디에 계신 걸까. 혹시 마지막 뼈 하나를 구하지 못해 날개를 미처 완성하지 못하신 것은 아닐까?

그러나 멀리 섬에 계신 할아버지는 뇌리에서 금방 잊혔다. 대신 바로 내 옆에 서 있는 막달레나가 눈에 들어왔다. 내가 일어서면 바로 보일 만큼 가까이 와 있었다.

막달레나는 그사이에 약간 더 자랐지만 여전히 아름다웠고, 아직도 막달레나를 사랑하는 마음이 솟구치다니 나조차도 놀라고 말았다.

이 감정을 떨쳐 버리고 싶었다. 아주 음란하고 흉악한 생각이었다. 난 혼자서 고요하게 고독을 누리는 메메처럼 땅속으로 녹아들고 싶어서 숲을 찾은 것이었다. 내가 사랑한 히에 없이는 살아갈 의미가 없었다. 그러나 난 막달레나가 보고 싶었고 막달레나에게서 눈을 뗄 수가 없었다.

수도사들의 노래를 들으러 갔던 수도원에서 나를 사로잡았던 막달레나, 그녀를 어루만지고 싶고 옆에 가까이 앉아 향기를 맡고 싶다는 감정이 강한 바람처럼 내게 다시 돌아왔다. 난데없이 소나기를 뒤집어 쓴 느낌이었다. 난 순식간에 온몸이 젖어 버렸다.

이보다 더 바보 같은 일이 있을까? 난 막달레나를 보기 위해서 침대에서 뛰쳐나와 이곳까지 왔는지도 모른다. 할아버지가 다리를 잃고 나서도 이성의 끈을 놓지 않고 날개를 만들었다는 생각이 뇌리를 스치고 지나갔다. 세상에 안 되는 것은 없다.

그런 생각을 하자 죄책감이 고개를 들었다. 죄책감을 느낄 수 있다는 것이 참으로 다행스러운 일이었다.

난 막달레나를 가지고 싶었다. 막달레나는 정말 아름다웠다. 나는 막달레나와 사랑에 빠졌다. 이건 정말 끔찍한 일이다. 아무 생각 없이 아무 고민 없이 고열에 시달리며 침대에 누워 있을 때가 차라리 나았다!

하지만 막달레나를 다시 만났다는 기쁨도 감추기 어려웠다.

풀숲에 누워 머릿속에서 혼자 전쟁을 벌이고 있는데 여자아이들과 요하네스가 나타나 양 떼들 때문에 곤혹스러워했다. 아무리 찾아봐도 양 떼들이 보이지 않았던 것이다. 풀밭에 난 자국으로 보아 늑대 이빨의 희생양이 된 것이 틀림없었다.

"내가 분명 이 허리띠로 성스러운 원을 그렸단 말이에요. 이러면 도움이 될 거라면서요." 첫째 여자아이가 말했다.

요하네스가 말했다. "도움이 되고말고. 그런데 그건 하느님의 지배 하에 있는 평범한 늑대들 이야기다. 늑대인간들에겐 이 허리띠가 먹히지 않는다. 사탄이 그 원을 넘어가도록 도와주니까."

"그럼, 여기 늑대인간이 다녀간 거예요?" 두려움이 사로잡힌 둘째 아이가 소리 질렀다.

마을 원로가 말했다. "늑대인간을 빼고는 양들이 사라질 이유가 없다. 성당 허리띠가 있으면 어떤 날짐승도 함부로 다가올 수 없다. 독일이랑 성스러운 로마에서도 이미 수백 년 동안 효험이 알려져 있어. 늑대인간이 와서 못된 짓을 하고 간 것이 틀림없다."

"예수님은 늑대인간을 이길 능력이 없나요?" 두 번째 여자아이가 홀쩍이며 말했다.

"능력이 있으시지. 늑대인간과 맞서 싸우기 위해서는 허리띠 말고도 더 강력한 무기들이 있어야 한다. 수도사들에게 가서 얼른 준비하라고 전해야겠다. 사탄의 종들을 물리칠 기도문이나 성물이 있을 거야." 요하네스가 힘주어 말했다.

"저 너무 무서워요. 집에 가요." 첫 번째 여자아이가 한숨을 쉬었다.

요하네스가 아이들을 불렀다. "그래, 모두 이리로 오너라. 양들이 없어진 것은 정말 안타깝구나. 마을에 있던 양들이 다 사라져 버렸으니. 그렇지만 하느님이 우리에게 도움의 손길을 내밀어 주실 거다."

그들은 자리를 떴고 나는 막달레나가 시야에서 사라질 때까지 그들을 계속 쳐다보았다. 그러나 막달레나는 마을로 가지 않았다. 아버지에게 뭔가를 말하고는 몸을 옆으로 돌려 다른 길로 빠졌다. 막달레나는 발걸음이 느려지는가 싶더니 아버지와 다른 아이들이 근처에 없는지 확인하려고 주위를 둘러보고는 다시 숲 언저리로 뛰어갔다. 난 막달레나가 뭔가 잊어버리고 온 줄 알았다. 그러나 막달레나가 속삭이는 소리를 들으니 심장이 멎는 줄 알았다.

"레메트, 너 여기 있어? 레메트!"

난 일어나 수풀 밖으로 걸어 나갔다.

"안녕. 날 본 거야?" 내가 말했다.

"아니. 그런데 네가 어딘가에 있을 것 같다는 느낌이 왔어."

막달레나는 그렇게 말하고 내게 다가와 어깨에 손을 얹었다. 그리고 나를 보면서 장난꾸러기 같은 웃음을 지었다. 막달레나의 향기가 느껴지자 다리에 힘이 풀려 주저앉을 것만 같았다. 나는 막달레나를 내 쪽으로 끌어당겨 입을 맞추었다.

막달레나는 저항하지 않았다. 오히려 혀를 내 입술 사이로 밀어 넣으려 했다.

"네가 양들 잡아먹었지?" 막달레나가 속삭였다.

난 놀라서 막달레나를 떼어 내고 말했다. "지금 무슨 소리를 하는 거야."

"네 혀에서 피 맛이 나지는 않았어. 하지만 네가 그런 거 난 다 알아. 너 늑대인간으로 변할 수 있잖아. 너 아니면 누가 그랬겠어." 뭔가 대단한 장난이라도 하는 듯 큭큭 웃었다.

"다시 말해 두는데 사람은 절대 늑대인간으로 못 변해. 말도 안 되는 이야기라고. 양들을 가져간 늑대들은 전혀 특별할 것 없는 늑대들이었어. 내가 봤어." 내가 설명했다.

막달레나가 그런 말을 믿을 리 없었다.

"나한테 비밀을 털어놓고 싶지 않은 거 이해해. 성당에서는 왜 그런 이해 못 할 일들만 벌이는지 모르겠어. 수도사들이 라틴어를 써서 그런가. 우리가 모르는 비밀스러운 주문을 쓰고 있는지도 모르지. 너한테 늑대인간으로 변하는 거 가르쳐 달라는 부탁 안 할게. 그 대신 내 아이에게 가르쳐 줘."

"네 아이? 막달레나, 너 애가 있어?" 내가 놀라서 되물었다.

"아직은 없어, 곧 생길 거야. 내 말 잘 들어 봐. 감추고 싶지도 않고 감춰 봐야 소용없는 일이야. 나한테 무슨 일이 있었는지 다른 사람들도 다 알게 될 텐데 뭐 하러 숨겨. 난 정말 행복해. 내가 너랑 마지막으로 본 날 일어난 일이야. 너는 숲으로 갔고 난 집을 향해 가고 있었어. 우리 헤어지기 전에 말굽을 튕기며 멋지게 말을 타는 기사가 지나갔던 거 기억나지? 마을로 가는 길에 그 기사를 또 만난 거야. 그때 완전히 내 곁으로 오길래 고개 숙여 인사하고 독일어로 인사했어. 독일어를 그리 잘하진 못하지만 대충은 알아들어. 기사는 말을 세우고 날 보며 내 이름을 물었어. 난 기사하고 이야기해 보는 게 처음이라 기어드는 목소리로 겨우 대답했어. 이름을 말하니까 기사는 내 얼굴을 쥐고 가만히 쳐다보는 거야. 머리카락이랑 가슴이랑 막 만지더라고. 그다음에 무슨 일이 있었는지 아니? 날 말에 태우고 성안으로 데리고 들어갔어. 얼마나 멋지던지. 잔은 은으로 만들어져 있고, 침대는 값진 천으로 덮여 있고…… 그 위에서 그 기사가 나와 같이 잤어. 레메트, 상상해 봐, 바다 건너에서 온 기사랑 같이 잤다고. 내 몸에 아기를 만들었다고."

나는 얘를 어쩌면 좋으냐 하는 눈으로 행복에 겨워 얼굴이 붉어진 막달레나를 바라보았다. 한편으로는 막달레나의 말을 들으며 나도 기사가 한 일을 따라 했으면 좋겠다는 생각이 고개를 쳐들었다. 그 전까지는 순결하고 성스러워 보이던 막달레나가 욕망의 대상으로 변하는 순간이었다. 낯선 기사도 막달레나의 머리를 만질 수 있는데 나라고 그렇게 못 할 이유가 어디 있겠는가. 그래도 막달레나 안에서 자라고 있다는 아이를 생각하면 차마 실행에 옮길 수 없었다. 우리 옆에 보이지 않는 다른 사람이 오가면서 막달레나의 마음을 자꾸 건드리고 있는 듯했다.

내가 물었다. "그래서 넌 지금 성에 사는 거야? 그 기사의 부인이 된 거냐고."

막달레나가 입을 씰룩이며 말했다. "아니야, 무슨 소리 하는 거야. 바로 다음 날 아침에 집에 보내 줬어. 나를 성안에 둘 이유가 없잖아. 그 기사의 은혜를 받고 싶은 여자애들이 마을에 얼마나 많은데. 물론 기사가 나만 축복해 주면 좋겠지. 우리 마을에서 나 말고 다른 애가 기사랑 같이 성에 들어갔다는 말은 들은 적이 없어. 난 기사님이 선택한 유일한 사람이고 기사님은 나에게 아이를 선사해 준 유일한 남자야. 알겠지. 레메트, 난 예수를 낳을 거야."

"난 잘 모르겠는데. 그 예수란 사람도 정령이란 비슷한 거 아니야? 하느님이라든가 뭐라든가, 아무튼 너희 마을에선 그렇게 부르던데."

"맞아, 하느님이야. 기사들은 모두 하느님의 친구이자 제자야. 나한텐 예수님이나 다름없는 분들이지. 그 사람들은 하느님께서 가르쳐 주신 재주 덕분에 다른 사람들하고는 비교도 안 될 만큼 능력 있고 멋져. 우리도 그의 말을 들으면 똑같이 될 수 있지만 하루 이틀 만에 되는 건 아니지. 내 배 속에 있는 아이가 태어나면 기사들과 똑같은 능력을 갖추고 태어나겠지. 아빠가 예수님이니까. 내 아이는 그의 피가 흐르고 있어. 바로 예수님의 피야. 그 피가 몸에 흐르고 있다니 얼마나 큰 영광이니. 그 아이는 자라서 기사가 될 거야. 태어나자마자 아빠를 따라 독일어를 하게 되겠지. 엄마는 에스토니아 사람이니까 분명 에스토니아어도 할 수 있을 거야. 안 그러면 나는 말할 것도 없고, 동네 친구들하고도 말이 안 통할 거야. 그러면 안 되잖아."

막달레나는 고개를 끄덕이고 계속 말했다.

"우리 아빠도 얼마나 좋아하는지 몰라. 우리 식구들이 계속 대를 이어 갈 수 있다는 게 얼마나 큰 행복이니. 아버지는 숲에서 태어났는지만 난 마을에서 나고 자랐어. 그리고 우리 아이는 더 큰 세계로 나가서 이름을 날리게 될 거야. 성스러운 로마에 가서 살게 될지 누가 알겠어. 안 될 이유가 없잖아. 우리 애는 농부로 자라지 않을 거야. 그 아이는 예수로 태어날 거고 예수님들은 세상을 다스리시지."

"그럼, 나도 축하해 줘야겠네." 내가 중얼거렸다.

난 막달레나와 잠자리를 할 수 없겠다는 생각이 들었다. 배 속에 앞으로 세상을 다스릴 성스러운 예수가 자라고 있는데 나 같은 야만인 따위가 맘에 들 이유가 없지 않은가. 요즘엔 뱀의 말을 할 줄 아는 퀴퀴한 구식 인간보다는 기사의 아이를 갖는 것이 유행인지도 모른다. 다시 내 몸속에서 썩는 냄새가 나가 시작했다. 그 냄새가 얼마나 강렬한지, 막달레나가 못 맡는 것이 너무 이상하게 느껴졌다.

막달레나가 말했다. "고마워, 레메트. 그런데 한 가지 부탁하고 싶은 게 있어. 네가 내 남편이 되어 줄 수 있겠니?"

난 너무 놀란 나머지 잠시 말없이 막달레나는 쳐다보았다.

"왜 나야?" 마침내 정신을 차리고 물었다.

막달레나는 내 목을 안고 강하게 끌어당겼다. 기분은 아주 좋았지만 내 배와 맞닿은 막달레나의 배 속에 작은 예수가 자라고 있다는 생각을 지울 수 없어 마음이 몹시 불편했다. 그러나 막달레나가 내 옷 속으로 손을 집어넣자 나 역시 막달레나를 따라 몸이 움직였다. 그 순간 세상에 있다는 예수 따위는 내 뇌리에서 잠시 사라졌다. 아마 그들은 모기들처럼 많을지도 모른다. 하지만 발가벗은 막달레나의 등을 어루만지고 있으면 그 모기 떼들이 나를 괴롭힌대도 신경 쓰이지 않았다.

막달레나가 내 귀에 속삭였다. "하느님은 정말 못 하시는 게 없는 분이야. 하지만 가끔은 악마들에게도 고개를 숙이시지. 예수님의 그림이나 십자가도 통하지 않을 때가 있어. 오늘도 성스러운 허리띠가 아무 소용이 없었잖아. 너도 피할 수 없었어. 봐, 너도 양들을 다 잡아먹었잖아."

난 그 말에 대답할 마음이 없었다. 막달레나가 뭐라 하건 귀에 들어오지도 않았다. 그 애의 발가벗은 등을 만지며 몸에서 풍겨 나오는 온기를 느끼는 것 외에는 그 무엇도 신경이 쓰이지 않았다.

막달레나가 말을 이었다. "마을 사람들도 이 사실을 알아야 하는데. 우리 아버지는 아는 게 정말 많아. 먼 나라에서 하느님의 뜻을 실현하는 데 필요한 것을 많이 배워 오셨거든. 악마는 그런 것쯤 개의치 않아. 수도사뿐만 아니라 다른 이방인들도 신경 안 써. 사람들은 악마들을 막을 방법이 전혀 없다는 거 때문에 항상 두려워하지. 넌 악마도 두려워하지 않고 같이 이야기도 하잖아. 정령도 보고 뱀이 하는 말도 알아듣지. 뱀은 악마와 별반 차이가 없어. 우리 아이는 예수로 태어날 거라서 하느님이 지으신 온 세계가 그 앞에 펼쳐질 테니, 넌 아이가 악마의 세계도 볼 수 있도록 도와줘. 난 네가 아이에게 육신의 아버지가 되어서 뱀의 말이랑 늑대인간이 되는 법을 가르쳐 주었으면 좋겠어. 네가 아는 모든 재주 말이야. 레메트, 내 부탁 들어줄 거지? 숲을 떠날 수 없다면 나랑 같이 살지 않아도 돼. 우리 아이가 하느님이랑 악마의 말을 동시에 배우기 위해서라도 마을에 매일 와 주었으면 좋겠어. 숲이 너무 추우면 우리 집에 와. 침대 내 자리 옆에 누워서 자게 해 줄게."

"벌써 추운걸." 내가 말했다.

막달레나가 속삭였다. "벌써? 내 침대는 마을에 있잖아. 거기에 몸 좀 데우러 갈래? 늑대인간 아저씨. 이제 내 침대도 네 거야. 침대에 네 자리가 있는지 보러 갈까?"

"언제든지." 나는 정말로 침대에 우리 둘이 누울 자리가 있기를 바라며 대답했다.

29

"같이 갈 거지?" 내가 옷을 다 입자 막달레나가 말했다.

"갈게." 내가 대답했다.

가지 못할 아무런 이유가 없었다. 히에의 죽음 이후 처음으로 자리에서 일어나 숲에 오자마자 예쁜 마을 아이와 잠자리를 했다고 생각하니 다시 집으로 돌아갈 마음이 생기지 않았다. 집에 가면 엄마와 누나가 나에 대한 동정과 슬픔에 잠겨 기다리고 있을 것 같았다. 그리고 끔찍한 결혼식 이후 있었던 사소한 일들을 일일이 다 말해 줄 것이다. 히에를 화장할 때 어땠는지 이야기해 주면서 화장하고 남은 뼛조각을 보여 줄 것이다. 그런데 나는 이미 다른 여자의 향기를 느끼며 함께 길을 걸어가고 있다. 히에가 죽은 지도 얼마 안 됐는데 어머니에게 바로 그런 모습을 보여 줄 수는 없다. 그런 부담감을 안겨 줄 수는 없다. 앞으로도 매일매일 내 곁을 따라다닐 눈물 자국 남은 어머니의 눈, 홍수처럼 넘쳐나는 연민과 슬픔에 잠긴 그 눈빛을 떠올리면 목구멍에 커다란 돌멩이가 들어앉는 기분이었다. 나를 동정의 눈빛으로 바라보는 것이 싫었다. 마을에서는 그런 일이 없을 것이다. 여기서는 아무도 나에게 연민을 갖지 않을 것이다. 결혼식에서 그러한 시련을 겪은 불행한 인간이라는 생각은 절대로 하지 못할 것이다. 나의 암울하고 처절한 과거에서 벗어날 기회.

내가 막달레나를 사모하는 마음에는 아무런 변화가 없었다. 막달레나의 기억 속 진정한 남자로 변함없이 남기를 바란다는 것은 내가 보아도 구역질을 날 만한 위선이다. 난 이미 굶주린 곰처럼 굴고 있었고 어차피 더 이상 잃을 것이 없었다. 나는 이날로 당장 마을로 들어가 멍청한 마을 사람들의 삶 속으로 뛰어들어 역겨운 빵을 미친 듯이 먹고 바보처럼 밭을 갈고 살 것이다. 나름대로 살 만할 것이다. 그건 내게 형벌과도 같다. 난 더 이상 레메트가 아닌 이름 없는 평범한 마을 사람이 될 것이다. 새 삶과 새 옷, 그리고 새 부인을 얻었다. 이전의 레메트는 히에와 함께 세상을 떠났고 지금의 나는 마을에서 다른 이들과 똑같이 얼간이 같고 천지 분간할 줄 모르는 똘마니가 되어서 살 것이다.

내가 할 수 있는 것은 하나밖에 없다. 난 자의로 히에를 배반했다. 막달레나에게서 뿜어져 나오는 미모에 취해 어쩔 수 없이 이 마을에서 영원한 수수께끼를 안고 살아갈 것이다. 이전처럼 사는 것은 이제 불가능하다. 내 인생에 거대한 전환기가 도래한 것이다.

난 언제라도 수풀에서 인츠나 엄마, 믐미, 유인원 중 하나가 나타나 나에게 말을 걸까 봐 겁이 났다. 사람이건 동물이건 숲에서 사는 것들은 다시 보고 싶지 않았다. 자신의 꼬리를 끊어 버리고 아무도 알지 못하는 곳으로 흔들흔들 사라져 버리는 도마뱀처럼 과거를 단칼에 자르고 흔적도 없이 사라져 버리고 싶었다.

"그래, 가자. 널 사랑해. 그러니까 영원히 네 옆에 남아 있을래. 이젠 다시 숲으로 돌아가지 않을 테야." 나는 막달레나에게 말했다.

막달레나가 밝은 표정으로 웃으며 말했다. "사랑스러운 우리 레메트. 그래, 난 네가 마법사일 줄 알았어. 우리 아이에게도 꼭 가르쳐 줄 거지? 그리고 네 자식처럼 잘 돌봐 줘야 해."

"당연하지." 난 진심으로 대답했다.

제대로 알아듣지도 못할 하느님이니 악마니 예수니 하는 말은 제정신이 아닌 상태에서 한 말이었지만 막달레나 아이의 아빠가 되고 싶다는 생각은 진심이었다. 나에게 뱀의 말을 가르쳐 주었던 삼촌이 나에게도 언젠가는 다른 이들에게 뱀의 말을 가르칠 날이 올 거라고 말해 준 게 생각났다. 다른 사람들도 이 뱀의 말을 배워 나가야 내가 마지막이라는 이 꼬리표를 뗄 수 있다. 내 경험과 지식을 나눌 아이도 필요했다. 그리고 마을이 아니면 아이를 낳을 방법이 없었다. 숲은 아이가 사라진 지 오래됐고 새로 아이가 태어날 거라는 보장은 더더군다나 없었다. 히에는 죽었고 숲도 사라지고 있지만 내가 살아 있는 한 뱀의 말은 계속 남을 것이며 내가 죽은 이후에라도 당장에 맥이 끊기는 것은 용납할 수 없었다. 내가 그 맥을 끊은 사람으로 기억되긴 싫었다.

그 아이의 아버지가 철갑인간이라는 것에 별로 신경이 쓰이지는 않았고 쇳소리 내며 돌아다니는 인간이 하룻밤 사이에 막달레나를 범하여 아이를 갖게 했다는 사실에도 전혀 질투심이 생기지 않았다. 내가 잘 가르치기만 한다면 친아버지가 안장을 펼치고 앉아 있는 말 옆에 다가가 조용히 뱀의 말을 속삭여 말을 요동치게 만들 수도, 그래서 놈의 목이 부러지게 할 수도 있을 것이다. 막달레나가 바라는 것이 정말 그 아이가 이 작은 마을을 벗어나 더 넓은 세계로 가는 것이라면 나에게 배운 뱀의 말로도 충분하다. 난 뱀의 말을 하지 못하는 사람들이 얼마나 병약한지, 그래서 그들을 공격하는 것이 얼마나 말도 안 되게 쉬운지 경험으로 잘 알고 있었다. 난 그 아이가 내 대를 잇게 하고 싶었다. 세상 그 누구도 다루지 못하는 엄청난 신비로운 능력을 선사해 주고 싶었다. 이것이 내 인생에 남은 유일한 목적과 가치였다.

나는 막달레나 옆에서 느릿느릿 걸으면서 뒤쪽을 몇 번 돌아보았다. 이미 숲은 저 멀리 물러서 있었고 엄마도 누나도 다시 볼 필요가 없었다. 이보다 더 큰 슬픔이 없겠지만 가족들에 대한 그리움을 품은 채로 살아야 할 것이다. 차라리 잠시 열병을 앓다가 죽는 것이 나았을지도 모른다는 생각이 들었다. 그러나 난 말도 안 되는 속도로 금세 건강을 회복했다. 히에를 탐베트 손에서 구해 나오던 때와 열병에 걸려 사경을 헤매던 사이의 시간은 이제 내 기억에서 완전히 사라져 버렸다. 모든 것이 변했고, 어느 길로 가야 하는지도 몰랐다. 난 요하네스 집 앞에 도착했고 잠수를 하듯 숨을 깊게 들이마셨다.

요하네스는 누가 보기에도 억지웃음을 지으며 나를 맞았다.

"불쌍한 녀석 같으니. 못 보는 사이 이렇게 마르고 초췌해졌구나. 그런데 고생은 다 지나갔다. 안으로 들어와서 같이 빵을 먹자꾸나. 마침 오늘 주님이 축복해 주셔서 빵이 많다. 실컷 먹고 가렴."

나 역시 얼굴에 억지웃음을 지으며 이제 올 것이 왔다고 각오했다. 빵을 굽는 냄새 때문에 숨이 턱턱 막혀 집 안으로 들어서기가 힘들었다. 숨이 막혀 죽더라도 이건 내가 선택한 일이었다. 난 이 마을에 즐거움을 찾아 들어온 것도 아니고, 막달레나 옆에 남아 있는 것이 즐거운 일이 아닐 수도 있다. 그러나 그것 말고는 모두 잊어야 한다. 이끼랑 똑 닮은 빵은 정말 훌륭한 음식이다. 이것만 있으면 삶을 유지하기에 더할 나위 없이 충분하다.

"네, 그러도록 하겠습니다." 요하네스에게 말했다.

작은 빵 조각 하나를 집어 들었고 얼른 베어 물어 씹히지도 않는 조각을 목구멍으로 삼켰다. 그런 낯선 것들로 몸을 채우면 얼른 다른 생명체로 다시 태어날 수 있기를 바라면서 말이다. 요하네스는 나의 굶주린 마음을 깨닫고 안타까운 듯 한숨을 쉬었다.

"세상에, 숲에서 얼마나 고생이 많았니. 가엾은 것 같으니. 그러게 진작에 숲에서 나왔어야지. 이제 곧 추워질 텐데 겨울은 여기서 지내도록 하려무나. 다시 숲에 돌아가면 얼어 죽거나 굶어 죽기 딱이다."

뱀의 동굴에서 동면할 때 보았던 방 가운데 달달한 맛의 거대하고 하얀 바위와 따스하고 부드러운 꿈이 눈앞에 어른거렸다. 다시 뱀들과 함께하는 일이 없으리란 것도 이미 알고 있었다. 강하고 당당하게 똬리를 틀고 앉아 있는 뱀들 사이에 병약하게 머무르지는 않을 것이다. 나는 가엾은 종족이 되고 싶지 않았다. 놀라운 생존력으로 지금까지 어찌어찌 살아남은 희귀 인간 역할을 하고 싶은 마음은 없었다. 모든 것이 끝났다. 우리 종족은 이미 자취를 감췄다.

"저는 이제 숲에 안 돌아갑니다. 여기 남으려고 해요." 나는 요하네스에게 말했다.

"그래, 잘 생각했다. 네가 집을 지을 때까지 살 곳을 마련해야겠구나." 요하네스는 칭찬을 아끼지 않았다.

"아빠, 레메트는 우리 집에서 살 거예요. 제 남편이 되어 주기로 했어요." 막달레나가 말했다.

마을 장로 요하네스는 벌린 입을 다물지 못했다. 그가 나지막이 말했다.

"정말 듣던 중 반가운 소식이구나. 그런데 왜 레메트지? 마을에서 함께 자라며 너한테 마음을 품은 아이도 많던데. 어렸을 적에는 농부 아들한테는 절대 시집 안 갈 거라고도 했잖니. 그런데 숲에서 살던 사람을 끝내 남편으로 맞는다니……."

막달레나가 목소리를 높였다. "아시는 그대로예요, 아빠. 기사들과 수도사들 뒤꽁무니나 쫓아다니는 거 빼고는 아무것도 못 하는 농부한테 시집을 가는 게 무슨 소용이 있어요. 저는 언제나 찾아다니던 최고의 신랑을 찾았어요. 아빠. 지금 제 배 속에서 자라는 아이의 아버지가 누구인지 아시잖아요. 그 아이가 커서 뭐가 될지도 잘 아시잖아요."

"알다마다."

요하네스는 이렇게 말하고는 자신이 소싯적 대주교와 한 침대를 나눠 쓴 시절 이야기를 다시 상기시키려는 듯 익숙한 눈으로 딸의 허리를 바라보았다. 아마 저 노인네도 그의 애를 배고 싶은 것은 아닌가 하는 역겨운 생각마저 들었다. 그토록 사랑하는 하느님이 딸에게 직접 씨를 뿌리지 않고 낯선 이방인의 아이를 낳게 했으니 실망감이 꽤 클 것이다. 앞으로 우리는 한 지붕 아래 살아야 한다. 첫날부터 공연히 분란을 일으키고 싶지 않아 잠자코 있었다.

요하네스가 말했다. "네 말은 나도 충분히 이해한다. 항상 목표를 높게 두고 사는 모습이 꼭 나와 닮았구나. 진정한 기사를 만난 것 같아 한없이 기쁘다. 그리고 우리 마을에서 네가 그것을 처음으로 경험했다는 것도 무척 자랑스럽다. 그런데 레메트를 좀 보렴. 완전히 숲에서만 살던 애 아니냐."

요하네스는 뻔뻔하게도 바로 내가 듣는 앞에서 그런 이야기를 하고 있었다. 그 노인은 나를 그저 굶주린 녀석으로만 보는 모양인지 계속 빵이나 먹으라고 권했다.

막달레나가 말했다. "아빠, 제가 굳이 레메트를 선택한 데에는 이유가 다 있는 거예요. 아빠가 레메트를 뭐라고 부르든 간에 저에겐 아주 특별한 사람이라고요."

"특별하기야 하겠지만 과연 그럴 가치가 있느냐는 말이다."

요하네스는 딸의 말을 맞받아치더니 나를 자비로운 얼굴로 보며 말했다.

"레메트가 꼭 쟁기질이랑 추수를 잘하는 농부가 되어야 한다는 말은 아니다. 하지만 아직은 배워야 할 게 많지 않겠니? 짐승처럼 살았던 애 아니냐. 게다가 아직 세례도 안 받았잖니. 막달레나, 이건 정말 바보 같은 짓이다."

막달레나는 허리를 펴고 말했다. "아빠, 잘 알지도 못하면서 그러지 마세요. 전 장차 기사의 엄마가 될 사람이에요. 아빠가 세계 여러 나라를 돌아다니면서 견문을 넓히신 것은 맞지만 이제 나이가 드셨잖아요. 지금 세상은 우리가 더 잘 안다고요. 전 레메트가 아니면 그 누구도 안 돼요. 이 아이의 아빠는 바로 레메트예요. 레메트보다 더 적합한 사람은 없어요."

일어선 막달레나는 나를 따뜻한 눈으로 바라보며 뭔가 용서를 구하는 듯한 미소를 지었다.

"게다가 저는 레메트를 아주 사랑해요. 아빠, 더 이상 저에게 뭐라고 하지 마세요. 이제 마음을 정했어요."

막달레나는 낮은 목소리로 말하고 내 옆에 앉아 손을 잡았다.

요하네스가 한숨을 쉬었다.

"그래. 좋다. 그럼 어쩔 수 없구나. 살 곳이 없는 것도 아니고, 한 가지 걸리는 것이 있긴 하지만…… 상관없다. 난 오늘 당장 수도원에 가서 늑대인간을 어찌해야 좋을지 우리 형제들과 상의해 봐야겠다. 간 김에 레메트 세례 날짜도 정하고. 레메트도 그래야 세례명을 받는다. 하느님의 말씀을 섬기고 명령에 복종하는 법을 배워야 해."

"전 어떤 하느님의 말도 따르지 않습니다." 내가 말했다.

난 진정으로 빵을 먹거나 밭에서 풀을 베거나 맷돌질을 하거나 마을 사람들이 외지 사람들로부터 배워 온 온갖 바보 같은 짓들은 다 따라 할 수 있었지만 그 하느님이란 존재만은 멀리하고 싶었다. 난 사람들이 머리를 쥐어짜 만들어 놓은 정령이니 예수니 하는 존재들에 진절머리가 나 있었다. 숲에서 나를 끈질기게 괴롭혔던 형체도 의미도 없던 그것들은 이름만 바꾼 채 마을에까지 따라와 있었다. 난 그런 어처구니없는 짓거리에 더 이상 신경 쓰고 싶지 않았고, 월가스의 머리를 반밖에 빠개지 못해 분한 감정만 더 커졌다. 월가스가 다시는 발을 디디지 않도록 성스러운 숲을 다 뒤엎어 버렸듯, 난 성당에도 일절 발을 들이지 않을 작정이었다. 성당과 성스러운 숲의 차이는 월가스 대신 수도사라 불리는 인간들이 있다는 것뿐이었다. 수도사들이 약간은 새로운 물을 먹은 듯했으나 그래도 큰 의미가 있는 것은 아니었다.

요하네스가 짜증을 내며 말했다. "어떤 하느님? 넌 어떻게 그런 말을 할 수 있지? 우리 집 안에 세례도 받지 못한 이교도가 산다는 건 도무지 용납할 수가 없다. 이건 말도 안 돼! 우리 마을은 세상의 다른 마을들과 마찬가지로 예수를 따르는 마을이다. 우리는 다른 곳보다 좀 가난하고 뒤처지긴 했지만 성스러운 로마에 거주하는 교황님께서 우리 마을의 머리가 되어 주신다. 그러니 너도 세례를 받고 성당에 나가 제대로 된 신을 섬기고 하느님의 뜻을 제대로 배워야 할 것이다."

내가 대꾸했다. "전 싫다니까요. 잘 들어 보세요. 밭을 갈든 맛대가리 없이 배만 채우는 빵을 굽든 내 입으로 만지고 입으로 물어뜯을 수 있는 것은 다 할게요. 그러지만 더 이상 정령은 안 돼요. 제정신이 아닌 사람들이 만들어 놓은 상상 때문에 내가 숲에서 얼마나 고초를 겪었는지 모르실 겁니다. 제발 그만 좀 하세요."

요하네스의 목소리가 커졌다. "지금 정령 얘기를 하는 게 아니지 않니. 정령은 사탄의 종이라서 인간에게 불행만 초래한다. 당연히 멀리해야 할 종족이지. 내가 말하는 하느님은 우리를 수호해 주시는 분이다."

"마을 장로 어르신, 숲에서 평생을 산 사람으로서 말씀드리는데 세상에 정령 따위는 없습니다. 우리가 두려워할 것은 정령이 아니라 정령을 믿는 바로 우리 같은 인간입니다. 어르신이 말하는 하느님도 별반 다를 바가 없습니다. 그건 세례받은 수도사들이 지어낸 또 다른 정령의 이름이란 말입니다. 그게 다를 바가 뭐가 있지요? 다른 사람들이 뭐라고 부르건, 난 이전 그대로 살려고 합니다. 그리고 이름을 뭐라고 부르건 정령은 세상 어디도 없는 겁니다. 그런 놀이에 저를 엮으려 하지 마세요."

"이건 놀이가 아니야! 마을 사람들처럼 세례를 받고 교인이 되든 숲으로 돌아가든 둘 중 하나를 선택해라. 난 세상이 두 쪽이 나도 이교도가 우리 마을에 발붙이는 것은 도무지 용납할 수가 없다." 요하네스는 고함을 지르더니 자리에서 일어났다.

막달레나가 나섰다. "아빠, 제발 진정하세요. 레메트는 성당에 가기 싫으면 안 가도 돼요. 세례를 받을 필요도 없고요. 전 지금 이대로의 레메트가 좋단 말이에요."

"이 녀석은 이교도라니까. 이교도는 사탄의 종일 뿐이야." 요하네스가 소리 질렀다.

"왜 모든 것을 사탄의 능력이랑 엮어서 생각하시는 건데요. 하느님은 못 하시는 게 없다면서요. 오늘 아빠가 말씀하신 그 믿음의 허리띠가 아무런 쓸모도 없었던 거 못 보셨어요? 그렇게 보면 우리가 악마 편에 서는 것도 그다지 나쁜 생각이 아닐 수도 있지 않아요?"

요하네스의 얼굴이 하얘졌다. "애야, 대체 무슨 이야기를 하는 게냐. 그런 말을 하는 것만으로도 큰 죄를 짓는 거다. 악마는 너희들을 절대 지켜 주지 않아, 우리를 찢어발기고 공격할 틈만 노리고 있지. 내가 오늘 수도사들에게 가서 양 떼들을 죽인 그 늑대인간을 처치할 약을 받아 가지고 올 테니 기다려 봐라."

막달레나는 걱정스러운 눈초리로 나를 쳐다보았다. 분명 그 약이 늑대인간인 나에게 해를 끼칠까 봐 걱정되는 모양이었다. 내가 미소를 지어 보이자 바로 안심했다. 사람들이 어떻게 이렇게 바보 같을 수가 있는가. 막달레나는 예쁘기라도 하지, 요하네스는 도무지 봐줄 구석이 없었다. 벌써 마을 생활이 지겨워지기 시작했다. 이후로도 아버지와 딸이 이어 간 하느님과 사탄의 능력에 대한 끈질기고 바보 같은 논쟁은 제대로 알아듣기가 어려웠다. 어찌 보면 나와 히에의 대화 역시 누군가에겐 그렇게 들렸을지도 모른다. 순간 인생이 한탄스러워지면서 눈물마저 핑 돌았다. 그러나 되돌릴 길은 없었다. 내 발로 이 신성한 바보짓 한가운데로 걸어 들어왔으니 평생을 이렇게 살아가야 할 것이다. 막달레나가 당장 아이를 낳아 내가 뱀의 말을 가르칠 수 있을 정도로 어마어마하게 빨리 자랐으면 좋겠다는 생각마저 들었다. 마을 사람들이 하느님이라고 부르는 존재를 믿는 것처럼 허황한 꿈인 것은 나도 잘 알았다. 초자연적인 것은 없다. 무엇이든지 자연이 지정해 둔 섭리대로 움직이며 삶과 죽음도 정해진 질서에 순응해서 이루어진다.

나는 짜증 섞인 목소리로 물었다. "그래서요? 뭘로 결론이 났나요? 여기 남을까요, 숲으로 다시 돌아갈까요. 어르신, 어떻게 하는 게 좋을까요?"

난 붉으락푸르락한 마을 원로의 얼굴을 보았다. 그 순간 내 머릿속에 생각이 하나 스치고 지나갔다. 요하네스를 내 손으로 죽이면 이 난리가 끝이 난다. 그의 머리뼈로 술잔을 만들어 버리면 귀찮은 노인네 잔소리를 듣지 않고 막달레나와 만사 편하게 살 수 있다. 하지만 난 문제를 만들러 숲에 들어온 것이 아니었다. 이전의 나를 과감히 묻어 버리기 위해서 들어왔다. 그래서 난 이 마을 장로에게 그 대가로 삶을 선사해 주기로 했다. 분노에 사로잡혀 거칠게 숨을 쉬는 요하네스의 입에서 무슨 말이 나올지를 잠자코 기다렸다. 오히려 먼저 입을 연 사람은 막달레나였다.

막달레나가 차분하게 말했다. "당연히 넌 여기 남아야 해. 레메트. 넌 내 남편이고 이 아이의 아빠니까. 넌 교인이 되지 않아도 돼. 이 마을에 교인은 차고 넘쳐. 내가 교인을 남편으로 두고 싶었으면 진작에 찾고도 남았지. 내가 원했던 사람은 바로 너야. 아빠, 무슨 이야기인 줄 알죠. 전 레메트랑 우리 아이랑 셋이 같이 살고 싶어요. 우리 애는 예수의 피가 흐르는 기사의 아이고 그 아이 역시 레메트를 아빠로 삼고 싶어 해요. 절대 잊으면 안 돼요."

"그래, 이제 됐다. 너희들 마음대로 해라. 하지만 넌 지금 우리 집에 불행을 끌어들인 거야. 하느님은 저 이교도에게 거할 곳을 제공한 우리를 절대 용서하지 못하실 것이다. 두 하느님을 섬기는 법은 없다. 난 평생 하느님의 시종이었고 그래서 많은 축복을 받았다. 하느님께서는 자신을 따르는 사람들과 민족들은 항상 축복하셨고 힘과 능력을 더하여 주셨다. 막달레나, 네가 한 말을 곰곰이 생각해 보렴. 난 레메트에게 해가 미치기를 원치 않는다. 단지 주님을 믿고 따르는 복을 받기만을 바란단다."

요하네스가 말은 이렇게 했지만 이를 가는 소리가 내 귀에 들리는 듯했다.

"나는 아무도 안 따라요. 난 어떤 주님도 필요 없고, 생각해 본 적도 없습니다." 내가 말했다.

"넌 우리 마을에 발을 들인 마지막 이교도가 될 것이다!" 요하네스가 근엄하게 말했다.

난 아무런 대답을 하지 않았다. 뭐라 할 말도 없었다. 마지막이라는 소리를 듣는 데는 단단히 이골이 났다. 언제나 어디서건 나는 항상 마지막이니까.

30

그날 저녁 막달레나는 나를 그네터로 불렀다. 그날 막달레나는 내가 입던 가죽옷 대신 입으라고 오래된 거적때기 한 장을 가져다주었다. 못 입을 정도는 아니지만, 이전에 입던 가죽옷만 못했다. 이런 옷을 만드는 데 엄청난 수고가 들겠다는 생각이 들었다. 숲에 살 때는 사냥을 해서 식사를 하기만 하면 그런 옷쯤은 문제없이 생기는 데 말이다.

그네터에서 나는 예전에 패르텔이었던 내 단짝 친구 페트루스, 그리고 예전에 수도원 옆에서 우연히 보았던 야콥과 안드레아스를 만났다. 처음 보는 마을 처녀 총각들이 모여 그네를 같이 타거나 삼삼오오 불 가에 앉아 우스갯소리를 하면서 시간을 보내고 있었다.

보아하니 막달레나는 이 마을에서 꽤 존경받는 듯했다. 보통 남자아이들은 여자아이들의 머리카락을 잡아끌거나 치마를 잡아당기는 장난을 하며 노는 법인데 막달레나한테 그런 장난은 어림도 없어 보였다. 여자아이들도 막달레나 옆에 다가앉아 그 애가 하는 말을 귀 기울여 듣고 쭈뼛거리며 모르는 것을 물어보기도 했다. 막달레나 앞에서 혹여 바보짓이라도 해서 눈 밖에 날까 싶어 몸을 사리는 눈치였다. 막달레나는 어머니처럼 자애롭게 대해 줬지만 자신의 배에서 기사의 아들이 자라고 있다는 점도 잊지 않고 상기시켜 주었다. 여자아이들은 그 이야기를 들을 때마다 이상한 탄성을 내었다.

남자아이들은 막달레나와 거리를 두고 경외하는 눈빛으로 쳐다보기만 했다. 그 눈빛은 흡사 삵이 물어 온 사냥감 옆에서 고기 조각이라도 떨어지지 않을까 호시탐탐 노리고 있지만 가까이 다가갈 용기는 없는 작은 족제비와도 같았다. 기사와 밤을 보낸 후 막달레나는 범접할 수 없는 존재로 떠오른 것 같았고 나는 그 특별한 존재 옆에 서도록 허락받았다는 묘한 쾌감을 느꼈다.

내가 그네터에 도착하자 사람들은 나를 호기심 어린 눈으로 쳐다보며 수군거리기 시작했다. 거기에 있는 여자아이들은 막달레나가 내 손을 잡고 들어오는 것을 보자마자 기사와 밤을 보낸 현묘한 막달레나가 숲에서 나고 자란 남자를 남편으로 선택했다는 것을 깨달았다. 그것은 지금까지 이어져 온 관습을 과감히 저버린 일이기에 나에 대한 궁금증이 삽시간에 증폭되었다. 막달레나는 여자애들을 다시 차가운 눈빛으로 응시하며 강한 말투로 응대했다. 숲 사람을 지아비로 선택하는 것이 이방인에게 몸을 허락한 여자들 사이에서 유행처럼 번질지도 몰랐다.

난 막달레나를 뒤로하고 패르텔에게 인사하러 갔다. 그 녀석을 보자마자 어린 시절 아름다운 추억이 되살아나면서, 사랑하는 사람들은 형태나 이름만 바뀔 뿐 사실은 내내 내 곁에 머물 거란 소망이 다시 고개를 들었다. 그런데 생각해 보니 그것은 패르텔에게만 해당되는 말이었다. 기분이 나빠졌다.

패르텔은 날 보더니 대충 인사를 던졌다. 사실 그것은 내가 반갑지 않아서라기보다는 안드레아스가 근처에서 기사들의 철갑모자를 발견해서 정신이 팔린 것이었다. 아이들은 그 경이로운 물건을 쥐어 보고 머리에 써 보고 하면서 신기해했다.

"이거 스페인 강철인 줄 알았어. 정말 멋진걸, 그 나라 사람들은 뭐든 잘 만든다니깐." 야콥이 손톱으로 철갑모자를 조용히 두들기며 말했다. 철갑모자가 둔탁하게 울리는 소리를 듣고는 살며시 웃음도 지어 보였다.

한 뚱뚱한 마을 아이가 그 강철 모자를 건네받아 육중한 손으로 눌러 보더니 말했다. "이거 스페인 강철 아니야. 독일 대장장이가 만든 거야. 독일 대장장이가 만든 것은 누가 봐도 티가 난다니까."

안드레아스가 반박했다. "니굴, 말도 안 되는 소리 하지 마. 이거 내가 찾았으니까 내 거라고. 넌 자꾸 그렇게 만지지 마, 부서지니까."

뚱뚱한 니굴이 말했다. "그래, 말 잘했다. 독일 대장장이들이 만든 것들 중에 우리 같은 촌뜨기들이 만졌다고 댕강 부러진 게 있다는 소리는 못 들어 봤다. 절대 그런 일 없어. 강하게 망치질해서 만든 거야. 독일 사람들이 만드는 건 쓸모없는 게 하나도 없어."

"그래도 그렇게 심하게 문지르면 어떡해." 안드레아스는 그렇게 말하고 철갑모자를 날름 받아 들었다. "멋있는 거야 두말하면 잔소리지. 세상에서 제일 멋진 철갑모자일 거야. 이거 쓰고 다니는 기사들은 얼마나 좋을까."

"당연히 좋겠지. 우리 동네에서 만드는 모자 따위에 비할 게 아니야." 모두가 한목소리로 말했다.

안드레아스가 외쳤다. "어떻게 이 철갑모자를 우리 동네 모자랑 견줄 수 있겠어? 강철로 만들어 반짝반짝 빛나는 것 좀 봐. 우리 마을에선 이런 걸 하고 다닌 사람이 아무도 없어. 내가 이걸 머리에 쓰고 다니면 여자애들이 다 나한테 넋이 나가게 될걸."

모두가 껄껄 웃었지만 패르텔만 조심스럽게 물었다.

"정말 쓰고 다니게? 기사들이 보면 어쩌려고?"

그러자 아이들은 바로 잠잠해졌고 안드레아스는 고민하는 눈치더니 이내 다시 당당한 표정을 지으며 자랑스럽게 말했다

"내가 왜 못 쓰고 다니는데, 밝은 대낮에 큰길에서 말고 해 지고 나서 우리 동네에서만 쓰고 다니면 되지. 내가 해가 진 다음에 이 모자를 쓰고 다니고 여자애들 꾀어내러 다니겠다는데 뭐랄 사람이 누가 있어. 마구간 근처에서만 서성거리고 있으면 거름 냄새 때문에라도 기사들은 얼씬도 안 할 거야."

"거기로는 당연히 아무도 안 오지. 어떤 기사가 자기 말 다리에 거름을 묻히고 싶어 하겠어. 마구간 근처에서만 서성이고 있으면 정말

아무도 널 못 볼 거야." 뒤에 있던 아이들이 안드레아스에게 칭찬해 댔다. 악조건 속에서 해결책을 찾아낸 것을 축하하는 것이었다.

그 녀석들은 정말 그 철갑모자만 있으면 동네 여자들을 다 꾀어내고도 남을 거라 생각하는 모양이었다. 정말 저 멋진 철갑모자를 더 구할 수 있으면 얼마나 좋을까 하고 모두 꿈꾸고 있었다. 뚱뚱한 니굴 역시 그런 소망을 내비쳤다.

"내 건 어디 없나. 그런 행운은 1년에 한 번 걸릴까 말까 하다는 거 나도 잘 알아. 여기저기 흔해 빠진 버섯도 아니고. 게다가 기사들이 철갑모자를 얼마나 소중히 챙기는데 설마 쉽게 잊어버리기야 하겠어." 니굴이 한숨을 쉬었다.

"그런 거 찾기 별로 어렵지 않을걸. 기사 한 명만 때려눕히면 되지. 그런 철갑모자는 당연히 네 것이 되는 거고." 내가 말했다.

내 말을 들은 아이들은 놀라 할 말을 잊고 말았다. 내가 마치 녀석들 엄마를 잡아먹겠다고 말한 것처럼 아이들은 겁난 눈초리로 나를 쳐다보았다. 한참 후에 야콥이 말했다.

"왜 그런 소리를 하는 거야? 기사를 어떻게 죽여?"

듣는 내가 오히려 더 놀랐다. "왜 안 돼? 그 사람들은 뭐 불사신인 줄 아니? 돌처럼 영원히 살 거라고 생각해?"

야콥이 말했다. "물론 그건 아니지. 그래도 우리가 기사를 어떻게 죽여. 항상 말 위에 앉아 있고 방패도 있단 말이야. 칼이랑 창도 있고. 힘센 건 우리랑 비교할 수조차 없고. 그런 생각을 감히 입에 담아선 안 돼. 머리가 어떻게 되지 않고서야 어떻게 그런 생각을 할 수 있어?"

안드레아스가 업신여기는 투로 말했다. "너는 숲에 처박혀 사느라 기사들을 한 번도 본 적이 없는 거지. 우린 마을에서 매일 기사들을 만나니까 그분들이 어떤지 잘 안다고. 정말 위대한 분들이지. 니굴, 기억하지? 며칠 전 길에서 기사를 봤는데 모자 빨리 안 벗었다가 하마터면 검에 맞을 뻔했잖아. 도랑에 빠졌기에 망정이지 너희 집 대가 끊길 뻔했다고."

"왜 기사 앞에서 모자를 벗어?" 내가 물었다.

동네 녀석들이 킥킥대며 웃었다.

"너는 정말 숲에서만 살다 와서 아무것도 모르는구나. 이건 바다 건너 나라에서 이전부터 내려오는 풍습이야. 말을 타고 지나가는 기사를 보면 우리 같은 평민들은 전부 모자를 벗고 인사해야 해. 그게 예의야. 안 그러면 예의도 모르는 무지렁이 취급을 당하지."

뚱뚱한 니굴이 우겼다. "난 무지렁이 아니야. 기사가 지나갈 때마다 모자를 벗고 머리가 땅에 닿을 때까지 고개 숙여 인사한다고. 나도 제대로 배운 사람이야. 요즘 사람들이 어떻게 하고 다니는지 왜 모르겠어. 그땐 햇빛 때문에 눈이 부셔서 기사님을 못 보았을 뿐이야."

"그래, 그때 잘 배웠겠네."

"맞아, 다음엔 더 주의를 기울일 수 있을 거야."

야콥이 비난하는 눈초리로 나를 쏘아보며 말했다. "네가 얼마나 정신 나간 소리를 지껄이는지 잘 알겠지? 아이고, 하느님. 네가 정말 기사님을 죽이겠다고? 뭐 때문에? 그 기막힌 철갑모자 몇 개 얻자고 그 짓을 해? 기사님과 수도사님 들이 우리를 돌봐 주시지 않으면 우리는 이 세상의 아름다움을 제대로 볼 수가 없어. 두더지처럼 어둠 속에 처박혀 살아야 한다고."

난 그 녀석들과 더 이상 말싸움하고 싶지 않았다. 기사 몇 명을 죽여 그들이 쓰던 철갑모자를 쓸모없는 고철처럼 땅에 내다 버린 적도 있다는 말은 차마 하지 못했다. 어디로 가면 썩는 냄새 풀풀 풍기는 시체 옆에서 녹이 슬어 가고 있을 철갑모자와 방패를 찾을 수 있는지 녀석들한테 콕 집어 보여 줄 수도 있었다. 늑대나 여우가 시체를 먹어 버리거나 다른 데로 끌고 가지 않았다면 여전히 그 자리에 있을 것이다. 그러나 난 그 녀석들을 도와주고 싶은 마음이 없었을뿐더러 해가 지고 나서 머리에 이상한 물건을 쓴 영웅이 집에서 나와 거름 더미를 지나온 여자들을 꾀어내는 모습이 보고 싶어졌다.

나는 철갑모자에 정신이 팔린 아이들을 놔두고 여자들 쪽으로 걸어갔다. 멀리서 막달레나가 누군가 악마를 볼 수 있다고 큰 소리로 말하는 게 들렸다. 분명 내 이야기를 하는 것이었다. 여자들은 눈을 둥그렇게 뜨고 나를 보면서 나지막이 탄성을 질렀다. 내가 그 애들 사이로 들어서자 겁 많은 여자애들은 슬그머니 뒤로 물러서기도 했다. 어떤 아이들은 반대로 내 근처로 슬며시 다가와 무언가 간절히 알아내고 싶은 표정으로 슬쩍슬쩍 쳐다보았다. 아마 내가 무슨 신기한 재주라도 부릴 거라고 생각하는 모양이었다.

나는 혼자 앉아서 풀을 뽑아 질겅질겅 씹었다. 어떤 여자애가 날 따라서 똑같은 풀줄기를 잘라서 입으로 가져가는 것이 보였다. 아마 정령들을 부르거나 마법을 부리는 것으로 알았나 보다. 마침내 아마(亞麻) 색 머리카락을 가진 작은 여자아이가 용기를 내어 입을 열었다. 한동안 기침하면서 주의를 끌고 나서는 높은 목소리로 지저귀듯 말했다.

"물어보고 싶은 게 하나 있는데. 악마한테 피 세 방을 주면 우리도 악마가 되고 하늘도 날 수 있다는 게 진짜야?"

그 말에 겁을 집어먹고 자리에서 일어나 그네를 타러 뛰어가는 정신이 제대로 박힌 아이들도 있었다. 그런 위험한 주제로 노닥거리느니 순진무구한 놀이나 하면서 시간을 보내는 것이 더 좋다고 생각한 것이다. 호기로운 몇몇은 내 옆에 남아 나의 대답을 숨죽여 기다리고 있었다. 그 아이들은 못 말릴 정도로 철이 없었다. 숲에 사는 세 살짜리 꼬맹이라도 그 애들보다 나을 것이었다. 난 한 번도 사람이 하늘을 나는 것을 본 적이 없다고 말했다. 할아버지가 사람 뼈로 만든 날개에 대해서는 입도 뻥긋하지 않았다. 그랬다면 질문이 더 쏟아질 텐데, 개인 가정사를 그 바보들에게 시시콜콜히 이야기해 주고 싶은 마음은 없었다.

아마 색 머리를 한 애가 말을 이었다. "뱀의 왕을 죽여 그 왕관을 먹으면 새의 말을 알아들을 수 있다는 소리도 들었어. 그거 정말이야? 네가 동물들과 이야기할 수 있다고 막달레나가 그랬어."

내가 대답했다. "새는 말을 하지 않아. 난 뱀의 말은 할 줄 알아. 그 뱀의 말은 뱀의 왕을 죽이지 않고서도 배울 수 있어. 왕관을 먹지 않고서도 뱀의 말을 배울 수 있다고. 오래 걸리긴 하지만 뱀의 말을 완벽히 배우면 동물들을 이해하는 건 일도 아니야. 새들도 마찬가지고. 그런데 같이 대화를 할 수 있는 건 아니야. 우리가 묻는 말에 대답할 수 있는 동물은 정말 얼마 안 돼. 말을 알아듣고 이해는 하지만 대답은 하지 못해."

그 아마 색 머리의 아이는 내 대답이 불만족스러운 눈치였다. "그래도 뱀 왕의 왕관을 먹으면 뭔가 놀라운 힘이 생길 거야. 그런 말이 괜히 나왔겠어? 분명 어떤 이유가 있을 거야."

"쓸데없는 이야기라니까. 뱀이 왕을 한 번도 못 본 사람이 그런 헛소리를 하는 거야." 내가 말했다.

"넌 뱀의 왕을 봤니?" 막달레나가 물었다. 내가 무슨 답을 해야 할지는 뻔했다. 막달레나는 여자애들에게 남다른 인상을 남겨 주고 싶은 것이었다.

"난 봤지." 나는 마지못해 대답했다.

눈앞에 인츠랑 인츠의 아버지, 그리고 다른 뱀들이 너무 선하게 떠올라 더 이상 이야기를 이어 가고 싶지 않았다. 지금 나는 있지도 않은 새들의 말을 배우겠다느니, 새들을 죽이겠다느니 하는 사람들 사이에서 헤매고 있었다. 이런 바보 같은 이야기들은 누가 만들어 낸 것일까. 난 대체 여기서 뭘 하고 있는 것일까.

나는 화가 치밀어서 말했다. "누구든 뱀 왕의 비늘 하나라도 건드리면 정말 가만히 있지 않을 거야. 왕관을 만지기도 전에 엄청 물려서 죽고 말겠지만. 내가 말하지만, 왕관을 갖는다 해도 너희들은 아무것도 못 해. 만에 하나 왕관을 그릇에 그득그득 채워서 먹는다고 해도 새의 말은 단 한 마디도 배울 수 없어. 지금 살고 있는 꼬락서니에서 조금도 벗어나지 못한단 말이야. 왕관을 먹지 말고 차라리 빵을 먹어, 지금의 달콤한 삶에 만족하며 살라고."

난 일어나서 자리를 피했다. 가슴이 쓰리고 아팠다. 예전의 나를 이곳에 묻어 버리려 했다. 과연 내 뜻대로 될 수 있을까? 부끄러운 심정이 온몸을 스치고 지나갔고 숲에서 지내며 행복했던 순간들이 떠올랐다. 이곳에서 얼마나 견딜 수 있을까. 난 마을 사람들과는 너무 다른 삶을 살았고 이 사람들과 동화할 수 있을지도 염려되었다. 나는 슬픔으로부터 도망치기 위해 마을로 들어왔지만 이젠 어리석은 인간들로부터 도망쳐야 할 판이다. 그러면 이제 어디로 간단 말인가.

누군가 내 머리를 툭툭 쳤다. 막달레나가 나를 따라와 이마에 입맞추고는 귓가에 속삭였다.

"쟤들 하는 이야기 신경 쓰지 마. 쟤들 바보 같은 거 나도 알아. 내가 이래서 우리 마을 애들 중에서는 신랑을 찾고 싶지 않았던 거야. 그 애들은 숲에서 자랐으면서도 숲이 어떤 곳인지 모르고, 아직 발도 디뎌 보지 않았으면서 세상 넓은 줄은 잘 알아. 우리 아들한테 손톱만큼의 가르침도 줄 수가 없어. 넌 이전의 세상이 어땠는지 어떤 비밀이 숨어 있는지 잘 알잖아. 너야말로 그 가치가 무엇인지 잘 알고 있다고 생각해. 그 기사가 나한테 피를 나눠 주었으니, 너는 우리 아들에게 뱀의 말을 가르쳐 줘. 난 어머니로서 사랑을 아낌없이 줄 거고, 그럼 위대한 인물로 자라겠지. 레메트, 저 모닥불 가에서 들었던 이야기들은 싹 다 잊어버려. 얼굴 보니까 너 다시 숲으로 돌아가고 싶어 하는 것 같더라. 그런데 그러면 안 돼. 나와 같이 살면서 우리 아들에게 세상이 어떻게 흘러가는지를 잘 가르쳐 줘야지. 세상에 저 아이들처럼 무식한 사람들만 있는 거 아니야. 너 같은 사람도 세상에 존재해."

"넌 그 애가 아들인 건 어떻게 알아?" 내가 물었다.

막달레나가 놀라 물었다. "어떻게 아들이 아닐 수 있어? 기사를 아버지로 두고 있잖아. 여자아이들은 기사가 될 수 없어."

나는 막달레나의 토실토실한 뺨을 만져 주고 귀 옆을 부드럽게 키스해 주었다. 그러나 내 속마음은 이랬다.

'너도 다른 애들처럼 바보 같기 그지없구나. 그래도 네 곁에 있어 줄게. 딱히 갈 곳이 있는 것도 아니고.'

난 그네 옆에 막달레나와 조금 거리를 두고 앉았다. 참 기분 좋은 시간이었다. 아이들은 떼를 지어 하늘과 땅 사이를 왔다 갔다 하며 목청껏 탄성을 질렀다. 그 아이들은 참으로 행복해 보였다. 해는 지고 누가 누구인지 분간할 수 없을 정도로 어둠이 땅을 덮었다. 모닥불 불빛에는 한데 모여 즐겁게 소리 지르는 사람들이 엉켜 있을 뿐이었다.

이래저래 나는 마을에 남아 살기로 했다. 마을 사람들과 호밀을 베러 나가고 탈곡도 도와주고 바람에 말려 찧었다. 나무껍질처럼 맛대가리 없는 빵을 먹고 바다 건너 풍습을 따라 하겠다고 안간힘을 쓰는 사람들은 보기만 해도 안쓰러워 죽을 지경이었다.

때때로 음식다운 음식이 먹고 싶어지면 뱀의 말을 써서 들판에서 뛰어놀고 있는 토끼를 잡아 집에 가져와 구워 먹곤 했다. 그 토끼는 요하네스와 막달레나와 나누어 먹었다. 요하네스는 여전히 세례를 받지 않은 이교도와 한 지붕 아래 살고 있다는 사실을 몹시 못마땅하게 여겼다. 언제나 나를 쏘아보는 그 눈길은 탐베트를 떠올리게 했다. 하지만 맛있는 토끼를 먹을 때는 아무런 불만을 드러내지 않았다.

토끼 고기를 다 먹고 뼈를 빨고 있는 요하네스에게 이제 빵은 늪에 버리고 다른 것과는 비교도 안 되게 맛있는 고기를 먹는 것이 더 현명하지 않겠느냐고 설득해 보려고 했다. 요하네스는 기름이 반들거리는 입으로 내 말에 토를 달았고 빵은 하느님이 인간들에게 지정해 준 음식이며 잘사는 나라에서 그 빵을 먹기 위해서 얼마나 땀을 흘려야 하는지도 설명해 주었다. 빵을 먹으면 살도 찌지 않지만 고기는 동물들도 먹는 것이고 호밀을 베고 맷돌로 가는 일은 인간 외에는 그 어떤 존재도 하지 못한다고 했다. 물론 맞는 말이었다. 늑대와 곰 들은 그런 짓거리를 하느라 시간을 낭비하지 않는다. 그리고 요하네스 말처럼 사람이 빵을 먹기 때문에 네발 달린 짐승과 다른 거라면, 다음번에는 내가 토끼를 가져와도 구석에 앉아 우리가 먹는 거나 보면서 빵이나 먹고 앉아 있으라고, 안 그러면 고기를 절대 가져다주지 않을 거라고 말했다. 그러자 요하네스는 나를 노려보았지만, 내가 정말 고기 가져오는 것을 그만둘까 봐 걱정되었는지 말없이 뼈에서 살만 발라 먹었다.

마을 사람들은 고기를 거의 먹지 않았다. 병이 들거나 바보 같은 동물들이나 걸려들 허접한 덫을 놓거나 동물을 제대로 맞히지도 못하는 조악한 활을 가지고 사냥했기 때문이다. 내가 숲에 가는 대로 토끼들을 척척 잡아 오는 것을 본 사람들은 놀라움을 금치 못했지만 내가 특별할 것 없는 뱀의 말로 사냥하는 거라는 말을 믿으려고 들지 않고 무언가 비밀스러운 마법을 부린다고 생각했다. 막달레나는 동네 여기저기를 다니면서 나는 어디에 가든 고기를 잘 잡는다고 자랑하고 다녔고 더 나아가 내가 마법의 힘을 빌려 구름을 만들고 천둥을 일으키는 현자라고 부풀려 말했다. 난 현자가 아니며 구름을 조종하는 것은 세상 그 누구도 할 수 없는 일이라고 설명해 주었다. 현자들이란 요하네스를 바보로 만든 사기꾼이나 수도사처럼 성스러운 나무 밑에서 사람들에게 속임수나 부리는 사람들이라고 말했다. 현자

한 명의 얼굴을 거의 반이나 도려냈고 다음에 만나면 나머지 얼굴도 도려내 놓을 거라는 말도 덧붙였다. 상남자 같은 나의 성격이 마음이 든 막달레나가 웃었다. 내가 그렇게 말했는데도 동네를 돌아다니면서 내가 현자라고 떠들었다. 하지만 마을 사람들은 현자가 무슨 말인지도 잘 모르는 눈치였다. 막달레나의 말을 들으니 사람들이 언젠가는 가지고 있었을 법한 아름다운 기억이 다시금 뿌옇게 나타나 등에 전율이 오를 만큼 슬퍼졌다. 이전에는 세상이 그토록 아름다웠는데, 지금 사람들은 현자 같은 것에만 정신이 팔려 있다니 슬펐다. 이 사람들은 왜 뱀의 말과 북녘 개구리를 기억하지 못하는 걸까? 이 사람들 머릿속에는 오직 현자만이 남았다.

어느 날 뚱뚱한 니굴이 나에게 숲에서 악마의 꼬드김에 넘어가 젊은 여자애들을 제물로 바쳤다는 얘기가 사실이냐고 물었다. 난 그 얘기를 듣자마자 니굴의 얼굴을 내갈겼고 니굴은 코피가 터졌다. 히에와 함께했던 행복한 날들이 떠올라 가슴이 아팠다.

마을 남자들의 연인인 막달레나를 품에 안으면서도 난 마을 생활이 행복하지 않았다. 행복한 밤이 지나면 우울한 낮이 찾아왔다. 최대한 마을 사람들과 거리를 유지하려고 했지만, 사람들의 접촉을 완전히 피하는 것은 불가능했다. 지척에서 쓸데없는 소리를 하면서 돌아다니니 신경 쓰지 않기가 어려웠다.

이 마을에서 막달레나 말고 내 관심을 끄는 것은 태어날 아이뿐이었다. 막달레나 배 속에 있는 아이는 비록 내 피는 전혀 섞이지 않았으나, 나는 아버지가 될 준비가 완벽하게 되어 있었다. 그 아이에게 뱀의 말을 가르칠 수 있다는 것이 가장 중요했다.

겨울이 되자 막달레나의 배가 동산만큼 불렀다. 막달레나의 옷 속에서는 아기 곰 같은 아이가 자라고 있을 터였다. 막달레나가 마을을 돌아다닐 때마다 사람들의 이목이 쏠렸다. 여자들은 막달레나 주위로 몰려와 혹시라도 아이가 독일어를 하지는 않는지 방패 소리가 나지는 않는지 둥근 배 가까이 귀를 대고 주의해서 들었다. 마을 사람들은 정말로 기사의 아들은 배 속에서도 철갑모자에 꽂은 깃털을 펄럭이며 말을 타고 다닌다고 믿었다. 마을 사람들의 잘못된 믿음에는 끝이 없었다. 막달레나 역시 사내아이를 낳을 거라고 철석같이 믿고 있었다. 그러나 나는 여자아이가 태어나서 나에게 애교를 피우는 모습을 보고 싶었다. 그렇게라도 그녀가 가진 허튼 신념이 얼마나 잘못된 것인지 깨닫게 해 주고 싶었다. 하지만 마음 깊은 곳에서는 아들을 바라기도 했다. 그러면 뱀의 말을 가르치기가 더 편할 것 같았기 때문이다. 난 삼촌의 얼굴과 막달레나가 낳을 아이의 얼굴을 동시에 떠올렸다. 내 아이는 우리 마을에서 바다 건너 사람들의 허언이나 바보 같은 동네 사람들의 말에 물들지 않고 순수한 심정을 간직한 유일한 사람이 될 것이다. 내가 뱀의 말로 이야기를 할 수 있는 유일한 사람이니, 나의 제자이자 친구이자 아이가 될 것이다.

봄이 되자 아이가 태어났다. 당연하게도 사내아이였다. 막달레나의 허튼 믿음이 이번엔 현실로 이루어졌다. 처음 보는 상황이었다. 나는 고개를 숙여 아이 얼굴을 부드럽게 어루만졌다. 아이는 입을 벌려 아주 자그마한 혀를 내밀었다. 뱀의 말을 하는 데 아주 적당하게끔 날렵하고 재빠르게 움직였다.

내가 뱀의 말을 몇 마디 속삭여 주자, 아기는 눈을 크게 뜨고 나를 쳐다보았다. 진실하고 호기심 많은 눈빛이었다.

31

당연히 아이가 태어나자마자 바로 뱀의 말을 가르치는 것은 불가
능했다. 아이가 태어나는 데만 온 마음을 쏟았던 터라 얼마나 시간이
흘러야 아이가 뱀의 말을 배울 수 있을지 계산해 볼 여유도 없었다.
몇 년을 그저 기다리는 수밖에 없었다. 내가 할 수 있는 거라곤 아이
가 빵이나 밀가루 죽을 먹으면 혀가 굳으니 주의하라는 말을 해 주는
정도였다. 태어난 직후에는 다른 아이들처럼 엄마 젖을 먹였지만 시간
이 지나자 먹는 음식에도 신경을 써야 했다. 막달레나도 역시 내 말에
동감했다.

아직 아이 이름도 짓지 않았다. 막달레나는 항상 노래를 부르던 대
로 아이 이름을 예수로 짓고자 했으나 그 이름은 세상에서 오직 한
사람만 가질 수 있으니 수도사들이 싫어할 거라면 만류했다. 결국은
아이에게 토마스라는 이름을 붙여 주었다. 기사의 아들에게 걸맞은
기독교식 이름이었다. 나는 성당에는 여전히 가지 않았다. 나는 사람
들이 부르는 대로 이름이 굳어진다고 믿었다. 이름 가지고 왈가왈부
하게 되면 끝이 없을 것 같았다. 막달레나와 요하네스에겐 세례를 받
는 것이 중대한 일이겠지만 난 그에 대해서 한마디도 하지 않았다. 어
차피 내 말은 통하지 않을 것이 뻔했다. 그래서 사람들이 아이에게 세
례를 주러 집을 비운 사이 나는 낮잠을 잤다.

토마스를 집에 데려오자마자 난 그 이름을 뱀의 말로 속삭여 주었고 또 발음도 부드럽게 잘 됐다. 아이는 내가 말하는 소리를 듣고는 내 쪽으로 얼굴을 돌려 내 손가락이 엄마의 젖꼭지인 줄 알고 어루만졌다.

"배가 고픈가 보다." 내가 막달레나에게 말했다.

막달레나가 다가와 아기를 들어 안았다.

"우리 기사 토마스가 바라는 것은 뭐든 들어줘야지."

막달레나는 토마스의 귀에 이렇게 속삭이고 젖가슴을 내밀었다. 막달레나는 아주 신기한 방법으로 아이와 교감을 나누었다. 보통 엄마들이 그러는 것처럼 아이를 어르지 않았다. 아이에 대한 애정이 가득한 엄마의 목소리는 아주 나지막했다. 아이가 더 자라도 막달레나는 그 버릇을 고치지 않을 것이 확실했다. 토마스는 세상에서 가장 소중한 존재였다.

다른 마을 사람들 역시 우리 아이를 똑같이 대했다. 우리 아이를 보러 온 사람들도 차마 들어오지 못하고 멀리 떨어져 지켜보고 있었다. 실눈을 뜨고 아이가 자고 있는 침대를 쳐다보거나, 아이가 갑자기 깨어나 울음을 터뜨리면 모두 아이가 하는 말을 들으려고 귀를 쫑긋했다. 마을 사람들은 분명 그 아이가 하는 말을 알아듣지 못할 것이라 몹시 긴장하고 있었다. 아마도 그들은 이 기사의 아들이 독일어를 구사할 것으로 믿었던 모양이다. 막달레나 역시 엄청난 기대를 가지고 아이가 내는 소리에 귀를 기울였다. 혹시라도 독일어처럼 들리는 소리라도 옹알거리면 정신 나간 사람처럼 웃어 댔다.

요하네스가 하는 짓이 제일 꼴불견이었다. 요하네스는 자주 아이 침대 옆에 앉아 흔들어 주었고 아이가 지르는 소리를 심각한 표정으로 듣다가 가끔씩 알아듣는 듯 반응하며 고개를 끄덕여 주었다. 난성스러운 로마에 다녀오고 대주교와 잠자리를 같이한 이 남자가 사람들 앞에서 잘난 체를 하는 것인지, 정신이 빠져서 그러는 건지 이해가 되지 않았다. 요하네스는 자기가 왜 그러는지 한 번도 설명해 주지 않았다. 아이가 잠들면 엄청나게 중요한 소식이라도 들은 것처럼 고개를 끄덕이며 구석에 들어가 앉아서는 몇 시간이건 미동도 없이 가만히 처박혀 있었다.

사람들은 이 기사의 아들을 존경심과 경외감으로 대했지만 나는할 수 있는 한 최대한 자연스럽게 대하고자 했다. 턱을 간지럽히고 배에 바람을 불면 까르륵 웃으면서 행복한 표정으로 손과 발을 뻗었다. 내가 아이와 알아듣지 못할 소리로 떠들고 있을라치면 막달레나는내 옆에 어색한 표정으로 서서 이런 방식으로 기사의 아들을 대하는것이 올바른 일인지, 말려야 하는 것은 아닌지 고민했다. 우리가 이렇게 미친 듯이 놀고 나면 막달레나는 토마스를 품에 안고 내가 했던행동에 대한 용서를 대신 구하듯 부드럽게 조심스럽게 어루만졌다. 그럴 때면 마을 사람들처럼 낯설게 보였다.

그 이후로 난 토마스와 즐거운 시간을 가질 여유가 줄어들었다. 곧봄이 도래했고 내가 보기에는 기운만 뺄 뿐 하등의 쓸모가 없는 농사일을 시작해야 했기 때문이다. 맨몸으로 쟁기질을 하는 것과는 비교도 안 될 만큼의 어마어마한 일을 겪었던 나는 사람들이 시키는 일은군말 없이 했고 작물을 기르는 것도 도와주었다. 쟁기질을 하는 것보다 더 힘든 것은 마을 친구들이 하는 이야기를 듣는 것이었다.

요즘 들어 아이들의 정신을 사로잡고 있는 주제는 말똥이었다. 마을 사람들 중에는 말을 가진 사람들이 드물었고, 있다 하더라도 삐쩍 말라서 갈기도 빠진 늙은 말 정도였다. 소들과 같이 파종하는 데 쓰는 짐승들이었다. 기사들은 멋진 말을 타고 밭 여기저기를 돌아다녔다. 누군가가 밭 한가운데서 말이 싼 똥을 발견하는 일이 잦아졌고, 그러면 "찾았다!" 하고 소리를 지르며 사람들을 끌어모았다. 곧이어 사람들은 씨를 뿌리다 말고 똥 주변으로 몰려들었다.

사람들은 모두 말 전문가라도 된 듯 말하기 시작했다.

야콥이 말했다. "이건 아랍 순수 혈통 말의 똥이야. 난 아랍 혈통 말은 잘 알아. 이렇게 구불구불하고 푸석푸석하지."

뚱뚱한 니쿨은 잠시 주저하다가 코를 똥에 가까이 갖다 대고 킁킁 냄새를 맡아 보았다. "흠…… 냄새를 맡아 보니 이건 스페인 혈통의 말이야."

안드레아스가 반박했다. "스페인 말들은 이런 똥을 누지 않아. 아니야, 내 말 들어, 내가 아는 사람 중에 마구간지기가 한 명 있는데 이따금 나한테 철갑인간들이 타는 말의 똥을 가져다줘. 그거 내가 다 모으고 있거든. 우리 집에 가서 스페인 말이 싼 똥이 뭔지 보여 줄게. 모르는 사람들이 보면 그 차이를 잘 못 느낄 수 있겠지만 난 딱 봐서 영국에서 온 말이라는 걸 바로 알 수 있는데. 잘 봐, 군데군데 갈색이 눈에 띄잖아."

니쿨은 코감기가 심해 냄새를 잘 못 맡아서 그런 거라 미안하다며 안드레아스 말에 수긍했지만 야콥은 쉽게 항복하려 들지 않았다.

"바보 같은 소리 마. 이건 아라비아 말이라니까. 어릴 때부터 말똥을 계속 보고 자라서 난 보면 금방 알아!" 야콥이 화가 난 목소리로 따졌다.

"못 믿겠으면 맛을 보든가. 이건 영국 말이고 암컷이야." 안드레아스가 말했다.

안드레아스는 손가락으로 똥을 찔러서 입으로 가져가 보고는 만족스레 고개를 끄덕였다.

그가 확신에 차서 말했다. "내 말이 맞아. 두말할 것 없이 영국 말이야. 아주 멋진 녀석일 거야."

야콥도 역시 똥의 맛을 보았다. 잠시 조용히 앉아 있다가 침울하게 말했다.

"그래, 네 말이 맞아. 아라비아 말똥은 조금 짜. 젠장, 정말로 암컷 말이야."

안드레아스가 웃었다. "내가 뭐라 그랬어. 보라고, 말이랑 똥에 대해서는 나를 따라올 사람이 없지. 난 똥이 정말 좋아. 우리 집에도 이렇게 똥을 잘 누는 말이 있다면 얼마나 좋을까."

이번에는 패르텔이 끼어들었다. "그런 말을 어디서 찾아? 그거 사려면 마을 돈을 다 훔쳐 와도 부족해. 게다가 외국에서만 들여올 수 있는걸."

안드레아스가 대꾸했다. "나도 알아, 외국에서만 들여올 수 있는 거. 두고들 보라고. 내가 언젠가 꼭 외국에 나가서 말 한 마리를 가지고 들어올 테니까. 돈을 잔뜩 모아서 사 가지고 들어올 거야. 너희들 부러워 죽을 거다."

패르텔이 손을 흔들며 말했다. "허튼소리 하지 마. 우리 같은 놈들은 평생을 일해도 그런 돈 못 모아. 외국에서 누가 우리 같은 사람들을 받아 주겠어."

"난 꼭 가고 말 테니 두고 봐."

안드레아스는 강하게 맞받아쳤지만 정작 자기가 한 말을 믿지 못하는 눈치였다. 사람들은 사이좋게 영국 말똥을 나누어 가지며, 자세히 보니 정말 예쁘다는 둥 이런 말이 없어서 아쉽다는 둥 한마디씩 해 댔다. 그러고는 다시 씨를 뿌리러 갔다.

말을 타고 다니는 철갑인간들과 자주 마주쳤기에, 그런 일은 일주일에 몇 번씩 일어났다. 처음엔 말똥에 대한 열정이 신기해 보였지만 시간이 지날수록 속에서 열불이 났다. 언젠가 하루는 조용히 씨를 뿌리고 있는데 여자애 한 명이 나를 향해 소리를 질렀다.

"살려 줘. 제발! 뱀이 카타리나를 물었어!" 그 아이는 계속 소리를 질렀다.

카타리나는 그네터에서 뱀 왕의 왕관에 대해서 물었던 그 아마 색 머리카락의 여자아이다. 무슨 일이 있을지는 보지 않아도 뻔했다. 예전에 내가 뱀에 물린 막달레나를 치료해 준 사실은 모두 알고 있었다. 그건 아무 일도 아니었다. 그 아이를 문 뱀을 다시 오라고 하면 끝이었다. 그런데 난 그러고 싶은 마음이 없었다. 혹시라도 나를 아는 뱀을 만날까 걱정이 되었다. 그러면 뭐라고 말해야 하나. 뱀들이 나한테 뭐라도 물어보면 어쩌지? 나를 어떤 눈초리로 바라볼 것인가. 우리 레메트, 너 우리랑 같이 몇 번이나 겨울을 보냈잖아, 항상 우리 곁에 있던 아이가 왜 지금은 마을 사람들 옷을 입고 밀가루 냄새를 풍기는 거야…… 그 아이는 점점 내 곁으로 다가오고 있었고 나는 서둘러

자리를 피하고 싶었다.

그러나 당연히 그러지 않았다. 뱀에게 물린 것이 확실하다면 카타리나가 죽게 내버려 둘 수는 없었다.

내 곁으로 뛰어와 숨을 거칠게 쉬고 있는 아이에게 말했다. "카타리나 어디 있니? 카타리나가 있는 곳으로 얼른 가자. 어서."

그 아이는 숨이 가빠서 힘들어했다. "잠깐만. 너무 급하게 뛰어왔더니 서 있을 힘도 없어."

땅에 널브러져 치마를 펄럭이며 부채질했다.

내가 다그쳤다. "이렇게 큰일이 났는데 넌 여기서 앉아서 잠이나 자겠다고?"

"숨쉬기가 너무 힘들어." 그렇게 한참 동안 숨을 고르고 나서야 아이는 카타리나가 뱀에 물린 곳이 어딘지 설명해 주었다.

난 소식을 전해 준 전령을 쉬라고 놔두고 그곳을 향해 잽싸게 달려갔다. 카타리나는 바로 지척에 있었다. 겨우 그 거리를 뛰어오고 숨이 가빠 헐떡거릴 수 있다는 게 참으로 놀라울 따름이었다. 하긴 그 아이는 무척 살이 쪘고 다리도 짧긴 했다.

카타리나는 하얀 낯빛을 하고 당장이라도 쓰러질 듯한 모습으로 바위에 앉아 있었다. 나를 보고도 제대로 말을 하지 못하고 가만히 치마를 들어 다리를 보여 주었다. 다리에 난 큼지막한 구멍에서는 피가 새어 나왔고 카타리나는 어린 짐승처럼 낑낑댔다.

난 그럴 때 필요한 뱀의 말을 해 보았다. 그러자 풀숲에서 뱀 한 마리가 기어 나왔다. 바로 인츠였다.

"너로구나!"

내가 놀라 외쳤다. 분명 아는 뱀을 만날 거라 단단히 각오했지만 막상 인츠를 보게 될 줄은 꿈에도 생각을 못 하고 있었다. 카타리나의 허벅지에 난 자국을 보니 분명 작은 뱀에게 물린 것 같았다. 인츠는 그사이 뱀의 왕이 되어 있었고 뱀의 왕은 목 외에 다른 곳은 무는 법이 없었다. 뱀의 왕에게 목을 물리면 살려 낼 방도가 없었다.

"저거랑 똑같은 뱀이었어. 저 악마 같은 짐승이 날 물었어." 카타리나는 갑자기 소리를 지르며 쓰러졌다.

"조용히 해."

나는 어깨 너머로 카타리나에게 매섭게 소리를 지른 후 뭔가 좀 해 보라고 눈치를 주며 인츠를 바라보았다. 마을 사람들 옷을 입고 있는 것이 부끄러웠지만 인츠를 별다른 주의를 기울이지 않는 것 같았다.

인츠는 여느 때처럼 똬리를 틀고 앉아 말했다.

"안녕, 레메트. 다시 보니 정말 반갑다. 너 만나려고 일부러 여자애 다리를 물었어. 안 그러면 코빼기도 안 비칠 거잖아. 우선 내가 저 아이 다리에서 피를 뽑아 줄게. 그다음엔 저 아이 징징거리는 소리 안 들리는 곳으로 가서 둘이서 그동안 못다 한 이야기를 해 보자고."

"그래, 제발 부탁이야."

내가 그렇게 대답하니 인츠는 카타리나 옆으로 가 다리에 난 상처를 치료해 주었다.

"이제 안 아프지?" 카타리나에게 물었다.

"안 아파요. 뱀의 왕이 정말 있었네." 카타리나는 마법에 걸린 듯한 표정으로 왕관을 쓴 인츠를 바라보았다.

"맞아. 그런데 그 왕관은 절대 못 가져. 이제 집에 가." 내가 말했다.

"레메트는요?" 카타리나가 물었다.

"나는 왜? 내가 뭘 하든 네가 무슨 상관이야? 얼른 가라고."

카타리나는 천천히 집을 향해 걸었다. 카타리나가 나무 뒤로 사라질 때까지 지켜보다가 인츠는 내 무릎으로 기어올라 내 팔에 머리를 올려놓았다.

"정말 오랜만이네. 내 친구는 그동안 어떻게 살았나?" 인츠가 말했다.

"별일 없었어."

나는 무덤덤하게 말했다. 마을 생활에 대해서는 인츠에게 이야기하고 싶지도 않았고 또 어떻게 말을 꺼내야 할지도 몰랐다. 그래서 난 완전히 다른 질문을 해 버렸다. "우리 엄마는 어떻게 지내셔?"

인츠가 말했다. "너희 어머니는 잘 지내. 지금 우리랑 같이 살아. 겨울에 들어왔다가 계속 남은 거지. 혼자 사는 게 적적하시대. 한번 만나 뵙지 그러니, 기다리시는데."

나는 고개를 끄덕였으나 인츠는 내게 말할 기회를 주지 않고 혼자 말을 이었다. 인츠는 누나가 남편의 생일 선물로 바지를 짜 준 이야기를 해 주었다. 그 바지에는 단추며 고리가 아주 많아서 믐미 혼자서는 벗을 수가 없었다. 알고 보니 다른 여자를 만나지 못하게 하려는 누나의 꾐에 빠진 것이었다. 피르레와 랙은 겨울을 지내는 동안 폭삭 늙어서 털이 온통 하얗게 변해 버렸다고 했다. 그래서 나무 위에 앉아 있으면 커다란 거미집 두 개가 있는 것 같다고 말했다. 인츠의 아이들은 자기 인생을 즐기며 알아서 잘 크고 있고 멋진 피부가 새로 돋았다고 했다. 그 이야기를 듣고 있노라니 사실 내가 숲을 아주 그리워하고 있고 엄마를 굉장히 보고 싶어 한다는 것을 깨달았다. 인츠를 만나고 나니 그런 생각들이 더 확연해졌다. 내가 영원히 머릿속에서 지워 버리고 싶던 그 세상은 인츠의 가느다란 몸을 타고 다시 내게 기어들었고 그걸 깨닫는 순간 물 만난 고기처럼 안도감을 느꼈다.

갑자기 아무런 명목도 없이 숲을 버리고 떠나 마을로 들어왔다는 생각이 들었다. 대체 난 무엇을 위해 여기 귀찮고 바보 같은 사람들 속에서 긴 겨울날을 보낸 것일까. 숲에 가면 나를 낳아 주신 어머니와 누나와 친구 인츠가 기다리고 있는데 말이다. 아직 꼬마인 막달레나의 아들 토마스는 훌륭한 제자가 될 것이 분명하다. 그러나 그 말은 남은 평생을 엄마와 친구를 만나지도 못하고 여기에서만 보내야 한다는 뜻이 아니다. 난 왜 숲을 섣불리 떠나야만 했는가를 곰곰이 생각해 보았으나 도통 기억나지 않았다. 그 사람들이 나를 동정할지 모른다는 불편한 생각은 감수할 수 있었으나, 혹시라도 히에 얘기를 꺼낼지 모른다 생각하니 더한층 심란해졌다. 난 히에에 대해서는 한마디도 하고 싶지 않았다. 난 마을에서 보낸 오랜 시간 동안 눈에 보이는 대로 믿고 살았고 앞으로의 인생 역시 그러하리라 믿었다. 그러나 지금 갑자기 눈에 씐 것이 벗겨지면서 모든 것이 옛날처럼 돌아왔다.

내가 말했다. "인츠, 나 오늘 엄마를 뵈러 가야겠다. 나한테 와 줘서 정말 고마워. 아니었다면 난 세상 가는 줄도 모르고 여기서 계속 살았을 거야."

"내 생각도 그래. 네가 순순히 따라올 거라 생각했지. 이제 마을은 잊고 다시 숲으로 돌아가자." 인츠가 대답했다.

"그건 안 돼."

나는 인츠에게 막달레나의 아들에 대해서 이야기해 주었다. 내가 그 아이에게 뱀의 말을 가르치면 내가 죽은 후에라도 뱀의 말을 할 사람이 적어도 한 명은 있을 것이라 했다. 인츠가 이야기를 듣더니 한숨을 쉬었다.

"그런 계획이 있었구나. 레메트, 마음 상하지 말고 들어. 이제 사람들은 희망이 없어. 정말 안타깝고 슬프지만 우리가 할 수 있는 일이 아무것도 없어. 너랑 너희 식구들은 예외였어. 네가 그 아이에게 뱀의 말을 가르치면 그 아이 역시 예외가 되겠지. 나머지 다른 사람들은 자기 이빨로 멀쩡한 날개를 물어뜯어 버린 파리처럼 땅 위에서 돌아다니고 있을 뿐이야."

"바로 그 때문이야. 그 파리들 중에서 적어도 한 명은 나는 법을 익혀야만 해. 자기가 파리가 아니라 새라는 사실을 알게 해야지. 적어도 한 명은."

"그건 그런데, 하지만 마을 애들은……."

인츠는 못마땅한 어투로 입을 열었으나 내가 인츠의 말을 막았다.

"나도 이 아이를 히에가 낳아 준 아이라고 믿으려고 해 봤어. 하지만 그런 아이가 세상이 있을 리가 없지."

"무슨 말인지 나도 알지. 난 네가 히에 이야기를 하고 싶지 않을 거라 생각했어." 인츠가 조용히 말했다.

"그건 이제 아무런 의미가 없어. 네가 말한 대로, 난 네가 가자고 해서 마을에서 나가는 거야. 엄마가 너무 보고 싶어."

엄마는 조금 늙긴 했지만 예전과 다름이 없었다. 내가 고개를 숙여 뱀의 동굴로 들어서자마자 정말 말 그대로 내 목을 끌어안고 주저앉왔다. 온 힘을 다해 나를 껴안고 나서야 나를 풀어 주었다. 약간 두려운 눈으로 나를 똑바로 보더니 아이구 소리를 지르며 밖으로 뛰어나갔다.

"엄마, 왜 그래요? 어디 가시는 거예요?" 내가 소리쳤다.

나도 그 뒤를 따라나섰지만 엄마는 이미 사라지고 없었다. 동굴에서 빠져나간 엄마는 숲을 아무리 뒤져도 찾을 수가 없었다.

난 뱀들과 이야기를 나누기 위해서 다시 동굴로 들어갔다. 인츠는 자기 아이들이 잘 자라지 않았느냐며 자랑을 늘어놓았고, 시간이 조금 지나자 엄마도 모습을 드러냈다.

"엄마, 어디 다녀오신 거예요."

자세히 보니 엄마의 뺨에 피가 묻어 있고 옷도 여기저기 찢어져 있었다.

"엄마, 무슨 일이 있었던 거예요?" 나는 놀라 소리쳤다.

"아니다. 아무것도 아니야. 아무 일도 없다, 애야." 엄마는 내 머리를 부드럽게 두드렸다.

"아무것도 아니긴 뭐가 아무것도 아니에요. 뺨은 대체 왜 찢어졌어요? 누가 그런 거예요?"

"찢어진 거 아니야. 긁힌 거야. 누가 무슨 짓을 한 건 아니야. 손바닥처럼 훤한데 누가 이 숲에서 나한테 해코지하겠니. 그냥 높은 데서 떨어진 거야." 엄마는 손으로 뺨에 흐르는 피를 닦았다.

"어디에서 떨어져요." 그 말 역시 놀랍기는 마찬가지였다.

"나무에서. 나뭇가지를 밟고 오르다가 미끄러져 떨어진 거야. 나도 이제 늙었는가 보다. 옛날에는 다람쥐처럼 재빨랐는데. 아무리 높아

426

도 다 오를 수 있었는데." 엄마는 공연히 내게 사과를 하고 있었다.

"엄마, 나무 위에는 왜 자꾸 올라가려고 그래요. 이렇게 오랜만에 찾아왔는데 저를 보자마자 나무에 올라가야겠어요?" 내가 물었다.

"부엉이 알 가져다주려고 그랬지."

엄마는 이렇게 말하고 주머니에서 아주 멋진 부엉이 알 두 개를 꺼내 내밀었다.

"네가 어렸을 때 아주 좋아했던 거잖아. 네가 집을 비우고 없는 내내 사랑하는 우리 아들이 돌아오면 옛날처럼 부엉이 알을 먹일 거라고 생각하고 있었어. 그러다 네가 집에 왔는데 부엉이 알이 집에 하나도 없잖아. 당황해서 그거 구하러 뛰어나간 거야. 바로 저쪽에 부엉이 둥지가 하나 있거든. 호기롭게 올라갔다가 땅에 떨어지고 말았지 뭐니. 마침 부엉이 알이 주머니에 없었기 망정이지 있었더라면 다 깨졌을 거야. 그래서 다시 올라가서 꺼내 온 거야. 자, 엄마가 주는 선물이다."

나는 그 선물을 받아 들고 고맙다는 말도 못 하고 잠시 멍하니 있었다. 엄마는 뺨을 아무리 닦아도 상처가 깊다 보니 피가 계속 철철 흘렀다.

엄마는 화가 나서 말했다. "세상에, 아들 녀석이 이렇게 오랜만에 왔는데 나는 이렇게 피나 흘리고 있으니. 나도 참 주책이 없구나. 이렇게 뺨에서 피 흘리고 있는 거 보기 안 좋지? 미안하다. 얘야……."

나는 목소리를 높였다. "엄마, 무슨 소리 하는 거예요. 미안해할 사람은 저예요. 이렇게 오래 엄마에게 얼굴 한 번 안 보여 드리고…… 제 맘 아시죠?"

내 말이 끝나지 않았는데도 엄마는 내 말을 막고 나섰다. "알다마다. 레메트, 말 안 해도 다 안다. 우리 불쌍한 아들."

엄마는 옆에 앉아 나를 끌어안고 울음을 삼켰다.

"그런데 부엉이 알 왜 안 먹니. 부엉이 알 이제는 먹기 싫어진 거니? 마을에서 더 잘 먹는가 보다."

"아녜요, 엄마. 어떻게 그렇게 말할 수가 있어요? 부엉이 알을 마다 할 이유가 없죠."

"그럼, 얼른 비워. 지금이 제일 맛있을 때야."

나는 부엉이 알에 구멍을 뚫고 입 안으로 쭉쭉 빨아 먹었다. 엄마는 슬픈 눈빛으로 나를 쳐다보았다.

"우리 아들이 원한다면 이런 부엉이 알쯤이야 얼마든지 가져다줄 수 있지. 언제라도 일이 생기면 엄마한테 와라, 내가 배불리 먹여 줄게." 엄마가 말했다.

엄마는 뺨에서 흐르는 피를 닦고 무언가 결심한 듯 자리에서 일어섰다.

"남은 거 한 개 마저 먹고 밥 먹으러 가자. 엄마가 엘크 고기 구워 줄게."

32

고집만 남은 것 같은 내 인생에서 가슴에 품고 있던 일련의 감정이 이렇게 쉽게 풀려 나간다는 사실은 심히 우습기까지 했다. 그것은 어떤 새가 높은 나무 꼭대기에 둥지를 짓고 알을 품으러 앉으려는 차에 나무가 통째로 흔들리는 격이었다. 그래서 다른 나무로 날아가 새로 둥지를 짓고 알을 낳아 품으려 하지만 새끼들이 알을 깨고 나오려는 순간에 폭풍우가 몰려와 나무가 반으로 쪼개진 것이었다.

내가 인생이라는 실타래를 다시 한번 풀어 보면 그러한 일련의 사건들이 실제로 일어나기 전에는 모든 것이 불가능하다고 말했을 것이다. 일반적인 경우라면 불가능하다고 봐야 한다. 중요한 것은 내가 다른 사람들처럼 일반적인 인생을 살지 않았다는 말이다. 아니면 나대로 인생을 열심히 살고자 하고 있는데 주변 세상이 날 가만히 놔두지 않는다는 말이 더 정확할 것이다. 멋지게 꾸며서 말해 본다면, 이전에는 마른 육지였던 곳이 지금은 바다가 되어 물결치고 있는데 난 아직 아가미가 자라지 않아 이 세상에는 전혀 쓸모가 없는 구식 허파로 공기를 마시려 하고 있으니 항상 숨이 가빴다. 나를 공격하는 물결을 피해 도망을 다녔고 해변 모래에 둥지를 만들겠다며 열심히 땅을 팠다. 그러나 파는 족족 파도가 몰려와 내 노력의 결실을 휩쓸고 지나갔고 둥지는 온데간데없이 사라졌다. 더 이상 어쩌란 말인가. 자꾸 나무가 부러져 알을 품지 못하고 새끼를 보지 못하는 새들은 잘못이 없다. 그저 수천 년간 새들이 살아온 대로 똑같은 인생을 살 뿐이다. 조상들이 수백 년 동안 새끼들을 낳고 키우던 똑같은 떡갈나무 꼭대기에 다시 알을 낳을 뿐이다. 새들은 그 나무들의 생이 다하고 속은 썩어서 조금만 강한 바람이 불어도 거인 손에 잡힌 말라비틀어진 잔가지처럼 반으로 쪼개지리라는 것을 알 방법이 없다.

그날 뱀들의 동굴에 있으면서 아무리 홍수가 나도 수해를 입지 않을 땅을 발견한 느낌이 들었다. 엄마의 눈은 기쁨으로 빛났고 맛있는 엘크 고기를 가져다주시는 족족 나는 접시를 비웠다. 그건 이전에는 한 번도 맛보지 못한 맛이었다. 그건 세상에 흔해 빠진 음식이 아니라 바로 우리 어머니가 구워 주신 고기였다. 이보다 맛있는 음식을 대 보라고 한다면 난 한 마디도 못 할 것이다. 인츠와 다른 뱀들이 내 옆에 앉아 이것저것 수다를 떨면서 시간을 보냈다. 거의 6개월 동안 이렇게 웃어 본 적이 없었다.

"엄마, 앞으로도 인츠 집에서 계속 지낼 건가요?" 내가 물었다.

"당연히 아니지. 이제 너도 돌아왔으니 우리 집으로 가야지. 혼자 지내면 적적하기 그지없지만 너랑 같이 살면 이야기가 달라지지. 다시 숲에서 살려고 온 거지?" 엄마가 대답했다.

난 잠시 머뭇거렸다. 마을에 돌아가는 것은 생각만 해도 속이 쓰렸다. 매일 아침 일을 하면서도 대체 내가 왜 이 짓을 하고 있나 하는 생각을 떨칠 수 없었다. 작물을 기르는 일은 내 적성에 맞지 않았고 일을 한다는 것도 나한테 어울리지 않았다. 그런 부자연스러운 삶은 이제 그만두는 게 나았다.

그러나 막달레나와 토마스는 포기할 수 없었다. 막달레나도 신경이 쓰였지만 토마스와 헤어지는 것은 생각도 하기 싫었다. 막달레나에 대한 나의 마음은 언제나 변함없었다. 내가 숲에 돌아와 혼자 사는 것을 선택한다 해도 막달레나는 나를 용서해 줄 거라 믿었다. 낮에는 토마스에게 뱀의 말을 가르치고 밤에는 막달레나와 시간을 보내면 된다. 게다가 막달레나는 나에게 늑대인간이니 현자니 별 희한한 이름을 붙여 댔다. 그러므로 숲에서 살아야 하는 내 심정을 분명 이해해 줄 것이다. 막달레나는 아들에게 옛 조상들의 지혜를 가르쳐 달라고 나를 부른 것이지 들판에서 일이나 하라고 부른 것은 아니었다. 그런 일은 내가 없더라도 마을 사람들이 잘 해낼 수 있을 것이다.

"맞아요, 저도 엄마랑 집에서 살아야죠. 그런데 가끔은 마을에 가 봐야 해요. 거기서 할 일이 있거든요." 내가 말했다.

엄마는 고개를 끄덕였다. 그리고 기다렸다는 듯 대답했다.

"그래, 그래, 얼마든지 다녀오렴. 네가 하고 싶은 것이 있으면 뭐든 해도 좋아. 우리 집안에 남자라곤 너밖에 없으니 난 네가 하라는 대로 다 할게. 뭘 해도 뭐라 안 할 테니 걱정 안 해도 된다. 필요하면 다시 마을에 가서 살아도 상관없다. 네가 앞으로 어떤 삶을 택하든 난 전혀 귀찮게 하지 않을게."

"지금 귀찮게 하고 계세요. 엄마, 나 정말 엄마랑 같이 살고 싶어요. 솔직히 말해서 마을에 사는 거 이제 진절머리가 나요." 내가 말했다.

그때 인츠가 코로 나를 툭툭 건드리더니 말했다.

"레메트, 마을 사람들이 여기로 오고 있어. 네 친구들도 여기 동굴까지 찾아와서 땅을 파고 들어오고 있어."

"마을 사람들이? 그 사람들이 왜 너까지 못살게 구는 거야." 내가 말했다.

"못살게 굴지 않을 때도 있어. 여기까지 오지는 못할 거야. 너도 그 녀석들 꼴을 보고 싶지 않으면 여기서 편안히 기다려. 내가 가서 빨리 처리하고 올 테니." 인츠는 이렇게 말하고는 다른 뱀들처럼 이가 보일 정도로 턱을 크게 벌리고 소리 없이 웃었다.

"아니야, 나도 같이 갈래. 나도 가서 누가 온 건지 보고 싶어. 혹시 그중에 막달레나가 있을지 누가 알아. 막달레나에게 무슨 일이 생기면 안 되지." 내가 말했다.

"그럼 같이 가자. 우린 막달레나가 누군지 모르니 네가 말을 해 줘야지. 얼른 가서 우리 귀한 손님들 얼굴이나 좀 보고 올까?" 인츠가 말했다.

나는 몸을 바닥에 바짝 붙이고 뱀들은 내 앞과 옆에서 앞서거니 뒤서거니 하면서 밖으로 이어진 긴 동굴을 기어 나갔다. 그때 누군가 이야기하는 소리를 들었다. 그중 한 명이 말했다.

"여기서 얼마나 더 기어가야 하는 거야."

"여기 너무 어둡잖아. 무서워." 여자아이 목소리도 들렸는데 아무래도 카타리나인 것 같았다.

"괜찮아." 세 번째 사람이 말했다. 안드레아스인 것 같았다.

"성스러운 십자가를 목에 걸고 있는데 저 뱀들 따위가 우리에게 뭔 짓을 할 수 있겠어. 뱀의 왕을 보게 되면 얼른 왕관을 벗겨서 도망가자."

"그러면 우리 뒤를 따라올 텐데." 맨 처음 들었던 목소리가 다시 들려왔다. 야콥의 목소리였다.

"안 따라올 거야. 수도사님이 그러시는데 네가 뱀 왕의 왕관을 벗기면 돌로 변한댔어." 카타리나가 말했다.

나는 할 말을 잃었다. 저런 가엾은 것들 같으니. 아무리 생각해도 어쩌면 저렇게 바보 같을 수 있는지 이해가 되지 않았다.

"그럼 왕관은 어떻게 나누지? 정확히 삼등분할 수 있어?" 안드레아스가 말했다.

"내가 더 많이 가져야지. 레메트가 뱀이랑 같이 어디로 가는지 정확히 본 사람이 나잖아. 내가 따라와 보니까 저 굴로 들어갔어." 카타리나가 말했다.

야콥이 말했다. "그건 맞아, 그런데 너 혼자서는 겁나서 못 들어가니까 도와달라고 남자들 부른 거 아니야? 그러니까 정확히 삼등분해서 나눠 가져야 해. 네가 여기 알아낸 몫, 우리가 너를 도와준 거랑 왕관 가지고 나온 몫. 너 같은 계집애들은 뱀 왕 머리에는 손도 대지 못할 거야."

카타리나가 지지 않고 반박했다. "할 수 있거든. 여기 도끼 들고 있는 거 안 보여? 그 왕관을 순순히 내놓지 않으면 머리를 찍어 버릴 거야. 그때 왕관을 가져가도 늦지 않아."

인츠가 내 귀에 속삭였다. "내가 오늘 물었던 바로 그 애다. 그 허벅지 맨살에 내 소중한 독을 허투루 쓰다니. 이번엔 목을 물어 버리겠어."

인츠는 말한 대로 했다. 번개처럼 어둠 속에서 기어 나가 카타리나 턱에 이빨을 박아 버렸다. 카타리나가 도와달라고 소리를 지르는데도, 뱀의 왕관을 빼앗으러 같이 온 나머지 두 아이는 뭘 해야 좋을지 몰라 얼굴만 찌푸리고 바라보고 있었다.

안드레아스가 외쳤다. "얼른 십자가를 꺼내서 쫓아 버려. 빨리 이 성스러운 십자가를 챙겨……."

그다음엔 인츠의 아버지가 안드레아스를 공격했다. 크고 기운 센 뱀의 왕은 커다란 나무가 넘어지듯 안드레아스의 얼굴로 몸을 던져 눈알을 뚫었다.

그것을 옆에서 보고 있던 야콥은 찢어지는 듯한 소리를 지르며 뒤돌아 동굴 입구로 비틀거리며 도망갔다.

어린 뱀 몇 마리가 야콥을 뒤쫓고자 했으나 인츠의 아버지가 만류했다.

"마을로 들어가서 여기서 본 일을 그대로 말하게 내버려 두자꾸나. 그걸 알게 되면 절대 다시 와서 귀찮게 하지 않을 거다. 저주받을 것들. 내 왕관을 빼앗아 가겠다고? 배가 부르니까 아주 눈에 보이는 것이 없는 게로구나."

"사람들은 그 왕관을 지니고 있으면 새들의 말을 알아들을 수 있다고 믿어요." 내가 침울한 목소리로 말했다. 웬일인지 나도 왕관을 훔치러 온 아이들 중 한 명이었던 양 마음이 무척 무거웠다. 악한 마음을 품고 산다는 점만 빼면 그 애들이나 나나 별반 차이가 없었다.

인츠의 아버지가 놀라 말했다. "새들의 말이라고? 어디서 그런 생각을 해낸다니. 사람들이야 항상 그런 이상한 생각이나 하고 사니 별로 놀랍지도 않다. 뱀의 말을 할 줄 모르니 마을에 살아도 이야기할 대상이 없나 보구나. 자기들끼리만 사는 게 점점 싫증이 나는 걸 테야. 모기 새끼들도 그보단 낫겠다."

바로 오늘 아침에 뱀의 독을 빼내어 목숨을 살려 주었던 카타리나를 쳐다보았다. 또다시 뱀에게 물린 카타리나를 도와줄 방법은 전혀 없었다. 말똥에 대해서 잘 알았던 안드레아스 역시 똑같이 뱀에 물려 죽어 버렸다. 갑자기 그 애들이 안쓰럽게 느껴졌다. 마을에서 평상시처럼 물레와 빵삽과 맷돌로 하던 일이나 할 것이지, 왜 이곳에는 기어들겠다고 한 것일까. 자신의 손으로 새로운 세상을 만들었으면 그 속에서 안주하며 살 것이지, 왜 여전히 과거를 잊지 못하는 것일까. 인간들은 어쩌면 그런 능력이 없는지도 모른다. 그들은 뱀의 왕관과 새들이 말에 속아서 이곳까지 왔다. 그리고 기억 속에서 심하게 왜곡되고 이것도 저것도 아닌 기괴한 의미만이 남은 숲의 신비로운 이야기들에 정신이 팔렸다. 지금까지 지나온 시간 동안 그들은 자유로움을 느끼지 못했다. 사람들은 뭔지도 모르고 그 속으로 빨려 들어갔다. 그들은 정말 이전에 지나간 것들 때문에 이 자리에 있게 된 것일까? 다른 방법은 전혀 없었던 걸까? 펄펄 끓는 아궁이가 뜨거운 줄 모르고 굳이 다가가 손을 데고야 마는 어린아이들 같다. 두 사람은 모두 얼굴에 상처를 입고 땅바닥을 굴러야 했다. 뱀의 왕과도 형제처럼 지낼 수 있었으련만 도리어 죽음을 구걸했으니.

나는 인츠에게 말했다. "나 이제 가야겠어. 마을에 가 봐야겠어, 엄마한테는 내가 저녁까지 돌아올 거라고 말씀드려 줘."

인츠가 물었다. "왜 그래? 저 애들이 불쌍해서 그래? 쟤들은 도둑질 하는 데 그치지 않고 머리를 자르겠다고 도끼까지 들고 왔잖아. 그런 상황에서 우리가 그 녀석들 발목에 이빨을 가져다 대는 것 말고 할 수 있는 게 뭐 있어."

내가 말했다. "네 말이 맞아. 죄지은 대로 거둔 거야. 당분간은 숲으로 돌아와 살 거니까 마을에서 뭔가 해결을 좀 하고 와야 해서 그래."

인츠가 물었다. "나도 같이 가도 되니? 네가 뱀의 말을 가르쳐 주려 한다는 그 애 얼굴을 보고 싶어. 지금 해도 지고 사람들은 다 잘 테니까 아무도 안 깨우고 조용히 들어갈 수 있어."

"그래, 같이 가자. 서두르지 말고, 숲에서 좀 더 있다가 가고 싶어. 정말 오랜만에 온 거잖아." 내가 말했다.

사실 나는 숲에서 그리 오랜 시간을 보내지 않았다. 주변이 완전히 어둠에 잠기자마자 바로 숲으로 갔다. 사람들은 분명 자고 있을 터였다. 사방이 쥐 죽은 듯이 조용했다.

우리는 조용히 요하네스 집으로 걸어갔다. 문을 살짝 밀고 인츠에게 속삭였다.

"애가 요람에서 자고 있어. 얼른 보고 나가. 혹시라도 요하네스가 깨서 볼까 무섭다."

"나는 상관없어."

인츠를 그렇게 대답하고 토마스의 요람으로 기어갔다. 옆으로 슬며시 올라가서 자고 있는 아이의 얼굴을 바라보았다.

"레메트! 레메트!" 인츠가 크게 소리를 질렀다. 얼마나 큰지 사람들이 깨어나 소동을 벌일 것이 뻔했다.

"대체 왜 그래? 사람들 다 깨울 일 있어?" 내가 말했다.

"레메트, 얼른 이리 와 봐. 이 아기 죽었어." 인츠가 다급하게 말했다.

누가 펄펄 끓는 물을 내 얼굴에 부어 버린 느낌이었다. 한동안 인츠 옆에 서 있었다. 너무나 끔찍한 상황을 마주하고 나는 짐승처럼 울부짖었다. 아기 목에는 뱀에 물린 자국이 있었고 요람은 온통 피가 흥건했다.

"막달레나! 막달레나. 대체 이게 무슨 일이야!" 나는 피를 토할 듯이 목청껏 소리를 질렀다.

나는 반년간 막달레나와 같이 누워 지냈던 침대로 냉큼 달려갔다. 그러나 막달레나는 얼굴 위에 머리카락이 흐트러진 채 미동도 없이 침대에 누워 있었다. 목은 꺾여 있었다.

그다음 일이 제대로 기억나지 않는다. 한동안 방 한가운데서 무릎을 꿇은 채 앉아 있었다. 그사이 인츠는 똑바로 일어나 내 귀에 마음을 진정시키는 단어를 들려주었고 그 이후 바로 잠에 빠져들 것만 같았다. 얼굴을 쓸어내리고 주변을 살펴보았다. 방은 정신없이 어질러져 있었다. 의자와 침대는 잘근잘근 조각이 나 있었고 두 동강이 난 물레가 굴러다녔다.

인츠의 속삭임이 내게 효험이 있었는지 난 하품을 하며 인츠에게 말했다. "무슨 일이야?"

"너 잠시 정신이 나갔어. 덫에 걸린 수컷 엘크처럼 미친 듯이 소리 지르고 고함치고 난리가 아니었어. 분노에 휩싸여서 손에 잡히는 것은 모조리 산산이 부숴 버리고 이리저리 굴러서 바닥이 남아나지 않을 지경이었다니까." 인츠가 대답했다.

난 토마스의 요람으로 눈길을 돌려 보았다. 여전히 순결해 보이지만 끔찍한 꿈에 사로잡힌 것 같은 토마스의 얼굴을 보자 다시 정신이 요동쳤다.

"다시 진정시켜 줄까?" 다시 발작처럼 정신을 놓아 버릴 것 같은 나의 눈을 본 인츠가 말했다.

"아니야, 괜찮아. 더 이상 부술 게 없어." 심지어 내 입술에 악독한 웃음이 번지는 느낌이었다.

"정말 안됐다. 죽은 저 여자아이가 누군지는 모르겠지만 정말 안타까워. 흉악한 놈 같으니." 인츠가 말했다.

"누구야? 그 흉악한 놈이 대체 누구야? 얼른 말해. 내가 당장 가서 허리를 분질러 버릴 테니까. 늑대야? 그 망할 놈의 늑대들이 또 그런 거야?" 내가 말했다.

"절대 아니야. 네가 시신을 보고 정신이 나가 있는 사이 물린 자국을 자세히 들여다보았는데 늑대는 아니야. 동물 중에 이빨이 이런 것은 하나도 없어. 가서 직접 봐."

"안 갈 거야. 인츠. 다시 보고 싶지 않아. 차마 볼 수가 없어. 대체 누가 그런 건지 제발 말해 줘, 가둬다가 죽을 때까지 고통을 줄 거야."

"네 오랜 친구 현자 월가스야." 인츠가 대답했다.

난 너무 기가 막혀 웃음이 터져 나왔다. 그리고 분노가 온몸을 타고 지나갔다.

"그 인간이 아직 살아 있어?" 내가 소리쳤다.

"믿기지 않지만 사실이야. 얼굴 가죽을 절반이나 벗겨 냈다고 해도 그 정도로는 안 죽어. 숲에서 몇 번 본 적이 있어, 몰골은 흉측하지만 여전히 살아 있었어. 그 사람 완전히 미쳐 버렸어. 진흙 구덩이에서 자느라 온몸은 흙투성이에다가 부끄러운 줄 모르고 온몸을 내놓고 다니더라고. 손가락 사이에는 나뭇가지를 날카롭게 잘라서 손톱처럼 끼고 다녔어. 뭔가 환영을 보는지 손을 휘저으며 그 나뭇가지 손톱으로 위협하고 있었어. 레메트, 그 나뭇가지 손톱으로 이 사람들 목을 찌른 거야."

"그 녀석 찾으러 당장 가자."

나는 복수에 눈이 멀어 외쳤다. 벌떡 일어나 집이 흔들릴 정도로 강하게 벽을 쳤다. 또다시 누군가를 잡아서 찢어 죽이고 싶은 충동이 일었으나 인츠가 다시 뱀의 말로 내 가슴을 차분하게 가라앉혔다.

"요하네스 장로는 어디 갔지? 그 사람도 죽었을까?"

요하네스가 자는 침대 쪽으로 고개를 돌려 보았으나 비어 있었다.

인츠가 말했다. "밖으로 나갔나 보다. 마을 사람들이 이 밤중에 돌아다니지는 않을 텐데. 어쨌든 자기 목숨을 구했네. 너도 마찬가지야. 네가 여기서 잤더라면 아마 똑같은 꼴을 당했을 거야."

나는 문을 활짝 열었다. "그 짐승 같은 몸이 내 목숨을 앗아 가려 왔었군. 성스러운 숲이다. 성스러운 숲에 있을 거야. 숲을 구하겠다고 별짓을 다 했지만 거기서 내 칼에 얼굴 가죽이 벗겨져 나갔다. 그 현자 어르신이 이렇게 고마울 수가. 빚을 단 하나도 남김없이 성실히 다 갚아 버렸네. 그런데 내가 되로 준 걸 말로 갚았어. 상관없어, 내가 당장 잡아다가 똑같이 갚아 주마. 오늘 내가 그 녀석 가죽을 전부 홀라당 벗겨야겠어. 지난번 얼굴 가죽 반쪽 벗긴 것으로는 부족해. 얼른 가서 나머지 한쪽도 벗겨 버려야 해. 우리 삼촌이 한번 시작한 일은 완전히 끝을 내야 한다고 말씀하셨어. 삼촌은 내 옆에서 썩어 갔어. 지금도 손가락 사이에서 이상한 냄새가 나. 이전엔 누구한테도 말한 적이 없는데, 이참에 너한테 처음으로 말하는 거야. 나 자신이 썩어 가는 것 같은 냄새야. 아니, 내 주변에 모든 것이 썩어 가고 있어, 전부 죽고 썩어 가고 난 그 속에서 평생 이 냄새를 맡으며 살아야 해. 대체 난 어떻게 해야 하니. 어떻게 살란 말이야."

난 방에서 달려 나가 집 앞에서 자라는 나무줄기를 칼로 찔렀다.

"난 그래도 살아남을 거야! 살아서 썩는 건 나 하나면 돼!" 내가 소리 질렀다.

인츠가 불렀다. "레메트, 얼른 와. 윌가스 잡으러 가자."

난 으르렁거리듯 그의 이름을 웅얼거렸다. "윌가스. 반드시 찾아서 죽이고 만다. 지금은 살아 있을지 모르지만 곧 죽을 목숨이다. 그 사

람을 죽여야 해. 왜냐하면 내가 마지막 인간이 되어야 하니까. 그 사
람이 아니라 내가 마지막 인간이 되어야 하니까."

난 할아버지가 섬에서 했던 것처럼 달을 보며 늑대 울음을 내질렀
다. 분노와 절망감에 눈이 멀어 앞을 방해하는 나뭇가지들을 칼로 베
어 가며 인츠와 함께 숲으로 향했다.

33

나무 사이에 이르자 머리를 세우고 강한 소리로 다른 뱀들을 불러
모았다.

잠시 시간이 흐르자 주변으로 뱀들이 모여들었다. 인츠는 뱀들을
한자리에 모이게 해서 물었다.

"지금 월가스는 어디에 있지?"

맨 처음 모습을 드러낸 뱀들은 대답하지 못했다. 숲에는 뱀들이 워
낙 많아서 뱀들 눈에 띄지 않게 돌아다니는 것은 불가능했다. 하지만
모른다고 해서 큰 문제 될 것은 아니었다.

열 마리 정도 뱀들이 인츠의 말을 듣고 고개를 끄덕이더니 말했다.

"내가 조금 전에 보았어. 약 2년 전에 벼락을 맞았던 보리수나무 아
래에서 컥컥 기침을 하고 있었어. 거기서 배추를 썰어 먹고 있더군."

"고맙다." 인츠는 이렇게 말하고 내 눈을 똑바로 쳐다보며 물었다.
"레메트? 너도 들었지?"

"들었고말고. 인츠, 그 사람은 내가 죽인다. 오늘은 네 이빨이 필요 없어." 내가 말했다.

나는 얼마나 흥분이 되었는지 손바닥으로 쥔 칼을 주무르다가 나도 몰래 상처가 났다. 하지만 피가 손가락을 타고 줄줄 흐르는 것도 모르고 있었다.

"잘 알겠다." 인츠가 말했다.

난 모든 힘을 다리에 모아 벼락 맞은 나무 쪽으로 뛰어갔다. 나뭇가지들이 얼굴을 때렸지만 아랑곳하지 않았다. 인츠는 내 옆에서 나를 쫓아왔다.

윌가스는 역시 그곳에 있었다. 내가 분노로 눈이 멀지 않았더라면 윌가스의 끔찍한 행색을 보고 놀랐을지도 모른다. 현자는 발가벗고 있었다. 뼈가 드러날 정도로 앙상한 몸을 진흙이 잔뜩 묻은 나무껍질로 가리고 있을 뿐이었다. 숲에서 굴러다니는 쓰레기들이 옷에 잔뜩 묻어 있었다. 얼굴은 절반이 없었고 벗겨진 곳은 커다란 흉터가 덮고 있었다. 검게 그을린 몸뚱이 옆쪽은 군데군데 살이 벗겨진 자리가 붉게 드러나 물이 묻은 듯 반들반들 빛나고 있었다. 손가락 사이에는 날카롭게 끝을 마무리한 짧은 가시를 단단하게 묶어 두었고 그것으로 땅에서 진흙 범벅이 된 배추를 집어 들어 입으로 집어넣더니 뭔가 조용히 중얼거리며 씹었다. 배추는 씹기가 무섭게 턱 옆 수염을 타고 톱밥이 쏟아지듯이 흘러내렸다. 그는 사람이 아니라 볼썽사나운 동물과도 같았다. 심지어 가지를 곧게 뻗고 움직이는 음탕한 나무 같기도 했다. 생명을 얻은 성스러운 나무는 풀을 씹으면서 광인의 눈으로 나를 쳐다보았다. 윌가스는 나를 알아보고 소리를 질렀다.

"네 녀석! 네가 성스러운 숲을 훼손했지. 성스러운 숲의 개들이 너를 온전하게 두지 않을 것이다. 너를 박박 찢어 죽일 거다. 네 녀석의 뼈에서 살을 발라서 쪽쪽 빨아 먹을 게다."

월가스는 나무 손톱이 달린 손을 들어 공격적으로 휘저었다.

"봐라, 숲의 개들이 네놈의 냄새를 맡고 오고 있다. 너를 찢어발기러 오고 있다." 월가스가 소리 질렀다.

월가스의 나무 손톱에는 피가 검게 굳어 있었다. 저 짐승이 분명 저 나무 손톱으로 막달레나와 아직 아기 토마스를 찔러 죽인 것이다. 내 앞의 모든 것이 형태를 잃고 뿌옇게 변했다. 치솟는 분노에 숨이 막힌 나는 월가스에게 가까이 다가가 단칼에 왼팔을 베어 버렸다.

월가스는 날카롭게 소리를 지르긴 했으나 물러서지 않고 오른손으로 나를 붙잡으려고 했다. 내가 얼른 몸을 피해서 월가스의 손은 내 근처에도 오지 못했다. 그 순간 다른 손도 배추 위에 툭 떨어졌고 나는 그 위에 올라서서 말했다.

"네가 말하는 숲의 개들이 저런 거냐, 이 찢어 죽여도 시원치 않을 놈. 이건 죄 없는 사람들을 직접 죽인 네 손모가지다. 넌 짐승이야, 짐승이야!"

월가스가 으르렁거리며 피가 흐르는 뼈만 남은 팔뚝을 배에 가져다 댔다.

"난 널 죽이려고 했어! 그날 착한 내 숲의 개들과 함께 숨어서 널 지켜보고 있었다. 그런데 넌 집에 없더군. 정령님들은 배고픈 개들에게 피를 주겠노라고 약속했고 거기서 배가 부르도록 피를 마셨다. 누구도 정령님들의 말을 거역할 수는 없다. 정령님들보다 더 위대한 분은 없어!"

누가 들어도 말이 안 되는 이야기를 듣고는 난 다시 일어나 단칼에 그의 배를 갈랐다. 윌가스는 멱을 딴 돼지처럼 소리를 지르며 땅으로 고꾸라졌다.

나는 헉헉대며 말했다. "이 저주받을 인간아! 정령이나 숲의 개 따위는 없다는 걸 이참에 잘 알아 두도록 해라. 그건 언제나 끔찍한 망상으로 가득한 바로 네 녀석 머릿속에만 있는 거라고. 내가 왜 그때 너를 완전히 죽이지 않았을까. 전부 내 잘못이야!"

난 윌가스의 배에 손을 넣어 창자를 밖으로 빼냈다. 현자 윌가스는 고통으로 울부짖었다. 난 그 창자를 꺼내 벼락 맞은 보리수나무에 묶어 두고 발로 그놈 얼굴을 걷어찼다.

내가 소리쳤다. "이제 이 성스러운 나무 주변을 기어라, 이 개자식아! 네 창자가 나무를 휘감을 때까지 기어 보라고."

윌가스는 정말 기어가기 시작했다. 그가 걸어가는 자리에 붉은 피가 길게 이어졌다. 나무에 매달린 미끄러운 창자가 길게 늘어났다. 나무 아래 쌓인 배추에 윌가스의 피가 검게 엉겨 붙어 있었다. 파랗게 질린 혀를 입 밖으로 내밀고 가쁜 숨을 내쉬면서 천천히 앞으로 기어갔다. 이미 눈은 생명이 없었다. 나무 주변을 두 바퀴를 돌고 난 현자는 피를 한 방울도 남김없이 흘리고 쓰러져 죽었다.

"더 이상은 보기 힘들어." 끔찍해하는 표정으로 인츠는 고개를 흔들었다.

난 목청껏 외쳤다. "존경하는 정령님, 그리고 숲의 개들, 얼른 와서 맛 좀 보시죠. 식사가 다 준비되었답니다. 와서 맛 좀 보세요, 아주 맛이 좋을 거예요! 오늘이 마지막이니 서두르는 게 좋을 겁니다. 이제 당신들을 기억하는 사람이 한 명도 안 남았으니 내일부터는 완전히 망각 속에 사라질 거예요. 이봐요, 정령님들, 이번이 진짜 마지막입니다. 성스러운 숲의 개들아. 멍멍 짖어 봐. 대체 어디들 있는 거야, 와서 들 뜯어 먹으라고."

내 말을 듣고는 파리 떼가 웅 하는 날갯짓 소리와 함께 거대한 구름처럼 몰려들어 월가스의 시체에 내려앉았다.

"이제 그만 가자. 토할 것 같아." 인츠가 말했다.

나는 파리들이 들끓는 월가스의 몸뚱이에 침을 뱉고 돌아섰다.

"이제 어디로 갈 거야?" 인츠가 내 옆으로 기어 오면서 말했다.

"모르겠어." 내가 말했다.

"마을로 갈 거야?"

"아니."

"우리랑 같이 있을래?"

"정말 모르겠어. 나도 모르겠다고."

마음 같아서는 이대로 정처 없이 걸어서 바다 깊은 곳에 빠져들고 싶었다. 히에가 늑대에 물려 죽던 날도 나는 그런 생각을 했다. 이제 모든 것이 끝났다. 예전에 그랬듯이 이번에도 모든 것이 다 지나갔다. 다시 다 사라져 버렸다.

인츠가 말했다. "우선은 우리 집으로 가자. 넌 좀 쉬어야 해. 하얀 돌을 좀 빨아 먹고 자자."

"그다음엔?"

"그다음엔 뭐?"

"자고 일어난 다음엔?"

"레메트, 그건 나도 몰라, 그건 나중에 생각하자. 제발 나랑 같이 가자."

난 인츠와 말다툼하고 싶지 않았다. 인츠 말대로 같이 동굴로 가기로 했다. 사실 어디에 가건 무엇을 하건 아무런 상관이 없었다.

뱀들의 동굴로 가는 길로 방향을 돌려서 아무 말 없이 한동안 걷기만 했다. 그러다 갑자기 인츠가 날카로운 목소리로 말했다.

"여기 연기 냄새가 나는데? 얼른 가자, 뭔가 큰일이 난 것 같아."

나 역시 불 냄새를 맡을 수 있었다. 뛰자마자 기분이 좋아지는 것 같았다. 나는 어떻게든 움직여야 했다. 윌가스가 뗏목을 채울 만큼 많아서, 그 수많은 윌가스를 일일이 고통스럽게 죽일 수 있었으면 하고 바랐다. 나무 사이에서 모닥불이 깜박거린다는 것은 누군가와 다시 싸움을 벌일 수 있다는 말이고, 실컷 울분을 터뜨리면서 저주받은 듯한 기분을 털어 버릴 거라는 말이었다. 저기서 불을 지피는 사람들은 대체 누구란 말인가. 철갑인간들이거나 수도사들인가? 난 살기를 즐기면서 칼자루를 잡아 쥐었다.

인츠가 놀란 듯 내 귀에 속삭였다. "저 연기 우리 굴에서 나오는 거야! 굴에서 왜 연기가 나는 거야?"

미친 듯이 달려가 곧장 동굴 앞에 도달했다. 우리 눈에 들어온 것은 철갑인간이나 수도사 들이 아니었다. 마을 사람들과 마을 장로 요하네스, 패르텔, 뚱뚱이 니굴, 야콥 그리고 다른 남자들도 모두 그 자리에 함께 있었다. 그들은 뱀의 동굴로 가는 길목에 장작을 피우고 둥글게 앉아 있었다. 불 속에는 뱀 몇 마리가 까맣게 탄 채 누워 있었

다. 아마도 굴의 입구를 가로막고 타오르는 연기를 피해 밖으로 나오
려다가 변을 당한 것 같았다. 그나마 다행이라면 불에 타서 죽기 전
연기에 질식해서 죽은 것이었다.

저 동굴에는 우리 엄마도 있었다. 그리고 뱀의 왕인 인츠의 아버지
도 있었다. 자라서 그 왕위를 이어받을 아이들도 있었다. 모두 저 안
에서 몸을 피하지 못하고 있을 것이다.

인츠는 하늘을 찢을 듯한 소리를 내며 마을 사람들의 등을 향해
날아들었다. 한 아이가 인츠에게 물려 소리를 지르며 쓰러졌고 그다
음은 노인이 얼굴을 부여잡고 땅을 구르다가 쓰러졌다. 인츠는 여기저
기 보지도 않고 옆에 있는 사람들을 물었고 사람들 사이엔 엄청난 소
란과 함께 고통의 비명이 쏟아졌다.

"사람 살려, 사람 살려! 지옥의 뱀 한 마리가 빠져나왔구나."

난 인츠가 혼자서 싸우도록 내버려 두고 싶지 않았다. 허파에 있는
공기를 모아 함성을 지르고 인츠를 돕기 위해서 달려갔다. 먼저 뚱뚱
한 니굴의 목을 쳤다. 뚱뚱한 그 자식은 자루처럼 풀썩 주저앉았다.
난 눈을 감고 옆에 있는 사람이 누구건 가리지 않고 칼로 그었다. 얼
굴에 튄 피를 닦느라 살짝 눈을 떴다. 사람들 수가 너무 많았다. 이렇
게 많은 사람을 혼자 상대하다간 나 역시 등에 칼을 맞을 것 같았다.
누가 큰 돌을 가지고 내게 달려와 머리를 찍었다. 나는 그 자리에 주
저앉아 입에 고인 피를 뱉어 냈다. 세상이 온통 빙빙 돌고 있었고 내
가 정신을 차렸을 때는 어딘가에 묶여 있었다. 내 옆에는 인츠가 누
워 있었다. 인츠는 아직 살아서 천천히 꿈틀거리고 있었지만 허리가
부러져 있었다.

나의 오랜 친구였던 패르텔이 고개를 숙여 우리를 내려다보고 있었다. 손에는 채찍을 쥐고 있었다.

패르텔이 말하는 소리가 들렸다. "그 뱀들은 보이는 것처럼 위험하지가 않더군. 그냥 허리만 쳐 버리니까 끝나던걸? 전부 나뭇가지처럼 앙상해서 한번 내려치면 허리가 두 동강 나는 건 금방이야."

나는 침을 뱉으며 말했다. "패르텔. 너 기억 안 나? 얘 인츠라고. 우리 전에 친구였잖아."

패르텔이 말했다. "기독교인들과 뱀은 친구가 될 수 없어. 혀 놀리지 마. 너도 뱀이랑 친구니까 악마나 다름없어. 널 당장 불에 태워 죽여야 해."

"바보는 너야." 내가 조용히 말했다.

패르텔이 하는 말은 내게 아무런 위협이 되지 못했다. 태우려면 태우란 말이야, 그래 봐야 너희들한테 이로울 것은 하나도 없으니. 옛날 일들은 이제 모두 지나갔다. 엄마와 인츠의 식구들이 모두 죽었고 내가 사랑하는 뱀 친구들도 죽었다. 허리가 끊어진 채 내 옆에 누워 있는 인츠 말고는 아무도 남지 않았다. 그러나 인츠도 곧 죽음을 맞이할 것이다. 그러니 죽이려면 얼른 죽여 주길. 인츠가 먼지 속에서 뱀의 왕이 아닌 지렁이처럼 꿈틀거리는 모습을 보니 고통이 밀려왔다.

"참아, 친구야." 내가 속삭였다.

인츠는 나를 똑바로 쳐다보았다. 내가 무슨 말을 하는지 인츠도 이해했지만 대답을 하지는 못했다. 비뚤어지고 사악한 이들이 뱀의 몸을 꺾어 버렸다. 그렇게 강하던 뱀이었는데. 인츠는 고통에 몸서리를 치고 있었다.

"저 불에 던져 버릴까?" 야콥이 인츠를 발로 툭툭 치며 옆에 앉은 이에게 물었다.

"아냐, 개미굴에 던져 버리자. 그럼 아주 재미있는 광경을 보게 될 걸. 개미들이 뼈부터 시작해서 모든 살을 깨끗이 먹어 치울 거야. 뱀을 솥에 삶으면 뼈만 남는 것처럼 말이야." 패르텔이 말했다.

"이 짐승 같은 녀석, 얼간이 짓 하지 마. 이런 망할 자식아." 난 땅에 누워 낮은 목소리로 울부짖었다.

그러자 패르텔은 꿈틀거리는 인츠의 몸을 끝이 날카롭게 두 가닥으로 갈라진 나뭇가지에 올리고는 마을 사람들의 웃음소리를 뒤로한 채 어딘가로 사라졌다. 인츠가 얼마나 개미굴을 싫어했는지 생각났다. 그런데 지금은 그 개미들의 제물이 되어야 한다니. 마찬가지로 끔찍하고 바보 같은 파리들도 날아와 인츠의 몸을 파먹을 것이다. 거대한 욕구를 품은 자그마한 벌레들이 하얀 뼈만 남기고 다 먹어 치울 것이다. 뱀의 말을 이해하지 못하는 작고 볼품없는 마을 사람들 덕분에 벌레들이 배를 채울 것이다. 인츠도 역시 마을 사람들에 진절머리를 냈다. 사람들은 인츠의 가족들을 태워 죽였고 인츠마저 개미들의 밥으로 집어던졌다. 더 강해진 인간들은 뱀을 죽이는 새로운 방법을 터득했다. 아무리 새로운 것이라 할지라도 인간들을 멈춰 세울 수는 없을 것이다. 이미 막혀 버린 그들의 귀에는 뱀의 말도 소용이 없었다. 뱀들은 눈 깜짝할 사이에 초라한 막대기에도 몸을 피할 수 없는 존재가 되었다.

패르텔은 나를 장작불에 태워 죽이겠다고 말했다. 나는 그저 얼른 장작불로 옮겨지기를 기다렸다. 그러나 마을 사람들은 다른 계획이 있는 것 같았다. 요하네스는 옆에 서서 한참을 심각한 눈으로 쳐다보더니 내 쪽으로 몸을 굽히고 말했다.

"네가 성스러운 십자가를 멀리한 대가로 어떤 죗값을 치르고 있는지 보이니? 네 형제들이 모두 세례를 받게 했어야지. 그러면 지금처럼 사탄이 붙지 않았을 거 아니냐. 악마를 멀리하지 못하고 넌 그 악마를 섬겼다."

"난 아무도 안 섬겨요." 내가 중얼거렸다.

"그럼 왜 우리 마을에 기어든 거냐. 왜 우리 신자들을 그렇게나 많이 죽인 게야!" 요하네스가 물었다.

"왜냐하면 그 신자들의 내 친구들을 먼저 죽였으니까요. 그 사람들이 우리 어머니를 죽인 건 알고 있나요?"

요하네스가 놀라 물었다. "네 어머니를? 우린 사탄이 가장 신뢰하는 종인 뱀들을 죽였을 뿐이다. 어제저녁 그 저주받을 짐승들이 우리 마을 사람을 둘이나 죽였어. 안드레아스하고 카타리나가 목숨을 잃었단 말이다. 그에 대한 죗값을 치러야 한다. 그래서 그 동굴로 들어가는 모든 입구를 연기로 막아 버렸다."

"우리 어머니가 바로 그 동굴 안에 계셨어요." 내가 말했다.

요하네스는 십자가를 앞으로 내밀며 말했다. "뱀들의 동굴에? 그럼 네 어머니도 사탄이다. 아니다. 마녀가 틀림없구나. 그렇다면 네 어머니 역시 죗값을 치른 것이다."

"아무것도 모르는 이 노인네야. 내가 바로 오늘 당신이랑 비슷하게 정령을 극진히 모시는 미친놈의 창자를 꺼내서 죽였지. 그 칼로 네놈 배도 찔러서 간을 꺼내다가 네놈 얼굴에 던져 버리고 말겠다."

요하네스가 역겹다는 투로 말했다. "말하는 꼴이 꼭 들짐승 같구나. 그래, 너는 들짐승과 별반 차이가 없다. 이제 너의 영혼은 악마에게 사로잡혀 있으니 하느님의 사랑을 받고 그분의 자비를 구할 생각은 하지도 말아라. 너는 지옥의 친구들이랑 우리 마을에 찾아왔지만 하느님께서 능력을 발휘하시어 나와 야콥의 목숨을 지켜 주셨지. 야콥이 바로 네 머리를 돌로 쳤다. 곧 해가 뜨는 대로 네 녀석을 불에 태울 것이다. 네 녀석이 뒈지기 전에 내 딸의 얼굴이라도 한번 보고 싶겠지. 그러면 내 딸년이 제발 널 좀 구해 달라고 사정을 할 게 뻔해. 아무리 그래 봤자 내가 그런 자비를 베풀 성싶으냐? 내가 마음을 강하게 먹지 못하고 네 녀석을 집에 들이고 먹여 준 것만 해도 이미 큰 죄를 지은 거다."

이루 말할 수 없는 슬픔이 쏟아졌지만 그의 얼굴을 보니 동시에 웃음이 터져 나왔다. 난 울려고 해도 더 이상 흘릴 눈물이 없었다.

나는 요하네스의 얼굴을 향해 고함쳤다. "이 노인네야. 그런 걱정은 하지도 말아라. 막달레나는 그러고 싶어도 나한테 올 수가 없을 거다. 그러니 걱정은 붙들어 매시지. 당신이 집에 없는 동안에 죽음이 당신 집에 찾아왔지. 그때 네 녀석은 숲에서 뱀들을 죽이고 있었어. 네 말대로 네가 하느님한테 그리 잘 보여서 죽을 뻔한 순간에서 너를 구해 주었는가 보다. 너를 그렇게 사랑하고 지켜 주시는 하느님 이름을 목 놓아 부를 준비나 하고 있어라."

요하네스가 불안해하며 말했다. "대체 무슨 말을 주절거리는 거야! 죽음이 우리 집에 왔다는 게 무슨 말이냐고!"

슬픔에 사로잡혀 있던 나는 또다시 교활한 웃음을 던졌다. "밤에 왔다 갔지. 죽음은 밤에 찾아오니까. 조용히 문을 두드리고 여기에 마을 장로 요하네스가 있는지 물어보았지. 뭐 여기에 요하네스가 없다고? 그럼 어디에 간 거야? 뭐 숲에서 뱀들을 태우고 있다고? 하느님은 혼자 해야 할 일이 너무 많아 죽음이란 자를 이 땅에 부른 거다. 죽음은 빈손으로 돌아갈 수는 없어 너 대신 아무나 잡아가야겠다고 마음먹었지. 마침 요하네스도 없고 레메트도 집에 없구나. 집에는 막달레나하고 토마스만 있어. 이런 세상에. 이렇게 예쁘고 귀여울 데가. 음. 맛도 아주 좋군. 하느님 말고 정령이랑 숲의 개들도 먹으려고 호시탐탐 노리고 있구나. 하느님은 요하네스가 지금 불에 굽고 있는 뱀들을 맛나게 먹을 테니, 정령들이랑 숲의 개들은 사람 살을 먹으러 들겠군. 전부 굶주리고 있으니 말이야. 다들 배가 어마어마하게 커서 아무리 먹어도 성이 차지 않지.”

나는 불붙은 재 위를 구르는 늑대처럼 울부짖었다. 마을 사람들은 내 옆에서 어찌해야 좋을지를 모르고 어안이 벙벙해진 채 서 있었다. 요하네스는 몸서리를 쳤다.

“네 녀석이…… 네 녀석이 우리 손자에게 뭔 짓이라도 한 거냐.” 요하네스는 버벅거리며 말을 제대로 잇지 못했다.

나는 단호하게 말했다. “내가 한 게 아니야! 숲의 개들이랑 정령들이랑 또 다른 하느님들이 한 거야! 피를 마시는 건 그 존재들이지 내가 아니야. 내가 할 줄 아는 건 뱀의 말뿐이라고. 뱀의 말을 하는 사람은 나 말고는 더 없어. 내가 뱀을 할 줄 아는 마지막 사람이라고!”

나는 웃음을 터뜨리면서 옆에 있는 사람의 발을 물려고 했다. 그 남자는 뒤로 흠칫 물러났다.

내가 소리를 질렀다. "겁낼 것 없다, 이 얼간이. 내 이에는 독이 없어. 물린다고 죽지 않는다고!"

요하네스는 격노했다. "이 새끼가 진짜 미쳤구나. 당장 이 녀석을 데리고 마을로 가자. 막달레나가 걱정이 돼서 미치겠다."

"이제 가 봐야 소용없어. 이 늙은이야. 이미 늦었어!" 나는 정말 정신이 나간 사람처럼 머리를 땅에 찧으며 말했다.

"얼른 가자. 지금 당장!" 요하네스는 수염을 휘날리며 뛰었다.

34

그날 밤 있었던 일을 생각할 때 떠오르는 감정은 도무지 스스로를 통제하지 못했다는 부끄러움이다. 난 부질없이 소리를 지르고 난동을 피웠다. 히에가 늑대에 물려 죽은 이후로 주변 사람들이 내 곁을 하나둘씩 떠나는 일에 익숙해질 만도 했다. 내가 사랑하던 이들은 모두 물정 모르고 물 위로 입을 내밀었다가 숨이 막혀 죽어 버린 물고기들처럼 사라져 갔다. 작은 지느러미 하나 남기지 않고 종적을 감추어 버린 것이다. 그들은 내가 따를 수 없는 깊은 물 속으로 깊게 자맥질해서 들어가 버렸다. 물론 바다 깊은 곳에 뛰어들어 물고기를 잡을 능력이 있다면 충분히 그 뒤를 따를 수도 있겠지만 그렇게 하지는 않을 것이다. 우리 모두가 똑같은 운명을 향해 가고 있다는 것을 잘 알고 있기 때문이다. 우리는 만나지 못할 것이다. 넓은 바다에 비하면 우리는 아주 미비한 존재들이다.

이제는 그날 일을 생각해도 별다른 느낌이 생기지 않는다. 그냥 무관심해졌다. 하루 만에 막달레나, 토마스, 다른 뱀 친구들과 엄마를 잃었다는 것에도 이미 무덤덤해졌다. 썩은 나무가 더 빨리 넘어진다. 약간의 틈만 벌어져도 무너지는 것은 순식간이다. 이파리가 무성하던 시절 나무가 차지했던 면적 그대로 숲에 구멍이 생긴다. 그러나 그 자리에는 아무 일도 없었던 듯 다른 나무가 와서 자란다.

뱀의 말을 전수해 줄 사람이 아무도 없다는 사실이 이제 더 이상 슬프지 않다. 반대로 나는 전율을 느낀다. 곧 다가올 새로운 세상은 볼 일도 없고 보고 싶지도 않으니 사람들이 뱀의 말을 알든지 모르든지 내 알 바 아니다. 불쌍한 정도로 바보 같은 벌레들은 신경을 쓰고 싶지도 않다. 그 벌레들 역시 뱀의 말을 모른다고 부끄러워하지 않는다. 벌레들은 자신들에게 부족한 것이 무엇인지 신경 쓰지도 않는다. 그러나 나는 다르다. 내 뒤에 태어날 후손들은 내가 가진 이 지식을 전혀 모르고 살게 될 것이다.

이제 그런 생각을 하면 기분이 좋아지기까지 한다. 나는 동굴 속에서 시간을 보내는 동안 다가올 미래에 대해서 내 방식으로 자유롭게 상상해 본다. 뱀의 말이 없는 세상이란 과연 어떻게 될 것인가. 나에게는 한 뼘의 자리도 떨어지지 않을 미래에 대해서 생각해 보면 참으로 우습다. 이상하기도 하면서 어색하다. 그 바보 같은 상황을 미리 피할 수 있어서 참으로 다행스럽다.

내가 살아온 과거 역시 더 이상 슬픈 생각이 들지 않는다. 이미 시간이 많이 지났기 때문이다. 나의 친구들과 사랑했던 사람들은 지금은 피르레와 랙이 그린 벽화 속 그림이 되어 버렸다. 나도 그 그림을 보지만 아무런 감흥도 생기지 않는다.

이른 아침 줄에 묶여 마을로 끌려갔던 그날, 난 이미 정상적인 사람이 아니었다. 새끼 늑대처럼 으르렁거리고 소리를 질렀으며 보는 사람마다 욕을 했다. 덩치 좋은 마을 사람이 내 입을 때려 이가 몽땅 빠진 뒤에야 잠잠해져 침만 삼켰다. 그러나 내 광폭함은 여전히 끓어올랐고 심하게 얻어맞은 입이나 줄로 꽁꽁 묶인 팔다리도 아무런 고통을 느끼지 못했다.

난 소리를 지르는 것 말고는 할 수 있는 것이 없었다. 마침내 내 뱀 친구를 태워 죽인 이들이 요하네스의 집에 이르러 그날 밤 현자 월가스가 한 일을 똑똑히 볼 수 있게 되었다. 마을 장로 요하네스는 폭풍처럼 내 곁으로 달려와 나를 흔들며 소리를 질렀다.

"네가 막달레나하고 토마스를 죽였지. 너 때문에 그 애들이 죽은 거야. 넌 늑대인간이야. 내가 그럴 줄 알았다니까."

분노에 사로잡혀 그가 내뱉는 말들은 이제 놀랍지도 않았다. 그럴 거라고 충분히 예상했던 내용이기 때문이다. 난 아무런 대답 없이 잠자코 있었다. 하지만 나를 가만히 놔두지 않고 몸을 흔들어 대어서, 피가 묻은 입술을 움직여 말했다.

"날 좀 가만 놔둬라, 이 미친 새끼야. 내가 죽인 게 아니라 너랑 비슷하게 모자란 인간이 그런 거다. 내가 그 녀석 창자를 꺼내 죽였다는 사실을 말해 주면 네놈 속이 좀 편안해지겠냐. 그 인간도 자기가 한 일에 대한 죗값을 치렀으니 이제 네놈 차례다."

"숲에서 사는 것들은 너나 동물이나 악마를 닮아 사악하기 그지없

454

구나. 거기 사는 인간들은 모두 늑대인간이다. 대체 너희 숲 사람은 왜 그 모양으로 사는 거냐. 대체 어떤 악령에 사로잡혔길래 그런 악행을 저지르느냔 말이다." 요하네스가 말했다.

"이제 그만하시죠. 데려다가 불 속에나 던져 버리자고요. 그렇게 해도 죄 없는 막달레나와 기사가 될 운명이었던 우리 토마스를 살릴 수는 없겠지만요. 우리가 백날 복수를 해 봐야 죽은 사람이 살아오진 않을 거예요." 야콥이 탄식하며 말했다.

"네 말이 옳아, 야콥." 나는 윌가스를 생각하며 말했다.

내가 윌가스를 수십 번 수백 번 죽였다 하더라도 막달레나와 토마스가 다시 살아 돌아올 수는 없는 노릇이다. 나와 요하네스는 상황이 조금 다르다. 미치광이 현자는 그 누구의 인생에도 도움이 되지 않았다. 사람이건 짐승이건 그의 죽음에 슬퍼할 이는 아무도 없을 것이다. 윌가스는 진작에 죽어 없어져야 했다. 그런데도 그는 계속 살아 있다가 아직 더 살아 있어야 할 막달레나와 토마스를 죽이고 사람들이 눈물을 흘리게 했다.

고통에 찬 탄식에는 끝이 없었다. 사람들은 여전히 돌아다니면서 하늘을 향해 주먹을 흔들었다. 사람들은 분명히 여러 하느님들과 예수들이 그들을 도와 보호의 손길 안에서 지켜 줄 것이라 믿으며 숲을 떠났을 것이다. 그런데도 이런 악행이 벌어지도록 놔둔 하느님을 받아들이지 못했다. 그들이 하느님의 명령이라 믿으며 뱀들을 불태웠던 바로 날도 그랬을 것이다. 그런 것들은 삼척동자라도 알 만한 일이다. 난 윌가스와 숲에서 거의 평생을 같이 살아서 그가 자기가 필요 따라 만들어 낸 정령이나 교활한 속임수로 얼마나 쉽게 탐베트를 꾀어냈는지 잘 안다. 마을 사람들도 그렇게 정신이 나가기까지 오래 걸리지 않았다. 마을에 돌아가자마자 또다시 요하네스의 꾐에 빠졌기 때문이다.

사람들은 당연히 나를 죄인으로 몰았다. 하느님은 마을에 세례를 받지 못한 이교도가 사는 것을 용납하지 못했다. 늑대인간을 데려다가 물심양면으로 아껴 주던 막달레나는 자기 행실에 대해 대가를 치른 것이다. 그러나 토마스는 해를 당한 것이 아니라 오히려 축복을 받은 것인지도 모른다. 바다 건너에서 온 기사에게서 잉태된 아이가 하느님의 사랑을 유독 더 많이 받는 것은 당연하다. 그래서 하루라도 빨리 하늘로 불러 자신의 무릎에 앉힌 것이다. 그 아이를 얼마나 사랑했으면…….

이미 세상을 떠난 탐베트가 윌가스의 입에서 나오는 소리는 무조건 황금같이 받들었던 것처럼, 마을 사람들 역시 이러한 말도 안 되는 헛소리를 신봉하고 있었다. 토마스는 이제 좋은 곳으로 갔으니 더 이상 걱정할 필요가 없었다. 에스토니아인들이 사는 평범한 마을에 그런 아이가 태어났다는 것에 사람들은 자랑스러움을 느낄 뿐이었다. 그런 기적에 대해 논하면서 사람들은 토마스가 입던 아기 옷을 여우들이 달걀을 물어 가지 못하도록 방지하는 성물로 쓰자고 했다.

막달레나에 대해서는 물론 생각이 달랐다. 사람들은 입을 모아 하느님의 가르침을 저버리고 나를 집 안으로 불러들인 것이 큰 죄였다고 말했다. 내 주변에 사람들이 모여 있었고 사람들은 하나둘씩 내 옆을 돌아다니면서 내게 침을 뱉고 나를 태워 죽일 장작을 높이 쌓았다.

장작불을 보니 결혼식 때 피운 모닥불이 떠올랐다. 성스러운 숲의 나무들을 베어 지핀 불이었다. 그때는 엘크 고기를 구웠지만, 지금은 엄마도 없고 엘크도 없고 저 덜떨어진 인간들은 그 천한 것들이나 쓰는 창으로 엘크도 제대로 잡지 못하니 나 말고는 장작불에 태울 만한 것이 아무것도 없었다.

죽는 것은 두렵지 않았다. 그날 밤 그런 일을 경험하고도 죽음을 무서워하는 게 말이 되기나 하는가? 그러나 한 번만 더 힘을 다해 이들에게 달려들고 싶은 마음은 있었다. 너무 늦기 전에 일단 요하네스부터 때려죽이고 그다음으로 한때는 친구였다가 이름을 페트루스로 바꾼 패르텔을 죽일 것이다. 나는 분노를 밖으로 끌어내어 그들과 피의 전투를 벌일 것이다. 지금처럼 고깃덩어리 신세가 되어 불 위에서 그을리지는 않을 것이다. 나는 꽁꽁 묶여 있어서 꼼짝도 할 수 없었다. 입만은 자유롭게 움직일 수 있었지만 여기서 뱀의 말을 한다고 해서 소용이 있을 것 같지도 않았다. 멍청한 마을 사람들의 정신에는 통하지 않을 것이다. 마을 사람들은 귀가 밀랍으로 막힌 늑대들이나 다름없고 나는 내 각시가 그랬던 것처럼 그들 손에 목숨을 잃을 수밖에 없다.

마을 남자들 손에 붙들려 장작더미 쪽으로 끌려갔다. 내 다리 한쪽을 잡고 있는 패르텔을 보고 말했다.

"네가 나랑 인츠를 이렇게 불 속에 던져 넣을 거라고 누가 상상이나 했을까."

페르투스가 대답했다. "이제 돌아갈 길은 없어. 운명은 자기가 선택하는 거니까. 너한테 마을로 이사 오라고 한 게 언제니. 넌 이제야 왔고 숲 사람의 습성을 버리기에는 너무 늦었어."

이번에는 뱀의 말로 물었다. "너도 내가 늑대인간이라고 믿는 거야? 늑대인간은 없다는 거 너도 잘 알잖아."

페트루스는 한동안 대답이 없었다. 녀석은 이제 뱀의 말은 잊어버려 한마디도 알아듣지 못하는 걸까?

"지금 사람들은 늑대인간이 있다고 믿어. 다른 사람들은 다 그렇게 믿어, 나도 그렇고." 페트루스가 대답했다. 그러나 뱀의 말이 아닌 인간의 말이었다. 마을 빵만 먹다가 머리가 굳어진 게 아니라 일부러 뱀의 말을 하지 않았던 것이다.

"무슨 소리야, 페트루스." 내 다른 쪽 다리를 들고 있던 야콥이 물었다. 야콥은 내 질문을 알아듣지 못했다.

페르투스가 외쳤다. "늑대인간들은 아주 끔찍한 놈들이라고 그랬어. 늑대인간들 다 죽여!"

난 사람들에게 팔다리가 들린 채 장작더미 위로 옮겨졌다. 햇빛이 내 눈에 곧장 들이쳤다. 고개를 돌리니 할아버지가 마을 위에서 날고 있는 것이 보였다.

할아버지의 분노가 제일 먼저 임한 사람은 마침 장작에 불을 붙이려 하고 있던 야콥이었다. 할아버지는 야콥의 머리를 낚아채어 하늘로 올라간 후 독니로 그의 목을 물었다. 몸부림치며 땅에 떨어진 야콥은 바로 숨을 거두고 말았다.

할아버지는 허리춤에 매달린 도끼를 위에서 아래로 몇 번 휘둘렀다. 마을 사람들은 괴성을 지르며 여기저기 흩어졌다.

"레메트, 아직 살아 있니?" 할아버지가 외쳤다.

내가 큰 소리로 대답했다. "저 아직 살아 있어요. 묶여 있어서 그래요. 어서 좀 풀어 주세요."

할아버지가 내 위로 날아왔다. 할아버지의 날개는 독수리만큼 넓었고 사람 뼈 하나하나를 붙인 솜씨가 아주 정교했다. 할아버지는 긴 손톱을 내밀어 줄을 잘랐다.

"사람들이 피투성이가 된 너를 데리고 장작더미로 데려가는 걸 보고 죽은 너를 장례 치르는 줄 알았다. 저 덜떨어진 것들이 너를 산 채로 태우려고 했던 거로구나. 하마터면 우리 손자가 산 채로 불에 타 죽을 뻔했구나. 일단 이 사람들 손 좀 보자."

할아버지는 허리춤에서 긴 칼을 꺼내 나에게 던졌다.

"너도 뭐라도 쥐고 맞서 싸워야 할 거 아니니. 가엾은 것, 너한테 독니가 있으면 정말 좋았을걸."

할아버지는 고함을 치며 마을 사람들 쪽으로 날아갔다. 난 흥분으로 가득한 마음을 억누르며 장작더미 위에 앉아 있었다. 오랫동안 기다린 순간이 온 것이었다. 할아버지는 결정적인 순간에 이곳을 찾았다. 칼을 손에 쥐는 것만으로도 흥분의 도가니에 빠져들었다. 내 입을 발로 찼던 그 덩치 좋은 농부를 찾아가 죽이자 어마어마한 쾌감이 몰려왔다. 그러고 나서 다른 사람을 잡으러 나갔다.

마을 사람들 중에 우리에게 대적할 사람이 없었다. 다시 말해, 그들은 맞서 싸울 능력이 없었다. 날아다니는 할아버지를 본 마을 사람들은 공포에 휩싸여 그저 정신없이 도망 다니는 것 말고는 할 수 있는 것이 없었다. 우리는 그들을 따라다니다가 닥치는 대로 죽여 늪에 던져 버렸다. 하지만 쥐새끼처럼 용케 잘 돌아다녀 찾을 수 없는 사람도 있었다. 난 혼신의 힘을 다해 요하네스와 페트루스를 찾아다녔으나 감쪽같이 사라진 뒤였다. 나는 서서 잠시 숨을 골랐다. 마을 남자들은 모두 도망쳐 버렸고 하늘 위에서 날개를 퍼덕이고 있는 할아버지 외에 살아 숨 쉬는 것은 단 하나도 눈에 보이지 않았다.

내가 싸움에 지쳐 잠시 숨을 고르고 있는데 할아버지가 말했다. "괜찮게 싸우는구나. 여기서 보면 더 잘 보인다. 이제 철갑인간들이 오고 있으니 준비하렴."

잠시 후 그들이 내 눈에도 들어왔다. 철갑인간은 모두 여섯 명이었고 그 가운데는 역겨울 정도로 거만하게 생긴 키 큰 남자가 이것저것 장신구가 달린 옷을 입고 끝내주게 멋있는 말을 타고 달려오고 있었다. 그냥 보기에도 아주 중요한 인물이 틀림없었다. 대주교나 그런 비슷한 사람인 게 뻔했지만 확실치는 않았다. 새로운 세상에 대해서는 요하네스에게서 들은 것이 전부였기 때문이다. 로마에 산다는 교황이 이곳에 올 리는 없었다. 저 사람이 누군지는 우리에게 그리 중요하지 않았다. 난 칼을 손에 쥐고 길 한가운데 섰다. 그리고 할아버지는 커다란 날개를 펄럭이며 그의 등 뒤로 날아들었다. 사람들은 하늘을 나는 할아버지와 길에 선 나를 보면서도 공기 중에 떠도는 먼지인 양 신경 쓰지 않았다. 그저 내가 있는 쪽으로 말을 몰아 달려오고 있었다. 사람들은 내가 얼른 자리에서 일어나 예의를 갖추고 길가로 비켜 주길 바랐으나 나는 그러지 않았다. 사람들이 주인님이라 불러 마지않는 그 기사의 얼굴에서 분노의 표정을 읽을 수 있었다. 그는 나를 알아보고는 얼굴을 심하게 찌푸리며 옆으로 서서 쓰레기나 치우라는 식으로 손짓했다. 그의 말투에서 기분이 상했다는 것을 느낄 수 있었다. 기사 한 명이 허리춤에서 검을 꺼냈다.

나는 조용히 뱀의 말을 속삭였다. 그러자 말들이 미친 듯이 날뛰기 시작했다. 기사 두 명은 안장에서 바로 떨어졌고 다른 두 사람은 말 등을 붙잡고 용케 버텼다. 그러나 떨어지지 않았다고 해서 달라지는 것은 없었다. 할아버지가 도끼로 머리를 내려치는 데는 아무런 문제가 없었던 것이다. 할아버지는 거대한 새처럼 포효하며 기사들 머리 위로 날아왔다. 유인원들의 동굴에서 본 모습 그대로였다. 도끼를 두 번 내젓자 철갑인간의 목 두 개가 댕강 잘려 땅을 굴렀다. 할아버지는 하늘에서 원을 그리다가 다시 검을 휘둘렀다. 그사이에 나는 안장에서 떨어진 철갑인간을 찔러 죽였다.

귀한 철갑을 입은 거만한 주인님만은 아직 숨이 끊어지지 않았다. 위풍당당한 모습은 어디 가고 볼썽사나운 꼬락서니만 남았다. 그는 겁에 질린 얼굴로 난생처음 보는 날개 달린 괴물을 쳐다보았다. 그 주인공은 뼈로 만든 날개 말고도 수염은 회색으로 빛나고 눈은 피처럼 붉게 물들었다. 새처럼 길고 날카로운 발톱과 무릎까지밖에 오지 않는 부자연스러울 정도로 짧은 다리. 그리고 괴물의 손자. 모두 공포의 대상이었다.

나는 위풍당당하게 주인님에게 다가가 목을 베어 버렸다. 할아버지가 구석에서 자라고 있는 나무 위에 가서 앉으니 정말 새처럼 보였다.

할아버지가 만족스럽게 말했다. "이제 됐다. 처음 하는 것치고 이 정도면 괜찮지. 애야, 내가 이날을 얼마나 기다렸는지 아니?"

내가 물었다. "대체 그동안 어디 계셨던 거예요. 할아버지가 안 오시는 줄 알았잖아요."

"맨 마지막으로 필요한 뼈를 구할 수가 없었다. 얼마나 끔찍하던지. 너희들이 섬을 떠난 이후 섬에 찾아오는 사람이 없었다. 매일 바닷가에서 기다렸는데 개미 한 마리 얼씬하지 않더구나. 시간만 속절없이 흐르는데 미쳐 버리는 줄 알았다. 뼈도 웬만큼 모았고 너희들이 바람 자루를 가져다주었는데도 섬 밖으로 한 발자국도 벗어날 수가 없잖니. 섬에 동물들이 있긴 하지만 사람 뼈가 아니면 쓸모가 없단다. 몇 주 동안 엘크와 염소 뼈로 시도해 보았지만 아무 소용이 없었어. 난 정말 화가 나서 소리를 질렀다. 손자야. 솔직하게 다 말해 줄 테니 오해하지 마라. 만약 너랑 네 각시가 그때 다시 왔더라면 사랑스러운 손자라 하더라도 무조건 죽여서 날개 만드는 데 뼈를 쓸 참이었다. 정말 날개 만드는 데 눈이 멀어서 내 몸에서 뼈를 뽑아다가 쓸 생각도 했단다. 그렇게 아무것도 먹지도 마시지도 않고 해변에 앉아 바다만 바라보았단다. 그러다 열흘 전인가 배 한 척이 지나가는데 섬 쪽으로는 오지 않는 거야. 난 바다에 뛰어들어 미친 사람처럼 헤엄쳐서 배를 세웠단다. 그리고 배 위에 올라서 사람들을 모조리 죽였지. 거미처럼 기어다니면서 손에 닿는 족족 모두 죽여 버렸어. 그래도 여전히 문제가 있었다. 그 배를 섬으로 다시 끌고 갈 방도가 없는 거야. 나 혼자 달랑 남았거든. 온 힘을 다해서 밀고 노를 젓고 해도 일주일이나 걸려 육지에 닿았단다. 그리고 뼈를 정리해서 날개를 만드는 데만도 며칠이 지났지. 그 뼈를 마지막으로 날개에 매달고 나니 손이 떨리더라. 오랫동안 굶다가 고기를 처음 본 사람이 그런 기분이었을까. 기쁨의 눈물이 솟구쳐 올랐단다. 날개도 완성되고 했으니 옆에다 바람 끈을 달고 하늘로 솟아올랐다. 기뻐서 소리를 지르고 재미 삼아 갈매기도 몇 마리 잡아다가 찢어 놓다가 바로 이곳으로 날아왔는데 장작더미가 보이는 거야. 그 사람들이 왜 너를 태워 죽이려고 했던 거냐?"

"제가 늑대인간이라고 생각해요. 늑대로 모습을 바꿀 수 있는 그런 사람 말이에요."

할아버지가 놀라 말했다. "맨정신이라면 그런 바보 같은 생각을 할 리가 없을 텐데. 이런 바보 같을 데가. 차라리 내 등에 앉아서 타고 다니고 내 젖을 빤다고 하라지."

할아버지는 일부러 큰 소리로 웃었다.

"당연한 이야기지만 난 아무리 쥐어짜도 젖은 안 나온단다. 없으면 그냥 없는 거지. 나는 늑대가 아니라 너희와 다름없는 인간이다. 땅에 사는 존재란 말이지." 할아버지는 으르렁대듯 말했다.

할아버지는 생각에 잠긴 눈으로 나를 쳐다보았다.

"나랑 같이 가지 않으련? 나랑 같이 가서 전사가 되면 좋지 않겠니? 계집애랑 붙어먹느라 아무 데도 안 가고 집에만 있으려는 건 아니지?"

"붙어먹을 계집애가 없는데요." 내가 말했다.

"너랑 같이 왔던 그 각시는 어쨌니. 이름이 히에던가? 개랑 결혼 안 한 거야? 정말 괜찮은 애였는데."

"괜찮은 아이였죠. 그런데 죽었어요."

할아버지는 잠시 말이 없었다.

"음, 그래, 그리되었구나. 정말 안타깝지만 그래도 네가 하고 싶은 대로 자유를 누리며 살 수 있게 되지 않았니? 나랑 같이 가자. 물론 그 전에 너희 집에 가서 내 딸이랑 손녀 얼굴 좀 보고. 세상이 워낙 흉흉

해서 한 치 앞을 모르니 미루지 말고 당장 가도록 하자."

"엄마도 돌아가셨어요. 사람들이 대부분 다 죽었어요, 할아버지 얼른 가요, 여기 있어 봐야 아무 소용 없어요."

할아버지가 나를 빤히 쳐다보다 내 말을 따라 했다.

"네 엄마도 죽었다고…… 그래, 여기서 죽치고 있을 시간이 없겠구나. 내가 섬에서 시간을 허비하는 동안 그 사람들 목숨이 다했다니. 여기 있어 봐야 뭐 하겠니. 이제 정리해야지. 얼른 가자, 얘야. 정말 시간이 없다."

난 칼을 허리에 차고 박쥐 같은 할아버지 날개의 비호를 받으며 길을 떠났다. 길가에 널린 시체들과 함께 장작더미 역시 버려두고 떠났다. 그 장작들은 사람들이 화장하는 데 쓰라고 남겨 두었다. 적어도 난 그렇게 되기를 원했다. 나와 할아버지가 멀리 떠나가 버린 후에야 살아남은 마을 사람들은 몸을 피하고 있던 굴속에서 기어 나와 시신들을 화장하기 시작했다.

35

우린 전장으로 나갔다. 우리를 부르는 전쟁터가 따로 있는 것도 아니었으므로 우리가 마음대로 시작한 전쟁의 여정이었다. 우리는 단둘만 남았다. 온 세상과 맞서 싸울 사람이 우리 둘밖에 없었던 탓이다. 우린 아무리 나무 이파리를 갉아 먹어도 나무를 쓰러뜨릴 능력은 없는 두 마리 벼룩과도 같았다. 여기저기에서 전투를 마치고도 몸을 누이거나 식구들에게 전쟁을 마치고 잘 다녀왔다고 자랑스럽게 말할 수 있는 집조차 없었다. 우리를 기다리는 사람도 없었고 우리가 승리를 거두거나 말거나 아무도 신경 쓰지 않았다. 전장에 나선다는 사실에 쾌감을 느끼기도 했지만, 이 세상에서 할 일이 별달리 없다는 점도 우리를 전장으로 계속 떠밀었다. 우리는 어딘가에서 몸을 누일 필요도 없었다. 상처를 닦아 줄 사람도 필요 없었다. 그저 앞을 가로막는 사람들을 무조건 죽이고 칼로 찌르고 때리고 저주하며 앞으로 나아갔다. 우리는 이상한 전쟁의 열병에 휩싸여 있었으며 이 열병이 나으면 금방이라도 죽을 것 같다는 생각이 들었다.

우리는 도망가는 적들을 단 한 명도 용서치 않고 모두 섬멸할 정도로 미쳐 있었다. 살려 둘 이유가 전혀 없었다. 어차피 죽을 인생, 지금 죽나 나중에 죽나 무슨 차이가 있겠는가. 우리 자신을 지키는 일에도 별 관심이 없었다. 화살이 날아와 우리 가슴에 꽂혀도, 철갑인간이 긴 창을 휘둘러도 우리는 아무런 상관이 없었다. 그런데 이런 무관심이 우리에게 이점이 되기도 했다. 머릿수로나 실력으로나 우리 일곱 배는 될 적들을 물리쳤고 죽인 시체는 길가에 쌓아 놓았다. 우리를 향해 쏜 화살도 가슴을 뚫지 못했고 창 역시 우리를 지나쳐 날아갔다. 우리는 큰 소리로 웃었다. 늑대처럼 포효했고 뱀처럼 날카롭게 웃었다. 우리는 절대 씻지 않았다. 옷이 처치한 적들의 피로 흠뻑 젖어 있어 우린 흡사 가죽이 벗겨진 시체처럼 보였다. 우리는 사람이 아니었다. 세상을 파멸에 빠트리기 위해서 죽음에서 깨어난 이들이었고 세상 그 누구도 우리를 어쩌지 못했다.

우리는 발 닿는 대로 마을들을 지나다녔고 우리 앞을 막아선 사람은 누구든 상관없이 칼을 휘둘렀다. 사람들은 우리는 볼 때마다 밀밭을 버리고 낫을 어깨에 얹은 채 살아남기 위해 줄행랑을 쳤고 우리는 소리를 지르며 그들 뒤를 쫓았다. 내가 북녘 개구리가 돌아왔다며 소리치자, 하늘에서 맴돌고 있는 할아버지를 본 사람들은 각자 신봉하는 신들에게 무릎을 꿇고 저 악의 세력으로부터 보호해 달라고 울며 불며 기도했다. 아무도 그들을 도와주지 못했다. 우리는 언제든 그들을 죽음의 구렁텅이로 내몰 능력이 있었다.

그들이 한데 모여서 두려움에 떠는 것을 지켜보고 있노라면 아무도 모르게 숲 가장자리에 가서 믐미와 함께 아름다운 마을 아가씨들을 구경하던 때가 기억났다. 여자아이들에게 허튼소리를 늘어놓는 바보 같은 마을 남자아이들이 정말 싫었다. 나는 그들 중 유일하게 현명하고 뱀의 말을 알아들었지만, 하릴없이 그 녀석들을 바라보는 것 말고는 할 수 있는 게 없었다. 숲 가장자리에 앉아 있을 때 나는 알 수 없는 뭔가를 강하게 갈구했고 왠지 부끄러움과 외로움도 동시에 느꼈다. 나와 같은 사람이지만 다른 세상에 사는 마을 여자아이들을 보고 있노라니 그때와 똑같은 감정이 솟아올랐다. 여자아이들은 남자아이들 뒤에 숨어 있었다. 저 덜떨어진 남자아이들이 할아버지와 나로부터 지켜 줄 거라 생각하는 걸까?

나를 무슨 수로 막는다는 거지? 정말 우스울 따름이다. 혀에 살이 뒤룩뒤룩 붙어 뱀의 말도 제대로 구사하지 못하는 저 비참한 존재들이 대체 내게 뭘 할 수 있다는 말인가. 그런 바보를 신랑으로 들이는 선택을 한 여자애들 역시 바보 같기 그지없다. 난 내 안에 항상 존재하던 욕구를 자제하지 않고 마을로 내려가 맘껏 도륙했고, 전투를 마다하지 않는 할아버지는 나를 따라다니며 호위했다. 이 사람들은 죽기 전 마지막으로 북녘 개구리를 보게 될 것이다. 그게 진짜이건 아니건 상관이 없다. 이 정도면 충분하다. 사람들은 북녘 개구리가 공격하는 모습을 다시 한번 보게 될 것이다. 한때 북녘 개구리는 우리 인간들을 위하여 싸워 주었다. 그러나 숲을 버리고 뱀의 말을 잊어버린 그들은 북녘 개구리로부터 비호를 받을 이유가 전혀 없었다. 한낱 전설 수준으로 전락해 버린 고대의 기억은 지금 다시 일어났고, 사람들은 그것을 사실로 인정할 수밖에 없었다. 여자애들은 정말로 잘못된 선택을 하였다. 지금의 세상은 이전처럼 힘이 넘치지 않는다. 이전에 지나간 세계가 다시 돌아오면 지금의 세상은 거미줄처럼 쪼개져 사라질 것이다. 그 아이들이 아무리 머리를 굴린들 나아지는 것은 절대 없다. 오히려 저녁이 되면 할아버지가 그들의 피를 잔에 담아 마실 것이다. 그들은 새로운 삶을 원했지만 옛날 방식으로 목숨을 잃었다. 우리는 수천 년 전 사람들이 그랬던 것처럼 머리뼈로 잔을 만들어 술을 마실 것이다.

이전의 세상이 얼마나 강하고 능력 있는지 잘들 보았느냐. 계집들아, 잘 보고 이 기분을 즐길지어다.

그러나 여자아이들은 울고 소리 지르며 뒤도 돌아보지 않고 뛰었다. 그들은 나름대로 잘하고 있었다. 왜냐하면 이전의 세상이라고 해서 모든 면에서 완벽한 것은 아니었기 때문이다. 할아버지와 나는 한여름에 내리는 눈송이 같은 것이었다. 하룻밤 사이에 풀들과 나뭇잎들을 해칠 수는 있지만 다음 날 뜨는 해에 금방 녹아 버리고 말 것이다. 우리는 눈에 보이는 대로 모조리 죽이고 불을 지르고 나서 마을

467

을 떠날 것이다. 그러면 여자아이들은 다시 밖으로 기어 나와 삶을 이어 갈 것이다. 남자들과 연을 맺고 아이를 낳을 것이다. 그래도 그중에 뱀의 말을 할 줄 아는 사람은 아무도 없을 것이다.

난 우리가 벌이는 전투가 얼마나 부질없는 것인지 깨달았다. 새로 마을을 하나하나 파괴할 때마다 느끼는 감정은 같았다. 내 핏속에는 여전히 싸우고자 하는 열망이 꿈틀거렸으나 나를 오래 괴롭히지는 않았다.

그래 봐야 누가 알아주겠는가. 다들 지옥에나 가 버리라지.

이제 우리의 주된 관심사는 철갑인간이 되었다. 우리는 그들을 사냥하기 위한 새로운 방식을 고안해 냈다. 우리는 뱀의 말을 사용해서 염소와 사슴을 기사들이 다니는 길목에 풀어놓았다. 철갑인간들은 사냥하고 싶다는 충동을 이기지 못하고 그 동물을 뒤쫓아 올 것이고, 그러면 우리는 사슴과 염소를 우리가 매복하고 있는 울창한 수풀로 몬다. 거기서 재빨리 철갑인간들을 처치하는 것이다.

도륙하는 일은 언제나 사람을 피곤하고 허기지게 만든다. 그래서 저녁이면 나는 염소를 불에 구웠고, 그동안 할아버지는 머리뼈들을 닦아 광택을 냈다. 머리뼈를 모아 봤자 아무런 쓸모가 없었다. 머리뼈가 없었더라면 우리는 투사로 실력을 많이 키우지 못했을 테였지만 머리뼈 더미 위를 돌아다니고 예쁘게 잘 깎인 머리뼈를 보는 정도에 그쳤다. 행군을 시작하기 전 나는 머리뼈를 모으는 것은 아무짝에도 쓸모가 없을 것이라고 이야기해 주었지만 할아버지는 생각이 달랐다.

"적들의 뼈를 주변에 쌓아 두는 것은 진정한 전사가 지켜야 할 중요한 덕목이다. 너도 한 개 골라서 잘 광을 내서 잔을 하나 만들어라.

시키는 대로 하렴. 사람을 죽이는 데 시간에 쫓기지 않으면 머리뼈 광택 낼 시간은 분명히 있을 게다."

"그래도 이 뼈를 가지고 다닐 수는 없잖아요." 내가 따졌다.

"네 말이 맞는다. 난 그 뼈를 가지고 다녀야 한다고는 말하지 않았다. 뼈로 잔을 만들어서 길가에 놔두면 된다. 누구라도 원하면 가져다가 물 마시는 데 사용하면 된다."

그래서 할아버지는 우리 손에 목숨을 잃은 사람들의 뼈로 잔을 만드느라 밤을 꼬박 새웠고, 아침엔 그것들을 길가에 두고 떠났다. 이전의 세상에서 온 잔혹한 전사 두 명이 지나갔다는 뜻이기도 했다.

어느 날 저녁 우리는 숲에서 이어진 넓은 길에 이르렀다. 그 가운데에 철갑인간들이 세워 놓은 석조 요새가 있었다. 할아버지는 나뭇가지에 앉아 내 눈을 똑바로 보았다.

"쳐들어갈까?"

"물론이죠, 할아버지."

내가 대답하자 동시에 웃음이 터졌다. 성안에 철갑을 뒤집어쓴 전사들이 수십 명은 왔다 갔다 할 텐데 남자 두 명이 쳐들어가겠다니 참으로 미친 생각이 아닐 수 없었다. 할아버지는 당연히 저 사람들 위를 날아다닐 수 있지만, 난 성벽에 올라가려면 적어도 사다리라도 있어야 하고, 설사 올라가는 데 성공하더라도 새 깃털처럼 어마어마한 수의 화살이 내 몸에 박힐 것이었다. 그리고 만약에 철갑인간들이 탑에 몸을 숨기고 있다가 기습적으로 공격하기라도 하면 할아버지 혼자서 무엇을 할 수 있다는 말인가. 요새를 습격하는 것은 미친 생각이었지만 우리는 개의치 않았다.

"어디부터 시작할까요, 할아버지." 내가 물었다.

"밤까지 기다리자꾸나. 곰들 냄새가 난다. 요새에서 곰들을 키우나 보다. 만약 곰들이 성안에서 우릴 도와줄 수 있으면 우리도 성 밖에서 공격을 시도해 볼 수 있을 거다. 내일이 되면 우리 손에 죽은 사람들 뼈에 광택을 내느라 아주 할 일이 많겠구나."

우리는 해가 질 때까지 숲속에서 진을 치고 있었다. 그리고 성벽 옆으로 가서 뱀의 말을 몇 번 속삭여 보았다. 이 소리는 벽을 뚫고도 충분히 들릴 만했고 굳이 누구를 어떻게 하겠다는 마음이 없더라도 대답할 만한 것이었다. 아주 작지만 뭔가 엉켜 있는 뱀의 말이 퍼져 나왔다. 곰들이 말하는 게 틀림없었다.

난 뱀의 말이 나는 곳으로 숨어들어서 벽에 몸을 바짝 붙였다.

"거기 곰들이 몇 마리나 있니?" 곰들에게 속삭였다.

"열 마리." 대답 소리가 들렸다.

내가 대답했다. "잘됐네. 나한테 이 요새를 공략하고 철갑인간들을 모두 죽일 만한 묘안이 있거든. 날 좀 도와주면 그 감옥에서 풀어 주고 숲으로 돌아가게 해 줄게."

성벽을 뚫고 아주 당황스러운 대답이 들려왔다. "우리 갇혀 있는 거 아닌데. 우린 여기가 좋아. 철갑인간 대장이 밥을 잘 줘."

나는 화가 나서 속삭였다. "이 바보들아. 숲에는 먹을 게 없다니? 이 돌로 된 요새 지하 철창에 갇혀 사는 게 뭐가 좋다는 거야. 해를 다시 보고 싶지 않은 거야?"

곰들이 대답했다. "우리도 매일 나가서 걸어. 우리는 질긴 가죽끈을 목에 매고 있어. 이게 얼마나 예쁜지 아니. 은도 박혀 있는 데다가 알록달록한 리본도 달려 있지. 숲속 어느 곰도 우리처럼 멋진 옷을 갖고 있진 않을 거야. 바다 건너 나라에서 만든 거래. 싫어, 우린 이 요새에서 한 발자국도 안 나가."

난 뱀의 말로 몇 가지 욕을 했지만 곰들은 아무 상관이 없는 모양이었다. 자신들이 누리는 믿기 힘들 정도의 호강에 대해 이야기해 주고 싶어 얼마나 좀이 쑤셨을까.

곰들이 설명했다. "여기 정말 좋다니까. 여기 여자들이 입은 옷이 얼마나 황홀한데, 보자마자 눈이 멀고 말걸. 가끔 연회에 데리고 가기도 하는데 사람들이 먹고 마시는 것을 보다가 그 사람들이 주는 뼈만 얻어먹으면 돼. 그뿐만이 아니라 춤추는 법까지 가르쳐 준다니까. 커다란 빨간 모자를 쓴 꼽추 한 명이 있어. 모자 끝이 두 가닥으로 갈라져 금색 방울이 하나씩 달려 있지. 바다 건너에서 온 사람인데 연회장마다 가서 재미있는 이야기를 하고 재주넘기를 하는 걸 보니 아주 중요하고 유명한 사람인가 보더라. 꼽추가 이야기할 때 웃고 손뼉 치고 난리도 아니야. 잔치에서는 백파이프를 부는데 입으로만 부는 게 아니야. 엉덩이로도 백파이프를 불더라고. 한번은 주둥이를 바지 안에다 집어넣어 똥구멍에 꽂고 부는데 정말 기가 막혔어. 귀족들과 귀부인들이 모두 일어나 손뼉을 쳤어. 바로 그 사람이 우리 선생님이야. 자기 부는 백파이프 소리에 맞추어 춤을 추는 법을 가르쳐 주셨어. 우리가 춤을 잘 추면 꼭 껴안아 주시면서 사탕을 나눠 주셨지. 사람들이 춤추는 걸 얼마나 좋아하는지 잘 아니까 우리도 잘 추려고 엄청나게 노력했어. 금색 방울을 단 꼽추보다야 훨씬 못하지만 몸집이 큰 어르신들도 일어나서 춤을 추었어. 언젠가는 우리도 끝이 두

가닥으로 갈라진 재미있는 빨간 모자에 신나게 울리는 금색 방울을 달 수 있을 거란 생각에 정말 열심히 배웠어. 꿈이 하나 더 있는데 입이랑 똥구멍으로 백파이프를 연주하는 걸 배우는 거였어. 그런데 그러기에 우리는 덩치가 너무 큰 데다가 숲에서만 오래 살아서 제대로 배울 수가 없을 것 같더라고. 누가 알아, 우리도 언젠가 그 기술을 연마하게 될지."

"거기 사는 나리들은 둘째치고 그 꼽추부터 먼저 죽여야겠다." 내가 말했다.

곰들이 목소리를 높였다. "절대 안 돼. 내가 그분들을 얼마나 사랑하고 존경하는데, 선생님이야 말할 것도 없고. 우리는 사람들을 더 이상 죽이지 않아. 그건 아주 옛날에나 했던 짓이야. 어두운 숲에서나 그렇게 살아. 우리는 춤추는 곰들이라고."

"너희들 당장 가서 그 꼽추랑 나리들을 죽여 없애라고." 나는 무자비한 목소리로 말했다.

성벽 뒤에서 대답이 들려왔다. "난 못 해. 그만해, 그런 바보 같은 말이 어디 있어. 넌 왜 우리한테 그런 터무니없는 짓을 하라고 부추기는 거야?"

"나는 뱀의 말을 할 줄 아는 사람이야." 나는 아주 길고 복잡한 단어를 발음해 보았다. 성벽 뒤에서 잠시 적막이 흘렀다. 얼마 지나지 않아 미친 듯한 포효가 울려 퍼졌다. 내가 발음한 단어가 곰들 속에 내재한 자유의지와 살기를 불러일으킨 것이다.

내가 곰들을 직접 만난 것을 아니지만 그 안에서 곰들이 무슨 일을 벌이고 있을지는 불을 보듯 뻔했다. 눈이 이글이글 타오르고 입은 거품을 물고 있으리라. 창살을 물어뜯고 성안이 쩌렁쩌렁 울리게 포효하며 옷깃을 찢어 젖혔다. 그 길에 서 있는 이들을 거침없이 옆으로 던져 버렸고 성벽을 호위하던 초소병들도 모두 끌어내렸다. 철갑인간들은 난데없이 미쳐 버린 곰들의 공격에 대항하여 최후의 발악을 하였으나 곰들을 죽이지는 못했다. 사람은 곰들과 맞서 싸우기에는 너무 무력했다. 곰들 역시 인간들처럼 피투성이가 되어 있었지만 성을 거의 모두 파괴하였으며 철갑인간들 대부분은 곰들의 공격에 목숨을 잃었다. 그러면 나와 할아버지가 성에 들어가서 끝장을 내려던 참이었다.

요새에서 공포에 질린 비명이 터져 나왔다. 곰이 사람들을 공격하기 시작한 것이었다. 아마 곰들에게 춤추는 것을 가르쳐 주었던 빨간 모자를 쓴 백파이프 연주자를 씹어 먹고 있을지도 모른다. 지금쯤 뱀의 말을 듣고 미쳐 버린 곰들의 손에서 왔다 갔다 하며 춤을 추고 있을지도 모른다.

그때 성 위에서 한 사람이 머리를 땅으로 향한 채 떨어졌다. 곰 몇 마리가 성탑 위에 올라간 것이 틀림없었다. 그 사람은 목이 부러져 있었다. 난 할아버지에게 휘파람을 불었다. 할아버지는 이미 때가 왔음을 알아차리고 거대한 새처럼 땅으로 날아 내려왔다.

"날 붙잡거라. 내가 올려 줄게." 할아버지가 소리쳤다.

할아버지의 허리를 껴안으니 금방 날아올랐다. 성벽에서 커다란 곰 한 마리가 입을 크게 벌리고 내 쪽을 향해 달려들었다.

난 그때 딱 필요한 뱀의 단어를 말했고, 그 동물은 다른 희생양을 찾아 나섰다. 뱀의 말을 할 줄 모르는 인간은 곰에게 그런 명령을 내릴 수가 없었다. 곰은 철갑인간을 발견하여 덮쳤고 철갑인간은 곰의 심장을 향해 창을 꽂았다. 그러자 곰은 계단을 타고 마당으로 굴러떨어졌다.

잠시 시간이 흐르자 철갑인간의 환호성이 들렸다. 여전히 그들 손에는 아무짝에도 쓸모없는 창이 들려 있었다. 할아버지는 바로 허공에서 내려와 그들 뺨에 그 창을 꽂아 버렸다.

곰들이 워낙 광폭하게 사람들에게 복수를 하고 있어 우리가 할 만한 일은 이제 얼마 남지 않았다. 시체들이 여기저기 누워 있었지만 난 거기에 만족하지 않고 요새에 사는 사람들을 거의 모두 죽여 없앴다. 우리는 마지막 한 명까지 완전히 처리했다.

이제 곰들을 잠재워야 할 시간이었다. 단 두 마리만 남았지만 어찌나 흥분했는지 서로를 잡아 죽일 듯 공격하려 했다. 뱀의 말 한마디를 듣고 잠잠해진 곰들은 피가 잔뜩 묻은 손을 보며 어안이 벙벙한 표정으로 여기저기를 둘러보았다.

할아버지가 말했다. "곰들아, 괜찮다. 이제 다 됐다. 요새는 함락됐고 철갑인간들과 여자들도 모두 죽었다. 너희들은 다시 숲으로 돌아들 가렴."

곰들은 어찌해야 좋을지 몰라 서로를 보았다.

할아버지가 말했다. "무슨 말인지 모르겠니? 얼른 숲으로 돌아가거라. 잘들 했다. 용감하게 앙갚음했다. 갖고 싶으면 시체 챙겨 가거라. 그 대신 머리만 떼서 날 주렴. 다른 건 몰라도 그건 씹어 먹으면 안 된다."

난 요새 안뜰을 내려다보았다. 산처럼 쌓인 시체들 속에서 꼽추의 몸을 끄집어냈다. 그 꼽추의 머리는 끝이 송곳니처럼 갈라진 모자 안에 들어 있었다. 할아버지는 그 모자를 잘라 버렸다.

"정말 멋진 머리로구나. 한번 보렴. 나무뿌리처럼 둥글둥글하구나. 이 머리뼈로 술잔을 만들면 아주 끝내주겠구나." 할아버지가 말했다.

"할아버지 그거 백파이프 연주자예요! 저 사람이 우리한테 사탕을 주면서 춤추는 것을 가르쳐 줬어요. 저분한테 대체 무슨 짓을 하신 거예요?" 곰 한 마리가 말했다.

"우리는 이 꼬맹이의 뼈 하나도 부러뜨리지 않았단다. 이 사람 목에 이빨 자국이 있는 걸 보니 너희들이 물어 죽인 것이 확실하구나."

할아버지는 백파이프 연주자를 토막 낸 후 하던 작업을 계속 이어 나갔다.

"머리는 내 거, 몸을 너희들 거. 맛있게들 먹으렴." 할아버지는 신이 나서 말했다.

곰들은 천천히 꼽추 시신 위에 올라타 그의 몸을 주둥이로 툭툭 건드려 보았다. 한 마리는 금색 방울이 달린 빨간 모자를 입으로 물어 올려 시신의 가슴에 올려놓았다. 그리고 남자의 손을 핥았다. 곰들은 울고 있었다.

할아버지가 공중에 떠올라 외쳤다. "얼른 먹으라고, 이 바보들아. 저 쓸데없는 것들은 다 불살라 버릴 거다. 레메트, 이리 가까이 오너라, 지붕부터 불을 놓을 거다."

시간이 조금 지나자 요새 전체가 불길에 휩싸였고 불티들이 구름처럼 달로 솟아올랐다. 나는 불빛을 받아 밝게 빛나는 길가에 섰다. 할아버지는 위에서 날개를 펄럭이면서 나에게 말했다.

"이렇게 공터에 요새를 지었으니 얼마나 다행이냐, 안 그랬으면 숲으로 다 옮겨붙을 뻔했지, 뭐니."

난 곰들이 요새 밖으로 탈출했는지 아니면 입으로도 똥구멍으로도 백파이프를 분다던 선생의 손을 여전히 핥고 있는지 궁금했다. 어찌 되었건 그건 나와 상관없는 일이었다. 자기들이 자처한 일인데 불에 그을리건 금색 방울을 달고 백파이프를 켠 선생과 함께 세상을 뜨건 무슨 상관이란 말인가.

세상이 어떻게 변하든 그게 나랑 무슨 상관이란 말인가.

"할아버지, 저기 요새가 또 있어요. 이제 저 요새를 무너뜨릴 차례죠?" 요새를 턱으로 가리키며 말했다.

"그렇단다, 애야. 살기가 식기 전에 얼른 공격하러 가자!" 할아버지가 말했다.

"저기도 곰들이 있을까요?" 내가 물었다.

"냄새가 안 나는데. 그런데 곰들이 무슨 소용이냐, 우리끼리도 충분하잖니."

"물론이죠. 얼른 가요, 할아버지, 아까처럼 저를 성벽 위에 올려 주세요." 나는 동의했다. 머릿속에 피가 솟구치는 것을 느낄 수 있었다.

나는 할아버지를 붙잡고 같이 떠올랐다. 어둠 속에서 흐릿흐릿하게만 보였던 그 성이 우리 발밑에 있었다. 난 철갑인간들의 창들과 검들 속으로라도 뛰어들어 필요하면 목숨을 버릴 각오도 되어 있었다. 죽느니 사느니 따위는 이제 아무런 상관이 없었다. 그러나 위에서 내려다보니 이곳은 기사들이 사는 성이 아니라 수도원이었다.

내가 외쳤다. "할아버지, 참 잘됐어요. 여긴 철갑인간이 하나도 없어요. 수도사들만 있다고요. 할아버지. 숲에서 버섯 뜯어내는 거랑 별반 차이 없어요."

수도사 한 명이 수도원 아래에서 우리를 올려다보고 있었다. 그는 양손을 들어 이해하지 못할 말로 뭐라 뭐라 외쳤다. 수도원의 종이 울리기 시작했다. 그들이 다시 조용해지기까지는 30분도 걸리지 않았다.

36

우리는 옷을 벗어서 바람에 말렸다. 피가 묻은 옷을 입고 자면 저녁에 꽤 추웠다. 할아버지는 변함없이 머리뼈로 잔을 만들고 있었다. 완성된 잔은 어깨 너머로 집어 던지고 새 머리뼈를 집어서 다시 잔을 만들기 시작했다. 머리뼈 술잔은 솔방울처럼 아무렇게나 널브러져 있었다.

잠이 들었던 나는 해가 떠오를 무렵 일어났으나 할아버지는 여전히 깨어서 여느 때처럼 해골을 만지작거리고 있었다.

"할아버지. 안 주무신 거예요?" 나는 졸린 눈으로 하품하며 자리에서 일어나 앉았다.

할아버지가 말했다. "그럴 시간이 어디 있니. 난 섬에서 시간을 너무 많이 보냈어. 잠을 자면서 시간을 헛되이 보내면 대체 무얼 할 수 있겠니. 얼른 밥 먹고 옷 입어라. 이거만 마저 만들고 계속 철갑인간들 처부수러 가자꾸나."

"네, 할아버지. 계속해요." 내가 말했다.

둥글게 이어진 숲길 때문에 우리가 북쪽으로 가는지 남쪽으로 가는지 분간할 수가 없었다. 그러나 철갑인간과 수도사를 만날 수만 있다면 그 어디라도 발이 이끄는 대로 갈 수 있었다. 그렇게 돌아다니다 보니 어쩐지 눈에 익은 곳에 도달했다. 그곳은 바로 늑대들이 양들을 물어 죽인 곳이었다. 바로 내가 막달레나를 만나 처음으로 사랑을 나눈 곳이었다.

"할아버지. 다시 우리 마을로 돌아왔어요. 우리 식구들이 살던 집이 여기 어디 있어요." 내가 말했다.

"가 보고 싶니?" 할아버지가 물었다.

나는 가고 싶지 않았다.

가 봐야 무슨 소용이 있겠는가. 엄마가 계신 것도 아니다. 갑자기 살메 누나는 믐미와 함께 동굴에 살고 있을지 모른다는 생각이 스쳐 지나갔다. 누나를 본 지도 꽤 오래되었다. 지난번 할아버지와 내가 급하게 마을을 떠나던 그날에 나는 누나와 작별 인사를 할 시간도 없었고, 굳이 만나고 싶은 생각도 없었다. 사실을 말하면 난 누나에게 그다지 관심을 기울이지 않았다. 내게 소중한 사람들을 한꺼번에 떠나보낸 그 산사태 같은 비극 속에서 누나가 살았는지 죽었는지 신경 쓸 겨를조차 없었다.

"할아버지, 우리 누나 한번 보러 가죠. 같은 손자인데 저만 보고 가시면 섭섭하잖아요." 내가 제안했다.

"그 곰이랑 결혼했다는 애? 그래, 가자. 가족과는 가까이 지내야지, 네 혈육이잖아." 할아버지가 말했다.

우리는 길을 따라 숲속으로 걸어 들어갔다. 할아버지의 날개가 너무 커서 나뭇가지에 자꾸 걸리는 바람에 나무 사이로 난 길을 걷기가 그리 편하지 않았다. 어쩔 수 없이 할아버지는 하늘 높이 날아올라 독수리처럼 아래를 내려다보았다.

"누나 집에 다다르면 소리 질러 다오, 내가 바로 내려갈게." 할아버지가 하늘에서 외쳤다.

내가 큰 소리로 대답했다. "그럴게요. 누나가 살던 동굴은 그렇게 멀지 않아요. 누나가 다른 곳으로 이사 가지 말았어야 할 텐데요."

할아버지는 대답이 없었다. 할아버지는 날개를 힘차게 퍼덕여 오르락내리락하며 숲 위에서 맴돌고 있었다.

할아버지가 외쳤다. "손자야! 숲속에 철갑인간들이 있다! 여기서 보이는구나. 어떻게 할까. 가서 손봐 줄까? 그럼 머리뼈 좀 챙겨서 누나한테 선물로 갖다주고 곰에겐 정강이뼈를 먹여 주면 되겠구나."

"당연히 좋지요, 할아버지. 그 사람들 어디 있어요?" 내가 다시 외쳤다.

"바로 저기다."

할아버지가 외쳤다. 바로 그 순간, 할아버지의 목소리는 끔찍한 비명으로 변했다. '바로 저기'로부터 쏘아진 화살이 할아버지 어깨에 명중한 것이다. 할아버지는 고통 속에서 울부짖으면서 화살 끝을 이로 물고 뽑으려 했으나 끄트머리를 부러뜨렸을 뿐이다. 할아버지는 하늘에서 떨어질 때 나뭇가지에 걸리면서 날개에서 우수수 떨어진 뼈 위로 추락하고 말았다.

"할아버지, 괜찮으신 거죠?"

난 소리를 치며 얼른 그곳으로 달려가 보았다. 그와 동시에 기사가 궁수와 함께 숲에서 튀어나왔다. 그들은 마침 사냥을 하고 있었다. 사슴이나 염소 한 마리 못 잡고 있던 터에 할아버지를 활로 쏘아 맞힌 것이다. 철갑인간들이 가진 무기는 말 그대로 훌륭한 것이었다. 그러나 그 활에 매료되어 있을 여유가 없었다. 난 땅에 떨어져 무기력하게 누운 할아버지와 나 자신을 구할 방법을 찾아야 했다. 철갑인간이 벌써 우리를 향해 공격해 오고 있었다. 내가 뱀의 소리를 하자 말은 여느 때처럼 미친 듯이 날뛰었고 철갑인간은 안장에서 떨어졌다. 그들에게 바로 달려가 내 칼을 피로 적셨다. 그러나 철갑인간들의 수는 너무 많았고 할아버지 역시 나에게 아무런 도움이 되지 않았다. 거의 절반 정도를 죽인 것 같은데도 여전히 나머지 절반이 나를 에워싸고 있었다. 그 순간 위에서 뭔가 육중하고 날카로운 것이 떨어지는가 싶더니 머리가 깨져 버렸다. 정신을 잃기 전에 든 생각은 이미 머리에 구멍이 뚫렸으니 내 머리뼈로는 잔이 예쁘게 안 나오리라는 것이었다. 난 날개를 뻗은 독수리처럼 땅에 쓰러졌고 그 이후로는 아무것도 생각나지 않았다.

머리는 여전히 바위로 맞은 듯 아팠다. 그것 외에는 아무 생각도 들지 않았다. 이 고통을 없앨 수만 있다면 다시 기절이라도 하고 싶었다. 그러나 그것은 불가능했다. 누군가 내 얼굴에 차가운 물을 끼얹었다. 힘들게 눈을 뜨자 내 앞에서 철갑인간 한 명이 킬킬대는 것이 보였다. 그는 뭐라 말하면서 웃었다.

내가 정신을 차린 것을 보더니 내 멱살을 잡고 일으켜 세웠다. 내 옷은 머리에서 흘러내린 피로 흥건하게 젖어 있었다. 두 다리로 서 있을 수도 없을 만큼 힘이 소진되어 있었지만 굳이 다리로 서 있을 필요는 없었다. 철갑인간은 내가 쓰러지지 않도록 내 몸을 끈으로 나무에 단단하게 묶어 놓았다.

그제야 주변을 찬찬히 둘러볼 수 있었다. 우리는 해변에 있었다. 할아버지가 사는 섬으로 가는 여행을 히에와 함께 시작한 곳 근처였다. 그때만 해도 이 해변은 늑대들로 가득 차 있었다. 여기 넘실대는 물결 뒤로는 극악한 탐베트가 우리를 향해 욕을 하며 소리를 질렀다. 지금은 탐베트 대신 강철인간들이 있었다. 나를 쳐다보며 서로 이야기를 나누는 강철인간들은 뭔가 재미있는 일이 벌어지길 기다리고 있는 듯했다.

"얘야, 몸은 좀 어떠니."

누군가 갈라지는 목소리로 물었다. 내가 할 수 있는 한 최대로 고개를 돌려 보니 할아버지가 있었다. 할아버지 역시 나무에 묶인 채 똑바로 서 있었다. 아마 다리가 잘린 후 처음 그렇게 일어나 계신 듯했다. 할아버지의 옷 역시 피투성이였다. 어깨에는 여전히 화살이 박혀 있었고 눈알 한쪽이 빠져 있었다.

"아무래도 저 녀석들이 우릴 끝장내려나 보다. 똥파리 같은 것들. 떨어질 때 세게 부딪쳤는데 깨어나 보니 저 잡것들이 나를 이렇게 묶어 놨더라. 몇 놈은 물어 죽였는데 다른 놈들이 그걸 보고 달아나더니 다시 돌아와 내 눈을 뽑아 버리고 몽둥이로 내 입을 갈겨 버렸다. 그래서 독니가 다 빠져 버렸어. 그런데 뿌리가 아주 깊게 박혀 있잖니. 어떤 뚱뚱한 놈이 이를 완전히 뽑아 버리려고 집게를 가지고 오더구나. 그 녀석도 독니로 확 물어 버렸다. 그다음부터는 사람들이 내 근처엔 얼씬도 안 해. 내 평생을 지탱해 주던 그 독니는 나와 함께 사라지는가 보다. 손자야, 너랑 함께할 수 있어서 정말 행복했다. 저런 놈들 손아귀에 죽게 되다니. 바보같이 어깨에 화살만 안 맞았더라면 그놈들에게 더 깊은 고통을 느끼게 해 주었을 텐데 너무 안타깝구나."

"괜찮아요, 할아버지. 언젠가는 끝나야 할 일이었어요." 위로 삼아 한 말이었다.

할아버지가 말을 이었다. "네 누나는 보지 못하고 떠나겠네. 무엇보다 그게 너무 안타깝다. 이제 얼마 남지 않은 식구들이 서로 얼굴도 보지 못하다니."

그리고 잠시 말이 없었다. 할아버지는 철갑인간들을 바라보며 다 들리고도 남도록 큰 소리로 뱀의 말을 했다. 그러자 멀리서 나무에 묶여 있던 말들이 거칠게 씩씩거리면서 끈을 끊고 나오려고 안간힘을 썼다.

할아버지가 말했다. "뱀의 말도 여기선 아무런 쓸모가 없구나. 그 영악한 놈들이 말들이 날뛸까 봐 말에 앉아 있지를 않아. 말들이 뱀의 말을 알아듣지 못하는 거랑 별반 차이가 없어."

북소리가 울려 퍼졌다. 두 사람이 우리 쪽으로 걸어 들어왔다. 독니에 물리고 싶지 않아서인지 가져온 가죽끈으로 할아버지의 입을 틀어막았다. 분노한 할아버지의 목소리가 새어 나왔다. 그 사람들이 나무에 묶었던 끈을 풀어 버리자 다리가 없는 할아버지는 앞으로 쓰러지고 말았다. 그것을 본 남자들이 조롱하며 웃었다.

내가 말했다. "할아버지, 정신 차리세요! 할아버지, 제가 정말 자랑스러워하는 거 아시죠. 할아버지 같은 사람들이 더 있다면 지금 당장 북녘 개구리가 날개를 펴고 날아와 저것들 모두를 늑대가 뼈를 씹어 먹듯 해치울 수 있을 텐데요."

할아버지는 나를 쳐다보다 하나밖에 안 남은 눈을 찡긋거렸다. 그러고는 밖으로 끌려 나갔다.

나무 바닥에 작은 언덕이 만들어져 있었다. 사람들은 할아버지를 그 위로 끌고 올라갔다. 옷을 벗기고 등을 하늘로 향하게 눕혔다. 두 손을 사슬로 땅바닥에 묶고 한 사람이 할아버지의 허벅지에 주저앉아 하체를 고정했다.

두 사람 중 한 명이 커다란 칼을 꺼내 들고 할아버지의 목부터 엉덩이까지 그었다. 할아버지는 거친 숨을 쉬며 고통에 몸부림쳤다.

칼을 든 사람이 등에 손을 넣고 휘저었다. 할아버지는 눈이 뒤집혔지만 정신은 그대로였다. 피가 나무 바닥에 흘러들어 모래로 뚝뚝 떨어졌다.

칼을 든 사람은 할아버지의 갈빗대를 찾고 있었다. 작은 도끼를 들어 갈빗대를 부수기 시작했다.

이윽고 그 갈빗대를 잡아 위로 힘차게 잡아당겼다. 그러자 갈빗대들이 날개를 편 새처럼 할아버지의 등 뒤로 솟아올랐다. 해변의 철갑 인간들이 하늘로 날아가는 새처럼 팔을 위아래로 퍼덕이며 알아듣지 못할 소리로 외쳤다.

할아버지에게 해를 가했던 그 사람이 이전에는 들어 보지 못한 날카로운 소리를 지르며 할아버지 옆으로 쓰러졌다. 다른 사람들이 그를 구하기 위해 쏜살같이 달려갔지만 할아버지에게 물린 그 사람은 말없이 조용하기만 했다. 숨을 거둔 것이었다.

할아버지는 입을 크게 벌려 온 방향을 향해 뱀의 말로 소리쳤고 입에서는 검은 피가 솟구쳐 올랐다.

철갑인간 한 명이 분노에 휩싸여 올라와서는 검을 꺼내 할아버지의 머리를 잘라 버렸다. 할아버지의 머리는 나무 바닥을 굴렀고 피가 묻어 끈끈한 머리통은 금방 모래 범벅이 되어 흡사 커다란 돌멩이처럼 보였다.

할아버지의 몸은 뒤틀린 채 피바다 속에 누워 있었다. 몸은 다리가 없고 등뼈가 날개처럼 솟아 있었다. 그것은 사람 뼈였지만 충분히 하늘로 솟을 만했다. 다만 바람자루가 없었다.

설사 그렇다 하더라도 우리가 날아서 갈 만한 곳은 어디에도 없었다.

이제 내 차례가 되었다. 사람들이 다가와 나를 나무에서 풀었다. 약해진 내가 여전히 비틀거렸지만 사람들은 쓰러지지 않게 꼭 붙잡고 형틀로 끌고 갔다. 그중 한 명이 피가 흥건한 바닥에 미끄러져 쓰러지면서 내 머리에 어깨가 부딪히고 말았다. 나는 엄청난 고통에 비명을 질렀다.

그들은 웃으면서 알아듣지 못할 그들의 말로 뭐라 중얼거렸다. "이건 장난이지. 진짜 고문은 아직 시작도 안 했다." 이렇게 말하는 것 같았다.

만약 내 등을 가르고 갈빗대를 끄집어낸다면, 그 공포가 어느 정도일지는 굳이 설명하지 않아도 누구나 짐작할 수 있을 것이다. 그런 고통을 앞에 두고도 나는 아무것도 할 수 있는 것이 없었다. 여기서는 뱀의 말이 통하지 않았기 때문이다.

그들은 할아버지에게 했던 것처럼 나를 묶었고 누군가 칼을 갖고 다가왔다. 나는 곧 목부터 시작해서 살이 찢어지는 고통이 시작할 것을 예감하며 눈을 질끈 감고 입술을 꽉 물었다.

그러나 그런 고통은 없었다. 누구도 내 몸을 건드리지 않았고 철갑 인간들이 불안하게 웅성웅성 떠드는 소리가 들려 난 눈을 살며시 뜨고 쳐다보았다.

피가 질펀한 장면을 보고 즐기던 사람들은 그 자리에 변함없이 서 있었다. 그들은 웃지도 않았고 고문대를 관심 깊게 쳐다보지도 않았다. 그들의 머리는 바다를 향해 있었고 목은 뭔가 무거운 것에 눌린 듯했다. 그들 눈에는 불안한 기색이 스쳤다. 어깨에 쓰러질 듯 아슬아슬하게 달려 있는 머리를 붙들고 힘겹게 균형을 맞추며 바다 쪽으로 한 걸음씩 내딛는 것처럼 보였다. 다른 사람들도 전부 똑같았다. 아무리 기를 써도 소용이 없었다. 목을 똑바로 가누지 못해 머리를 어깨에 덜렁거리며 사람들은 바다로 이끌려 갔다. 철갑인간들이 아무리 힘주어 머리를 돌려 보려 해도 아무런 소용이 없었고, 그저 머리가 이끄는 방향으로만 이끌려 갈 뿐이었다.

나는 뒤에서 그들을 쳐다보고 있었다. 나를 고문하기 위해서 준비하고 있던 사람들도 고문대를 떠나 다른 철갑인간들과 함께 어기적어기적 바다 쪽으로 걸어가고 있었다. 머리는 사람의 의지와는 관계없이 오직 한 군데로만 향해 있었다. 그들의 얼굴은 극도의 공포에 질려 있었다. 그동안 자신들이 마음대로 할 수 있을 거라고 여겼던 대가리가 왜 자기 멋대로 움직이는지, 그리고 어디로 가고 있는 건지 알아차리질 못했다. 그들은 목을 와락 잡고 있는 대로 소리를 질러 봤지만 그들의 머리에 내려앉은 보이지 않는 힘은 그들의 능력보다 훨씬 강력했다.

여전히 묶여 있던 나는 온몸에 힘을 주어 움직여 보아도 팔다리를 고문대에서 빼낼 수가 없었다. 도망치기에 이보다 더 좋은 순간은 없었다. 이런 기적 같은 일이 얼마나 지속될지 알 수 없었다.

그러나 튼튼한 사슬을 풀 방법은 전혀 없었다. 그저 자리에 누워 철갑인간들이 최대한 멀리 사라져 주길 바랄 뿐이었다.

사람들은 머리통에 이끌려 계속 바다를 향해 움직였다. 이제 서서히 바닷속으로 들어가기 시작했고 맨 앞에 있던 사람은 죽음과 같은 공포를 느끼며 바다 깊은 곳으로 계속 발을 움직였다. 있는 힘을 다해 저항했지만 그저 무기력하게 앞으로 걸어갈 뿐이었다. 키가 땅딸막한 철갑인간은 물이 목까지 차오를 정도로 깊이 들어가 버렸다. 미친 듯이 소리를 질렀으나 바닷물은 아랑곳하지 않고 그의 입을 덮쳤다. 이윽고 물결 속으로 사라졌다.

그것을 본 철갑인간들 모두 자신의 운명을 직감했다. 모두 소리를 지르며 악을 썼다. 심지어 한 사람은 허리띠에서 칼을 꺼내 이 살인자 같은 머리통으로부터 목숨을 구하기 위해 목을 그었다. 물에 빠지는 것은 막을 수 있었지만 죽음을 피할 수는 없었다. 그의 몸이 바다에 빠져 물을 붉게 물들였다.

대부분의 기사들은 그 정도로 대담하지 않았다. 소리를 지르고 고함치며 하늘로 손을 뻗은 채 구름 저 너머에서 이 이상한 광경을 지켜보고 있을 신에게 도와달라 기도를 올렸다. 도와주는 이는 아무도 없었다. 한 명씩 차례로 물속으로 사라졌고 마지막 한 명의 머리까지 남김없이 물결 속에서 사라지자 해변은 돌연 적막에 휩싸였다.

난 숨을 깊게 내쉬었다. 살아남은 것이다. 어찌 된 영문인지는 모르겠지만 일단 목숨을 건졌다. 대체 무슨 일이 있었길래 저 사람들이 제 발로 물속으로 걸어 들어간 것일까. 정말 이해할 수 없었지만 어찌 되었건 상관은 없었다. 철갑인간이 하늘을 볼 수 없도록 꽁꽁 묶은 이 사슬을 풀고 이 피바다에서 탈출해야 했다. 뱀처럼 온몸을 꿈틀거려 보았지만, 사슬은 꿈쩍도 하지 않았다.

"잠깐만, 우리가 도와줄게."

어딘가에서 목소리가 들려왔다. 고개를 돌리니 눈처럼 하얀 형태가 힘겹게 뒤뚱거리며 다가오고 있었다. 피르레와 랙이었다. 그들은 언뜻 봐서는 몰라볼 정도로 나이가 들어 있었다. 길게 자란 하얀 털은 바다에서 불어오는 바람에 펄럭였고 언뜻 털 뭉치처럼 보이기도 했다. 뒤뚱거리고 넘어지면서 힘겹게 걷다가 마침내 내 곁에 도착해 길고 누런 손으로 사슬의 매듭을 풀었다.

나는 일어나 앉았다. 상처 입은 머리에서 통증이 몰려왔고 풀려난 팔다리가 쓰라려 절로 신음 소리가 새어 나왔다. 그러나 그건 내 등이 아직 멀쩡하고 갈비뼈가 몸속에 그대로 있다는 사실에 비할 바가 아니었다.

난 유인원들을 얼싸안고 외쳤다. "정말 고마워. 정말 필요한 순간에 나를 구해 줄 줄이야."

피르레가 말했다. "나무에서 보면 다 보인다. 너무 나이가 들어 제대로 걷지 못하는 게 문제였지. 그래서 이렇게 오래 걸렸다. 우리가 거동이 조금만 더 빨랐더라면 네 할아버지도 구해 드릴 수 있었을 텐데."

랙이 말했다. "우리 때문에 할아버지가 돌아가신 거야. 우리가 너무 늙고 굼떠서."

내가 물었다. "철갑인간들은 어떻게 된 거야? 대체 왜 제 발로 걸어서 물에 빠진 거지?"

유인원들이 자랑스럽게 말했다. "이[虱]들을 풀었어. 내가 평생을 열심히 훈련시킨 소중한 이[虱]들이 그런 거야. 머리카락 속으로 들어가 바다로 들어가라는 명령을 내렸지. 그러면 벌레들이 가는 방향 그대로 따라 움직이게 돼. 이[虱] 수백 마리가 한꺼번에 달라붙으면 한곳에 꼼짝없이 붙어 있는 건 불가능해. 이럴 때 쓸 만한 뱀의 말이 하나 있기 한데 그건 너무 오래돼서 아무도 기억 못 하는 거야. 너도 마찬가지야. 우리 조상들이 쓰던 말인데 벌레를 다스리는 힘이 있어. 바로 그 뱀의 말이 너를 구하고 철갑인간들을 물속으로 데리고 들어간 거야. 그리고 그 불쌍한 것들이 너를 위해서 자신을 희생했어. 레메트."

"내가 평생 감사하며 살게. 그런데 이[虱]들이 전부 바다에 빠져 죽어 버렸으니 이젠 어떤 애들을 훈련시키지?" 내가 말했다.

피르레가 말했다. "벌레들이야 계속 태어나니까. 그런데 우리가 걔들을 계속 가르치기는 좀 힘들 것 같아. 우린 너무 나이가 많아. 그리고 우리가 죽고 나면 그 녀석들이랑 이야기할 사람도 없는데 가르치는 것도 의미가 없지. 오늘 바다로 들어간 애들이 내가 뱀의 말로 부린 마지막 이[虱]들이야. 이제 다시 태어날 이[虱]들은 자신들의 삶을 살겠지. 누구의 말도 복종하려 하지 않을 거야."

내가 말했다. "그렇고말고. 세상 모든 일엔 끝이 있기 마련이야. 오늘 독 송곳니가 달려 있고 하늘을 날 수 있던 유일한 사람도 죽었으니. 나중에는 이런 일들이 그저 전설 속 이야기로 기억되겠지."

나는 해변에 큰 모닥불을 지피고 거기에 할아버지 시신을 화장했다. 그리고 유인원들에겐 언젠가 다시 오겠노라 약속하고 누나를 만나러 숲으로 향했다. 그리고 앞으로 어떻게 살아야 할지도 고민해 보기로 했다.

37

피르레와 랙이 알려 준 누나가 살고 있다는 동굴로 향했다. 나무한 그루가 훌쩍 자라 있고 다른 나무들은 여름 폭풍에 넘어가 버렸지만, 누나가 사는 곳은 어렵지 않게 찾을 수 있었다. 동굴 입구에 걸려 있는 엘크 가죽 문을 열어 젖히고 안으로 들어갔다.

내가 크게 외쳤다. "누나, 나 왔어! 아직 날 알아보겠어? 누나?"

"어머, 이게 누구야, 레메트."

살메는 놀라 벌떡 일어났다. 동굴 안은 어둑어둑했지만 그래도 그동안 누나가 나이를 많이 먹었다는 것은 파악할 수 있었다. 누리끼리해지고 엉킨 머리카락은 눈이 녹은 후 진흙 뻘에 드러난 갈대 줄기같았다. 누나의 얼굴은 가죽으로 대충 기워서 때도 심하게 묻고 여기저기 찢긴 옷을 보는 것 같았다. 내가 약간 많이 놀란 표정으로 바라보자 누나는 자기 차림새가 부끄러웠는지 옷매무시를 다듬고 얼굴을 가린 머리카락을 쓸어 모았다.

누나는 복잡한 심정이 담긴 목소리로 말했다. "네가 올 줄은 몰랐어. 대체 이게 얼마 만인지 모르겠다. 넌 어디에 있었니. 난 정말 네가 살아 있을 거라곤……. 우리 집에는 찾아오는 사람이 한 명도 없어.

믐미, 여기 누가 왔나 한번 봐."

나와 믐미는 서로를 번갈아 가며 쳐다보았다. 믐미는 내가 세상에서 본 그 어떤 곰보다 더 뚱뚱한 곰이 되어 있었다. 믐미의 덩치는 거의 동굴의 반을 차지하고 있었다. 주둥이까지 살이 차올라 둥글고 평평해진 얼굴은 곰이 아니라 고양이가 바닥에 싸질러 놓은 똥 덩어리처럼 보였다. 두껍고 흐물흐물해진 군살이 온몸을 휘감고 있었다. 낡아 버린 곰 가죽이 어마어마하게 부풀어 오른 몸을 다 덮지 못하는 듯 털이 완전히 빠진 살도 여기저기서 보였다. 거대한 점 같기도 했고, 상처 같기도 했다. 두 발은 보이지도 않았다. 걷잡을 수 없이 나온 뱃살 밑에 부드러운 이끼처럼 감추어져 있었다.

거대한 살이 산처럼 솟아올라 뒤룩뒤룩 살찐 뺨 너머로 겨우 가늘게 눈을 뜬 믐미가 나를 보며 말했다. "안녕, 레메트. 정말 오랜만이구나. 찾아와 줘서 정말 고마워. 살메, 뭐 먹을 것 좀 주지 그래."

"아니, 난 괜찮아." 내가 얼른 말했다.

그런 뚱뚱한 동물이 앞에 있으니 음식이 목구멍으로 제대로 넘어가지 못할 것 같았다. 그나저나 무슨 이상한 냄새가 동굴을 가득 채우고 있어 구역질이 나올 것만 같았다. 내 생각에 믐미의 몸이 너무 거대하게 커진 탓에 동굴 밖에 나가서 일을 처리하지 못하고 그 자리에서 똥을 싸 버렸기 때문인 것 같았다. 믐미의 발을 양탄자처럼 뒤덮고 있는 뒤룩뒤룩 찐 뱃살 안에 무엇이 들어 있을지는 보지 않아도 뻔했고, 그런 생각을 하니 속이 뒤집힐 지경이었다. 게다가 믐미가 씹고 버린 듯한 뼈다귀에 붙은 고기들이 썩어 가고 있었지만 무슨 이유에서인지 누나는 그걸 갖다 버릴 생각을 하지 않고 있었고 그래서 더 지독한 냄새가 풍겼다. 엄청나게 큰 파리들이 엄청난 잔칫상을 받아 기분이 좋은지 앞다리를 비벼 댔다. 우리 엄마라면 누나가 이렇게 사는 꼴을 도무지 견디지 못했을 것이다. 보기 역겨운 것뿐만 아니라 아주 부끄러운 일이었다. 대체 누가 이런 꼬락서니의 집이랑 이웃하며 살고 싶겠는가.

하지만 누나와 믐미는 이웃도 없었다. 숲 한가운데 둘만 살고 있었다. 그 문지방을 넘나드는 사람은 하나도 없었고 아무도 그들의 삶에 관심을 두지 않았다. 숲에는 단지 그 둘만 남았고 그나마 믐미는 곰이었다. 그러니 그곳이 인간이 사는 집이 아니라 동물이 사는 굴처럼 변하는 것은 일도 아니었다.

살메가 말했다. "정말 안 먹어도 돼? 송아지 한 마리 잡았는데. 그런데 엄마가 한 것처럼 잘 구워진 건 아니야. 믐미는 살짝 덜 익힌 걸 좋아해서 고기를 오래 안 구워. 육즙이 더 많아, 맛 좀 볼래?"

누나는 난롯가 근처에서 차갑게 식은 송아지 고기가 산처럼 담긴 접시를 들고 나왔다. 사실 내가 보기에 그것은 날고기에 가까웠다. 누군가 죽인다고 달려들어도 도무지 먹지 못할 모습이었다.

나는 거짓말을 했다. "아냐, 누나, 난 이미 먹었어. 그냥 이야기나 좀 하자. 믐미는 몸집이 좀 불었네."

"그래, 맞아. 밖에 나갈 수조차 없어. 얼마나 고생했는지 아니. 철갑 인간한테 걸려서 죽는 줄 알았어. 그놈들한테 쫓기다가 엉덩이에 창을 맞고 말았어. 겨우 수풀에 들어가서 죽을힘을 다해 나한테 뛰어왔는데 상처가 끔찍했어. 지극정성으로 치료해 봤지만 다리 상처는 계속 곪아서 끝내는 일어나 걷지도 못할 상황이 되어 버렸지. 여전히 걸어서는 아무 데도 못 가. 겨우 앉아 있기만 해. 보고 있으면 안쓰러워 죽겠어. 나도 약초란 약초는 다 갖다 써 보고 갖은 방법을 다 해 봤지. 먹고 싶은 거 먹이며 있는 대로 보살펴 주었는데 살이 찌는 걸 어떡해. 그래도 배는 언제나 빵빵하게 채우잖아. 그렇지, 자기야?"

"그럼, 빵빵한 배 너무 예쁘지? 우리 자기가 세상에서 제일 착해." 그리고 끔미는 누나가 식탁에 놓아둔 송아지 고기를 걸신들린 듯 먹기 시작했다. 아마 그렇게 시간을 보내는 듯했다.

누나가 말했다. "그러니까 이렇게 아옹다옹하며 잘 살지. 끔미는 계속 숲에 나가고 싶어 해. 하지만 우린 삶이 지루하지 않아. 하루에도 몇 번씩 배고플 때마다 끼니를 챙겨 먹고 배가 부르면 서로 끌어안고 자. 철갑인간들도 이 동굴은 못 찾을 거야. 이런 깊은 숲에는 들어오는 법이 없거든. 그 사람들은 왜 그렇게 악독하다니. 곰을 잡아서 뭐 하려고. 곰처럼 좋은 동물이 어디 있다고 그래. 끔미, 그거 다 먹은 거야? 더 갖다줄까?"

"조금만 더 갖다줘." 곰이 씹다 남긴 뼈를 무심하게 땅바닥에 내던지며 말했다. 기름기 좔좔 흐르는 뼈를 따라 파리 떼들이 춤을 추듯 부산하게 따라다녔다.

기분이 썩 좋지 않았다. 거대한 실망감이 나를 짓눌렀다. 할아버지 갈빗대가 등 밖으로 나왔을 때도, 그의 시신을 장작더미 위에 얹고 불을 붙일 때도 이런 느낌은 들지 않았다. 할아버지는 원하는 것을 다 얻고 가셨다. 자랑스럽게 싸움에 임했고 철갑인간을 여럿 죽였으며 그리고 마침내 당신의 몸도 불살랐다. 할아버지는 당신의 죽음이 임박했음을 이미 알고 계셨다. 당신의 의지와는 관계없이 세월은 어떻게든 할아버지의 몸을 닮게 했을 것이고 당신의 독 송곳니 역시 뭉뚝하게 만들었을 것이다. 그때 그 화살이 마침 그 정해진 순간에 할아버지의 몸을 뚫긴 했지만 그래도 부끄러워할 것은 전혀 없었다. 전사는 언제나 전투에 임한다. 할아버지는 자신의 전투에서 자신의 몸값을 치른 것이다. 그에 대해 그 누구도 원망할 수 없다. 할아버지는 자신이 원하던 방식으로 삶을 끝낸 것이고 나 같은 한량에 비하면 그의 죽음은 아름답고 숭고한 것이다.

하지만 우리 누나의 삶은 조금 달랐다. 그저 끔찍했다. 그리고 부끄러움을 살 만했다. 우리 식구들이 같이 살 때 엄마는 가끔씩 먹다가 남은 토끼 고기 같은 것을 구석에 놔두고 잊어버리곤 했다. 싱싱했을 때는 맛있고 육즙도 넘치던 그 음식들은 안 먹고 두게 되면 썩고 곰팡이가 슬었다. 지금 보니 우리 누나는 잊어버린 채 안 먹고 놓아둔 토끼 고기 같았고 그걸 인정해야 한다는 사실이 더 슬펐다. 이미 숲은 텅 비었다. 우리 누나가 유일한 사람이었다. 숲에 놔두고 모두가 잊어버린 썩어 가는 고기 조각이었다. 그 고기는 어디에 쓰려고 해도 쓸모가 전혀 없다. 누나는 완전히 미쳐 있었다. 누나의 시간은 이미 지나갔고 심지어 지금은 인간의 형상도 아니었다. 곰이라 할 수는 없지만 곰이 되어 가는 과정에 있었다. 날고기를 좋아했고 머리카락도 털이 북실북실한 곰 가죽이랑 별반 차이가 없었다. 그런데 나도 누나를 도울 방법이 전혀 없었다. 나도 누나와 똑같았기 때문이다. 진흙 속에 버려졌음에도 여전히 싱싱하고 뭔가에 쓸모가 있을 거라 상상하는 그런 고기 말이다. 그래 본들 무슨 소용이 있겠는가. 누나는 그 사실을 제대로 받아들였다. 곰의 품에 안겨서 그저 먹고 자는 것이 행복이라는 것을 말이다. 그 외에는 아무것도 없다. 그나마 내 곁에는 그 흔한 곰 한 마리도 없다. 혼자서 자고 깰 뿐이다.

이제 숲에서의 나의 삶이 다시 시작되었다. 처음에는 이 사실이 끔찍스러웠다. 차라리 유인원들이 좀 늦게 나타나 내 갈빗대가 피투성이가 된 등에서 뽑혀 나의 조상들, 나의 친척들, 나의 사랑했던 이들이 모두 떠난 그곳으로 할아버지와 함께 날아가는 편이 더 좋지 않았을까.

"왜 안 먹어? 혹시 다 안 익었을까봐 그래? 새로 하나 꺼내다가 잘 익혀 줄까?" 누나가 다시 물었다. 설 익은 송아지 고기 한 덩이를 문 누나의 턱 밑으로 당근 같은 붉은 색깔의 무언가가 뚝뚝 떨어졌다.

"아니야, 누나, 나 정말 가야 해. 정말 배 안 고파." 내가 대답했다.

나는 누나 집에서 오래 머무르지 않았다. 냄새에도 웬만큼 익숙해졌지만 할 얘기가 그리 많지 않았다. 우리가 마지막 만났을 때 이후로 여러 가지 일이 있었지만 이야기할 기운이 없었고 그러고 싶지도 않았다.

그래서 할아버지에 대해서는 한마디도 하지 않았다. 마을에서 겪은 일도, 전투도 언급하지 않았다. 말을 해 봤자 어차피 누나는 알아듣지 못할 게 뻔했다. 나한테나 고통스럽고 뿌듯한 일이지, 누나에게는 듣도 보도 못 한 먼 세상에서 들려오는 못 알아먹을 소리일 뿐이다. 따뜻하고 포근한 옛집에서 졸고 있는 동안 잠에서 깨어 무슨 일인가 싶어 무심히 코를 몇 번 훌쩍거리고 말 정도의 낯설고 이상한 냄새 같은 것이다. 누나가 제대로 이해하려면 모든 것을 세세히 설명해 줘야 하는데, 그렇게 한다 하더라도 더 나아질지는 알 수 없었다.

그래서 난 그동안 세상을 떠다녔다고 말해 주었다. 누나는 그 정도면 충분했다. 누나도 더 이상 자세히 물어보지 않았고 픔미도 알았다는 듯 만족스럽게 고개를 끄덕였다. 누나는 엄마가 죽게 된 사연도 다시 들려주었다. 정확한 이유는 누나도 알지 못했다. 그저 엄마가 살던 그 뱀 동굴에 난데없이 불이 붙어서 돌아가시게 되었다고만 생각했다. 나는 당시의 여러 복잡한 상황을 누나에게 들려주고 싶지 않았다. 누나가 하고 싶은 대로 불평하고 분노를 드러내게 놔두었다. 그사이 픔미는 잠이 들어 버렸다. 반쯤 씹다 남긴 뼈가 입에서 흘러나온 꼴이 자기 뼈를 토해 낸 모습이었다.

살메는 긴 한숨으로 이야기를 마치고 하품을 했다. 엄청나게 부풀어 오른 사랑스러운 곰 품에 안겨 당장 잠에 빠지고 싶은 것 같았다. 난 이제 가겠다고 말했다.

"너는 어디에서 살 작정이야? 엄마가 살던 오두막?" 누나가 물었다.

"나도 모르겠어. 아직 생각 안 해 봤어. 거기 들어가 살 수도 있고, 아니면 내가 직접 지을 수도 있고." 내가 대답했다.

"갈 데 없으면 우리 집에 와서 같이 지내라. 우리 집 자리 많아."

"아냐, 나 혼자 살래." 내가 설명했다.

누나는 졸린 듯 고개를 끄덕였다.

"그래, 언제건 와, 와서 밥도 같이 먹고. 그런데 우리가 너희 집에 갈 수는 없어, 픔미 다리가 저 모양이니……."

누나는 산만 한 덩치의 곰을 안쓰러운 눈으로 쳐다보다가 내게 속삭였다. "여자들 보러 숲에 갈 수 없게 된 거니 잘됐지 뭐니. 맨날 마

을 여자들이나 숨어서 훔쳐보고. 이제 내가 가진 것도 너와 믐미뿐이
지만 그보다 믐미가 어딜 가서 뭐 하나 고민할 필요가 없으니 얼마나
좋은지 모르겠다. 내가 언제나 옆에서 이렇게 지켜볼 수도 있고."

"잘됐네."

난 그렇게 말하고는 길을 떠났다. 내 몸에 누가 찬물이라도 끼얹은
듯 싱그러운 바람이 불어왔다. 숨이 콱 막힐 것만 같은 동굴을 나오니
공기조차도 맛있어 마음껏 흡입하고 싶었다. 단순히 숨을 쉬는 기분
을 느끼고자 잠시 걸었다. 그러고는 자리에 앉아 월귤나무 열매를 따
먹었다. 오랫동안 허기졌던 배가 부르자 이제 앞으로 어찌 해야 할지
가 머릿속에 들어왔다.

할아버지 없이 혼자 전투를 벌이고 싶은 마음은 없었다. 수많은 싸
움을 벌이는 동안 몸과 마음이 피폐해진 듯했다. 얼마 전까지 내 혈
관 속에서 거품처럼 일었던 분노와 욕구는 온데간데없고 그냥 모든
것이 귀찮고 의미가 없어졌다. 지금처럼 세상만사가 귀찮았던 때가 없
었다. 그저 이 수풀 사이 양지바른 곳에서 이렇게 살모사처럼 똬리를
틀고 앉아 허송세월하고 싶었다. 월귤나무는 지척에 널려 있고 얼마
든지 먹을 수 있었다. 이보다 더 필요할 게 뭐가 있을까. 나는 기분 좋
은 노곤함 속에 빠져들었다가 해가 나무 아래로 넘어간 후 찾아온 한
기에 잠에서 깼다.

나는 일어나 온몸을 쭉쭉 펴고 손을 움직여 열을 냈다. 가을 숲은
밖에서 밤을 지내기엔 쌀쌀했으므로 다른 곳에 가서 몸을 피해야 했
다. 누나 집으로는 가고 싶지 않았다. 그리고 이런 밤중에 뚝딱뚝딱
내 집을 짓는 것도 좋은 생각 같지는 않았다. 우리 가족이 살았던 옛

집으로 돌아가는 수밖에 없었다. 한동안 멀리하고 싶었던 그 집이 갑자기 그리워졌다. 집에 가서 조금 더 잠을 청하는 것도 나쁘지 않을 것이다. 그저 오두막이라곤 해도 나에게는 온통 슬픈 기억만 가득한 집이다. 엄마와 히에 생각이 떠올랐다. 그런데 아무런 감정의 동요가 일어나지 않았다. 내게 일어났던 일은 아주 먼 옛날 전설과도 같았다. 슬프건 기쁘건 지금의 나와는 하등의 관계가 없다. 엄마와 히에는 이제 끝나 버린 이야기의 주인공들이다. 혐오감만 불러일으키는 어둡고 차가운 숲만 남았다. 내 몸을 눕히고 발을 뻗을 행복의 오두막이 이 숲 어딘가에 있다는 사실, 그보다 더 중요한 사실은 없었다.

옛집을 향해 걸었다. 집에 가려고 숲 가장자리를 지나는데 막달레나의 집을 슬쩍 보고 싶다는 강한 충동이 일었다. 여기에 서면 아마 잘 보일 것이다. 잠시 길에서 벗어나 나무들이 듬성듬성해지고 평야와 목초지가 잘 보이는 곳에 나와 섰다.

이곳에 서면 마을의 집과 지붕이 잘 보였으나 지금은 남아 있는 것이 단 한 채도 없었다. 마을은 사라져 버렸고 어둠 속에 보이는 것은 나무인지 폐허인지 알아보기가 힘들었다. 나는 충격을 받았다. 이렇게 온 마을이 하루아침에 멸망할 거라곤 꿈에도 상상하지 못했다. 할아버지와 나는 이 정도로 파괴하지 않았는데, 지금은 마을이 완전히 없어져 버린 것이다. 모두 집을 내버리고 다른 곳으로 가 버린 것일까?

멀리서 사람의 형상이 돌아다니고 있었다. 나는 누군가 아는 얼굴을 만나리란 희망에 가까이 다가갔다. 분명 아는 얼굴이었다. 마을 장로 요하네스가 지팡이를 짚고 거적대기 같은 망토를 두른 채 좁은 길에서 서성이고 있었다.

"장로님. 그동안 평안하셨나요. 이렇게 오랜만에 뵈니 기쁘기 그지없네요." 내가 어둠 속에서 밖으로 걸어 나오며 말했다.

요하네스는 나를 노려보더니 나의 공격을 피하고자 지팡이를 양손으로 감아쥐었다. 그러나 나는 그 늙은이를 공격할 마음이 전혀 없었다. 내 마음속엔 분노가 없었다. 오히려 아는 사람을 만나서 이 마을이 어떻게 된 것인지 영문을 물어볼 수 있게 되었다는 생각에 기쁘기까지 했다.

"지팡이 흔들지 마세요. 어르신 죽이러 온 게 아닙니다. 마을에 대체 무슨 일이 있었던 거예요. 큰불이라도 났던 거예요? 집들은 다 어떻게 된 거예요?" 내가 말했다.

마을 장로 요하네스가 나를 보고 으르렁거렸다. "이 사탄의 저주 같은 자식. 네가 다시 고개를 들고 찾아와 마을이 어떻게 됐냐고 뻔뻔하게 묻는 게냐. 그래, 우리 마을은 모두 불에 타 버렸다. 바로 네 녀석 때문에!"

"제가 불이라도 피웠다는 말입니까?" 내가 강하게 항의했다.

요하네스가 말했다. "우리가 듣도 보도 못한 사악한 영이 우리 마을에 불을 질렀다. 바로 네가 불러 모은 그 사악한 영들 말이다. 네가 그 날아다니는 괴물이랑 함께 다니면서 우리 대주교님을 죽였지. 네 놈 죗값을 우리가 치른 것이다. 성스러운 대주교님이 살해당한 것도 끔찍한 죄악이니 고결하신 기사님들이 우리 마을에 불을 질러 심판하겠다고 오셨다. 너도 이번에 지은 죄로 지옥불에 떨어질 것이다. 기사님들에게 대주교님이 돌아가신 일과 우리는 절대 아무 상관이 없고 그런 일을 저지를 사람이 절대 아니라며 사정하고 빌었다. 대주교님을 공격한 이들은 울창한 숲에 사는 늑대인간과 야만인들로 고결한 기사님 피가 흐르는 손자와 가엾은 내 딸을 물어 죽인 장본인들이기도 하다고 설명해 드렸다. 그런데 그 기사는 누가 죄를 저질렀건 자신들이 보기에는 다 똑같다고 하더라. 우리는 모두 똑같이 문명도 모르고 경거망동하는 야수이자 야만인이라는 거지. 우리 중에 누가 예수를 믿건 말건 상관없이 상놈들이 한 짓이니 우리 모두 책임을 져야 한다고 했어. 그렇게 그들은 우리 마을에 불을 지르고는 말을 타고 사라져 버렸어."

"맞서 싸워 죽일 생각은 못 해 봤어요?" 내가 물었다.

"우리는 예수를 믿는 사람들이다."

요하네스가 엄중하게 말하면서 손을 하늘로 뻗었다. 어떤 감정이 가슴에 사무쳐 소리를 지르기 전에 항상 버릇처럼 하는 동작이었다.

"우리는 너희 같은 야만인이 아니다. 우리는 이 새 땅에서 어떻게 사는 것이 올바른 것인지 잘 알고 있다. 생각해 보면 그 고결하신 기사님 말이 백번 맞는 것이었어. 대주교님이 돌아가시는 끔찍한 일이 벌어졌으니 누군가는 그에 합당한 벌을 받는 게 당연하지. 만약 기사님들에게 보복하겠다고 들고 일어섰다면, 우리는 문명 따위는 모르는 미개인 사람들이라는 그분들 말이 맞는다고 인정하는 꼴밖에 더 되겠니. 우리는 예수를 믿는 성도로서 그 수치를 감내하기로 했다. 마을은 새로 지으면 된다. 난 마침 성에 가서 뭔가 부탁을 하고 오는 길이다. 고결하신 기사님께서 우리 마을 사람들의 신심을 다시 한번 증명할 수 있는 기회를 허락해 주시더구나. 우린 언젠가 이런 잿더미에서 다시 일어나 다른 민족들과 자랑스럽게 어깨를 나란히 하며 부를 누릴 날이 올 것이야."

내가 막달레나와 살 때부터 항상 듣던 말이었다. 저들은 언제나 이런 쓰레기 같은 말을 지껄여 대곤 했다.

"아주 좋네요. 마을 새로 지으시고 문명사회도 만드세요. 이제 어르신이 믿는 세련된 하느님에게 기도도 올려 보시고요. 부디 행복하게 잘사세요. 저는 갑니다." 내가 말했다.

나는 정말 가려고 했다. 그러나 요하네스는 나랑 계속 이야기하고 싶은 모양인지 내 쪽으로 걸어왔다.

그가 날카롭게 소리쳤다. "미혹하지 말아라, 이 사탄아! 대체 어디로 가려는 게야. 어두운 숲에 들어가 추악한 영혼들 앞에 무릎 꿇고 우리를 해칠 지옥의 힘을 달라고 기도하려는 게냐?"

난 극도로 화가 나서 말했다. "어르신 제발, 저 어두운 숲에 들어가서 어떤 영혼 앞에서도 기도하지 않고 아무것도 빌지 않겠다고 약속드릴게요."

"그 말 못 믿겠다." 요하네스는 여전히 날카롭게 소리 질렀다.

"정말 안 한다니까요. 저는 아무것도 감출 게 없습니다." 내가 대답했다.

"이 살인자야!"

"내가 살인하지 않았다고 말할 수는 없겠지만 그래도 당신이 그런 말을 할 처지는 아닌 것 같군요. 뱀 동굴에 불을 놓은 일은 잊었습니까? 페트루스는 어쩌다가 친구를 개미굴에 몰아넣는 사람이 된 거죠? 철갑인간들이 복수하러 왔을 때 그 자식도 불에 타서 뒈졌기만 바랄 뿐입니다."

요하네스가 단호하게 말했다. "페트루스는 우리 마을의 자랑이야! 대주교님의 시신을 발견한 것도 페트루스고, 성에 달려가 우리 마을을 대신해 심판해 달라고 요청한 것도 바로 페트루스라고. 그에 대한 대가로 페트루스는 기사님의 시종으로 일하고 있다. 야만인들과 맞서 싸우고자 며칠 전에 자기 주인과 함께 성스러운 곳으로 여행을 떠났다. 그런 사람이 우리 마을에 있다는 것이 얼마나 큰 축복인지 모른다. 아직 우리 마을에서 페트루스처럼 먼 길을 떠난 사람이 없었다. 페트루스는 크고 위대한 분들과 함께 새 하늘 새 땅을 짓는 데 큰 공을 세우고 있는 것이다."

내가 말했다. "그 야만인들이 산 채로 페트루스의 가죽을 벗겼으면 좋겠네요. 이제 들어가서 좀 주무세요, 어르신. 돌아가시기 전에 그토록 원하던 쇠사슬 갑옷을 한 번이라도 입어 보긴 해야 할 텐데요."

"내게 그런 영광이 가당키나 하겠느냐." 요하네스가 대답했다. 그의 목소리를 들자니 내가 한 말에 감동을 받은 것 같았다.

그의 목소리가 조금 잠잠해졌다. "어서 너의 어두운 과거로 들어가 속된 동물들처럼 살려무나. 네 허리에서 곧 꼬리도 돋아날 거다. 나는 너와 반대 방향으로 간다. 내가 숨을 쉬는 동안 그 새 하늘과 새 땅을 보아야 할 텐데."

"그러시든가요. 그러자면 이 길이 더 쉬워 보이는데요." 난 이렇게 대답하고는 칼을 꺼내 마을 장로의 등에 꽂았다.

"거봐요. 등에 꼬리가 있나 없나 걱정하실 필요 없어요. 걱정 내려 놓고 가던 길 가면 되겠네요. 꼬리가 없으니 정말 새 땅에 사는 분이 맞는군요." 내가 웃으며 말했다.

진심으로 말하건대 내가 그의 등에 칼을 꽂은 데에는 일말의 분노의 감정도 없었다. 정말로 지나가는 기분으로 그런 일을 한 거였다.

"이 늑대인간! 이 살인자! 네가 갈 곳은 지옥뿐이다. 거기서 영원한 불에 타 죽을 것이다. 네놈이 나마저 죽이다니. 이토록 피를 흘려 죽게 하다니." 등에 칼이 꽂혀 피가 흐르는 곳을 손으로 감싸 안고 요하네스가 외쳤다.

내가 자랑스레 말했다. "꼬리를 잘라 드렸는데 그게 그리 못 할 일이었단 말입니까? 새 땅 사람은 꼬리가 필요 없다면서요. 그렇게 소리 지르지 마세요. 무슨 야만인 같잖아요. 문명사회에 사는 문명인처럼 행동하셔야죠. 기사 양반들이 우리를 뭘로 알겠느냐 말입니다. 뒤돌아보지 말고 앞을 보고 가세요. 코로 바람은 느낄 수 있잖아요. 뭘 더 해 드릴까요? 잘 가세요. 마을 장로 어르신, 부디 잘 사세요!"

나는 터지는 웃음을 억지로 참으며 뛰었다. 이후로도 요하네스의 무시무시한 비명은 계속 이어졌다.

38

요하네스에게 그런 장난을 치고 나니 기분이 한결 좋아졌다. 유인원들에게 배운 노래를 흥얼거리면서 집을 향해 뛰었다. 그러나 그날의 모험은 아직 끝난 것이 아니었다.

누군가 뱀의 말로 나를 부르는 소리가 들렸다. 그때의 불구덩이에서 살아남은 살모사가 나를 부르는 것이라 생각하고 뒤돌아 뱀을 찾

앉으나 메메뿐이었다. 그는 여전히 풀 무더기 사이에서 어렴풋이 모습을 보이고 있었다.

그의 존재를 잠시 잊고 있었다. 그러고 보니 이 숲에 마지막으로 남은 사람은 나와 누나만이 아니었다. 사람이라고 부르기엔 여러모로 문제가 있긴 하지만 메메 역시 숲에 사는 사람이었다. 내가 가까이 다가가 보니 이미 메메는 형태를 잃어버린 후였다. 어디가 몸이고 어디가 풀인지 분간할 수조차 없었다. 숲속에 드리워진 어둠 때문에 제대로 알아볼 수 없는 탓도 있겠지만 메메는 정말 자연에 녹아든 것처럼 보였다. 마치 녹아내린 눈송이 같았다. 근처에 있는 풀들 모두 메메의 몸 위에서 자라고 있는 것이었다. 게다가 그 자리에서 한동안 꿈쩍도 하지 않은 듯했다. 가을 낙엽이 두껍게 그의 몸을 덮고 있었기 때문이다. 얼굴은 흙처럼 까맸고 군데군데 갈라져 있었으며 반짝이는 이슬 같은 두 눈동자가 날 쳐다보고 있었다.

"너 아직 살아 있구나. 널 이렇게 다시 보게 될 줄은 몰랐구나." 메메가 말했다. 그의 목소리는 땅 밑에서 올라오는 듯 둔탁해서 무슨 말을 하는 건지 알아듣기 힘들었다. 모든 단어가 그의 입에서 주저앉는 듯한 느낌이었다.

"저 보고 싶으셨어요?" 난 메메가 다시 몸의 분신과도 같은 포도주 자루를 들어 한 모금 마시고 컥컥 기침할 것으로 기대하며 물었다. 그러면 메메의 목이 다소 풀려 알아듣기가 훨씬 쉬울 것이기 때문이다. 그러나 메메는 포도주를 마시지 않았다. 사실을 말하자면 처음부터 아예 손이 없거나 아니면 흙 속에서 썩어 버렸는지 포도주 자루를 쥐기가 불가능했다.

메메가 말했다. "아무래도 상관없다. 난 네가 여전히 살아 있고 내가 완전히 썩어 버리기 전에 나를 보러 올 거라고 믿고 기다리고 있었다. 왔으니 이야기해 줘야겠구나. 아주 중요한 이야기는 아니지만 그래도 해야 할 것 같다."

"무슨 이야기요?" 내가 물었다.

"북녘 개구리 말이다." 메메가 말했다.

예상치 못한 대답이었다. 내가 메메를 향해 고개를 숙이니, 아니나 다를까 그의 썩어 가는 몸에서 독한 냄새가 코를 찔렀다. 내가 냄새를 못 참고 얼른 고개를 쳐들자, 메메는 진흙투성이 입을 움직여 큭큭 웃었다.

"냄새나지? 냄새가 나고말고. 난 이제 익숙해져서 못 느끼겠다. 난 내가 정말 존재하는 건가 의구심이 들기도 해. 다 썩어 버렸거든. 한 몇 달 동안을 여기서 꿈쩍도 하지 않았어. 먹지도 마시지도 않았단다. 이젠 포도주 맛이 어땠는지도 기억이 안 나. 누가 입에다 부어 준다고 해도 아마 빗물처럼 아래로 빠져 버릴 거다. 난 등도 없어져 버렸어. 내 몸 위에서 풀이 자라는 게 느껴져. 봄이 되면 내 몸에서 아주 무성하게 자라 있을 거야. 그럼 이 아래 사람이 죽어 누워 있는지도 모르고 염소들이 와서 풀을 질겅질겅 씹어 대겠지. 내 팔다리가 있는지 없는지도 모르겠다. 머리야 돌처럼 무거우니 아직은 달려 있다만 며칠만 지나면 난 말도 못 할 상태일 거다. 내가 말하고자 했던 건 그리 중요한 건 아니니 말을 못 한다고 해서 서운할 것은 없지. 내가 말하려고 했던 건 난 땅지기라는 거다. 땅지기들은 죽기 전 후계자를 남기고 가지. 너도 잘 알겠지만 후계자를 정하는 게 그닥 어려운 일은 아니다. 너 말고 누가 있어야 말이지. 네가 하기 싫다고 한들 큰 문제가 될 것도 없단다. 네가 없다고 북녘 개구리가 어디로 가는 건 아니니 말이야. 나도 한 몇 년은 북녘 개구리를 못 본 것 같다. 북녘 개구리는 여전히 잠들어 있고 누가 다가와서 툭툭 건드려도 모를 거다. 그래도 만약 내가 너를 다시 보게 되면 대체 네가 뭘 하고 있는 건지 확인해 보고 싶었다. 나 아무래도 상관없어."

"그 북녘 개구리 찾는 거요?" 난 흥분해서 물었다.

메메가 말했다. "내가 너에게 줬던 그 반지 기억나니? 당연히 기억하겠지. 그거 나한테 갖고 와서 어떻게 쓰는 거냐고 귀찮게 물어봤잖아. 그런데 내가 정확히 말해 주지 않은 건 다 이유가 있다. 땅지기들은 꼭 자기가 죽기 전에만 비밀을 발설하게 되어 있어. 사실 너한테 열쇠도 주면 안 됐는데. 넌 철모르는 어린애였고 혹시라도 반지가 없어질 수도 있으니 말이다. 그런데 난 이런 것들에 흥미가 없었다. 지금 말해 봐야 의미도 없고 진작에 다 끝난 이야기인데 내 뒤로 다른 땅지기가 오든 내가 마지막이 되든 무슨 차이가 있겠니. 우리가 아무리 고민해 봐야 북녘 개구리는 완벽하고 적막한 고독 속에서 영원한 잠에 빠져 있다. 난 네가 열쇠를 잃어버렸기를 바랐다. 그래야 이 바보 같은 짓거리가 얼른 끝나지. 너 혹시 열쇠 잃어버리지 않았지?"

"설마요. 저 그 반지 본 지가 옛날이에요. 그런데 엄마 오두막집에 계속 있을 거예요. 가서 찾아볼게요. 그런데 그 반지는 어떻게 써요?"

"반지가 중요한 게 아니다. 그건 아무짝에도 쓸모없는 물건이야. 땅에 떨어진 외지인의 반지를 가져다가 대충 두들겨서 만든 거야. 그 반지는 새총에 넣어서 새들이나 쏴 맞추거라. 다른 데 써도 상관없고,

그런데 그 반지를 싸고 있는 주머니 있지, 아주 가볍고 얇아서 실바람만 불어도 휙 날아갈 수 있다. 반지는 그 주머니가 어디 날아가지 않게 붙들어 놓자고 넣어 둔 물건이야. 그 주머니 아직도 가지고 있지?"

내가 확신에 차서 대답했다. "네, 있고말고요. 그런데 그 주머니는 왜요?"

"그게 북녘 개구리의 피부로 만든 거야. 만 년에 한 번씩 북녘 개구리는 허물을 벗는다. 이미 셀 수 없을 만큼 해 왔지만 앞으로도 영원히 허물을 벗겠지. 땅지기는 그 허물을 작게 잘라서 다음 땅지기에게 건네준다. 그게 바로 그 열쇠다. 북녘 개구리가 있는 곳으로 데려다주는 열쇠."

"뭐라고요?" 내가 물었다.

"그 주머니를 삼켜라. 그럼 네가 알아서 잘 찾아갈 수 있을 거다."

"지금 당장 가서 그 주머니를 찾아봐야겠어요. 평생 북녘 개구리를 보고자 하는 마음만으로 살았는데 이제 그 길이 열린 거네요."

"하지만 기억하렴, 북녘 개구리는 너를 절대로 보지 못할 거다. 잠자는 북녘 개구리를 깨울 만한 것은 아무것도 없다. 그런 물건을 가져서 뭘 하니. 다 바보 같은 짓이지. 그 주머니를 불 속에 던지든 뭘 하든 없애 버리려무나. 난 너한테 이야기를 해 주긴 한다만 꼭 들을 필요는 없다."

"들을래요. 듣고 싶어요." 내가 큰 소리로 대답했다.

메메가 중얼거렸다. "그럼, 말해 주마. 꼭 성공해서 그 짐승에게 내 안부를 전해 주거라. 북녘 개구리 옆에서 죽을 수 있다는 것도 참으로 행복한 일이란다."

506

그리고 메메는 눈을 감았다. 살아 있는 모습을 본 것은 그것이 마지막이었다. 그 얘기를 듣자마자 나는 주머니를 찾으러 엄마의 오두막을 향해 곧장 뛰어갔기 때문이다. 며칠 뒤에 다시 그 자리에 찾아가니 그는 더 이상 말을 하지 않았다. 얼굴은 삭아 없어졌고 몸은 질척한 끈끈이와, 발이 젖을까 봐 훌짝 건너뛰게 만드는 작은 물웅덩이만 남고 모두 사라져 버렸다.

난 집으로 곧장 달려갔고 사위가 고요하고 싸늘해질 때쯤 집에 도착했다. 이미 오랫동안 아궁이에서 불을 지피지 못했고 언제나 방에 들어설 때마다 군침을 돌게 만들었던 고기 냄새도 공기 중으로 흩어져 버렸다. 집에 다시 돌아온다고 해도 아무 감정 없이 무덤덤할 것이라 생각했다. 그러나 방을 보는 순간 마음이 어두워지고 텅 빈 느낌만이 남았다. 방을 보고 있노라니 슬픔에 목이 메었다. 그러나 나는 북녘 개구리를 찾고 싶다는 일념에 사로잡혀 슬픈 과거를 곱씹을 시간이 없었다. 서둘러 방바닥 여기저기를 뒤지기 시작했고 오래 지나지 않아 반지가 든 가죽 주머니를 발견했다.

서둘러 무엇보다 소중한 가죽 주머니를 흔들어 반지를 끄집어내자 반지는 애들 장난감처럼 짤그랑 소리를 내며 땅을 굴렀다.

눈에 불을 켜고 주머니 속을 뒤졌다. 주머니를 손으로 눌러 보기도 하고 가죽의 모양이 더 잘 보이도록 문가로 가서 햇빛에 비춰 보기도 했다. 가죽은 정말로 얇았다. 눈에 가까이 갖다 대니 하늘에 떠 있는 달도 보였다. 어쩌나 흥분이 되던지 숨을 쉬기도 힘들었다. 그 주머니를 네모나게 접어 입에 넣었다. 북녘 개구리의 가죽은 굳이 씹을 필요도 없이 혀 위에서 녹아내려 사라졌다. 숨을 참고서 나에게 어떤 일이 일어날지 가만히 기다려 보았다. 몸이 갑자기 밝은 빛에 휩싸인다거나 숲에서 가장 커다란 나무를 넘어설 정도로 늘어난다 해도 놀라지 않을 자신이 있었다. 그러나 아무 일도 일어나지 않았다. 나는 그저 살던 집 문가에 서 있었고 달도 역시 하늘에서 빛나고 있었다. 그러나 북녘 개구리가 어디에서 자고 있는지가 머릿속에 들어왔다.

그 생각은 난데없이 벼락이 꽂히듯 요란하게 내 머릿속에 들어온 것이 아니었다. 그저 떠올리게 된 것이었다. 잊었던 옛 기억이 우연히 다시 떠오르듯 말이다. 난 어찌 그런 뻔한 사실을 지금까지 잊고 있었던 것일까. 북녘 개구리가 정말 찾기 쉬운 곳에 있었는데, 그렇게 숲을 쏘다니면서 헛수고를 했다는 사실이 이상할 정도였다. 정작 북녘 개구리가 지척에 있는데도 난 모르고 산 것이었다. 누구라도 밟고 지나다녔을 만큼 지척에 있었으니까. 그는 바로 여기 있었다. 지금까지 살아오면서 북녘 개구리가 영원한 잠에 빠져 있는 동굴의 입구를 매일 지나쳤다. 다만, 단 한 번도 그곳에 들어갈 생각을 하지 않았다.

문을 닫고 나가 바로 우리 집 앞에서 입을 벌리고 있는 동굴로 들어갔다. 전에는 한 번도 신경을 쓰지 않았던 곳이었다. 들어가자마자 나오는 길을 따라가다 보니 땅 아래 깊숙한 곳으로 들어가는 통로가 나왔다. 앞쪽에서 빛이 희미하게 빛났다. 따뜻하고 은은한 불빛은 가까이 다가가도 눈이 부시거나 어지럽지 않았다. 북녘 개구리는 꺼져 가는 장작불처럼 빛나고 있었다.

눈앞에 그의 모습이 보였다. 수천 번 듣고 어린 시절부터 보기를 갈구했던 그 북녘 개구리가 눈앞에 있었다. 내가 예상했던 것보다 크고 멋졌으며 웅장하고 경이로웠다. 나는 행복에 사로잡혀 북녘 개구리 주변을 한 바퀴 돌아 보았다. 마침내 이 자리에 서게 되었다. 정말 이렇게 북녘 개구리를 바로 눈앞에서 보게 될 거라고는 상상도 못 했다. 심지어 보텔레 삼촌도 북녘 개구리는 어딘가로 사라져 버려서 다시는 볼 수 없을 거라 했다. 세상 그 누구도 북녘 개구리를 단 한 번이라도 볼 수는 없겠지만 나는 마침내 보고 말았다.

북녘 개구리는 배를 땅에 대고 누워 있었다. 거대한 날개는 한데 모여 접혀 있었고 눈도 감긴 상태였다. 엄청난 발톱은 모래에 묻혀 있었다. 북녘 개구리는 평화롭고 깊은 잠에 빠져 있었다. 언젠가는 눈꺼풀을 열 힘도 없이 허약하고 고단해져 죽음의 날을 하루하루 꼽아야 하는 다른 짐승들과 달리, 그는 영원히 늙지 않는 존재였다. 오히려 그는 크고 강했다. 그의 삶에는 아직 잠재력이 충만했고, 만약 누군가가 그를 깨워 일으켜 세우면 어떤 일이 벌어질지 우리로선 상상밖에 할 수 없었다.

그러나 그럴 가능성은 없었다. 그동안 수없이 읊조렸던 뱀의 말들이 북녘 개구리를 신비로운 잠에 빠지게 했는지도 모른다. 마지막 땅지기이자 마지막 수호자인 나만이 이곳에 남았다. 나를 제외한 다른 사람들은, 북녘 개구리란 매일 저녁 할머니가 물레를 돌리며 아이들에게 들려주는 옛 전설에나 나오는 그런 새로운 세상에서 인생을 즐기며 살고 있다.

북녘 개구리 옆에 쭈그리고 앉아 강하고 또 부드러운 피부를 만져 보았다. 그는 아주 따뜻했고 등을 대고 누우니 기분도 포근해졌다. 이 잠에 빠진 거인에 기대 있으니 확실하게 떠오르는 생각이 하나 있었다. 북녘 개구리 등 위로 올라갈 수는 있지만 굳이 그렇게 해서 그의 수면을 방해하고 싶지는 않았다. 세상 그 어떤 것도 그를 방해하거나 해쳐서는 안 된다. 그는 영원히 살아야 하는 존재이다. 그와 동시에 바람이 불면 날아갈 것 같은 약해 빠진 존재처럼 보이기도 한다. 그나마 내가 그가 사라지는 것을 막을 수 있었다. 세상은 그에게서 등을 돌리고 배반하고 망각했다. 그리고 이 위대한 북녘 개구리를 텅 빈 공간에 놔두었다. 오직 나만이 그의 친구였다. 내가 없었다면 그는 사라져 버렸을 것이다. 나 말고는 북녘 개구리에 대해서 아는 사람이 아무도 없었기 때문이다. 아무도 본 사람이 없으니 존재하지 않는 것이나 마찬가지였다. 그는 살아 있으되 죽은 것과 다름없었다.

세상은 모든 것이 우리의 생각과는 다르게 돌아갔다. 만약 우리가 광풍 속에서 뱀의 말을 잊지 않았더라면 싸워서 이길 승산이 더 컸을까 하고 후회해 봤지만, 부질없는 슬픔만 커질 뿐이었다. 몇 세기 동안 전쟁의 능력은 우리 편이었다. 누군가에겐 위협이지만 누군가에게는 도움이 될 수 있는 그 능력은 거센 구름처럼 우리 머리 위에 자리 잡고 있었다. 우리 외에는 그 누구도 쓸 수 없고, 알 수 없는 비밀 병기였다. 그러나 그랬던 우리조차 다른 이들과 차이가 없게 되었다. 그 결과, 북녘 개구리는 그 누구도 깨울 수 없는 잠에 빠져들었다.

하지만 세상은 변한다. 망각에 빠지는 것도 있지만 표면으로 다시 드러나는 것도 있다. 뱀의 말의 시대는 지났다. 지금의 새로운 신들과 철갑인간들이 이끄는 시대도 끝나고 또 다른 무언가가 세상에 나올 것이다.

나는 북녘 개구리에 기대어 눈을 감았다. 정말 최고의 기분이었다.

다시는 그곳을 떠나지 않겠다고 다짐했다.

　북녘 개구리를 돌보기 위해 나도 가끔 동굴 밖을 나가긴 했다. 북녘 개구리의 피부가 더 아름답게 빛나 보이도록 그의 몸을 닦아 주곤 했다. 세상에 나 말고는 그 누구도 북녘 개구리를 볼 수 없지만 그래도 되도록 예쁘게 보이기를 바랐다. 먹을 것을 구하거나 숲을 산책하려고 밖에 나오기도 했다. 동굴에 오래 있다 보니 이따금 햇볕도 쬐고 신선한 공기도 마셔야 했다. 북녘 개구리가 사는 동굴에는 이상한 것이 하나 있었다. 내가 어디로 가겠다고 생각만 하면 언제든 그곳으로 나를 인도했다. 이제야 메메가 어떻게 그렇게 남의 눈에 띄지 않고 돌아다닐 수 있었는지 이해가 되었다. 메메 역시 북녘 개구리의 동굴에 있다가 나온 것이었다. 그는 거기서 아무도 모르게 밖으로 나왔다가, 또 조용히 안으로 들어왔다. 내가 궁금해하던 수수께끼가 마침내 풀렸다.

　가끔 누나와 믐미를 보러 가곤 했다. 그러나 최대한 자제했다. 동굴 안 분위기가 사람의 기분을 축 가라앉히기도 하지만 냄새 때문에 도무지 참을 수가 없었다. 믐미는 머릿속까지 살이 쪄서 뱀의 말조차 잊어버렸고, 그래서 살메는 믐미랑 거의 손짓 발짓으로 의사소통하며 살았다. 지난번에 갔을 때는 그 둘이 서로 부둥켜안고 누워 있었다. 동굴 안은 어둑했지만 어둠 속에서 나를 쳐다보던 그들의 슬픈 눈동자는 또렷하게 기억이 난다. 그들이 아직 살아 있는지 아니면 죽었는지 잘 모르겠다. 아마 믐미는 자기 살에 목이 눌려 죽었을 것 같고 누나 역시 믐미의 시체 옆에서 슬퍼하다가 세상을 떠났을 것 같다. 어찌 되었건 믐미는 뱀의 말을 할 줄 아는 최후의 곰이었다. 다른 곰들은 싫은 내색을 하더라도 내가 시키는 일은 하는 편이다. 그러나 대답은 할 줄 모른다. 어느 한 구석 특별할 것 없는 동물이 되어 버렸다. 모든 것이 쇠퇴해 간다.

북녘 개구리와 살게 되고 며칠이 지나 나는 피르레와 랙을 찾았다. 유인원인 듯한, 수척한 노인인 듯한 무언가가 제일 높은 나뭇가지에 앉아 있었다. 내가 소리 높여 그들을 불렀지만 아무런 대답이 없었다. 아마도 죽었거나 아니면 너무 약해서 대답할 기운조차 없는 것이리라. 둘 중 무엇이든 중요치 않았다. 그들의 성실한 삶은 이제 끝이 났다. 그들의 세상, 그들이 이야기는 이미 오래전에 사라졌다. 그들은 겨우내 그 높은 나뭇가지 꼭대기에 북실북실한 하얀 눈송이들처럼 앉아 있었다. 봄이 와 나무들이 푸른 잎으로 덮이고 난 후에는 그들이 보이지 않았다. 다시 겨울이 찾아와 잎이 떨어지고 앙상해진 나뭇가지는 텅 비어 있었다. 마치 이 세상에 그 어떤 유인원도 살지 않았던 것처럼 말이다.

그렇게 나는 북녘 개구리와 단둘이 남았다. 벌써 40년간 그의 땅지기로 살았고 나이도 많이 먹었다. 요즘에는 밖에 나가는 횟수가 훨씬 줄었다. 난 잠도 많이 자고 꿈도 자주 꾼다. 꿈속에서는 종종 다시 아이가 되어 보텔레 아저씨의 지하실에 앉아 뱀의 말을 배운다. 그러다 갑자기 삼촌 얼굴이 하얘지면서 쓰러져 죽지만 나는 아무렇지 않게 앉아 있다. 삼촌 옆에 누워 따뜻하고 평온한 느낌을 즐길 뿐이다. 썩어 가는 삼촌의 몸에서 나는 악취는 이제 아무렇지도 않다. 난 북녘 개구리 옆에서 잠에서 깬다. 삼촌의 체취가 여전히 내 콧구멍에 남아 있다. 이 냄새는 불사신인 북녘 개구리에서 나는 것이 아니다. 바로 노쇠한 나에게서 나는 냄새다.

난 텅 빈 공간에 뱀의 말을 속삭여 본다. 언젠가 삼촌이 내게 가르쳐 준 말이다. 그 뱀의 말이 싱그럽게 공기 중으로 퍼진다. 내 안에 모든 것들이 썩어 갈지라도 뱀의 말은 이전 그대로 변함없을 것이다. 뱀의 말, 그리고 내 옆에서 잠들어 있는 북녘 개구리.

그러나 나는 아무런 걱정도 없다. 언제인지는 모르지만 나도 편안히 눈을 감게 될 것이다. 내 꿈을 방해하는 사람은 아무도 없다. 우리는 누구의 방해도 받지 않는 평안한 안식을 누릴 수 있다. 북녘 개구리 그리고 뱀의 말을 하는 최후의 인간, 바로 우리 둘 말이다.

〈끝〉

옮긴이 | 서진석

한국외국어대학교 폴란드어과를 졸업, 폴란드 바르샤바에 대학교에서 발트3국 (리투아니아. 라트비아,
에스토니아) 관련 발트어문학을 전공하였다. 에스토니아 타르투 대학교에서 비교민속학으로 박사학위
를 취득하였고 이후로 폴란드와 발트3국에 관한 다양한 저술 연구활동을 하고 있다. 그리고 폴란드를
비롯한 발트3국의 문학 및 전문서적을 한국어로 번역하는 작업도 이어가고 있다. 현재는 한국외국어대
학교 발트연구센터 책임연구원으로 일하고 있다.
저서로는 『바리와 호랑이 이야기』, 『발트3국』, 『유럽 속의 발트3국』, 『발트3국의 언어와 근대문학(공
저)』, 『발트3국 여행 완벽가이드』가 있고, 역서로는 『봄날』, 『뿌리 깊은 나무들의 정원』, 『지옥은 나를
원하지 않았다』, 『의사가 되기 위한 첫 의학책』 등이 있다.

환상문학전집 ● **38**

뱀의 말을 할 수 있는 사나이

1판 1쇄 찍음 2023년 11월 10일
1판 1쇄 펴냄 2023년 11월 17일

지은이 | 안드루스 키비래흐크
옮긴이 | 서진석
발행인 | 박근섭
편집인 | 김준혁
펴낸곳 | 황금가지

출판등록 | 2009. 10. 8 (제2009-000273호)
주소 | 06027 서울 강남구 도산대로 1길 62 강남출판문화센터 5층
전화 | **영업부** 515-2000 **편집부** 3446-8774 **팩시밀리** 515-2007
홈페이지 | www.goldenbough.co.kr

한국어판 ©황금가지, 2023. Printed in Seoul, Korea
ISBN 979-11-7052-346-8 03890

㈜민음인은 민음사 출판 그룹의 자회사입니다.
황금가지는 ㈜민음인의 픽션 전문 출간 브랜드입니다.